戦国千手読み

小説 本因坊算砂

堺屋太一

戦国千手読み

小説・本因坊算砂《ほんいんぼうさんさ》

目次

第一章　金《きん》の一手

一

そこは、静かだった。

戦闘がはじまる前に特有の緊張と静寂《せいじゃく》が、方二間《ほうにけん》の空間に張りつめていた。

天正《てんしょう》二年（一五七四）四月三日。京都相国寺《しょうこくじ》の離れ座敷。下段の間《ま》の黒ずんだ板の上に、左右に三人ずつの男が時を待っていた。襖《ふすま》が開け放たれた敷居《しきい》の向こう、上段の間には、「小さな戦場」碁盤《ごばん》が一つ、置かれていた。

「上様《うえさま》、お成り―」

長く尾を引く触れと同時に、高い足音がして長身痩軀《そうく》の男が大股《おおまた》に入って来た。この男・織田信長が京に現れてから、早《はや》や六年が経《た》つ。だが、信長が、足利将軍義昭《よしあき》を追放し、朝倉、浅井《あざい》を滅ぼして、名実共に京の支配者になったのは、つい九カ月前のことだ。

「これなるは鹿塩利斎《かしおりさい》。宮中にも招かれましたる囲碁《いご》の上手《じょうず》。これからは上様にお取り上げ頂ければ幸せに存じまする」

右側の上席《じょうせき》にいた老人、友田道庵《ともだどうあん》が平身《へいしん》して告げた。宮中にも足利幕府や寺社高僧にも顔の広い京の世話役だ。同時に末席《まっせき》の男が低頭したまま一膝《ひとひざ》にじり出た。三十を幾らか過ぎた総髪《そうはつ》の男だった。

「フン……」

信長は、突っ立ったまま鼻を鳴らして、総髪を見下ろした。僅《わず》かに上げた顔には、百戦を経《へ》た逞《たくま》しさと常勝の自信が滲《にじ》んでいた。

「あそこにおりますのが日海《にっかい》。まだ十六歳の新発意《しんぼち》でっけど、この頃では堺《さかい》第一の打ち手の仙也《せんや》も敵《かな》わんほどの上手になりましてございます」

信長が身を捩《よ》じるのを待って、反対側の上席から今井宗久《そうきゅう》が、堺商人らしい切れ目のはっきりしない口調でいった。それに応《こた》えて末席の小柄な坊主頭がずいと前に出て床に頭を叩《たた》き付けると、無遠慮《ぶえんりょ》に信長を見上げた。なるほど、頭の剃《そ》り跡も青い新発意、つまり成り立ての小坊主だ。日海、のちの本因坊算砂《ほんいんぼうさんさ》である。

「ウン、これか……」

信長はやや上体を曲げるようにして、小坊主を覗《のぞ》き込んだ。華奢《きゃしゃ》な体軀《たいく》と目鼻立ちがくっきりした顔は、信長の好みに合っている。

「この者、拙僧《せっそう》が甥《おい》にござります」

信長が小僧に好感を持ったと見て取って、真ん中の僧が付け加えた。日淵《にちえん》、五年後に久遠院《くおんいん》（のち寂光寺《じゃっこうじ》）を開く日蓮宗《にちれんしゅう》の高僧である。

「はじめよ」

信長は、日淵を無視してそれだけをいい残すと上段の間に入り、一段高い主座《しゆざ》に胡座《あぐら》をかいた。その背後には太刀《たち》を掲げた小姓《こしよう》たちが、手前端には、今日の催しを奉行《ぶぎよう》する細川藤孝《ほそかわふじたか》と明智光秀《あけちみつひで》が座につく。元は将軍足利義昭の側近だったこの二人が、今は織田家の文化大臣のような役割を務めている。

右から鹿塩利斎、左から小坊主日海とが膝をすって上段の間に入り、長いお辞儀を繰り返す。まずは正面の信長に、次いで奉行の細川藤孝と明智光秀に、そして最後には互いが向かい合って無言で頭を下げた。それが済むと、双方が碁盤ににじり寄り碁笥《ごけ》を取る。

先に手を出した鹿塩は、当然のように白石を引き寄せた。それを待って日海少年は黒石を引き寄せ、無造作《むぞうさ》に一石《いつせき》を置いた。滑《すべ》るようなしなやかな手付きから音もなく黒い石が溢《あふ》れて、右上の星の横に止まった。

その瞬間、相対する鹿塩利斎の逞しい面構《つらがま》えに憤怒《ふんぬ》の表情が現れた。当時の囲碁は、黒の第一着は右上の星に打つことに決まっていた。それに対して白は左上の星に打ち、黒の第三手は左下の星、白の第四手は右下の星と、互いに対角線の星を占める。打ち手が自由に選べるのは、そのあと、黒の第五手からだ。

それを知ってか知らずにか、坊主頭の少年は、第一手から星の横、「小目《こもく》」と呼ばれる位置に石を置いた。それも気迫を込めて打ち下ろすのではなく、風に揺れる柳のような手付きだ。

宮中にも招かれ京第一の碁打ちの名を得ている鹿塩には、こんな小坊主と対局させられることさえ腹立たしい。それが礼儀も弁《わきま》えず、第一手から挑発的な慣例無視の着手をしたのだから、怒り心《しん》頭《とう》に発したのも無理はない。

「このような無礼な者とは対局できぬ」

鹿塩は、そう叫んで席を蹴《け》りたかったが、時の実力者、織田信長の御前《ごぜん》という重圧が、それを思い留《とど》まらせた。新しいことの好きな信長は、見たこともないはじまりに痛く興味をそそられたのか、首を伸ばして盤面を見つめている。

「よし、それならこてんぱんにやっつけてやる」

鹿塩は自分にそういい聞かせ、全身の力を込めて白石を碁盤に叩き付けた。だが、その位置は慣例通りの左上の星だった。鹿塩には、それ以外の着手が思い付かなかった。

それを見ると少年は、白い頰《ほお》を少し歪《ゆが》めて頷《うなず》き第二の黒石を右下の星の下に置いた。これに利斎はいよいよ怒った。慣例では、右下の隅は白が先着する場所だ。そこに黒が、それも星外《はず》しで先着したのだから、白の打ち様《よう》に困った。慣例に反するとはいっても、すぐさま叩き潰《つぶ》す手があるわけではない。

「うーん、今日からはこんな着手が許されるのか」

そう思った時、鹿塩は、これまで積み上げて来た知識と経験がどろどろと溶け出すような不安に襲われた。

二

「小僧、やってくれるわ。銭を使《つこ》うた甲斐《かい》があったぞ」

敷居を挟んだ下段の間から碁盤を見つめていた今井宗久は、鹿塩利斎の顔に苦悶《くもん》の表情が滲むのを見て、そう思った。

「宗久はなかなかの顔と聞くが、碁の上手は知らぬか」

織田信長がそういったのは今から五カ月前、去年（天正元年［一五七三］）の十一月二十四日、京都妙覚寺《みょうかくじ》での茶席だった。

その時、四十歳の信長は正《まさ》に日の出の勢い、この年四月には宿敵武田信玄が上洛《じょうらく》の途上で病死、七月には挙兵した足利将軍義昭を捕らえて追放、元号も義昭の主張した「元亀《げんき》」から、自分好みの「天正」と改めた。八月には越前《えちぜん》の朝倉を制圧、九月には北近江《きたおうみ》の浅井を撃滅した。この勢いに恐れをなしてか、抗争中の本願寺《ほんがんじ》も和議を申し入れ、その印として門主《もんしゅ》の顕如《けんにょ》が名物茶器「白天目《しろてんもく》」を贈って来た。信長がこの日、茶会を開いたのは、その「白天目」を披露《ひろう》するためだ。

「囲碁でございますか」

突然の話に戸惑った宗久は、曖昧《あいまい》に呟《つぶや》いて相客《あいきゃく》の松井友閑《ゆうかん》や山上宗二《やまのうえそうじ》の顔を見た。

「昨日も聞いてみたが……」

千宗易《せんそうえき》（利休《りきゅう》）が掻《か》き混ぜる茶筅《ちゃせん》の音に合わせるように、信長は呟いた。信長は昨日もここで茶会を催し、不在庵梅雪《ふざいあんばいせつ》の点前《てまえ》で塩谷宗悦《しおやそうえつ》、松江隆仙《りゅうせん》、津田宗及《つだそうぎゅう》の三人を招いている。いずれも堺の豪商、今井宗久の同僚であり競争相手でもある。特に津田宗及は堺の豪商・天王寺屋《てんのうじや》の宗家《そうけ》。一時は三好政康《みよしまさやす》を用心棒に信長と敵対したこともあるが、最近は互いに実力を認め合って接近している。新興の政商、今井宗久には心の騒ぐ名だ。

「ふーん、囲碁でござりますか」

今井宗久は、首をひねりながらも、このことの重要性を噛《か》みしめていた。

織田信長の囲碁好きはよく知られている。腕前もかなりのもので、天下の名人と五目《もく》置いて好勝負だったというから、今日《こんにち》でいえば素人《アマ》五段ぐらいの実力だったのだろう。だが、天正はじめのこの時期、信長が囲碁の上手を探し出したのはただの物好きではない。足利将軍家に代わる天下人として、政治、経済と共に文化をも支配するためだ。

囲碁は、古くから盛んな遊戯だ。既《すで》に奈良時代から宮中でも盛んで、遣唐使《けんとうし》の一員に囲碁の上手が加えられ、唐の名人と対局した記録も残っている。平安時代には皇宮の女性たちにも流行、紫式部や清少納言も囲碁を嗜《たしな》んだ。鎌倉室町の時代になると、千変万化《せんぺんばんか》する石の形に幽玄《ゆうげん》な思索を見出《みいだ》す者も現れ、武士や高僧の間では哲学的な頭脳競技として好まれた。特に戦国時代に入ってからは、大名や有力武将の間で戦略眼の養成と伝統文化への理解を示す指標としても、重視されるようになった。

それに伴《ともな》って、有力な武将や貴人に招かれて、芸の披露と技の教授で礼金を得る名の知れた囲碁の上手も現れた。能楽師《のうがくし》や連歌師《れんがし》などと同様、彼らは各地を渡り歩き、武将や高僧の噂《うわさ》を伝える媒体《ばいたい》でもあった。連歌や儒学《じゅがく》に興味が乏《とぼ》しい織田信長が、伝統を尊重する文化人として売り込むのには、囲碁は恰好《かっこう》の材料だったのだ。

勿論《もちろん》、足利幕府を倒して畿内《きない》の覇者となった織田信長にとって、囲碁の上手を召し出すぐらいはたやすい。だが、そんな在《あ》り来《きた》りな方法で満足する信長ではない。この男は、あらゆる機会に古い権威を破壊することを狙っていた。それには囲碁の分野でも未知の天才が現れ、既成《きせい》の権威を圧倒することが望ましい。

これは簡単なことではない。茶道や絵画、歌舞音曲《かぶおんぎょく》の類《たぐい》なら、天下の覇者が褒《ほ》め讃《たた》え世間の注目を浴びる機会を与えれば、新人を天下の権威とすることができる。やがて信長はそれを実行、絵師や能楽師から料理人まで、数々の分野で好みの達人に「天下一」の称号を与え、大きな仕事をさせている。

だが、勝負が歴然とする囲碁では、そうはいかない。いかに権力者が推奨《すいしょう》しても、盤面勝負で負けたのでは権威にならない。世に知られた既成の権威を打ち破る天才を探し出してこそ、信長の眼力《がんりき》が認められるというものだ。信長が、敢《あ》えて堺の商人たちに囲碁の上手を尋《たず》ねたのも、そのためだ。

以来五カ月、今井宗久はこれに応《こた》えるべく努力した。囲碁の上手といえば京の鹿塩利斎の名が高い。様々な上手を打ち負かして「当世第一」の名を得、宮中や武家、高僧のところに出入りしている。何年か前には甲斐《かい》に招かれ、武田信玄や真田昌幸《さなだまさゆき》などにも指導したことがある。信長の注文は、その鹿塩利斎に勝る上手を探せということだ。

「打倒鹿塩」の一番手として今井宗久が目を付けたのは、堺の仙也だった。後土御門《ごつちみかど》天皇から「囲碁の良手」と讃えられた意雲《いうん》老人に入門、十五歳の時には「堺で敵《かな》う者がいない」といわれた人物だ。だが、その仙也も既に五十四歳、今が打ち盛りの鹿塩利斎に勝てる自信がないという。その代わり仙也は、世渡り上手らしい一計を教えてくれた。

「それやったら、まずは負けてもともとの者を立てることでんな」

といい、それにふさわしい人物を紹介した。仙也の弟子で十六歳の小坊主、日海である。

「この前京に呼ばれた折り、日淵はんの甥やというので打ってみましたけど、えろう新しい手を連発するのに閉口《へいこう》しましたわ」

仙也はそういった。勝敗を語らない巧《たく》みないい回しだ。

「なるほど、日淵はんなら信長様も御存知の高僧や。十六の小僧でもお許しがあるやも知れまへんなあ」

と、宗久も頷いた。比叡山《ひえいざん》を焼き討ちし、一向宗徒《いっこうしゅうと》とも干戈《かんか》を交える織田信長は、これらの宗派に対抗する意味もあって、都市の商人や手職人の間に広まった日蓮宗を優遇、朝山日乗《あさやまにちじょう》や日淵などを近づけている。京に滞在する時には、妙覚寺や本能寺《ほんのうじ》などの日蓮宗の寺院を宿舎とすることが多い。

「ほう、この日海めがそれほどの上手ですかな」

話を聞いた日淵は、呼びつけた小僧を見下ろしながら気のない返事をした。あまりに不様《ぶざま》な負け方をして、信長の機嫌を損じることを恐れていたのだ。だが、部屋の隅に畏《かしこ》まった小僧は、

「やれば私が勝ちますけど」

と笑っていた。自信に満ちた大人びた態度だった。

「たやすくいうではない。天下の鹿塩がお前のような小僧を相手にするものか」

日淵はそういったが、日海は、

「銭と御威光《ごいこう》でございましょうな」

と呟いて、遠い宙《そら》を見つめた。先の先まで見通したような表情だった。

そのあとの展開は、正しく日海の予言通りになった。はじめは、

「四つ置いての指導ならともかく、互先《たがいせん》の対局などとても」

と断った鹿塩利斎だが、結局は五十貫《かん》の謝礼と信長の威光とに抗し切れなかった。米なら三百石《こく》も買える金銭が得られる上、これを契機に信長の目に止まれば、名実共に「天下一」の座にも就《つ》ける。それが、十六歳の小僧に勝つだけで叶《かな》うとはあり難《がた》い。絶対の自信を持つ鹿塩が、碁打ち仲間の格付けや慣例を無視して、今井宗久の誘いに乗ったのも当然な結果だった。

三

「この小僧、なかなかのものだ」

織田信長が、そう思ったのは百手ほど進んだ時だ。局面は中盤の勝負所、鹿塩の白は三隅に堅固な地《じ》を作ったが、日海の打つ黒は中央から右辺《うへん》にかけて巨大な模様を張っている。局所の力闘では鹿塩が優勢だが、少年の打ち方は飄々《ひょうひょう》としてこだわりがない。百手進んでも白の実利と黒の勢力とが均衡《きんこう》、優劣付けがたい形勢だ。

そんな時、鹿塩が仕掛けた。上辺《じょうへん》の黒の一団を攻める強打を放ったのだ。

「ふん、あの黒を取れば白の勝ちか」

信長はそう思い、小僧がこの石をどうさばくかに興味を持った。ところが、少年はためらうことなく右辺に手を入れた。白の策謀の余地を消す手だ。これを見て鹿塩は、「得たりや」とばかり上

辺に一石を打ちつけた。頑丈《がんじょう》な顔には、最早《もはや》勝利の快感が浮かんでいた。

だが、少年はすべてを承知していたように頷き、また遠い中央に黒石を置いた。その瞬間、鹿塩の口から「ウッ」と呻《うめ》きが洩《も》れ、骨の張った頰《ほお》が青ざめていった。

「どうした」

信長は、思わず首を伸ばし膝を立てた。鹿塩の手が止まり、額には脂汗《あぶらあせ》が吹き出した。その前で少年は、すべてを読み切ったように泰然《たいぜん》として盤面を見つめている。いや、もう見る必要もないといわんばかりに目を遊ばせている。よく見ると、白は上辺の黒を取りはしたが、少年の巧妙な締めつけで攻め合い取り切りになってしまった。

その効果は、すぐそのあとの数手ではっきりした。鹿塩が黒十数目を取っている間に、日海は中央から右辺にかけて百目近い地を囲っていた。これでは盤面二十目の差は避けられない。黒圧勝の気配だ。

「何と、あの小僧が勝ちおったぞ」

そう思った時、織田信長は無意識に立ち上がっていた。そこへ日海少年の視線が流れて来た。はるか彼方《かなた》にまで突き抜けるような透《す》き通った目だった。

日海と視線が絡《から》んだ瞬間、信長は奇妙な錯覚《さっかく》に襲われた。四角い碁盤が歪《ゆが》み、長く湾曲《わんきょく》した日本列島の絵図に見えて来たのだ。白が堅固に地を固めた左の上下が甲斐《かい》と越後《えちご》、右の下が備前《びぜん》以西の西国、右辺から中央に広がる黒地が信長の支配する畿内から尾張《おわり》、三河《みかわ》にかけての地域に当たる。そうすると、先刻、日海が捨てた上辺の黒は、織田と武田の衝突する遠江《とおとうみ》の東端に当たるだろう。

「そうなのか……」

信長は心中で呟いて、もう一度日海の方を見た。少年の透き通った目は、何かを訴えるように見えた。その前では鹿塩利斎の逞しい身体《からだ》も、ひどく小さな塊《かたまり》でしかなかった。

その鹿塩が、「ハッ」と気合を入れて次の手を打った。必死の勝負手、というよりも、見るからに無理な黒模様の中への打ち込みだった。少年はすぐ、その石の根を切るような一石を置いて、また信長の顔を見た。「まだこの先も御覧になりますか」と、問い掛けるような顔つきだった。

「もうよい」

信長は叫んだ。あまり先まで知りたくない気分になったのだ。

「ハ、ハー」

対局者の両人はじめ付き添った者たちも、慌《あわ》てて平身した。何事も優劣勝敗を極《き》めたがる信長がこの段階で止めたのには、みな驚いた。殊《こと》に鹿塩やそれを連れて来た友田道庵などは、「何たる下手糞《へたくそ》」と怒鳴《どな》りつけるのではないかと身を震わせていた。信長は、出来の悪かった能役者の衣装を引き裂いたこともあるほど、勘気《かんき》の強い独裁者だ。

だが、この日の信長は違っていた。身を強張《こわば》らせて平身する鹿塩利斎を顎《あご》で指して、

「この者にも褒美《ほうび》を取らせよ」

と、奉行の細川藤孝と明智光秀に命じると、今井宗久と日淵に向かって、

「付いて来い、この新発意に菓子なと振るまってやろう」

といって大股に部屋を出て行った。信長は、日海少年が碁盤に描いた絵図の意味を早く知りたかった。

「新発意、鹿塩に留《とど》めを刺した手は何という」

書院に座を定めて織田信長は、ゆっくりと尋ねた。目を閉じ手を膝に揃《そろ》えた姿は、いつもの信長からは想像もできない静けさだが、その顔に浮かんだ複雑な影は、頭の中が忙しく働いていることを示していた。

「お許し頂ければ、『金《きん》の一手』と名付けとうございます」

日海は、臆《おく》することもなく答えて、信長を見つめた。

「ほう、その方も『金』と申すか」

信長は低く呟き、またしばらく目を閉じた。

「ならば、宗久」

小姓が運んで来た砂糖菓子を口に含んでから、信長は決意の籠《こ》もった声でいった。

「堺から黄金百枚、今月中に岐阜まで届けよ」

「黄金百枚でございますな」

今井宗久は、ほっとしたように頷いて頭を下げた。堺に課される矢銭《やせん》としては多い額ではない。

永禄《えいろく》十一年（一五六八）に上洛した織田信長は、直《ただ》ちに畿内各地の都市や寺社に、矢銭と称する税を課した。その時、堺に求められた金額は銭二万貫だった。

どこの大名にも属さず屈せずの自治を誇りとしていた堺はこれに抵抗、阿波《あわ》の三好や河内《かわち》の豪族と組んで、信長に反抗した。だが、これは失敗だった。翌永禄十二年正月、堺衆が支援した三好や河内の兵は、信長が擁立《ようりつ》した将軍足利義昭を京都本圀寺《ほんこくじ》に囲んだが、救援に岐阜から駆けつけた信長軍に大敗してしまった。今井宗久が肝煎《きもいり》となって、堺の町が二万貫の銭を揃えて信長に支払ったのは、そのあとである。

だが、今にして思えば、それは得な取引だった。信長の勢力が広がり、その領国に楽市楽座《らくいちらくざ》の自由経済が進むにつれ、技術と資本に勝る堺の商圏は拡大、巨大な利益を生み出した。それを知るにつけ、堺の豪商たちは進んで矢銭を提供するようになった。今では、年間銭二万貫は安い共益費と思われている。それを信長は「今年は黄金百枚でよい」という。この頃の換算率なら銭五千貫に過ぎない。

「必ず今月中に岐阜に届けよ。俺は近江の掃除をするでな」

信長はにやりとして立ち上がり、

「では、茶室に参るか」

といいながら末席の小坊主を見た。これを受け止めて、小坊主日海は嬉しそうに微笑《ほほえ》んだ。一カ月あまりあとに四十一回目の誕生日を迎える天下人と、十六歳になって間もない小僧とが、

「分かっているのは、俺とお前よ」

と、いいあっているように視線を絡み合わせていた。

四

「お見事やった、日海はん。上様も殊《こと》の他、御機嫌やった」

妙覚寺の庫裡《くり》に俄仕立《にわかじた》ての祝勝の膳が並ぶと、今井宗久がまたそういった。この日、囲碁のあ

とで開かれた茶会でも信長は、千宗易、銭谷宗友《ぜにやそうゆう》と共に、鹿塩利斎を連れてきた京の友田道庵にも終始上機嫌で接していたことを、今井宗久は繰り返した。武将とも各地の豪商とも付き合いの多いこの政商も、相手が十六歳の小僧では勝手が違うのか、言葉も身振りもぎこちない。

「それより今井はん」

何度かは慎《つつし》み深く宗久の言葉に頭を下げていた日海が、突然、真顔《まがお》になって囁《ささや》いた。

「次のことがお気にかかっておられるのと違いますか」

「次のこととは」

今井宗久はおどけた表情を作って問い返した。

「金百枚、お迎えなしに岐阜に届けるのは御苦労なことですな」

小坊主は、妙に大人びた態度でいった。

「何と……」

今井宗久は絶句した。心の中を見透かされたようで、身体の芯《しん》が冷え込んだ。

実際、治安の定まらぬこの時期、百枚もの金を堺から岐阜に運ぶのは容易なことではない。

危険は金銭欲で働く盗賊《とうぞく》野伏《のぶせり》の類だけではない。足利幕府の残存勢力や朝倉、浅井の落武者《おちむしゃ》もごまんといる。軍資金を得て一旗《ひとはた》揚《あ》げたい野心家もいれば、織田家に対する妨害活動で名を上げて武田や毛利《もうり》に売り込みたい連中もいる。表面では織田信長と和睦《わぼく》をした本願寺も、各地の一向宗徒を唆《そそのか》して一揆に立ち上がらせようとしている。その間を押し通って金百枚を岐阜に運ぶのは、ただの行商往来とはわけが違う。

かつて堺には、自衛と治安のための傭兵《ようへい》がいた。だが、永禄十二年に堺が信長に屈伏《くっぷく》した時、

「向後牢人衆許容あるまじき由《よし》」の一札《いっさつ》をいれて解雇《かいこ》した。唐《から》朝鮮を往来する船乗りや、遠国《おんごく》に出る商人は刀剣鉄砲を所持しているが、頼りになる者は少ない。今も堺の商人町衆の中には、反信長派が結構多いからだ。足利の残党や西国の毛利に通じる者もいるし、本願寺信徒も多い。この町の三割は一向宗の信者だから、情報は筒抜け、動きは監視されていると見なければならない。

さりとて織田家に警護の兵を頼んだのでは堺の実力、いや今井宗久自身の堺における影響力が疑われる。信長が「必ず、今月中に岐阜に届けよ」と念を押したのには、それを試す狙いもありそうだ。信長は、みなを競わせ知恵と力を絞《しぼ》り出させる名人である。

「日海はん、何ぞ、ええ方法がありますやろか」

この小僧には強がっても仕方がないと心を決めた今井宗久は、そう尋ねた。

「戦車を造ることです」

と、日海が答えた。

「戦、戦車、そら何でんね」

聞き慣れない言葉に驚いて問い返した宗久に対して、日海は紙筆《しひつ》を取り寄せ絵図を書いた。帯状の動く土台の上に、長い大筒《おおづつ》が付いた奇妙な鉄の箱が載《の》った車だ。

「今から四百年ほどあとには、これが野戦《やせん》の主役になっております」

きょとんとして絵図を見る宗久に、日海はことも無げにいった。

「四百年あと」

宗久は唖然《あぜん》とした。それを見て、日海の叔父であり師でもある日淵が、

「また、そんなことを」

と苦笑した。

「この日海は、ようそんな戯言《ざれごと》をいいよります。宗久さん、気にせんといてくれやす」

だが、日海少年は、はるか遠い彼方を見るような顔つきで、

「私には覚えがあります。四百年後には、戦車と呼ばれるこんな車が何百台も作られ、戦場を駆け回るのです」

と呟いていた。

嘘《うそ》ではない。この少年僧の頭脳には、四百年後の二十世紀の「未来記憶」が刷《す》りこまれているのだ。先刻、鹿塩利斎を相手に打った「小目《こもく》」の布石《ふせき》も、未来の記憶から引き出したものだったが、今、描いた戦車も見た記憶があった。それが絵だったか実物だったかは定かではないが、確かにそれは歩兵を蹴散らして道なき原野を走り回っていた。

「これさえ造れば、野盗《やとう》や一揆など恐れることもありません」

僧形《そうぎょう》の少年が遠い彼方を見つめるような表情でいった言葉には、妙に説得力があった。

「面白い、やってみまひょ」

今井宗久は、ついそう答えた。

「未来に賭《か》ける」――それは、この野心的な商人にも面白い冒険だった。

実録・本因坊算砂

本編の主人公・日海《にっかい》は、のちの本因坊算砂《ほんいんぼうさんさ》、今もその名を「本因坊戦」に留《とど》める囲碁《いご》の家元《いえもと》本因坊家の始祖である。

本因坊算砂（一五五九〜一六二三年）は、俗名《ぞくみょう》加納《かのう》與三郎《よさぶろう》といい、永禄《えいろく》二年五月に京都長者《ちょうじゃ》町《まち》で生まれた。八歳で叔父《おじ》に当たる日淵に入門、翌年剃髪《ていはつ》して日海と称した。日淵は、天正《てんしょう》六年（一五七八）に久遠院《くおんいん》（のち寂光寺《じゃっこうじ》）を開いた日蓮宗《にちれんしゅう》の高僧で、安土宗論《あづちしゅうろん》でも日蓮宗の代表の一人となっている。日海もそれと共に久遠院に入り、塔頭《たっちゅう》の名を取って本因坊と呼ばれ算砂と号した。今の寂光寺は、当時とは場所も建物も変わっているが、本因坊という塔頭が今もあり、朝鮮王から算砂に贈られた碁石や扁額《へんがく》が保存されている。

本因坊算砂は囲碁の名人だっただけではなく、現在の将棋《しょうぎ》（小将棋《しょう》）の策定者ともされており、のちには徳川家康によって幕府の名人碁所《ごどころ》に任じられ、将棋所を兼ねた。名人碁所の方は中村道碩《どうせき》（一五八二〜一六三〇年）に継がせ、将棋所は大橋宗桂《そうけい》に譲っている。頭脳遊戯《ゆうぎ》の大天才だったに違いない。本章で日海少年の相手を務めた鹿塩《かしお》も、豊臣秀吉の朱印状《しゅいんじょう》や『当代記《とうだいき》』に名の出る実在の碁打ちだが、詳しいことは分からない。利斎《りさい》という名も私の創作である。

中世的な足利体制が崩れ、新しい近世が生み出された戦国時代には、あらゆる分野で名人上手が登場、それぞれの流派や様式の祖となった。だが、社会の体制と天下の支配者が変転したこの時代を生き抜くことは、文化人や芸術家にとっても容易ではなかった。豊臣秀吉に近づき過ぎた茶人・千宗易《せんそうえき》（利休《りきゅう》）は切腹を命じられたし、絵画の狩野永徳《かのうえいとく》は心身共に擦《す》り減らして若死にした。そんな中で本因坊算砂は、信長、秀吉、家康と代わる天下人の側に居ながら、すべてに実力を認められ地位と名声を保ち続けた。政治的にも人間関係にも才能があったのである。

本因坊の日本文化に対する貢献は、ただ囲碁や将棋の上手だけではない。最大の業績は段位制の発明だろう。これが制度として確立するのは四代目本因坊道策《どうさく》の時代だが、その発案者が算砂であったことは間違いない。日本的経営に見られる終身雇用・年功賃金制度の精神の先取りともいえるこの制度については、改めて詳述《しょうじゅつ》したい。

さて、これまで囲碁ジャーナリストの間では、本因坊算砂がはじめて織田信長と接したのは、天正六年秋、京都においてであったとされている。その日を「十一月二十八日」と特定したものも少なくない。叔父日淵が久遠院を開いた日だからである。

だが、この説は信じ難《がた》い。天正六年秋には、信長の家臣だった荒木村重《むらしげ》が反乱、信長自身も摂津《せっつ》に出陣していて京都にはいない。十一月二十八日には、信長は刀根山《とねやま》に陣して、茨木《いばらき》城主中川清秀《きよひで》の誘降《ゆうこう》中だった。とても囲碁を楽しんでいる状態ではなかっただろう。

その上、この頃には信長と日蓮宗の関係も緊張していた。翌天正七年（一五七九）五月には安《あ》土宗論《づちしゅうろん》があり、信長は日蓮宗の負けという政治的な判定を下した。比叡山《ひえいざん》を焼き討ちし一向宗《いっこうしゅう》とも戦っていた信長は、天正のはじめまでは、その対立勢力としての日蓮宗に好意的だった。だが、やがて日蓮宗の勢力拡大をも警戒し出す。

元亀《げんき》から天正はじめにかけて信長は、京都での滞在には妙覚寺や本能寺など日蓮宗の寺院に泊まることが多かったが、天正五年（一五七七）三月を境に日蓮宗を避けている。足利将軍を追放したあと、空き家となっていた二条城の修理が完成したからというのが表向きの理由だが、安土宗論のあとではすぐまた日蓮宗の寺に戻っていることを見ると、それだけの理由ではあるまい。

その点からも日蓮宗の僧侶・本因坊算砂が、はじめて信長にあったのが天正六年とは考え難い。一方、本因坊が叔父日淵の付添いとして安土宗論の場に居合わせ、信長から声を掛けられたと見られる記録がある。そうだとすれば、本因坊が信長に知られたのは、天正四年（一五七六）

以前でなければならない。

私は、信長と本因坊の最初の出会いは、信長が足利義昭を追放した直後、恐らくは天正二年（一五七四）の春だったと考えている。四月三日は相国寺《しょうこくじ》で茶会があり、今井宗久の他に千宗易、津《つ》田《だ》宗及《そうぎゅう》らが招かれたことが『宗久茶湯日記』に記されている。

その年、本因坊は十六歳だから、囲碁の上手として天下人にまみえるには若過ぎるような気もするが、信長がのちのちまで本因坊を「新発意《しんぼち》」、成り立ての小僧と呼んでいることから見ても、そのぐらいの年で知り合ったと考える方が辻褄《つじつま》が合う。本能寺の変の前夜、本因坊算砂と御《ご》前《ぜん》試合をした林利玄《りげん》（利賢）も、当時十八歳だった。本因坊が十六歳で既に天下一の腕前だったとしても、のちの天才振りから見れば、決して不思議ではあるまい。

第二章　堺《さかい》の戦車

一

「へえー、これが堺か」

　日海《にっかい》は、好奇の目を凝《こ》らした。はじめて見る堺の外観は、この少年僧が想像していたのとは、まるで違っている。

「戦乱の世にどの大名にも屈せず属さず、自治と自衛を保つ町人の町」――そんな話から日海が想像していた堺は、幅広い濠《ほり》と分厚い塀とに囲まれたお城のような姿だ。ところが、今、目の前にある堺の町は、低い家並みが横に広がる平和なたたずまいである。

　確かに濠は巡らされている。だが、その幅はほんの五間《けん》（約九メートル）ほど。外側は土の搔《か》き上げ、町の側は石垣になっているが、それとて水面からの高さは三尺（約一メートル）あまり。軍事施設というよりは、治安と治水を兼ねた掘割《ほりわり》に見える。その上の塀は高さも造りも様々だ。町全体を一つの土塀が囲んだのではなく、濠に沿って並んだ寺院の塀を繋《つな》ぎ合わせたものらしい。

「中国や欧州の城塞《じょうさい》都市とは違う」

日海はふとそんなことを呟《つぶや》いて、すぐ、

「俺は中国にも欧州にも行ったことがないのになあ」

と思い返した。日海の脳裏《のうり》には、想像というにはあまりにも鮮明な幻影が浮かぶことがある。

「幅広い濠と分厚い城壁で囲われていた都市」という姿も、その一つだ。

だが、「東の木戸《きど》」を潜《くぐ》って町に入ると、印象はいささか変わった。目の前には西の港に向けて真っ直ぐに伸びる「大小路《おおしょうじ》」があり、その両側はほとんどが二階屋、それも多くは京にも珍しい瓦《かわら》葺《ぶ》きだ。

「十年前の永禄《えいろく》七年（一五六四）に千軒を焼く大火がおましてな、以来、町衆《まちしゅう》が申し合わせて瓦葺きを進めておりますねん」

同行の今井宗久《そうきゅう》がそう教えてくれた。

町往《ゆ》く人も様々だ。商人もいれば牢人《ろうにん》もいる。南蛮風《なんばんふう》に着飾った若者もいれば、唐風《からふう》を装った老人もいる。髷《まげ》を布で包んだ琉球人《りゅうきゅうじん》もいれば、毛皮を羽織《はお》った陸奥《むつ》の男もいる。信長に追われたはずの阿波《あわ》の三好《みよし》家の侍も、足利将軍を支えた武将の郎党《ろうとう》も、隠すことなく家紋を翻《ひるがえ》して闊歩《かっぽ》している。

「堺に来れば敵も味方もあらしまへん。銭さえあれば、誰でも同じに扱いますのや」

そういった今井宗久の顔は誇らしげだった。

当時の堺は「戦国に浮かぶ安全地帯」、異国人も住めたし、亡命者も安全だった。すぐ近くの野で戦った敵味方がこの町で休憩、膝《ひざ》を突き合わせて酒を酌《く》み合い、木戸を出るとすぐまた斬り合う、というようなこともあった。キリシタンのパードレ（宣教師）、ガスパル・ビレラも、これに驚き、その様子をローマに書き送っている。

永禄十二年（一五六九）からこの町を支配した織田信長も、自由市場の機能と戦国の安全地帯としての地位を保たせた。堺の町は信長に矢銭《やせん》を支払うことで自由を買い、信長は堺に自由を許すことで財源を得た。

「なるほど、これが堺か」

日海は、改めてこの町の動きに目を凝《こ》らしたが、それも、駆け寄って来た白髪《しらが》混じりの茶巾髷《ちゃきんまげ》を付けた小男の声で中断した。

「日海はん、よう来てくれはりました。妙国寺《みょうこくじ》にみなを待たせておりますでな」

日海の囲碁の師匠・仙也《せんや》である。

「当世第一の打ち手」といわれた囲碁の上手《じょうず》、鹿塩利斎《かしおりさい》を、織田信長の面前で破った十六歳の少年僧・日海は、その次の日、天正《てんしょう》二年（一五七四）四月四日に今井宗久の一行に連れられて京を発《た》ち、淀川《よどがわ》下りの船で一泊して五日の昼前に堺に着いた。

ここで日海がしなければならない仕事の順は、まず日蓮宗の僧侶として、叔父《おじ》・日淵《にちえん》の先輩に当たる高僧、妙国寺日珖《にっこう》に対する挨拶《あいさつ》、次いで鹿塩利斎を破った碁打ちとして、師匠の仙也の顔を立てること。堺に来た本来の目的は、その後、ゆっくり時間を掛けてしなければならない大仕事だ。

「東の木戸」から妙国寺までは遠くない。大小路を少し進んで北に折れた四つ目の通り、材木町東詰《ひがしづめ》にそれがあった。商工業者の多い堺の町では日蓮宗が盛んで、町衆の三人に一人は日蓮宗徒だ。妙国寺はその中心的な寺院だが、京の大寺を見慣れた日海にはさほどの規模とは思えない。住持《じゅうじ》の日珖は、世に知られた学僧とは思えぬ気さくな人物で、

「日海はん、この度《たび》はえらいお手柄《てがら》やった。信長様のお目に止まったのは、われら日蓮宗にとっての幸せだす」

と町人言葉丸出しで少年僧の功を讃《たた》え、

「大勢来てるよってに、すぐに広書院《ひろしょいん》へ行ったりなはれ」

と促《うなが》した。この寺の広書院には「当世第一の打ち手」鹿塩利斎を破った天才少年を見ようと、百人ほどの碁好きが集まっていた。商人の町では情報の伝わるのが早い。

日海が堺の碁打ち仙也に手解《てほど》きを受けたのは、七年前の九歳の時だ。京に行商で来た仙也が妙満寺《みょうまんじ》に滞在、住持の日淵に囲碁の指南《しなん》をしたついでに、小坊主の日海にも打ちようを教えたのがはじまりだった。

以来毎年一度か二度、仙也が京に来るたびに日海は指南を受けたが、素晴らしく上達が早く、五年を経《へ》ずして対等の互先《たがいせん》で打つようになった。去年の春には、日海のほうが師匠の面目を立てるために手を緩《ゆる》めねばならないほどだった。

仙也もそれを感じていた。だから、今井宗久から「信長様が京の鹿塩利斎に勝てる碁打ちを探している」と聞かされた時、この好機を幼い弟子《でし》に譲ることにした。勘定上手《かんじょうじょうず》の堺人らしく、仙也は「天下一」に挑《いど》む危険な賭けよりも、高名な弟子を持つ安全な利益の方を選んだのだ。それだけに、仙也としてはこの弟子を大いに利用したかったし、利用する権利があるとも思っていた。

「ほな信長様の御前《ごぜん》での碁を」

妙国寺の広書院の何重もの人垣で囲まれた碁盤の前に座ると、仙也は若い弟子にそう促した。それに応じて日海は黒石を置き、仙也に鹿塩の打った通りに白石を置かせた。

「ふーん、ここでトビでっか。そらええ手や」

仙也は、日海少年が置く石を一手ごとに周囲の人々に解説した。それでも小半刻《こはんとき》（三十分）ほどの間に黒白合わせて百二十五の碁石が碁盤の上に並んだ。

「ここで信長様がお止《と》めになりました」

日海がそういうと、

「なるほど、もうこら大差や。ざっと寄せても二十目《もく》ほどの差がありまんな」

仙也がいささか大袈裟《おおげさ》な身振りで周囲にいった。

「ま、最後のこの打ち込みは無理を承知の勝負手ですけど、きっちり寄せれば十九目の差になるでしょう。最後はここに半劫《はんごう》が残り、それを白が接《つ》ぐことになりますから」

日海は静かにいった。

仙也は訝《いぶか》しげに首をかしげ、最後に置いた黒白二つの石を取り除いて寄せを作り出した。日海は何度か仙也の置いた石をそっと動かし、最善の手順に直した。こうして瞬《また》く間に百ほどの石が加えられて手止《てど》まりとなり、残った半劫を争ってみると白に接ぎが回った。数えると十九目差で黒の勝ち、すべて日海が予言した通りだった。

「ほう」と感嘆の声が周囲から上がり、仙也も誇らしげに頷《うなず》いた。それを待っていたかのように、この寺の小僧が現れ、

「今井様のお使いがお待ちでっせ」

と日海に告げた。いよいよ堺に来た本来の仕事にかかるのだ。

二

「それがし、今井家の警護組頭《けいごくみがしら》を務める赤松権大夫《ごんだゆう》でござる。日海様を新しい術を持つ工場にお連れせよと、旦那《だんな》様に命じられて参上いたしました」

妙国寺の玄関で待っていた男は、商家の使いらしからぬ長い刀を差した髭面《ひげづら》だった。牢人にしては派手な服装、海賊にしては太り過ぎの大男だ。その上、槍を担《かつ》いだ少年の供まで連れている。野《や》盗《とう》海賊の多い天正の世には、商人はみな武装していた。今井宗久ほどの豪商ともなれば、海外に出す船にも国内を往く荷駄《にだ》にも警護の組を付ける。赤松権大夫は、それを指揮する武者崩れなのだ。

「よろしくお願いいたします」

日海が応《こた》えると、赤松権大夫は鷹揚《おうよう》に頷いて材木町の通りを西に進み出した。奉行所と津田宗《つだそう》及《ぎゅう》の豪壮な屋敷の間を抜けると、「中《なか》の筋《すじ》」に出た。

当時の堺は東西の「通り」に沿って同業者が軒を並べる「町」ができており、南北の「筋」は家並みの壁が連なる横丁になっていた。ただ「摂津口《せっつぐち》」といわれる「北の木戸」と「和泉口《いずみぐち》」の「南の木戸」を結ぶ「中の筋」だけは、道幅が五間《けん》ほどもある。もともとは火災の類焼を防ぐために広げた空き地だが、屋台や大道芸《だいどうげい》が並び、大小路に劣らぬ賑《にぎ》わいだ。

一行は「中の筋」を北へ、神明町《しんめいちょう》、九間町《くけんちょう》、柳之町《やなぎのちょう》、錦之町《にしきのちょう》、綾之町《あやのちょう》、桜之町《さくらのちょう》、北旅籠町《きたはたごちょう》と、一町ごとに異なる業種の連なる通りを横切って進んだ。

はじめて堺を見る日海には、楽しい見物だ。どの町も品物は豊かで商いは賑わっている。薬種業の多い神明町には朝鮮人参《にんじん》や漢方薬が溢《あふ》れている。唐物屋《とうぶつや》の集まる柳之町には明《みん》の陶磁器も南蛮渡りのギアマンも並んでいる。織物屋が連なる錦之町や綾之町には明の白絹《すずし》や天竺《てんじく》の木綿《もめん》、南蛮渡来のフエルトが積み上げられている。絵を織り込んだ分厚い織物をぶら下げた店もある。ペルシャの絨毯《じゆうたん》やゴブランの葛織《くずおり》だ。こんな高価な商品が店先にあるのは、この町の治安の良さを物語っている。

大道芸も様々だ。歌舞音曲《かぶおんぎよく》も曲芸武術の見せ物も多い。長い竿《さお》の先で皿を回す唐人芸《とうじんげい》を見せる者もいれば、口から火を吹く南蛮芸をやる者もいる。昼のうちから媚《こび》を売る女郎《じよろう》や男色の相手を務める野郎の姿も多い。

何より目立つのは、宣伝文句を書いた旗指物《はたさしもの》を背に、青竹切りや鎖鎌《くさりがま》の技を披露《ひろう》する武芸者の姿だ。伝統と格式を大切にする京の都では、伝《つて》を頼り流儀を示して売り込まなければ上等の就職はできないが、この堺では露骨《ろこつ》な自己顕示《けんじ》を競うことで雇い主を求めるのだ。

「ふーん、なかなかの手練《てだれ》じゃ」

赤松権大夫がそういって立ち止まったのは、奇声を発して積み上げた瓦《かわら》を拳《こぶし》で叩《たた》き割る唐風に装った男の前である。京でも見たことがない素手《すで》の武芸だ。だが、槍持の少年は幼さの残る頰《ほお》に笑いを浮かべて、

「あれは空手という琉球武芸やけど、素人目《しろうとめ》を欺《あざむ》く未熟な演技でっせ」

というや、担いだ槍を権大夫に投げ渡すと人垣を割って武芸者の前に飛び出して、積み上げた瓦三枚を一度に投げ上げて空中に飛び上がって蹴《け》り割り、宙を舞って戻って来た。猿が飛び跳ねるよ

うな身軽な動作、五つ数える暇もないほどの早業《はやわざ》だった。

「オーッ」という驚きの声と拍手が人垣から湧《わ》いたが、もうその時には、少年は何事もなかったように槍を担いで歩き出していた。少年の早業になす術《すべ》もなかった空手の武芸者に対する失笑が起こったのは、その後だ。恐らくあの武芸者は、もう堺では雇い主を見つけることも、投げ銭を得ることもできないだろう。時は戦国、世は乱世。囲碁も武芸も情容赦《なさけようしゃ》のない競争なのだ。

「佐助《さすけ》はな、つい三カ月前まで、明国は少林寺《しょうりんじ》で拳法を修めておりましたでな」

赤松権大夫は、満足気に語った。自分の眼力《がんりき》の無さを証明された恰好《かっこう》なのに、嬉《うれ》しげに目を細めているのだから、この髭面もお人好しだ。

「へえ、佐助さんは明国で拳法を修行されたのですか」

日海が驚いて聞き返したが、佐助はただいたずらっぽい笑顔を返しただけだった。その時、日海は同じ年頃のこの少年が、武芸に溺《おぼ》れず世間を知れば「使える友」になるだろうと思った。今、日海が進めようとしている計画には、小柄で利発で敏捷《びんしょう》な武芸者が必要なのだ。そして、それが同じ年頃の少年ならば嬉しい限りだ。


「ここが桜之町、鉄砲鍛冶《かじ》の集まる町でござる。様々な製品をとくとご覧頂きたいが、まずはこの先に新しい術を試す工場町《こうばまち》ができておりますでな、そちらに日海殿をお連れするようにとの旦那様のお言葉でござる」

赤松権大夫がそういった。なるほどそこには鍛冶場が並び、槌音《つちおと》もかしましい。置かれている鉄砲見本も様々、五百匁《もんめ》（約一・八キロ）の鉄玉を飛ばす大筒《おおづつ》もあれば、十本の銃身を並べた斉射《せいしゃ》銃もある。鉄砲が種子島に伝わって三十年、既にこの国の鉄砲鍛冶は様々な工夫を凝らすようになっている。奇抜な記憶を持つ日海少年には、それが嬉しかった。ただ、この通りはさほど大規模ではない。堺の人々は、金属加工が出す煙と汚水と火事の危険を嫌って、大型の工場は海寄りの地区に集めたのだ。

「なるほど……」

日海は堺人の合理性に感心した。ほどなく海鮮魚市場《かいせんうおいちば》の水路を跨《また》ぐ橋を越え、鍛冶場や窯場《かまば》の並ぶ場所に出た。日海が案内されたのは「泉屋《いずみや》」の看板を掲げたひと際《きわ》大きい鍛冶場だった。建屋の中央には、煉瓦《れんが》で囲った火床《ほど》の高い炉があり、天井から風を送って銅と鉛を溶かしている。

「ははー、これが南蛮絞《しぼ》りの仕掛けか」

日海は直《す》ぐそれを悟《さと》った。それまでの日本の金銀冶金《やきん》は、天文年間《てんぶん》（一五三〇年代）に開発された灰吹法《はいふきほう》だったが、これでは銅が含有《がんゆう》する微量の金銀を分離することが難しい。ところが、天正のはじめに南蛮絞りが導入された。融点《ゆうてん》が三二七度と低い鉛に金銀を吸収させて銅と分離する方法である。それをいち早く習得したのが泉屋、のちの住友家だといわれている。日海が案内された天正二年四月は、南蛮絞りを開業して間のない頃だ。

「若当主はおるかな。今井の使いが参ったとお告げくだされ」

赤松権大夫は灼熱《しゃくねつ》の湯を掻《か》き混《ま》ぜる人々に大声で叫んだが、見向く者もいない。八分目《はちぶんめ》に溶けた銅に鉛を加えて攪拌《かくはん》、温度を保って合金《ごうきん》を取り出すにはタイミングが大事、不意の来客などに構っておれないのだ。

それを感じた日海は、権大夫を制して仕事が一段落するのを待った。やがて炉から出る溶けた鉛の流れが止まると、二人の男が汗を拭《ぬぐ》いながら炉の後ろから出て来た。総髪《そうはつ》を頭巾《ずきん》に包んだ若者と長身金髪の南蛮人だ。

三

「白水様《はくすい》……」

総髪を頭巾で包んだ若者は、日海の示した絵図を握り締めたまま、南蛮人にそう呼び掛けた。

「白水様、このような物をどこぞでご覧になったことがありますやろか」

「オー、ノー。ザッツ、イマジネーション」

白水様と呼ばれた金髪の南蛮人は、崩れるように床几《しょうぎ》に腰を下ろして肩をすぼめた。

「ない、見たことも、聞いたこともない。理兵衛《りへえ》、それは夢だ。ただの空想だ」

ぎこちない口調ながら、誰にも分かる日本語だった。この男、南蛮人の中でも珍しいイギリス生まれで、名はジョン・ハックスレーというが、日本人はこれをつづめて「白水」と呼んでいる。この屋号「泉屋」は「白水」の文字を重ねたものだ。それは末長く住友家に引き継がれ、現在の住友系企業群にも伝わっている。

白水は、様々な機械を巧《たく》みに造るので知られ、南蛮人を見慣れた堺の人々も、その術を「南蛮魔術」と囁《ささや》きあったほどだ。そんな白水に資金を出して弟子入りする者が出た。総髪を頭巾で包んだ若者、蘇我理兵衛友以《そがりへえともももち》だ。この男、まだ二十歳《はたち》を過ぎたばかりだが、京都の出版業者富士家の養子となるや、養父を口説《くど》いて資金を集め、白水と共にこの南蛮吹きの鍛冶場を造った。新しいものに臆せず挑戦する者の多い堺でも、これほど大胆な人物は珍しい。

だが、その蘇我理兵衛も、日海が示した図面には目を丸くした。そこに描かれているのは、珍奇な箱を帯で巻いた車の上に載せた二十世紀の戦車なのだ。

「白水様さえ見たことがないといわはるのやから、到底《とうてい》造れまへん。残念ながら」

蘇我理兵衛は苦しげに呟いた。だが、日海は「残念ながら」の一言から、相手のやる気を察した。

「蘇我さん、なぜできないと決めてかかるんです。小僧の私が思い付くのだから、あなた方もやってみる値打ちがあるでしょう」

日海は、相手のプライドと好奇心を擽《くすぐ》る手に出た。

「だめだ、車は輪だから回る。帯を巻いては進まない」

白水が、日海の図面の下部、キャタピラの部分を叩きながら叫んだ。

「南蛮には大筒を載《の》せた車ある。六つの馬で引く大きな車ある。帯を巻いた車、ない」

そういった白水の声にも、日本の小僧に途方もない想像力を見せつけられた悔《くや》しさが滲《にじ》んでいた。

「そこですよ、白水さん、蘇我さん。日本の道は粘土《ねんど》で柔らかいから、車はめり込んでしまう。帯で巻けば沈まない。帯の中に大きな車を入れて回すと帯が進みます」

日海は首の袈裟《けさ》を外《はず》し、その帯の部分を輪にして二本の棒で転がして見せた。

「なるほど、中の車が帯を嚙《か》むと進むわけか」

まず、興味を示したのは蘇我理兵衛の方だった。

「やってみる値打ちがあるでしょう。できなくてもともと、出来不出来にかかわらず今井の旦那さんが五十両を払うと仰《おっしゃ》っているんですよ」

日海は次に蘇我理兵衛の商魂《しょうこん》を煽《あお》った。五十両は大金、今井宗久の名は効果的だ。白水はまだゆっくりと首を振っていたが、蘇我が考える姿勢になった。そしてやがて、

「考えてみまひょ」

と応えた。


その日から、三人の「戦車」造りがはじまった。最初の三日間は、専《もっぱ》ら日海が構想を語った。白水も蘇我理兵衛も、容易にこの車両の意味が理解できず、何度も「できない、もう止《や》める」といったが、日海は根気強く話した。何十枚も絵を描《か》き、何十回も同じことを繰り返した。天正の人間に二十世紀の戦車が理解できないのを、日海は十分に予想していたからだ。

次の三日間は、主として白水と理兵衛の意見を聞いた。今度は、絶対に不可能だという彼らの主張を日海が理解する番だ。

まず、日海のいう「発動機」なるものは絶対にできないことが分かった。「蒸気機関」もだめだった。今の技術では、圧力の高い気体を閉じ込めて動力にするほどの完全な円筒が削れないからだ。回転式の砲塔《ほうとう》というものも否定された。摩擦《まさつ》を減らす鋼玉《こうぎょく》・ベアリングができないのだ。全体を鉄で造るというのも無理なことが分かった。振動に耐えられるほど、鉄と鉄を丈夫に接合する鋲《びょう》打ちも溶接もできない。

最後に問題になったのは、車を帯で巻くという部分だが、これだけは日海が譲らなかった。白水

は、様々な車の案を出した。轍《わだち》の幅を広げることも、車の数を増やすことも考えたが、軟弱な雨上がりの道では泥にめり込むのを止められそうになかった。蘇我理兵衛は、車の代わりに橇《そり》や脚を付けることも考えたが、重くて動けそうになかった。

七日目の四月十二日の朝、夜を徹した議論の末、やっと概要が決まった。まず全体は、幅一間（約一・八メートル）、長さ二間、高さ五尺（約一・五メートル）の鉄の箱を丈夫な木の台車に載せ、車は板を帯状に繋《つな》いだ無限軌道《むげんきどう》で包む。動力は通常四頭の馬で引くが、敵に襲われた時には馬を切り放し、内部に備えた歯車を人が回して進めるようにする。もちろん、これでは速度が出ないが、馬を傷つけられて立ち往生する危険を避けるためにはそれしかない、という結論になった。

次に乗員は六人とし、連発銃と南蛮剣を装備する。鉄の箱には南蛮船の砲門と同じ扉をつけた小窓を配するほか、屋根には凹面鏡《おうめんきょう》を利用した筒を出して外部が見えるようにする、等々である。

「さて、これでどれほどの効果があるやら」

日海は、七分《しちぶ》の期待と三分の失望を交《まじ》えて呟いた。だが、蘇我理兵衛は、

「本当にこれができるかどうか、心配でんな」

と、総髪を掻き上げた。彼の計算によると、鉄の箱を包む鉄板を一分《いちぶ》（三・〇三ミリ）とすれば、全体の重量は約二百貫（七五〇キロ）、米五石《こく》相当になるという。これに六人の乗員の体重や荷物の重さを加えると三百貫に近づく。

「町中《まちなか》の堅《かた》い道なら、米の二十俵ぐらいは車に積めば馬二頭でも引っ張れます。けど帯で巻いた無限軌道で柔らかい道にでたら、四頭の馬でもどないですやろ」

というのだ。ところが、イギリス生まれの南蛮人・白水の心配は別のことだった。

「南蛮や明国には四頭立て馬車、六頭立ての馬車、沢山《たくさん》ある。だけど、日本にはない。二列二重の馬、操《あやつ》った者、誰もいない」

というのだ。

「大丈夫、心当たりがあります」

日海ははっきりといった。明国の挙法を学んだ佐助を思い浮かべてのことだ。

四

翌日から、三人の「戦車」造りが本格化した。

まず蘇我理兵衛が墨引《すみび》き、つまり設計図を書く。車台の図、その上の鉄の箱、馬に引かせる部分の接合、車を包む無限軌道の詳細、車内から動かす歯車、それを外の車に伝える軸などが、一つ一つ問題になった。

最大の難問は、長さ二間（三・六メートル）もある無限軌道でどうやって曲がるかだ。何度も模型を造って実験を繰り返した結果、底辺を短くし、左右の歯車を別にして内部の歯車で操作、進行速度を違える方法をとった。このため、帯を押さえる下の車を左右各四つ、上部にあって帯を嚙む車を二つ付けることにした。当然、これは摩擦を増やし動きを悪くするが、それは中の人力で回す歯車を大きくすることで解決できた。

また、白水の提案で、上に載せる鉄の箱と動力を伝える車軸に南蛮鉄を利用することにした。南蛮鉄とはインドのサレム海岸で産するウーツ鋼《こう》のことで、延展性《えんてんせい》に富んでいるため日本の鉄よりも薄い板で防弾効果が上がる。白水がこれを大量に入手してくれた御陰《おかげ》で、全体の重量を二割近くも軽減することができた。

機械いじりが得意な白水は、鏡を利用した筒の製作に取り組んでいた。銅板に水銀鍍金《すいぎんめっき》をした凹面鏡で、僅《わず》かな穴から広い範囲が見える仕掛けだ。さらに白水は、

「これに乗る人、われわれの服がよい」

といって、股引《ももひ》き筒袖《つつそで》の南蛮服を着て見せた。確かに狭い箱の中で動き回るのには、それが適していた。「戦車」を実用化するためには、服装も考案する必要があったのだ。

一方、日海は、桜之町の鍛冶に連発銃の製作を依頼した。まず今井宗久のお声掛りで「鉄砲造りの上手」といわれる鍛冶を十軒ほど集めて、六連発銃の設計競争をさせた。

「出来の良いものなら一丁十両で買う」

という今井宗久の指示に、鉄砲鍛冶たちはできる限りの知恵を絞った。扇状に広げた物もあったし、六本の筒を円筒型に束《たば》ねた物も出た。だが、結局採用したのは六本の筒を束ねた物だ。「戦車」の中から使用するのだから、重量は少々重くてもよいが、銃身が短く場所を取らないことが大切なのだ。

槍持の少年・佐助は、四頭立ての馬車を操る訓練をはじめていた。明国で長く修行した佐助は、四頭立ての馬車を見たことも乗ったこともあったが、いざ操ってみると上手《うま》くいかない。馬の方に集団で動く訓練がされていないからだ。何度も馬が方向を違えて訓練用の馬車を倒し、佐助は地面に放り出されたが、少林寺の訓練で受身の術を心得ていた佐助は、掠《かす》り傷も負わない。

「流石《さすが》やな」

日海がそういうと、佐助は、

「日海はん、あんさんも一緒にいくのなら、一つぐらいは武芸ができんとあきまへんで。敵を倒すほどでのうても、我が身だけは守れんとな」

とからかった。

「それもそうだが、私にできそうな武芸などあるかね」

そう訊ねた日海に、佐助はこう答えた。

「俺は少林寺でいろんな芸を見たけど、人間は使い慣れた物には不思議な力を加えられるもんだす。日海はんならさしずめ碁石、これを確実に相手の眉間《みけん》か目玉に当てるようにしたらよろしおす」

「なるほど……」

日海は感心した。そしてその日から、碁石を投げる練習をしてみた。

赤松権大夫の率いる警護の者たちと競い合ってみると、確かに上達がはやい。薄く尖《とが》った碁石を、三間離れた板に描いた一寸（約三センチ）の的《まと》に当て、五分（一五ミリ）ほど食い込ませるようになるまでには、さほどの日数もかからなかった。だが、佐助は、

「いざという時に、普段のようにできるかどうかでんな、問題は」

と厳しい表情でいった。遊びではなく武芸となれば、どんな場合でも確実にできる技能と精神を養わなければならない——それが少林寺で修めた拳法の教えでもある。

五

堺で「戦車」造りが進んでいる間にも、重大な報《しら》せが次々と入ってきた。

まず、日海が堺に着いた直後から本願寺《ほんがんじ》派の動きが活発になり、前年、織田信長が征した越前《えちぜん》が一向宗徒《いっこうしゅうと》の一揆《いっき》持《も》ちの国になってしまった。越前の一向宗徒は去る二月、富田長繁《とだながしげ》と結んで、信長の任命した守護代の桂田長俊《かつらだながとし》を打ち破ったが、今度はその富田長繁を、本願寺が派遣した下間《しもつま》頼照《らいしょう》の指導によって滅ぼしたというのだ。本願寺の本拠、摂津でもゲリラ活動が盛んになったことはいうまでもない。

次は、この二月に美濃《みの》の岩村《いわむら》城と明知《あけち》城を攻め陥《おと》した武田勝頼《かつより》が、休む間もなく遠州《えんしゅう》方面に兵を動かしている、という報せだった。二月の時は、信長も岩村城を救おうとして出陣したが、御嵩《みたけ》まで行った時に城が落ちてしまった。四方に敵を持つ織田家にとって、武田勝頼の動きは真《まこと》に煩《わずら》わしい。特に今度は、織田の同盟軍である徳川の領地を狙った行動だけに捨て置くわけにもいかないだろう、と堺の衆は噂《うわさ》し合っていた。

その中には、信長が遠州に釘付けになれば、近江《おうみ》の六角承禎《ろっかくしょうてい》や足利の残党と結んで畿内《きない》の織田勢力を覆《くつがえ》せる、という一向宗徒の期待も含まれていた。大和《やまと》信貴山《しぎさん》に籠《こ》もる松永久秀《まつながひさひで》の動きが怪しいという噂も出た。信長贔屓《びいき》の今井宗久や日蓮宗徒には、気になることばかりだ。

さらに、日海たちの「戦車」造りが本格化した四月十三日には、また別の報せが入った。織田信長が大軍を率いて南近江に出陣、六角承禎の石部《いしべ》城を攻め陥した、というのだ。六角承禎は、永禄十一年（一五六八）に、信長が足利義昭を擁《よう》して上洛《じょうらく》した時にも、観音寺城《かんのんじ》によって抵抗して敗北、一旦《いったん》は降服しながら元亀《げんき》の騒乱に乗じて再起。さらに息子の義定《よしさだ》が杉谷善住坊《すぎたにぜんじゅうぼう》を雇って信長を狙撃《そげき》させるなど、なかなか煩《うるさ》い相手だった。

「六角承禎自身はいち早く逃げ出しておったので、捕らえることはできなんだが、城に残った者千五百はことごとく斬って捨てはったそうな。逃げ足早い承禎にも忠勇な一族家臣がおりましてな、最後まで本丸に残った百人ほどは、信長様の兵を引きつけ、火薬庫を爆破して突撃してきたそうな。これで信長様の兵にも五百人ほどの死傷が出ましたんやて」

今井宗久は、そんな話を日海にもしてくれた。

「へえ、やっぱり信長様は越前や遠江《とおとうみ》ではなく、近江に御出陣になりましたか」

日海は、一種の満足感をもってそう答えた。それは、十日前に碁盤の上で日海が示した戦略と一致していた。

「いよいよ『戦車』造りを急がねばなりませぬな」

日海がそう呟くと、今井宗久も「その通り」というように頷いて、にやりとした。信長が遠くの大敵よりも足元の掃討《そうとう》を優先するとすれば、徳川への援軍は形だけに抑えて「金」で解決するつもりに違いない、という読みで二人は一致したのだ。

だが、この度《たび》の織田信長の近江での戦いが、手強《てごわ》い敵を生んでいたことは日海にも読めなかった。「二十世紀の記憶」からは測り知れないことだったからである。

実録・本因坊算砂

日海《にっかい》、のちの本因坊算砂《ほんいんぼうさんさ》の囲碁《いご》の師匠《ししょう》が、堺《さかい》の碁打ち仙也《せんや》であったことは、天正《てんしょう》十六年（一五八八）の羽柴《はしば》秀吉の朱印状《しゅいんじょう》で確認されている。

（前略）この度御前《たびごぜん》に於《お》いて鹿塩《かしお》、利賢《りけん》、樹斎《じゅさい》、山内《やまのうち》、庄林《しょうばやし》を召し出され、打たされ候処《そうろうところ》、本因坊盤数《ばんすう》これに勝ち候に就《つ》いては、右の者共向後定先《こうごじょうせん》たるべきの由《よし》、仰《おお》せ付けられ候。この旨《むね》、相守り碁の法度《はっと》申付けべく候。御褒美《ごほうび》のため毎年米二十石《こく》づつ二十人の扶持方御扶助《ふちかたごふじょ》なさるるにおよぶなり。ただし、仙也儀《ぎ》は師匠のことに候間《あいだ》、互先《たがいせん》たるべきものなり。

御朱印

閏《うるう》五月十八日

本因坊

要するに、羽柴秀吉が碁打ちの序列を作るために御前試合を催したところ、本因坊が優勝したので、他の碁打ちは定先で打て、ただ、仙也だけは本因坊の師匠だから、これからも互先でよい、というものである。碁打ちを実力によって序列化した最初の記録であると共に、師匠は弱くとも「互先」の名誉を保たせた点で、のちの段位制の萌芽《ほうが》とみることのできる貴重な文書である。

仙也に関しては、年齢や経歴はよく分からないが、『当代記《とうだいき》』の慶長《けいちょう》十二年（一六〇七）十二月二十四日の項には、仙角《せんかく》という息子がこの年の春、筑紫《つくし》で喧嘩《けんか》によって死んだ、と書かれている。これも碁打ちになっていたのだ。

京都の日蓮宗の小僧だった日海が、堺の仙也から囲碁を習ったという事実は、いろいろな想像を生む。小坊主の日海が堺まで出掛けて囲碁を習ったとは思えないから、仙也の方が京に出た折りに教えたに違いない。当時の文化人の交流は、かなり広範囲にわたっていたらしい。

なお、本書の記述に関連して、南蛮吹《なんばんぶ》きや連発銃のことについても多くの興味深い研究が残されている。主題から離れるので詳述は別の機会に譲るが、かなり早くから連発銃を造る試みがあったことは確認できる。ただし、それがどの程度実用化されたかは疑問である。

第三章 怨《おん》霊《りょう》

一

ドドーッと爆音が轟《とどろ》いた。十六歳の新発意《しんぼち》（小坊主）日海《にっかい》は、数を数えた。それが「四」になった時、またドドーッと音がした。馬蹄《ばてい》の響きと鉄の軋《きし》む音がして、長さ二間《けん》（約三・六メートル）、幅一間、高さ五尺（約一・五メートル）の鉄の箱を載《の》せた奇妙な物体が、硝煙《しょうえん》を靡《なび》かせながら近づいて来た。

「うん、まあまあ上手《うま》くなったな」

と日海は呟《つぶや》いた。ほぼ同じ間隔で六回、鉄砲が発射された。移動しながら四秒間隔で撃《う》てれば、連発銃の効果は十分だ。天正《てんしょう》二年（一五七四）五月十七日、堺の西端、海鮮魚市場北側の「鉄砲遠《とお》打ち場《ば》」では、今日も朝から「戦車」の試運転と連発銃の射撃訓練が行われている。

日海が堺に来て四十日、蘇我理兵衛《そがりへえ》と南蛮人白水《なんばんじんはくすい》の懸命《けんめい》の作業で「戦車」は完成、馬四頭を操《あやつ》る佐助《さすけ》の腕も上達した。桜之町《さくらのちょう》の鉄砲鍛冶《かじ》に発注した輪回式《りんかいしき》六連発銃も十挺《ちょう》が納入され、筒袖股引《つつそでももひ》き姿の射手《しゃしゅ》が訓練に励んでいる。いずれも日海の目には腹立たしいほど不格好《ぶかっこう》な物だったが、何とか使えそうだ。

「出発はいつ頃かな」

鉄の箱の前を騎馬で走っていた今井家の警護組頭《けいごくみがしら》赤松権大夫《ごんだゆう》が、汗を拭《ぬぐ》いながらやって来て訊《たず》ねた。

「五日後、今月二十二日が吉日《きちじつ》だそうで」

日海はそう答えてから、先刻、今井宗久《そうきゅう》の手代《てだい》がもたらした情報を伝えた。

「信長様は昨日、京を発《た》って岐阜に向かわれました。既《すで》に武田の兵が徳川方の高天神《たかてんじん》城を囲んでおるとのことです」

「何、武田の兵が遠江《とおとうみ》の高天神城を」

赤松権大夫が髭面《ひげづら》を赤くした。

「ならば、急がねば。信長様のことだ、岐阜に着けばすぐ御出陣なさるであろう」

「いや、一カ月ほど後でしょう。御出陣は」

日海は冷ややかに呟いた。この少年僧の見るところ、織田信長は本気で高天神城を救おうとしていない。武田と戦うのには、遠江と駿河《するが》の国境にある高天神城は遠過ぎて不利だし、ここで長く畿《き》内《ない》を空けるのは危険だ。織田信長はそんな冒険を好む男ではない。一見、短気に見えるが、計算はこまやかで実に辛抱《しんぼう》強い。いわゆる合理的精神の持主なのだ。

昨年の夏から秋にかけて、織田信長は、蓄えた力を瞬発させるような行動に出た。叛服《はんぷく》定まりない将軍足利義昭《よしあき》を追放し、すぐ北国《ほっこく》に攻め入って朝倉を滅ぼし、浅井《あざい》の小谷《おだに》城を攻め落とした。これで一気に天下は定まるかに見えたが、それも束《つか》の間《ま》、今年に入ってからは、またも反信長勢力が盛り返している。

備後《びんご》の鞆《とも》に流れ着いた足利義昭は、中国と瀬戸内を抑える毛利《もうり》家の支援を得て、各地に残る旧臣守旧派に決起を呼び掛けている。それに応じて河内《かわち》、摂津《せっつ》、近江《おうみ》、丹波《たんば》の古い勢力が蠢動《しゅんどう》し出した。再び反抗姿勢を示し出した本願寺《ほんがんじ》は軍事組織を強化、各地の宗徒《しゅうと》に指揮者を派遣して総合戦略を採り出した。北の越前《えちぜん》は一向《いっこう》宗徒の一揆《いっき》持ちの国となったし、南の紀伊では雑賀《さいか》の宗徒が一段と強力になった。伊勢長島《いせながしま》の一揆勢も衰えを見せない。

世の中には勢力均衡《きんこう》をもたらす仕組みがあるらしく、一方が強くなれば、その反対側に与《くみ》する者も増える。ここで織田軍主力が遠江に釘付けになれば、不安定な畿内の支配権も瓦解《がかい》してしまうだろう。

それを知り抜いている信長は、高天神城の救援に主力を張りつけはしないはずだ。先月中旬には南近江に出陣して六角承禎《ろっかくしょうてい》を追い、今月はじめには京で馬揃《うまぞろ》えをやって武威《ぶい》を誇示《こじ》した。敢《あ》えて出陣を延ばし、城が陥《おち》る頃に形ばかり大軍を動かすことで済ませるつもりなのだ。それにはまだ一カ月ほど待つ必要がある。高天神城見殺しの期間だ。

それでも徳川家康を味方に引き止めるとなれば、「金《きん》」しかない。金があれば牢人《ろうにん》を集めて武力を補うことができるし、親類縁者を失った家来たちを説得することもできる。信長の実力を恐れる家康はもちろん、肉親友人を見殺しにされた家臣たちも、殺した敵に寝返るよりは「金」をくれる古くからの同盟者を選ぶはずだ。そう割り切っている信長の心中が、日海にはよく分かる。

「それまでに金を岐阜にお届けすればいいのです。ここは、急ぐよりも確かさが大切、まず道筋と日程を詰めなければなりません」

日海は、中間の論理を省略して権大夫に語った。先刻、柄《がら》にもなく「吉日」などを持ち出したのも、そのためだ。

「なるほど」

権大夫は素直に頷《うなず》いた。年齢は親子ほど違うが、教えられるのはいつも権大夫の方だ。その目の前を、四頭の馬に引かれた「戦車」が蝶番《ちょうつがい》で繋《つな》いだ木製の無限軌道《むげんきどう》を軋《きし》ませて通り過ぎて行った。石や水溜《みずた》まりなどの障害を造った試行路《しこうろ》を一刻に二里《り》（時速約四キロ）ほどの速度で、もう二刻以上も走っている。手綱《たづな》を取る佐助も、中に乗る六人の兵士も、だいぶ自信が持てて来た。堺から岐阜まで六十里（約二百四十キロ）、走り続けてくれなければ困る。

二

「常なれば、そこの港から船で出て、摂津の天満《てんま》で川船に積替《つみか》え、伏見《ふしみ》まで溯《さかのぼ》れば楽でござるのにな」

赤松権大夫は未練ぽく吐《は》き捨ててから馬に跨《また》がり、「出発」の号令を掛けた。五月二十二日の卯《う》の刻（日の出頃）、金百枚を積んだ「戦車」は堺を出発した。

道筋は、今井宗久の下《もと》に出入りする行商や托鉢《たくはつ》からの情報によって、厳密に検討されている。権大夫のいう通り、「常なれば」伏見までは淀川《よどがわ》の水路を採った方が楽だが、今はそれも本願寺宗徒によって閉鎖されている。また、松原から大和川《やまとがわ》沿いに北上、平野《ひらの》、若江《わかえ》を経て鳥飼《とりかい》の渡しに至る道は水はけが悪く、重い荷駄《にだ》が通るのには適しない。逆に、真っ直ぐ東に行って大和に入る道は、どれも峠が急で道路も悪い。

そうしたことを考慮して選ばれたのは、堺から東へ進み、道明寺《どうみようじ》で北に折れて枚岡《ひらおか》から飯盛山《いいもりやま》の麓《ふもと》を経《へ》て、高槻《たかつき》城に至る山沿いの道だ。今日《こんにち》でいえば、国道百七十号線のコースに当たる。途中には足利の残党や農民の野伏《のぶせり》が出る恐れはあるが、それがかえって「戦車」の威力を試す好機にもなる、と日海は考えていた。

「今井家が織田信長の命令で大量の金を岐阜に運ぶことは、堺では知らぬ者もないほどです。どうせ近江か美濃《みの》の国境では一度か二度、狙われるでしょう。河内辺りの足利残党や野伏ぐらいは恐れることもありますまい」

日海がそういうと、権大夫も同意した。彼の指揮する警護組は三十人、町人荷駄《ちようにんにだ》としては少ない数ではない。

堺の町の「東の木戸《きど》」を出ると、権大夫は道中《どうちゆう》警護の定型通りに人数を配置した。まず先駆《さきが》け二人が二十間（三十六メートル）ほど先を行き、次いで今井家と織田家の旗を背にした二人が進む。この荷駄は織田家の御用《ごよう》で今井宗久が運んでいるものだと示すためだ。

本隊の先頭を指揮者赤松権大夫が騎馬で行き、警護本隊の槍組六人、刀組六人、弓組六人が続く。後備《あとぞな》えには替え馬四頭を引いた六人、そして十間ほど遅れて殿《しんがり》の二人がつく。野伏の不意打ちに備えるためだから槍も弓も短い。火縄の点火に手間がかかる鉄砲は用いない。土民の礫《つぶて》の攻め（投石攻撃）に対抗するのは、手練《てだれ》の弓組だ。

この警護組に守られているのは、木製の無限軌道の上に鉄の箱を載せた「戦車」。発案者の日海は、四頭の馬を操る少年佐助と並んで御者台《ぎょしゃだい》に腰掛けた。鉄の箱の中には六連発銃を持った六人がいる。後備の六人も股引《ももひ》き筒袖《つつそで》の上に半纏《はんてん》を羽織《はお》った「戦車」の交代要員で、腰には細い南蛮刀のサーベルを差している。振動の激しい鉄の箱では、一刻（約二時間）ごとに乗員を交代する必要のあることが、試運転で分かったからだ。

　旅のはじまりは順調だった。松原、道明寺、楽音寺《がくおんじ》と小休止《しょうきゅうし》を取り、「戦車」の乗員交代と引き馬の付替《つけかえ》を繰り返しながら、午《うま》の刻（昼頃）には枚岡の坂を登り切って、昼の弁当を使った。病平癒《やまいへいゆ》の霊験《れいげん》灼《あらたか》といわれる石切《いしきり》神社の参道入口に当たり、名物の薬屋もあれば、参詣《さんけい》客相手の物売りも出る。この道中では、治安も見晴らしもよいところだ。

「よい天気で幸いでござった」

　乾いた土手に腰を下ろした赤松権大夫がいった。今日の道中はもう終わったといわんばかりの、のんびりとした顔だ。堺から高槻まで十四里のうち八里が過ぎた。心配した「戦車」の故障もなく、妨害に遇《あ》うこともなかった。あと四里半で枚方《ひらかた》の渡し、そこには織田信長に仕《つか》えるキリシタン大名の高山右近《うこん》が、迎えの兵と船を出しているはずだ。日の長い五月、この晴天なら苦労のない旅に思える。それでも日海の表情が厳しかったのは、尻の痛みのせいだ。

「日海はんは分厚《ぶあつ》い座蒲団《ざぶとん》に座って碁《ご》を打っとるさかいに、御者台に腰掛けてるだけでも尻が痛おすのやろ」

　脇から佐助がからかった。

「お説の通り、座蒲団を用意して来なかったのを後悔しております」

　日海は、佐助の言葉を率直に認めて苦笑した。実際、振動の激しい「戦車」の上に長く腰掛けていると、日海の尻は骨が砕けるように痛んだ。さりとて「戦車」のあとを歩くと、前の馬が垂れ流す馬糞《ばふん》がひどく気になり、替え馬引きの者と歩調が合わない。今も、握り飯と焼き味噌《みそ》の弁当を摂《と》ると、茶を煎《せん》じて呑《の》みたくもなる。日海の記憶の中には、まだ誰も試みたことがない煎茶《せんちゃ》の味が染《し》み込《こ》んでいるのだ。

「どうやら私は豊かさに慣れ過ぎているらしい」

日海は、瓢箪《ひょうたん》の生暖《なまあたた》かい水を美味《うま》そうに呑む佐助や権大夫を見ながら、そう思った。この少年僧が持つ二十世紀の記憶の中には、豊かな時代の心地良《ここちよ》さも含まれているのだ。

三

「出たな」

御者台の右に座った佐助が、突然、そんな声を発したのは、未《ひつじ》の刻（午後二時頃）を過ぎた頃、飯盛山の麓の坂を上り切る直前だった。

「何が」

日海が振り向くと、佐助は正面を見つめたまま親指で右手の山を指した。繁った雑木の間には取り崩された城跡、数年前まで三好政康《みよしまさやす》の属城《ぞくじょう》だった飯盛山城の土塁《どるい》が見える。

「大したこともなさそうやけど、用心に越したことはない」

佐助はそういうと、「イケェ」と叫んで前列の二頭の馬に鞭《むち》を入れた。ダダーッと馬蹄《ばてい》が高鳴った。ほとんど同時に、警護組を指揮する赤松権大夫も、馬を躍《おど》らせて叫んだ。

「早足《はやあし》、槍組、右に備えよ」

バラバラッと人が動き、二列縦隊の警護組が長く伸びて駆け出した。悟《さと》られたことに気付いたのか、「ワーッ」という喊声《かんせい》が起こって鉄砲の音が二つ三つ響き、右前の尾根に桐《きり》の紋の付いた白い幟《のぼり》が立った。足利残党の襲撃だ。

「佐助、馬を切り離すか」

日海は緊張した声で訊《たず》ねたが、佐助は幼さの残る顔に笑みを浮かべて、

「大した人数ではない。それに下手糞《へたくそ》や」

と応《こた》えて、四頭の馬に交互に鞭を入れた。振動が激しくなり、乾いた土を噛む木製無限軌道の軋《きし》みが激しくなった。「戦車」はそれまでの二倍、人が駆け足をするほどの速さで走り出した。

「織田信長様の御用にて参る、堺の今井の使いと知っての狼藉《ろうぜき》か」

権大夫が馬を走らせながら叫ぶと、それに応えるように矢が三、四本飛んで来た。そして五十間ほど先の小高い岩の上に、仰々《ぎょうぎょう》しい鎧兜《よろいかぶと》の武者が立った。

「もとより知ればこそ。われこそは足利将軍家直臣《じきしん》、三淵縫殿助晴高《みつぶちぬいどのすけはるたか》なるぞ。将軍義昭様の御命《ぎょめい》を奉じて織田信長殿の暴虐《ぼうぎゃく》を誅《ちゅう》する者なり」

と名乗った。日海も聞いたことのない名前だ。大方《おおかた》、足利家云々《うんぬん》はでたらめで、三好か畠山《はたけやま》の落ち武者だろうが、ここで織田家に運ぶ金を奪って名を上げ、武田か毛利か本願寺にでも売り込む魂胆《こんたん》に違いない。それでも牢人乱輩《らっぱ》を集めたのか、鎧武者が采配《さいはい》を振ると、何十人かが「ワーッ」と叫びながら山の斜面を駆け降りて来た。人口増加の著しいこの時代、飯と夢さえ与えれば、この程度の手勢《てぜい》を集めるのは簡単なのだ。

「ここはわれらが防ぐ、先に行け」

権大夫は自信に満ちた声で叫び、警護組を斜面に上げて道を空けた。

「替え馬を守ってんか」

擦《す》れ違い様、佐助が怒鳴《どな》った。四頭立てで走る訓練のできた馬は少ない。岐阜まで辿《たど》り着くには替え馬も大切だ。

「心得た」

権大夫はそう応えると、「戦車」が通り過ぎた後ろで替え馬を囲む陣形を取り、盛んに弓を放たせた。襲って来る者たちを脅《おび》えさせ、隊伍《たいご》を乱すためだ。


この戦法は図に当たったかに見えた。「戦車」が二丁（約二百二十メートル）ほど走った時、後方では互いの雄叫《おたけ》びがしたが、刀を合わす音がしない。襲撃者は立ち竦《すく》んだ気配だ。

「権大夫、なかなかやるな」

日海がそう思った時、佐助はまた右の斜面を指差した。そこにも雑木林の間を駆け降りる人影がちらついている。襲撃者は手勢を二手に分け、一手で警護組を切り離し、他の一手で無防備になった荷駄を襲う作戦らしい。だが、幸いなことに、もうすぐ坂を登り切る。下り坂に入れば「戦車」の速度が上がる。

「このまま三丁（約三百三十メートル）も走れば、敵を振り切れる」

日海がそう思った時、道が右に曲がっているのが見えた。この「戦車」の弱点は、方向転換に手間がかかることだ。

「面舵《おもかじ》、寅《とら》の方向」

佐助は手綱《たづな》を引いて馬の速度を落とすと、紙と麻でできた管を口に当てて叫んだ。南蛮人白水《はくすい》が苦心して作った「伝声管《でんせいかん》」だ。

「おー」

という返答が鉄の箱から返って来て、ギリギリと歯車の軋《きし》む音がして左側の無限軌道が回り、方向が変わった。ちょうどそれが終わった頃、襲撃者の群れが後ろの道に跳《と》び降りて、「戦車」を追って来た。数は十人、いや二十人か。その中に先刻の鎧武者・三淵晴高の姿もあった。替え馬ではなく、「戦車」の方に金が積んであることを知っているのか、三淵はこちらに主力を充《あ》てている。どうやら裏を掻《か》かれたのは、赤松権大夫の方らしい。

「鉄砲で討ち取る、前へ行け」

佐助が御者台に立ち上がって殿《しんがり》の二人に叫び、続いて「伝声管」を口に当てて、

「敵が二十間ほどに来たら撃ちまくれ」

と自信に満ちた口調で命じて、馬に鞭《むち》を当てた。「戦車」は、また早足ほどの速度で走り出したが、道に降りた襲撃者たちは喊声を上げて迫ってきた。刀を振りかざした者もいれば槍を突き出している者もいた。服装も武器も様々だが、表情には闘志が溢《あふ》れていた。警護組を引き離したので、勝利を確信しているのだ。

だが、彼らが鉄の箱から二十間ほどになった時、轟音《ごうおん》が響いた。右側面から三挺、後部から三挺、計六挺の鉄砲が一斉に発射された。襲撃者は仰天《ぎょうてん》、みな地面に伏せた。この頃は走行中の車両から鉄砲が発射されることがなかっただけに、襲撃者の受けた心理的衝撃は大きい。だが、つぎ

の瞬間、

「鉄砲など恐れるに足りぬ。弾込《たまご》めに手間がかかるぞ」

　という三淵晴高の叫びがして、二十人ほどの集団はばらばらと立ち上がった。だが、その集団が
　十間ほどに近づいた時、またも鉄砲が鳴った。今度は一人が倒れ、他の一人が膝を抱えてうずくまった。

「怯《ひる》むな。者共《ものども》。鉄砲は弾切れぞ」

　三淵は兜を脱ぎ捨て、刀を振り上げて一同を励ましながら、さらに追い縋《すが》ろうとした。それに続く者も十人はいた。あと五間（九メートル）、三淵晴高の顔には、莫大《ばくだい》な黄金を手に入れて、一城の主になる夢が手の届くところに来たという歓喜が滲《にじ》んだ。だが、鉄の箱からは三度目の鉄砲が鳴り、さらに一人が倒れた。

　三度目の連続射撃の効果は大きかった。三淵の周囲の者はみな地面に伏し、何人かは這《は》いながら道の左側の茂みに逃げ込んだ。それでも三淵と他の二人、計三人だけは、すぐ立ち上がって鉄の箱を追って来た。先頭の一人は槍が鉄の箱に届きそうなところまで来たが、四度目の射撃で額を撃ち抜かれてふっ飛んだ。途端にもう一人が恐怖の叫びを上げて茂みに転がり込んだ。だが、三淵晴高だけは鉄の箱を通り越して御者台に迫って来た。兜を脱いだ顔に決死の形相《ぎょうそう》を浮かべ、カッと開いた口からは意味の分からぬ叫びを上げていた。

　日海は戦慄《せんりつ》に身を震わせた。その時、佐助の全身が右足を軸に一回転し、三淵晴高の声と動きと表情が止まった。

「どうしたんだ、あんた」

日海はそういってやりたかった。佐助が少林寺《しょうりんじ》で修めた拳法《けんぽう》の秘技《ひぎ》「飛龍無双蹴《ひりゅうむそうげ》り」を放ったと知ったのは、三淵晴高が硬直したまま倒れたあとだ。権大夫の警護組が陽動《ようどう》の敵を片付けて駆けつけたのは、それより少し経った、襲撃者の雑兵《ぞうひょう》たちがことごとく逃げ散ったあとだった。

「別に壊れたとこはありまへんな」

敵が散り、警護の組が揃《そろ》ったところで、佐助はまず「戦車」のことを訊ねた。

「ないない」

鉄の箱から出て来た六人は、口々に応えた。引き馬にも替え馬にも損傷はなかった。赤松権大夫が指揮した警護組では、一人が手に軽い刀傷を負い、もう一人が顔に礫《つぶて》（投石）の傷を負っていたが、歩行に差し支えがない程度だ。

「圧勝じゃ、みな、ようやった、圧勝じゃ」

権大夫は何度もそう叫び、警護の者も「戦車」の射手も、陽気に手柄話《てがらばなし》を語り合っていた。だが、路上に転がった四つの死体を見る日海の気分は重かった。

胸や額を撃ち抜かれた三人は、既に息絶えていることが分かる。刀を振り上げた恰好《かっこう》で目を剥《む》いたまま路傍《ろぼう》の斜面に倒れた三淵晴高は、すぐ息を吹き返しそうに見えたが、陥没《かんぼつ》した側頭部から滲み出る血がこの男の死を示していた。佐助の「飛龍無双蹴り」で頭蓋骨《ずがいこつ》を砕《くだ》かれたのだ。

「哀れな……」

日海には、佐助の技を賞賛するよりも、三淵晴高と名乗った武者の死を悼《いた》む気持ちの方が強かった。どんな経歴の者かは知る由《よし》もないが、着ている鎧と路上に脱ぎ捨ててあった兜から推察すれば、かつてはかなりの地位に就《つ》いたこともある男だろう。それだけに、野盗《やとう》暮らしの末の死は哀れだ。だが、この男の野心と誤りとで、少なくとも三人が命を落とし、別の三人が手負いのまま茂みに逃げ込んだ。恐らくあの三人も遠からず死ぬだろう。今の鉄砲傷が癒《い》えたとしても、生涯に残る重傷を負ってはこの乱世で食っていけない。それを思うと、三淵晴高の罪はやっぱり重い。

日海は死んだ四人に経の一つも上げてやりたい気になったが、この旅にはそんな余裕はない。金百枚を積んだ「戦車」を狙う者が一組とは限らない。権大夫は四つの死体を左の茂みに投げ込ませると、土で覆う間も惜しんで「出発」の号令を掛けた。隊列は元に戻り、「戦車」は軋みを上げた。その御者台で佐助は、

「坊さんははじめてやから、びっくりしやはったやろけど、こんなんは序《じょ》の口《くち》でっせ。この『戦車』なら五、六倍の敵が来たかて大丈夫や」

と楽し気に話した。同じ十六歳でも、中国や東シナ海で何度も野盗海賊と渡りあった佐助には、戦いによる死も見慣れたものなのだ。

「本当ですか……」

日海は、真顔《まがお》で訊ねた。それが本当なら、「戦車」を作った甲斐《かい》があったというものだ。

「四斉射《よんせいしや》で奴らを撃滅したんや。あと二発、それに予備の連発銃が四挺、二百の敵を退けるのにも十分ですわ」

佐助は自信満々でそう応えた。だがその時、別の目でこれを見ていた者が飯盛山の山中にいたのには、日海も佐助も権大夫も、気付かなかった……。

四

「ウフフフ、三淵晴高とやらの稚技《ちぎ》、笑うべし」

　飯盛山の中腹、高い木立《こだち》の陰で立ち上がった男が、低く笑った。灰色の胴着《どうぎ》に括《くく》り袴《ばかま》、土と汗に汚れた白い陣羽織《じんばおり》、背に長い直刀《ちょくとう》を負った姿は、諸国漫遊《まんゆう》の武芸者のようにも野盗の頭目《とうもく》のようにも見える。盛り上がった肩にも日焼けした顔にも戦場往来《おうらい》に慣れた逞《たくま》しさが見えるが、身のこなしは軽く若々しい。総髪《そうはつ》に巻いた鉢巻きには、近江六角家の「釘抜き紋」を刻んだ見事な鉢金《はちがね》が付いている。

「玩具《がんぐ》よ、あの虫の化け物も弾《はじ》ける筒も、魂のない玩具よ。それにも及ばぬ三淵晴高の一党、源氏の後裔《こうえい》、足利の家臣を名乗るとは片腹痛いわ。のう友恵《ともえ》」

　男がそういうと、繁った枝の中から赤い物体がふわりと降ってきた。濃い赤一色に身を包んだ若い女だ。端整《たんせい》な顔立ちと長い髪がこの山中に不似合《ふにあ》いだ。両膝を揃えて男の側にひざまずいた仕種《しぐさ》は、それ以上に不似合いだ。

　男女二人は、先刻、戦闘があった路上をじっと見つめた。そこには、連発銃の斉射に驚いて下の茂みに逃げ込んだ三淵晴高の手下たちが、二人三人と這い出している。いずれも怯《おび》えた表情、疲れた足取りだ。路上に出ると、へなへなと座り込む者もいる。男はその数を数えるふうに顎《あご》を上下させていたが、やがて、

「フン、まだ二十人は使える者がいるぞ」

と呟き、女に振り向くと、

「枯れ木も山の賑《にぎ》わい、弱兵も数のうち。先回りして逃げ戻った奴らを連れて参ろう」

といいながら、黒い布を投げ与えた。黒地に赤く「巴《ともえ》」の一字が描かれた鉢巻きだ。

「はい、次郎様」

女はこくりと頷くと、斜面の方に向きを変えて長い髪を黒い鉢巻きで束《たば》ねた。男はそれが終わるのも待たずに、飯盛山城跡の土塁に向かって駆け出した。女もそれに続く。先刻とはがらりと変わった身のこなし、男に劣らぬ鍛《きた》え抜かれた動きだ。

西に傾いた五月の陽が作る陰《かげ》を選んで斜面を突っ切る二人の足は、猛烈に速い。岩に跳び上がり灌木《かんぼく》を潜《くぐ》り、沢を跳び越え倒木を跨《また》ぐ。道を選ばず、陰だけを求めて走る。緑濃い五月の陰の中では、灰色の男よりも、深い赤の衣装の女の方が見えない。陰った茂みの中では、深紅《しんく》が暗く変じて樹肌《きはだ》に紛《まぎ》れ、岩肌に混じってしまう。

「友恵、凄《すご》いぞ、それでこそ巴《ともえ》じゃ。この六角次郎義定《よしさだ》の相棒《あいぼう》じゃ」

自分を追い抜いた女の後ろ姿に、男は満足気に呟いた。つい四十日前までは、六角次郎義定も従《まか》女友恵《たち》も、こんなことはできなかったし、しようとも思わなかった。あの日の不思議な体験が、この男女を変えたのだ。


今から四十日前の四月十三日、六角次郎義定は、近江国甲賀《こうか》郡の石部《いしべ》城にいた。南近江三十万石を有した六角家も、今はこの山中の侘《わび》しい城が最後の砦《とりで》だ。いや、それすらも落城寸前、織田信長の大軍に十重二十重《とえはたえ》に取り巻かれていた。

「腑甲斐《ふがい》ない親父、腑甲斐ない兄貴」

次郎義定は、山麓に林立する織田方の幟旗《のぼりばた》を睨《にら》みながら呻《うめ》いた。父の六角承禎義賢《よしかた》も家督《かとく》を継いだ兄の太郎義治《よしはる》も、既にこの城から逃げ出した。六角家累代《るいだい》の家臣も大半は消えてしまった。今も、逃亡を試みて、むざむざと織田方に斬られる者の悲鳴が聞こえる。

六角家は、近江源氏佐々木家の流れを汲《く》む名門だが、室町時代に血筋が絶え、足利尊氏の弟満高《みつたか》を養子に迎えた。家系としては宇多《うだ》源氏だが、血筋としては清和《せいわ》源氏に繋《つな》がる。このため、将軍縁《えん》者《じゃ》として権勢を振い、十六世紀前半の定頼《さだより》やその子の義賢若年《じゃくねん》の頃は、足利将軍十二代義晴《よしはる》、十三代義輝《よしてる》の後楯《うしろだて》となって幕府を左右するほどの勢力を誇った。

次郎義定はその義賢（入道して承禎）の次男として生まれ、早くから京と近江を繋ぐ要衝《ようしょう》、粟《あわ》津《づ》の城を与えられて育った。義定が二十年余の粟津城主の間にしたことで、いささかでも歴史に残っているのは、この地で戦死した木曾義仲《きそよしなか》を供養《くよう》する義仲寺《ぎちゅうじ》を、修復再興したことぐらいだろう。清和源氏の血筋を誇りに思う義定は、同じ清和源氏の木曾義仲に親近感と同情心を持っていたからだ。

余談になるが、百年あまり後にここを訪れた松尾芭蕉《まつおばしょう》は、琵琶湖畔に近いこの寺がいたく気に入り、自らの墓をここに作れと遺言《ゆいごん》した。今そこには、木曾義仲やその愛妾《あいしょう》巴御前《ともえごぜん》の墓と並んで芭蕉の墓があり、観光客を集めている。

元服《げんぷく》直後の義定が義仲寺の再建に努めていた永禄《えいろく》はじめ頃は、父義賢が兵を率いて京と往来する度に天下の情勢が変わったものだ。だが、それも今は昔、永禄の中頃になると、四国の阿波《あわ》から進出してきた三好長慶《ながよし》や松永久秀《まつながひさひで》の勢力に追われて、六角家は斜陽化《しゃようか》、六年前に織田信長がこの地に現れてからは、惨《みじ》めな敗戦の連続である。

　六年前の永禄十一年（一五六八）、父の六角承禎義賢は、足利義昭を担《かつ》いで上洛する織田信長を阻《はば》もうとして大敗、観音寺《かんのんじ》の居城《きょじょう》と南近江の地を捨てて甲賀の山城《やまじろ》に逃げ込んだ。粟津の城で京に向かう信長を阻むべく戦備を整えていた次郎義定にも、父承禎から「粟津の城など捨てて甲賀に集結せよ」との命令が来た。一千の精鋭を連れて甲賀に入った義定は、天険《てんけん》を利用して信長に長期戦を挑むことを主張したが、父承禎や兄義治は、甲賀一郡五万石の領有を条件に早々と信長に降服してしまった。

「信長ごとき成り上がりの風下《かざしも》で、五万石の小大名になったとて何になる」

　そういった次郎義定は、密《ひそ》かに信長暗殺を試みた。「鉄砲の上手《じょうず》」杉谷善住坊《すぎたにぜんじゅうぼう》なる者を雇って、美濃境の山中で信長を狙撃《そげき》させたのだ。だが、それが失敗に終わると父や兄は、

「次郎は阿呆《あほう》なことをする。いずれ時が来るというのに」

とあざ笑った。次郎義定は奥歯を噛み砕くほどに悔《くや》しがったが、父や兄のいった「時」は、意外にも早く来た。二年後の元亀《げんき》元年（一五七〇）四月、北近江の浅井長政《ながまさ》が、織田信長の朝倉攻めに怒って反旗《はんき》を翻《ひるがえ》したからだ。

「時こそ来《きた》れり、直《ただ》ちに全力を上げて近江を回復、京にも攻め入らん」

　次郎義定は息巻いたが、父と兄は、信長の家臣の柴田勝家が守る長光寺《ちょうこうじ》城を攻めて失敗すると闘志を失い、姉川《あねがわ》の合戦で浅井朝倉連合軍が織田方に敗れたと聞いた後は、積極的に動こうともしなくなった。彼らは、織田も浅井朝倉も今に疲れ果てるだろうといいながら、ただひたすら甲賀の

山中に籠《こ》もっていた。

しかし、織田信長とその軍勢は疲れなかった。三年余の悪戦苦闘の末、去年の秋には浅井朝倉を打倒してしまった。それでも父や兄は、

「まだまだ信長の敵は多い。この甲賀の険《けん》を守っていれば、そうたやすく攻め滅ぼされることもあるまい。いずれは信長も和議を求めて参ろう」

とうそぶいていた。だが、織田信長はそれほど甘くなかった。今年四月、六角承禎が出した和議に応える代わりに、四万の大軍を率いて甲賀に攻め寄せて来たのだ。

六角方は慌《あわ》てた。四月十一日、織田信長の軍勢が甲賀に入ったその日に、父承禎義賢と兄義治は石部城を捨てて逃亡した。累代の重臣たちもその夜のうちに次々と消えた。翌十二日の朝には、五千人はいたはずの城兵が、千五百人ほどの男と百人あまりの女だけになっていた。それでも次郎義定は、

「あの小大名の浅井でさえも、小谷城を三年も支えた。近江源氏嫡流《ちゃくりゅう》たるわが六角家が、それに劣ってなるものか。ここに残った千五百人は一騎当千《いっきとうせん》、この天険、この堅城《けんじょう》、これだけの兵糧《ひょうろう》と弾薬があれば三年は持ち堪《こた》えられる。さすれば、天下の情勢もまた変わる」

と励まし、防備を固めた。城の周囲の樹木を切り、逆茂木《さかもぎ》を植え、堅い素焼《すや》きの壺《つぼ》に爆薬を詰めた焙烙火箭《ほうろくひや》を造らせた。女たちには櫓《やぐら》ごとに水を運ばせ、握り飯を配らせた。

「急峻《きゅうしゅん》な斜面を攻め登って来る敵に鉄砲を放ち焙烙火箭を投げれば、四万の敵も十分に防げる。持久戦《じきゅうせん》にさえ持ち込めば、城兵が減った分だけ弾薬も兵糧も豊富だ」

義定はそんな作戦を語った。だが、それもまた、すぐに崩れた。今日、四月十三日の朝には、千

五百人いた男が五百人に、百人いた女が三十人になっていた。

「どいつもこいつも腑甲斐ないのう」

と、次郎義定は舌打ちをした。流石《さすが》の義定も、最早《もはや》、敗北を覚悟《かくご》せざるを得ない。

「命の惜しい者は去れ、恨《うら》みには思わぬ。死を恐れぬ者だけが俺と共に残れ。六角家の武勇、近江武士の意地を見せる時ぞ」

次郎義定がそういうと、みな頷いて見せた。だが、織田方の攻撃がはじまると、大手の門も搦《からめ》手《て》の櫓もたちまちにして敵の手に陥《お》ちてしまった。ほとんどの者がさしたる抵抗もせずに逃げ走り、待ち伏せた織田方の雑兵《ぞうひょう》に斬られる無様《ぶざま》な敗戦だった。そんな中でも、最後の死花《しにばな》を咲かせようと本丸に戻って来る者もいたが、それも併《あわ》せて本丸に残ったのは百五十人。逃げるに逃げられずに残った足弱《あしよわ》の女や、年老いた茶坊主《ちゃぼうず》まで加えての数だ。

敗残の城方を本丸一つに追い込んだ寄せ手は、一時《いっとき》の猶予《ゆうよ》を与える。玉砕《ぎょくさい》か、切腹か、敵の裁きに身を委《ゆだ》ねる降服かを選ばせる間だ。

「女や坊主はよい。素足《すあし》で降《くだ》れば織田の兵も殺しはすまい」

本丸の北東隅に立つ二層櫓に全員を集めた次郎義定は、まず、片隅に固まった女と坊主たちにそういった。この頃の習わしでは、素足で城を出るのは投降《とうこう》の印だ。それに応じて人の動く気配がした。次郎は武者の一人を上の欄干《らんかん》に出し、女と坊主を落とすことを告げさせた。寄せ手の方からもそれに応じる声があり、ためらっていた女や坊主たちもごそごそと動き出した。こっそり女の袂《たもと》に隠れて逃げ出す武者もいたが、次郎は止めなかった。

　そんな落城の儀式が一刻（二時間）ほど続いたあとでは、次郎の周囲に残ったのは百人足らずに減っていた。

「たったこれだけか」

　次郎義定には、名門六角家と最期《さいご》を共にする者の少なさが哀しかった。だが、その僅《わず》かな人数の中に、従女の友恵がいるのを見つけてほっとした。病身で焼餅《やきもち》焼きだった本妻のお蔵《くら》が、どこから拾って来た女だ。今年二月、お蔵が死んだあともこの城に留《とど》まって下働きをしていたのは、戻る家もなかったからだろう。

「友恵、お前も出て行け」

　次郎はそういったが、友恵は首をふった。長い髪を白い鉢巻《はちま》きで縛《しば》った顔が、これまで以上に美しかった。

「お蔵があれほどの焼餅焼きでなかったら、とっくに手を付けていたものを」

　次郎は、一瞬そんなことを考えた。戦乱に追われて楽しみの少なかった生涯が悔しかった。そしてそれが次郎に途方《とほう》もない発想を湧《わ》かせた。

「この櫓の床にあるだけの爆薬を詰めろ。二十人だけが俺と共にここに残り、余《よ》の者は茂みに隠れよ。俺はあるだけの鉄砲を撃《う》ち尽くした末、敵がこの櫓に満ち溢れたところで爆薬を破裂させる。敵は驚き乱れるに違いない。その隙《すき》に余の者が斬って出よ。あわよくば混乱に紛れて落ち延びられるやも知れぬ。もし生き延びれば、わが霊を弔《とむら》い六角家の再起を図ってくれい」

　次郎義定はそういうと、水杯《みずさかずき》も別れの宴もせずに、あり余った弾薬を素焼きの壺や銅の瓶《かめ》に詰めて床の下に埋めさせ、あるだけの鉄砲に弾を込めて櫓の上の層に並べさせた。その作業が終わると、誰が選ぶともなく、櫓に残る二十人とその他の七十余人とが分かれた。

それを見届けた次郎は、上の欄干《らんかん》に出て鉄砲を放った。寄せ手に最後の攻撃を促《うなが》す作法だ。長い四月の陽も西に傾き、落城にふさわしい夕焼けが甲賀の山並みを染めていた。

周囲からワーッという喊声が上がり、織田方の兵が本丸に雪崩《なだれ》込《こ》んで来た。次郎は用意した鉄砲を次々と受け取って撃ち放った。それが何挺目かになった時、鉄砲を渡しているのが友恵であることに気が付いた。既に敵は本丸櫓の下に迫り、入口の扉を叩《たた》き壊《こわ》しに掛かっていた。

「友恵、ここにいたのか」

次郎義定が、そういってにこりとした時には、既に扉を叩き割った敵が階下に入っていた。何人かの武者や小姓が、梯子《はしご》を外した上り口に駆けつけ、登ろうとする敵兵に立ち向かったが、次々と突き倒された。

「これを……」

友恵がまた鉄砲を差し出した。二百匁《もんめ》（約七百五十グラム）の弾丸を発射する大筒《おおづつ》、敵を撃つためではなく、床の下の爆薬を破裂させるために用意した銃だ。

「うん」

次郎義定は、上り口から下に銃口を向けて引金《ひきがね》を引いた。火縄《ひなわ》が火皿《ひざら》に落ち弾丸が発射されるまでの一瞬、次郎は自分の背中を見つめている友恵の視線だけを意識していた。見事な死を、この女にだけは見て欲しかった。

五

「これは……どこか……」

　六角次郎義定は、ふとそう思った。なぜか馬に乗っていた。鎧が重く袖が長い。大昔の鎧を着ている。

「戦場だ、負け戦《いくさ》だ。俺は今、落ちて行くところだ」

　周囲から襲い掛かる得体《えたい》の知れない敵をなぎ払いながら、次郎はそう思った。手にしているのは、使い慣れた槍ではなく、長い直刀だった。

「味方は、味方はどこだ」

　次郎は周囲を探したが見当たらない。

「みな逃げてしまったのか。それとも、既に討ち死にしたのか」

　次郎はそう思った時、味方が見えた。同じように大勢の敵に囲まれながら、長い髪を振り乱して薙《なぎ》刀《なた》を振るっていた。

「友恵、友恵ではないか」

　次郎がそう叫ぶと、その女が振り返った。だが、その顔は、目が吊《つ》り上がり、額が血に染まっていた。長い髪を縛った鉢巻きは、清純な白ではなく血に汚れた黒だった。そしてその真ん中には真っ赤な「巴」の字があった。

「そなたは、巴御前」

次郎義定は、驚いて叫んだ。この男は義仲寺を修復した時、義仲の首塚の隣にあった巴御前の墓も修理した。義仲寺を興《おこ》したのは、義仲の死後、尼《あま》になって粟津に戻った巴御前だといわれている。

「次郎様、早く落ち延びくだされ。ここは巴が防ぎまする。木曾次郎義仲様ともあろう方が、このようなところで死んではなりませぬ」

女は、眦《まなじり》の吊り上がった目で次郎を睨んで叫んだ。

「俺は次郎だが、木曾次郎義仲ではない。六角次郎義定だ」

次郎義定はそういおうとしたが、何故《なぜ》か口が利《き》けない。その代わりに出た言葉は、

「敵は平氏ぞ、源氏同士が戦ってなんとする。鎌倉殿に伝えよ、我、この粟津が原に死すとも、七度《たび》生まれ変わって平氏を討つ」

という言葉だった。

「そうだ、次郎よ、平氏を討てえ、鎌倉殿を恨まず平氏を討てえ」

そんな声がどこからともなく鳴り響いた。そしてそれが遠く消えていった時、次郎義定は意識を取り戻していた。

「俺は、生きているのか」

六角次郎義定には、それが不思議だった。どれほど時を経たのか、周囲は暗かった。倒れているのは水の滲《し》みる沢、城の本丸からは三十間も下った崖の下だ。周囲には焼けただれた板や柱が散乱している。古い鎧や長い直刀も転がっていた。本丸櫓が爆発した時、次郎の身体《からだ》は、納屋《なや》や押入の

雑多な物と共に吹き飛ばされてここに落ちたらしい。

次郎義定は身を起こそうとしたが、膝《ひざ》の抜けた左脚が逆に「く」の字に曲がって動かない。激痛が走るが、不思議と耐えられる。しかも、はずれた膝は両手で強く押さえれば入る、木曾でもそうしていた、という覚えがある。次郎が半身を起こしてそのようにすると、カクッと音がして膝は治まった。そしてその時、もう一つの動くものが見えた。

「友恵、友恵ではないか」

次郎義定は、動くものに這いよって囁《ささや》いた。確かにそれは髪の長い女だった。

「次郎様、御無事で」

そう呻《うめ》いた女の額は血に染まっていた。

「友恵、怪我《けが》をしたのか」

次郎義定は、そういって額の血糊《ちのり》を拭《ふ》いてやろうとして、女の額に「巴」と赤く描いた黒い鉢巻きが巻かれているのに気が付いた。夢の中で見た巴御前が締めていた鉢巻きだ。

「友恵、その鉢巻きはどうしたのだ。その鉢巻きは」

次郎は慌てて訊ねた。

「次郎様が下されたもの」

そういうと、女は吊り上がった目を少し緩《ゆる》めて鉢巻きを解《ほど》いた。と同時に、全身がくたくたと崩れてまた気を失った。

「しっかりしろ」

次郎が抱え起こした女は、先刻とは違って優しくひ弱な泣き顔になっていた。見慣れた従女友恵の顔が、苦痛に歪《ゆが》んで喘《あえ》いでいた。

「そうか、俺には木曾義仲の霊が乗り移ったのだ。そして、この鉢巻きには巴御前の怨《おん》霊《りよう》が染《し》み込んでいる。これを巻けば、友恵にも巴御前の霊が乗り移るのだ」

次郎義定には、それが分かった。そしてあの夢の中の声が命じた「平氏を討て」というのは、平氏を名乗る織田信長のことだと信じた。

「そうだ、平氏を討とう、織田信長を討とう」

そう決心して立ち上がった次郎の脳裏には、様々な記憶が甦《よみがえ》って来た。木曾の山中を駆け回ったこと、野草を噛《しが》む野鳥を食ったこと、倶《く》利《り》伽《か》羅《ら》峠で平氏の大軍を破ったこと、巴御前と武芸を競いあったことなどが鮮明に思い出せた。

「友恵、これを巻け。共に平氏を討とう、平氏を名乗る織田信長を討とう」

次郎はそういって、黒い鉢巻きを女の額に巻いた。途《と》端《たん》に女の顔はきりりと締まり、苦《く》もなく立ち上がった。

「急げ、ここさえ切りぬければ、各所に味方がおる。残った砦、山中の隠《かく》れ家《が》、谷間の村、源氏は随所にいる。金銀の蓄えも兵糧の備えもある。平氏の織田信長を討つのだ」

そういって走り出した身体は、妙に軽かった。十三夜《じゆうさんや》の月に照らされた山肌が眩《まぶ》しいほどによく見えた。手に触れる茨《いばら》も足で踏む岩も、不思議と痛くなかった。四百年前に木曾の山中を駆け回っていた人間と同じ、原始の力が備わっていた。そしてそれに、「巴」の鉢巻きを巻いた女が遅れずに付いいて来た。

六

「ありゃ、何や」

　飯盛山の斜面をごそごそと這い上がって来た三淵晴高の残兵たちは、城跡の土塁に立つ二つの影を見て、囁き合った。敗残に怯《おび》えた心には、夕日を真正面から浴びて立つ、たった二つの影が目映《まばゆ》く見えた。灰色の一つは凄《すご》く大きく、真っ赤な一つは恐ろしく鮮やかに感じられた。赤い方が女性と分かるまでにも、かなりの時間がかかった。

「お前ら、何や。そこで、何してるんや」

　敗残兵の中では元気のよい大男が、勇《ゆう》を振り絞って叫んだ。

「汝《なんじ》ら、源氏の将軍家に忠義を尽くさんとする者ども、御苦労であった」

　灰色の影は意外な言葉を発した。音声は朗々《ろうろう》としている。

「平氏を名乗る織田信長に、町人づれが運ぶ荷駄を取り逃がしたる無念、察してあまりある。無念を晴らさんと思う者は、この六角次郎義定に付いて参れ。勝利と恩賞は約束するぞ」

「な、なに、いうてんね。わいらは、そこにある麦さえ取ったらええねん、どけどけ」

　先刻の大男がわめき返し、続く者たちもぶつぶつと同じことをいった。三淵晴高を名乗る武士に誘われて野盗暮らしをしてみたが、さほどの獲物もないままに鉄砲の的《まと》にされた彼らは、もう戦はこりごりという心境になっていた。今の関心事は、砦に残した少しの麦を分けて、一刻もはやくここを逃げ出すことだけだ。

「よかろう、去る者は止めぬ。臆病者《おくびようもの》は役に立たぬ」

灰色の影は、頷いてそういったが、すぐに、

「されど汝ら、行くところがあるのか。生きる術《すべ》があるのか」

と続けた。先刻とはがらりと違った現実的な話だ。

「この六角次郎義定は、共に源氏に忠勇を果たさば食も衣も与える」

そういうと灰色の影は、ぱっと銀の小粒を撒《ま》いた。銀一粒は米にすれば三斗《と》（約五十四リットル）ほどにもなる。「ヒャー」と声を上げて、敗残兵共は地面に這い銀の小粒を争い探した。だが、それが終わると、また戸惑《とまど》い怯えた顔を見合わせた。やがて、その中の何人かが頷き合い、先刻の大男が、

「やっぱり戦はもう嫌や。悪いけど、この銀子《ぎんす》を頂いて行くわ。お前らたった二人やないか、しかも一人は女や、それで何ができるというね」

とわめいて、土塁の脇を通り過ぎようとした。と、その瞬間、大男の顔に土塁の上から赤い光が刺さったように見えた。大男の身体が斜面を縦に二度回転し、それが止まった時には顔の左半分が潰《つぶ》れていた。赤い衣装の女が、土塁の上から跳び蹴りを食わせたのだ。

「去る者は銀子を返せ、麦は持たせてやる。義心《ぎしん》と勇気のある者は、この六角次郎義定に付いて参れ」

灰色の影は、そういうと向きを変えて山を上り出した。敗残の者どもは、なおためらっていたが、赤い女の鋭い視線に追われるようにその後を追い出した。

「そうか、みな、付いて来てくれるか。ならば明日にもあの虫の化け物を退治させてやるぞ。近江

の粟津には源氏の同志が待っておるでな」

二丁ほど進んで山頂に辿り着いた時、灰色の影は振り返ってにっこりとした。嘘ではない。六角次郎義定の旧領粟津に近い山中には、六角家の落ち武者や比叡山《ひえいざん》を追われた荒法師《あらほうし》などが集まっていた。次郎はそれを率いて、日海たちの「戦車」を襲うつもりなのだ。

同じ頃、その「戦車」は、枚方の渡しを越えてキリシタン大名高山右近の高槻城に入ろうとしていた。第一日目の旅程を予定通りに終えたことで、誰もが気を良くしていた。この時、日海が気にしていたのは、「明日の天気」だけだった。

実録・本因坊算砂

本因坊算砂《ほんいんぼうさんさ》が日海《にっかい》と名乗っていた少年時代、つまり永禄《えいろく》末から天正《てんしょう》にかけては、あらゆる分野で新しい技術や様式が開花した時代だった。それを象徴するのは軍事技術、とりわけ鉄砲の進歩と普及だろう。

通説では、鉄砲が日本に伝わったのは天文《てんぶん》十二年（一五四三）八月二十五日、大隅国《おおすみのくに》（鹿児島県）種子島《たねがしま》に漂着したポルトガル船による、とされている。これは慶長《けいちょう》十一年（一六〇六）に僧文之《ぶんし》が書いた『鉄炮記《てっぽうき》』に基づく説だが、文亀《ぶんき》元年（一五〇一）（『後太平記《ごたいへいき》』『陰徳《いんとく》太平記』『中古治乱記《ちゅうこちらんき》』）、永正《えいしょう》七年（一五一〇）（『国友《くにとも》鉄砲記』）、享禄《きょうろく》三年（一五三〇）（『九州記』『外国入津記《がいこくにゅうしんき》』）、天文六年（一五三七）（『本朝武芸小伝《ほんちょうぶげいしょうでん》』）、天文十年（一五四一）（『豊後《ぶんご》国誌《こくし》』）などの異説がある。種子島に漂着する前にも鉄砲が日本に入ったことがあったかも知れないが、それが全国に普及した跡はない。やはり、歴史的事件としては天文十二年説を取るべきだろう。

この時、漂着したポルトガル船がもたらした二挺《ちょう》の鉄砲は、マラッカ周辺のポルトガル植民地で生産されたものらしい。領主の種子島時堯《ときたか》は、これを同島の鍛冶《かじ》・八板金兵衛《やいたきんべえ》に模造させた。最初は筒の底を塞《ふさ》ぐ方法が分からずに苦労したが、翌年来航した南蛮《なんばん》商人に教わって完成したという。また、火薬の製法は種子島家の小臣・笹川小四郎《ささがわこしろう》に学ばせた。

これが本州に伝わった経路は三つある。第一は紀伊の根来寺《ねごろじ》の僧杉坊《すぎのぼう》が鉄砲を求めて種子島に来て持ち帰った。第二は堺《さかい》の商人 橘 屋又三郎《たちばなやまたさぶろう》が種子島に一両年滞留《たいりゅう》して製法を学んで畿内《きない》に伝えた。第三は明《みん》に行こうとした船が伊豆に流れ着いた時、鉄砲製造法を知った種子島の鍛冶が乗っていて関東に広めた、というものだ。中でも、橘屋によって鉄砲製法が伝えられた堺では、間もなく芝辻清右衛門《しばつじせいえもん》らが大量生産をはじめた。

毛利家文書《もうりけもんじょ》には戦場での負傷が原因別に記録されているが、弘治《こうじ》末年（一五五八）までは礫《つぶて》（投石）の傷や矢傷が多いが、永禄になると急速に鉄砲傷が増えており、鉄砲が有効な武器として普及したことが分かる。それに伴《ともな》って製造技術も進歩、永禄八年（一五六五）、松浦《まつうら》の領主が堺商人と共に南蛮船を襲った時には、「堺で造られた粗悪な鉄砲で武装した暴徒」と書いたルイス・フロイスも、二十年後の天正十二年（一五八四）頃には、日本の鉄砲が世界一流の性能をもっていることを認めている。

生産量も増加し、天正末年（一五九二）頃には、堺だけでも日産十五挺、年間五千挺が造れたという。大坂の陣（一六一四年）に際して徳川家康は、鉄砲千挺を急いで納めるよう堺の鉄砲鍛冶に命じているところを見ると、この数字は過大なものではあるまい。近江国友《くにとも》村など他の産地を併《あわ》せれば、最盛期には全国で年産一万挺に近い生産能力があっただろう。そうだとすれば、当時の日本は世界最大の鉄砲生産国だったことになる。

日本が外国から技術を導入すれば、四十年後にはそれを教えた国を追い抜くのは、太平洋戦争後の自動車や電機製品だけではないのである。

こうした中で、様々な変形銃の開発も試みられたが、連発銃の試作も盛んだった。今も銃身を扇状に並べた五連銃、八連銃、二十連銃などが残っている。これらは引金を引くと多数の弾丸が一斉に発射する斉射《せいしゃ》銃だが、目方《めかた》が重く反動が強い上、全銃身を水平に保たねば効果がないから実用性は疑わしい。また、一本の銃身に三段の火皿を付けた単銃身三連発銃もあるが、弾圧の低下や銃身の加熱を考えると、実用性は乏《とぼ》しかっただろう。

秀逸《しゅういつ》なのは輪回式の六連発銃だ。銃身を回転させて次々と発射するのは、後のガトリング銃と同じ発想である。もっとも、弾を筒の先から込める先込め式の火縄銃だから、回転させた後で火皿に火薬を注《そそ》ぐ必要があるので、四秒に一度以上の速射は不可能だろう。本編に登場する六連発銃は、これを想定したものだ。

こうした連発銃の一部は、滋賀県長浜《ながはま》市の国友鉄砲ミュージアムなどで見ることができる。今日あるのは徳川時代の作だが、その源流は戦国時代にも造られていたに違いない。

第四章　八百年差の戦い

一

蠟燭《ろうそく》の炎の列、異風《いふう》の母子像、緩《ゆる》やかに流れる和音、たなびく香油《こうゆ》の香り、そして異国の言葉で語られる祈りに頭《こうべ》を垂《た》れる人の群れ。天正《てんしょう》二年（一五七四）五月二十三日未明、摂津《せっつ》高槻《たかつき》城内二の丸に建つ天井の高い広間には、そんな光景が繰り広げられていた。

「ははあ、これがキリシタンのミサというやつか」

日海《にっかい》は、戸口から覗《のぞ》き込《こ》んでそう思った。大いに好奇心をそそられはするが、剃髪法衣《ていはつほうい》の日蓮《にちれん》宗《しゅう》の僧侶《そうりょ》としては立ち入るわけにはいかない。

戦国時代でも、日本人は「ええとこ取り」の多宗教信仰を保っていた。大友宗麟《そうりん》や黒田如水《じょすい》などのキリシタン大名には、仏門にも入り法名《ほうみょう》を得た者が多い。だが、ここ摂津高槻の城主、高山飛《ひ》驒守《だのかみ》図書《ずしょ》と同右近重友《うこんしげとも》の父子は純情熱烈なキリシタン、この外来の宗教に身も心も捧《ささ》げ尽くしている。キリシタンの祭日には、自ら神像を掲《かか》げて粗衣裸足《そいはだし》で城下を歩き、病弱貧民への奉仕をする。

普段も未明と就眠前の長い祈禱《きとう》を欠かさない。今も噂《うわき》通り、城下の庶民に混じって祭壇に跪《ひざまず》き、南蛮人《なんばんじん》のパードレに頭を垂れている。

「本職の坊主の私よりも、お勤めに熱心だな」

日海は、黒い粗衣をまとった南蛮人が差し出す母子像に接吻《せっぷん》する高山父子の後ろ姿に、そんな感慨を禁じ得なかった。

戦国時代は、あらゆる権威と序列が否定された下剋上《げこくじょう》の時代、つまり自由競争の世の中だ。軍事、政治の闘争が激しかっただけではなく、芸術、遊芸の諸流各派も、宗教宗派の組織も、火花を散らす闘争を繰り返した。中でも闘争的な布教活動を行なったのは、日蓮宗（法華宗《ほっけしゅう》）と浄土真宗《じょうどしんしゅう》（一向宗《いっこうしゅう》）、そして外来のキリシタンだ。特に畿内《きない》では、日蓮宗とキリシタンは共に都市の商工業者に信者が多かったため、対立が激しかった。

だが、少年僧の日海にはそんなこだわりはないし、ミサを終えて出てきた高山右近も、法衣の少年にわだかまりのない笑顔で接した。

「日海殿、今日は近江《おうみ》の瀬田《せた》まで行かれる予定と聞いたが、お急ぎでなければ伏見《ふしみ》辺りで泊まられてはどうかな。おそおそには雨模様になりそうですぞ」

朝の食事が終ると、櫓《やぐら》の欄干《らんかん》に出た高山右近が、東の方が赤らみだした空を見上げていった。雲は薄いが、流れる風は湿《しめ》っぽい。何といっても今は五月下旬、雨の多い季節だ。

「うん、伏見なら京都御奉行の出先もござるでな」

警護組を指揮する赤松権大夫《ごんだゆう》が、すぐ賛意を示した。織田信長が岐阜に引き揚げて六日、早くも畿内各地に不穏《ふおん》な気配が現れている。日海の一行《いっこう》自身、昨日は飯盛山《いいもりやま》で足利残党に襲われた。ここ高槻城には、京都近辺に野伏《のぶせり》や土民《どみん》の一揆《いっき》が出没した、という報《しら》せが入っている。本願寺《ほんがんじ》の諜者《ちょうじゃ》や足利将軍家に心を寄せる公家《くげ》たちが、「ひと度《たび》武田との戦いに入れば、信長様も当分は京には戻れまい」といい触らして、野心と物欲に駆られた連中を煽《あお》り立てている。警護を担当する権大夫としては、用心したいのは山々だろう。

だが、これには、高槻に先行していた「戦車」の製作者、蘇我理兵衛《そがりへえ》が断固《だんこ》反対した。

「それは困りま。部品も鍛冶《かじ》や大工も、この次は瀬田ということで手配しておりますで、途中で泊まられては修繕《しゅうぜん》ができまへん。どうでも今日は瀬田まで行って貰《もら》わんと、後々《あとあと》まで手配が狂うてしまいます」

というのだ。現に昨日一日の走行でもいくらかの補修箇所が発生、昨夜は遅くまで修理にかかった。今日は蘇我理兵衛も、「戦車」と共に瀬田に行く予定だ。

「なるほど、近代兵器というものは補給線から離れられないんだな」

日海は、頭の中の「未来記憶」を引き出して反芻《はんすう》した。近代兵器というにはあまりにも不格好《ぶかっこう》な「戦車」や連発銃でも、常に修理の部品と技能者を配置する必要があるのだ。

「高山様、御親切、ありがとうございました。それでは雨が来る前に瀬田に着けるよう、早速に出発いたします」

日海は、キリシタン大名の高山右近に、数珠《じゅず》を手繰《たぐ》りながら答えた。

「左様《さよう》か、ならばそのように明智殿と山岡殿に早馬《はやうま》を出しておこう」

高山右近は、爽《さわ》やかに頷《うなず》いた。明智光秀は西近江一帯を治める坂本城主、山岡景友《かげとも》はそれに与力《よりき》する瀬田城の守将《しゅしょう》だ。

最近、織田信長は新しい軍制を試みている。有能な重臣に広い範囲の指揮権を与え、その組下《くみした》に何人かの城持ち大名を与力させる仕組みだ。天正二年の今は、摂津方面の指揮官は伊丹《いたみ》城主の荒木村重《むらしげ》、ここ高槻城の高山右近はその組下になっている。同様に、西近江一帯の指揮官は明智光秀、これから日海の一行が目指す瀬田の城主山岡景友は、その配下の与力大名だ。

「ありがたきお言葉。何卒《なにとぞ》よろしくお願いいたします」

と合掌《がっしょう》して頭を下げた日海は、用意された弁当と厚い座蒲団《ざぶとん》を抱えて大手門に出た。そこには既《すで》に、三十人の警護組と四頭二組の引き馬と、佐助《さすけ》が乗った「戦車」とが待っていた。

「もうじき夜が明ける」

日海がそういって佐助を促《うなが》すと、ガクッと振動がして「戦車」は動きだした。高槻から瀬田まで十四里《り》（約五十六キロ）、当時の日本では最も交通の多い道筋だが、それだけに野盗や乱輩《らっぱ》も稼《かせ》ぎやすい地域である。

二

「もうじき夜が明ける」

同じ頃、同じ台詞《せりふ》を六角《ろっかく》次郎義定《よしさだ》も呟《つぶや》いていた。摂津高槻から真東に十里余、京都盆地の東南に位置する笠取《かさとり》山地の西側斜面でのことだ。

「すぐこの上じゃ。味方もおれば兵糧《ひょうろう》もある。飯《めし》を与えてゆっくり休ませるほどに、もうひと踏ん張りぞ」

次郎は、夜明けを恐れるように急いで灌木《かんぼく》の茂る獣道《けものみち》に分け入った。河内《かわち》の飯盛山から付いてきた三淵晴高《みつぶちはるたか》の残党二十余人も、喘《あえ》ぎながらそれに従った。人目に付かない山路や川原を選んで、夜を徹して歩き通してきたのだから、みな疲れ果てている。それでも脱落する者がいなかったのは、次郎の逆らえない威圧感と、赤い衣装の従女友恵《まかたちともえ》の手助けがあったからだ。

「ほーう、ほうほう、ほーう」

笠取山地では最も高い千頭岳《せんどうだけ》（海抜六百二メートル）を七分《ぶ》まで登ったところで、友恵が鳥とも獣とも聞こえる声を上げた。それに応じて同じような声が返り、二人の男が現れた。いずれも次郎と同じ灰色の胴着に白い陣羽織《じんばおり》を重ねている。

二人の男が次郎義定の前に黙って跪《ひざまず》くと、次郎も黙って頷いた。それだけですべてが通じるのか、二人の男は一礼して駆けだした。その後を木陰から現れた三つ四つの人影が追う。折り目正しい行動と機敏《きびん》な意思疎通《そつう》は、彼らが武士としての訓練を受けた六角家の旧臣であることを示している。軽い身のこなしと人目に付かぬ動きは、甲賀《こうか》に広まる忍びの術を心得ている証《あかし》だ。

それを見送った次郎は、満足気な表情で足を左に向けて細い山路に出た。千頭岳と音羽山《おとわやま》の間にある廃寺《はいじ》に通じる道だ。三淵晴高の残党たちもよろけながらそれに続いた。赤い「巴《ともえ》」の字の付いた黒い鉢巻《はちま》きを締めた従女の友恵は、時には躓《つまず》き倒れる男たちを引き起こし、押し上げた。灰色の次郎と赤い友恵は、疲れも見せず汗もかかない。渇《かわ》きも眠気も訴えることがない。

山城《やましろ》と近江を分かつ笠取山地は、高い峰こそないものの山襞《やまひだ》は意外と深い。西は山科《やましな》、伏見、東は六角次郎義定の旧領大津、粟津《あわづ》、南は宇治川《うじがわ》が蛇行《だこう》する天ヶ瀬《あまがせ》渓谷《けいこく》、北は逢坂《おうさか》峠に囲まれたこの山地は、都に近い地の利の故《ゆえ》に、治世にあっては都人《みやこびと》の行楽地に、乱世になれば山賊乱輩の隠れ家《が》に利用された。

この山地の北寄りにある、大きな御堂《みどう》は軒《のき》が傾き、凝《こ》った造りの鐘楼《しょうろう》は屋根が落ちた廃寺に、怪しい活気が戻ったのは二十日ほど前、「六角家の再興を図る」一団が住み着いてからだ。

四月十三日、六角家最後の砦《とりで》、石部《いしべ》城落城の際に奇蹟的に生き残った六角次郎義定は、三日間、従女の友恵と共に甲賀の山中に潜《ひそ》んでいた。不思議なことに二人とも、野草を囓《かじ》り、野鳥を貪《むさぼ》ることができた。四日目になると織田方の落武者《おちむしゃ》狩りも一段落したので、甲賀山中の六角家の隠し砦に入り、密《ひそ》かに旧臣土豪《どごう》と連絡をとった。

この結果、次郎はかなりの銀子《ぎんす》と米麦《べいばく》を得た。櫓《やぐら》の大爆発に紛《まぎ》れて斬り込み、生き残った旧臣の三雲三郎左衛門尉《みくもさぶろうさえもんのじょう》とも巡り合い、二十日間ほども各地をさまよった末、旧領粟津に近い笠取山中に入り、この廃寺に居《きょ》を定めた。

その間に、次郎の下《もと》には雑多な者が付き従っていた。六角家の旧臣だけではなく、浅井《あざい》や三好《みよし》の残党もいた。比叡山《ひえいざん》の僧兵崩れも、座仲間《ざなかま》で嫌われた行商もいた。故郷を追われた札付《ふだつ》きや行き場のない流民《るみん》の類《たぐい》もいた。

次郎は、そうした者を選《よ》り分けることなく受け入れ、隠し砦から持ち出した銀子と、旧領の名主《なぬし》から供出《きょうしゅつ》させた米麦で養った。敗亡した大名家や戦《いくさ》で焼かれた郷村《ごうそん》が多かったこの時代、どんなに粗末なものでも食と夢さえ与えれば、付き従う者がいたのだ。

六角家累代《るいだい》の重臣の家系を誇る三雲三郎などは、

「あまり柄《がら》の悪い輩《やから》を加えても、兵糧を費《つい》やすばかりで戦の役には立ちませぬ」

と心配したが、次郎は、

「今やわれらは乱す側、小さくまとまることはあるまい」

といい、自ら畿内各地を回って敗亡の残党や野盗乱輩の類を集めた。一度は北近江から越前《えちぜん》に行き、一度は京に潜んだ。今もまた一日二夜の旅で河内に赴《おもむ》き、三淵晴高の残党二十人余を連れてきた。殊《こと》の外《ほか》、血筋と家柄に対する誇りの高かったかつての六角次郎義定からは、信じられないほどの変わり様《よう》だ。

中でも周囲を驚かせたのは、浅井長政《ながまさ》の家臣樋口直房《ひぐちなおふさ》の子、樋口兼光《かねみつ》に出会った時だ。

「その方《ほう》には昔会ったことがある。今度こそは俺の側《そば》を離れずにおれ」

次郎義定はそういって、涙ながらに旧敵の家臣の手を取った。樋口兼光は木曾義仲《きそよしなか》の忠臣の名でもある。


六角次郎義定と三淵晴高の残党たちが、廃寺に辿りついたのは、日の出の前、紫色の空が黄色く変わりはじめた頃だ。杉や樫《かし》の古木《こぼく》に囲まれた御堂の前の狭い平地には、粥《かゆ》を煮る大鍋が据《す》えられ、白い旗幟《きし》が二本、「八幡大菩薩《はちまんだいぼさつ》」と大書《たいしょ》した長い幟《のぼり》と、六角家の釘抜き紋を描いた幅広の旗が立っている。

その前で、灰色胴着に白い陣羽織を重ねた六角家旧臣二十人ほどが次郎を出迎えると、周囲の木立や廃屋《はいおく》からも様々な男たちがぞろぞろと現れた。武者風《ふう》の者もいれば、衣の袖を結んだ僧兵崩れもいる。野良着《のらぎ》の上に陣羽織を重ねた男も、ほころびた鎧《よろい》の胴を着けた者もいる。総勢約二百、身なりも姿勢も次郎を見る目付きも様々だが、どの顔にも怒りと不満が滲《にじ》んでいる。戦に負けたか、仲間に嫌われたか、村を追われたか、いわば、みな「負け組」なのだ。

「粥なと食わせて休ませておけ。夕刻には一働《ひとはたら》きさせるでな」

次郎は、へなへなと座り込んだ三淵の残党たちを顎《あご》で指して、灰色胴着の旧臣たちにそう命じると、傾いた御堂に上がり、くちた扉を押し開けた。ガラガラッと何枚かの扉が倒れ、堂内の異様な光景が現れた。

破れた屋根から漏《も》れる淡《あわ》い光の中に立つ巨大な千手《せんじゅ》観音は、漏水《ろうすい》と風塵《ふうじん》に爛《ただ》れ、千の手で虚空《こくう》をまさぐるかのようだ。脇士《わきじ》の不動尊《ふどうそん》と毘沙門天《びしゃもんてん》も、見る者に襲いかかるかのように傾いている。信者を失った仏たちの表情は、みな「憤怒《ふんぬ》」だ。

その前に跪いた次郎はまず、変形した仏たちに長々と平伏《へいふく》し、やがて低く太い声で調伏《ちょうぶく》の真言《しんごん》を唱えながら護摩《ごま》を焚《た》きだした。声は徐々に高まり、炎は次第に高く昇る。下からの赤い光に照らされた仏たちの表情は一段と怪しく輝き、脇では従女の友恵が長い髪を振り乱して、長短の剣を激しく打ち鳴らした。

次郎義定の護摩は延々と続いた。破れた屋根から立ち昇る煙が曇りだした空を覆い、老木に囲まれた狭い境内《けいだい》は鬼気《きき》に包まれた。外から眺めていた連中も徐々に引き寄せられ、いつしか声を合わせていた。河内から来た者たちも、疲れを忘れて大声を張り上げた。

そんな行が二刻《ふたとき》（約四時間）余り、突然、次郎と友恵がばったりと倒れた。同時に御堂の周囲に集まった連中も、気が抜けたようにぐったりとした。

「行くぞ」

立ち直った次郎義定がそう叫んだのは、それからさらに二刻近くも経《た》った未《ひつじ》の下刻《げこく》(午後三時過ぎ)だ。

三

「この調子なら暗くなる前に瀬田に着けそうだな」

日海は、四頭の馬が引く「戦車」の御者台《ぎょしゃだい》で、右隣の佐助に囁いた。旅は順調に進み、道は逢坂の峠に掛かっている。分厚《ぶあつ》い雲に覆われた空は暗いが、まだ雨は落ちてこない。あと一刻《いっとき》も保《も》ってくれれば、濡れることもなく夕暮れ前に瀬田の城に入れそうだ。

「この峠を越してからや、それがいえるのは」

佐助はしなやかな肢体《したい》を捩《ね》じって応え、四頭の馬に順に鞭《むち》を入れた。上り坂が急になりだしたからだ。

「ハイドー」

その時、先頭を行く警護《けいご》組頭《くみがしら》の赤松権大夫が右手を上げて乗馬を止めた。前方から、一行の先駆け二人が女を連れてくるのが見えた。

「この女、山科《やましな》の親元より粟津の奉公先に参る途中、気分が悪いとかで難儀《なんぎ》しております」

先駆けの男は、連れてきた女を示して訴えた。年の頃は二十歳前後、粗末な麻《あさ》の絣《かすり》に萌葱《もえぎ》の帯という風体《ふうてい》は女中奉公にふさわしいが、小柄な身体《からだ》と細い顔には男の同情を引くものがある。額にじっとりと汗を滲ませているのを見ると、「気分が悪い」というのも嘘ではなさそうだ。

それでも、女を見下ろす権大夫の表情は、同情七分警戒三分といったところだ。旅は夜明けにはじめ日没前に終わるのが普通なのに、人の行き来が絶えた夕暮れ近くに女一人で峠道にいるとあれば、一応警戒すべきなのだ。若い女といっても、乱輩の物見《ものみ》である可能性がないでもない。

「お女中、粟津まではまだ遠い。悪いことは申さぬ故《ゆえ》、山科の親元に戻って一晩ゆっくり休まれよ。後備《あとぞな》えの者に峠の下まで送らせよう」

権大夫はそういって、後備えの勘助《かんすけ》と与兵衛《よへえ》を手招いた。背丈《せたけ》五尺二寸（百五十六センチ）、目方《かた》十二貫（四十五キロ）ほどの女を大《だい》の男二人に送らせれば、たとえ乱輩の物見でも仲間に報せることができない。

「なるほど、警護の専門家には、これぐらいの用心が必要なのだ」

日海はそう思いながら、登ってきた坂を下る女と二人の警護を見送った。これが惨劇《さんげき》のはじまりとは、日海の「未来記憶」でも考えられないことだった。


「どうした、お女中」

権大夫の命令で女を送っていた警護の一人勘助が叫んだのは、「戦車」と別れて三丁（約三百三十メートル）ほど坂を下った頃だ。女が苦しげによろけ、身を丸めて道端にうずくまったのだ。

「大丈夫か」

もう一人の与兵衛も背越しに声をかけたが、女は余程《よほど》苦しいのか、膝《ひざ》の間に顔を埋めてイヤイヤというように首を振った。

「背負ってやろうか」

大柄な勘助が女の肩に手を掛けた。と、女は急に立ち上がり、振り向き様《ざま》に勘助の顎に拳《こぶし》を飛ばした。信じられないほどの早さで、勘助の肥満体が反《そ》り返って倒れた。いつの間にか、女の額には「巳」の赤い字を書いた黒い鉢巻きが結ばれていた。

「止《や》めろ」

与兵衛が慌《あわ》てて後ろから抱きついたが、女は身を揺すってその手を外し、与兵衛の髷《まげ》を摑《つか》んで頭越しに投げつけ、体勢を立て直す間《ま》も与えず延髄《えんずい》に蹴《け》りを加えた。ガクッと音がして首の骨が折れ、与兵衛の身体は吹っ飛んで俯《うつぶ》せに伸びた。

「何者」

立ち直った勘助が刀を抜いて斬り掛かった。だが、女はその下を潜《くぐ》り抜け、後ろに回ると腰を抱えて後方に頭から投げ落とした。勘助の巨体は、アッと叫ぶ間もなく後頭部から地面に叩《たた》きつけられ、ガボッと音を立てて頭蓋骨《ずがいこつ》が砕《くだ》けた。

素早《すばや》く立ち上がった女は絣の着物を脱ぎ捨て、真っ赤な胴着と括《くく》り袴《ばかま》の姿になると、勘助と与兵衛の顔を蹴って死を確かめた上、右手の崖に飛び上がり、茂みの中を駆けだした。つい先刻の弱々しい顔からは想像もできない機敏さだった。

四

「ムッ」

御者台の右側で、佐助が腹の底から短い呻《うめ》きを上げた。同時に小さな動作から激しい鞭を四頭の馬の尻に当てた。

「今のは、頭の骨が砕けた音や」

佐助はそう囁いたが、日海には何のことか分からない。何も聞こえなかったし、何も感じない。誰の頭が何によって砕かれたのか想像もつかない。だが、佐助は伝声管《でんせいかん》を取ると「戦車」の中に火縄の用意を命じ、鞭を空中で回した。襲撃者は間近《まぢか》にいる。佐助は目立たぬ動作で戦いの用意をはじめたのだ。

「何事……」

「戦車」を引く馬蹄《ばてい》の高鳴りと空気を切る鞭の音に気付いた権大夫が、そんな表情で振り返ると、小さく頷いて乗馬の首に吊るした二尺四方ほどの楯《たて》を手に持った。後に続く警護の兵たちも歩調を早めながら、背に負った楯を右肩に当てている。

だが、周囲には何の変化もない。警護の兵も何も分からないらしく、不安気に周囲を見回すだけだ。右側は灌木《かんぼく》の茂る急斜面、襲撃者が駆け下りるには険《けわ》しすぎ、高すぎる。左側は狭い川原をおいて緩い上り斜面、逢坂峠の切通しも間近い。

「本当に敵がいるか」

日海がそう訊ねた時、ヒューッと風を切る音がして、後ろで悲鳴が上がった。振り向くと替え馬を引いていた筒袖股引《つつそでももひ》き姿の一人が倒れた。

「後ろや、後ろから来るぞ」

佐助が御者台に立ち上がって叫んだ時、先刻よりはずっと数多くの風を切る音がして、カン、カーンと「戦車」の鉄板に矢が当たった。警護の兵が掲げた楯にも何本かの矢が刺さり、替え馬の一頭が断《いな》いて逆立《さかだ》った。同行の蘇我理兵衛は、慌てて後部扉から「戦車」の中に跳び込んだ。

同時に、道の後ろからワーッと喊声《かんせい》を上げる一群が現れた。先頭には灰色胴着に白の陣羽織を重ねた数人、その後には様々な風体《ふうてい》の人数が固まっている。先刻の女の件で後備えの二人を失ったため、後方からの奇襲を許してしまったのだ。

「強いぞ、今日の敵は腹が据わっとるで」

長く延びて後方に回ろうとする警護組を通り越す時、佐助は権大夫に叫んだ。昨日の三淵晴高の集団とは違い、顔に殺気が漲《みなぎ》り、追う足も早い。

「心得た、ここはわれらが食い止める。その先の切通しを越えれば下り坂じゃ」

権大夫はいきり立つ乗馬を制しながら応じた。道は一旦迫谷《いったんさこだに》に沿って右にくねり、その先で左に戻って切通しに繋《つな》がっている。そこまで約五丁、遠くはないが、迫谷沿いの鋭い曲がりが厳しい。長さ二間の無限軌道《むげんきどう》に載《の》った「戦車」は、方向転換に手間がかかる。

四頭の馬に引かれた「戦車」は、尾根先を右に回って迫谷の方へと走る。前には先駆け二人が走り、後ろには背に矢の刺さった一頭を含む四頭の替え馬を引いた五人が続く。

後方では、赤松権大夫の指揮する警護組と、追ってきた襲撃者の群れとの死闘がはじまった。警護組は二十六人、襲撃者の群れはその四倍もいる。訓練の行き届いた警護組は、小さく固まって幅二間余りの道を固め、襲撃者を「戦車」に近づけまいと奮闘した。

権大夫は馬上で采配《さいはい》を振り、まず弓を射《い》、次いで槍組を突っ込ませ、すぐ引いて弓組に矢を放たせた。これで何人かの敵を倒したが、襲撃者の方も槍や刀を振るって警護の者を次々と斬り伏せた。しかもその間に、襲撃者の群れは人数を分けて川原を迂回《うかい》、「戦車」を追いだした。

「替え馬が危ないぞ」

日海が叫ぶと、佐助は、

「それどころか。座蒲団《ざぶとん》を腹に巻いて楯で頭を守っていろ」

と怒鳴《どな》った。またもヒューッと音がしてカン、カーンと矢が鉄板を鳴らした。後ろでは替え馬引きの一人が倒れ、あとの四人は馬を捨てて逃げ出した。敵は上の山中にもいるのだ。

日海は慌てて座蒲団を腹に当て楯を取った。その時、佐助が「ヤッ」と声を上げて、飛んできた矢を手で叩き落とした。同時に日海の楯にもガツッと矢が刺さっていた。

「もう一瞬、楯を取るのが遅ければ俺は死んでいたかも」

日海はそう思ったが、不思議なほど怖《こわ》さがない。その横で佐助が、

「鉄砲を撃て、敵は左の川原から上がってくるぞ」

と伝声管に叫んでいた。矢に気を取られている間に、警護組を迂回した襲撃者の群れが二十間ほどに迫っている。

「オーッ」

という声が「戦車」の中から聞こえ、すぐ六挺《ちょう》の鉄砲が鳴った。固まった襲撃者の群れが乱れ、悲鳴が上がった。だが、襲撃者はたじろがない。灰色胴着の数人を先頭に、前と変わらぬ速さで迫ってくる。

「戦車」の中からは射撃が繰り返されるが、怯《ひる》む様子もない。三射、四射と六挺の連発銃の一斉射撃を続けても、追ってくる群れは止まらない。その上、前の迫谷からも敵影《てきえい》が現れた。槍や刀を持

った数人だ。先駆けの二人が立ち止まって身構えたが、たちまち斬り立てられて左の川原に逃げた。

「逃げた方がええ、敵を引きつけてくれるわ」

佐助はそういうと、振り向き様に手裏剣《しゅりけん》を投げた。狙い違《たが》わず四寸の手裏剣が「戦車」に迫った破《や》れ鎧の男の喉《のど》に刺さった。同時に佐助の足が飛んで、斬り掛かろうとした灰色胴着の顔を砕いていた。

「お見事」

日海がそういいかけた時、佐助は「左」と怒鳴った。振り向くと薙刀《なぎなた》を抱えた坊主頭が、手が届くほどに迫っている。それを見た瞬間、日海の手は反射的に懐《ふところ》の碁石《ごいし》を摑んで投げていた。二本の指の間に挟《はさ》んで投げた黒石が、スーッと坊主頭の左目に吸い込まれた。坊主頭はワーッと叫んでうずくまった。

「やったぞ」

日海は子供っぽく手柄を誇った。その時、六度目の一斉射撃の音が響き、やっと襲撃者の足も止まった。最初の斉射《せいしゃ》がはじまってから約二十秒、その間に「戦車」が走った一丁ほどの間には、敵味方合わせて二十人が倒れていた。権大夫の警護組とは、既に三丁近くも離れている。

「やれやれ、何とか逃げ切れそうだ」

日海は、襲撃者の群れが鉄砲の斉射を恐れて地に伏したのを見て、そう思った。あと三十間（約五十四メートル）ほどで迫谷の曲がり角、それを過ぎて緩い上り坂を一丁余り走れば切通しに出る。権大夫の警護組が後ろで頑張っている御陰《おかげ》で、襲ってくる敵の数は少ない。六連発銃は撃ち尽くしたが、予備が四挺ある。これを使えば、もう一度敵が追ってきても撃退できる。日海はそんな計算をした。御者台に立った佐助の顔にも安堵《あんど》の色が見えた。

だが、その次の瞬間、右手の急斜面がガサッと揺れ、赤い物体が飛んできた。日海にはそうとしか見えない早さだった。咄嗟《とっさ》に佐助は身構えたが、風のように跳ね上がった赤い物体は、佐助の全身を包んで日海の膝の上を左側に転がった。

日海には、何が起ったのか分からなかった。だが、次には佐助の身体と赤い物体とが一体となって川原への崖を転がり、二つに割れて激しく戦いはじめた。長い髪に細い顔、赤い胴着に包まれた小柄な身体は、先刻の女に似ている。佐助と赤い女は拳を交《まじ》える。次いで佐助の鋭い回し蹴りを巧《たく》みに逸《そ》らした赤い女が、後ろに回って佐助の腰を抱えて持ち上げた。

「危ない」

日海がそう叫んだ時、またも矢が飛んできて引き馬の背に刺さった。ガクッと揺れ、「戦車」が軋《きし》みを上げた。御者を失った引き馬が、矢を背に刺したまま暴走しだしたのだ。

日海は慌てた。手綱《たづな》を引こうにも激しい揺れで摑めない。このままでは迫谷に突進、曲がり道で横転してしまう。

「馬は離せ、引き具の止め木を抜くんや」

後ろから声がした。「戦車」の天蓋《てんがい》を開けて蘇我理兵衛が顔を出していた。万一の場合には、馬を離して手動の滑車《かっしゃ》で動くという「戦車」の構造を、日海は思い出した。

しかし、それも容易なことではない。激しい揺れの中でかがみ込んで、止め木を摑むだけでも勇気がいる。しかも、四頭の馬と重い「戦車」を繋ぐ止め木は固く挟《はさ》まっている。日海は、太さ三寸の止め木を必死に引いたが、抜けそうにもない。揺れは激しく、迫谷は間近に迫る。そこにまた矢が飛んできて、日海の坊主頭を掠《かす》めた。

だが、それが救いになった。

日海の頭を掠めた矢が馬の尻に刺さり、馬が逆立った。ダダッと馬の列が乱れ、一瞬だけ引き具が緩み、止め木が抜けた。「戦車」がつんのめるように止まり、引き具を引きずった四頭の馬が切通しの向こうに駆け抜けて行った。

「早ようこの中へ入りなはれ」

という声と共に、太い腕が衣の首筋を摑んだ。「戦車」の屋根に半身《はんみ》を出した蘇我理兵衛が、日海の身体を引き上げてくれたのだ。

「かたじけない」

日海は、場違いな礼をいったが、次の瞬間には頭から硝煙《しようえん》の充満した鉄の箱に転がり込んでいた。幅一間長さ二間の狭い空間の中では、筒袖股引き姿の六人の射手が壁にしがみ付くように転がっていた。

「急いで、四人は連発銃を構えて、二人はこれを回さんと」

蘇我理兵衛が急《せ》きたてた。警護と御者と引き馬を失った「戦車」の、孤独な戦いがはじまるのだ。

五

「友恵がやったぞ。者共《ものども》、矢を射ろ」

六角次郎義定は尾根の上で叫んだ。真っ赤な胴着姿の従女の友恵が、鉄の箱を積んだ馬車に跳び乗り、敵の御者の首を抱えて川原に転がり落ちるのを見た時だ。

待ち構えていた二十人の射手《しゃしゅ》が弓を引き、鉄の箱の周囲に矢を降らせた。途端に馬が暴走し、それを切り離した鉄の箱は、次郎のいる尾根の真下、尾根と尾根との間の迫谷に食い込んだ道の湾《わん》曲《きょく》部に止まった。

「しめた」

と次郎は手を打った。すべてが作戦通りだ。まず敵の後備え二人を殺した。警護組を百人余りの奇襲で押し包み、連発銃は撃ち尽くさせた。選《よ》りすぐった武芸達者二人が、敵の御者に手裏剣と飛《ひ》竜《りゅう》の蹴りで倒されたのは誤算だが、その強敵も友恵が引きずり落とした。

その二人はすぐ下の川原で激しい格闘を演じているが、巴御前《ともえごぜん》の怨霊《おんりょう》が乗り移る鉢巻きを締めた友恵が負けるはずがない、という確信が次郎にはある。それよりも、今は身動きできなくなった鉄の箱を叩き潰すことだ。

「石を落とせ、あの鉄の箱にぶち当てよ」

次郎はそう叫ぶと、自ら五尺もある巨石を押しだした。周囲に屯《たむろ》した数十人も何組かに分かれて巨石を落としにかかった。ここから石を落とせば沢を転がり下って、鉄の箱の止まっている方に落ちていく。迫谷とはそんな地形なのだ。

「南無《なむ》八幡大菩薩《はちまんだいぼさつ》も御照覧《ごしょうらん》あれ。平氏の末裔《まつえい》を自称する織田信長に堺の町人づれが運ぶ金《きん》百枚は、この源《みなもとの》次郎義定が頂く。これにて平氏の没落がはじまる」

そんな思いが次郎義定に力を加え、五尺の巨石が軽々と動き、急勾配《きゅうこうばい》の斜面を転がりだした。周囲でも幾《いく》つかの石が転がり落ちた。

だが、その時、思いもかけないことが起こった。引き馬を失った鉄の箱が、ゆっくりとだが動きだしたのだ。

「何故《なにゆえ》に、動くか」

次郎はわが目を疑った。馬に引かれず人に押されず、長さ二間、幅一間もある鉄の箱が動くなどあり得ないことだ。だが、目の前の鉄の箱は、生き物のように這い進み、次郎が押し落とした石が斜面を滑《すべ》り、沢を転がる十秒ほどの間に五間近くも前進、迫谷の湾曲部の前に出てしまった。

次郎たちが落とした石は、鉄の箱の後ろを掠《かす》めて道を越え、川原の方に転がった。そこではまだ、御者の少年と赤い胴着の友恵の格闘が続いていた。御者の武術と友恵の妖技《ようぎ》、いずれ譲らぬ好勝負だ。


「何たること」

見込み違いで次郎の目に不安の色が走った。その時、御者の少年が放った蹴りが友恵の顔面に命中した。反射的に次郎は、

「かかれぇ」

と叫んで斜面を駆け下りていた。ワーッと喊声が上がり、何十人かが続いた。次郎は、

「敵は袋の鼠《ねずみ》ぞ、恐れることはない」

と叫びながら駆けた。一旦は足を止めた後ろの群れも、これに合わせて駆けだした。だが、鉄の箱に近づくと、またも銃弾が飛んできた。

「ややー」

と驚きの声が次郎の周囲に上がり、大半の者が立ち竦《すく》んだ。次郎自身も足を止め、もう一度川原の方に目をやった。そこでは、倒れた友恵に御者の少年が止《とど》めの蹴りを浴びせようとしていた。

「止《や》めてくれ」

次郎はそう叫びたかった。だが、次の瞬間、友恵の小さな身体が地面を転がり、御者の蹴りは空《くう》を切り、逆に倒れたままで友恵の足が御者の膝裏《ひざうら》を蹴っていた。今度は御者が倒れ、折り重なって背に乗った友恵が首を絞《し》めに掛かった。

「流石《さすが》じゃ、友恵」

次郎はそう呟くと、もう一度、

「かかれぇ」

と叫んで突進した。それに従う者は約二十人、もう先刻までの勢いは失われていた。それでも次郎と他の何人かは、銃弾をかい潜って鉄の箱に取りついた。しかし、突き出した槍も叩きつけた刀も、硬いウーツ鋼《こう》には効果がない。鉄の箱にしがみついて屋根に登ろうとした一人は、鉄板の隙間から刺し出された細い剣に腹を突かれて転がり落ちた。

「うーむ、どうしてくれる」

そんな思案をした次郎の耳に、川原の方から「アッ」という友恵の叫びが聞こえた。御者の首を絞め上げていた友恵の額から、黒い鉢巻きが解《ほど》け落ちている。

「退《ひ》け、退け」

次郎は夢中で叫んだ。目は川原を駆け去る友恵の方に向けたままだ。鉢巻きが取れた友恵が、川原の石に躓《つまず》き転げながら、弱々しい足取りで走り去るのが見えた。ガックリと座り込んだ次郎は、ゆっくりと峠の切通しを越えて行く鉄の箱を、目の端で眺めていた。

実録・本因坊算砂

戦国時代は自由競争の下剋上《げこくじょう》。宗教宗派の争いも激しかった。本編の主人公・日海《にっかい》は、やがて囲碁《いご》の流派を確立するが、日蓮宗《にちれんしゅう》の僧侶としては当時の宗教問題に無縁ではない。

日蓮宗（法華宗《ほっけしゅう》）は、宗祖《しゅうそ》の日蓮（一二二二〜八二年）以来、攻撃的な宗派だ。日蓮自身、仏法の神髄《しんずい》は「法華経《ほけきょう》」にありと主張、他宗ばかりか鎌倉幕府の政治をも批判したので、伊豆や佐渡に流されたことがある。その精神を受け継いだ日蓮宗は、宗祖の死後も不屈《ふくつ》の布教《ふきょう》活動を続けた。

こうした積極的な性格は十六世紀に入っても変わらず、旧派を代表する天台宗《てんだいしゅう》や、ほぼ同時代に生まれた新宗派の浄土真宗《じょうどしんしゅう》（一向宗《いっこうしゅう》）などと激しく競いあった。特に享禄《きょうろく》末から天文《てんぶん》にかけて（一五三〇年代）は、武将の戦いも絡《から》んで宗派の争いも武闘化、ついには「天文法華の乱」といわれる事件を引き起した。

その当時、畿内《きない》の実力者だった細川晴元《はるもと》は、浄土真宗の力を借りて三好元長《もとなが》を攻めて堺《さかい》南荘《みなみのしょう》で自殺させたが、これによって力を得た一向宗徒は、摂津《せっつ》、河内《かわち》、大和《やまと》で蜂起《ほうき》、在地《ざいち》権力をも掌握《しょうあく》する勢いとなった。これに対して細川晴元は、天文元年（一五三二）、河内飯盛山《いいもりやま》城主の木沢長政《きざわながまさ》や近江《おうみ》の六角定頼《ろっかくさだより》（本編・六角次郎義定の祖父）らと共に、京の法華宗徒を動員して山科本願寺《やましなほんがんじ》を焼き討ちした。

　ところが、今度は一向宗徒を破った法華宗徒が勢力を伸ばし、六条の本圀寺《ほんこくじ》を中心に自治権を主張、町地子《まちじし》（市民税）を払わなくなった。京の都の一部に、法華宗徒の独立王国を作ろうとしたのだ。

　これは領主や他宗との対立を深めた。天文五年（一五三六）、一条烏丸《からすま》で天台宗の僧侶と法華宗徒が論争、天台僧が勝ったのを切っ掛けに、かねて法華宗徒の勢力拡大を恐れていた細川晴元や六角定頼らが三井寺《みいでら》、興福寺《こうふくじ》、本願寺などの宗徒とともに法華宗徒を攻撃、六日間の激戦の末、本圀寺も陥落《かんらく》、法華宗徒は壊滅した。この間に、六角定頼の放火で下京《しもぎょう》全域と上京《かみぎょう》の三分の一が焼失、殺害された法華宗徒は三千人とも一万人ともいい、生き残った宗徒も堺に逃れた。

　これによって京都における法華宗徒の勢力は失墜《しっつい》、武力によって領主に対抗することはなくなった。この点、織田信長時代にも武力蜂起《ほうき》を続けた一向宗とは対照的である。

　この頃、畿内の日蓮僧として最も多く名の出ているのは堺の妙国寺《みょうこくじ》日珖《にっこう》や、本因坊の叔父《おじ》に当たる日淵《にちえん》ら穏健派《おんけんは》である。だが、日蓮宗の宗論的な激しさは失われたわけではなく、外来のキリシタンにも敵意を抱《いだ》く日蓮僧もいた。

　織田信長が上洛《じょうらく》を果たした直後に、いち早くその側近となった朝山日乗《あさやまにちじょう》は、永禄《えいろく》十二年（一五六九）四月、京都でキリシタンに論争を挑んだが、南蛮人《なんばんじん》バテレンのルイス・フロイスと日本人修道士ロレンツォに敗れてしまった。

　これには、それを見ていた公家《くげ》の清原枝賢《きよはらのえだかた》とその娘（細川ガラシャを改宗させた清原マリア）が、キリシタンに改宗するというおまけが付いた。清原家は儒学《じゆがく》を司《つかさど》る家柄だけに、そのキリシタン改宗は都人《みやこびと》の話題となり、日蓮宗にとっては不名誉な話を広める結果になった。朝山日乗は、その後もキリシタン追放を朝廷に働きかけたりしているが、宗派の抗争を嫌った信長によって遠ざけられている。

　比叡山《ひえいざん》を焼き討ちにし、一向一揆《いっき》と戦闘を繰り返した織田信長は、日蓮宗には概《がい》して好意的で、京都での宿舎にも妙覚寺《みようかくじ》や本能寺などの日蓮宗寺院を多用している。だが、日蓮宗の宗論的攻撃性は、信長の好むところではなく、「安土宗論《あづちしゆうろん》」を引き起こした。

　なお、のちのことだが、豊臣秀吉が建立《こんりゆう》した方広寺《ほうこうじ》の大仏供養《くよう》に参加するかどうかで、日蓮宗は分裂。参加に反対した妙覚寺の日奥《にちおう》は自ら丹波《たんば》に隠棲《いんせい》した。その日奥は、慶長四年（一五九九）に徳川家康に招かれて大坂城で妙顕寺《みようけんじ》の日紹《につしよう》と対論したが、権威に歯向かう逆罪人《ぎやくざいにん》として対馬《つしま》に流された。この頃には、日蓮宗も大部分は穏健軟弱になっていたのだ。

　信長、秀吉、家康の三代に仕えて優遇された本因坊算砂（日海）は、終始、穏健派、のちには徳川家康に歯の浮くようなお世辞《せじ》もいっている。人を見て法を説《と》く政治性も備えていたのだろう。

第五章　時《じ》運《うん》人《じん》才《さい》

一

「鉢巻《はちま》きは持っているか」

六角《ろっかく》次郎義定《よしさだ》は、まずそれを訊《たず》ねた。天正《てんしょう》二年（一五七四）五月二十三日戌《いぬ》の刻（午後九時頃）、逢坂《おうさか》峠での襲撃から笠取山《かさとりやま》の廃寺《はいじ》に引き揚げた時だ。辺りは闇、厚い雲に覆われた空からは何の光も漏《も》れてこない。僅《わず》かに二本の松明《たいまつ》が、老木に囲まれた境内《けいだい》を照らしている。

「はい」

従女《まかたち》の友恵《ともえ》は、淡《あわ》い光の中で短く応えて、赤い胴着の懐《ふところ》から「巴《ともえ》」の赤い文字の付いた黒い布を取り出してみせた。顔は青ざめ、頬《ほお》に紫色の痣《あざ》ができている。肩は小刻《こきざ》みに震え、息は脅《おび》えたように短い。一刻《いっとき》（約二時間）あまり前に、唐風《からふう》の武術を使う御者《ぎょしゃ》と戦っていた時の妖気《ようき》は失《う》せ、か弱い二十歳《はたち》の従女に戻っている。

「よし、それさえあれば、必ず勝てる」

次郎は大きく頷《うなず》くと、松明を掲《かか》げる二人の男を従えて御堂《みどう》の階段を駆け上がった。

「者共、よーくやった。勝利を祝って杯《さかずき》を上げよう。われらが力、最早《もはや》、恐れる敵はない。信長は岐阜に去った。だが、今日のみなの働きで、当分は身動きもできぬであろう。甲斐《かい》の源氏、武田勝頼《かつより》殿が高天神《たかてんじん》城を落とされるのは確実。平氏の信長に与《くみ》する源氏の裏切り者、徳川家康の滅亡は間近《まぢか》じゃ」

次郎はそんな短い演説をしたあと、

「者共、火を焚《た》け、酒を注《つ》げ、敵の馬を屠《ほふ》って肴《さかな》としようぞ」

と叫ぶと、自ら槍を取って、逢坂峠で捕らえた引き馬に向かって投げつけた。

狙い違《たが》わず、槍は馬の胸に深く食い込み、馬は悲鳴の嘶《いなな》きを残してドッと倒れた。周囲からは喊《かん》声《せい》が上がり、松明を持った二人の灰色胴着が境内《けいだい》に積まれた焚《た》き木に火をつけてまわった。同時に何人かの男たちが酒樽《さかだる》を持ち出し、碗《わん》や鉢《はち》を配った。

三刻前、この廃寺から出かけた時に比べれば、人数は半分の百人余りに減っている。死んだ者も傷ついた者もいる。臆病風《おくびようかぜ》に吹かれて行方《ゆくえ》をくらました者も多い。だが、この瞬間には、ここにいる全員が「勝った」と確信していた。次郎の声と言葉と行動には、そうさせる効果があった。

たちまち境内のあちこちで焚き木が燃えさかり、車座《くるまざ》に手柄話《てがらばなし》の華《はな》が咲いた。配られた酒は古びて酸《す》っぱく、切り分けた馬肉は筋張《すじば》って生臭《なまぐさ》かったが、気にする者などいない。ここにいるのは、何カ月も酒にも肉にもありついたことがない連中ばかりだ。飯さえ食えず火さえ見ない暮らしが長かった者も多い。それが今、堂々と大篝火《おおかがりび》を幾つも焚いて、肉を頰張《ほおば》り酒を食らったのだから、大いに沸《わ》いた。友を失った者も悲しみを忘れ、傷ついた者も痛みを感じなかった。

座が盛り上がる中を次郎義定は、樋口兼光《ひぐちかねみつ》を連れて一座ずつまわっては酒を注ぎ肉を薦《すす》めた。三雲《みくも》三郎ら灰色胴着の六角家旧臣の中には、

「このように火を焚いては目立ちます。織田方が攻めて参りますぞ」

と警戒する者もいたが、次郎は、

「何の、信長は岐阜じゃ。留守を預かる瀬田《せた》の山岡、坂本の明智などは腰抜け侍。来れば幸い、この山中《さんちゅう》で撃滅してくれるわ」

と高笑いした。ただ、そんな次郎も、御堂の床下に寝転がった従女の友恵にだけは、

「御苦労であった、よく眠っておけ。明日からまた新たな戦いぞ」

と、囁《ささや》いていた。


酒盛りは一刻ほども続いたが、やがて疲れ果てた者たちは廃屋《はいおく》や木陰《こかげ》に隠れて眠り出した。次郎義定も、御堂に入って高鼾《たかいびき》をかき出した。見張りも番人も立てず、みなが酔い、みなが眠った。暗い空からは細い雨が滴《したた》り、大焚き火の残り火も徐々に消えた。笠取山中の廃寺の境内には、暗闇と静けさが戻った。

それから二刻余、丑三《うしみ》つ時（午前二時頃）を過ぎた頃、風雨に爛《ただ》れた仏像の並ぶ御堂の中で、次郎義定は起き上がった。境内は依然として暗く、百人余はみな眠っている。

「起きろ、三郎、兼光」

次郎は両脇の三雲三郎左衛門尉《さぶろうさえもんのじょう》と樋口兼光だけを揺り起こして、這《は》うようにして仏像の後ろに誘った。

「俺はここを去る。お前たちも、それぞれに気の利いた者を十人ほど連れて来い。多すぎては目立つ。会うのは遠江《とおとうみ》、高天神城を攻める武田勝頼殿の陣中じゃ。そこには兄者《あにじゃ》の太郎義治《よしはる》もいる。十日以内に着け」

と囁いた。意外な言葉に二人は驚き、顔を見合わせ、十《とお》を数えるほどの間は言葉も出なかったが、やがて六角家の旧臣・三雲三郎が、

「他の者はどういたします」

と訊ねた。

「捨て置け。明智光秀のことだ、明朝には大軍を催して討伐《とうばつ》に参ろう」

次郎は、仏像の下に隠した銀子《ぎんす》を掻《か》き出しながら応えた。

「敵が来るのなら、道に椎《しい》の実《み》をまき、兵を木陰に隠して矢を射、火を放てば……」

浅井長政《あざいながまさ》の小姓《こしょう》だった樋口兼光がそういいかけたが、次郎は、

「この戦《いくさ》、五十や百の雑兵《ぞうひょう》を殺したとて、どうなるものでもない。勝負は天下、今は高天神城を落として徳川家中を目覚めさせることよ」

と制した。それでも樋口兼光の顔に割り切れぬ表情が残るのを見ると、

「兼光、そして三郎、お前たちにその気があるのなら頼みたい。瀬田と佐和山《さわやま》の間ならどこでもよい。遠江に向かう道すがら、一、二カ所、火を放ち米麦《べいばく》金銭を奪え。さすれば明智光秀、一段と慎重になり、信長の手元に金が届くのも遅れるであろう。それが一番の働きと申すものじゃ」

と続けた。

「なるほど」

樋口兼光と三雲三郎が、やっと合点《がてん》したように頷くのを見ると、次郎は一握りずつの銀の小粒を二人に分け与え、御堂の床の節穴《ふしあな》から下に向かって、

「行くぞ」

と低く呼び掛けた。それを待っていたかのように、床の下から小さな身体が滑《すべ》り出てきた。赤いはずの友恵の装束《しょうぞく》も、今は闇に溶けて黒い影に見えた。

二

同じ頃、日海《にっかい》は、近江《おうみ》瀬田城の二の丸櫓《やぐら》で、むっつりと座り込んでいた。周囲では、同行の警護組や「戦車」の乗員が溶けるように眠り込んでいるが、日海の頭は熱く燃えていた。思いも寄らぬ強敵の襲撃と味方の大きな損害が、十六歳の新発意《しんぼち》（成り立ての僧）には衝撃だった。

「理屈通りにはいかぬものだ」

と日海は呟いた。昨夕の逢坂峠での戦いのあと、「戦車」の乗員が代わる代わる手動で歯車を押して峠を下ったが、一里《り》の道程《みちのり》が一刻も掛かった。六人の乗員は勿論《もちろん》、少しばかり手伝った日海自身も全身汗だく、みなが掌《てのひら》に血豆を作った挙句《あげく》である。

「何とも恰好《かっこう》が悪い」

と日海は思う。だが、「戦車」の製作者の蘇我理兵衛《そがりへえ》は「予想通りの性能」という。連発銃の斉射《せいしゃ》と鋼鉄の隙間からのサーベル刺しで敵襲を撃退、危機に際しては馬を切り離して手動で進むというのは、理兵衛が描いた当初からの設計性能だ。「戦車」はその通りのことをやってのけた。結果

としても、数倍の敵から金百枚を守り通したのだから、戦いは勝利に違いない。

だが、それにしても、味方の損害も大きい。警護組と「戦車」の乗員合わせて四十二人のうち十二人が戻らず、八人が負傷した。組頭《くみがしら》の赤松権大夫《ごんだゆう》も額に手傷を受け、包帯姿で寝転がっている。百余の敵を防いで奮戦したあと、血路《けつろ》を開いて脱出、比叡山《ひえいざん》の中腹を迂回《うかい》して夜半にこの城に辿《たど》り着いたのだ。

引き馬の損害も深刻だ。「戦車」から切り離して暴走させた四頭は峠の下で見つかったが、二頭は矢傷を受けて使えない。四頭の替え馬も二頭が行方不明、脱出して来た警護の者の証言では、一頭は確実に死に、他の一頭は襲撃者に連れ去られたという。

手元に残った四頭でも一組はできるが、替え馬なしでは岐阜に辿り着くのも難しい。警護の補充と引き馬の訓練に、少なくとも五日はこの城に滞在せざるをえないだろう。今月中に岐阜に着くのは無理かも知れない。


「理屈通りにはいかぬものだ」

日海がまた呟いた時、衣の袖を引く者がいた。脇で寝ていた佐助《さすけ》だ。

「ほんまに理屈通りやないわ。あの動きの早さ、身のこなしの柔らかさ、蹴りも投げも絶妙、小さい女子《おなご》の身であのような闘技ができるとは、理屈では考えられんことや」

佐助は、赤黒い痣のできた首筋を押さえて呟いた。

「あの後ろ投げに受身をとれたのは、流石《さすが》ですよ」

日海は頰を歪《ゆが》めて、佐助の技を褒《ほ》めてやった。だが、佐助は、

「ほんまに危なかったわ。俺の拳《けん》と蹴りを柳に風と受け流しての、後ろ投げに裏蹴り。あんな技は、相撲《すもう》や明国少林寺《みんこくしょうりんじ》の拳法にはない。漠北《ばくほく》（モンゴル）、南蛮《なんばん》にもないやろうな」

と、自省《じせい》を籠《こ》めていった。

「あるいは、身体の小ささと身の軽さを活《い》かした牛若丸《うしわかまる》の流儀《りゅうぎ》、日本古来の武術かも知れませんよ」

日海がそういうと、佐助は、

「ははは、野見宿禰《のみのすくね》、河津祐泰《かわづすけやす》の流れが甦《よみがえ》ったか」

と、痛みを堪《こら》えて笑った。野見宿禰は、蹴りの名人当麻蹴速《たいまのけはや》を破った日本格闘技の元祖、河津祐泰は、「河津掛け」にその名を留《とど》める後ろ投げの達人だ。いずれも伝説的な人物だが、この国古来の格闘技には返し技の話が多い。佐助の言葉は、ただそれだけを指してのことだったが、日海は心に突き刺さるものを感じた。

「未来記憶に頼る自分は、昔を忘れているのではないか」

と思ったからだ。

その時、櫓の外が急に騒がしくなった。人の足音や馬の嘶《いな》なきに混じって、

「坂本より明智秀満《ひでみつ》殿御来城《ごらいじょう》」

と触れる声が響いた。事件を聞きつけて、明智光秀の重臣・明智秀満が兵を率《ひき》いて駆けつけてきたのだ。

「流石は明智光秀」

日海は舌を巻く思いだった。三刻を経《へ》ずして兵を整える迅速《じんそく》さ、深夜にもかかわらず出陣させる

実直さ。恐らく光秀は、常時何百かの兵を出陣態勢で待機させているのだろう。織田家に仕えて僅か四年で近江坂本の城主となり、西近江から京を睨《にら》み、丹波《たんば》、丹後《たんご》を窺《うかが》う枢要《すうよう》の地位に昇っただけのことはある。

「日海殿御一行、昨日は並々ならぬお手柄であった」

上段の座から、この城の主《あるじ》山岡景友《かげとも》が、まずそういった。続いて左側の鎧姿《よろいすがた》の武者が、

「四十人余りの無勢《ぶぜい》で三百もの野盗《やとう》の群れを撃退、大切な金《きん》を無事お運びになったとは、われら武《ぶ》門《もん》も及ばぬ働き。わが主明智光秀はもとより、岐阜の上様《うえさま》もさぞお喜びになることでありましょう」

と、言葉を続けた。細い雨が落ちる梅雨空《つゆぞら》も明るくなった辰《たつ》の下刻《げこく》（午前九時過ぎ）、明智秀満が五百の兵を率いてこの城に着いてから三刻ほどが経っている。この間に明智秀満は、自らの兵にこの城の山岡勢三百を加えて、逢坂峠から笠取山地を掃討《そうとう》してきたのだ。

「あり難《がた》きお言葉、日海、ただただ恐れ入ってござります」

日海は、下座《しもざ》で平身した。

「幸いにも金を守り通せたのは、ここにおります警護組頭の赤松権大夫の武勇と、蘇我理兵衛友以《ともも ち》が作りましたる戦車の御陰。僅かな油断のために警護の者や引き馬多数を失いましたるは拙僧《せっそう》が不覚。穴にも入りたい心地《ここち》にございます」

「いやいや日海殿。ただ今、それがし自身が調べたところでは、野盗共が残した死体だけでも十六。金を守りながらも無勢を以《もっ》て多勢と戦い、かくも多くの敵を倒されたとは類稀《たぐいまれ》なお手柄じ

ゃ。赤松権大夫殿の奮闘もさることながら、日海殿発案の戦車と連発銃の威力には、それがしも驚きいっております」

明智秀満は、誰よりも日海を褒《ほ》めちぎった。戻らなかった味方は十二人だが、確認された死者は九人。残りの三人は一旦逃れた後に山中で息絶えたか、恐れをなして逐電《ちくでん》したかのどちらかだ。戦死者の死因は、四人が矢傷、三人が槍か刀、女を送らせた後備《あとぞな》えの二人は、首や頭の骨を砕かれていた。明智秀満は、そんなことを細々《こまごま》と聞かせたあと、

「咋夜火が見えた廃寺まで攻め込んだが、浮浪《ふろう》の輩《やから》が十人ほどうろうろしておるばかりでござった」

といって、ちょっと首をかしげる仕種《しぐさ》をした。これには、警護組頭の赤松権大夫が、

「不思議なこともあるもの。あれほど大勢の野盗が一夜にして掻《か》き消えていたと申されまするか」

不満気に叫んだ。敵の数を大袈裟《おおげさ》に吹聴《ふいちょう》したようにとられたかと、気にしたのだ。自由競争の乱世の男は、みな自己顕示欲《じこけんじよく》が強い。

「いやいや、確かに大勢の不逞《ふてい》の者どもがおった形跡はござった。六角の残党も、その方らの武勇に恐れをなして逃げ散ったのでござろう」

明智秀満は慌てて訂正し、続けて、

「警護の者や引き馬の補充に数日を要されよう。もし、お暇があれば、日海殿には坂本までお運び頂きたい。わが主光秀、是非《ぜひ》とも一局、御指南賜《ごしなんたまわ》りたいと願っております」

と、丁重《ていちょう》に頭を下げた。たかが十六歳の新発意ではあっても、いずれまた織田信長の前に出るであろう囲碁の上手《じょうず》ともなれば、疎《おろそ》かにはできない。秀満は、光秀からそんな指示を受けて来た

のだろう。

三

二日後の五月二十六日、明智家差し回しの駕籠《かご》で坂本に着いた日海は、小高い山腹に見え隠れする建物や石垣を見上げて呟いた。

「ほう、これが明智光秀様のお城か」

明智光秀が坂本城主に任じられたのは元亀《げんき》二年（一五七一）だから、まだ三年しか経っていない。それなのに城は地形に溶け込むようにうずくまり、既に老松の風格《ふうかく》を備えている。門は広からず、櫓は高からず、それでいて塀《へい》と石垣が複雑に絡《から》み合って十万の敵も防げる構えだ。

「門は桂馬《けいま》のシマリ、櫓は三石《せき》のノビ、塀は竹節《たけふ》、石垣はしっかりとしたマガリだな」

日海は、この城の構えを囲碁にたとえてそう読んだ。すべてが地味だが堅い備えである。

大手門には、明智秀満が待ち受け、本丸の屋敷には光秀自身が碁盤《ごばん》を磨いて待ち受けていた。琵琶湖を望む十畳の書院はしっとりと落着き、床《とこ》に飾った鷹《たか》の絵がよく似合った。斎藤道三《どうさん》に滅ぼされた土岐《とき》氏最後の領主・土岐頼芸《よりあき》が描いた逸品《いっぴん》だ。光秀が敢《あ》えてこれを飾って日海を迎えたのは、自分が土岐氏の支流、明智の一族であることを誇示《こじ》したかったからかも知れない。

「先日は野盗の群れをなぎ倒すお手柄、光秀、感じいったぞ」

明智光秀は、整った顔を綻《ほころ》ばしていった。

「いや、ただただ恐れ入ってございます」

日海は平身《へいしん》して一昨日の言葉を繰り返したが、光秀は多くを語らず、

「まずは一局」

と碁盤の前に日海を誘った。

「あり難き幸せ」

日海は、碁盤の前に用意された座蒲団《ざぶとん》の前ににじり寄って平身、光秀が黒石を置くのを待った。平身する日海の頭上で、コツ、コツ、コツと三度音がし、ちょっと間を置いてもう一度コツッと音がした。光秀は四目《よんもく》置いて日海と対局しようとしているのだ。

「ははー、それはちょっと無理でしょう。せめてもう一つお置きになったら」

日海はそう思ったが、勿論《もちろん》、口には出さない。光秀はかなりの自信と負けず嫌いの性格を持っているらしい。

確かに光秀の碁は、素人《しろうと》としては上手だ。定石《じょうせき》も多く知っているし、読みも深い。だが、どちらかといえば細部にこだわり、捨てることを恐れる。右上、左下と隅がまとまった時点では、黒の光秀が大いに有利に見えたが、複雑な中盤になると差は詰まった。光秀は長考《ちょうこう》を重ね、一石毎《ごと》にぼやきや溜《た》め息を洩《も》らした。

「この人は真剣に打っている」

日海はその態度には感激したが、あまりの真剣さは物事へのこだわりともいえなくはない。その傾向は打つ手にも現れる。時には大胆な手も打つが、次には臆病になる。読みは深いが簡単な読み落としも出る。いわゆる「勝手読《かってよ》み」に陥《おちい》り易《やす》いのだ。

「ま、持碁《じご》（同数引分）にすることだな」

百手ほど進んだ時、日海はそう決めた。こだわりの強い光秀に勝つのは得策《とくさく》ではない。だが、負けてやると、かえってもの足りなさを感じるだろう。若い頃には苦労と挫折《ざせつ》を重ねたと聞くが、今は織田家に仕えてから七年間の成功で万事に自信を強めている。光秀が長考を重ねる間に、日海はそんなことを考えていた。

碁は終局に近づいて、光秀の黒が三目ほど有利になっていた。日海にとっては理想的な形だ。日海は、左上の隅のヨセで技巧を凝《こ》らしてその差を逆転、最後に打たずもがなの自陣のツギを置いて持碁にした。

「どちらが勝っているかな、細かい勝負よな」

打ち終わると、光秀がそういった。

「まことに細かい勝負、あるいは拙僧《せっそう》が一目負けているかも知れませぬ」

日海がそう応えると、光秀は満足気に頷いたが、地《じ》を作って数えてみると同数の持碁。

「残念だった。この隅で損をしなければ勝っておったものを」

光秀は本当に残念そうに碁盤の左上を見つめていたが、やがて、

「わしの実力はどれほどかな」

と訊ねた。

「それは……」

といって日海は言葉に詰まった。この時代、囲碁の実力をいい表す尺度《しゃくど》、今日の段位制《だんいせい》のようなものはない。

「拙僧は若輩《じゃくはい》、殿様に比べられるようなお偉い方と打ったこともございませんので、申し様もあ

りません。敢《あ》えて申せば、拙僧の叔父《おじ》、日淵《にちえん》は二十年も碁を習いおりますが、殿様の方が二目ほどお強いかと存じます」

と応えた。嘘ではない、これがほぼ正確な評価だった。

「では、わしは筋《すじ》がいい方か」

光秀は本当に嬉《うれ》しそうに笑った。そして、

「さらに上達するには、どのような点に気をつければよいかな」

と訊ねた。十六歳の小僧にも教えを請《こ》う態度は立派なものだ。

「定石はお見事、読みも深くあらせますれば、全局を見て相手の奇手《きしゅ》に惑《まど》わされぬよう用心なされれば、隙のない碁になりましょう」

と日海は応えた。要するに、

「細部より大局《たいきょく》を見ること、勝手読みにならぬよう注意すること、記憶に頼らず変化に対応すること、そして予想外の事態に慌てないこと」

と注意したのだ。

この時、明智光秀は深く頷いたが、この忠告を性分《しょうぶん》にまですることはできなかった。やがてこの才人《さいじん》は、勝手読みに陥り、相手の奇手に惑わされて身を滅ぼすのである。

四

近江の瀬田城に入ってから七日目の六月朔日《さくじつ》、日海の一行は瀬田城を発って醒ケ井《さめがい》を目指した。

権大夫の傷もほぼ癒《い》えたし、佐助の首の痛みもとれた。堺《さかい》から到着した警護組の補充要員と瀬田で買い集めた引き馬四頭も、一応の訓練ができた。生き残った引き馬を前に並べれば、後ろの二頭は新しい馬でも行ける。「戦車」の交代要員にはまだ訓練不足の不安はあるが、これ以上の時間をかけるわけにはいかない。

徳川方の高天神城が武田の大軍に囲まれて既に二十日、支城《しじょう》が落ち外堀《そとぼり》を埋められ、落城の危機に瀕《ひん》しているという情報も届いている。織田信長が狙っている出陣の時期が迫っているのだ。

瀬田城主の山岡景友からも、西近江一帯を指揮する明智光秀からも、警護の兵を提供する申し出はあったが、日海と権大夫は丁重《ていちょう》に断わった。織田信長が今井宗久《そうきゅう》に命じたのは、堺商人の手で金百枚を届けること、つまり織田家家臣の手を煩《わずら》わすな、というものだ。これに反すれば、また信長から追加の金銭をせびられる恐れがある。信長は万事に合理的な男だが、それだけに約束違反にはすぐ賠償《ばいしょう》を求めてくる。約束を守らなければ、大きな損失を招くことを天下に教えようとしているのだ。

瀬田から醒ケ井までは十六里（約六十四キロ）。一日の旅程としてはやや長い。通常なら十一里半の佐和山《さわやま》城で泊まるところだが、この間の道は湖畔に沿って平坦《へいたん》、次の関ケ原越えを楽にするにも、今日のうちに醒ケ井まで突っ走る方が得策だ、と蘇我理兵衛が主張した。進める時には速度を上げ、翌日は補修と休養に充《あ》てたい、というわけだ。

四、五日前には蒲生《がもう》郡で野盗《やとう》が出現、二、三の村に火を放って米麦を奪ったという報せもあったが、十人足らずの小勢だという。この道筋には、逢坂峠のような大人数の襲撃に向いた地形がない。天気に恵まれれば、一気に駆け抜けられるはずだ。

「今日こそは平穏な旅になりまっしゃろ」

夜明けの出発の時に、佐助が紫色に焼けた空を見上げてそういった。そしてその予言は概《おおむ》ね当たった。一行は大宝《だいほう》神社、常楽寺《じょうらくじ》、八幡《はちまん》村、桑実寺《くわのみでら》とほぼ半刻ごとに休憩をとり、「戦車」の乗員と引き馬の交代を繰り返して、昼過ぎには愛知川《えちがわ》に着いた。だが、ここの橋が今日の未明に乱輩《らっぱ》に焼き払われたとかで、「戦車」の渡河《とか》に小半刻《こはんとき》（一時間近く）もかかってしまった。

午後は、この遅れを取り戻すべく休憩も惜しんでひたすら道を急いだが、佐和山城下を通り抜ける頃には、申《さる》の刻（日没前二時間余）に近づいていた。醒ケ井の砦《とりで》までは番場《ばんば》の山地を迂回《うかい》して三里（約十二キロ）、上り坂も増えた。

佐和山から約一里、米原《まいばら》に出た頃には、日は湖上に落ちかかり、日海もいささか心細くなった。

「あるいは佐和山に戻って泊まる方が安全か」とも考えたほどだ。

二十間ほど先を歩いている先駆けの者が、

「向こうから武士の一団が来ます」

と緊張した声を上げたのは、そんな時だ。この日暮れ、この原野で武装した集団が現れたとあれば危険千万《せんばん》、誰もが身構えたのも当然だ。

だが、その心配はすぐに解けた。先頭にいた小柄な武者が、

「堺の今井家の御一行にゃ。それがし、羽柴《はしば》秀吉が家来、羽柴秀長《ひでなが》にござるに」

と名乗ったからだ。何とか武士らしい言葉を使おうとはしているが、尾張訛《なまり》が隠せないのは愛《あい》嬌《きょう》がある。

「ちょうどよかった。わが主、羽柴秀吉、この先まで狩りに参ったが、さしたる獲物もなく不機嫌千万、それがしに兎《うさぎ》の一羽なと見つけてこいと申すもんで、ははは」

羽柴秀長は、童顔《どうがん》を綻《ほころ》ばせてそんなことをいうと、

「醒ケ井まで参られるか、それはよかった。わが主、秀吉も今夜は醒ケ井の砦に泊まる予定。旅は道連れにゃも」

といって先に立った。

「嘘とは分かっていてもやっぱりあり難い」

日が暮れ、秀長の兵が掲げる松明《たいまつ》が頼りになると、日海はそう思った。道は次第に険《けわ》しくなり、摺鉢峠も間近になった。と、突然、何十もの篝火《かがりび》が燃えさかるのが見えた。そしてその中から、小柄な男が走り出してきて、

「これは今井の御一行きゃ。日海殿はどこじゃ、囲碁の天才と聞く御坊《ごぼう》はいずれじゃ」

と叫んだ。身体に似せぬ大声、まるで全身が喉《のど》かと思うほどに甲高《かんだか》い。

「拙僧《せっそう》、日海にござります」

「戦車」の御者台《ぎょしゃだい》から滑り降りた日海が、地面に平伏しようとするのも待たず、小柄な男は、

「その方かその方か、さすがは利口《りこう》な顔だに。疲れたであろうが、こっちへ来られよ、今日の狩りの獲物を馳走《ちそう》するでな。あ、申し遅れた、それがしは羽柴秀吉、浅井長政を破って、信長様から小《お》谷《だに》城をいただいた大名じゃ。もっとも今は、湖畔の今浜《いまはま》に城を建てておるがな。地名も長浜《ながはま》に変えたじゃに、長浜の秀吉と覚えればよい。おうおう、これは警護の面々も逞《たくま》しいわ。五百の野盗を打ち取っただけのことはある。みなみな、こっちへ来て飯を食え飯を。汁もできておるぞ」

など と一人ではしゃぎまわった。声は大きく言葉は軽いが、どうにも腹が立たない。嘘も間違いも笑ってしまう。多数の兵を出陣態勢で待機させながら、事件を聞くまでは動かなかった実直一途《じっちょくいちず》の明智光秀とは対照的だ。

「さすがは信長様、いろんな家臣をお抱《かか》えだな」

日海は、秀吉よりも、それを使っている信長の方に感心した。

五

「都合がええことに今日は雨にゃ。日海殿に一局御指南《ごしなん》いただくのに、またとない機会だわ」

翌日の早朝、そんな叫びとともに、羽柴秀吉の小さな身体が飛び込んで来た。日海たちが泊まった醒ケ井砦の陣屋、板の屋根に筵《むしろ》の壁をまわした仮屋でのことだ。

朝飯を終わったばかりの日海が、そして赤松権大夫と蘇我理兵衛が、慌てて平伏した。何といっても相手は大名、それも昨年、織田信長から北近江五万石をいただき、越前《えちぜん》、若狭《わかさ》を睨《にら》む要衝《ようしょう》に城を築く重臣とあっては、みなが慌てた。

天正二年のこの時期、織田家の直臣《じきしん》で城持ち大名に任じられているのは、西近江坂本の明智光秀と、中近江佐和山の丹羽長秀《にわながひで》、それにこの羽柴秀吉の三人しかいない。京や堺の噂では、中でも羽柴秀吉は成長株、遠からず一向一揆《いっこういっき》が占領した越前や加賀《かが》を攻める総大将になるだろうといわれている。

だが、秀吉は構わず、連れてきた小姓《こしょう》たちの方を返り見てしゃべり続けた。

「そうそう、赤松殿。その方の武勇のこと、わしの小姓どもにも聞かせてくにゃれ。虎之助《とらのすけ》も市松《いちまつ》も元気はいいが、赤松殿のように数多《あまた》の敵と渡りあったことがないにゃろが。流石は今井宗久殿、商人ながらよき警護組頭をお持ちじゃ。それから佐吉《さきち》、お前は蘇我理兵衛殿より金銀吹分《ふきわ》けのことを教えて貰《もら》え。間もなく上様の天下布武《ふぶ》が定まるじゃに、あとは金銀じゃ。堺の衆に学ばねばならんに」

秀吉はただべらべら喋《しゃべ》っているようでも、実に要領よくみなを褒めている。自分の発言が、今井宗久らの堺の商人衆に伝わることを意識しているのだ。小姓たちも、それを心得《こころえ》ているのか、

「ハーッ」と頷いて権大夫と蘇我理兵衛の前に膝を揃《そろ》えた。

「では日海殿、お願いいたすぞ」

秀吉はそれを確かめると、雨の中をすたすたと歩き出した。

秀吉が導いたのは、砦の隅に建つ大櫓《おおやぐら》の上層。幅五間に奥行き三間、急造ながら高い土盛の上にそそり建つ姿が目立つ。壁も床も真新しく、秀吉がこの辺りを領有した去年以降に建てたものらしい。部屋の中には花も絵もなく、厚い碁盤と二枚の藁座蒲団《わらざぶとん》だけが用意されている。秀吉は、ここでこうなると見込んで、重い碁盤を運ばせたのだろう。

「あり難き幸せ」

日海が藁座蒲団の前に平伏すると、秀吉は無造作に黒石を取ってジャラジャラと置き出した。五つ、七つ、いや九つも置いた。

「恐れながら、ここは五目で」

日海はそういったが、秀吉は、

「いやいや、わしは百姓の倅《せがれ》、囲碁も連歌《れんが》も下手《へた》じゃ。竹中半兵衛《はんべえ》などに習いよるが一向に上達せんでにゃ」

と笑った。万事が明智光秀とは正反対だ。打つ手も早いし、間違いも多い。何手かに一度は、「また下手をしてしもうた」とか、「あれ、間違えたか」などというが、その割りには大局観がよく、こだわりもなく石を捨てる。碁の実力としては光秀にさほど劣らない。

「この人は私に最大限の力を出させようとしている」

日海はそう感じた。そうだとすれば、この碁は勝たねばならない。もし負ければ、日海の碁ばかりか人柄までをも軽く見られる。この種の人物は、外見の陽気さとは逆に、内心の警戒心が強く、強きを尊び弱きを蔑《さげす》むことが多い。

だが、九つも置いた井目《せいもく》では、日海も楽ではない。終盤に入ってもまだ追いつかない。日海は敢えて複雑な手を打ち、最後は大石の攻め合いからコウになった。こうなっては秀吉の実力では読み切れない。結局は黒の大石が死に、日海の中押《ちゅうお》し勝ちになった。

「うーん、流石じゃ。上様が天下一の折紙《おりがみ》を付けられた碁打ちよ、九目置いて負けるとは思わんかったが」

秀吉は満足気に笑った。

「いや、苦しみました。日海、本当に全知《ぜんち》をしぼりましてございます」

日海がそういうと、秀吉は大きく頷いて、

「勝った褒美《ほうび》じゃ」

といって、手にした扇子《せんす》を差し出した。黒漆《くろうるし》に金箔張《きんぱくば》りの、僧侶に向いた上物《じょうもの》だった。

「とんでもありません。恐れ多いことにござります」

日海は辞退したが、秀吉は、

「いや、わしに負けた罰を払わせて下され」

と押し付けた。

日海にも秀吉の態度は嬉しかった。ただ一つ不満が残ったのは、秀吉が何一つ教えを請おうとしなかったことだ。

「この人は運がつけば途方もなく出世するだろう。だが、一度運を失えば、次々としくじるに違いない」

日海は、心の中でそう思った。幸せなことに、羽柴秀吉はこのあと二十年近くも運に恵まれた。

「人の才は、時の運には及ばぬものか」

日海は未来記憶を辿《たど》りながら、目の前の小男をまじまじと見つめた。

実録・本因坊算砂

「ある時、豊臣(羽柴《はしば》)秀吉が真似碁《まねご》を打ち、相手が天元《てんげん》(碁盤の中央)に打つと、相手の石の上に重ねて石を置いた」

というエピソードがある。いかにも秀吉らしい剽軽《ひょうきん》で頓智《とんち》に富んだ話だが、事実とは思えない。豊臣秀吉の囲碁《いご》の腕前はかなりなものだったらしいからである。

戦国武将の間では、戦略眼《せんりゃくがん》を養う娯楽として囲碁が盛んだった。当然、当代第一の打ち手だった日海《にっかい》は、多くの有名人とも対局《たいきょく》している。中でも日海の発掘者でもある織田信長は囲碁好きで、当代の上手《じょうず》の対局を観戦しただけでなく、自らも五子《ごし》（五目《もく》置いて）で日海と対局している。

信長の後を継いだ秀吉も相当な囲碁好きで、北条《ほうじょう》氏を攻めた小田原《おだわら》の陣にも、朝鮮出兵時の拠点とした肥前名護屋《ひぜんなごや》城にも、本因坊を帯同したようだ。というのは、のちに日海自身が徳川家康に提出した自らの記録に、

「上様総《うえさますべ》ての囲碁上手衆被召寄窮《めしよせられきわめ》の囲碁仕候《つかまつりそうろう》て、即《すなわ》ち皆々へ勝申候《かちもうし》。上手衆定先《じょうせん》にて被仰付候《おおせつけられ》。即《すなわ》ち利玄《りげん》と九年の間、定先にて都合三百七十四番仕候内、指引候て三十九番拙僧勝越申候也《なり》。続勝《ぞくしょう》は初小田原陣の年六番勝申、次名護屋陣の年十二番勝申候。其後《そのご》又九番勝申候。合せて三度づつ勝申候。利玄と百番碁の時十一番勝有之候」

とあるからだ。文中、「上様」とあるのは、もちろん秀吉のことだ。これを囲碁ジャーナリストの堀田五番士《ほったごばんし》氏は、「続勝（連勝）したのは、はじめが小田原の陣の年、次が名護屋の陣の年といっているが、この表現はそれぞれの陣において、とみることができる」としておられる。他の記述との関係から見て十分頷《うなず》ける解釈だろう。

秀吉も日海とは五子で対局した。信長が五子だったから同じにしたのだろうが、実力は信長より下だったと思われる。秀吉が碁打ちを集めて対局させ、強弱序列をも作ったことは前述したが、多くの武将の前で日海の講演を聞かせたこともある。

秀吉は身近な文化人として日海を大いに利用した。日海も囲碁にたとえながら秀吉の作戦を褒《ほ》め、同時に囲碁の効用も説く、巧みな政治家振りを発揮した。

そんな才能もあってか、日海は秀吉の寵愛《ちようあい》を受け、文禄《ぶんろく》元年（一五九二）には、権大僧都《ごんのだいそうず》に任じられ、宮中昇殿《きゆうちゆうしようでん》を許された。碁の技を後陽成《ごようぜい》天皇の天覧《てんらん》に供《きよう》し、近衛公《このえこう》より唐桑《からくわ》の碁盤を贈られた。

また、この時期には碁会の記録も多い。慶長《けいちよう》元年（一五九六）十一月十九日には、細川幽斎《ゆうさい》が催した大碁会の記録があるし、同八年四月十九日には、徳川家康の計《はか》らいで日海ら四人の碁打ちが宮中に召されている。同十二年十二月四日には、豊臣秀頼《ひでより》邸で碁会があり、日海が碁打ち衆十三人を伴って参加したと記録されている。徳川、豊臣の対立が激化する中でも、日海は双方に顔を立てていたわけである。

第六章 「仕掛け」か「仕組み」か

一

「明六月四日、巳《み》の刻《こく》（午前九時四十分頃）に岐阜城に到着すべし」

六月三日夕刻、美濃大垣《みのおおがき》に着いた日海《にっかい》の一行には、織田信長側近《そっきん》の福富平左衛門《ふくとみへいざえもん》の名で、そんな命令が届いていた。

この日、近江《おうみ》の醒ケ井《さめがい》から美濃大垣まで、関ケ原の峠を越えて八里《り》（約三十二キロ）の道を来た日海一行は、夕食もほどほどに準備にかかった。「戦車」の乗員たちは、馬の身体《からだ》を拭《ふ》き、六連発銃を磨いた。警護組の者は洗い立ての衣服を整えた。中でも忙しかったのは蘇我理兵衛友以《そがりへえともちか》だ。鍛冶《じ》や大工を集めて、

「塵《ちり》一つなきよう磨き上げよ」

と命じ、自らも細部にまで点検を行った。尾張《おわり》、美濃から摂津《せっつ》まで、日本列島の中心部十カ国五百万石をほぼ手中に収めた織田信長に気に入られれば、大きな利権が獲《え》られるが、万一にも機嫌を

損じれば首が飛びかねない。日海自身も、この夜はいささか寝つきが悪かったし、翌朝も未明に目が覚めた。二カ月前に御前対局《ごぜんたいきょく》をした時よりも緊張を感じた。

大垣から岐阜までは平坦な道で四里半、夜明けに出発した日海の一行は、巳《み》の上刻《じょうこく》（午前八時半頃）に岐阜城下に入った。長良川《ながらがわ》の水面からそそり立つ稲葉山《いなばやま》（金華山《きんかざん》）の頂きには、白壁瓦《しらかべかわら》葺《ぶ》きの本丸櫓《やぐら》が濃尾《のうび》の平野を睥睨《へいげい》するように建っている。この時期の城としてはずば抜けて豪華だが、日海が感心したのは、城よりも町のほうだ。城下の加納《かのう》では楽市楽座《らくいちらくざ》が定着、町には新築の家並ができ、通りは殷賑《いんしん》を極めている。

恒久的《こうきゅう》な店を張るのは近江や伊勢《いせ》の商人が多いが、露店《ろてん》を広げる者には駿河《するが》や越後《えちご》からの行商も珍しくない。絹織物や仏具をひさぐ京の商人もいるし、刃物の注文を取る堺《さかい》の鍛冶屋もいる。ここでは、売る者がまた買う者となり、銭は転々流通、出入りする商品の量がはなはだ多い。

日海は試みに、京で造る経典《きょうてん》の値を訊《たず》ねさせたが、何と京よりも安い。京の周囲を固める「京《きょう》七口《ななくち》」の関所は今も機能しており、洛中《らくちゅう》の諸座も保たれている。このため、仏具も経典も座の商人職人の談合で値が決められるが、税のかからぬ加納楽市ではそうもできない。それでも量が捌《さば》けるから、京からも売りに来る。

「なるほど、自由に競い合えば値が下がる。諸国の商人が仕入れに来るはずだ」

と日海は感心した。これだけの人が集まり品物が動けば、民《たみ》は潤《うるお》い暮らしは楽だ。矢銭《やせん》（固定資産税）や年貢《ねんぐ》も取りやすい。情報も多いし、人材も諸国から集まってくる。織田信長が多くの銭を持ち、様々な才能の家臣を集め得た理由も分かるような気がする。

「しばし待たれよ。上様《うえさま》の御指定は巳の刻、まだ半刻《はんとき》も早い」

稲葉山の西北麓にある岐阜城大手門の手前三丁（約三百三十メートル）ほどのところで、待ち受けていた福富平左衛門配下の武者が、日海一行を止めた。

「上様の御命令通りの時刻に入られたい。遅くてはいかんが、早過ぎてもいかん」

「へえ、まるでカンバン方式だな」

思わず日海はそんな声を洩《も》らした。この新発意《しんぼち》（成り立ての僧）の脳裏には、二十世紀といわれる時代に、指定時間通りの搬入《はんにゅう》を義務づけるやり方を、そんな風に呼んだ「未来記憶」が甦《よみがえ》った。

日海らは近くの崇福寺《そうふくじ》で時を待つことにしたが、その門前に着いた時、御者《ぎょしゃ》の佐助《さすけ》が、「ウム」と短い声を上げた。

「どうした」

日海はそう訊ねながら、佐助の視線の先を見た。人だかりの中に、紺絣《こんがすり》を着た若い男女がいる。顔は笠で覆われ背は荷物に隠れているが、足取りは猫のように軽い。

「あの女子《おなご》や」

と佐助が立ちかけた時、大手門から出て来た三頭の早馬《はやうま》が駆け抜けて視野を遮《さえぎ》った。そしてそのあとでは、男女の姿は消えていた。

「違いない、逢坂《おうさか》峠の女子やった」

佐助は残念そうに呟《つぶや》いた。

「まさか」

日海はそういったが、「あるいは」の思いが残った。誰でも自由に商いのできる楽市楽座には、乱《らっ》輩《ぱ》も諜《ちょう》者《じゃ》も入りやすい。織田信長は、それを承知で楽市楽座をやっているのだ。その信長が、遠《とおとう》江《み》の高天神城《たかてんじん》救援の出陣を触れ、尾張知多《ちた》の商人らに兵糧米《ひょうろうまい》の調達を命じたのはこの日、六月四日（「反町文書《そりまちもんじょ》」では翌五日と記載）である。

二

稲葉山は濃尾平野にそそり立つ標高三二八メートルの孤山《こざん》。長良川《ながらがわ》の豊かな水流に裾《すそ》を洗われる峻険《しゅんけん》な地形は、誰が見ても要害の地だ。足利尊氏から美濃の守護《しゅご》に任じられた土岐《とき》氏は、ここに居城《きょじょう》を築き、それを乗っ取った斎藤道三《どうさん》もこれを拡張した。織田信長が足掛け十年、何度も美濃を侵《おか》しながら斎藤氏を倒すことができなかったのも、この山に築かれた稲葉山城が防備堅固だったからだ。

永禄《えいろく》十年（一五六七）八月、ようやくにしてこの城を陥《おと》して美濃一国を征した信長は、尾張《おわり》小牧《こまき》からここに居城を移し、その名も岐阜城と改めてきらびやかな本丸櫓を追加した。だがそれも、信長には軍事防衛施設ではなく政治喧伝《けんでん》の看板だ。天下布武による絶対王制の確立と楽市楽座の自由経済を目指す織田信長は、山頂の要害よりも平地の便利を選び、山と川の間の平地に大手門を築き、その正面に居館《きょかん》を営んだ。左右には重臣たちの邸《やしき》がひしめき、中央には広い馬場《ばば》がある。馬好きの独裁者らしい配置だ。

この馬場に、福富平左衛門の部下に導かれた日海の一行が入ったのは、巳の刻ちょうど、信長自身が側近や小姓《こしょう》をひきつれて現れたのも、ほとんど同時だった。

「金《きん》を出せ」

居館の玄関から真っ直ぐに馬場を横切ってやってきた織田信長は、歩きながらそう叫び、運び出された樫《かし》の箱の蓋《ふた》を開けさせて中味を覗《のぞ》いた。その上で、

「吟味《ぎんみ》せよ」

と側近の菅屋長頼《すがやながより》（九右衛門《きゅうえもん》）に命じた。この頃はまだ大判小判は鋳造《ちゅうぞう》されていない。「金一枚」はおよそ五十匁《もんめ》（約百八十七グラム）だが、形も純度も一定しているわけではない。信長が「吟味せよ」といったのは、枚数を数えるだけではなく、その大きさや純度にも欠陥《けっかん》がないかを調べよという意味だ。次に信長は、

「これが逢坂峠で野盗《やとう》の群を退けた『戦車』か」

と呟きながら、木製の無限軌道《むげんきどう》に載った鉄の箱をまじまじと見た。そして、

「どれほどかかったか」

と、製作費用を訊ねた。

「銭にして約五百貫《かん》にございます」

蘇我理兵衛がそう応えると、信長は、

「割と高いな」

と呟いたが、続いて、

「こっちは」

と、「戦車」の乗員が持っていた六連発銃を指差した。

「一挺《ちょう》十貫目あまりかと存じます」

蘇我理兵衛が応えると、信長は小さく頷《うなず》き、

「実検して見せよ」

とだけいった。この時、信長が関心を示したのは、一に金、二に戦車、三に連発銃だ。日海以下の人は無視された恰好《かっこう》だった。


小半刻《こはんとき》（約三十分）後、稲葉山の二合目あたりに造られた鉄砲打ち場に、銃声と馬蹄《ばてい》の音と木製軌道の軋《きし》みが響いていた。織田信長は、割木瓜《わりもっこう》の幔幕《まんまく》の中央に床几《しょうぎ》を据《す》えて掛け、前には福富平左衛門や菅屋長頼らの側近が、後ろには日海と蘇我理兵衛が筵《むしろ》を敷いて座った。その前を、騎馬の赤松権大夫に導かれた「戦車」が往復する。六つ数えるほどの間隔で銃声が鳴り、山側の土手に並べられた杉板の的《まと》が揺れる。弾《たま》の当たりはよくないが、発射速度はまずまずだ。

「止《や》めよ、中が見たい」

「戦車」が二往復した時、そう叫んで信長が床几を立った。「戦車」の銃口から覗く連発銃で狙えない位置ではない。慌《あわ》てて側近の武士や小姓が前後を固めたが、信長は構わず「戦車」に近づいた。「戦車」の乗員が後ろの扉から転がり出て平伏するのを余所《よそ》に、信長は硝煙《しょうえん》臭い内部に入り、蘇我理兵衛に様々な機能や構造を訊ね出した。特に、手で歯車を押して動くという仕掛けには強い興味を示し、蘇我と並んで自ら実行してもみた。

「思ったより軽い」

そういう信長に蘇我理兵衛が、手で押す歯車と、無限軌道を回すそれとの大きさが違うことを説

明していた。

「時計の中もこんな仕掛けになっておる。速さだけでなく力も変わるのじゃな」

信長は頷き、さらに射撃用の窓の開閉装置や伝声管《でんせいかん》についても詳しく訊ねた。

「なるほど、よく考えてある。五百貫かかるはずだ」

信長はそんな感想を洩《も》らすと、次には六連発銃を手に取った。

「重いわ」

それが織田信長の連発銃に関する最初の感想だった。

「へい、『戦車』の中なら窓枠に筒先《つつさき》を載せて撃てますけど、野戦では使えまへん」

蘇我理兵衛の答えは正直だ。信長は何度も肩に構えてみたが、やがて、

「このようなものを、堺では幾つでも造れるのか」

と訊ねた。

「そうは造れまへん。堺でも、一カ月で十挺揃《そろ》えるのがやっとでございました」

という蘇我の答えに信長は、

「何故《なぜ》か」

と、重ねて問うた。

「六本の銃身を束ねるには、それぞれの銃身が細くて同じ寸法でないとあきまへん。この細い銃身の底に同じ寸法の雌捻子《めねじ》を切れる職人は、堺にも四、五人しかおりまへん」

「ほう、そんなものか」

と驚いたのは、信長よりも日海の方だ。迂闊《うかつ》にも日海はこの時まで、連発銃の生産でどこが隘路《あいろ》

になっているかを知らなかった。未来の規格大量生産を知り過ぎている日海は、同じ型式のものなら幾つでも造れると思い込んでいたのだ。

三十年ほど前、大隅《おおすみ》の種子島《たねがしま》に漂着した南蛮船《なんばんせん》から伝わった鉄砲を、日本の鍛冶が模造しようとした時、最も苦労したのは銃身の底部を閉じる方法だった。幸い、一年ほどのちに来た南蛮船にその技術を持った南蛮職人がいたので、雄《おす》と雌《めす》の捻子を造ってねじ込む方法を教わることができた。

その直後、橘《たちばな》屋《や》又三郎《またさぶろう》という商人が、種子島でこの術を学び堺に伝えたが、実際に造るのは容易ではなかった。嵌《は》め込む方の雄捻子《おねじ》は鑢《やすり》で削っても造れるが、受け止める方の雌捻子は、狭い円筒の内側に規則正しく溝《みぞ》を切らねばならないから難しい。

これを解決したのは、紀伊の根来《ねごろ》衆を通じて鉄砲製法を学んだ芝辻清《しばつじせい》右《え》衛門《もん》だ。大根をギザギザに剝《む》く包丁から思いついて、溝を切る凹凸《おうとつ》のついた鑢を発明したのだ。これによって鉄砲生産は飛躍的に増え、性能も向上したが、個人の器用さに依存する職人芸であることには変わりがない。道具も鍛冶場ごとに異なり、やり方も人それぞれに違う。一人一人の鉄砲鍛冶が独自の秘技で雌捻子を彫り、それに合わせて雄捻子を造っていた。

要するにこの時代の鉄砲鍛冶はまだ、分業化も規格化も進んでいなかった。当時の火縄銃は弾の重量で大きさを表した（最も多いのは三匁五分《ぶ》＝約十二グラム）が、厳密には口径《こうけい》も銃身もまちまちだ。戦国の鉄砲侍は、一人一人が「俺の銃」を持ち、それに合わせて弾や詰物《つめもの》を用意したのである。

蘇我理兵衛は、そんなことを要領よく説明した上で、一挺の連発銃の口径を見せた。

「これは堺第一の鉄砲鍛冶、芝辻清右衛門の作でっけど、口径が二分三厘《りん》（約〇・七センチ）と一番細く、しかも六本の筒がみな正確に揃っております。このように同じ寸法、同じ形のものを必ず造れる鍛冶師は、堺でも少のうございます」

と結んだ。

「なるほど、よう分かった」

信長は大きく頷いたが、顔には失望の色が浮かんでいた。道具好きの織田信長は、連発銃の噂《うわさ》を聞いて、その「仕掛け」に大きな期待を掛けていたが、今の鉄砲技術ではそれにも限界があるのを悟《さと》った。だが、そのことを教えてくれた蘇我理兵衛には感謝した。限界を知ればこそ、次を考える気にもなるからだ。

「これを取らせる」

信長は、腰の脇差《わきざし》を蘇我理兵衛に投げ与えると、

「新発意《しんぼち》、明日は一局指南《しなん》してくれ」

と命じて居館の方に歩き出した。その後ろ姿には「考える人」独特の気重さがあった。

信長は、考える相手に明日の日海を選んだのだ。

三

織田信長の朝は、通常、南蛮人が持ってきた仕掛け時計の短い方の針が「5」の字を指す頃からはじまる。夜明けの遅い冬ならまだ暗い寅《とら》の下刻《げこく》だが、六月の今は日の出の卯《う》の刻に近い。信長の

寝所《しんじょ》に置かれた仕掛け時計には、時の経過で動く針を、日の出日の入りで決まる日本の時刻に合わせる文字盤が、月毎《つきごと》に差し換えられている。

手早く手水《ちょうず》を使い月代《さかやき》を剃《そ》らせ、朝飯を掻《か》き込むと、京にいる時は弓を引き、岐阜にあれば馬を責める。短い時は居館の前の馬場で小半刻、長い日には稲葉山の中腹に駆け上がったり長良の川原に出たりして、一刻ほども激しく馬を乗り回す。

仕掛け時計が「7」を指す頃、居館の表座敷に入って側近から政務や軍事の報告を聞く。これまた短い日は小半刻で終わるが、気が乗れば世間話に座が沸き二刻にも及ぶ。これには、お気に入りの茶人や商人、任地から来た重臣などが加わることもある。信長は、言葉が短く怒りっぽい人物のように伝わっているが、実は話好きで世情《せじょう》にも詳しい。諸国の情勢から城下の庶民の噂まで喜んで聞き、不思議や珍物《ちんぶつ》はその目で確かめる。何事によらず好奇心の強い男なのだ。

天正二年（一五七四）六月五日の朝も、信長を囲む側近たちの話は弾《はず》んだ。この日、座に加わったのは滝川一益《たきがわかずます》。明智光秀、羽柴《はしば》秀吉と並ぶ出世の人物だ。今は尾張蟹江《かにえ》の城を預かり、伊勢長島の一向一揆《いっこういっき》に備えるかたわら、武田と対峙《たいじ》する東部戦線の参謀役も務めている。

「一益は碁《ご》を打つか」

座談がはじまって一刻半、側近の報告も世間話も尽きかけた頃、信長がそういった。

「いや、拙者《せっしゃ》は鉄砲は撃てても碁は打てませぬ」

滝川一益は、日焼けした丸顔を振った。一益は、諸国流浪《るろう》の身であった時にも鉄砲を手放さなかったというほどの鉄砲好き、織田家でも明智光秀と並ぶ射撃の名手《めいしゅ》だ。光秀が一発必中の精射《せいしゃ》が巧《たく》みなのに対して、一益は早射ちが得意だ。

「ちと習え。天下一の碁打ちを見せてやろうかと思ったが」

信長はそういうと、小姓二人だけを連れて奥の座敷へと向かった。そこには日海が待っているのだ。


「新発意、これへ」

信長は真っ直ぐ碁盤の前に進んで胡座《あぐら》をかくと、座敷の隅に平伏する日海が頭を上げる間も惜しむかのように、碁盤の上の星に黒石五つを置いた。日海は膝を擦《す》って碁盤ににじり寄ると、黙って白石を右隅の黒石に一間高《いっけんたか》ガカリに打った。

信長はすぐ白石の外側にツケたが、日海は星の石の内側に白を置いた。この日、日海はもっぱら中央を重んじる戦法を採り、信長の黒を隅と辺《へん》に押さえ込んだ。それが気に入らないのか、信長は少考を重ね、激しく反発するような手も打った。

「なかなか強い」

三十手も進むと、日海はそう思った。定石《じょうせき》にはさほど通じていないが、読みの深さは相当なものだ。大局《たいきょくかん》観もよく、細部にこだわらない。何よりも勘がよく、日海にさえ読み切れないオキやトビの感覚が鋭い。日海にとっても五目《もく》では楽な相手ではない。

「明智光秀様よりは二目、秀吉様よりは三目か四目ほどお強い」

日海がそんなことを思った時、信長が不意に呟いた。

「光秀とは四目で持碁《じご》だったそうな」

「左様《さよう》にございます」

日海が答えると、信長は頷き、二、三手打ってまた呟いた。

「秀吉は九目も置いて負けおった」

日海が頷くと、しばらく間を置いて信長は、

「どっちが強い」

といって、鋭い視線を日海の目に向けた。

日海はギクリとした。普通なら、四目で持碁にした光秀が、九目で負けた秀吉よりも強いに決まっている。それを信長が敢《あ》えて訊ねたのは、日海が光秀には花を持たせた打ち方をしたのを見抜いているからだ。

それを思うと、日海も迂闊《うかつ》には答えられない。信長もそれに気づいてか、返答を強《し》いることもなく、一手打ったあとでまた呟いた。

「光秀は、土岐の鷹《たか》を飾っておったそうな」

「その通りにございます」

今度は日海もすぐ答えた。と、信長は、

「らしいな」

と呟いて、にやりとした。自分の家系を誇示《こじ》しようとして、明智の本家筋《ほんけすじ》に当たる土岐頼芸《よりあき》の鷹の絵など飾るとは、光秀らしい見栄《みえ》だといっているのだ。

「何もかもお見通しでおられる」

日海がそう思った時、信長はピシッと音を立てて黒石を打った。右辺に垂《た》れた白の数目を切り取る手だ。日海はそれに構わず中を固めると、先手をとって右下隅の黒を攻めた。ここで長考した信

長は、その石に構わず中央の白地に雪崩込《なだれこ》む手を打った。百三十手ほど進み、碁は中盤の難所に差し掛かっている。

日海は二手、三手、信長の黒を誘い込んでから辺との繋《つな》がりを裂き、三目のナ、ラ、ビ、で中に入った黒の死命《しめい》を制した。信長はじっとその白石を睨《にら》んでいたが、やおら顔を上げて、

「新発意、その方、どちら側のつもりで打っておる」

と訊ねた。

「恐れながら、上様の側に立ったつもりで」

日海は、慌てて座蒲団《ざぶとん》から滑《すべ》り降りて平伏した。

「捨てたあとは敵を殺し、誘い込んで取るか」

織田信長はそういって、摘《つま》んだ黒石を碁笥《ごけ》に戻した。この日も信長は、最後まで打つことなく碁を止めた。その先を知るのを恐れているかのように、目下《もっか》の軍事状況に合った場面で打ち切ったのだ。

四

「俺の兵は弱い」

運ばれて来た琉球《りゅうきゅう》砂糖《ざとう》の菓子を噛《か》み砕《くだ》きながら、織田信長が呟いた。

「そんなことはございません。天下に上様の兵にかなう者など」

日海がそういいかけるのを、信長は、

「いや、弱い」

と鋭く遮《さえぎ》った。

織田信長は、尾張の中で一族と争っていた頃から銭で雇う兵を集め出していた。後の歴史では「兵農分離《へいのうぶんり》」といわれる現象のはしりだが、それに応じた兵は確かに弱かった。

永禄初期まで、まともな人間はみな何かの組織に属していた。百姓は村に、商人は座に、僧侶神官《そうりょしんかん》は寺社に、きっちりと組み込まれていた。だから、銭で雇われて足軽《あしがる》になるのは、あらゆる組織から落ちこぼれた乞食《こつじき》や野盗、潜《もぐ》り行商や札付《ふだつ》きの追われ者ぐらいだ。その後は敗亡する大名も増え、その家臣団からあぶれた牢人《ろうにん》も急増するが、永禄のはじめにはまだそれほど多くはなかった。

そんな中で、信長は敢えて流浪《るろう》を雇った。

これに対して各地の大名の兵はみな、それぞれの村落を領有する豪族が、その領内から選《よ》りすぐって連れて来る壮丁《そうてい》からなっている。彼らとて、大名に忠義もなければ武士の倫理《りんり》に燃えたわけでもない。だが、戦場で真っ先に逃げ出すようなことをすれば、村に帰ったあとで同僚に笑われ土地を追われる。それが怖《こわ》いから、戦場では命がけで働いた。

信長が銭で雇った兵には、帰る村もなければ、気にするほどの同僚もいない。それだけに戦場に出れば脅《おび》え、敵が来れば逃げ走った。このため信長は、美濃の斎藤龍興《たつおき》と戦った頃には、二倍三倍の兵力を持ちながらしばしば大敗した。そんな弱兵の集団で、美濃を征し伊勢を奪えたのは、田植えも稲刈りも気にせず、何時《なんどき》でも、いつまでも戦える傭兵《ようへい》の利点を、信長が存分に活《い》かしたからだ。質の低さを時の長さで補ったのである。

この傾向は、信長が上洛を果たしたあとも変わっていない。元亀《げんき》元年（一五七〇）の姉川《あねがわ》の合戦でも、織田方は三万近い数を揃えながら、八千人の浅井勢に押しまくられ、十三段構えの十一段までを破られた。五千人で一万の朝倉勢を押しまくった徳川家康の軍勢とは大違いだ。

その徳川ですらも、一昨年の十二月には、遠州《えんしゅう》三方ケ原《みかたがはら》で甲斐《かい》の武田勢に一蹴《いっしゅう》された。信長が送った三千の援軍などは、武田の攻撃がはじまった途端に逃げ走り、大将の平手汎秀《ひらてひろひで》が討ち死にしてしまう体《てい》たらくだった。信長にとって幸いだったのは、その五カ月後に武田信玄は病死し、武田軍団が甲斐に引き揚げたことだ。

だが、その跡を継いだ武田四郎勝頼《かつより》は、父にも勝《まさ》る果敢《かかん》さで兵を動かしている。今年（天正二年）二月には東美濃に侵入、岩村《いわむら》や明知《あけち》など大小十八の城を陥《おと》し、信長の叔母《おば》と、その養子になっていた信長の五男を連れ去った。今また、徳川方の高天神城を攻め、落城寸前に追い込んでいる。

「高天神城は捨てる。まずは中の敵を退治することだ」

織田信長は、既にその腹を固めている。堺の今井宗久に命じて集めさせた金を日海の一行に運ばせたのも、高天神城を見殺しにしたあとも徳川家康との同盟を保つためには、金を与えるしかないと考えてのことだ。金があれば、家康は家中の心を繋ぎ止め、牢人などを集めて守りを固めることができる。

それにしても、いつまでも武田との決戦を避けているわけにはいかない。武田が活発に動けば、世間が信長を軽《かろ》んじ、各地の敵も元気づく。信長が「天下布武」の大目的を果たすためには、早い時期に武田勝頼に圧勝しなければならない。

「弱い兵で武田の強兵にどうして勝つか」

それが目下《もっか》の最大の課題だ。

「恐れながら」

日海は碁盤の前に平伏していった。

「碁に『一目《いちもく》は取らすな』の格言《かくげん》がございます。碁の石はすべて同じ、強弱優劣の差はございませぬが、一目が二目になれば何倍も強く、三目になれば容易に取られることができませぬ。同じ三目でも棒に並ぶ石は固く、雁木《がんぎ》に連なる石は脆《もろ》いものでございます」

「ふーん」

信長は腕を組んで打ち終えたままの碁盤を睨《にら》んだ。中央には日海が打った三目並びの白石が、雪崩込んだ信長の黒石の死命を制している。

「その方、兵の強弱は仕組みによると申すのか」

信長はそういって、恐ろしいほど鋭い視線を日海に向けた。

「御意《ぎょい》」

日海が短く答えると、信長は「ウン」と頷いて、さっと碁盤の石を取り払った。それが合図ででもあったかのように、襖《ふすま》の向こうから、

「お市《いち》様、お成りにございます」

という小姓の声がした。


「何と美しい」

日海は息を呑《の》んだ。二人の従女《まかたち》を従えて入って来た女人《にょにん》の容姿がである。長い黒髪に飾られた顔は兄の信長に似て面長《おもなが》、二重瞼《ふたえまぶた》の目は大きく鼻筋が目立つほどに高い。五尺三寸もありそうな長

身だが、肩が撫《な》でてしなやかに見え、長い首筋の白さが眩《まぶ》しい。

「新発意、市じゃ」

信長が短く紹介した。

黙って座ったお市の方が上目遣《うわめづか》いの視線を向けた時には、日海は全身が熱くなるのを感じた。十年も前に浅井長政に嫁《とつ》ぎ三人の娘をもうけた上、去年は婚家の滅亡、夫の自殺という悲劇に見舞われたというのに、年齢も苦労の跡も見えない。三十に近いはずだが、二十《はたち》の乙女《おとめ》に勝る色香《いろか》と、武将に劣らぬ鋭気が溢《あふ》れている。

「市、気づかうな」

信長がそういうと、お市の方は表情も変えずに、

「作手《つくで》に送りました繋ぎの者、途中で殺されましてございます」

といった。作手とは奥三河《おくみかわ》設楽《したら》郡の作手城のことだ。設楽郡は山家《やまが》三方衆《さんぽうしゅう》なる地侍《じざむらい》の領地だが、近年は武田と徳川が争奪を繰り返している。武田信玄の盛んな時期には山家三方衆も武田に属したが、昨年八月、徳川家康は、信玄の死を利用してその一角、長篠《ながしの》城を奪い返した。

織田信長は、その北にある作手城にも策謀の手を伸ばしているらしい。そこの城主の奥平定能《おくだいらさだよし》は、かつて徳川家康に従って姉川の合戦にも参戦したことがある。今のお市の方の話は、奥平定能に送った信長の密使が、作手城に着く前に殺されたという意味だ。

「この美しい女人が、そんなことに手を貸すのか」

日海は驚きと共に、昨日城下で見た男女のことを思い出した。岐阜城から出た早馬《はやうま》と共に、逢坂峠で見た女子も消えた。あの早馬が作手城に向けた密使なら、あの男女はそれを見張っていたのか

も知れない。

「うん、敵も用心しておるわ」

と信長は頷いた。そしてそのあと、ちょっと間を置いて、

「武田信玄も碁を好んだそうな」

と日海の方にいった。

「はい、永禄九年（一五六六）の、春日源五郎《かすがげんごろう》様との棋譜《きふ》を見たことがございます」

日海は答えた。春日源五郎、今は高坂弾正忠虎綱《こうさかだんじょうのちゅうとらつな》と名乗る武将だ。信長は頷き、

「作手の城主の奥平定能、囲碁好きで知られておる。このことしかと覚えておけ」

といって日海の顔を睨んだ。囲碁を利用して奥平定能を寝返らせる一助《いちじょ》となせ、といっているのだ。その脇で、美しい女人・お市の方がこっくりと頷いた。この時から、日海はますます深く政治の世界に係わることになったのである。

実録・本因坊算砂

大和《やまと》言葉では、物事のやり様《よう》を「仕掛け」と「仕組み」と「仕方《しかた》」に分けている。「仕掛け」とは技術や技能、「仕組み」は制度と組織、「仕方」とは運用と配分を指す。技術導入国の日本では、まず外国から「仕掛け」が入り、ついでそれを利用する「仕組み」が広まり、やがてその「仕方」に習熟する。

十六世紀から十七世紀初頭にかけての戦国時代は、七、八世紀の古代や十九世紀後半から二十一世紀にかけての近代と並んで、日本史上でも最も急激に「仕掛け（技術）」が進歩した時代だ

が、本編の主人公・日海《にっかい》（本因坊算砂《ほんいんぼうさんさ》）が活躍した、十六世紀後半から十七世紀初頭にかけての五十年間は、それが「仕組み」にも拡大した時期だった。中でも目覚ましいのは、規格化の概念が浸透したことだろう。

十五世紀後半からはじまった利水《りすい》や開墾《かいこん》、新種作物などに関する新技術の導入が、日本の経済や社会に大変革を与え、中世的な室町体制を崩壊させた。こうした急激なハードウェア技術の流入は、南蛮《なんばん》技術の習得が一段落する元亀《げんき》年間（一五七〇～七三年）で一応の終焉《しゅうえん》を見る。蘇我《そが》理兵衛友以《りへえともちち》による金属精錬法の実用化や、芝辻清右衛門《しばつじせいえもん》らによる鉄砲製造技術の習熟は、この頃の南蛮技術習得の頂点を画するものといえる。

だが、この時代の技術習得は、主として現場の職人層による見様見真似《みようみまね》に終始したため、原理学習が乏しかった。例えば鉄砲製作で捻子《ねじ》が造られたにもかかわらず、他の分野に応用されることはほとんどなかった。これが徳川時代を通じて日本の技術の限界を画することにもなったのである。

これに対して天正初期（一五七三～四年＝本編の時期）からは「仕組み」の改革、特に規格化の概念が進み出す。まず最初にそれを適用したのは織田信長だ。信長は、永禄《えいろく》十一年（一五六八）、京升《きょうます》を公定升《こうています》と定めて米麦《べいばく》の計量を統一した。それまで使われていた升には大小様々なものがあり、米麦の流通や年貢《ねんぐ》の公正を妨《さまた》げていたからだ。

次いで銭《ぜに》の統一にも乗り出した。天正初期まで日本には統一通貨がなく、最良の永楽通宝《えいらくつうほう》（明《みん》銭《せん》）から各地で私造された鐚銭《びたせん》や欠け銭まで、様々な通貨が使われていた。

織田信長は、撰銭令《えりぜにれい》を発布《はっぷ》して、鐚銭も一定の換算比率で受領することを強要した。良質通貨の不足を補うためだが、これには抵抗が強かった。奈良では、鐚銭の受領を拒否した者が指を切られたという記録さえある。信長がはじめたこの制度は、日本にいち早く通貨名目主義（ノミナリズム）の習慣を生み、秀吉や家康による統一通貨の鋳造《ちゅうぞう》を実現させた。徳川幕府が元禄《げんろく》八年（一六九五）以降、何度も貨幣改鋳《かいちゅう》を行えたのも、この国にノミナリズムの習慣ができていたからだ。

これに対して欧米では、十九世紀後半まで貨幣に含まれる金属価値が重んじられていた。このため、幕末の開国に当たっても、含有銀分《がんゆうぎんぶん》で交換比率を主張する欧米と、名目主義を主張する幕府側との間で「一分銀《いちぶぎん》騒動」が起こっている。日本側は、「一分銀」はそう刻印《こくいん》されていることで一分として通用するのだと主張したが、欧米側は一分銀の銀含有量はメキシコ銀貨の三分の一だから、「一分銀」三枚をメキシコ銀貨一枚に当てることを要求、これが通った結果、日本の金銀換算比率が激変して大量の金が流出してしまった。ペーパーマネーの現在から見れば、信長の、そしてそれを引き継いだ徳川幕府の通貨政策は、世界の歴史を先取りしたものといえるだろう。

因《ちなみ》にいえば、東洋では金は通貨としては通用せず、鋳造されることもなかった。東洋で最初に造られた鋳造金貨は、信長の通貨政策を踏襲《とうしゅう》した豊臣秀吉が作った天正小判《こばん》、天正大判《おおばん》である。信長の時代にも金は高価な財産だったが、通貨ではなかった。だから金を貰《もら》った徳川家康は、現代人がダイヤモンドを貰ったような感じだったかも知れない。

その他、信長は分国《ぶんこく》中の道路規格を統一するなど、様々な規格基準を設けた。本因坊算砂が発想した囲碁《いご》の段位《だんい》制も、囲碁の実力表示の基準を設ける試みであったという点で、信長がはじめた規格化政策の一端に加えることができるだろう。

しかし、工業製品の規格化は、信長時代にはまだ実現していない。従って、分業体制もできていない。工業製品の規格化と分業化に最初に成功したのは中国で、既に宋《そう》代（十世紀後半から十三世紀）には、それが著しく進んでいた。宋代の陶磁器《とうじき》は、十六ないし十七工程に分けた分業体制で規格大量生産が行われていた。

だが、規格化と分業化の概念は日本には流入せず、中国でも明《みん》代後半からはむしろ衰退する。特に鍛冶の場合、一刀入魂《いっとうにゅうこん》の刀鍛冶の伝統もあって規格化分業化は遅れたようだ。戦国時代の鉄砲鍛冶にも規格化分業化の概念がなく、一人一作の職人芸に頼っていた。この国の鉄砲鍛冶が規格化分業化するのは、鉄製農機具の生産が大量化した元禄以降のことである。

戦国時代の鉄砲戦術を想像する場合、このことは重大である。鉄砲の型式がそれぞれに異なったため、弾込《たまご》めと発砲とを分ける仕組みは勿論《もちろん》、弾丸の共通利用さえもが難しかった。この時代の鉄砲足軽は、戦闘の合間にはせっせと独自の弾づくりに励まねばならなかった。農耕に忙しい農民兵は弾づくりを嫌ったが、暇が十分にある「銭で雇った兵」はそれを厭《いと》わなかった。織田鉄砲隊は、鉄砲保有数が多かっただけではなく、一挺《ちょう》当たりの弾丸所持数も多かったのである。

第七章　誘いと脅《おど》し

一

　天正《てんしよう》二年（一五七四）六月十日夕刻、岐阜から東南に三十五里《り》（約百四十キロ）、遠江高天神《とおとうみたかてんじん》城を前にした武田勝頼《かつより》の本陣は、憂鬱《ゆううつ》な沈黙に包まれていた。今川義元《よしもと》の家臣から徳川方に転じた小笠原与八郎長忠《おがさわらよはちろうながただ》（信興《のぶおき》）が守る高天神城を囲んで一カ月。支城や西峰曲輪《にしみねくるわ》は落としたが、急勾配《きゆうこうばい》の崖に守られた本丸と、その手前の井戸曲輪にはまだ手が付かない。

「策はないか」

　正面の床几《しようぎ》に掛けた武田勝頼は周囲にいったが、居並《いなら》ぶ諸将はただ俯《うつむ》くだけだ。武田菱《たけだびし》の陣幕《じんまく》も、長い滞陣に倦《う》んだ将士の気分を映したように風雨に汚れている。

　二十九歳の武田勝頼は焦っていた。甲斐《かい》を発《た》ったのは先月三日、持参の兵糧《ひようろう》は尽きかけている。織田信長来援の噂《うわさ》も頻《しき》りだ。田植えの途中で飛び出して来た兵の顔には、苛立《いらだ》ちの色が濃い。村々からよりすぐった壮丁《そうてい》からなる武田の兵は、故郷の百姓仕事が気になるのだ。

だが、この城を落とさずに引き上げるわけにはいかない。武田家としては精一杯の二万五千人を一カ月余も動員して、何の成果も上げずに引き上げたのでは、勝頼の権威《けんい》が損なわれる。ただでさえ先代以来の重臣たちには、偉大な父・信玄に比べて勝頼を軽《かろ》んじる風潮がある。

もともと信玄は、四男の勝頼には、自らが滅ぼした母方の信濃《しなの》諏訪《すわ》家を継がすつもりでいた。だから、武田家代々の男子に付ける「信」の字を勝頼にだけは付けなかった。それが長男義信《よしのぶ》を誅《ちゅう》殺《さつ》しなければならなくなったため、急遽《きゅうきょ》武田家の跡取りにした。信玄の次男は生まれついての盲《もう》目《もく》、三男は早世《そうせい》だった。現代にたとえれば、子会社の外国法人でもやらせようかと思っていた四男坊を、急遽呼び戻して本社社長にしたようなものだ。

去年の四月、信玄が死に際して「三年間わが死を秘せ」と遺命《いめい》したことも、宿将《しゅくしょう》たちに勝頼軽視を広めた。

「先代様は、御当代《ごとうだい》の器量《きりょう》を危《あや》うんでおられたのよ」

そんな周囲の囁《ささや》きが、勝頼には肌を刺すように感じられるのだ。

勝頼は意地でも積極的にならざるを得ない。父・信玄の死後百日の喪《も》が明けるのを待ち兼ねるようにして、去年の八月には掛川《かけがわ》や浜松近辺を荒らし、九月には奥三河《おくみかわ》の長篠《ながしの》城の後詰《ごづ》めも試みたが、両方ともさしたる効果はなかった。だが、今年二月には織田方の明知《あけち》城や岩村城を落とすことができた。武田勝頼は、やっと重臣たちに誇れるほどの軍事的成果を得たわけだ。

しかし、ここで失敗すればそれも元の木阿弥《もくあみ》、「やっぱり父に劣る」といわれるだろう。成果なく引き上げるには、今回の軍事行動の財政負担と領民酷使《こくし》はあまりにも大きい。

「策はないか」

長い沈黙のあとで、再び勝頼はいった。昨日も今日も激しい力攻めを行ったが、味方の死傷を増やしただけだ。徳川から派遣されている軍監《ぐんかん》の大河内政局《おおこうちまさふさ》が持ち込んだ百挺《ちょう》の鉄砲が邪魔なのだ。武田勢が得意とする矢攻めも、土塀の狭間《はざま》から撃って来る鉄砲兵を倒すことができない。甲斐の金山衆《かなやましゅう》を使った地下道造りも、湧《わ》き水で阻《はば》まれた。

「もともとここは堅城《けんじょう》にございますれば」

長い沈黙に耐えかねたように、信玄以来の宿将・山県昌景《やまがたまさかげ》がいった。これに勝頼はますます苛立《いらだ》った。父・信玄が落とせなかったこの城を攻撃目標に選んだことを、非難されたような気がしたからだ。信玄は元亀《げんき》二年（一五七一）にこの城を攻めたが、落とせずに撤退している。

「だからこそ、この城を落とせば遠州《えんしゅう》一円を制することができるのよ」

勝頼は尖《とが》った声を出した。父に劣らぬことを示すためではない、戦略的な選択だ、といいたかったのだ。

「時期が悪うございます。麦を取り入れたあとだけに、城には十分な兵糧があるようで」

馬場美濃守《ばばみののかみ》が溜《た》め息混じりにいった。これも三代にわたって仕える老将だ。それもまた勝頼の神経に刺さった。

「城は力で攻め落とすものよ」

と勝頼は渋面《じゅうめん》して応《こた》えたのに、馬場美濃守は俯いた。勝頼は雄弁《ゆうべん》だ。信玄以来の宿将たちも、議論では勝頼に敵《かな》わない。だが、議論で勝っても現実は変わらない。またしても気まずい沈黙が座を包んだ。その時、陣幕の下手《しもて》に灰色胴着の男がスーッと入って、隅《すみ》にうずくまるのが見えた。

「何者か」

勝頼は目敏《めざと》く咎《とが》めた。

「それがしの弟、六角《ろっかく》次郎義定《よしさだ》にござります」

陣幕の一番下座《しもざ》、それも二重になった座の後ろに控えた六角太郎義治《よしはる》が、おずおずと答えた。弟の次郎義定より一足早く近江石部《おうみいしべ》の城を逃げ出した義治は、父の承禎義賢《しょうていよしかた》と共に甲斐に亡命、百人ほどの旧臣を連れてこの戦闘に加わっている。

「ああ、近江の。何かあるかな」

武田勝頼は見下げたような調子でいった。百人程度の部下を連れてきた敗残《はいざん》の将など養うのは、手間と費用がかかるだけだ。勝頼の声には、そんな気持ちが滲《にじ》んでいた。

「わが手の者、作手《つくで》の奥平貞能《おくだいらさだよし》殿に宛《あ》てた織田信長の書状を奪いましてござります」

灰色胴着の六角次郎義定はにじり出てそういうと、懐《ふところ》から書状を差し出した。

「ふん、信長奴《め》、しばらく時機を待てじゃと。作手のことなど、ここが片づけばゆるりといたすわ」

手から手へと渡って上座《かみざ》に達した書状を一読した勝頼は、興味無げにそれを次の座の武田信豊《のぶとよ》に投げ与えた。

奥三河作手の城主・奥平貞能が徳川方に通じているという噂は、勝頼も聞いている。去年八月、信玄死後のどさくさに紛《まぎ》れて、徳川家康が奥三河に攻め込み菅沼正貞《すがぬままささだ》の守る長篠城を攻め落とした時も、奥平は言《げん》を左右にして救援の兵を出さなかった。武田方でもその心底《しんてい》を疑って、甘利昌忠《あまりまさただ》を軍監として作手城に入れている。目前の高天神城にてこずっている武田勝頼としては、聞きたくもない話だ。だが、六角次郎義定は一膝《ひとひざ》這《は》い進んだ。

「恐れながら、それがしの申したきは作手のことにあらず、その書状によってこの高天神城を陥《おとしい》れる策にござります」

「何、この書状で高天神城を陥れると」

勝頼の顔が引き締まった。同時に、次郎義定は勝頼の足元にまで擦《す》り寄って囁《ささや》いた。

「その書状と共に、城内に絶望と猜疑《さいぎ》を送り込みまする」

二

三日後の六月十三日夜、高天神城の本丸櫓《やぐら》の一室で、城主の小笠原長忠は、弟の小笠原長興《ながおき》と共に、薄暗い行灯《あんどん》の光で二枚の書状を見比べていた。一枚は三日前に武田の重囲《じゅうい》を潜《くぐ》り抜けて来た密使がもたらした徳川家康の書状、もう一枚は、先刻、搦手《からめて》を守る長興の陣に忍んで来た武田の諜者《ちょうじゃ》が持って来た、信長の署名と花押《かおう》のついた書状だ。

前者には、見慣れた家康の文字で、

「織田信長は三万の兵を率《ひき》いて今日明日にも岐阜を出立《しゅったつ》する。自分も一万の兵を整えた。十日のうちには高天神城の後詰めに参る故《ゆえ》、今しばらく守りを固めて辛抱《しんぼう》されよ」

という主旨《しゅし》のことが書かれている。ところが、もう一通の信長署名の書状には、

「今は諸事多忙《しょじたぼう》で三河には行けぬ。しばらく力を蓄えて時機を待て」

と書いてある。日付は六月四日、宛名《あてな》はないが、「三河」は徳川家康のことと読める。つまり、

家康の依頼した高天神城救援の助力を、織田信長が断った内容だ。これを持って来た上方訛《かみがたなまり》の武田の諜者は、

「わが方が岐阜から三河への途上で奪ったもの」

という口上《こうじよう》を述べ、併《あわ》せて、

「武田に御帰順《ごきじゆん》あれば富士《ふじ》郡において一万貫《がん》（約十万石）の所領《しよりよう》をあてがう」

という「美味《おい》しい話」を約した武田勝頼の書状をも出した。

「いずれが真《まこと》か」

小笠原長忠は迷った。第一の書状が事実なら、それに越したことはない。この城を守り通せば徳川家中で重きをなし、加増《かぞう》も確実だ。あと十日や半月持ち堪《こた》えるに十分な矢玉《やだま》と兵糧はある。元亀二年に武田信玄の猛攻を防いだ城兵は、自信に満ちている。だが、第二の書状が本物なら、織田と徳川との生け贄《にえ》にされ、何ら得るところがない。

「武田の諜者の話、理に適《かな》っております。信長様は、御自分の叔母《おば》と五男の籠《こ》もる美濃岩村《いわむら》城さえ後詰めなさらなんだではありませんか」

弟の長興はそういったが、城主の長忠は、

「武田に降《くだ》るのなら、もう十日、織田、徳川の来援を待ってからでも遅くはあるまい」

と応えた。この時代、帰属する大名が後詰めもできない時には、城将が長期籠城《ろうじよう》の末に投降《とうこう》するのは恥とも罪とも見られない。二カ月も敵に包囲された属城を救援できないようでは、上に立つ大名の非力《ひりき》が非難される。だが、それにしても長く持ち堪えた方が天下に実力を認められるのは確かだ。

「それに、あれがおるでな」

と長忠は、東の方を顎《あご》で指した。徳川の軍監・大河内政局が籠もる井戸曲輪の方向だ。今この城には、小笠原長忠の直属約千人の他、大河内政局が連れてきた徳川勢三百と高天神衆といわれる地侍《ざむらい》五百、その妻子や下僕《げぼく》ら二百人余がいる。長忠としても下手《へた》には動けないのだ。

「なるほど」

長興は頷いた。あと十日頑張れば、武田方から一段と好条件が得られるかも知れない。

「ならばそれがし、もう一度、城内を見回って参りまする」

長興がそういって席を立ったのは、いつに変わらぬ死守の姿勢を示すためだ。

小笠原長興が本丸櫓の階下に降りると、黒い鉢巻《はちま》きで髪を束《たば》ねた小柄な女がいた。夜食の握り飯を届けに来たのだ。深夜の燭《あかり》は暗く、顔はよく見えない。

「殿に届けよ」

長興は握り飯を一つ摘《つま》むと、階下にいた小姓にそう命じ、槍持《やりもち》を連れて見回りに出た。小柄な女も付いて来たが、気にもしなかった。長興が本丸から徳川の軍監・大河内政局の守る井戸曲輪へ続く石塁《せきるい》に差し掛かった時、後ろの女が妙な手振りをしたのも咎《とが》めなかった。十三夜の月の明るさも、長興の心を緩《ゆる》ませていた。

長興は石塁から井戸曲輪に通じる狭い石畳の途《みち》に出た。その時、ヒューッと風を切る音がしてビシッと矢が土塀《どべい》に刺さった。飛距離の長い鏑矢《かぶらや》だ。

「矢文《やぶみ》であろう、取ってくれ」

長興は槍持にそう命じたが、鏑矢ごと差し渡された矢文を一読して仰天《ぎょうてん》した。

「小笠原長興に寝返りの兆《きざ》しあり、闇討ちにせよ」

と書いてあるではないか。大河内の陣に射込んだのが、ここに外れたのに違いない。

「何と」

長興が驚きの声を上げたのと、背後で槍持が奇声を発したのは同時だった。振り向くと、槍持が五尺の土塀を越えて崖を真《ま》っ逆様《さかさま》に転落するところだった。土塀の陰に先刻の女がうずくまったのに気付く余裕もなかった。

動転した長興は本丸櫓に戻ろうとしたが、途端に腰を摑《つか》まれ身体《からだ》が宙に浮いた。そして次の瞬間、頭から後ろに落ちていた。鎧《よろい》を着た身体は重かったし、額に捲《ま》いた鉢金《はちがね》は後頭部を守る役には立たなかった。小笠原長興の頭蓋骨《ずがいこつ》は、石畳に当たって真っ二つに割れた。

高天神城の城主、小笠原長忠が「ギャーッ」という悲鳴を聞いたのは、小姓が運んできた麦混じりの握り飯を二つ食べ終わった時だ。

「何事か」

長忠が梯子《はしご》を降りて本丸櫓を出ようとした時、

「長興様、討ち死に」

という叫びが聞こえた。井戸曲輪に通じる石塁からだ。長忠は草鞋《わらじ》を履《は》く間も惜しんで石塁に走った。そこには頭蓋骨の割れた長興の死体が運ばれていた。傷は頭の天辺《てっぺん》よりやや後ろ、転んで打つ場所ではない。後ろから不意に鈍器で強打されたとしか思えない。

「何者の仕業《しわざ》か」

長忠は周囲の者に訊ねたが、答える者はいない。代わりに、石塁の見張りは黙って土塀の下を指差した。土塀から身を乗り出した長忠が見たのは、十間《けん》（約十八メートル）もある崖の下の地面に頭から突き刺さった槍持の下半身だった。

「怪しき者の姿は見なかったか」

長忠は問うたが、これにも答える者はいなかった。その時、人々の脚の間から小柄な女がにじり出て、震える手で紙片《しへん》を差し出した。

「この者は」

長忠の問いに、供の小姓は、

「先程、握り飯を持って来ました下働きの女子にございます」

とだけ答え、女が差し出す紙片を取り次いだ。細く折って縛った皺《しわ》の付いた紙片は矢文で射込まれたものに違いない。それを一見した時、長忠の顔は強張《こわば》った。紙片を差し出した女が、そっと消えたのに気が付く者もいなかった。

「最早《もはや》、疑う余地はない」

と小笠原長忠は思った。徳川からの矢文に促《うなが》された大河内政局の部下が、わが弟の信興を背後から襲って撲殺《ぼくさつ》したのだ。殺害現場は崖に沿った狭い通路、犯人がこの石塁の方に来なかったとすれば、大河内ら徳川勢の籠もる井戸曲輪に入ったに違いない。

「徳川の何と冷酷なことよ」

小笠原長忠は怒った。永禄《えいろく》以来十年、徳川の属将として武田の猛攻に耐えてきた自分に対する報《むく》いが、弟の闇討ちとは腹立たしい。

「者共、ここを固めよ。井戸曲輪を囲め、誰も通すな」

長忠はそう命じると本丸櫓に戻って、武田勝頼に宛てた書状を書いた。

「明朝、搦手門《からめてもん》を開く。諸事、よしなにお願いする」

先刻、武田の密使が持って来た勧降《かんこう》に応諾《おうだく》する書面だった。

遠州第一の堅城《けんじょう》・高天神城が、武田勝頼の手に落ちたのは天正二年六月十四日、織田信長がこの城の救援のために岐阜を出立した日のことだ。徳川から派遣されていた大河内政局は奮戦の末、捕らえられたが、武田に降ることを拒《こば》んだ。この男は、天正八年（一五八〇）にこの城が徳川家康によって取り返されるまで、七年余も城内の牢に繋《つな》がれることになる。

三

「間に合わなんだわ」

六月二十一日午後、岐阜城に戻って来た織田信長は、出迎えた家老《かろう》たちにそんな一言を残して居《きょ》館《かん》の奥座敷へと真っ直ぐに進んだ。高い足音、明るい声は、信長が高天神城の救援に間に合わなかったのを、悔《く》やんでいないことを示している。

織田信長は、七日前の六月十四日に岐阜城を出て、十七日には三河の吉田城に着いた。率《ひき》いる兵は二万五千、別に長男信忠《のぶただ》を大将とする先手《さきて》五千を出していたから、織田家としてもかなりの大動員だ。

しかし、翌十八日、信長が今切《いまぎれ》の渡しまで来た時、「高天神城陥落《かんらく》」の報が入ったため、すぐ馬首を巡らせて岐阜に戻った。それでも、持参した金百枚と米三千石を出迎えに来た徳川家康に与えることと、先手の五千人を吉田城に留《とど》めることを忘れなかった。織田信長は、個人的には不用心だったが、戦略的には実に用心深く猜疑心《さいぎしん》が強い。

信長から贈られた二つの革袋に詰まった百枚の金を見て、徳川家康が、

「信長様の大気《たいき》なことよ。われら田舎侍はこれほどの金を見たこともない」

と大喜びしたというのも、織田家に対して二心《にしん》なきを示し、家中を繋ぎ止める演技であったろう。家康は、信長が作り上げた「いつでも、いつまでも戦える、銭で雇う兵」の恐ろしさを、よく知っていたのだ。

奥座敷に入った織田信長は、汗ばんだ旅装束《たびしょうぞく》を脱ぎ捨て、縁側に用意された行水《ぎょうずい》をザバザバと使うと、

「新発意《しんぼち》をこれへ」

と命じた。「新発意」とは、半月前にこの城に来た囲碁《いご》の上手《じょうず》・日海《にっかい》のことだ。

やがて、墨染《すみぞめ》の衣に褐色《かっしょく》の袈裟《けさ》を着けた十六歳の小坊主・日海が、小姓たちに連れられて来た。

「新発意、この間の碁を並べよ」

日海の姿を見るや、信長は気忙《きぜわ》しくいった。日海は畏《かしこ》まって碁盤ににじり寄り、岐阜に到着した翌日に信長と打った碁を並べた。信長は碁盤の脇に来て座りじっと盤面を凝視《ぎょうし》していたが、信長の黒が右辺《うへん》に垂れた日海の白を切り、日海の白がそれを放置して右下隅の黒を取る段になると、熱の籠もった顔を碁盤に近づけた。日海もそれを意識して一手一手ゆっくりと置いた。

やがて中央の白地に信長の黒石が雪崩込《なだれこ》み、日海の白が三目《もく》の伸びでこれを遮《さえぎ》り、上辺《じょうへん》との繋

がりを切って雪崩込んだ黒数目を取り切る場面になった。

「その方」

と、不意に信長の声がした。

「何故《なにゆえ》にわしがここに入ると思うたか」

日海は一瞬うろたえた。自分の打ち手を問われたのなら答え易《やす》いが、今は相手の手を訊ねられたのだ。それも天下の実力者・織田信長の打った手の心理を言えというのだから難しい。それでも日海は、臆《おく》せずに答えた。

「恐れながら拙僧《せっそう》、三つのことを考えておりました。上様の実力、隅を取ったあとの形勢、この辺りがもともと黒が先着した場所であったことにござります」

信長の碁の実力は相当に強い、右下隅の黒石を取ったあとでは、ここに雪崩込まなければ黒の負けになる形勢だ、そしてその場がもともと黒の勢力圏だったから、必ず取り返しに来ると見ていた、と指摘したのだ。

「ふーん、やはりそうか」

信長は低く呻《うめ》き、二度三度うなずいた。

「お市《いち》さま、お成《な》りにございます」

襖《ふすま》の向こうで声がし、二人の下女を連れた長身美貌の女人が現れた。前にこの座敷で碁を打った時にも来た信長の妹、お市の方だ。

「武田信豊《のぶとよ》、甲府に戻らず、道を水窪《みずくぼ》に取りましてござります」

お市の方は、信長の脇に座ると、そっと囁いた。

「兵は」

信長はお市の方をジロリと見て、短く訊ねた。

「千余りとか」

お市の答えも短かったが、それを聞いて信長は、

「作手か」

といって、お市と顔を見合わせてうなずきあった。水窪は北遠江の要衝《ようしょう》、南に下れば二股《ふたまた》から浜松に出るが、峠越えで西に向かうと奥三河の長篠や作手に出る。高天神城攻略に参加していた勝頼の従兄弟《いとこ》の武田信豊が、甲府に戻らず水窪に向かっているとすれば、かねて徳川方への寝返りの噂のある作手の城主、奥平貞能を詰問《きつもん》するためであろう。信長とお市の兄妹は、そんな読みで一致している。

作手の城主・奥平貞能は、去年の八月、既に徳川家康に寝返ることを約束した。徳川家康は、信玄の死に動揺する奥平の心中を察して、三千貫（約三万石）の加増と長女亀姫《かめひめ》を息子貞昌《さだまさ》に嫁《とつ》がせるという美味しい条件を出して、奥平貞能の寝返りを誘ったのだ。

「奥三河の小城主には過ぎた報酬」

と、信長は見ている。それだけに、奥平をもっと働かせたい。奥平と作手城こそ、日海のいった「もともと黒が先着した場所」に当たる。寝返りをもうしばらく隠しておけば、武田の大軍を誘う釣り餌《え》にも利用できる。

「早いわ。まだ、中の敵を取ってはおらぬ」

視線を碁盤に遊ばせていた信長が、右下の黒の死に石を突つきながら呟いた。織田信長にとって目下《もっか》の重大事は、「中の敵」伊勢長島《いせながしま》の一向一揆《いっこういっき》を討伐することだ。それが済むまで武田とは事を構えたくない。奥平貞能の寝返りが今すぐ露顕《ろけん》したのでは早過ぎる。信長は、なおしばらく碁盤を見つめたあと、視線を日海の眉間《みけん》に向けると、

「考えよ」

と、低いが力の籠もった声でいった。今、帰国した武田の主力が、次に出てこられるのは稲刈りの済む秋の終わりだが、それでは早過ぎる。何とか奥平貞能の寝返りを隠して、武田の侵攻を来年の春まで延ばさせる、それを日海に、碁の力を以《もっ》てやれ、というのである。

四

「天下第一の囲碁の上手といわれる日海なる者。京より身延《みのぶ》の本山に参る途中、当城に立ち寄りました。つれづれの慰めに指南《しなん》を受けるので御観戦にお越し頂きたい」

作手城の本丸に駐する武田の軍監・甘利昌忠《あまりまさただ》に、城主の奥平貞能からそんな口上《こうじょう》が伝えられたのは、天正二年六月二十七日の朝だ。

この時期、作手城では、武田勝頼から派遣された軍監の甘利昌忠が五百の兵と共に本丸に駐留、城主の奥平貞能、貞昌の父子は二の丸に退《ひ》いている。去年八月、徳川家康が長篠城を攻め落としたあと、遅れ馳《ば》せにやってきた武田勝頼は、長篠救援に出なかった奥平貞能に不審を抱《いだ》いてそんな措《そ》置《ち》を採ったのだ。

武田家では、奥平貞昌の新妻おふうと幼い弟の仙千代《せんちよ》とを人質にとっているが、戦国の世にはそれぐらいで安心はできない。本丸を明け渡させて甘利昌忠の兵五百を入れたが、それでもまだ不安で、今また武田信豊が詰問のためにやって来る。甘利の下《もと》に先着した使者によると、奥平に対する不審を深める信長の書状を手に入れたからだ、という。

「厳しく詰問し、疑わしいところがあれば、奥平父子を甲府に連れて来い」

武田勝頼は、そんな厳命を信豊に与えた。「人は石垣、人は城」と結束を誇った武田軍団も、信玄の死で動揺している。たかが奥三河の小城主一人でも、寝返りを見逃せば次々と同類が出る、と勝頼は恐れていた。

そんな状況だから、奥平貞能から囲碁観戦の誘いを受けた甘利昌忠が、暗殺の危険を感じて断ったのも、無理はない。

「碁を見せたくば、こちらに参って打て」

甘利昌忠は、軍監の横柄《おうへい》さを隠さずにそう答えた。寝返りの魂胆《こんたん》があれば、武田の兵に囲まれた本丸で碁を打つ勇気はあるまい、と思ってのことだ。

ところが、半刻後、奥平貞能は供二人だけを連れて本丸にやって来た。同行は若い僧侶とその供の少年だけ。貞能の太刀持ちが付いているほかには、武器も持っていない。

「これはこれは、よく来られた。心置きなく碁を打たれよ。観戦させて頂く」

甘利は、碁など好きでも上手でもない。日海なる少年僧が何者かも知らない。ただ、奥平貞能の態度を観察すべく、そういったまでだ。

「かたじけない」

と碁盤の前に座った奥平貞能は、すぐ盤面に没頭《ぼっとう》、脅《おび》えるでも急ぐでもなく一局を打ち上げた。相手の小坊主の態度にも疑わしいところはない。それを見て甘利昌忠は、

「高天神城の陥落で形勢が変わったからか、信豊様の来訪に恐れをなしたか、いずれにしろ寝返りを止《や》めたらしい」

と読んだ。それなら甘利は駐留の目的を果たしたことになり、武田家中でも鼻が高い。奥平父子を甲府に連れていけば、作手城は武田の手に残るが、奥平の家臣五百人の戦力を失う上、千余の兵をこの城に常駐させなければならない。村々の壮丁からなる武田軍団にとっては、千人の兵でも遠方に常駐させるのは大きな負担だ。奥平を繋ぎ止められるのなら、それに越したことはない。

「奥平殿の囲碁はなかなかのものでござるな」

嬉しくなった甘利昌忠は、対局が終わると酒肴《しゅこう》を整えて一同をもてなし、

「信豊様は大の囲碁好き、ここにお見えになれば御対局あれ」

と勧めた。難しい判断は、武田信豊自身にさせた方が無難だと思ったからだ。

「是非《ぜひ》ともそう願いたい。信豊様によしなにお取り次ぎ下され」

奥平貞能は、笑みを浮かべて応えた。ここに来る前、日海が説いた「盤上不乱《ばんじょうふらん》」の心得《こころえ》を実行できたことが嬉しかった。

「この信長の書状、仮に本物とすれば、われらを陥れ、武田の御家《おいえ》の力を削《そ》ぐための謀略にござりましょう」

作手城の北、黒瀬《くろせ》の陣屋で武田信豊から信長の書状を突きつけられた奥平貞能は、そう申し開き

をした。慌《あわ》てた風も脅えた様子もない。貞能は、四日前にこの城に来た日海から、作手に送った織田信長の書状が奪われたことを教えられていた。

「かも知れんな」

武田信豊は、ふとそう思った。織田信長がこの手の謀略を得意とすることは、信豊も知っている。まだ尾張の支配も確定していなかった天文《てんぶん》二十二年（一五五三）、二十歳の信長はこの手で今川に与《くみ》した尾張鳴海《なるみ》城主の山口教継《のりつぐ》を疑わせ、今川義元《よしもと》の手で殺させた。それがのちに桶狭間《おけはざま》での勝利の一因、逆にいえば今川敗亡の遠因ともいわれている。

「さもなくば、織田信長ともあろうものが、そうそうたやすく自筆の書状を奪われることなどありますまい」

奥平は畳《たた》みかけるように続けた。痛いところを突いている。この書状を奪ったのは武田家直属の者ではなく、近江から逃れて来た六角次郎義定の配下《はいか》だ。そのことを思い出した武田信豊は、陣屋の隅にうずくまった灰色胴着の男の方に視線を流した。

「その書状は、岐阜から岡崎まで早馬《はやうま》で運ばれ、吉田からは高野聖《こうやひじり》に変装した繋ぎの者に引き継がれました。わが手の者が奪いましたるは、その直後三人連れの高野聖を倒してのことにございます」

灰色胴着の男、六角次郎義定は、怒りを含んだ口調で応えた。

「いや、それを疑っておるのではない」

信豊はそういったが、言葉とは逆に顔には迷いの影があった。義定のいう通りなら、六角の手の者は岐阜から岡崎まで早馬の跡をつけ、それを引き継いだ変装の繋ぎを一瞬で倒したことになる。

斬り合いにでもなったとすれば、懐の奥深く隠されていたはずの書状には血糊《ちのり》の一つも付くだろう。だが、この書状には、血糊どころか汗の跡さえない。

「出来過ぎた話。亡命者など、どこまで信じてよいものか」

武田信豊の心には、そんな思いが浮かんだ。それを見てとってか、この城に軍監として駐在する甘利昌忠が口を添えた。

「奥平殿は囲碁の上手、信豊様との手合わせをたってお望みでございます」

「ほう、奥平殿は囲碁をよくなさるか」

信豊はほっとしたようにいった。囲碁自慢の信豊は、かねがね碁の打ち手を見れば心の乱れが分かる、といっていたからだ。

「いかにも。是非とも一局お手合わせ頂きたく存じます」

奥平貞能は喜び勇《いさ》むようにして、運ばれて来た碁盤の前に座った。信豊もやおら座を定め、白石を握った。

それから約一刻、武田信豊と奥平貞能は、衆人環視の中で烏鷺《うろ》を戦わせた。信豊の見るところ、奥平貞能の打ち手には乱れもなく、態度にも息遣いにも疑わしいところがない。着手が乱れたのは、相手の心中を探ろうとする信豊の方だ。一局が終わると、奥平貞能の黒が盤面十目の勝利だった。

「奥平殿、数々の無礼《ぶれい》、許されよ」

武田信豊が一礼していった。

「この一局、そなたの心の清らかさを映しておる。信豊、よう分かった」

「あり難《がた》きお言葉、これにて疑いが晴れたとあれば、貞能、嬉しき限りにございます」

寝返りの決意を秘めて奥平貞能がそういうと、座は一気に和《なご》んだ。たちまち酒肴が出され、声高《こわだか》の会話が始まった。武田信豊は、これまで通り、本丸には武田の軍監・甘利昌忠が、二の丸には奥平父子が駐する形を続けさせることにしたのだ。


黒瀬の陣屋の状況は、すぐ奥平一党のいる作手城の二の丸にも伝えられた。その隅櫓《すみやぐら》の一室に潜んでいた日海は、安堵《あんど》の溜め息とともに、

「奥平貞能様、二目はお強くなられたな」

と呟いた。この城に来て丸五日、奥平貞能に囲碁の特訓をした値打ちがあった。嫌がる奥平貞能に本丸櫓で碁を打つように説得したのも、繰り返し「盤上不乱」の心得を説いたのも、無駄ではなかった。今日の奥平貞能は、見事にそれを実行したらしい。

「佐助、目立たぬうちに出ようか」

日海は、僧の供になりすました少年武芸者の佐助を促した。

「うん、早《はよ》う出よ。この五日間、気ばっかり遣《つこ》うて身体を遣《つか》うことがなかったから」

佐助はそういうと、まとめてあった荷物を肩にして立ち上がった。主君の安否《あんぴ》を気づかって緊張していた奥平の兵たちも、酒食に興《きょう》じはじめていた。

日海と佐助が、作手城の二の丸から抜け出して西に向かい出した頃、黒瀬の陣屋を滑り出た男女がいた。灰色胴着の六角次郎義定とその従女友恵《ともえ》だ。

「二度、三度とこのようなことが続けば、武田の御家も潰《つぶ》れるであろう」

そういった六角次郎義定の顔には、怒りの炎が揺らいでいた。

「平氏の信長奴《め》、この度《たび》はうまうまとやりおったが、次はこちらが仕掛ける番じゃ。信長の金に目の眩《くら》んだ徳川家中を目覚めさせねばならぬ」

次郎義定はそう呻《うめ》くと、道を西に採った。徳川家康の本拠、三河岡崎の方向である。

実録・本因坊算砂

松平忠明《まつだいらただあきら》の著した『当代記《とうだいき》』の天正《てんしょう》十五年（一五八七）の項に、次のような記述がある。

「同年月日、碁打ちの本因坊《ほんいんぼう》、新城《しんしろ》へ下。亭主九八郎信昌《くはちろうのぶまさ》、此夏於京都為碁の弟子の間此如。則令同心駿河《するが》へ被下、家康公囲碁を数奇給間、日夜有碁、翌春令帰京」

天正十五年のある日、碁打ちの本因坊が新城の城に下った。この城の亭主である奥平《おくだいら》九八郎信昌が、この夏に京都で本因坊の碁の弟子になったからだ。信昌は本因坊に駿河の家康のところに行くことを勧めた。家康は囲碁を愛好したので日夜囲碁を打った。本因坊は翌年の春まで駿河に滞在して京都に帰った、というのである。

文中、九八郎信昌とあるのは、奥平貞能《さだよし》の長男で、徳川家康の娘・亀姫《かめひめ》の婿《むこ》になった貞昌《さだまさ》のことだ。長篠《ながしの》城を守り抜き長篠合戦の勝利を生んだ功績により、織田信長から「信」の字を与えられて「信昌」と改名したのである。

この記述は、徳川家康と本因坊算砂《さんさ》（本編の頃は日海《にっかい》）との出会いを示すものとして重要だが、同時に奥平父子と本因坊（日海）とが深い因縁《いんねん》にあったことをも示している。『寛政重修《かんせいちょうしゅう》諸家譜《しょかふ》』には、奥平貞能の囲碁に関して次のような興味ある記述がある。

奥平貞能は、奥三河の地侍《じざむらい》、山家三方衆《やまがさんぽうしゅう》の一人だが、元亀《げんき》元年（一五七〇）には、徳川方の酒井忠次《さかいただつぐ》の配下となって姉川の合戦に参加、朝倉勢を打ち破るのに功労があった。その後、武田信玄の攻勢が激しくなると武田方に従ったが、天正元年（一五七三）四月、信玄が死ぬと、家康が提示した三千貫の加増《かぞう》と、息子の貞昌の嫁に娘の亀姫をやるという条件に誘われて、再び徳川方に心を寄せた。このため、同年八月に家康が武田方の菅沼正貞《すがぬままささだ》（山家三方衆の一人）の長篠城を攻めた時にも動かなかった。

これを知った武田勝頼《かつより》は奥三河に出陣したが、既に長篠城は徳川の手に落ちたあとだったので、奥平の作手城の本丸には武田の武将・甘利昌忠《あまりまさただ》（および初鹿野伝右衛門《はじかのでんえもん》）を入れ、奥平父子は二の丸に置いた。

また、武田勝頼の従兄弟《いとこ》（信玄の弟・典厩信繁《てんきゅうのぶしげ》の子）の武田信豊《のぶとよ》が奥三河に来て、家老の小《こ》池五郎左衛門《いけごろうざえもん》に奥平の向背《こうはい》を尋問させた。疑いはやや晴れたので信豊自身が直接貞能と面談し、さらにその心根《こころね》を探ろうとして碁を一局所望《しょもう》した。貞能はこれに応じたが、心の乱れが現れることがなかった。

奥平貞能は徳川方への寝返りを決めていたが、その後も武田の使者に風呂《ふろ》の接待をしたりして目を欺《あざむ》き、やがて徳川の人数とも打合せて、夜陰《やいん》に紛《まぎ》れてまんまと一族郎党共々城を抜け出した、というのである。

この一連の事件の時間関係ははっきりしない。大抵の史書は、奥平貞能が武田信豊と碁を打ったのも、作手の城を抜け出したのも、長篠城が徳川方に落ちた直後、天正元年のうちとしている。だが、奥平父子が長篠城に入城したのが天正二年（一五七四）の十一月頃なのを考えると、むしろその少し前、天正二年の夏と考える方が適切ではないだろうか。それぐらいの間がなければ、奥平父子が武田の目を欺いた意味がない。

武田信豊が遠征の間にわざわざ奥平貞能に対して碁を所望したというのは、貞能の囲碁好きが知られていたからだろう。そうだとすれば、奥平父子と日海（本因坊）との接触は早くからあったと見てもおかしくないだろう。

そういえば、天正十五年の本因坊の駿河滞在も、単なる趣味の問題ではなさそうだ。天正十五年といえば、本能寺《ほんのうじ》の変から五年、既に豊臣秀吉は関白《かんぱく》となり、天下に号令していた。本因坊も秀吉に扈従《こじゆう》、二年前には御前手合いで優勝して天下一の朱印状《しゆいんじよう》も得ている。

だが、小田原《おだわら》の北条氏《ほうじよう》はまだ健在で、秀吉の意に従わなかった。秀吉としては、その中間に存在する大勢力、甲、信、駿、遠、三の五カ国を領有する徳川家康が気になって仕方がない。逆にいえば、徳川家康は、秀吉に疑われ易《やす》い立場だったのだ。

そんな家康が、秀吉側近《そつきん》の本因坊を駿河に招いて日夜囲碁に興じていたというのは、秀吉に逆意のないことを示すためでもあっただろう。当然、本因坊は、家康の様子を調べ、秀吉に報告する諜者《ちようじや》の役も果たしていたに違いない。

同じことを本因坊は、徳川の世になったあとでもしている。大坂夏の陣があった元和《げんな》元年（一六一五）から二年間、加賀《かが》の前田家に滞在したが、これは前田家が他意のないことを示すために、敢《あ》えて家康側近の本因坊を迎えたものだ、といわれている。昔も今も、タレント文化人の中には、政治に深く関わる者が珍しくないのである。

第八章　人が石になる時

一

「新発意《しんぼち》、囲碁《いご》において、敵の石を取る要領は何か」

織田信長が、部屋の隅を指差して、そう訊《たず》ねた。天正《てんしょう》二年（一五七四）七月四日、岐阜の居館《きょかん》の表座敷。朝の政務が終わって雑談に入った時だ。

指差された新発意・日海《にっかい》は、一瞬、

「それは……」

と、口ごもった。周囲には福富平左衛門《ふくとみへいざえもん》、菅屋長頼《すがやながより》ら信長側近の他、滝川一益《たきがわかずます》、九鬼嘉隆《くきよしたか》らの武将もいる。十六歳の小坊主が応答するのには気の張る場だ。だが、次には、臆《おく》せずに答えた。

「一に囲うこと、二に断《た》つこと、三に欠くことにござります」

「一の囲うとは」

信長は、すぐ問い返した。囲碁の話にしては、強い口調、鋭い目付きだ。

「敵の石を広い場に逃がさぬよう頭を押さえ、わが陣に閉じ込めることにございます」

「二の断つとは」

「敵の石が、他の強固な石に繋《つな》がらぬよう連絡を断ち、孤立させることでございます」

「では、三の欠くとは」

「敵を囲み連絡を断てば、中で活《い》かさぬように眼形《めがたち》を打ち欠くことにございます」

日海がそう答えると、信長は大きく頷《うなず》き、

「聞いたか」

と、周囲を見回した。

「この度の伊勢《いせ》長島攻めは、敵の石、一向一揆《いっこういっき》の輩《やから》を攻め潰《つぶ》し、殺し尽くす戦いよ。一に囲い、二に断ち、三に欠く。この手順、間違うではないぞ」

信長は、厳しい表情でいった。元亀《げんき》元年（一五七〇）以来五年間、苦しみ抜いた伊勢長島の一向一揆を、徹底制圧しようというのである。

「天下布武《ふぶ》」を目指す織田信長が、最も苦しんだ敵は二つ、足利義昭《よしあき》将軍に代表される守旧勢力と一向宗徒《しゅうと》の反抗だ。中でも伊勢長島の一向一揆は、場所が尾張《おわり》に隣接しているだけに、信長の喉《のど》に刺さった刺《とげ》のような痛みと不便を与え続けた。

一向宗（浄土真宗《じょうどしんしゅう》）は阿弥陀如来《あみだにょらい》を信じて極楽浄土《ごくらくじょうど》に行くのを念願する宗派だが、十六世紀の前半からは次第に世俗の権力を拒み、門徒《もんと》が団結して一揆（同盟的共同体）を結び、領国化する傾向があった。金沢御坊《ごぼう》の門徒衆が、富樫《とがし》家などの大名を追い出して加賀《かが》一国を「一揆持ち」の国にしたのをはじめ、播磨《はりま》、摂津《せっつ》、近江《おうみ》、越前《えちぜん》、伊勢など、各地で寺僧と門徒代表を中心にした「一揆持ち」の領地を作った。

多くの戦国武将は、その結束と武力を恐れてこれと妥協《だきょう》したが、織田信長は違った。信長の理想の「天下布武」とは、武士が世俗の政治・行政を一元的に取り仕切る絶対王制だから、宗教が世俗の権力に介入《かいにゅう》するのは許せない。信長の思想では、宗教は個人の精神分野に留《とど》まるべきであり、強権によって年貢《ねんぐ》を取り、法令・人事に介入すべきではない。敢《あ》えてそれをしようとするものは、天台宗《てんだいしゅう》の比叡山《ひえいざん》も一向宗の一揆も許すことができない。

織田信長の思想に気付いた一向宗総本山の本願寺顕如《ほんがんじけんにょ》は、危機感を強めた。元亀元年、信長が摂津に上陸した三好《みよし》らの兵を追い、大坂石山の本願寺周囲に砦《とりで》を築きだすと、いたたまれなくなり、全国の門徒衆に「信長討伐」の檄《げき》を飛ばした。これに応じて最も過激に動き出したのが、伊勢長島の一向一揆だ。

伊勢長島は、木曾川《きそがわ》と長良川《ながらがわ》との河口にできた南北五里《り》（約二十キロ）、東西一里ほどの中洲島だが、永禄《えいろく》はじめからは世俗の大名たちを追い出して、強固な一向宗徒の領国と化した。地場《じば》の地侍《じざむらい》や農民の結束は固く、願証寺《がんしょうじ》の大坊主は大名気取りで野心を燃やした。

そんな長島一揆なら、本願寺顕如の檄に応じて攻勢に出たのも不思議ではあるまい。織田信長が浅井《あざい》・朝倉を相手に近江で長く苦しい滞陣《たいじん》を余儀《よぎ》無くされた元亀元年秋には、長島の一揆勢は尾張に攻め込み、小木江《おぎえ》城を攻略して信長の弟の信興《のぶおき》を敗死させている。

その後、信長は何度か長島討伐を試みたが、その都度猛烈な反撃にあい、多くの将兵を失った。複雑に入り組んだ河川と深田《ふかだ》と葦原《あしはら》を利用して出没する一揆勢には、織田の大軍も手を焼いたのだ。

　朝倉・浅井を滅ぼし、陰謀将軍足利義昭を追放し、近江の六角《ろっかく》や摂津・河内《かわち》の残敵を掃討《そうとう》した今こそ、「喉に刺さった刺」長島一向一揆を取り除く好機だ。信長が、徳川家康の願いを振り切って高天神城《たかてんじん》を見殺しにしたのも、ここを片づけなければ、安心して武田と戦うことができなかったからである。


「一益、嘉隆」

　織田信長は、伊勢方面を担当する滝川一益と九鬼嘉隆の二人の名を呼んだ。

「その方たちは、明朝出陣、長島一揆を囲い込め」

　そう切り出した信長は、珍しく長広舌《ちょうこうぜつ》を振るい出した。

「まず、それぞれ三千の兵を連れて長島に入り、村、家、田畑、牛馬の小屋までことごとくを焼き尽くせ。常に三千人が一体となって動き、決して兵を分けるな。逃げるは追わず、城や寺に追い込め。降《くだ》るは桑名《くわな》か蟹江《かにえ》の城に移し、十里（約四十キロ）以遠に行くを望む者は、百人ずつに小分《こわ》けして兵三十人以上を付けて送り出せ」

　今は陰暦《いんれき》七月、稲の刈り入れ前に敵の兵糧《ひょうろう》になりそうな物は焼き払え、というのだ。

「三日のうちにそれを終えれば、長島全域周囲十里に隙間なく柵《さく》を作り、逆茂木《さかもぎ》を並べよ。木曽や長良の流れに面したところばかりか、海に面した側も忘れずに囲え。百二十の船を集め、人一人、米一俵の出入りもないように見張れ。船は青竹の束で覆って敵の矢玉《やだま》も通じぬように装備し、水夫《かこ》二人鉄砲五人を乗せ、昼夜三交代で見張らせよ。各船からは、百を数える毎《ごと》に一発、敵影の有無《うむ》に関わりなく鉄砲を放ち、長島周囲に銃声を絶やすな。十日後には俺も二万の軍を率いて行く。それまでは、功を焦らず、攻めを急がず、敵の挑発に乗るではないぞ。まずは囲う、次いで断つ、欠くはそのあとと心得よ」

なるほど、これは雄大な囲いだ。一同は啞然《あぜん》とした。本来は、守る側が植える柵を、攻める織田方が作るというのだから、斬新《ざんしん》な発想だ。長島全域の周囲十里に柵を巡らせ、百二十隻の船を浮かべて見張るというのも、信長ならではの物量作戦である。一揆方の射撃に備えて青竹の束で覆うというのは、日海の作った「戦車」から得た構図だろう。織田信長は、長島一郡五万人を、聖俗、老若、男女の別なく干殺《ひごろ》しにしよう、としているのである。

「この度の戦は、短くとも百日の滞陣と思え」

信長は、再び一同を見回してそういうと、目を左手に向けた。

「福富、菅屋、兵糧矢玉の補給を絶やすな。この岐阜より尾張津島《つしま》まで幅三間《げん》半（約六・四メートル）の大道を整え、一里毎に砦を築いて兵馬を置け。兵五百、馬三百を一組とする荷駄《にだ》隊十組を作り、休みなく兵糧矢玉を運ばせよ」

織田信長は、確実な補給態勢を作り上げ、百日の長滞陣で長島一揆を壊滅《かいめつ》する方針なのだ。そのための輸送補給を専門にする荷駄組を五千人も用意させる。いつでも、いつまでも戦える、銭で雇った兵ならではの戦法である。

二

七月十三日、長男の信忠《のぶただ》と共に出陣した織田信長は、その日のうちに尾張津島の城に入り、翌十四日には兵糧などの輸送状況を視察、十五日からは戦場に立った。

まず、滝川一益と九鬼嘉隆の先手《さきて》六千人に、北畠《きたばたけ》、神戸《かんべ》、佐久間、柴田、丹羽《にわ》、津田《つだ》などの一万余を加えて、焼き払った村や田畑を検《あらた》め、一揆の衆を篠橋《しのはし》、大鳥居《おおどりい》、屋長島《やながしま》、中江《なかえ》、長島の五城に追い込んだ。いずれも濠《ほり》を巡らし塀《へい》を築き、そこここに堅牢《けんろう》な櫓《やぐら》を建てた、堅固な寺院兼用の城塞《じょうさい》だ。

その頃の長島一帯は、幾筋《いくすじ》もの川が流れ、沼や深田が入り組み、人馬の通れる場所も限られていた。この地形を利用して何度も織田勢の攻撃を撃退した一揆勢は、籠城にも自信を持っていたので、強く戦うこともなくそれぞれの城に籠《こ》もった。

だが、この度の織田方の作戦は、これまでとは違った。信長が現場で指示したのは、城攻めでも籠絡《ろうらく》でもなく、長島五城を取り囲む柵と櫓を作ることだ。

「石取りの二は断つじゃ。敵の城を一つずつ柵で囲い、互いの連絡連携《れんけい》を断て」

と信長は命じ、二万余の兵を動員して杭《くい》を打ち、逆茂木を植え、櫓を建てさせた。海にも、大砲を積んだ安宅船《あたけぶね》を配置した。そればかりか一応の柵ができたあとも、信長は日々柵の補強を命じ、櫓を高め、全面に泥を塗らせた。城内からの火攻めにも燃えないようにだ。

最初の二、三日は、一揆側も反撃して、櫓が焼かれたり柵が破られたりもした。信長の異母弟の織田秀成《ひでなり》が戦死するようなこともあった。だが、五日もすると奇襲の効果もなくなった。五つの城の間の往来も不可能になり、狼煙《のろし》と手旗の他は通信も途絶《とだ》えた。

「そろそろ石取りの三、欠くに入るぞ」

十日ほど経って、各城を囲む柵が三重になり、櫓が高々と並ぶと、信長はそういって、昼夜を分《わか》たず大筒《おおづつ》や火箭《ひや》を城内に射込ませた。半刻ごとに櫓や安宅船から百を越える火箭を放たせ、堺から運んだ四百匁弾《もんめだま》の大筒を発射させた。

当時の大筒は鉄の玉を飛ばすだけで、命中精度も悪い。台車に載せて発砲するのではなく、人の肩に当てて撃つのだから反動で射手は転倒する。その際の受身で流派が分れていたほどだ。それでも高櫓《たかやぐら》や安宅船から発射する四百匁（一・五キログラム）の鉄球は瓦《かわら》を砕き壁を破る。そしてその穴に火箭が刺さり、火災が起こる。これが一揆方の施設と心理に甚大《じんだい》な打撃を与えた。

「休むな、休ませるな。人を換え組を換え、陸からも海からも夜も昼も撃ち続けよ」

織田信長はそれだけをいい残して、一旦《いったん》は岐阜に帰った。兵糧矢玉の補給と間近に迫った領国内の稲刈りを手配するためだ。銭で雇った兵の多い織田勢は、秋の農繁期《のうはんき》にも戦場を離れる必要がない。

流石《さすが》の一向宗徒も困り果てた。周囲を柵と櫓で囲われては、反撃の術《すべ》がない。迂闊《うかつ》に出れば鉄砲玉が飛んで来る。じっとしていれば城が壊される。穫《と》り入れ前に籠城したので兵糧も乏しいし、火災の度に薪柴《しんさい》も減った。出した斥候《せっこう》は帰らず、外からの連絡も来ない。

八月二日、最小の大鳥居城が音《ね》を上げた。一揆の衆は絶望的な突撃を試みたが、堅固な柵と水陸からの猛射に阻《はば》まれ、男女千人余が斬り捨てられて城が落ちた。

「新発意、その方の申した通り、敵を囲い、互いを断ち、それぞれの目を欠いた」

大鳥居陥落《かんらく》の報せを聞いた翌日、信長は、日海を表座敷に呼び出してそういった。

「大鳥居は落ち、他も弱っておるようだが、このあとはどうするかな」

「目を欠けば石は死にます。敢《あ》えてダメを詰めて取ることはございません」

日海がそう答えると、信長は満足したように頷いた。

実際、その後も信長は焦らなかった。八月八日に長島の陣屋に戻ると、破損の激しい篠橋城を集中攻撃したため、耐え兼ねた篠橋城の一揆五千人は、同十二日、決死の突撃を試みたが、信長は敢えて押さえず、大軍で包み囲んで長島城へと追い込んだ。一層早く兵糧を尽きさせる策である。

長島一向一揆を三つの城に囲い込んだ信長は、一段と柵や櫓を固め、火箭と鉄砲大筒による攻撃を続ける一方、二万六千人の動員兵力の中から一万人を引き上げさせた。一つは戦費を節約するため、もう一つは本願寺や武田の蠢動《しゅんどう》に備えるためだ。

信長のこの措置《そち》は、三つの城に閉じ込められた一揆勢の絶望感を深めた。長島一万四千人、屋長島、中江各一万、合計三万四千人の籠城男女は、積極的に攻めるでもなく、引き上げる風もない織田勢を眺めながら、確実に近づく飢えを待つしかない。それでも彼らは、死して浄土に行くことを願って、なお耐えた。

この間、本願寺顕如は、各地の門徒衆や反信長の大名たちに「長島救援」の檄《げき》を飛ばしたが、立ち上がる者はいなかった。全体としては強大な武力を持つ一向宗徒も、それぞれ地場の地侍や農民の集団だから、遠く離れた同門の宗徒を救援に行くほどの、意志も装備も持っていない。反信長の大名たちも、農繁期のこの時期には動こうとはしない。僅《わず》かに武田勝頼《かつより》が、遠江《とおとうみ》の北で陽動的な軍事行動をとったが、徳川家康の堅い守りを脅《おびや》かすほどではなかった。

だが、この間にも、徳川の本拠・岡崎では、また別のドラマが進行していたのだ。

三

この頃の三河《みかわ》岡崎は、ちょっと変わった状態になっていた。

以前の岡崎は貧しかった。城はあったが、城主はいない。武士はいたが、武家はなかった。城主の松平元康《まつだいらもとやす》は、今川義元《よしもと》の人質《ひとじち》として駿河《するが》にとられていた。その家臣たちはせっせと農耕に励み、家老の屋敷も百姓家と変わりがなかった。

それが、十五年前の永禄《えいろく》三年（一五六〇）、今川義元が「隣の大名」織田信長に討たれてからは、様相が変わった。駿河から帰った城主の松平元康は、その名も徳川家康と改めて織田信長と組み、主筋の今川家の領地を蚕食《さんしょく》しはじめた。これが大いに成功、徳川家の所領は今や三河と遠江の大部分、約六十万石にも達する。「隣の大名」織田信長には及びもつかないが、「海道一の弓取《ゆみとり》」といわれるまでになった。三河侍の誇りが高まり、岡崎城下も活気付いたものだ。

ところが、五年前の元亀元年、徳川家康は、居城を東の浜松《はままつ》に移してしまった。弱まった今川の所領を奪い、強まった武田の圧力に備えるためと説明されていたが、実は「奥方《おくがた》の勘気《かんき》に閉口《へいこう》されたのよ」という者もいた。

この時から岡崎は、また城主を失い、家老も侍も大半がいなくなった。その上、月々大量の米や銭を浜松に送らなければならない。かつては貧しい兵農兼業の村だった岡崎が、今では帳付けの能《のう》吏《り》と商人と留守宅の都市だ。町民の心にも、夫を出世させた本妻の誇りと、何もかも妾宅《しょうたく》に運ばれる孤閨《こけい》の苛立《いらだ》ちとが同居している。

そんな町の暗い面を象徴する人物が城内にいた。築山曲輪《つきやまくるわ》に住む徳川家康の正妻、築山御前《ごぜん》だ。御前の父は今川一族の関口刑部少輔親永《ぎょうぶしょうゆうちかなが》、母は今川義元の妹だ。弘治《こうじ》三年（一五五七）、人質の松平元康が、地位保全のために是非《ぜひ》にと望んで頂いた女人である。

だが、その三年後の今川義元の敗死が、御前の運命を変えた。夫の家康は、伯父《おじ》を殺した織田信長と組んで御前の実家を攻め、それに成功すると御前を捨てて浜松に移り、御前が生んだ長男の信康《のぶやす》には、憎き信長の娘を娶《めと》らせた。

夫は百姓女や足軽娘を次々と囲うし、息子は仇敵《きゅうてき》の娘に頭が上がらない。しかも、夫は十倍も所領が増えたのにひどく吝嗇《りんしょく》で、およそ文化的ではない。家臣も奥の女房たちも、土臭い田舎者だ。京の公家《くげ》が出入りし、蹴鞠《けまり》や連歌の催《もよお》しが多かった駿府《すんぷ》城で育った築山御前には、腹立たしいことばかりだ。

三十路《みそじ》も半ばを過ぎて女性としての老いを感じはじめていた築山御前は、しばしば感情を爆発させた。夫への不満を大声でわめき、織田から来た嫁を無遠慮に罵《ののし》った。御前に仕える者はみな閉口、よく人が代わった。駿河から御前に付いて来て、今では他に行き先のない老女の他は、御前付きの老臣から下働きの下女まで一年と続く者は少ない。

世の中には、出世のためなら何でもできる人種もいる。大賀弥四郎《おおがやしろう》もその一人だ。築山御前の周囲が勤め難《がた》いと知ると、「これぞ穴場」とばかり足しげく通い出した。

出は大久保《おおくぼ》家の足軽《あしがる》の子だが、数字に明るいのを買われて村代官になり、やがて家康が浜松に去ったあとの岡崎城で勝手方《かってかた》に加わった。築山曲輪に来るようになったのも、ここで使う米麦《べいばく》や薪炭《しんたん》の差し入れを担当したからだ。

築山御前は、この男が気に入った。華奢《きやしや》な長身で話術も巧《たく》みだし、才覚もあった。弥四郎は、男女三十人が住まう築山曲輪の飯米や薪炭などを多めに請求して余分を銭に換え、御前の喜ぶ小物や化粧品が買えるようにしてくれた。

やがて老女や茶坊主もくすねた品を銭に換えることを弥四郎に依頼、築山曲輪の全員が浅ましい横領《おうりよう》の一味と化した。それに伴って弥四郎の行動も大胆になり、二年目には御前の褥《しとね》に入ることさえ珍しくなくなった。だが、それを咎《とが》める者はいない。それで御前の勘気が収まればあり難い、と思っていたからだ。

築山御前は口をきわめて大賀弥四郎を褒《ほ》め称《たた》えた。この城を預かる長男の信康が、母親の言葉を信じて弥四郎を重用《ちようよう》するようになったのも当然だろう。弥四郎もそれに応えてよく働き、やがて二十郷の代官になり、浜松に送る米や銭を調《とと の》える勝手方奉行《ぶぎよう》にも取り立てられた。禄《ろく》百貫《かん》（約千石）の職だが、人脈を広げ蓄財《ちくざい》を行うには便利な地位だ。

ここでも大賀弥四郎は才覚を発揮。浜松に送る米銭を滞《とどこお》らせることもなかった。これには徳川家康も喜び、

「わが家にもよき勝手方がいたものよ」

と息子の人選を褒め、弥四郎を招いて手ずから脇差《わきざし》を与えたこともある。

そうはなっても、弥四郎には築山御前の誘いが断れない。金品流用の咎《とが》も、御前と交わった弱みもある。常軌《じようき》を逸《いつ》した築山御前に悪口讒言《あつこうざんげん》を広められても困る。いやいやながらも、三日に一度は築山曲輪に顔を出す爛《ただ》れた関係は続けていた。

そんな簗山曲輪に、憎からぬ風貌《ふうぼう》の下女が入ったのは天正二年七月中頃、織田信長が伊勢長島攻めをはじめた頃だ。名は友恵《ともえ》、年は二十歳ほど、連れてきたのは数年前から城下で筆墨《ひっぼく》を商う奈良《なら》屋《や》という小商人、くすねた品を銭に換える出入りの一人だ。

友恵は実によく働く。朝の庭掃《にわは》きも夜の不浄掃除《ふじょうそうじ》も嫌がらない。小柄な割に力も強く、水汲《みずく》みや柴運《しばはこ》びも苦にしない。何よりあり難いのは、ひどく無口で御前に逆らわないことだ。癇癪《かんしゃく》を起こした御前に白湯《さゆ》をぶっかけられたり器物をぶつけられたりしても、友恵はただただ平伏するだけで、逃げも口応えもしない。だから、御前の機嫌が悪い時には、何事につけ友恵を庭先から行かせるようになった。老女や茶坊主たちも、

「便利な女子《おなご》が来たものよ」

と喜んだし、大賀弥四郎も気を許した。友恵が庭先にいても、遠慮なく御前と褥に潜《もぐ》り込んだ。要するに、人の中《うち》に数えなくなっていたのだ。

四

一カ月ほど経った八月中頃、友恵が、はじめて大賀弥四郎に口を利いた。

「私の叔父で奈良屋の番頭をしている者が、是非《ぜひ》お目通り頂きたいと願っております」

というのだ。弥四郎は驚いたが、断るほどのことでもない。

「大賀様の数々の御手柄《おてがら》、織田家であれば一城の主になっておられましょう」

三日後、友恵と共に大賀の屋敷に現れた奈良屋の番頭は、頑丈《がんじょう》な顔を引き締めてそんなことを

いい、羽柴《はしば》秀吉や明智光秀の例を語った。

「その通りだ」

と、弥四郎は思った。それを見てとってか、番頭は、

「筆墨《ひっぽく》ばかりか、障子紙《しょうじがみ》や行灯油《あんどんあぶら》なども納めさせて頂きとうござります。それらの品も岡崎で大賀様が一手に購入されますれば、随分《ずいぶん》とお安くできます。各地のお城や砦の御人数をお教え頂ければ、早速に用意いたしますでな」

といい、薄い金の板を残していった。目方は約一匁《もんめ》（約三百七十五グラム）、米五、六石にも当たる大枚《たいまい》だ。

「なるほど、そういうことか」

弥四郎は、自分の持っている権限の大きさに目覚め、早速に米を送る城や砦の配置と武将の名や人数などを書き出して奈良屋に届けた。と、すぐその翌日、番頭が屋敷に来た。

「まずは紙からはじめまするが、やはり金額の大きいのは油でございます。ただこれを運ぶには道筋なども調べねばなりませぬ」

などといい、領内の絵図を求めた。

弥四郎は首を振った。領内絵図は軍事機密、外に出せるものではない。だが、番頭は、

「いえ、二日もお貸し頂けばよろしいので。何しろ油は山崎《やまざき》の油座《あぶらざ》が押さえておりますれば、われらの仲間が辿《たど》る道筋を知る必要がございます」

などと愛想よくいった。

大賀弥四郎は迷ったが、結局、兵糧運搬用の絵図を貸した。御前とのことを友恵に見られている

引け目もあったし、金の板を貰《もら》った負い目もあった。何より「二日貸すだけ」というのを、至極安易《しごくあんい》に考えた。

番頭は平身低頭して、またしても金の板二枚を置き、「御同僚にもよろしく」といった。この頃には、大賀弥四郎も山田八蔵《はちぞう》や小谷甚左衛門《こやじんざえもん》、倉地平左衛門《くらちへいざえもん》らの旧知を下役《したやく》に取り立て派閥《はばつ》を作り出していた。奈良屋の番頭がくれた金は、それを維持拡大する役に立つ。彼らをも巻き込めば、紙や油の購入ぐらいはたやすいことだ。それを思うと弥四郎は、俺にも運が付き出した、と嬉しかった。

だが、それから四日後、三度目に現れた奈良屋の番頭の態度は変わっていた。いきなり、

「弥四郎殿は、やはり一城の主になるお方じゃ」

と、顔を擦《す》り寄《よ》せて囁《ささや》いたのだ。これまでの「大賀様」が「弥四郎殿」に変わり、紙や油の商いの話が「一城の主」に飛躍している。

「何のことか」

と怒気《どき》を露《あらわ》にした弥四郎に、番頭は、

「徳川家では、弥四郎殿の将来はござらぬ。いや、徳川のお家も長くはあるまい。ここは一つ、武田方と示し合わせてこの岡崎城を乗っ取りなさるがよろしかろう」

といい出した。

「何をぬかすか、見損なうな」

弥四郎は刀を取って立とうとしたが、それより早く番頭の正拳《せいけん》が鳩尾《みぞおち》に当たっていた。

「弥四郎殿。よう考えなされ」

息が詰まって動けぬ弥四郎の耳元で、番頭は低く囁いた。

「弥四郎殿が曲輪《くるわ》の品々を売り捌《さば》いておられること、築山御前に通じておられること、機密の城配置や領内絵図を渡されたこと、何時《いつ》でも訴え出ることができまするぞ」

「ふん、お前のような他国の商人の訴えなど、誰が信じるものか」

弥四郎は苦しい息の中で抗弁したが、番頭はにやりとして、

「信康殿や浜松の殿様はともかく、岐阜の織田様はなかなかお厳しい。甲州金《こうしゅうきん》を使った者を無実と信じますかな」

と呟《つぶや》いた。弥四郎は慌《あわ》てて戸棚の底に隠した金の板を改めた。確かに薄い縁に目立たぬ武田菱《たけだびし》の刻印《こくいん》がある。番頭から貰った三枚のうち一枚は銭八百文と換え、一部は下僚との飲食などにも使った。今から取り返したのでは、かえって疑惑を広めるだろう。

「はめられた」

大賀弥四郎はガックリと肩を落とした。それを見て取った番頭は、

「お分かり頂ければ、めでたい。これにて弥四郎殿が岡崎の城主になられること、八分《ぶ》通り決まった。あとは来年春、武田の大軍が三河に押し寄せてこの城が空になった時、御門を一つ開かれれば済むこと。弥四郎殿の手下が百人もいれば十分にござる」

と囁いた。

「なるほど」

大賀弥四郎は何となく頷いたが、すぐまた後悔し、番頭が座を立ちかけるのを待って背後から脇《わき》

差《ざし》で斬りつけた。だが、番頭は、それを予期していたように身をかわし、弥四郎の手首に強烈な手《しゅ》刀《とう》打ちを食《く》わした。弥四郎は手首が痺《しび》れ、脇差を取り落としていた。徳川家康から拝領した家宝の脇差だ。

「お預かり致す」

番頭は、落ち着いた態度で床に落ちた脇差を拾うと、

「代わりにこれを」

と、商品見本の障子紙の筒から別の脇差を出した。柄《つか》も鞘《さや》もよく似た模造品《もぞうひん》だ。こうなることを予期して持参していたらしい。弥四郎は、まんまと内応の証拠品を取られた恰好《かっこう》だ。

「何事も慎重になさるがよい。誰にも喋《しゃべ》らず、これまで通りにお振る舞い頂きたい。友恵の他にあと二人、われらの諜者《ちょうじゃ》が城内におりますでな」

へなへなと座り込んだ大賀弥四郎に、奈良屋の番頭はそう囁いて出ていった。これまでと同じように、大賀家の下男に門まで送らせてである。

五

「六角義定《ろっかくよしさだ》殿、過分《かぶん》の働き、礼を申す」

甲斐府中《かいふちゅう》の躑躅ケ崎《つつじがさき》の屋形《やかた》の奥座敷で、正面に座った武田勝頼《かつより》が短くいった。膝《ひざ》の前には、徳川の家臣、大賀弥四郎の内応に同意する書面と証拠の脇差が置かれている。

「あり難きお言葉」

敷居《しきい》に近い下座《しもざ》で、灰色胴着の六角義定が平伏した。

「岡崎の勝手を預かる大賀弥四郎を籠絡するとは流石《さすが》。この釣閑斎《ちょうかんさい》も感じ入ったぞ」

勝頼の左側から、長坂《ながさか》釣閑斎がそういうと、右手の跡部大炊助《あとべおおいのすけ》も、

「その方の働きは、岡崎の奈良屋重兵衛《じゅうべえ》からも逐一《ちくいち》聞いておる」

と相槌《あいづち》を打った。この二人は、先代信玄以来の宿将《しゅくしょう》たちが煙《けむ》たい勝頼が、身近にはべらせている側近《そっきん》、いわば新政権の実力者だ。三カ月前、信玄さえも落とせなかった高天神《たかてんじん》城を陥落《かんらく》させたことで、彼らの意気は高く態度は横柄《おうへい》だ。

「ならば早速に子細《しさい》を詰めて」

勇《いさ》み立った次郎義定はそういい出すと、長坂釣閑斎は手を振って遮《さえぎ》った。

「いやいや、そこまでの気づかいは無用じゃ。これより先はわれらが武田の仕来《しきた》りによって進める故《ゆえ》、義定殿にはゆるりと御覧あればよかろう」

「恐れながら」

驚いた次郎義定は苛立《いらだ》たしく膝をにじらせたが、釣閑斎はそれを無視して続けた。

「次の戦いは、織田・徳川と雌雄《しゆう》を決する大勝負。万が一つの失敗も許されぬ。大賀弥四郎のことも大事の一環《いっかん》として高い立場で考えたい」

それを次いで、跡部大炊助もいった。

「武田家が一致して当たらねばならぬこと。口煩《くちうるさ》い老人たちを納得させるのも肝要《かんよう》じゃでな」

要するに、全作戦の一環として進めなければならない大事な仕事だから、お前のような余所者《よそもの》には任せられない、武田家直属の組織でやらねば家中の合意が得られない、というのだが、そこにも

この二人がわが手柄にしたい臭気《しゅうき》が漂う。

次郎義定は落胆《らくたん》した。次郎の見るところ、武田家が岡崎に置いている奈良屋重兵衛は単なる情報収集者で、大陰謀を進めるほどの度胸《どきょう》はない。武田家の他の連中にも、その方の才覚は欠けている。高天神城の小笠原長忠《おがさわらながただ》も容易に籠絡できなかった。作手城《つくで》の奥平貞能《おくだいらさだよし》の寝返りを見抜けずにいる。何よりも、余所者を信じない武田家の気風が腹立たしい。そんな次郎義定に気を使ってか、正面の勝頼は、

「義定殿、わしに免じて許されよ。当座の褒美《ほうび》にこれを」

といって、甲州金の延板《のべいた》が二十枚ほど入った錦の袋を投げて寄越した。

「何ということ。武田も六角も同じ源氏の血を引く一統ではないか」

次郎義定はそう思ったが、次には、

「危うし」

と、感じた。ここにいたのでは手柄を一人占めにしたい釣閑斎らに殺されかねない。

「ならばそれがし、しばしお暇を頂き、伊勢長島で信長奴《め》の戦振《いくさぶ》りを見て来とうございます。この儀《ぎ》、お許し頂きますように」

次郎義定は、煮え繰り返る気持ちを押さえて平身した。

「そ、それはあり難い」

長坂釣閑斎は、ほっとしたような声を出したが、跡部大炊助は、

「よろしかろう。わが手の者も何人かは長島に入っておるが、見方はそれぞれじゃ」

と、あくまでも理屈を付けた。

「ふん、これでは武田も大したことがないわ」

次郎義定は、心の中でそう呟きながら躑躅ケ崎の屋形をあとにした。

六

六角次郎義定が伊勢長島に潜《もぐ》り込んだのは九月二十日、既に一向一揆の立て籠もる三つの城は、断末魔《だんまつま》の様相を呈《てい》していた。どの城も二カ月にわたる砲撃と火攻めで建物はほとんど壊れ、濠の大半は埋まり、塀の半分は崩れている。城内の人々は痩《や》せこけ、破れ裂けた夏物の衣服が哀れだ。

長島城の真ん前に本陣を据《す》えた織田信長は、そんな敵城に、なおも火箭《ひや》と鉄砲を浴びせ続けた。柵を進め櫓を近づけて城内の隅々まで火箭、鉄砲を浴びせる。その都度、城内の男女からは何人かの死者がでる。だが、それが浄土行きの救いでもあるかのように、痩せこけた人々は逃げようともしない。

「あと何日、このようなことをお続けになるおつもりか」

織田方の将兵の間からもそんな声が出た。一気に攻め込み敵の首脳を斬り捨てれば、明日にも戦いを終わらせられるのに、信長は、浅井の小谷《おだに》城や六角の石部《いしべ》城でやったような勇ましい戦を、今度はやろうとしない。

「信長の恐ろしさよ」

六角次郎義定は、そう思った。織田信長という男は、常に新しい作戦を練り、違った戦術を採《と》る。そんな信長が、ようやく降服の勧告を出したのは九月二十八日、

「武器を捨て一揆を解いて降《くだ》る者は、長島四方十里の外になら逃がす。これに逆らい、あくまでも抵抗する者は聖俗男女の別なく皆殺しにする」

という最後通告だ。信長は、これ以上の滞陣《たいじん》に費用を掛けたくなかったのだ。

三つの城の中では、議論が分かれた。既に兵糧は尽き果てたし、反撃の可能性もない。外からの援軍も望めそうもない。当然、信長の条件を入れて降服しようという者もあり、長島城ではそれで合意ができた。九月二十九日早朝、伊勢長島の一向一揆の中心となってきた長島城は織田信長の軍門に降り、生き残った一万余は素手素足《すですあし》で城を出た。その人の群《むれ》を信長は追い立て斬り立て、北伊勢や多芸山《たぎやま》、さらには大坂へと追い散らした。敗残の一揆衆に、織田に逆らうことの恐ろしさを語らせるためだ。

だが、屋長島と中江の城では、

「死して浄土に行くも、生きて法敵には降らず」

という過激な「原理《げんり》主義者」が主導権を握り、降服を望む者たちを斬り殺した。これを知った信長は、

「ならば望み通りに死なしてやれい」

と命じ、城の周囲に高々と柴や藁《わら》を積み上げさせた。一人残らず焼き殺すというのだ。

「城の中には降服を望む者もおりまするが」

この皆殺しには、織田家の武将の中からも抗議する者がいたが、信長はただ一言、

「申した言葉は守られねばならぬ」

と応えただけだった。

天正二年九月二十九日の日没を期して、中江城の周囲に積んだ二万駄《だ》の柴と藁に火が放たれた。城内からはこれを最後と、木魚《もくぎょ》に合わせて「南無阿弥陀仏《なむあみだぶつ》」を唱和する声が聞こえたが、それも長くは続かなかった。

晴れた秋の夕空によく乾いた柴藁が大きな炎を上げ出すと、徐々に木魚も鉦《かね》も止《や》み念仏の声も消えた。一万坪ほどの城内は酸欠状態になり、籠城者すべてが焼死したのだ。

この間、約一刻（約二時間）、織田信長は笑うでも怒るでもなく、床几《しょうぎ》に掛けて眺めていた。炎が中江の城のすべての建物を覆い尽くした時、この男が発した言葉は、

「次は屋長島の城を焼け」

というものだった。

翌日、そのことを岐阜城で知った佐助は、日海に問うた。

「日海はんの教えたことで、酷《むご》い結果になりましたなあ」

これに対して、日海は南の方、伊勢長島の方向に合掌《がっしょう》して、

「戦争は、人を石にすることもあるのです」

とだけ応えた。この男の持つ未来記憶では、裏切りも残虐も、新しい世の中を創り出すためには、避けられない過程になっていたのだ。

実録・本因坊算砂

日本の歴史には、本格的な宗教戦争がない。織田信長の行った比叡山延暦寺《ひえいざんえんりゃくじ》の焼討や一向一揆《いっこういっき》、本願寺《ほんがんじ》との戦いも、決して「宗教戦争」ではない。それはあくまでも世俗的な領地支配や権

力闘争の一種だ。戦国という時代と戦国人を理解する上でも、今日《こんにち》の日本と日本人を理解する上でも、これは欠かせぬ要点である。

もっとも、日本の歴史でも、ただ一つ、五八七年の蘇我《そが》・物部《もののべ》の戦いだけは「宗教戦争」といえる。朝鮮半島を経由して伝来した仏教を「国家宗教」にしようとする蘇我馬子《うまこ》らが、それに反対する物部守屋《もりや》らを討ち破ったこの戦いの後、聖徳太子による宗教思想の独創的改革が、この国から「宗教戦争」をなくしたのだ。

日本に仏教が伝来したのは五三八年（上宮聖徳法王帝説《じょうぐうしょうとくほうおうていせつ》）とされているが、実際にはそれよりもずっと早くから知られていたことだろう。五三八年は「公式に伝わった年」、つまり政府（大和朝廷）が仏教信仰を許した年とみるべきだ。

しかし、高い技術や進んだ知識を持った帰化人《きかじん》らの仏教徒が増え、それに帰依《きえ》する豪族が多くなると、単なる「信仰の自由」だけでは済まなくなる。やがて彼らは天皇にも仏教を信仰するように求めた。それを最初に実行したのは用明《ようめい》天皇、聖徳太子の父である。

だが、これは天皇の「個人としての参拝」に過ぎない。熱心な宗教信者は、そんなことでは収まらない。当時の仏教徒も、次には天皇の「公式参拝」を要求したが、用明天皇は在位一年余りでお亡くなりになった。ここで、この問題とも絡《から》んで後継者争いがもつれて起こったのが、蘇我・物部の戦いである。

この戦いで、在来の有力豪族や皇族の大部分が蘇我側に味方したのは、この時期の日本が既に、仏教と共に流入する進んだ技術や壮麗《そうれい》な建築に魅せられる、「古代物質文明」の精神を備えていたからだろう。人類は、その文明の原初では、どこの地域でも物質よりも神意《しんい》を喜ぶ「原始精神文化」に埋没《まいぼつ》しているが、灌漑《かんがい》や防水の土地改良技術が普及する農業革命後は、物質の多さを求める「古代物質文明」に心を寄せるものだ。

この結果、蘇我・物部の戦いでも、仏教派の蘇我氏が圧勝、その推挙によって崇峻《すしゅん》天皇が即位した。五八七年のことである。

だが、崇峻天皇は重大な政治問題に突き当たる。天皇家が天皇を出すのは、その血筋が天照《あまてらす》大神《おおみかみ》の後裔《こうえい》という神道神話《しんとう》を根拠にしている。もし仏教を国家宗教にして神道を否定すれば、天皇家が天皇を出す理由が失われてしまうだろう。そのことに気が付いた崇峻天皇は次第に反仏教化し、ために五年後には蘇我馬子によって殺されてしまう。日本史上、はっきり「殺された」と記録された唯一の天皇である。

そんな事情があったから、次の天皇の人選は難航、結局、東アジアでは最初の女帝、推古《すいこ》天皇が誕生する。正に天皇家は累卵《るいらん》の危うきにあった、というべきだろう。そんな時、天皇家から大天才が現れた。厩戸皇子《うまやどのおうじ》、後の聖徳太子である。

聖徳太子は、蘇我・物部の戦いにも従軍、四天王の像を彫って祈禱《きとう》し、勝利の原因を作ったといわれるほどの熱心な仏教信者であり、仏教に関する学識も豊かだった。従って太子が摂政《せっしょう》として国立寺院の四天王寺《してんのうじ》や、自己の信仰寺として法隆寺《ほうりゅうじ》などを造ったのは当然だが、伊勢神宮の斎宮《さいくう》（太子の姉）を引き上げることもなかったし、六〇七年には「敬神《けいしん》の詔《みことのり》」も出て、積極的に神道を保護した。聖徳太子は、神道と仏教と儒教とを同時に同一人が信仰する思想、後に「習合《じゅうごう》思想」といわれるものを考え出したのである。

これは、いわば宗教の「ええとこ取り」の発想だ。厳格な信仰からみれば堕落《だらく》だろうが、仏教とその文物《ぶんぶつ》に心を引かれながらも、先祖伝来の信仰を捨て切れずに悩んでいた日本人には、大きな救いだった。このため、この思想は急速に広まり、やがて日本人の宗教観を決定することになった。

同一人が同時にいくつもの宗教を信仰できるのなら、敢《あ》えて宗教のために戦争することはない。いや、「文化」そのものを体系的に考えることもない。技術であれ、思想であれ、制度や法令であれ、「ええとこ取り」をすればよい。どこの誰が考えたものでも、便利な部分を有利な時にだけ応用すれば済む。鉄砲を大量に利用し、唐風《からふう》の朱塗《しゅぬ》り八角の天主《てんしゅ》に仏画《ぶつが》を描かせ、伊勢神宮の遷宮《せんぐう》にも多額の資金を寄附した織田信長は、こうした日本的プラグマティズムを具現化《ぐげんか》したような男だ。

もちろん日本にも、純粋で厳格な信仰や信念を主張する集団が生まれることはあったが、多くの信者を集めることも長く続くこともなかった。この国では、純粋なカトリックも教条的なマルキシズムも、人口の一パーセント程度の「信者」しか得ることができない。初期には厳格な信仰態度を求めた日蓮宗《にちれんしゅう》も、やがては寛大になり、他宗とも世俗とも妥協《だきょう》する穏健《おんけん》派が主流となる。本因坊算砂《ほんいんぼうさんさ》（本編の日海）は、そんな日蓮宗の僧侶だった。信長や本因坊の目から見れば、一向一揆も狂信的な軍事共同体でしかなかったであろう。

第九章　「勝手読み」を誘え

一

「どうじゃな、形勢は」

高い足音と共にそんな声がして、織田信長は入って来た。天正《てんしょう》二年（一五七四）十一月末、岐阜城の織田信長の居館《きょかん》の「時計の間《ま》」で、日海《にっかい》が茶坊主の針阿弥《しんあみ》と碁《ご》を打っていた午後のことだ。慌《あわ》てて平伏した二人に、信長は、

「続けよ」

といって碁盤《ごばん》の側に胡座《あぐら》をかいた。織田信長は自身も碁を打ったが、上手《じょうず》に打たせて、それを見るのも好きだった。局面は中盤の難所、信長好みの乱戦になっている。

針阿弥は今年二十四歳、色白の美形と煥発《かんぱつ》な才気で信長に気に入られ、時計番を仰《おお》せつかっている。囲碁《いご》の腕前も相当なもので、織田家中随一との評判がある。それでも、日海との対局では五目《もく》置く。主君の信長が五目なので、それより減らすわけにはいかないのだ。日海としても楽に勝てる

相手ではない。

信長が現れてから五、六手進んだ時、針阿弥が意外な悪手《あくしゅ》を打った。さほど難しくもない打って返しで繋《つな》がっている白石を殺そうとして、目を欠きに来たのだ。

日海はそれを咎《とが》めずに打ち進めたが、針阿弥は気が付かない。形勢は微妙、それがなければ針阿弥の黒が優勢だ。一手戻して失敗を補い、白を活かしても好勝負なのに、針阿弥はなおも白の石を殺そうとして頭を押さえてきた。

こうなると、日海としても捨て置けない。かねて読み筋の打って返しに石を置いた。その瞬間、信長がパシッと膝《ひざ》を叩いた。同時に針阿弥の顔に苦渋《くじゅう》の色が滲《にじ》み、

「参りました」

と苦笑《にがわら》いを浮かべた。

「いやいや、上手が陥《おちい》り易《やす》い見落としで」

日海がそういう前に、信長の「新発意《しんぼち》」という声がした。「新発意」とは「成り立ての小坊主」という意味だが、信長は十六歳の日海をいつまでもそう呼んだ。

「今、針阿弥は至極《しごく》単純な見落としをした。側で見ていた俺でも分かったのに、針阿弥ほどの者が終《しま》いまで気が付かなんだ。それは、何故《なにゆえ》か」

「それは……針阿弥殿が勝手読みに陥られたためかと存じます」

日海は平伏して答えた。自分勝手な読み筋に溺《おぼ》れ、相手も自分の都合のよいように来ると思い込んでしまうことを、囲碁や将棋《しょうぎ》では「勝手読み」という。

「なるほど、勝手読みか」

信長はそう繰り返して頷《うなず》いたが、しばらく間を置いてまた訊《たず》ねた。

「ではな、新発意。どのような時に、人は勝手読みに陥るのか」

「過去の経緯に縛《しば》られた時、小さな部分にこだわった時、身近な評判を気にした時、おのれの自信に溺れた時の四つでございましょう」

日海はすらすらと答えた。かねて考えていたことだ。

「確かに」

信長は一段と鋭い顔つきになって考え、やがて低く呟《つぶや》いた。

「武田を勝手読みに誘い込まねばならぬ」


「武田を勝手読みに誘う」――それは、この時期の織田信長にとって、最も重要な軍事課題だった。

天正二年のこの頃、織田信長の勢力は摂津《せっつ》から遠江《とおとうみ》まで十二カ国四百八十万石に達し、配下の兵力は十二万を超える。商工業の中心、京や堺《さかい》も押さえ、財政も豊かなら、技術や情報でも優れている。全国六十余州二千万石から見ればまだ四分の一だが、他の大名とは比べようもない大勢力、いわば「唯一のスーパーパワー」なのだ。

しかし、領地が広がれば、境を接する大名も増え、敵も多くなる。中でも気になるのは甲斐《かい》、信濃《しなの》、駿河《するが》と、上野《こうずけ》の一部を領する武田家。領地や兵力では織田の三割にも満たないが、山国の領地は攻め難《がた》く、農民主体の兵は強い。その上、先代武田信玄以来、「武田は強い」という不敗の神話が広まっている。

摂津大坂の本願寺《ほんがんじ》も、加賀《かが》と越前《えちぜん》を支配する一向一揆《いっこういっき》も、紀伊の雑賀《さいか》衆や伊賀《いが》の地侍《じざむらい》も、信長の敵はみな武田の存在を頼りにしている。この武田に、伸縮自在の機動遊撃戦を展開されては、織田家の兵は奔命《ほんめい》に疲れ、四辺《しへん》の敵が活気付く。

加えて近頃、中国十カ国百三十万石を領する毛利《もうり》も、反信長に動き出した。昨年京から追った足利将軍義昭《よしあき》が備後《びんご》の鞆《とも》に亡命し、毛利の保護を得て各地の大名を反信長に決起させようと策謀をはじめた。越後《えちご》の上杉、相模《さがみ》の北条《ほうじょう》、丹波《たんば》の波多野《はたの》、播磨《はりま》の別所《べっしょ》など、あらゆる旧勢力に御教書《みぎょうしょ》を乱発して、「反信長に結束せよ」と説き回っている。西の毛利と東の武田が連動して機動戦をやり出せば、さしもの織田家も危うくなるだろう。

この秋、二カ月半にわたる包囲攻撃で、伊勢長島の一向一揆を殲滅《せんめつ》した織田信長の次の課題は、武田に対して決定的な勝利を収め、その不敗の神話を叩《たた》き潰《つぶ》すことだ。

そのためにはまず、武田軍の主力を決戦場《けっせんじょう》裡《り》に引き出さねばならない。野戦の大決戦になれば、兵の数と装備の優秀と組織の新しさで必ず勝てる。

だが、武田勝頼《かつより》とて負けると分かっている決戦に、のこのこ出て来るほど愚かではない。それを支える重臣には信玄以来の勇士が多く、形勢判断と兵の駆け引きにも長《た》けている。信玄が死んでからの一年半、武田勝頼は東美濃《ひがしみの》や遠江に再三兵を出したが、織田の大軍が到着する前に城と領地を掠《かす》めて引き上げた。結果としては信長の恐れる伸縮自在の機動戦を実行しているのだ。

「まず、武田に勝てると思わすことだ」

伊勢長島の一向一揆を屠《ほふ》って以来二カ月、織田信長はそれを考え続けていた。つまり「武田を勝手読みに誘い込む」方法である。

「新発意、その方が囲碁を教えた奥平貞能《おくだいらさだよし》、貞昌《さだまさ》の父子はどうしておる」

小姓《こしょう》が茶と菓子を置くのを待って、織田信長がそう問いかけた。

「先月の末、武田の軍監《ぐんかん》の目を盗んで、一族郎党《ろうとう》二百余人が揃《そろ》うて作手《つくで》の城を抜け出し、今は徳川様に寄食しておられるやに聞いております」

日海が答えると、信長は、先刻承知のはずのそんな話にも満足気に頷いた。

「奥平貞能と碁を打った武田信豊《のぶとよ》は、悔しい思いをしておるであろうな」

「京より甲斐に下った碁打ちの鹿塩利斎《かしおりさい》殿も、追い返されたそうにございます」

日海は、碁打ち仲間で評判の話を披露《ひろう》した。この夏、奥平父子の詰問《きつもん》に派遣された信豊は、奥平貞能と碁を打ち、その着手《ちゃくしゅ》の乱れのなさから「逆心なし」と判定、軍監の甘利昌忠《あまりまさただ》と五百の兵を残しただけで帰還したが、その奥平が徳川方に走ったので、憤《いきどお》りのあまり囲碁を恨《うら》み、京から招いた碁打ちの鹿塩利斎を追い返したというのだ。

「それどころか武田家では、人質に取っていた奥平貞昌の妻と幼い弟とを磔《はりつけ》の刑に処したと申します」

針阿弥が口を出した。

「さもあろう。長篠《ながしの》の城を徳川に奪われたのに次《つ》ぐ、勝頼めの失態よな」

信長は楽しそうにいい、

「この二つを重ね合わせて見せれば、武田はますます悔しがるであろうな」

と、いたずらっぽく頬《ほお》を歪《ゆが》めた。

「いかにも」

　と、手を打ったのは、針阿弥の方だ。茶坊主ながらも政治向きのことにも通じている針阿弥は、信長を褒《ほ》め称《たた》える仕種《しぐさ》が上手《うま》い。

「徳川に命じて、長篠の城に奥平の一党を入れさせよ。これにて武田を過去の経緯に縛り、奥三河《おくみかわ》の隅にこだわらせることができるやも知れぬ」

　そういうと信長は、砂糖菓子を子供のようにガリガリと嚙《か》んだ。ちょうどその時、

「お市《いち》の方様《かた》、お成り」

　という奏者《そうじゃ》の声がして、二人の女中を連れたお市の方が入って来た。夫の浅井長政《あざいながまさ》が敗死してから一年二カ月、実家に戻ったお市の方は、ますます美しくなり、活発に振る舞っている。


「岡崎の五徳《ごとく》様に付けた者より」

　お市の方は、信長の背に一礼すると、そこまでいって言葉を切った。「五徳」とは、徳川家康の長男、信康《のぶやす》に嫁いだ信長の娘のことだ。日海は慌てて席を立とうとしたが、信長は「構わぬ」といって、胡座をかいたまま尻を軸に、お市の方の方に身体《からだ》を回した。

「五徳様に付けた者よりの報せでは、岡崎城の勝手を預かる大賀弥四郎《おおがやしろう》、城下の奈良屋という商人と頻繁《ひんぱん》に密会。最近は金品の使い方が荒いとか」

　お市の方はそういうと、折り畳んだ書面を床に滑らせた。

「大賀弥四郎の名、前にも聞いた。築山御前《つきやまごぜん》の下《もと》に出入りしておるとか」

　信長は書面を見ながら呟いた。まずは嫁と姑《しゅうとめ》の感情のもつれから出た讒言《ざんげん》ではないかと疑った

のだ。だが、なおしばらく読み進むうちに、

「奈良屋とは、武田に通じる商人か……」

といって宙をにらんだが、すぐまた笑顔に戻って、

「これはよい報せだ。徳川には教えず、お前の手で見張れ。いずれ打って返しよ」

と楽しそうにいった。織田信長は、徳川家における謀叛《むほん》の噂《うわさ》も、武田を勝手読みに誘う一助にしようと考えたのだ。

それを聞くとお市の方は、連れてきた女中の一人に、

「岡崎の五徳様御病気につき、鍼灸按摩《しんきゆうあんま》を心得た女子《おなご》が要《い》ります」

といった。いわれた女中は、小さく頷き弾《はず》むように立った。大柄な体軀《たいく》に似合わぬ軽い身のこなしは、武芸で鍛えた足腰ならではの動きだ。それを見送った信長は、

「よし、菅屋九右衛門《すがやきゆうえもん》、福富平左衛門《ふくとみへいざえもん》を呼べ」

と、決意を固めた口調で針阿弥に命じると、日海に向かって、

「その方《ほう》が造ったあの戦車、来春にはまた役に立つぞ」

と笑いかけた。

織田信長はこの日、日本の歴史を変える三つの決定を下した。第一は領国全域に幅三間半《げん》（約六・四メートル）の道路を通し、淀川《よどがわ》や木曾川《きそがわ》の水路を改修することであり、第二は建設専門の「黒鍬者《くろくわもの》」、つまり工兵隊を組織することである。そして第三は堺や近江国友《おうみくにとも》の鉄砲鍛治に三千挺《ちよう》の鉄砲を発注、全員が鉄砲で装備した足軽の組、いわば「鉄砲隊」を作ることだ。織田信長は、武田との決戦準備を、策略と組織と交通の三つの面で進めていたのである。

二

天正三年（一五七五）は、意外なほど静かに明けた。織田信長は岐阜で年賀を受け、三月になって京都に出、寺社の所領裁定や公家衆《くげ》との社交に日を送った。

三月二十日には、かつての仇敵《きゆうてき》今川義元《よしもと》の子、氏真《うじざね》を宿舎の相国寺《しようこくじ》に呼んで蹴鞠《けまり》の技を披露《ひろう》させた。武田と徳川に領地を奪われて亡《ほろ》んだ名門今川家の貴公子が、父親を殺した織田信長の前で蹴鞠の芸を演じる姿には、ものの哀れを感じて涙する都人《みやこびと》もいた。だが信長は、演技を終えた氏真に金三枚を与え、

「その方は幸せな奴よ。蹴鞠ができるだけで食うには困るまい」

と真顔《まがお》でいった。下剋上《げこくじよう》の乱世に生きた者の実感であったろう。

実際、織田信長は、社交やフットボールを楽しんでいただけではない。全国各地から使者や密偵《みつてい》が次々とやって来た。この日も、すぐそのあとでは、岐阜から来たお市の方の使者に会い、岡崎城に送り込んだお勝《かつ》の報告を聞き、

「武田の間者《かんじや》を一両人《いちりようにん》斬れ。大賀弥四郎の陰謀を徳川に気付かせる頃じゃ」

という血なまぐさい指示を出した。家臣の裏切り陰謀を織田家より教えたのでは、徳川家の面目《めんぼく》を失わせる。それよりも事件を起こして徳川自身に気付かせる方がよい、と信長は判断したのだ。

しかし、この時期に信長がしていた最大の仕事は、各地の道普請《みちぶしん》や水路開発を総覧し、堺や国友で産する鉄砲を買占めて「鉄砲隊」を組織することだ。信長はこれを、滝川一益《たきがわかずます》や佐々成政《さつさなりまさ》などの

指揮で訓練に励《はげ》ませた。これまでの弓、槍、馬上の騎士に鉄砲足軽が混じる村落別組織とは、まったく異質の軍隊を創《つく》っていたのだ。

織田領内で起こっているこうした変化に、注目する者はまだ少ない。その少ない中の一人に、灰色胴着に身を包んだ武芸者風の男がいた。伊勢長島の観戦から諸国見物に回った六角《ろっかく》次郎義定《よしさだ》である。

「信長の傍若無人《ぼうじゃくぶじん》を許せば、古き秩序も村々のまとまりも壊れてしまう。道が通り川が使えるようになれば、京や堺の豪商が全国に入り、商人の座《ざ》も村人の手職もなくなる。鉄砲ばかりの足軽組が幅を効かせば、武将の立場がなくなる。信長こそは入道相国平清盛《にゅうどうしょうこく》の再来、これに正面から立ち向かったのでは、強兵を誇る武田家とて到底敵《かな》わぬ。信長を倒す方法はただ一つ、織田領内の交通網を破壊し、商品流通を妨害することだ」

次郎義定はそう考えた。武田の勢力を背景に、広範なゲリラ戦を展開しようというのだ。

織田信長が、京都で今川氏真の蹴鞠を見物していた三月二十日、六角次郎義定は、武田勝頼が住まう甲斐府中《かいふちゅう》の躑躅ケ崎屋形《つつじがさきやかた》にいた。

「六角の、よう戻ってきた」

側近《そっきん》の跡部大炊助《あとべおおいのすけ》と長坂釣閑斎《ながさかちょうかんさい》を従えて現れた武田勝頼は、六カ月振りに甲斐に戻った次郎義定を笑顔で迎えてくれた。だが、その次には、

「去年は父上もてこずった高天神城《たかてんじん》を落とした。今年は徳川の息の根を止めるぞ。まずは全力を挙げて三河に進出、長篠城を奪い返す」

と、高ぶった口調でいい出した。

「それは、いかがなものでしょうか。織田家では領国内を繋ぐ大道を造り、水路を修理し、堺や国友の鉄砲鍛冶には三千挺の鉄砲を作らせております。次なる合戦では織田信長、迅速《じんそく》に大軍を戦場に集め、多数の鉄砲を撃ち放つこと必定《ひつじょう》にございます」

敷居《しきい》を挟《はさ》んだ下座《しもざ》から義定はそう反論したが、勝頼の右前にいた長坂釣閑斎が、

「そのようなことは、もう何度も聞いた」

と苛立《いらだ》たし気に遮《さえぎ》った。続いて、左側の跡部大炊助がいい出した。

「われらも鉄砲の威力は十分に心得ている。それ故《ゆえ》、甲斐をはじめ信濃や駿河の地侍にまで鉄砲を持つように勧め、既に五百以上はある」

「それが違う」と、次郎義定は叫びたかった。織田が作っているのは、信長自身が買い整えた鉄砲で装備した何百もの足軽の集団だ。各村々を支配する豪族たちが配下の壮丁《そうてい》を動員して従軍する仕組みの武田軍が、鉄砲を持つ者の比率を増やすのとはわけが違う。義定はそんな説明をしたかったが、その間も与えず大炊助が続けた。

「鉄砲には鉄砲の弱点がある。鉄砲玉を防ぐ竹束《たけたば》や鉄楯《てつだて》なども十分に用意した。必勝の信念と不敗の作戦があれば、兵の数や鉄砲の多さを恐れることはない」

こういわれては、細かい議論をしても仕方がない。次郎義定は視点を変えた。

「それにしても、長篠は甲斐から遠く、岐阜や岡崎からは近い。ここは五千人ほどの精鋭を出して掛川《かけがわ》か二股《ふたまた》を襲い、織田の大軍が来れば引き、敵が退けばまた進む。その間に五十か百を単位とした奇兵《きへい》を各地に放って、織田領を乱すのがよろしかろうと」

だが、武田勝頼はゆっくりと首を振って「六角の」と遮った。

「三万石の加増と娘婿《むすめむこ》の地位に目が眩《くら》んで徳川に寝返った奥平父子が、父上がお亡くなりになったどさくさに紛《まぎ》れて家康奴《め》が掠《かす》めた長篠城に入りおった。これを見逃しては、わが家の面目が立たぬ」

それに続けて、また跡部大炊助がしゃべり出した。

「長篠は櫓《やぐら》一つの小城《こじろ》、城兵はたかだか五百。十日もあれば落とせるであろう。だが、万一それが長引き、織田、徳川の後詰《ごづ》めが来ても恐れることはない」

跡部は得意気に絵図を広げた。流石《さすが》に調べ尽くしたらしく、見事に詳細が描かれている。

「長篠は山間、大兵を動かす場所がない。せいぜい広いのは西方一里《り》(約四キロ)の設楽《したら》ケ原《がはら》だが、こことて平地は南北二十丁《ちょう》(約二・二キロ)、東西五丁、前線に並べられるのは二千人まで、数を頼りの迂回《うかい》戦術は不可能じゃ。わが武田の精鋭一万五千を以《もっ》てすれば、織田の弱兵ごときは何万押し寄せようと取るに足りぬ」

「それにな、奇兵の策ならわれらも用意している。義定殿も御存知の大賀弥四郎よ」

今度は右側の長坂釣閑斎が別の絵図を広げた。それには、奥三河から岡崎に出る道を細大洩《さいだいも》らさず書いてある。

「大賀弥四郎の陰謀は大きく育ち、さらに三人の奉行《ぶぎょう》が同心いたした。わが主力が長篠を攻める一方、山野に慣れた屈強《くっきょう》の者千人を間道《かんどう》伝いに岡崎に向かわせ、徳川の兵が長篠救援に出払った隙に、大賀らと呼応《こおう》して岡崎城を乗っ取る。さすれば、徳川の兵が狼狽《ろうばい》するのは必定、それに追い撃ちをかければ一挙に三河全土を奪うこともできる」

六角次郎義定は驚いた。大賀弥四郎を謀叛に誘い込んだ自分でさえ、徳川の本拠岡崎城がそう易々《やすやす》と乗っ取れるとは思えない。忍びの術に長《た》けた者を何十人か送り、大賀弥四郎の手引で城内に入って火でも放てれば大成功、戦場の徳川軍団を狼狽《ろうばい》させる効果も十分だ。それなのに長坂釣閑斎は、本気で岡崎城を乗っ取り、長く守るために千人の最精鋭を割《さ》こうとしている。何よりの不満は、少数奇兵の攪乱《かくらん》戦術を展開するように勧めたのに、釣閑斎はあくまでも大決戦の補助手段としてしか考えていないことだ。

「謀《はかりごと》は密なるをよしといたします。さように企《くわだ》てを広げ人数を増やされては」

義定は危惧《きぐ》を露《あらわ》にしたが、釣閑斎は、

「これまで六カ月露顕《ろけん》しなかった。忍び頭《がしら》の甘利新十郎《あまりしんじゅうろう》が、岡崎城主の徳川信康の下にも、家康のいる浜松にも、腕利《うでき》きの忍びを入れておる」

と胸を反《そ》らした。

「しかし、岡崎城には織田家の御息女《ごそくじょ》五徳姫が嫁いでおられる。当然その配下には」

と次郎がいいかけると、釣閑斎は「流石は」と膝を打った。

「実は五徳姫のところに、去年の暮れから鍼灸按摩《しんきゅうあんま》を心得る女が来ている。どうやらこの者が大賀弥四郎や奈良屋を怪しんでおるらしい」

釣閑斎はそういったあとで、眉根《まゆね》を寄せた次郎に「御安心あれ」と笑いかけた。

「既にその女を消すよう、その方が岡崎城に入れた女子にも申しつけてある」

「何、友恵《ともえ》に」

次郎は仰天《ぎょうてん》したが、釣閑斎は知恵を誇るように続けた。

「いやいや、切り傷も絞め跡もなく殺して自殺に見せかけるのよ。織田から送りこまれた女が、武田に誘われて二重の間者《かんじや》になった。それを大賀に見抜かれて自殺したとすれば、徳川家中での大賀の信用は高まりこそすれ、疑われることはあるまい」

そして最後に、これが駄目押《だめお》しとばかりに付け加えた。

「このこと、その方の父上も御了解じゃ」

次郎義定は怒りに震えた。次郎の父六角承禎《しようてい》は、近江の所領を失って武田に亡命している身、何をいわれても拒《こば》める立場ではない。それを踏まえて、友恵に危険な仕事を押しつけた釣閑斎に腹が立った。それでも次郎が、

「ならばそれがしも岡崎に参ります。織田が入れた女を消せば、友恵も消えねばなりますまいでな」

といえたのは、成功しそうにない陰謀から手を引く潮時《しおどき》と見たからだ。これに釣閑斎は、

「よかろう。怪しまれぬように、怪我《けが》か病気で宿下《やどさ》がりにすることだな」

と、また一つ難しい注文を付けた。もし友恵がしくじった時には、事の露顕を封じるために配下の腕利きが見張っているのを暗示する口調だった。

三

その日のうちに甲斐を出た六角次郎義定は、飯田《いいだ》、禰羽根《ねばね》を経て足助《あすけ》に達し、そこからは山中の間道を走った。岡崎城乗っ取りの武田の精鋭が通る予定の道である。

深い山と濃い緑に隠された獣道《けものみち》だが、迷わぬようにところどころ枝が切られ、草が踏まれている。目立たぬように木こり小屋が造られているのは、兵糧《ひょうろう》や武器を隠すためだ。

武田勝頼お気に入りの秀才、跡部大炊助と長坂釣閑斎が練りに練った作戦だけに、調査は綿密、準備は細《さい》にわたっている。だが、そんな精密さが、大炊助や釣閑斎の思考を縛る罠《わな》にもなっているような気がしてならない。

「どこかおかしい」

と次郎義定は思う。だが、それを改めさせることはできそうにない。たとえ誤りを知ったとしても、跡部大炊助や長坂釣閑斎は、ここまで準備を進めた作戦を取り止めることはあるまい。そんなことをすれば、武田家における彼らの地位が危ないからだ。

「せめて友恵を一刻も早く救い出すことだ」

そんな思いで道を急いだ次郎が、岡崎城を望む山の端《は》に達したのは、甲斐を出て四日目が暮れた頃だ。そしてその時には既に、岡崎城内での「女の戦い」がはじまっていた。

三月二十三日、岡崎城の築山曲輪《くるわ》は忙しかった。明日は城主の信康がここに来る。滅多《めった》に来なくなった息子を迎えるために、築山御前は庭を掃《は》かせ、床を拭《ふ》かせ、水瓶《みずがめ》を満たさせた。普段は乱雑に置いてある薪柴《しんさい》も積替えさせた。

そんな作業がようやく終わろうとする時、「アーッ」という悲鳴がして、薪《たきぎ》の山から下女の友恵が転がり落ちた。辺りは既に暗い。

「気をつけんと」

下女中《しもじょちゅう》を取り仕切《しき》る老女が叱《しか》りつけたが、友恵は膝を抱えてしゃがみ込んで動かない。

「膝が外れたぞえ、これは困った。この夜分《やぶん》に来てくれるお医者もいないでなあ」

女中たちが友恵を取り囲んで囀《さえず》っていると、その中の一人が、

「五徳様のところには鍼灸按摩《しんきゅうあんま》のできる女がいるそうな。この際はそれでも呼んでは」

といい出した。これにみなが賛成したのは、今や主筋となった織田家の息女の周囲に近づきたい気持ちが、築山曲輪の中にも強かったからだ。

小半刻後《こはんとき》、お勝という鍼灸師が来た。髪を琉球風《りゅうきゅうふう》に結《ゆ》い上げた大柄な女だ。お勝は友恵の膝を押したり揉《も》んだりした末、膏薬《こうやく》を貼《は》り布で縛って帰っていった。それでも、友恵は痛みが引かぬらしく、脂汗《あぶらあせ》を垂らして呻《うめ》き続け、やがて、

「城下の宿に下がって休みたい」

と申し出た。

「そうなされ、そうなされ。信康様がお越しの時に怪我人《けがにん》など縁起《えんぎ》でもない」

騒ぎを聞きつけた築山御前は、甲高《かんだか》い声でそういうと、永楽銭《えいらくせん》二十文《もん》と米一升《しょう》を入れた袋を土間に投げた。老女たちは柴を削って杖を用意した。みな、怪我人の世話までするのは嫌だった。

「申し訳ございません」

と頭を下げた友恵は、杖に縋《すが》って築山曲輪を出たが、すぐ闇の中に消えた。築山曲輪の人々は、ほっと一息ついて床《とこ》についた。明日も早朝より御前が騒ぎ立てるに違いない。

五徳の住まう二の丸でも事情は似ていた。夫の信康が母親を訪ねると聞いて、五徳は機嫌が悪

い。そのせいか、みな早々と床についた。だが、鍼灸師のお勝だけは違った。

この日の夕方、岐阜から「武田の間者《かんじゃ》を斬れ」との指令を受けていたお勝は、友恵の贅肉《ぜいにく》のない身体に触れた瞬間、只者《ただもの》でないことを知って、心を決めた。

「これは武田の忍び。わざと膝を外して怪我を装ったのは、ここを抜け出す算段に違いない。城下の商人奈良屋重兵衛《じゅうべえ》などより、この女を殺す方が徳川家への警告になる」

そう考えたお勝は、みなが寝静まるのを待って床を抜け、股引《ももひ》きを履《は》き、寝巻の裾《すそ》をからげて外に出た。寝巻は目立たぬ灰緑色、髪には長さ六寸（約二十センチ）の琉球簪《かんざし》を挿《さ》している。お勝にとっては使い慣れた武器だ。

と、その時、厠《かわや》の方でポトッと小さな音がした。「あの女だ」とお勝は直感した。そっと厠の裏に回ると、忍び足で遠ざかる姿があった。

それを見た途端、お勝はおかしくなった。忍びというにはあまりにも不器用な歩き方、しかも目立ち易い赤の胴着に括《くく》り袴《ばかま》を着ているではないか。

「忍びのくせに赤い衣装なんて、粋《いき》がるんじゃないよ」

そういってやりたい衝動が、お勝の殺意を盛り上げた。だが、次の瞬間、相手の姿が闇に消えていた。深紅《しんく》の衣装が茂みの闇に溶け込んだのだ。

「いくらかやるかな」

お勝は耳を澄ませた。と、遠くで水を踏む音がした。二の丸と築山曲輪の狭間《はざま》、万一に備えて掘られた涸《か》れることのない深井戸のあるところだ。お勝の大きな身体が音もなく井戸の方に滑《すべ》った。

そしてそこで敵を見た。赤い衣装は背を曝《さら》して水を酌《く》んでいる。

何をしていようが、この際は関係がない。お勝は無言のまま跳び掛かった。髪の毛を摑《つか》んで引き倒し、手練《てだれ》の正拳《せいけん》を鳩尾《みぞおち》に叩き込んで気絶させるつもりだった。だが、相手は身体を横にひねって逃れて振り向いた。先刻治療した女には違いないが、顔付きはまるで変わっていた。「巴《ともえ》」の赤文字の入った黒い鉢巻《はちま》きを締めた顔は、眉《まゆ》が吊《つ》り上がり目が妖《あや》しく見開いている。こけた頰の陰が一段と暗い。

「何者」

お勝は忍び特有の声にならない叫びと共に、大きな拳で顔を狙ったが、相手は巧《たく》みにかわした。腰を狙った蹴りも空《くう》を切った。だが、敵はかわすだけが精一杯らしく、反撃して来ない。それに思ったよりも小柄、お勝よりも背丈《せたけ》は五寸（約十六センチ）も低く、体重は半分に見える。忍びであることは服装でも明らかだから、殺すのに遠慮は要らない。

お勝は大胆になった。大きく踏み込んだ正拳が敵の胸に当たり、蹴りが膝を打った。敵は脆《もろ》くも倒れ、地面を転がった。お勝はその背中を蹴り、さらに顔を蹴ろうとした。その瞬間に相手は顔を地に伏せてそれを逸《そ》らすと、お勝の上げ足を取ってひねり倒し、足首を股《また》に挟んで後ろから顎《あご》を締めに来た。

お勝は慌てた。今までに出会ったことのない技だ。身を返そうとしても敵の両足で挟まれた足首が引きつって動けない。後ろ手に敵の髪の毛を摑んでみたが、この姿勢では引き離すほどの力が入らない。敵はぴったりと背に貼《は》りついて頸動脈《けいどうみゃく》を押さえて来る。

お勝は左手で簪を抜いて背後の敵を刺した。確かに敵のふとももに刺さったはずだが、声も上げず力も緩《ゆる》めない。恐るべき忍耐、奇怪な気迫だ。

お勝は恐怖にかられ、敗北を意識した。その途端に意識が薄れてしまった。

四

「昨夜、武田に通じる商人、奈良屋重兵衛を捕らえようとしたところ、抵抗したので止むなく斬り捨てた。ところが、その店を家捜《やさが》ししたところ、意外にも五徳様に仕えるお勝と申す女が、これと通じていたことが分かり申した。ことを荒立てては五徳様にも御城主信康様にも御迷惑がかかる故、そっとお引き渡し頂きたい」

　翌早朝、勝手方奉行大賀弥四郎の手下が、二の丸にそんなことをいいに来た。

「それがそのお勝という女、今朝方より姿が見えませぬ」

　応対に出た老女は当惑気味に応えたが、大賀の手下たちは、「念の為」といって従女《まかたち》の部屋を家捜ししたところ、厠《かわや》の肥壺《こえつぼ》から甲州《こうしゅう》金《きん》三枚と武田の間者《かんじゃ》から来た手紙を千切《ちぎ》った紙片が見つかった。

「やはりそうか。ことが露顕したのを知って、証拠の品を肥壺に捨てて逐電《ちくでん》したか」

　大賀の手下はそんなことをいっていたが、ほどなく狭間の深井戸からお勝の死体が見つかった。検屍《けんし》の結果は、切り傷も打ち身もなく、肺が水で満たされていた。追い詰められての自殺、と結論されるのには時間もかからなかった。気絶したまま井戸に投げこまれて水死したのでは、と疑う者はいなかったし、同じ日に宿下がりした友恵を疑う声も出なかった。友恵が膝を外した怪我人だったことは、みんな知っていたからだ。

甲斐府中の武田勝頼と跡部大炊助、長坂釣閑斎の三人が、岡崎城での変事を知ったのは四日後の三月晦日《みそか》。失敗に備えて、友恵の跡をつけていた武田の忍びの報告によってだ。

「武田の間者、奈良屋重兵衛を斬り、それに通じたお勝を自殺に追い込んだことで、大賀弥四郎殿に対する信康様の御信頼は一段と高まったとか」

忍び頭の甘利新十郎は、そんな噂も付け加えた。

「さもあろう。読み筋通りよ」

長坂釣閑斎がそういうと、

「これでお味方の必勝、確実でございますな」

と跡部大炊助も相槌《あいづち》を打った。それを聞いて勝頼は、

「よし、では出陣の触れを出せ。出立《しゅったつ》は四月五日、目指すは長篠ぞ」

と勢いよく叫んだ。勝頼は、武田の家中でも、先代以来の老臣の間では反対の強い長篠遠征で大勝することで、天下に対してよりも家臣に対して絶対的な権威を持ちたかったった。

この席では、六角次郎義定と友恵のことを口にする者はいなかった。彼らにとっては、近江の領地を失って逃げて来た六角家の者など、牢人頭《ろうにんがしら》でしかない。それよりも勝頼周辺が急いだのは、岡崎城乗っ取りに向かう千人の兵を密《ひそ》かに送り出す方だった。

京都に滞在していた織田信長が、お勝の死を知ったのは一日遅れの四月一日、岐阜のお市の方を通してのことであった。

「ほほー、お市が入れた間者ばかりか、自らの繋ぎの奈良屋とやらも斬りおったか」

信長はそう呟いて、ちょっと困った表情になった。これは武田が大挙《たいきょ》して徳川領に攻め寄せる前触れだ。岡崎城内で何かの陰謀が進んでいることも事実らしいが、確たる証拠もないままに徳川の家臣を裏切りの容疑で訴えたのでは、徳川家康の面目を潰す。下手《へた》をすれば、織田と徳川の同盟そのものも揺ぎかねない。とはいえ、徳川の本拠で進んでいる乗っ取りの陰謀を見過ごすわけにもいかない。

「止《や》むを得ぬ。気の利いた者に荷駄者《にだもの》五百を指揮させて、岡崎へ鉄砲二百を運ばせろ」

信長はまず、菅屋九右衛門にそう命じた。忍びや隠密の技量では、織田は武田に敵《かな》わない。その差を埋めるのは銭と技術、そう考えた信長は、鉄砲寄贈《きぞう》にことよせて、見張り役を岡崎城に送り込む手に出た。続いて信長は、時計番の針阿弥を呼んで、

「碁打ちの日海を長篠城にやり、奥平に兵糧と鉄砲火薬を存分に蓄えるように伝えよ」

といって銀一貫《かん》（三・七五キロ）を与えた。織田信長の見るところ、長篠は小城とはいえ寒狭川《かんさがわ》の断崖《だんがい》を利用した天険《てんけん》、守将《しゅしょう》の奥平父子は、人質に出した妻子を殺されただけに武田に降《くだ》ることもない。兵糧と鉄砲さえ十分にあれば、そう簡単に落ちることはない。とはいえ、徳川の配下の奥平に、信長といえども直接の指示や資金援助はできない。そのため、奥平貞能と旧知の碁打ちを使うことにしたのだ。

それだけの準備をした上で、信長は、さらに大胆な号令を発した。

「来《きた》る四月六日、京を出陣して三好康長《みよしやすなが》の籠《こ》もる河内《かわち》の高屋《たかや》城を掃討《そうとう》する」

というものだ。武田勝頼を決戦に誘うために、逆の西に全軍を動かしたのである。

実録・本因坊算砂

「本因坊《ほんいんぼう》スパイ説」というのがある。初代本因坊算砂《さんさ》（本編の日海《にっかい》）は、豊臣秀吉や徳川家康に請《こ》われて、他の大名を見張る間者《かんじゃ》の役割を果たしていた、というものだ。

実際、天正《てんしょう》十五年（一五八七）十一月から翌年春までの駿府《すんぷ》滞在と、慶長《けいちょう》二十年（元和《げんな》元年、一六一五）から二年間の金沢滞在は、そういえなくもない。とはいえ、時代劇によく出て来る黒装束《くろしょうぞく》の忍者などではなく、招いた側が反逆の意図がないことを確認してもらうための「陽《よう》偵《てい》」、いわば安全確認の査察官《ささつかん》のような役割である。

天正十五年に本因坊算砂が駿府城を訪れたのは、本編にも登場する家康の娘婿《むすめむこ》、奥平貞昌《おくだいらさだまさ》がこの前の年に京都で本因坊を訪れて弟子入り、自分の三河新城《みかわしんしろ》城に招待した上で、駿府の徳川家康の下《もと》に行くよう依頼したためだ。

奥平貞昌がこのような行動に出たのは、既に秀吉の側近《そっきん》となっていた本因坊を駿河に留《と》め、徳川家が秀吉に対して叛意《ほんい》のないことを、確かめさせるためだったに違いない。徳川家康は、天正十二年（一五八四）三月から織田信雄《のぶかつ》と組んで秀吉と戦ったが（小牧《こまき》・長久手《ながくて》の戦い）、同年十一月には和睦《わぼく》、事実上、秀吉に臣従《しんじゅう》した。これによって日本列島の中央部における秀吉の覇権《はけん》が確立、翌十三年（一五八五）には九州の島津《しまづ》氏をも服属せしめた。

だが、東日本には、関東の北条《ほうじょう》氏や奥州《おうしゅう》の伊達政宗《だてまさむね》、九戸政実《くのへまさざね》ら、秀吉に服従しない勢力がある。東海甲信を領する徳川家康としては、これらと結託《けったく》して秀吉に反抗すると見なされ、攻撃されることが最も恐ろしい。徳川家康は、自らの異心《いしん》のなさを見せるために、秀吉側近の碁打《ごう》ち、本因坊算砂を駿府城内に招いたのだ。当時の家康の手紙には、「囲碁《いご》が面白く、日夜、励んでいる」などとあるのも、戦《いくさ》の準備などしていないという意味であろう。

元和元年からの金沢滞在も、同じ主旨《しゅし》だ。この年には「大坂夏の陣」があった。秀吉の御陰《おかげ》で加賀《かが》百万石を得た前田家としては、豊臣方に与《くみ》すると疑われるのが怖《こわ》かった。そのために、既に江戸に移り住み、家康の覚えめでたい本因坊を金沢に招いて、異心のなさを確認する査察官になってもらったのだ。

ところが、その翌年四月には徳川家康が没し、松平忠輝《まつだいらただてる》の改易《かいえき》事件などが起きたため、査察官としての本因坊の滞在も二年に及ぶ。その間に本因坊は、前田家の寄進《きしん》を得て金沢に久遠山本行寺《くおんざんほんぎょうじ》を開いている。日蓮宗権大僧都《にちれんしゅうごんのだいそうず》にふさわしい働きもしたのである。

戦国時代の小説や映画に黒装束の忍者が登場することがあるが、大抵《たいてい》は後世の創作で事実とはいい難《がた》い。もちろん、戦国乱世には密偵や破壊工作を行う乱輩《らっぱ》もいたが、織田信長や豊臣秀吉は、あまりそれを使っていない。彼らは諸国の情報を商人や公家《くげ》の情報網に頼ることが多く、特別の忍者集団を抱えていたという証拠はない。信長や秀吉が得意としたのは暗殺や破壊工作よりも籠絡《ろうらく》、つまり軍事的脅迫《きょうはく》と利益誘導の方である。

それに比べると、武田信玄や、その手法を真似《まね》た徳川家康は、密偵情報を多用した。本編の主役の一人、六角《ろっかく》次郎義定《よしさだ》も鉄砲の名手・杉谷善住坊《すぎたにぜんじゅうぼう》を雇って織田信長暗殺を狙ったが、失敗に終わっている。

概していえば、日本史では秘密工作や暗殺の政治的重要性は、諸外国に比べて低い。戦国時代でも、主要な武将で敵に暗殺された者はほとんどいないし、暗殺を多用して成功した者も少ない。唯一の例外は宇喜多直家《うきたなおいえ》である。この男が浦上《うらがみ》家の家老《かろう》の身から備前《びぜん》と美作《みまさか》五十余万石の大名に成り上がる過程では、何度か毒殺や狙撃《そげき》による暗殺を遣《や》らせている。ただし、その息子の宇喜多秀家《ひでいえ》は、父親とは正反対の貴公子で、およそ陰険な策謀には縁がなかったようである。

第十章　長篠《ながしの》——または近代のはじまり

一

巨大な組織や有能な人物が立てた綿密な計画が、平凡な小人《しょうじん》によって覆《くつがえ》されることがしばしばある。小人の持つ小人故《ゆえ》の怠惰《たいだ》と臆病《おくびょう》を、大組織や能力者は理解しないからだ。

徳川家に仕えて、足軽《あしがる》の子から岡崎城の勝手《かって》を預かる総奉行にまでのし上がった大賀弥四郎《おおがやしろう》は、器用な才覚と大胆な智謀を備えた野心家だった。

天正《てんしょう》三年（一五七五）はじめの武田家は正に全盛、領土は百三十万石を越え、動員可能な兵は三万に達した。

信玄の死後も、織田・徳川との戦いでは、三河《みかわ》の長篠《ながしの》城こそ徳川に奪われたが、織田からは岩村など東美濃《ひがしみの》の諸城を取り、徳川からは遠州の要衝《ようしょう》・高天神《たかてんじん》城を陥《おとしい》れた。対戦スコアは二対一の優位だった。

この両者が組んで仕組んだ岡崎城乗っ取りの陰謀は、綿密かつ大仕掛けだ。大賀弥四郎は、倉地《くらち》平左衛門《へいざえもん》、小谷甚左衛門《こやじんざえもん》、山田八蔵《はちぞう》らを誘い込んだ。武田家は、得意の忍びを随所に入れて事の露顕《ろけん》を押さえ、段嶺《だみね》から岡崎に通じる間道《かんどう》を整えて、千人の精鋭を急派できる用意をした。その上、大賀に疑いを持った織田家の女間者《かんじゃ》お勝《かつ》を除くに当たっては、自らの繋《つな》ぎ役の奈良屋重兵衛《じゅうべえ》をも大賀弥四郎の手下に斬らせた。これによって大賀の信用は一段と増し、岡崎城乗っ取りの陰謀はさらに確実になるはずだった。

だがそれが、怠惰で臆病な小人を驚かせた。僅《わず》かな手落ちと巧《たく》みな利益で誘いこまれた山田八蔵である。

「弥四郎の冷酷なこと、奈良屋を斬るほどなら、この俺も殺しかねない」

と、山田八蔵は脅《おび》えた。こうなると、すべてが気になる。昨日の集まりに自分が呼ばれなかったことも、今朝の挨拶《あいさつ》で大賀が目を逸《そ》らしたことも、心配の種になった。こちらの門番もあっちの女中も織田の間者に見える。何も知らない同僚や親類が、自分たちの陰謀で徳川家と共に滅ぶのも心苦しい。たとえ陰謀が成功して二万石の城主となっても、信頼できる家来も親類もなしにいつまで城を守れるか、心細い限りだ。

奈良屋重兵衛とお勝が殺された日から、山田八蔵は仕事も手に付かず、話もうわの空、歩く間も足元が雲を踏むように頼りない。そんな時、偶然に会った幼馴染《おさななじ》みの近藤壱岐《いき》の無邪気な笑顔が、堪《たま》らなく羨《うらや》ましかった。

「もう城持ちになる野望など捨てて、昔の気楽な日々に戻りたい」

そう思った八蔵は、つい心の重荷をしゃべる気になった。

「壱岐よ。もし、徳川のお家を滅ぼす陰謀があったとしてだ、それに誘いこまれた一人が事前に訴え出たとすれば、お許し下さるだろうか」

山田八蔵は、まずそんないい方をした。いずれの道を選ぶか決断がつかないまま、自分にもまだ選択の余地があることを確かめたかったのだ。

「さあ、それはその時々じゃろうな。余程の一大事なら、御褒美《ごほうび》が出るかも知れんが」

近藤壱岐は、奇妙な仮定の話におかしそうに笑ったが、山田八蔵は真剣な表情で、

「そ、それは、どのような時じゃ」

と詰め寄った。

「そういわれても困る。わしはただの槍侍、そんなことは分からぬ。ただ……」

「ただ……」

八蔵は顔を寄せてせっついた。

「ただ、陰謀の首謀者がお家を滅ぼすほどの大物で、訴え出た者が誘いこまれただけなら、お許しがあると思うがな」

近藤壱岐が野良《のら》仕事で日焼けした顔を綻《ほころ》ばせると、山田八蔵は、

「大賀弥四郎殿の陰謀を、俺が訴え出たとすればどうだろう」

と囁《ささや》いた。

「滅多《めった》なたとえを出すものではない」

近藤は、一旦《いったん》はそういったが、山田の余りにも真剣な表情に、

「まさか」

と聞き直した。

こうなっては、八蔵は止まらない。涙を流し身を震わせて一部始終を語ってしまった。

どこの大名家でも、勝手方奉行の評判は悪い。勝手方奉行は危険な戦場に出ることもなく、安全な後方にいて戦《いくさ》の現場の人と物を削る。御陰で大敵の猛攻に曝《さら》される苦戦や、籠城《ろうじょう》で兵糧《ひょうろう》不足に陥《おちい》る苦労を経験した武士は多い。人と物とが無限にあるわけではないと分かっていても、もう少し心ある配分ができそうなものだと思うのは人情だ。今日《こんにち》の企業でも、営業や生産を担当する者が、資金と人員を削る予算部局を恨む例は多いが、戦国時代は命懸けだから、その感情も過激だ。

徳川家とて例外ではない。岡崎の勝手を預かる大賀弥四郎を批判する声は、家康の耳にも何度か入った。殊《こと》に弥四郎が成上《なりあが》りだけに、中傷讒言《ちゅうしょうざんげん》が激しい。近藤壱岐と山田八蔵の訴えも、最初はその一つと思われたが、事が「武田と組んで岡崎城を乗っ取る陰謀」とあっては捨て置けない。八蔵自身がその一味であったというのだから、真実味がある。

何段階もの取次ぎを経てこの訴えを聞いた徳川家康は、すぐ大久保忠世《おおくぼただよ》らに調査を命じ、まず倉地平左衛門を捕縛《ほばく》させた。倉地は少々腹の座った男らしく、容易に口を割ろうとしなかったが、これに慌《あわ》てた小谷甚左衛門が遁走《とんそう》したことで、すべてが露顕した。大賀弥四郎が捕縛されたのは四月二日の朝である。

大賀弥四郎は、意外にもすらすらと陰謀を自供したが、

「一切は戦の世を終わらせ、民《たみ》を安らかにするためであった」

と、自らの正義を主張した。いつの世でも裏切り者の論理は同じだ。より上位で、より抽象的な正義を持ち出し、忠誠の対象を変えたことを肯定《こうてい》する。

事件のあらましを知らされた時、徳川家康は口をへの字にして考えた末、

「領内引回しの上、指、鼻、耳を削《そ》ぎ、鋸《のこぎり》引《び》きの刑に処せよ」

と命じた。

徳川家康が、これほど残虐《ざんぎやく》な処刑を行った例は他にない。自らが信頼して取り立てた男の裏切りに怒っただけではない。わが子信康《のぶやす》の管理能力を疑わしめ、織田信長に重い借りを作らせたことを憎んだのだ。事実、四年後に織田信長が、「築山御前《つきやまごぜん》と信康が武田に通じている疑いあり」として両人の処刑を要求してきた時、家康が断り切れなかったのにも、この事件が伏線《ふくせん》となっている。

二

大賀弥四郎の処刑が実行された四月五日、武田勝頼が一万五千の精鋭を率いて、甲斐府中《かいふちゅう》を出陣した当日のことだが、それを勝頼が知ったのは四月八日、信濃《しなの》の高遠《たかとお》城で夕食を取り終わった時だった。

「弥四郎はやり損じたか」

勝頼は残念そうに呟《つぶや》いた。声は低かったが、心中の動揺は肌の色にも表れている。

今回の長篠遠征には、先代信玄以来の老臣たちは反対した。連年の遠征で将兵が疲れているという者もいれば、甲州《こうしゅう》金山の枯渇《こかつ》で財政が不如意《ふにょい》だという者もいた。近江《おうみ》の六角《ろっかく》や伊勢《いせ》長島の一向《いっこう》一揆《いっき》が掃討《そうとう》された今、敵の本拠に近い長篠で戦うのは不利だという意見も有力だった。それを勝頼とその側近《そっきん》、跡部大炊助《あとべおおいのすけ》や長坂釣閑斎《ながさかちょうかんさい》は、「われに秘策あり」と称して押し切った。密《ひそ》かに進めて

いた岡崎城乗っ取りの策謀に期待していたのだ。

「遠征を中止して、甲斐に戻るか」

武田勝頼は、一瞬、そう考えた。だが、現実問題としては、それも難しい。軍隊というものは複雑な組織と高ぶった心理を持つ人間集団だから、囲碁《いご》の石のように自在に動かすわけにはいかない。遠征の中止は士気の低下を招き、計画の変更は行動の乱れを呼ぶ。それが重なれば、指導者の権威が失われ、組織が崩れてしまう。偉大な先代・信玄の跡を継いだ勝頼が、何よりも恐れていたのはこれだった。

勝頼は遠征を中止したくなかった。それを見透《みす》かすように、跡部大炊助が訴えた。

「大賀弥四郎と謀《はか》って岡崎城を乗っ取ることはできなくとも、長篠城を奪回するのには何の支障もございませぬ。御屋形《おやかた》が率いておられるのは、天下無敵の精鋭一万五千でございますぞ。櫓《やぐら》一つの長篠の小城《こじろ》ぐらいは、一揉《ひとも》みに落とせましょう」

「大炊助が申す通り。従軍の将兵はもとより、わが家の重臣たちも、この度の戦は長篠城奪回のためと信じておりますれば、士気にかかわることはございませぬ」

大賀弥四郎との陰謀を担当してきた長坂釣閑斎も、作戦の継続を主張した。

「うん、大賀のこと、多くに知らさなくて幸いであった」

勝頼も頷《うなず》いた。実際、大賀弥四郎と示し合わせて岡崎城を乗っ取るという大胆な策謀を知っていたのは、武田家中でもここにいる三人と忍び頭《がしら》の甘利新十郎《あまりしんじゆうろう》ぐらいだ。

そもそもこれは、近江から逃げて来た牢人者の六角次郎義定《よしさだ》がいい出したことだ。あの男さえ来なければ、大賀弥四郎のことなど思いもつかなかった。そう考えれば、こんな話はなかったことにすればよい。むしろ、徳川家康が、武田の反間《はんかん》苦肉の策にかかって忠実な家臣を処刑したとでもいい触らせば、味方の自信を強め、敵の士気を削ぐことができるかも知れぬ。武田勝頼は、自らにそういい聞かすことで気分を落ち着かせた。

「数日ここに滞在する故、大炊助は、今一度策を練り直せ。釣閑斎は岡崎に当てる予定の兵と物を引き上げ、甲斐に戻って補給のことを担当せよ」

長い沈黙の末に勝頼はそう命じた。明日は雨になりそうだ、兵を留める口実になる。


翌日からはまた、武田軍首脳部の心理をくすぐるような情報が、次々と入って来た。

まず、京に滞在していた織田信長が全軍を率いて河内《かわち》に出陣、三好康長《やすなが》（笑岩《しょうがん》）の立て籠《こ》もる高屋《たかや》城攻めに向かった、という。

「上方《かみがた》は決して治まってはおりませぬ。三好康長ばかりか、堺《さかい》の新堀《しんぼり》には十河因幡守《そごういなばのかみ》、香西越後守《こうざいえちごのかみ》らが陣取り、織田に反旗を翻《ひるがえ》しております。その背後に本願寺《ほんがんじ》が控えておりますし、堺衆とてまだいろいろにございます」

この情報を運んで来た諜者《ちょうじゃ》は、そんな解説を加えた。

長篠城を見張る忍び頭の甘利新十郎からは、長篠城には徳川の増援部隊も織田の援軍も来る気配がない、上方から来たのは碁打ちの坊主の一行《いっこう》ぐらい、兵糧の類《たぐい》にしても奥平の城兵が近隣で買い集めている程度だ、という報告が来た。

「武田の出陣を知らぬはずもないのに、さほどの用意がないところを見ると、織田も徳川も他のことで手一杯らしい」

勝頼は、そう考え出した。そうなると、一旦出した兵を戻したくない心理が重なり合って、「そうに違いない」という確信にまで発展した。

「四隣《しりん》に敵を持つ信長は、兵を失いたくない。だから、徳川を援《たす》けるためにわが武田家とは戦いたくないはずだ。たとえ救援に来たとしても、弱兵を送って恰好《かっこう》を付けるだけだろう。父・信玄が三方ケ原《みかたがはら》で徳川を破った時もそうであった。俺が岩村《いわむら》城を攻めた時も、去年高天神《たかてんじん》城を落とした時も、信長は出て来なかった。きっと今度もそうに違いない」

四日間考え迷った挙句《あげく》、武田勝頼はそう結論し、全軍に「長篠進軍」を下令した。天正三年四月十二日のことだ。そろそろ梅雨の季節になっていた。

三

織田信長は四月六日に京を発《た》ち、翌七日から河内の各地を移動しながら陣を張った。この時信長は、畿内《きない》はもとより、近江、美濃、尾張《おわり》、伊勢、若狭《わかさ》、丹波《たんば》、丹後《たんご》、播磨《はりま》から紀伊の根来《ねごろ》衆までを動員、美々《びび》しく飾り立てて従軍させた。『信長公記《しんちょうこうき》』は、「その数は数十万騎、都鄙《とひ》の貴賤《きせん》、皆耳目《じもく》を驚かす」と書いている。人数には誇張《こちょう》があるだろうが、かつてない華やかな大軍だったことは確かだ。

もちろん、このすべてが信頼できる味方というわけではない。これほどの人数を、信長が動員でき、諸将も従軍したのは、これが戦というよりも本願寺や堺衆に対する示威《じい》行進だったからだ。

この間、織田信長の目は三好康長の籠もる高屋城を見ていたが、耳は背後の甲斐に向いていた。

武田勝頼は、四月五日に甲斐を発ったが、信濃の高遠に留まって動かない。

「勝頼奴《め》、大賀弥四郎の陰謀が露顕したので、遠征を中止するのではないか」

信長は、それが心配だった。この時期に、さして急ぎもしない示威行進を行ったのも、武田を誘い出すためだ。もし勝頼が引き上げれば、巨額の費用を使った効果が半減する。日本列島の中央を押さえる織田家といえども、銭金には限度がある。信長は、今度こそ武田と大決戦がしたかった。準備は万端《ばんたん》整っている。鉄砲も三千挺《ちょう》を揃えたし、鉄砲組の組織も訓練できている。道路も整備したし、兵糧も十分にある。現地で採る戦術も決めた。あとは武田勢が全力でぶつかって来てくれることだ。

そんな思いで待ち構えていた織田信長の許《もと》に、武田勝頼がいよいよ高遠城から全軍を出立《しゅったつ》させたという報せが届いたのは、四月十六日の朝、摂津遠里小野《おりおの》の陣においてであった。

「とうとう出おったか」

信長はそういうと、「急げ」と叫んで旗本や小姓《こしょう》たちを引き連れて、田畑の刈り取りに出た。「刈働き」といわれる城攻めの戦術の一つだが、信長自身がこんな野良《のら》仕事を行ったのは、内心の喜びを隠すためだ。

四月中旬の河内の野には、僅《わず》かな麦と菜が生えているだけだ。信長は、一刻《いっとき》ほどやんちゃ坊主のようにそれを引抜き投げ捨てた後、また奇妙な命令を発した。

「碁打ちの日海《にっかい》が京に戻った頃だ。すぐこれに呼べ」

というのである。もちろん、碁を打つためではない。銀一貫《かん》（三・七五キロ）を与えて長篠に派遣した日海から、その様子を聞くためである。

天正二年の春から三年の春までの一年間に、京と堺の間の交通は大きく変わった。前年は足利家の旧臣や三好の残党が跋扈《ばっこ》していたが、今は信長の威力で封じ込まれた。淀川《よどがわ》の水路も掘りこまれ、それに沿った道路も改修されている。信長の使者は、この道路を騎馬で駆け抜けてその日のうちに京に着き、夜の船で日海を連れて戻った。

弓と鉄砲で武装した三十人の武士が守る三十石船を妨害《ぼうがい》する野盗はもういない。日海は、明国《みんこく》仕込みの武芸をよくする少年佐助《さすけ》らを連れて、この船で眠りながら河内に着いた。それを迎えたのは、堺の商人今井宗久《そうきゅう》の警護《けいご》組頭《くみがしら》、赤松権大夫《ごんだゆう》である。

「上様は陣を堺に移し、新堀城に立て籠もった十河因幡、香西越後らを攻めておられまする。日海殿がお着きになれば、直《ただ》ちに本陣にお連れせよとのお言葉にございます」

赤松権大夫は、去年の五月、金百枚を岐阜に運んだ仲間だが、今は言葉も態度も改まっている。この一年で信長の側近《そっきん》となった日海に対して、敬意を示したのだ。

「かたじけない」

十七歳の日蓮《にちれん》僧・日海は、合掌《がっしょう》して応じ、その後に従った。連れて行かれたのは野戦の陣屋とは思えぬ茶室造り、竹の柱ながらも建具《たてぐ》も床《とこ》の間《ま》も付いている。信長に近い堺の商人たちが用意したものだ。

「銀一貫、鉛十貫、硝薬《しょうやく》四駄《だ》、長篠の城に届けましてござります」

日海はまず、先月末に命じられた役目の始終《しじゅう》を報告した。銀は近隣で兵糧を買うため、鉛と硝薬は籠城戦での弾薬だ。

「うん、御苦労であった」

信長は短くいうと、

「もともとはいかほどあったか」

と訊《たず》ねた。長篠城の軍備のことだ。

「鉄砲は五十、鉛は五、六貫、弓は六十張《はり》、矢は二千本、米百五十俵、味噌《みそ》十樽《たる》というところでございましょうか」

日海はすらりと答えた。数えたわけではないが、囲碁で鍛えた目算《もくさん》には狂いがない。

「水の手、薪柴《しんさい》には不自由はないか」

信長はそれも質《ただ》した。

「寒狭《かんさ》と大野《おおの》、二つの川が出会う崖の上に立つ城でございますれば」

日海は地形で答えた。山上の城には、水の手を絶たれて落ちた例もある。深田《ふかだ》（泥沼）に守られた城は燃料不足に陥り易い。長篠城の場合は、そのいずれの心配もない場所だ。

それを聞くと信長は、長篠城の絵図を思い浮かべるように、目を宙に遊ばせて考えた。あまり早く織田の大軍が救援に出ると、武田は引き上げてしまうかも知れない。さりとて遅すぎれば城が落ちてしまう。武田が逃げ出せぬほどに深入りした後で、城が落ちる前に長篠に着かなければならない。信長はその時期を数えた。

長篠城を守る奥平貞昌《おくだいらさだまさ》の兵は五百人、女子供、茶坊主、中間《ちゅうげん》の類まで入れると七百人になるだろう。この時代の平均からいえば、人数の割に五十の鉄砲は多い。昨年暮れに奥平貞昌が長篠に入ったあとで、堺の商人を派遣して売り込ませた結果だ。鉛の五、六貫目は五匁弾《もんめだま》千発分、これに日海が運び込んだ十貫目を加えると三千発になる。一挺当たり六十発あれば十分だ。二千本の矢もよく揃えた。左右を渓谷《けいこく》に挟まれた天険に立つ長篠城の攻撃可能な面は狭いから、相当に堅《かた》い守りと見てよい。これなら武田の大軍が押し掛けても、たやすく落ちることはあるまい。

問題は兵糧、城内備蓄を食い尽くした時が陥落の時期でもある。信長は、その時期を計算した。百五十俵の米を七百人が食い尽くすのは約三十日、これから武田が城を包囲するまでに幾らか買い増しがあるとしても、二カ月は保《も》たない。

「来月下旬が勝負だな」

信長は、ぽつりと呟いた。

「御意《ぎょい》」

日海も頷いた。両者の読みは一致していた。だが、その後の信長の言葉は、日海にも意外だった。

「新発意《しんぼち》、あの戦車を用意しておけ。来月の今日頃には、長篠にあれを持ち込む」

織田信長の頭脳の中には、一カ月後の合戦の模様がまざまざと描かれていた。それは、日海の「未来記憶」にもない詳細までを含んでいたのだ。

四

武田の兵が長篠城の付近に現れたのは、四月二十一日から。最初は小山田《おやまだ》、高坂《こうさか》、室賀《むろが》、小泉《こいずみ》らの侍大将が率いる二千人の先遣隊だったが、翌日からはその数が増え、二十四日夕方には勝頼自身の本隊五千も到着した。総勢一万五千、武田家の総動員力の約半分に留めたのは、山中の狭い地形を考慮して精鋭だけを選《よ》りすぐったからだ。

武田勝頼は、本陣を長篠城の大手門を望む北の医王寺《いおうじ》に置き、その左右には武田信豊《のぶとよ》や穴山信君《あなやまのぶただ》(梅雪《ばいせつ》)、小山田備中守《びっちゅうのかみ》らの主力を配した。同時に、城の東側の鳶ケ巣山《とびがすやま》から南の久間山《ひさまやま》にかけて五カ所に砦《とりで》を築き、二百人から五百人の兵を配した。

また、寒狭川の対岸の篠場野《しのばの》にも兵を置き、寒狭と大野とが合流した豊川《とよがわ》には鳴子網《なるこあみ》を張って見張りを置いた。

武田方は広い範囲に兵を配って、人一人出入りできない包囲態勢を敷いたのだ。勝頼は、この布陣に満足した。自分の本陣とその左右には信頼できる武田の精鋭が犇《ひし》めき、敵城の彼方《かなた》の峰々にもみな味方の幟旗《のぼりばた》がはためいている。

その上、ここに来る道筋でも従軍を申し出る陣借りの牢人が続出、その数は千人以上にも達した。牢人が多く集まるのは、勝ちそうだと見られている証拠だ。

勝頼はそれを鷹揚《おうよう》に受け入れ、向こうの山の峰の砦や塁に配った。それでもあまった者は、近江からの亡命者・六角次郎義定に付けて、中山の峰に塁を造らせた。六角の旧臣三十人を率いて従軍した次郎義定を、あまり重要でない遠い場所に置いたのは、この男がはじめた大賀との陰謀に失敗した後ろめたい心理があったからだ。

この重厚な包囲網に比べると、敵の長篠城はいかにも小さい。立地は天険には違いないが、城域は狭く櫓は一つ、出丸の弾正曲輪《だんじょうぐるわ》にも、二の丸の巴《ともえ》曲輪や外側の瓢《ふくべ》曲輪にも貧弱な塀と小屋があるだけだ。攻めるに難しい地形ながら、長く籠城できるほどの城とも見えない。

陣張りが終わると、勝頼はすぐに軍議を開いた。今後の想定される事態は三つ。第一は、徳川や織田が救援に来る前に城を落とせる場合、これは文句なく成功だ。

第二は、徳川だけが少数の織田の援軍と共に来る場合。その時は積極的に南下して途上で撃破する。先年、父信玄が三方ケ原《みかたがはら》で実行済みの作戦だ。

問題は第三の事態、織田信長が大軍を率いて出陣、徳川家康ともども来援した時だ。

「去る十八日、高屋城の三好康長が降服、信長殿は京に戻ったとのことです。しかし、あれだけの大軍を動かした後故、すぐには来援いたしますまい。たとえ来たとしても、戦意は低いと思われます」

この作戦を主導して来た跡部大炊助がそう説明すると、山県昌景《やまがたまさかげ》や馬場美濃守《ばばみののかみ》ら信玄以来の宿将たちからは、「それは甘い」という批判が出た。だが、彼ら宿将たちにも具体的な対案はなく、結局、早い時期に準備不足の状態で徳川勢をおびき出すよう努力する、ということで一致した。小城《こじろ》一つを囲むのに、一万五千の精鋭を留めている必要もない。


五月に入ると、武田勝頼は主力の一万を率いて二連木《にれんぎ》や牛窪《うしくぼ》に放火、横尾の用水路を壊したりした。七日には山県昌景が徳川方の吉田《よしだ》城を攻めたが、城主の酒井忠次《さかいただつぐ》の反撃にあって敗退、長篠に逃げ帰った。必死の徳川勢と余興《よきょう》気分の武田方との差が出たのだ。

徳川軍を引き出すことに失敗した武田方は、一転して翌八日からは長篠城を猛攻した。十一日には川沿いの崖から、十二日には金坑人足《きんこうにんそく》を使っての地下道作戦で攻めたが、いずれも城兵に阻まれた。十三日には大手門から瓢曲輪に突入、兵糧蔵に放火するところまで行ったが、城兵の反撃で撃退された。城内には予想以上に多くの鉄砲弾薬があったのだ。

勝頼は歯痒《はがゆ》かった。たった五百人で守る小城を、一万五千の大軍が攻めあぐんでいる。

「いや、何といっても攻める場所が狭《せも》うございます。大手、搦手《からめて》といっても、人が通れる場所はせいぜい三十間《けん》（約五十五メートル）、一挙に何千人も投入するわけには参りません」

跡部大炊助がそういうと、山県昌景や馬場美濃守らの老練の武将も同意した。

「そうか、場所が狭ければ大軍も役には立たぬか」

勝頼は頷いた。織田信長が大軍を率いて来てもこの山中では役に立たない、といった跡部大炊助の言《げん》が実証されたように思えるのが、勝頼には救いだった。

実際、武田勝頼の耳に入る信長の言動も、それを裏付けていた。四月二十一日に京に戻った信長は、同二十七日に京を発ち、翌二十八日には岐阜に着いたが、その後の動きは鈍い。救援を急ぐ徳川家康は再三信長の出馬を要請、小栗大六《おぐりだいろく》、石川数正《かずまさ》、さらには長篠城に籠もる奥平貞昌の父・貞《さだ》能《よし》までを派遣し、

「浅井・朝倉との戦いではあれほど御援助したのに、わが家の大事には一度も来てくださらない。これでは武田と和睦《わぼく》した方がましだという者もいる」

とまでいわせた、という情報も入って来た。また、上方に潜《ひそ》む間者からは、

「織田家では、大和《やまと》の筒井順慶《つついじゅんけい》、摂津の荒木村重《むらしげ》、丹後《たんご》の細川藤孝《ふじたか》にまで、百、二百の兵を出せと申し付けており、各将との間で揉《も》めている」

とも伝えて来た。当時の軍制では、戦場に近い大名・地侍《じざむらい》が出陣する。三河の長篠からはるかに遠い筒井や細川にまで動員をかけるとは、信長が武田の強兵を恐れている証拠だ。そんな兵で

は、数は多くとも戦意は低いだろう。

「思った通りだ。ここは一つ、織田をおびき出して叩く好機かも知れんぞ」

武田勝頼は次第にそう考えるようになっていた。このため、五月十五日の夜、

「一昨日の十三日、織田信長が三万の兵を率いて岐阜を出立いたしました」

という報告を受けた時には、恐れも戦《おのの》きも見せなかった。

武田方の戦争指導は揺れ動き、一貫性を欠いていた。それにもかかわらず、勝頼以下の自信だけは強かった。いつの間にか、「武田の兵は強く、織田の兵は弱い。従って、狭い山地なら必ず勝てる」という、「勝手読み」にはまり込んでいたのだ。


「妙な兵じゃのお」

五月十八日、長篠城の西一里《り》の設楽ケ原《したらがはら》に現れた織田・徳川の連合軍を見た武田の将兵は、みなそう思った。

先手《さきて》を務める徳川の九千人はともかく、それに続く織田の三万人は何とも締まらない。滝川一益《たきがわかずます》の率いる先鋒の後には、派手な旗指物も名のある武将の馬印もない、棒と縄と鍬鋤《くわすき》を持った黒々とした集団が続き、次には色とりどりの陣笠《じんがさ》で鉄砲を担ぐ組が並ぶ。

佐久間信盛《さくまのぶもり》、丹羽長秀《にわながひで》、池田恒興《つねおき》、羽柴《はしば》秀吉など名のある武将が現れたのはその後、さらに小半刻《こはんとき》（約三十分）も遅れて織田信忠《のぶただ》（信長の長男）、北畠信雄《きたばたけのぶかつ》（同次男）、そしてやっと信長の本隊が来た。全部が着くまでには正午から夕刻まで丸半日もかかるほど、その列は長く、行動はのろい。

設楽ケ原に着くと、信長ははるか西の極楽寺山《ごくらくじやま》に上り、信忠は天神山《てんじんやま》に、佐久間信盛、丹羽長秀、羽柴秀吉なども北寄りの茶臼山《ちゃうすやま》に上ってしまった。肝心《かんじん》の中央部、徳川軍のいる弾正山《だんじょうやま》との間を埋めるのは、雑多な陣笠の足軽集団ばかりだ。

先着の黒い組は、持参した棒と縄とで柵を造り、土を掘って土手を築き出した。それも三段にして虎口《こぐち》（兵が出入りする狭間《はざま》）を違《たが》える造りだ。

「まるで城じゃな。余程、わが方の強襲が怖《こわ》いと見える」

武田方の将兵はそういって自尊心を満たした。そのせいか、武田の物見はおざなりで、織田陣の柵の丈夫さや濠《ほり》の深さまで測ろうとはしなかった。勝頼ら首脳部の楽観気分が、一般将兵にまで染《し》み込んでいたのだ。

そうした気分が、翌十九日に医王寺の本陣で開かれた軍議の席にも引き継がれた。この席では、まず跡部大炊助勝資《かつすけ》がかねての主張を繰り返した。

「設楽ケ原は南北二十丁《ちょう》（約二・二キロ）東西五丁、織田・徳川の兵が多くても迂回《うかい》攻撃はできない。その上、今見る織田勢には勢いがない。信長はじめ名のある武将はみな山に上り、正面は足軽ばかり。わが精鋭をもって突撃すれば、難無く突き破ることができましょう」

これに対して馬場美濃守信房《のぶふさ》は、

「長篠城を落とせぬまま敵の大軍が後詰《ごづ》めに来たとあっては苦戦は必定《ひつじょう》、ここは一旦引き上げるべきでございます」

と提案した。山県昌景や内藤昌豊《まさとよ》ら信玄以来の宿将老臣はこれを支持したが、実行は難しい。人間誰しも背後から襲われるのは怖い。退くとなれば、兵は脅《おび》え列は乱れる。敵の追撃を受ければ大損害は免《まぬか》れない。撤収《てっしゅう》作戦は戦わずして負けるに等しい。

偉大な先代・信玄の権威を引き継ぐことを焦る勝頼に、そんなことはできない。それを知る若手の武者は、みな跡部の決戦案を支持した。お家の安泰《あんたい》を図る宿将たちとは逆に、若手は将来の出世を考え、若い領主の気に入りそうな案に賛成したのだ。

「他に案はないか」

双方の意見が出尽くしたところで、勝頼は周囲を見回した。

「恐れながら」

と、はるか下座《しもざ》で声がした。釘抜き紋の甲《かぶと》を背にかけた六角次郎義定だ。

「御本陣を川向こうの篠場野《しのばの》に移し、柵を結い濠を穿《うが》って、持久《じきゅう》の策をとるのがよろしかろうかと存じます」

一同は唖然《あぜん》とした。背と腹に敵を持つ死地に入って背水《はいすい》の陣を敷け、というのである。

「それがし、今暁、織田の陣に忍び、つぶさに見て参りました。敵の柵は堅く濠は一間《けん》（約一・八メートル）の深さ、これほどの陣を築いておるところを見ると、敵は陣を出て攻める気はなさそうにございます。このままあと半月も持久すれば、長篠城の兵糧は尽きましょう」

次郎義定は、この途方もない策をそう説明した。だが、これに賛成する声はどこからも出なかった。

前後に敵を抱えた孤陣に籠もる恐怖は、死にも勝る苦痛だ。その上、あと半月もここにいるとすれば、武田方も兵糧に窮《きゅう》する。天正三年五月十九日のこの日は、現在の太陽暦では六月二十七日、梅雨の最中だから、甲斐や信濃から兵糧を運ぶのも容易ではない。

ちょうどそんな時、次郎義定の提案を否定するような情報が入った。設楽ケ原の織田の陣には、車馬まで利用した兵糧輸送の一隊が今日も着いた、というのである。

「持久こそは織田の好むところだ。敵に攻め寄せる戦意がなければ、わが方から押しかけて討ち破るまでよ」

武田勝頼は、次郎義定の言葉を巧みに利用して決定を下した。篠場野に長篠城の押さえとして小山田昌行《まさゆき》、高坂昌澄《まさずみ》らの二千、鳶ケ巣砦など周囲の五カ所の砦に計一千の兵を残し、残りの全軍一万二千人を設楽ケ原に移して決戦を挑む、というのである。

ここでも六角次郎義定に与えられた役割は、七十人の小勢で中山塁を守ることだった。

五

「これにて、この戦《いくさ》は勝利間違いない」

翌二十日朝、武田勢が設楽ケ原に出て来たのを見た織田信長は、同盟軍の徳川軍首脳を招いて軍議を開いてそういった。「武田の主力を野戦に引き出し、鉄砲の大量使用によって大勝する」という信長の構想の前半は、ほぼ実現した。戦いの場所と現在の布陣は理想的だ。

設楽ケ原は狭い盆地。両軍前線の距離は僅か五丁（約五百四十五メートル）、信長の本陣と勝頼のそれとの間でさえも二十丁とは離れていない。武田の陣地の長さは約十丁、各部隊が一重に並び後方に勝頼の本陣がある。兵数の多い織田・徳川の陣は二十丁、設楽ケ原の平地部分を埋め尽くし、北の山地にまで食い込んでいる。

信長は、右翼《うよく》（南）の五丁に徳川軍を配し、左翼《さよく》（北）の五丁に織田家の重臣たちを集めた。中央の十丁が馬防柵《ばぼうさく》と濠と土手で守られた鉄砲組の持場だ。ここに武田の主力が突進してくれば、構想の後半部分も実現する。

それには、まだ三つの懸念《けねん》が残っている。第一は武田軍が容易に攻め寄せてこないことであり、第二は武田の攻撃が鉄砲組を並べた中央部ではなく、旧来型の武士が多い左右に攻撃を集中することである。そして第三は、武田の攻撃が豪雨の中で行われることだ。特に信長が懸念したのは第三の問題だ。

十年ほど前までは、雨の日には鉄砲が使えなかった。麻の火縄は湿ると火が消えたからだ。ところが、永禄《えいろく》の末に蠟引《ろうび》きをした木綿の火縄が開発され、少々の雨では火が消えなくなった。それでも豪雨となれば、火縄が消え、火薬が濡れる。鉄砲に頼る信長はそれを恐れていた。もっとも、豪雨となれば地がぬかるみ、濠に水が溜まり、攻める側も進み難《がた》い。そんな場合に備えて信長は、鉄砲組の背後に弓組と長槍組も揃えてはいた。

「はてさて、これからはどうするかな」

戦略戦術を家来に図ることなど滅多にない織田信長が、この日の軍議ではそう訊ねた。合戦場の主人公たる徳川勢の顔を立てたのだ。

奇想縦横の信長を前にして、重大な場面で意見をいうのは難しい。が、しばらくして、

「恐れながら」

という声がした。徳川側の末席からにじり出た酒井忠次だ。

「合戦の前に鳶ケ巣山の砦を奇襲すべきでございます。このままでは、合戦半ばにあの砦より武田

の兵千人が長篠城に襲いかかり、どのようなことになるやも知れませぬ」

「何を申す」

信長は甲高《かんだか》い声を上げた。

「たかが千人の武田牢人が押し寄せたとても、何ほどのことがあろうか。徳川の先手を預かる者がそのようなことにこだわるとは呆《あき》れた話よ」

と脇を向いた。当然、座は白《しら》け、諸将は口を閉ざした。その頃から雨が降り出し、軍議は何の決定もなく終わった。

「物見を出せ」

諸将が散ると、まず、信長はそう命じた。

戻ってきた物見は、

「特に変わりはありません。敵は明日の戦いに備えて、縄や梯子《はしご》を用意しております」

と報告した。敵は馬防柵を引き倒し、濠を越えて攻めるつもりだ。山岳戦に慣れた機動力を利用しようとする武田勢が、豪雨を選んで攻め寄せることはなさそうだ。信長の第三の懸念は消えた。

それを確かめると信長は、酒井忠次を呼び、

「その方の思案は格別じゃ。先刻は、敵に内通する者がいてはと思ってあいったが、是非とも今夜のうちに鳶ケ巣砦を急襲してくれ。わが家からも五百人を与力《よりき》させよう」

と申し出た。酒井忠次には名誉なことだが、徳川家康にとっては、大賀弥四郎の事件があった直後だけに、「敵に内通する者がいては」といわれたのが辛《つら》かった。信長は、功に報いるのも厚いが罪を責めるのも厳しい。それだけに、徳川としてはこの攻撃に失敗するわけにはいかない。家康は

何と三千人もの兵を酒井忠次に与えて、雨の中を鳶ケ巣砦へ向かわせた。奇襲というよりは、連隊規模の夜襲である。


「うん、やっぱり来たか」

五月二十日の亥《い》の刻（午後十時）、鳶ケ巣砦から五丁の中山塁にいた六角次郎義定は、夥《おびただ》しい人の気配で徳川軍の襲撃に気が付いた。救援に駆けつけても、七十人では足しにもならない。僅《わず》かに従女《まかたち》の友恵を走らせて敵襲を予告するのがやっとだった。伝令に友恵を選んだのは、女ならばすぐに逃げ出せると考えたからだ。

鳶ケ巣砦を守っていた武田勢は、武田信実《のぶざね》（信玄の異母弟）以下三百五十人、決戦兵力を絞り出したあとだけに雑兵《ぞうひょう》ばかりだ。それでも彼らは十倍の敵を相手に奮戦し、ほとんどが討ち死にした。

それを見届けた次郎義定は、

「武田は負けた。信長を倒す方法を考え直さねばなるまい」

と呟いて、六角家の旧臣らをまとめて中山の塁を出た。この方面の主砦が落ちた上は、もうこの塁にいても意味はない。

鳶ケ巣砦が落ち、酒井忠次の部隊が長篠城に合流したことで、武田勢の後方補給路は絶たれた。これで信長の第一の懸念もなくなった。残るは第二の懸念、武田勢が鉄砲組ではなく、北側の織田家の武将たちに襲いかかることだ。

「新発意を呼べ」

五月二十一日の未明、酒井忠次らの夜襲が成功したと知った信長は、間もなくはじまる合戦を前に、碁打ちの日海を陣屋に招いた。

「その方、あの戦車をここに置け」

信長は、設楽ケ原の地形と布陣を詳しく描いた絵図を拡げて織田陣の北端、丸山《まるやま》と常延《つねのぶ》の中間を指差した。牛倉《うしくら》から前進した羽柴秀吉と佐久間信盛が敷いた陣の前だ。

「敵はまず、わが中央に攻め寄せるだろうが、鉄砲に阻まれれば北に回る。その際、あの戦車があれば敵は慌てて勢いを失う。猿奴《さるめ》は、いや秀吉は機転の利《き》く奴だがその兵は弱い。佐久間信盛の兵はもっと弱い。戦車を南北に動かし、敵のど肝《ぎも》を抜け」

と命じた。日海にとっては予想通りの命令だった。

六

寅《とら》の下刻《げこく》（午前四時頃）、日海と佐助は織田陣の北端、常延から戦車を引いて丸山の前に出た。

昨夜来の雨は上がり、地面はぬかるんでいるが、戦車が動けぬほどではない。明るさが増すにつれて、両軍の幟旗が見え出した。東側の武田の陣では、既に先手の組が突撃態勢で並んでいる。

「危ない仕事やな」

御者台《ぎよしやだい》から降りた佐助が、引き馬を外しながらそういった。

「危なくはない。怖いだけです」

日海はそう答えたが、流石《さすが》に頰《ほお》が強張《こわば》った。

「なるほど、怖いだけでっか」

佐助は面白そうに笑った。明国仕込みの武芸者は、少年ながらも度胸《どきょう》が座っている。戦車の中に潜んだ六人の射手も、去年の五月と同じ面々、西側の羽柴秀吉の陣には交代要員の六人も控えている。

各人が六連発銃一挺と細い南蛮刀《なんばんとう》のサーベルを持っている。佐助は南蛮渡りの短筒《たんづつ》と短く細い剣を持った。車体の方は、蘇我理兵衛《そがりへえ》が補強したウーツ鋼《こう》で一段と丈夫になっている。

「御健闘をお祈りいたします」

引き馬を受け取った赤松権大夫《ごんだゆう》らが丁重《ていちょう》に頭を下げて去ると、佐助は、

「そろそろ中に入るか」

といって後ろの扉から鉄の箱に入った。それと同時に、南の方でパチパチと鉄砲の音がして徳川勢の前面で戦いがはじまった。すぐそれは北に伸び、押し太鼓《だいこ》の音と共にワーッと喊声《かんせい》が湧き、織田軍中央に武田勢が押し寄せた。

「ははは、これは観戦特別席や」

戦車の屋根に出た「潜望鏡」を覗《のぞ》いていた佐助が、嬉《うれ》しそうにいった。

「どれどれ」

日海も代わって覗いた。南蛮人ジョン・ハックスレーが苦心して造った凹面鏡《おうめんきょう》利用の「潜望鏡」には、設楽ケ原の全貌が映っている。戦いはまだ五、六丁も南だ。

武田勢は設楽ケ原の真ん中を流れる小川（連子川《れんごがわ》）まで進み、まず鉄砲兵が織田軍の馬防柵《ばぼうさく》の前

三十間ぐらいに竹束や鉄楯《てつだて》を並べて射撃を開始した。その数およそ三十人、各組から三、四人が飛び出した恰好《かっこう》だ。

これに対して織田の土手からは数十倍の応射があり、幾つかの竹束が吹き飛ばされ、武田の鉄砲兵が数人倒れた。厚い土手に潜む織田方と、幅二尺足らずの竹束だけを防弾とする武田方との優劣は明らかだ。

それでも武田方の将兵は予定通り、小川の土手から飛び出し馬防柵に突進する。武者は馬上で太刀《たち》を振って徒士《かち》を督戦《とくせん》、足軽たちは槍を小脇に抱えて梯子《はしご》や縄を運ぶ。これだけの荷物を持てば三十間を走るのに十秒はかかる。それが織田鉄砲隊の標的になった。

織田方の土手の中には一間置きの銃眼に三人ずつの射手がおり、交互に入れ代わって射撃するので、十秒の間に二発ないし三発が発射される。命中率は低いが、敵の大方をひれ伏させるには十分だ。特に目に付く馬上の武士に被害が多い。

それでも何組かが馬防柵に取り付き、縄を掛けて引き倒そうとした。梯子を掛けて登る者もいれば、刀や鉞《まさかり》で切り割《さ》こうとする者もいた。

並みの柵なら、これで壊れただろう。野戦の柵は、着陣してから付近の樹木を伐って作るのだから、貧弱で不揃いだ。ところが、今、織田の陣前にある馬防柵は、わざわざ岐阜から運んで来た三寸の角材や五寸丸太で造った頑丈《がんじょう》なもの。規格に合わせて切り刻んだ材木を運んで現場で組み立てる工法は、墨俣《すのまた》築城以来、信長の得意とするところだ。

武田の兵はもたつき、次の一斉射撃を浴びせられて大半が撃ち倒された。今度は至近距離からの狙い撃ちだから命中率が高い。結局、第一回目の攻撃では、武田方は柵に縄や梯子を掛けただけで、柵一つ倒せなかった。織田方の兵で傷ついた者もいなかった。

だが、これは緒戦《しょせん》、ほんの小手調べに過ぎない。武田の陣からはすぐまた押し太鼓が鳴り、広い戦線で兵が動いた。今度は喊声を上げてゆっくりと押し寄せる。日海の戦車の方にも、馬場美濃守信房の隊が向かって来た。武田軍団の中でも勇名轟《とどろ》く精鋭だ。

「一丁ほど南に出せ」

日海はそう命じて「戦車」をより中央に向けた。だが、馬場隊は連子川の線で留まっている。武田方は織田の戦術を、中央の鉄砲組を攻めさせて、左右の大軍が包み込む作戦と読んでいた。馬場隊の進出も、羽柴や佐久間の兵が中央救援に出るのを押さえるためだ。武田方は、鉄砲足軽は弱く、名のある武将の兵は強いという固定観念にとらわれていた。

だが、中央での戦いは、武田方の予想に反した。武田方は、まず鉄砲が出て射撃し、次いで騎馬武者の指揮する徒士の集団が突撃する。だが、援護射撃が劣弱で、突撃隊は織田の銃弾に身を曝《さら》す。長い土手から撃つ織田の鉄砲は、十字砲火となって武田の兵を捉《とら》えた。

それでも今度は武田の突撃部隊の数が多く、後から後から押されるようにして進み、何十組かが馬防柵に取りついた。それでも柵は容易に倒れない。よじ登って越えた勇敢な兵も、次には濠に落ちた。夜来の雨で水が溜まった濠では、逆さに植えた竹槍が足を突く。それを乗り越えて這《は》い上がった者も、目の前から銃撃を浴びた。

阿鼻叫喚《あびきょうかん》の四半刻《しはんとき》（約三十分）が過ぎた頃、織田の馬防柵は数カ所で引き倒されたが、濠と土手を越えて織田陣に突入した武田兵は十人といない。そして、それもすぐ織田の鉄砲兵に殴《なぐ》り殺された。多くの障害を乗り越えるまでに、武器と体力を失ってしまうからだ。

「お味方大勝だな」

日海がそう叫んだ時、突如、「戦車」の方に敵の土屋昌次《つちやまさつぐ》の兵が押し掛けて来た。柵と濠に守られた鉄砲組を攻めあぐんで北に寄ったのだ。「戦車」の中からは、片側最大の四人の射手がたて続けに三斉射《せいしや》した。敵は驚き方向を変えて羽柴秀吉隊の方に向かった。だが、次には正面の馬場美濃守の兵が殺到した。味方の苦戦に耐え切れずに動き出したのだ。

「戦車」からは四人の射手が撃ちまくり、敵の勢いを削いだが、たちまち四人の六連発銃は空になってしまった。その間にも、馬場の兵は匍匐《ほふく》前進で「戦車」に近づいてくる。

「退《ひ》け、北に退け」

「潜望鏡」からその様子を見た日海はそう命じると共に、残り二人に射撃をさせた。敵は奇妙な鉄の箱が動いたことに驚き、一旦は退いたが、すぐまた数十人が喊声を上げて突撃してきた。こうなっては、二挺の六連発銃も撃ち尽くすのに時間はかからない。数人を倒すことはできたが、他はひるまずに迫って来た。

「流石は馬場美濃守の兵たち、恐れを知らぬ強兵や」

銃眼を閉めた佐助が、場違いなほど落ち着いた声でいい、短剣と短筒を用意した。それと同時に、凄《すさ》まじい雄叫《おたけ》びが周囲を囲み、鉄の箱を切り叩く音がした。

だが、厚さ一分《ぶ》（約三ミリ）のインド産ウーツ鋼は刀や槍では破れない。貼り詰めた鋼板の隙間は三厘《りん》（約一ミリ）、日本の刀や槍は通らない。無理にこじ入れれば刀槍の方が折れる。佐助は、三厘の隙間に映る敵兵の影を用心深く見て、さっと銃眼を開くと短筒を発射した。

「ウーッ」と無念の悲鳴を上げて武士の一人が倒れたが、残る者は諦めない。鉄の箱にしがみつく者もいれば、屋根に登ろうとする者もいる。射手たちが細いサーベルを鋼板の隙間から突き出して、しがみついた敵兵を次々と刺した。

それでも敵の二、三人が鉄の箱の屋根に上がり、上から槍を通そうとした。今度は佐助が短剣で屋根の上の敵の足の裏を突いた。

「ヒーッ」と叫んで敵兵が二人転がり落ちた。それが合図ででもあったかのように、敵の兵は退いていった。武田方は、効果が少なく被害の大きい突撃を諦めたのだ。

この日、武田勢は寅の刻から巳《み》の刻までの五時間に、三度総力を上げて突撃した。だが、織田鉄砲隊の陣を破ることはできなかった。武田勢が攻撃再興の部隊編成を行う間に、信長方も柵を立て直し鉄砲を冷やすことができたので、武田の攻撃は常に無傷の防御陣地を攻める恰好になった。鉄砲組と黒鍬者《くろくわもの》（工兵）を組み合わせた信長の勝利である。

日海と佐助も、敵襲が中断すると射手を入れ替え弾を込めたが、もう激しい攻撃はなかった。その後は、攻撃に失敗して北に逃れてくる武田の兵を射撃しただけだ。

この間に、武田の名ある武将の多くが、織田の鉄砲足軽に撃ち倒された。この日を境に戦場から個人の武勇は消え、無名の足軽でできた組織が主役になったのである。

もっとも、この戦いでも、実際に鉄砲で撃たれた武田の将兵は、そんなに多くない。三千挺の鉄砲から平均三十発（実際はもっと少なかっただろうが）発射されたとしても、命中率は一、二パーセント。射撃による死傷者は千人前後だったに違いない。

　だが、武田勝頼が損害の多さに敗北を認めて突撃を中止した時、武田軍の戦力は崩壊していた。被害が上級武将に多かったため、軍の組織と指揮系統が失われ、兵の士気が萎《な》えていたからだ。

　正午少し前、織田・徳川連合軍が左右から討って出た時には、指揮官のいない武田の兵は戦意を失ってほとんど組織的な抵抗ができない状態になっていた。このため、逃げ惑《まど》ううちに斬られた者や、寒狭川の渓谷《けいこく》に飛び込んで溺死《できし》する者も多かった。

　そんな中でも、比較的損害の少なかった馬場美濃守信房は、七百の兵で佐久間信盛の六千人を突き崩して繰り引き、猿橋を守って武田勝頼らの撤退を援護した末、ここで討ち死にをした。『信長《しんちょう》公記《こうき》』も「馬場美濃守手前の働き、比類なし」と持ち上げている。

「武田の兵は強く、織田の兵は弱い」というのは、間違いではなかった。勝頼が犯した誤りは、「強い兵は必ず弱い兵に勝つ」という「勝手読み」だったのである。

実録・本因坊算砂

　長篠《ながしの》の合戦には「神話」が多い。その一つは「武田騎馬隊」である。

「武田家には戦場を疾駆《しっく》する騎馬隊がいたが、織田信長の造った馬防柵《ばぼうさく》で騎馬の勢いは食い止められ、鉄砲で次々と撃ち落とされてしまった」

というのである。話としては面白く、映画などでは効果的だが、事実ではない。

　古来、日本には騎馬武者ばかりで編成された部隊、つまり騎兵隊は存在しない。この国で馬に乗るのは位の高い指揮官か伝令に限られていた。そしてその指揮官も、戦場で馬を走らせることなどまずなかった。指揮官は配下の徒士《かち》（歩兵）と一緒に進まねばならず、指揮官だけが馬で疾《しっ》走《そう》すれば、残された歩兵は困ってしまうからである。

また、騎馬の武士も、いざ戦闘となれば馬から降りた。織田信長に十八回も拝謁《はいえつ》したルイス・フロイスは、

「われらにおいては馬上で戦う。日本人は戦わねばならない時には馬から降りる」

と書いている。馬上で槍を振《ふる》う武士の姿を想像するだに勇壮だが、事実は滅多に見られなかったようだ。当時の感覚では、騎馬の利点は、位置の高さと移動の楽さだった。

武田家とて例外ではない。武田家の戦闘を記録したものは多いが、騎馬隊が活躍した記録は見当たらない。

長篠合戦図にも騎馬の集団は描かれていない。最も騎馬に適した地形であったと思われる三方《みかた》ケ原《がはら》でも、騎馬隊は登場していない。ここで馬が出て来るのは、徳川家康が騎馬で逃げたという話だけだ。甲斐《かい》や信濃《しなの》の農民兵には、戦闘用の馬を飼育するほどの経済的余裕はなかったであろう。

長篠の合戦でも、武田方は徒歩で突撃した。設楽《したら》ケ原《がはら》は、山に囲まれた狭くて起伏《きふく》の多い盆地、当時は中央部は湿地だったと思われる。『甲陽軍鑑《こうようぐんかん》』には、「長篠合戦場、馬を十騎と並べて乗る所なし」と書いている。

前日まで雨であったとすれば、武田軍の進撃速度は百メートル三十秒程度だったろう。これでは、弾込《たまご》めに手間の掛かる火縄銃でも撃ちとれる。

もっとも武田方も、そのことは十分に承知しており、竹束や鉄楯《てつだて》などの防弾装置を先頭に立てて低い姿勢で前進したことだろう。それでも、長い織田方の射撃陣からは十字砲火を浴びた。

だが、武田方の最大の誤算は、織田方が射撃ばかりで戦い、武将や槍組を柵の外に出さなかったことだ。太田牛一《ぎゅういち》の『信長公記《しんちょうこうき》』には、

「御味方、一兵も損せず、身がくしして、鉄砲にて待ち請《う》け射たせ候《そうら》へば、過半打ち倒され無人《ぶにん》になりて引き退《の》く」

「御敵《おんてき》入れ替え候へども、御人数一首《ひとくび》も御出しなく、鉄砲ばかり相加へ、足軽にて会釈《あしらい》、ねり倒され……」

などとある。武田勢が退いても織田方は追撃しなかったのだ。こんなことができたのは、信長が軍制を改め、銭で雇い織田家の費用で装備する足軽鉄砲組を作ると共に、累代《るいだい》の武者を無力化していたからである。

今日《こんにち》の企業でも同じだが、設備や装置を新しくして効果を上げるためには、まず組織の変革、そしてそれを可能にする意識の変革が必要である。

武田方では、織田家の組織と意識がそこまで変わっているとは思ってもいなかった。それこそが、武田の敗北の真因である。

第十一章　教義と方便

一

「ありがたいことじゃ、わが日蓮宗《にちれんしゆう》が、かくも信長様の御贔屓《ごひいき》に与《あずか》っておるとは」

二条城を出るとすぐ、叔父の日淵《にちえん》が、日海《につかい》に高い声で語りかけた。天正《てんしよう》六年（一五七八）四月二十日の昼下がり、二条城に滞在する信長にお目通りした帰り道のことだ。

「真《まこと》に……」

日海はそう呟《つぶや》きながらも、憂鬱《ゆううつ》そうに視線を足元に落とした。

「どうしたのじゃ、日海。信長様は、このお忙しい最中《さなか》にわれらを呼んで、新しい寺の縄張りまでご覧下さった。並みの御好意ではないわ」

目下《もつか》、京都近衛町《このえちよう》に自分の新寺を建立《こんりゆう》中の日淵は、甥《おい》の日海の煮え切らない態度に苛立《いらだ》ったように繰り返し、ちょっと間をおいて、

「その方が囲碁《いご》を以《もつ》て信長様のお側《そば》近くに仕えておるのも、一助《いちじよ》であろうがな」

と付け加えた。叔父が日海の功績に触れなかったことに、甥の若僧が気を悪くしたとでも思ったらしい。

「そのようなことはございませぬ」

日海は低く呟き、その後は用心深く口を噤《つぐ》んだ。日蓮宗と織田信長との関係が微妙になっていることを、この男の「未来記憶」は警告しているのだ。

天正二年（一五七四）四月、堺《さかい》の商人・今井宗久《そうきゅう》に見出された少年僧の日海が、「京第一の囲碁の上手《じょうず》」といわれた鹿塩利斎《かしおりさい》を打ち破って、信長の寵愛《ちょうあい》を受けるようになってから、四年余が経《た》った。当時は十六歳の新発意《しんぼち》（成り立ての小坊主）だった日海も、今は二十歳、立派な大人の僧であるばかりか、信長側近の一人として権力に近い存在ともなっている。

しかも、この四年間に織田信長の地位と実力が大きく伸びた。日海がはじめて会った頃でも、信長は既に浅井《あざい》や朝倉を滅ぼし足利将軍義昭《よしあき》を追放して、日本列島の中央部を領有する天下第一の実力者ではあったが、まだ内には各地に反抗勢力があり、外は武田ら有力な敵が取り巻いていた。

織田信長は、この四年間にそれを一つずつ確実に片づけた。まず、その年（天正二年）の秋には伊勢《いせ》長島の一向一揆《いっこういっき》を殲滅《せんめつ》、翌天正三年（一五七五）には長篠《ながしの》に武田勝頼《かつより》の軍を撃破、続いて越前《えちぜん》と加賀《かが》の一向宗徒《しゅうと》を大虐殺で消滅させた。

天正四年（一五七六）からは、天下の大工や絵師を集めて近江《おうみ》の安土《あづち》に巨城の建設に着手、その城下には整った街を作り、楽市楽座《らくいちらくざ》の制を敷いた。十五カ国に広がる領地には、幅三間《げん》二尺《しゃく》（約六メートル）の大道を貫き、淀川《よどがわ》には三十石船《こくぶね》が往来できる水路を開いた。軍事的な勝利だけではなく、政治機構と経済制度を整え、文化にも支配の手を拡げたのだ。

それに伴って信長の態度は厳しさを増す。天正四年からは大坂石山の本願寺《ほんがんじ》を厳重に包囲し、楽座に反抗する高野聖《こうやひじり》は容赦《ようしゃ》なく処刑した。信長が上洛《じょうらく》した際、いち早く帰順して生き延びた松永《まつなが》久秀《ひさひで》をも、天正五年（一五七七）十月には、越後《えちご》の上杉と結んだ疑いを理由に攻め滅ぼした。

加えてこの三月（天正六年）、当面の最強の敵と見られた上杉謙信《けんしん》が急死するという幸運にも恵まれた。上杉謙信は所領たかだか百万石、今の信長に比べれば五分の一にも足りないが、戦《いくさ》上手と越後の強兵の故《ゆえ》に、四隣《しりん》に与える影響の大きな存在だった。

今や、織田信長に対抗できるのは、石山の堅固《けんご》と各地の一向宗徒に支えられる本願寺と、強力な水軍と巧《たく》みな外交を駆使《くし》する中国の毛利《もうり》だけだ。甲《こう》、信《しん》、駿《すん》の三カ国と上野《こうずけ》の一部を持つ武田、関東の北条《ほうじょう》、四国の長宗我部《ちょうそかべ》なども存在はするが、最早恐れるほどの敵ではない。

こうした状況に応じて、朝廷は今年一月、信長を正《しょう》二位に叙《じょ》し、四月九日には右大臣にも任命した。だが、信長はこれを喜ぶどころか、すべての官位を辞退し、顕職《けんしょく》の一切を長男の信忠《のぶただ》に譲与されんことをと奏上《そうじょう》している。朝廷からの飾り物など不要なほど、信長の権威と実力が強まった、ということであろう。

「織田様の天下は定まった」

という声は、京にも多い。そしてそれが、朝廷から寺社や商人座に至るまで、多くの人士を脅《おび》えさせてもいる。楽市楽座を実施し、朝廷から授けられた官位顕職を投げ捨てる革命児に、旧体制の既成《きせい》勢力はみな不安と脅威《きょうい》を感じている。それだけになおのこと、一瞬一歩でも信長に近づこうと足掻《あが》く者が多い。信長一人に認められれば、「天下一」の称号と多額の収入が得られるからだ。

日海は、そんな信長に、囲碁の上手として気に入られただけではない。この青年には、「未来記憶」の特技を活かして鉄貼《てつば》りの「戦車」を作り、長篠の合戦を勝利に導くのにも一役《ひとやく》買った実績がある。珍しい物の好きな信長は、そんな日海を寵愛し、並みの茶坊主とは違った別格待遇を与えている。先刻、叔父と共に拝謁《はいえつ》した時にも、信長は、

「俺は明後日《みょうごにち》、安土に帰る。新発意も同道せよ」

といってくれた。「信長様にお目通り頂くのは、万石の加増《かぞう》以上の栄誉」といわれる今、じきじきに同道の要請を受けるとはまばゆいばかりの名誉だ。日蓮宗指折りの高位にある叔父の日淵が、年若い甥の功労にわざわざ言及したのも不思議ではあるまい。


「日海や。明日、信長様に御同道して安土に参れば、折りを見て御城下に一寺を建立させて頂くようにお願いしてはどうかな。これからは安土が天下の仕置《しお》きの場、権力も集まれば人数も増える。そこの主院の住持《じゅうじ》ともなれば、わが宗門の重役になれるでな」

叔父の日淵は、人の少ない通りに来ると、顔を寄せてそう囁《ささや》いた。浄土宗《じょうどしゅう》の近江金勝寺《こんしょうじ》の応誉《おうよ》という僧が、信長に気に入られて安土に浄厳院《じょうごんいん》を建て、近江と伊賀《いが》の寺院八百を末寺《まつじ》にしたことはよく知られている。日淵は、それに倣《なら》って日海に安土に寺を建てさせることで、宗門の繁栄と甥の栄達、そしてもちろん、わが身の勢力拡大を考えているのだ。

「今は信長様の御好意に甘えてはなりません」

日海はきっぱりと断ったが、本当は「それどころではない」といいたかった。

実際、多くの宗派と争う信長だが、日蓮宗にはひどく好意的で、京に来る度に妙覚寺《みょうかくじ》などの日

蓮宗の寺院を宿舎に充《あ》てた。比較的優遇されている浄土宗でさえも、天正三年の信長の養女と二《に》条昭実《じょうあきざね》の婚儀の際に、知恩院《ちおんいん》が宿舎に使われたのを誇らしげに書き残しているほどだから、日蓮宗に対する態度は破格といってよい。ルイス・フロイスも、信長の宗教観を、

「名義は法華宗《ほっけしゅう》（日蓮宗）なるも、宇宙に造主なく、霊魂の不滅なることなく、死後なにごとも存せざることを明らかに説けり」

とローマに書き送っている。キリスト教宣教師の目には、信長は無神論者だが、名義の上では日蓮宗徒に見えたのである。

だが、日海の見るところ、それも日蓮宗の教義に同調しているからではない。信長のような無神論者が、法華経を唯一無二と認めない者とは宗教的関係を持つなという、「不受不施《ふじゅふせ》主義」の日蓮宗の教義に合意するはずがない。信長が日蓮宗に好意的なのは、これと対立関係にある比叡山《ひえいざん》延《えん》暦寺《りゃくじ》や一向宗徒と戦うための方便に過ぎない。

しかも、信長の日蓮宗に対する好意は、今や急速に低下している。信長にとっての日蓮宗の利用価値が減少したのだ。それには二つの理由がある。第一は信長の実力が向上して、日蓮宗を敵に回しても怖《こわ》くなくなったこと、第二は浄土宗に続いてキリスト教や禅宗《ぜんしゅう》が力を付け、信長の支持勢力となり出したことだ。中でも禅宗は、茶道《さどう》を通じて信長の美意識に共鳴するところが多い。これに対して日蓮宗は、長年の好意に甘えて、またしても他宗攻撃の態度が強まっている。「不受不施主義」の日蓮宗には、潜在的に他宗攻撃の戦闘性が内在しているのだ。

「遠からず、日蓮宗と信長様との対立が火を噴く」

日海はそう読んでいる。そんな時に、安土に寺を持つのは身を滅ぼしかねない所業《しょぎょう》だ。

「その方は、信長様が去年からわが宗門の寺にお泊まりにならぬのを、気にしておるのであろう」

寺に戻ると、日淵は老いの現れた顔を無理に綻《ほころ》ばせていった。上洛以来十年、京に滞在する場合には常に日蓮宗の大寺を宿舎として来た信長が、去年三月の妙覚寺を最後に利用しなくなった。足利将軍義昭を追放して空き家になった二条城の修理が完了、そこが京の宿舎になった。

「もともと二条城は信長様がお建てになったお城。濠《ほり》もあれば櫓《やぐら》もある。兵を置くにも便利じゃからな」

日淵は信長側の公式見解を繰り返したが、日海は黙って首をかしげて見せた。京を避けて、近江の安土に巨城を建てたのは、信長の改革思想と政治姿勢の表明だ。京を朝廷や公家の住まう伝統的な文化と工芸の町にし、政治は既成《きせい》人脈に侵《おか》されない新首都でやる、武士のみが政治行政を司《つかさど》る、「天下布武《てんかふぶ》」の体制にはそれが欠かせない。

今はまだ京都で行わなければならない政治や行事が多く、信長も足しげく上洛するが、これを続けていたのでは人の集まり易《やす》い京都に政治や行政の中枢機能ができ、京に根づいた人脈と旧習を復活させることにもなる。現に、信長が二条城に宿泊するようになるや、

「やがては二条のお城が信長様の居城《きょじょう》となり、京の都が復活するであろう」

という声も出た。このことが、信長を苛立《いらだ》たせた。今年一月、尾張《おわり》や美濃《みの》の本領に家族を置いて安土に単身赴任《ふにん》していた弓衆や馬廻《うままわ》り衆百二十人の本領実家を焼き払わせたのは、こんな噂《うわさ》に対する信長一流の回答に違いない。

要するに、信長にとっては、二条城滞在は不本意な方便なのだ。それを敢《あ》えてしているのは政治

的な信号、宗教界に対するアピールだ。日海は、それを叔父であり日蓮宗の高僧でもある日淵に訴えたかった。

「気づかうな。わしとて竹内季治《たけのうちすえはる》殿の事件を忘れてはおらぬ」

日淵は、不機嫌な顔になった。「竹内季治の事件」というのは、久我《くが》家の諸大夫《しょだいぶ》で熱心な日蓮宗徒だった竹内季治が、キリスト教排斥《はいせき》運動をして信長に拒《こば》まれたのを恨《うら》み、

「信長は熟した無花果《いちじく》。いずれはぽとりと地上に落ちる」

と将軍義昭に讒言《ざんげん》したことが露顕《ろけん》、近江の永原《ながはら》で処刑された事件だ。元亀《げんき》二年（一五七一）九月、日海がまだ十二歳の時である。

竹内季治は、信長が上洛する前には、同じ日蓮宗徒の三好長慶《みよしながよし》や松永久秀と組んで京の政治を壟《ろう》断《だん》したほどの実力者だったから、その動きは日蓮宗の諸寺も知らぬはずがない。ただ竹内は、入道こそしていたが正式の日蓮僧侶ではなかったので、日蓮宗側は、

「何しろ在家《ざいけ》の一信徒のこと故、抑えることもできなかった」

といい逃れして難を免《まぬか》れた。日淵はじめ日蓮宗の首脳部には、「竹内季治の事件」は危機の経験としてではなく、事件を上手く乗り切った成功体験として記憶されているのだ。

「だから、危ない」

と日海はいいたかった。人と組織が身を滅ぼす原因には、「勝手読《かってよ》み」と並んで「成功体験への埋没」がある。日海の「未来記憶」はそう警告していた。

だが、日海はそれ以上に叔父と言い争おうとはしなかった。かつて武田勝頼が「勝手読み」に落ちて長篠で敗北したのと同様、日蓮宗首脳部の「成功体験への埋没」も救いようのない状況に思え

たからだ。

二

四月二十二日未明、日海は、織田信長の軍列に加わって安土へと出立《しゅったつ》した。兵は五百、列の長さは七丁《ちょう》（約七百六十メートル）、装いの華やかさと馬の多さは目立つが、天下人の旅としては少ない供廻《ともまわ》りだ。ここ四年間の掃討《そうとう》作戦で、近江も美濃も安全になった証《あかし》である。

日海の位置は信長の本陣の直ぐ後ろ、商人、茶坊主、絵師、鷹匠《たかじょう》、相撲《すもう》取《と》りなど、信長の趣味に属する人々が固まる一団の中だった。前には堺の商人・今井宗久、後ろには茶人の千宗易《せんそうえき》（利《り》休《きゅう》）、絵師の狩野永徳《かのうえいとく》、曲舞《くせまい》の幸若大夫《こうわかだゆう》が続いた。いずれも一大流派の祖となる文化の巨人たちだ。この日、日海が武芸者の佐助《さすけ》と、金銀吹分《ふきわ》けを生業《なりわい》とする蘇我理兵衛《そがりへえ》を伴ったのは、針阿弥《しんあみ》を通じて信長の内意が伝えられていたからだ。

この頃、信長はやたらと忙しい。この年の正月から見ても、元旦には安土で諸将の年賀を受け、六日には朝廷から正二位を叙任《じょにん》され、十三日から二十五日までは三河《みかわ》や岐阜を旅して鷹狩《たかがり》などを楽しみ、二十九日には単身赴任者の実家を焼かせた。

二月に入ると近江の所領を仕置《しお》きし、羽柴《はしば》秀吉に播磨《はりま》を攻めさせ、安土で相撲を興行《こうぎょう》、三月には細川藤孝《ふじたか》と丹羽長秀《にわながひで》を丹波《たんば》に派遣して明智光秀を援《たす》けさせ、自らは一泊旅行で近江に鷹狩、三月二十三日には急遽《きゅうきょ》上洛した。

それから今日まで約一カ月間の京都滞在中も凄《すさ》まじい。三月二十七日には播磨滞陣中の秀吉に命じて三木《みき》城を攻めさせ、四月四日には息子の信忠《のぶただ》と信雄《のぶかつ》を本願寺攻めに派遣、七日には佐々成政《さっさなりまさ》を神保長住《じんぼうながずみ》の援助として越中《えっちゅう》に送り、九日には右大臣に任ぜられたが息子に譲りたいと奏上、翌十日には明智光秀と滝川一益《たきがわかずます》を送って丹波の荒木城を落とさせる、といった具合だ。

この時代には、兵を派遣するといっても、命令一つでことが済むわけではない。それぞれに銭を与え兵糧《ひょうろう》を整え、道中の大名城主に連絡をとって支援させることが欠かせない。鷹狩に行くのにも何百人かの警護と荷駄《にだ》を整え、その地の武士や農民に触れを出す。これによって武士には緊張を、農民には威圧を与えるのが鷹狩の本当の目的なのだ。

そんな状況でこれだけのことをやったのだから、信長は企画と決断の連続だったたし、周囲は連絡調整と人馬動員と物資調達に追い回された。織田信長がいるところは、安土であれ京都であれ、鷹狩や道中の野陣であれ、日々何十もの早馬が飛び、何百もの指令が作成された。

四月二十二日の旅も、信長らしい過激で多忙なものだった。寅《とら》の下刻《げこく》（午前五時前）に京を発ち、十二里《り》（約四十八キロ）を一気に通り抜けて申《さる》の下刻（午後五時過ぎ）に安土に到着、寛《くつろ》ぐ間《ま》もなく会議が開かれた。信長は、五日後の二十七日に京都に戻ることになっているのだ。

御召《おめし》によって日海と蘇我理兵衛が安土城の二階書院に入った時、織田信長は部屋の中央に胡座《あぐら》をかいて握り飯をほおばっていた。

「みな、遠慮のう食え」

信長は、寸暇《すんか》を惜しむように握り飯を噛みながらいった。そこには握り飯と鮎《あゆ》の塩焼きと鴨《かも》の吸い物を載せた膳が六つ並んでいる。信長の左手には、既に滝川一益と志摩《しま》の大名九鬼嘉隆《くきよしたか》、そしてもう一人見知らぬ五十男がいる。日海と蘇我理兵衛が導かれたのは右側、信長の間近だ。

「これは伊勢の船大工棟梁《とうりょう》、岡田甚兵衛《じんべえ》よ」

平伏した日海と蘇我理兵衛が頭を上げるのを待つのももどかし気に、信長は自ら五十男を紹介し、続いて、

「一益、絵図を出せ」

とせっついた。その声で弾《はじ》かれたように立った滝川一益は、座の中央に図面を拡げた。そこには、全面に縦縞《たてじま》のついた大きな安宅船《あたけぶね》が描かれている。

「鉄を貼った安宅船じゃ」

信長は、鮎の塩焼きを齧《かじ》りながら短くいった。絵図の中で縦縞に見えるのは、鉄板を貼る部分を示している。

二年前の天正四年七月十三日、毛利の水軍が摂津《せっつ》の木津川口《きづがわぐち》に押し寄せ、織田方の船手衆《ふなて》を破って本願寺に兵糧弾薬を運び込んだ。瀬戸内の海賊たちを手懐《てなず》けた毛利の水軍は、数も多いし船操《ふなあやつ》りも上手い。到底、伊勢志摩の船手衆を中心とする織田水軍の及ぶところではない。

以来、海は毛利の天下、再三再四、本願寺を往来、兵糧弾薬ばかりか衣服や茶道具まで運んでいる。これを放置しては本願寺を落とせぬばかりか、紀伊、摂津、播磨などの海に繋がる諸城は、毛利の水軍を頼りに織田家に歯向かうことにもなり兼ねない。毛利水軍の撃滅は、今の信長にとっては最大の軍事課題なのだ。

「数と技で勝てぬとあれば、道具を考えるしかない」

信長は、一同が絵図を見終えるのを待ってそういい、ちょっと間を置いて、

「できるか」

と、訊ねた。鉄貼りの安宅船が造れるか、と問うているのだ。

日海は、「未来記憶」の糸を手繰《たぐ》り寄せた。二十世紀と呼ばれる時代には、船はほとんど鉄で造られる。しかし、四年前に「戦車」を造った経験から見ても、今、この十六世紀では不可能だ。鉄を厚板に延ばして接《つ》ぎ合わせる技術がない。そうだとすれば、木造の船に鉄を貼るより仕方がない。それでも矢玉を防ぐ効果は十分にある。

「恐れながら」

しばらくの沈黙の末に、船大工棟梁の岡田甚兵衛が平伏していい出した。

「船に鉄の板を貼り回したのでは目方《めかた》が重くなり、風に吹かれ大波を受ければ転覆いたしまする」

これに、九鬼嘉隆が続いた。

「摂津木津の川口は浅瀬が多く、重く大きな船は底を擦《す》って動けませぬ」

船に詳しい二人が、いずれも「不可」といったのだ。だが、信長は諦《あきら》めず、

「一益は」

と訊ねた。その声と目付きには、図面を引かせた一益への期待がこめられていた。

織田信長は、人間を能力だけで評価し、出身の貴賤《きせん》や経歴の良否にかかわりなく取り立てた。中でも信長の目に適《かな》ったのは、諸事器用な羽柴秀吉、有識多芸な明智光秀、機器技術に詳しい滝川一益の三人だ。元はといえば流浪《るろう》の身のこの三人が、今や織田家最大の軍団長になっている。

特に、滝川一益の技術技能は評価が高く、「不可能を可能にする男」として知られている。長篠の合戦で、信長が立てた馬防柵《ばぼうさく》と鉄砲で敵を撃破する戦術を、指揮し実行したのも一益だ。だが、

この時ばかりは、滝川一益も首をひねった。

「御両所の申される通り、船底を浅く造れば転覆し易く、深く造れば浅瀬に乗り上げて動けませぬ。ただ、木津の川口にこれを浮かべておけば、毛利の海賊どもの出入りを相当に妨《さまた》げることはできましょう」

「相当にか」

信長は不満そうにいったが、それにも岡田甚兵衛と九鬼嘉隆は反対した。岡田は底の浅い造りでは熊野灘《くまのなだ》で転覆する恐れがあるといい、九鬼は動けぬ船では敵の火攻めで焼き払われるというのだ。

「新発意、どうかな」

信長は、日海の方に訊ねた。意外にも優しい表情だった。

「新しい道具には、新しい策と芸が要《い》ります」

日海はそう答えた。二十世紀の言葉でいえば、「新しいハードウェアを使いこなすためには、それに適したソフトウェアが必要だ」ということである。

「何、策と芸があれば、できると申すのか」

信長は、日海の言葉を積極的に解釈して膝《ひざ》を乗り出した。

「はい、事前に計算をし、外海を行く時、内海に浮かぶ時、川口に入った時と、積荷や重しを換えることでございます」

日海がそういうと、蘇我理兵衛も続けた。

「船には、四貫目《かんめ》の大筒《おおづつ》を左右に並べるのがよろしおす」

「四貫目の大筒など、南蛮船《なんばんせん》にもござるまい」

滝川一益が目を見張った。

「へい、南蛮船の大筒は弾を遠く飛ばすための長筒《ながづつ》でっさかいに、せいぜい二貫目止まりですけど、この度の御敵《おんてき》は瀬戸内海賊。四貫目の大筒なら、弾が当たらんでも近くに落ちただけで大波が起き、敵の船をひっくり返すことができま」

蘇我理兵衛はそう答えた。金銀吹分けの術を習ったジョン・ハックスレーから聞いた、「三十ポンド臼砲《きゆうほう》」のことだ。飛距離は短く命中精度は悪いが、火箭《ひや》や焙烙《ほうろく》を投げ込もうと近づく小船を撃破するのには、有効なはずである。

「うーん、それほどのものができれば」

と滝川一益が唸《うな》り、

「それが浅瀬に座礁《ざしよう》しない鉄貼り船に積めれば」

と九鬼嘉隆が呟いた。両人とも、鉄製の「戦車」を造った日海と蘇我理兵衛の実績を認めながらも、なお不安と疑問の表情を解こうとはしなかった。

「分かった。日海と理兵衛は、申した通りの船の絵図を描き、操る策と芸を伝えよ。今日より五日のうちにそれを終え、一益、嘉隆の納得を得れば、甚兵衛と共に伊勢に下ってそれを造れ。材木、人手、鉄銅、銭米、入《い》り用のものはなんなりと存分に与える」

織田信長はそういうと、書院の中央でごろりと横になり、天井を睨《にら》んでにやりとした。

三

鉄貼り巨船の建造は、猛烈な勢いで進んだ。五日後の四月二十七日、信長が京都に向かった朝、滝川一益と九鬼嘉隆の納得を得た日海は、供の佐助一人を連れて、岡田甚兵衛ら大勢の船大工が待つ伊勢に急いだ。この五日間、日海と蘇我理兵衛は徹夜の連続で重量と構造を計算、絵図ばかりか模型までも造っていた。

一方、蘇我理兵衛は信長と共に京に出て、その日の夜の淀川《よどがわ》下りの船で堺に行った。こちらは安宅船に貼る鉄板の調達と、それに積む四貫目大筒の四十二門を製作するためだ。蘇我理兵衛の相棒であり師匠でもあるジョン・ハックスレーは、これにも優れた技を発揮し、金型を造って一日一門の割で、青銅製の四貫目臼砲を鋳造《ちゅうぞう》した。

日海と蘇我理兵衛の基本設計を基に、岡田甚兵衛ら伊勢志摩の船大工が造った安宅船は、長さ十二間二尺（約二十二メートル）、幅七間（約十二・七メートル）だったと、『多聞院日記《たもんいんにっき》』には書かれている。長さに比べて幅が広いのは、竜骨《りゅうこつ》のない平底船だからだ。

岡田甚兵衛や九鬼嘉隆が指摘したように、これでは速度が遅く安定が悪い。横腹の大部分と後部の櫓《やぐら》に百坪分（三百三十平方メートル）の一分《ぶ》（約三ミリ）鉄板を貼れば、その目方だけで約二千貫（約七・五トン）。これに左右各三門ずつ置く四貫目大筒が各百貫、その他併《あわ》せて約三千貫が甲《かん》板《ぱん》から上に載っかる。米百八十俵余を甲板に積み上げる勘定《かんじょう》だ。底の浅い造りでは、過剰装甲・過大装備でトップヘビーになってしまう。

これを解決するために、日海と蘇我理兵衛は、三本の帆柱を短く詰め、航行は専《もっぱ》ら左右二十本の櫂《かい》に頼ることにし、外洋航海中は大筒を船腹《せんぷく》に収めることで六百貫を安定の重しにした。その上、船底には約一万貫の石と材木を縛り付け、船を二尺ほど沈めた。

滝川一益が一隻、九鬼嘉隆が六隻を分担して建造したこの巨大な安宅船が、伊勢志摩の海に出たのは、天正六年六月二十二日、設計に着手してからちょうど二カ月目である。周囲を守る九鬼水軍の小船二百を加えて、乗組総勢五千人の大艦隊は、風波の穏やかな日を選んで熊野灘《なだ》を廻り、四日目には無事紀伊水道に達した。

ここで日海は、海戦に備えて、大筒を甲板に上げて何発かの試射を行った。ハックスレーの計算通り、四貫目の鉄弾は三十間（約五十四メートル）の高さに舞い上がり、五十間ほど先の海面に大波を造った。船内に乗り込んだ各船百人の兵には二十匁弾の長銃を配り、射撃練習も行った。弾除《たまよ》けの楯《たて》を並べて接近する敵船を撃破するには、移動に不便でも打撃力の強い長銃が有効と考えたのだ。

これまでの日本の海戦では、小船を巧みに操って有利な位置を占め、弓矢や鉄砲で敵兵を殺傷し、最後は敵船に接舷《せつげん》して斬り込むというのが主な戦法だった。源平合戦以来、弓矢に鉄砲が混じった他は大した変化がない。十四世紀から中国沿岸を荒らし回った倭寇《わこう》も、ほぼ同じ戦法を採った。

だが、この度の織田水軍は、そんな小器用な戦法は放棄し、鉄貼り巨船の防御力と大筒や長銃の打撃力とにすべてを賭けた。海戦に慣れた伊勢志摩の船手の中には、手練《てだれ》の操船と馴染《なじ》みの部下を下知する機会が奪われたことを不満とする者もいたが、水軍大将の九鬼嘉隆らは、これに納得していた。瀬戸内の小競り合いで鍛えられた能島《のしま》、来島《くるしま》衆を中核とする毛利水軍には、従来の戦法では勝てないことを認識していたからだ。

六月二十六日午後、七隻の鉄貼り巨船を中心とする織田水軍が紀淡《きたん》海峡を通過した時、最初の敵が現れた。本願寺に味方する雑賀《さいか》や淡輪《たんのわ》の一揆衆が二百の小船を連ねて押し寄せて来たのだ。

織田方は敵を十分に引きつけ、鉄貼りの船縁《ふなべり》から二十匁（約七十五グラム）の長銃を放った。一揆勢はそれにもめげずに巨船を取り囲んだが、四貫目大筒の斉射《せいしゃ》で何隻かが転覆すると、早々に引き上げてしまった。一揆勢は、この難敵を強力な毛利水軍に譲ることにしたのである。

紀淡海峡を通過した艦隊は、小船の衆を上げて淡輪一帯の一揆を掃討《そうとう》した上、翌七月十六日未明には堺の港に入って補給と補修を行い、十七日の夕刻には木津川口に到着した。まだ船腹には多くの石や材木を積んでいたので、七隻の巨船は海と河との間に横一列に停泊する形となった。これから迎える台風の季節に備えて、干潮《かんちょう》時の着底《ちゃくてい》を恐れず、深く沈んだ恰好のまま待機したのだ。

この間、織田信長は久し振りの休暇を楽しんでいた。七月十八日には朝廷に白鳥を献上し、八月十五日と九月九日には安土で相撲興行を行った。同二十三日に安土を発って上洛、近江の瀬田《せた》で一泊して二十四日に入京、大坂勤番を二十日交代にすると定めている。本願寺包囲網を一段と強化するためだ。

この年は五月には豪雨が続き、架けたばかりの京都四条《しじょう》の大橋が流れることもあったが、幸いなことに、秋には大きな台風が来ることもなかった。その点でも、織田信長と日海は「ついていた」といえるだろう。

しかし、すべてが織田方に有利に動いていたわけではない。六月二十六日、鉄貼り巨船が、雑賀や淡輪の一揆衆の小船を打ち破ったその日、西の方、播磨と備前《びぜん》の境に近い上月《こうづき》城では悲劇が起こっていた。毛利と宇喜多《うきた》の大軍に囲まれたこの城を救援に来た羽柴秀吉の軍が、撤退してしまったのだ。この年二月、一度は織田方に帰属した播磨三木《みき》城の別所長治《べっしょながはる》が、毛利と結んで反旗を翻《ひるがえ》したため、中国戦線での兵力が不足、補給にも不安が生じていたからだ。

織田家の中国方面軍司令官・羽柴秀吉と、その後詰《ごづ》めに当たる摂津の組頭・荒木村重《むらしげ》は、尼子《あまご》の遺臣・山中鹿之介《しかのすけ》らが立て籠《こ》もる上月城を助けようとしたが、信長は四辺多忙を理由に増援を拒否した。この時期、信長の関心は、より重要な敵・本願寺攻めに集中していたのである。

孤立無援になった上月城は一カ月後には陥落、山中鹿之介らは毛利に捕らえられて備中《びっちゅう》で処刑されてしまった。四年前の高天神《たかてんじん》城の場合と同様、織田信長はここでも、より重要な敵に勢力を集中するために、忠実な味方を見捨てる「合理的な冷酷さ」を発揮したのである。

四

「織田家の鉄貼り巨船来《きた》る」

この報せが広まると、摂津木津川口の周囲には物見高い見物人が連日押しかけた。見物特等席は荒木村重の兵が詰める野田《のだ》砦の周囲で、物売りの屋台が並ぶほどに賑《にぎ》わった。彼らは一様に安宅船の大きさと鉄貼りの偉容に驚いたが、その軍事的評価は分れた。

「あんな大きな鉄の船には、瀬戸内の海賊どもも手が出えへんでえ。流石《さすが》は織田様、どえらいもんを造らはったわ」

というのは地元の農民や小商人、いつの時代にも多い、にわか軍事評論家だ。軍事の分野でも、素人ほどハードウェアの規模を重視するものだ。一方、

「あんなもんは虚仮威《こけおど》し、船の戦は技よ。手練《てだれ》の毛利水軍には役に立つまい」

というのは付近の漁民や明国《みんこく》、ルソンに往来した経験を持つ堺の船乗りたちだ。一見、玄人《くろうと》風の評論だが、それだけに従来の戦法にとらわれた見方ともいえる。

そんな中に一人、まったく違った角度でこの船を見ていた男がいた。若い女を連れた灰色胴着の男、六角《ろっかく》次郎義定《よしさだ》だ。この四年間、「平《たいら》の信長」打倒の執念《しゅうねん》を燃やして志を達しなかった次郎義定の顔には、苦節の日々を示す皺《しわ》が刻まれているが、頑丈《がんじょう》な体軀《たいく》には壮者《そうしゃ》の気迫が満ちている。

「逢坂峠《おうさか》で出会った『戦車』、伊勢長島で見た包囲殲滅《せんめつ》、三河長篠で遇《あ》った鉄砲の三段撃ち、信長の考えることは奇想天外。あの船とて只者《ただもの》ではあるまい」

次郎義定は、そう読んでいた。だが、これに対する策としてこの男の考えたのは、並みの武士や船乗りの発想ではない。

「友恵《ともえ》、あのような船を造られたことで、不安に感じるのは誰であろうな」

次郎義定は、そんなことを連れの女に訊ねた。

「本願寺顕如《けんにょ》様」

友恵は、ごく常識的な答えをした。裾《すそ》の擦《す》り切れた枯れ葉色の麻の着物には、旅の苦難が滲《にじ》んでいたが、顔も姿も四年前と変わらず若々しい。

「他に」

次郎義定はそういうと、自らそれに答えて呟いた。

「荒木摂津守も苦しかろうて」

摂津の土豪から成り上がり、旧主の伊丹《いたみ》氏を追って伊丹城（のち有岡《ありおか》城）の主となった荒木村重は、織田信長に担がれた足利義昭が入京すると、いち早くこれに臣従、幕府公認の摂津の守護になった。だが、間もなく義昭と信長が対立すると信長の方に加担、同じ足利家臣から信長に臣従した明智光秀の長女を息子の嫁に迎え、共々に織田家臣団の中でも重きを占めた。足利義昭の家臣から織田信長の家来へと巧みに転向したのには、荒木村重、明智光秀、細川藤孝らがいるが、中でも村重の格は高い。

だが、その荒木村重も、このところは厳しい状況に置かれている。そのはじまりは、大敵毛利と戦う中国攻めの大将に羽柴秀吉が選ばれたことだ。当時は、敵に近い場所に領地を持つ大名が先陣を務めるのが習わしだったから、中国攻めの総大将は荒木村重であって然《しか》るべきところを、信長はあえて近江長浜《ながはま》の城主・羽柴秀吉を選んだ。荒木村重には、もっと身近な敵・本願寺攻めがあったからだ。

ところが、この二月、播磨の別所長治が反旗を翻すと、信長は荒木の兵の半分を秀吉援護に播磨に出させると共に、本願寺攻めには長男の織田信忠を総大将として送って来た。荒木村重の地位は、野田の砦を守る一部隊長に格下げされた恰好だ。

加えて信長は、荒木村重を頼って来た山中鹿之介ら尼子の遺臣を見殺しにし、野田の砦をも水軍大将・九鬼嘉隆の指揮下に入れた。来《きた》るべき毛利水軍との戦いを考えれば、主力の船手《ふなて》が脇役の陸上要塞をも束ねて指揮するのが有利という、信長らしい合理的な決定だが、荒木村重としては面目《めんぼく》丸潰れである。

そのことは、砦の周囲に出て来る荒木の将兵の態度にも現れていた。足軽小者《あしがるこもの》ばかりか、ひとかどの侍大将までが、見物人目当ての物売りから買い食いなどをしている。

「信長奴《め》、物を造り、組を整えるのは巧みなれど、人の恨みを知らぬと見える」

自らも近江の所領を奪われた恨みに凝《こ》り固まった六角次郎義定は、そんなところに信長の弱みを見出していた。


鉄貼り巨船が木津川口に入って二カ月、九月も終わりに近づくと台風の季節も過ぎ、毛利水軍出撃の噂が広まった。

織田信長は、九月二十七日に京を出て、若江《わかえ》や天王寺《てんのうじ》の砦を視察した上、三十日には堺に入り、七隻の鉄貼り巨船を観閲《かんえつ》して九鬼嘉隆に黄金二十枚と時服《じふく》十枚を与えた。各船は、あるだけの旗や幟《のぼり》を掲げて信長を歓迎、船手の士気は大いに上がった。さらに信長は、今井宗久、千宗易、津田宗及《そうぎゅう》の屋敷を回って茶会を催した。来《きた》るべき海戦に備えて、背後の堺に対する掌握《しょうあく》を強化するためだ。

その頃、日海は、船を降りて堺の妙国寺《みょうこくじ》にいたが、信長は招きも訪れもせず、今井宗久を通じて、巨船の建造と回航の功労を讃《たた》える言葉を伝えて来ただけだった。明らかに日蓮宗の寺院を避けたのである。

こうした織田信長の行動に、本願寺側は「すわこそ総攻撃」と緊張、法主《ほっす》顕如の名で紀伊の門徒に番衆を送るように要請した。十月になると、これに応じて雑賀衆らが三々五々やっては来たが、その数と装備は顕如を満足させるほどのものではなかった。本願寺を目指した宗徒の大半は、織田方の包囲網に阻止されたし、それを突破して本願寺に入った者も、多くは鉄砲一挺《ちょう》槍一本を持ち込むのが精一杯だったのだ。

そんな中で目立ったのは、米俵を背負った男女の二人連れだ。とりわけ赤い括《くく》り袴《ばかま》の小柄な女が、男も持て余す五斗俵《ごとだわら》を背負った姿は、いやでも人の目を引いた。

「これはあり難い。女子《おなご》の身で紀州から米を持ってくるとは、余程の信心《しんじん》じゃな」

本願寺の番衆たちは、二人を取り囲んでその労を讃えた。

「いや、われらは近江より参った。近江でも、伊勢でも、信長とは戦った者じゃ」

灰色胴着の男はそういった上、

「もっともこの米は、遠くから持ってきたわけではない。ついそこで買《こ》うて来たのよ」

と、ことも無げに付け加えた。

「不思議なことをいう。この辺りは織田の陣ばかり、米を売っているはずがないのに」と番衆頭が驚いた。

「いやさ、その織田の陣で買うたのよ。虚仮威《こけおど》しの鉄貼りの船を見物した序《ついで》に、荒木摂津守の陣屋でな。摂津守も物入りらしく、少々高値を付ければお売りになる」

木津川口に織田の巨船が入ってから七十日、毛利との交通が途絶えた本願寺では、兵糧に不安を感じていた頃だけに、この話はたちまち寺内《じない》に広がり、その日のうちに顕如の耳にも入った。そしてそれが「近江の六角承禎《しょうてい》が次男、次郎義定」と知って、顕如は大いに喜んだ。近江の六角家といえば、七年前の元亀三年（一五七二）正月、南近江の三宅《みやけ》や金森《かなもり》で、一向宗徒と結んで織田信長と戦ったことでも知られる名門だったからだ。

だが、その六角次郎義定が、人払いを願った後でいった言葉には、乱世に生きた顕如もわが耳を疑うほどに驚き、つい「真か」と叫んでいた。


「困ったことになった」

荒木村重は、暗い砦の板の間で、か細い行灯《あんどん》の灯を見ながら呟いた。昨日あたりから、

「荒木摂津守の手の者が本願寺に兵糧を売り払っている」

という噂が流れている。村重自身が調べたところでは、本願寺に売った者はいなかったが、兵糧の減りが異常に多い。鉄貼り船の見物人を相手にする物売りなどに、銭欲しさで米を売った者がいたらしい。村重が、有岡の居城と播磨の陣とこの砦とを忙しく往来している間に、監督が疎《おろそ》かになり士気が弛《ゆる》んでいたのだ。

「信長様に何と申し開きをしたものか」

村重はそれを考えた。こうした規則違反に対して、信長は殊《こと》のほか厳しい。減封《げんぽう》、いや追放にもなりかねない。これまで五十余年の人生で命を賭けて積み上げて来た地位が、今にも崩れようとしているのだ。

「困ったことになった」

村重は、またそう呟いて櫓《やぐら》の窓を見た。海の彼方《かなた》には、十三夜の月に照らされた鉄貼りの巨船が並んでいる。

「あそこにいる伊勢の九鬼嘉隆が俺の上司か」

そう思うと、今の窮状がますます腹立たしい。そんな時、

「殿様」

と呼び掛ける声がした。いつの間に入ったのか、部屋の隅に粗末な麻着の女がいた。

「何者」

村重は腰の刀を握ったが、相手は地面に平伏したまま分厚い書状を差し出した。これが男なら、村重も大声を発して斬り付けていただろうが、相手が小柄な若い女子なのに心を許して書状を受け取り、封を切った。しかし、その第一行を見ただけで村重の顔は強張《こわば》った。差し出し人は足利義昭、備後《びんご》の鞆《とも》に仮住まいする前将軍だ。文面は長いが、要は、

「昔の誼《よしみ》で足利将軍家の再興に尽力《じんりよく》して欲しい。京に戻れば、荒木殿には幕府の管領《かんれい》として忠勤してもらいたい」

というものだ。

「しまった」

と村重は思った。このような密書を開封しただけでも、「内応の意図あり」と疑われるのがこの時代だ。しかもそこにはもう二つ、本願寺顕如と毛利輝元《てるもと》の書状も添えてある。前者には、

「かねがね荒木殿が密《ひそ》かに兵糧をお譲り頂いていると聞いて、感謝に堪《た》えない。本山には多数の門徒が入城したし、間もなく毛利の水軍も来る。今後ともくれぐれもよろしく」

とあり、後者には、

「わが水軍が近く摂津に出張《でば》り、織田の水軍を打ち破る。織田の鉄貼り船など虚仮威し、雑賀、淡輪の一揆の衆よりよく聞いたが、あんなものは大したことがない。また、わが主力は上月城を落としたが、さらに進んで三木城の別所長治とも合流、羽柴秀吉の軍を打ち破る。荒木殿が摂津から羽

柴の軍を挟《はさ》み撃《う》ちにしてくれれば、勝利はますます確実になる。勝利の暁《あかつき》には荒木殿に、摂津と和泉《いずみ》の二国に堺の町を添えて差し上げる」

とある。いずれも甘い餌《えさ》を見せての寝返りの誘いだ。

「その方、何者じゃ」

村重が、女に問い掛けた時、すーっと灰色胴着の男が現れた。

「御決断を」

と囁いた。

「信長様は、いつの日か荒木様を御成敗《ごせいばい》されるでしょう。しかし、今、荒木様が御決断下されば、必ず五年のうちに信長様を滅ぼすことができますする」

嫌とはいわせぬ気迫の籠もった眼光が、行灯の灯を受けて赤く輝いていた。

荒木摂津守村重が、野田の砦を引き払って有岡の居城に立て籠もったのは、天正六年十月十八日、織田信長に反逆する意向を明確にしたのは同二十一日のことだ。

「荒木摂津守村重反乱」

の報せは、文字通り天下を震駭《しんがい》させた。荒木村重の領地は、南に石山本願寺、西に播磨の陣を抱える戦略的要衝《ようしょう》だ。東は茨木《いばらき》や高槻《たかつき》から西は花隈《はなくま》まで、織田家の西部戦線の補給路のすべてが荒木村重の組下大名の城である。ここが敵地となれば、織田陣営全体が大崩壊しかねない。

「何故《なにゆえ》に村重が」

織田信長もその真意を測りかね、多くの武将を送ってその理由を訊ねさせ、帰順を説得させた。

播磨の陣にいた羽柴秀吉も来たし、天王寺の陣にいた明智光秀も来た。秀吉配下の黒田官兵衛も単身、有岡の城に泊まり込んで説得に当たった。

こうした信長の好意的な態度に、村重も一時は心が揺らぎ、安土に出向いて申し開きをしようとしたこともあったが、荒木の家来の中には、

「信長様はしつこい御性格、一度このようなことがあれば、今はお許しなってもいずれは成敗されること必定《ひつじょう》。かくなる上は、いちかばちかの勝負を挑むほうがよろしかろう」

という者があり、結局、村重も反乱に踏み切った。これには、遠からず毛利の水軍が織田の艦隊を破って大坂湾の制海権を回復するに違いない、という思惑も絡《から》んでいた。毛利水軍が勝てば、尼崎《あまがさき》や花隈など、海に繋がる城を数多く持つ荒木が滅びるはずがないという安心感があったのだ。

こうなっては致し方ない。十一月三日、織田信長は全軍を率いて安土を出陣、京を経て摂津に入った。歴史の行方《ゆくえ》を決める決戦、木津川口の海戦が起こったのは、この直後のことである。

五

「毛利水軍来る」

の報せが、淡路岩屋《いわや》の城主からの早船で堺に届いたのは十一月五日の夕方、日海が妙国寺で夕食を食べ終えた時だった。

日海は、直《ただ》ちに武芸者の佐助と共に、今井家の警護頭・赤松権大夫《ごんだゆう》らの操る小船で急行、九鬼嘉隆の座乗する鉄貼り安宅船に乗り込んだ。夜半に近い満潮時だ。

九鬼嘉隆は、この潮時を利用して船を北上させながら、船腹に積んでいた石や材木を海中に投棄《とうき》した。鉄貼り巨船は浮き上がり、水深一間（約一・八メートル）ほどのところでも動けるようになった。毛利の水軍が大坂湾を横切って来るほどだから、天候は良好、波も凪も静かだ。

毛利水軍六百隻が現れたのは辰《たつ》の刻（午前八時）、前の三百隻ほどは弾除《たまよ》けの楯《たて》を並べた戦闘態勢だが、後の三百隻は本願寺への補給物資を積んでいた。当時の日本では無敵不敗を誇った瀬戸内の海賊たちは、この度も荷物を背負って海戦に臨《のぞ》んだのだ。木津の河口の荒木村重が棄《す》てた北の野田砦には池田恒興《つねおき》の兵が入っていたが、その周囲に見物人が群がり、海戦の成り行きを見守った。中には、いずれが勝つか賭けをする者さえいた。

海戦は当初、前回の天正四年の場合と同じような形で進んだ。織田の前衛の小船の群れを押し切った毛利水軍は、鉄貼りの安宅船を取り囲んで南に押し、木津川の川口に達した。その見事な操船には、両岸の見物人からは、

「やっぱり瀬戸の海賊や。安宅船は大きゅうても、動きが鈍臭《どんくさ》いからあかんでえ」

という野次《やじ》が出た。彼らの中には、毛利方の勝利を望む一向宗徒も多くいた。だが、それからの形勢は前とは違った。毛利水軍の放つ鉄砲や火箭《ひや》は、舷側《げんそく》に貼った鉄板で撥《は》ね返り、織田の安宅船を焼くことができない。毛利の船は一段と接近、安宅船に焙烙《ほうろく》を投げかけた。錨《いかり》の付いた縄を投げて、舷側に引っ掛けようとする者もいた。

七隻の巨船から次々と四貫目の大筒が放たれたのは、その瞬間だ。弾は密集した毛利の船団の中に落ち、何隻かが破壊され、それよりも多くの船が大波で傾き、船上の将兵が水中に滑り落ちた。

毛利勢は慌《あわ》てた。彼らの中には、明国やマレイ、シャムまで荒海を渡り、南蛮船と戦った経験の

ある者もいた。この時期、日本人を含むアジアの船乗りも、スペイン、ポルトガル、オランダなどのそれに劣らぬ活発さで、東南アジアを航海していたものだ。

しかし、彼らが知っている南蛮船の大筒は、水深の深い大海に浮かぶ帆船《はんせん》から発射される、飛距離の長いカノン砲だ。アジアの海賊たちは、これに出会うと分散して浅瀬に逃れ、敵の疲れを待つのを常とした。頑丈《がんじょう》な竜骨構造の南蛮船は浅瀬に近づけないからだ。

だが、今は水深の浅い河口で密集隊形を採っているところに、至近距離から四貫目の巨弾を落とされたのだから仰天《ぎょうてん》した。慌てて浅瀬に逃れた船は葦原《あしはら》に乗り上げて行動の自由を失い、陸の砦から射撃を受けた。沖に出ようとした船は、あとから来る補給船と衝突して混乱を起こした。川を溯《さかのぼ》って本願寺に達するために、上げ潮の時刻を選んでいたことも毛利側には不運だった。

そんな混乱の中に、織田の巨船はゆっくりと押し寄せ、大筒と長銃を浴びせ続けた。毛利方は、驚き慌てて反撃の術《すべ》を失った。弓も鉄砲も効果がないし、焙烙を投げ込むほどには接近もできない。安宅船の高い櫓から発射される二十匁の長銃は、遮蔽物《しゃへいぶつ》を弾《はじ》き飛ばして頭上を襲い、いくつかの船では火災を起こした。火の付いた船を織田の巨船にぶっつけ引火させようとする勇敢な武者もいたが、大筒が引き起こす大波で転覆してしまった。

海戦の決着は早い。一刻ののちには毛利の水軍は百あまりの船を失い、積荷のほとんどを棄てて沖に遁走《とんそう》した。死傷者の数は二千人に上っていただろう。水軍としては、決定的な損害である。

これに対して、織田方の損害はごく軽微《けいび》だった。失った船は前衛を務めた小船十隻だけ。死傷者は二百にも達しなかった。七隻の鉄貼り安宅船はすべて無傷、僅《わず》かに十数人が、砲門の間から飛び込んだ矢や弾で傷ついただけだった。

陽《ひ》が中天に達した午《うま》の刻には、織田方の鉄貼り船からは何度も勝利の喊声《かんせい》が上がっていた。だが、敗走して行く毛利の水軍を見る日海の表情は複雑だった。

この海戦で、毛利は本願寺への補給能力を失った。大量補給の道を閉ざされた本願寺も積極的な反撃能力がなくなるだろう。それを日海は、

「いよいよ信長様は怖いものなし、わが日蓮宗の利用価値も下がるであろう」

と読んでいた。叔父の日淵ら、宗門首脳部がこれに気付かなければ、遠からず大きな災いが降りかかって来るに違いない。

同じ頃、陸上の見物たちも賑やかだった。野次馬はみな、勝者を讃え敗者を罵倒《ばとう》する。先刻まで毛利贔屓《びいき》だった連中も、今は織田方賞讃に変わり、岸に泳ぎ着いた毛利の敗残兵を追い回した。

そんな中でも、じっと動かずに海を睨む男女がいた。

「思うた通りじゃ、友恵。こんなことで気を落とすではないぞ」

灰色胴着を着た男、六角次郎義定は、連れの女にそういった。

「荒木摂津守に謀叛《むほん》を起こされた上は、五年のうちに平の信長が滅びること、いささかも変わるものではない。たとえ摂津守が滅び、本願寺が降《くだ》るとも、信長を疑い、信長を恐れる者は絶えることはあるまいでな」

この男の古い記憶は、一つの事例が人の心に大きな恐怖と深い猜疑《さいぎ》を残すことを教えていたのだ。

織田信長が、鉄貼《てつば》りの巨大な安宅船《あたけぶね》で毛利《もうり》水軍を破った「木津川口《きづがわぐち》の海戦」は、「新型装備の勝利」として、鉄砲の集中利用で武田の強兵を殲滅《せんめつ》した「長篠《ながしの》の合戦」と、しばしば並び語られる。戦略的な効果として見れば、「木津川口の海戦」の意義は「長篠の合戦」よりもずっと重い。

武田勢との戦いは、仮に鉄砲の大量使用がなかったとしても、動員兵力の差で織田・徳川方が勝てた可能性が強いが、「木津川口の海戦」は、鉄貼り巨船がなければ織田方が勝てた可能性は低い。この戦いの直前に、荒木村重《むらしげ》が信長に対して反乱を起こしたのも、毛利水軍の制海権を信じていたからだろう。

毛利水軍が敗北したため、荒木村重の反乱も悲惨な結果に終わるのだが、決して無謀な行動ではなかった。長篠における武田の敗北は「勝手読み」のせいだが、荒木村重の反乱は「常識的な読み」の敗北だったといえる。

ところで、これほど重要な役割を果たした鉄貼り巨船の実態は、あまりよく分かっていない。奈良興福寺《こうふくじ》の多聞院英俊《たもんいんえいしゅん》が書き残した日記（多聞院日記）にも、太田牛一《ぎゅういち》が書いた『信長公記《しんちょうこうき》』にも、この船のことが触れられているが、いずれも伝聞らしい。

実際にこの船に乗って見た記録としては、宣教師オルガンチーノがルイス・フロイスに宛《あ》てた報告が残っている。それによると、

「この船は、信長が伊勢《いせ》国で建造せしめたる日本国中最も大きくまた華麗なものにして、王国（ポルトガル）の船に似たり。予《よ》は行きてこれを見たるが、日本においてかくの如《ごと》き物が造れることに驚きたり。……船には大砲三門を載せたるが、どこより来《きた》るか考えること能《あた》わず。何とな

れば、豊後《ぶんご》の王（大友氏）が鋳造《ちゆうぞう》せしめたる数門の小砲を除きては、日本国中砲なきこと我等《われら》の確知《かくち》するところなればなり。予は行きてこの砲と装置を見たり。また無数の精巧にして大いなる長銃を備えたり」

とある。

この記述から見れば、当時のポルトガルの外洋船に似た、複数の帆柱を持つ背の高い大型船だったようだ。徳川幕府が禁止するまでは、日本にも複数の帆柱の大船が沢山あった。

もっとも『信長公記』などがいうように、木津川口で戦い、毛利の船を岸に追い詰めたとすれば、ポルトガル船のような底の深いものではなく、平底船であったに違いない。吃水線《きつすいせん》から下の構造は、オルガンチーノには見えなかったはずだ。恐らくこれを造った伊勢の船大工《ふなだいく》は、吃水の浅い平底船に鉄板を貼った場合のトップヘビーを、どう解決するかに苦労したことであろう。

大砲三門というのも、片側三門、全部で六門の誤りと思われる。砲塔のないこの時代に、三門の砲を据《す》えたのではバランスが悪い。オルガンチーノは、この砲の出所を疑っているが、日本で鋳造された青銅製の臼砲《きゆうほう》であった可能性が高い。『信長公記』には、「敵の船を間近に引きつけ、いっせいに大砲を放って多数の敵船を破壊した」とある。当時の南蛮船《なんばんせん》が載せていたようなカノン砲では、間近に引きつけるよりも遠くから撃った方が効果的だ。古くから大仏や釣鐘《つりがね》を生産していた日本の製造技術から見て、四貫目《かんめ》臼砲の鋳造は十分に可能だった。これより六十一年後の「寛永《かんえい》十六年鋳造」の銘《めい》のある大型臼砲が現存しているし、鹿児島には五貫目臼砲も存在する。

この船が何時《いつ》、建造に着手されたかは記録がないが、恐らく天正《てんしよう》六年（一五七八）三月、上杉謙信《けんしん》の死を聞いた後で着手され、ごく短期間に完成したものと思われる。謙信が生きている間は、信長の関心は北の陸地にあり、本願寺を封鎖《ふうさ》する巨船の建造に大金を投じるほどの余裕はなかった。

戦国時代の日本人は、信じ難《がた》いほどの活動力を発揮し、何事も短期間で完成させた。織田信長が建てた安土《あづち》城天主《てんしゅ》は、高層城郭建築であったにもかかわらず、着工から二年七カ月で完成している。しかもこれには、近隣諸国から多数の巨石も運ばれたというから、今日《こんにち》の大手建設会社でもできないほどの工期だ。

しかもこの間に、狩野永徳《かのうえいとく》は一門十数人で数百枚に上る襖絵《ふすまえ》を描き上げたし、後藤光乗《こうじょう》らは五千点にも上ったと見られる飾り金物を造った。今日の作家なら相当多作な人々でも、その十倍はかかるだろう。

こうした例から見ても、軍需品であった鉄貼り巨船の建造は二、三カ月で行われたに違いない。また、この鉄貼りの巨船がいつまで存在し、その後はどうなったのかも分からない。恐らく、トップヘビーで鈍重《どんじゅう》なため、本願寺に対する海上封鎖の必要がなくなった途端、解体されたのだろう。元亀《げんき》四年（一五七三）、信長が琵琶湖で造らせた巨船は、足利義昭《よしあき》が反乱を起こした時に一度使っただけで解体、船足《ふなあし》の速い小船十隻に造り変えられた。この鉄貼り巨船も同じような運命を辿《たど》ったのではないだろうか。

第十二章　以論不救門――言葉で組織は救えない

一

「残念なことよ」

叔父の日淵《にちえん》が、また繰り返した。天正《てんしょう》六年（一五七八）十一月九日早朝、新造の二条城を出立《しゅったつ》する織田信長の軍列を見送りながらである。

「このようなことがなければ、新寺の開基には、信長様をお招き致し、その方の手合いもご覧頂けたものを……」

日淵は、冬の朝の寒さに震えながら、抑えがたい悔しさを甥《おい》の日海《にっかい》にくどくどと繰り返した。

「このようなこと」とは、荒木摂津守村重《せっつのかみむらしげ》の叛乱《はんらん》を指している。

荒木村重は、摂津の土豪から伊丹有岡《いたみありおか》城主となり、足利将軍義昭《よしあき》の家臣を経て織田信長に仕え、摂津一国を委《ゆだ》ねられた織田家中屈指《くっし》の有力武将だ。それが先月十八日、突如、本願寺《ほんがんじ》攻めの持場を放棄して有岡城に立て籠《こ》もり、信長に反旗を翻《ひるがえ》した。

この叛乱は余程唐突であったらしく、信長もその真意を図りかね、羽柴《はしば》秀吉や明智光秀などを遣《つか》わして村重の翻意《ほんい》を求めた。自信家の黒田官兵衛《かんべえ》の如《ごと》きは、単身で有岡城に乗り込み説得しようとして捕らえられ、一年余も幽閉《ゆうへい》されてしまう。

だが、織田信長の鋭利で執拗《しつよう》な性格を嫌う荒木村重の叛意《はんい》は固く、織田方諸将の説得は功を奏さなかった。荒木村重の叛乱の切っ掛けは、部下の者が石山本願寺に兵糧《ひょうろう》を横流ししたのが露顕《ろけん》、その責任を追及されるのを恐れたためといわれているが、ことはそれほど単純ではあるまい。

この頃、羽柴秀吉が中国攻めの総大将に任じられ、明智光秀も丹波《たんば》攻めで活躍している。それに比べて本願寺攻めの一武将に格下げされた恰好《かっこう》の荒木村重には、人事に関する不満と将来に対する不安があったのだろう。備後《びんご》の鞆《とも》に流れて毛利《もうり》の庇護《ひご》を受けるようになった旧主の足利義昭からの誘いも、村重の心を揺さぶったに違いない。何よりも、村重の側には、毛利の水軍の支援を得て、石山本願寺や丹波の波多野《はたの》、播磨《はりま》の別所《べっしょ》ら周辺各地の反織田勢力と結べば容易に負けない、という計算があったはずである。

その頃の荒木とその組下大名の所領は、東は高槻《たかつき》や茨木《いばらき》から西は花隈《はなくま》や有馬《ありま》の三田《さんだ》まで、織田家西部戦線の中枢を占めている。その上、村重が叛乱に踏み切った天正六年十月までは、瀬戸内における毛利水軍の勢力は圧倒的で、石山本願寺にも、播磨の別所にもしばしば兵糧弾薬を運び込んでいた。花隈や尼崎《あまがさき》など海に接する諸城を持つ村重が、毛利水軍による補給を得て長期戦に持ち込めば、織田勢力を分断撃破できる、と考えたとしても不思議ではあるまい。

荒木村重ほどの智謀と武略の持主がこんな計算をしたのだから、この叛乱は織田家にとっても重大な危機だった。信長は、十一月三日、安土《あづち》城を発して京の二条新城に入り、村重討伐の意志を示したものの、その前途は多難が予想された。

だが、その直後の十一月六日、情勢を一変させる事件が起こった。七隻の鉄貼《てつば》り巨船を中心とする織田水軍が、本願寺への補給物資を載せた六百隻からなる毛利水軍を、摂津木津川口《きづかわぐち》で撃破したのだ。これによって大坂湾の制海権は織田方に移り、荒木村重が当てにした、毛利水軍による補給と支援は絶たれてしまった。

もし、あと二十日熟慮逡巡《しゅんじゅん》していたなら、村重も叛乱を思い留《とど》まったであろう。そうであれば、この男の運命はもちろん、日本の歴史も変わっていたかも知れない。

しかし、現実には、荒木村重が叛乱に踏み切ったあとで、毛利の水軍は敗れたのだ。この事実を踏まえて、織田信長は迅速《じんそく》に行動した。木津川口の戦勝が知らされた十一月七日には、すぐ全軍に出陣の触れを出し、僅《わず》か中一日で準備を整えて京を出立したのである。

この大変事は、日海の叔父、日淵の小さな野望をも打ち砕いた。日蓮宗《にちれんしゅう》妙満寺《みょうまんじ》派で重きをなすに至った日淵は、甥で仏法の弟子でもある日海が囲碁を以《もっ》て信長に仕えた誼《よしみ》で信長に接近、自らの新寺建立《こんりゅう》の許しを得た。

その新寺、近衛町《このえちょう》（西陣出水《にしじんでみず》）の久遠院《くおんいん》（のち寂光寺《じゃっこうじ》）はほぼ完成、今月二十八日に開基の式が行われる予定になっている。それに信長を招くことができれば、世間でも宗門内部でも、日淵の権威は大いに高まるはずであった。

「返す返すも残念なことじゃ」

日淵は、織田信長が遠く去ったあとでも、なお繰り返した。

「叔父の身ならばそう思うのも無理もないが、今やそれどころではあるまい」
日海は、叔父であり仏法の師でもある日淵の心中に同情しながらも、その期待の甘さに戦《おのの》いていた。日海の見るところ、日蓮宗の置かれている状況は、日淵が考えているような気楽なものではない。

確かに、織田信長は長く日蓮宗に好意的であり、京都滞在の折りには本圀寺《ほんこくじ》や妙覚寺《みょうかくじ》などの日蓮宗寺院を多用してきた。三年前、日淵に新寺建立を許した際に、「開基の折りには見にいってやる」などと、軽い口約束をしたのも事実だ。だが、それは、あくまでも四隣《しりん》に敵を抱え、一向宗《いっこうしゅう》徒《と》や比叡山《ひえいざん》と対立していた状況での選択に過ぎない。

三年前に武田勝頼《かつより》を長篠《ながしの》で破り、返す刀で越前《えちぜん》と加賀《かが》の一向一揆《いっき》を葬り、今もまた毛利水軍を破って本願寺を孤立させた織田信長にとっては、最早《もはや》、日蓮宗の利用価値も低くなっている。その証拠に、昨年三月の妙覚寺滞在を最後に、日蓮宗の寺院を宿舎に使わなくなった。言葉数の少ない信長は、余計な議論を省いて、その行動で日蓮宗に警告を発しているのだ。

それにもかかわらず、日淵ら日蓮宗の首脳部は、信長の好意を不変と信じ、他宗に宗論《しゅうろん》を挑むような気風がある。宗祖日蓮以来、法華経を唯一無二と認めない者には宗教的関係を持つべからずという「不受不施《ふじゅふせ》主義」の日蓮宗には、他宗との論争を好む頑固な原理主義者が多いのだ。武士が一元的に政治を行う「天下布武《ふぶ》」を理想とする絶対王制論者の信長は、いかなる宗教宗派も世俗の権力に干渉《かんしょう》したり、宗論を争って世相《せそう》を乱したりすることを許さない。

「このままでは、遠からずわが日蓮宗にも、信長様の弾圧の手が延びるであろう」
日海はそう恐れていた。だが、今はそんなことをいい出せる状況ではない。下手ないい方をすれ

ば、信長と宗門を争わせる流言《りゅうげん》として、双方から指弾《しだん》される恐れがある。そのことを考慮して日海は、

「毛利の水軍が敗れたことで、荒木様の謀叛《むほん》も長くは続きますまい」

とだけいった。そのあとには、「さすれば、わが日蓮宗も信長様には不要となります」といいたかったのだ。

だが、叔父の日淵は、まったく逆に取って、

「そうよな。荒木様の謀叛が片づけば、その時こそは新寺に信長様をお迎えできるわ」

と、強張《こわば》った笑顔を作り、声を落として囁《ささや》いた。

「荒木様の謀叛で、信長様もキリシタンの危険に気付かれるのではあるまいか」

日蓮宗とキリシタンとは仲が悪い。古くは日蓮宗徒の竹内季治《たけのうちすえはる》がキリシタン追放を働きかけ、それに応じぬ信長を非難したかどで処刑されたこともある。また、信長の側近の朝山日乗《あさやまにちじょう》（この僧は実は日蓮宗ではなかった）が、南蛮《なんばん》バテレンのルイス・フロイスと日本人修道士ロレンツォに宗論を仕掛けて敗れ、信長から遠ざけられたこともある。

流石《さすが》にその後は、信長の威光を恐れて表立った論争は避けているが、潜在的な敵意は消えていない。荒木村重が叛乱を起こし、その組下で熱心なキリスト教徒の高山右近《うこん》などがこれに加担《かたん》するとなれば、信長がキリシタン弾圧に踏み切る可能性がある。日淵は、そんなことを期待しているらしい。

「キリシタンのバテレンも阿呆《あほう》ではない。二、三の教徒よりもこの国における宗門を守るはずだ」

日海の未来記憶はそう教えていた。そしてその時には、荒木村重の謀叛討伐に功績があったとし

て、信長はますますキリシタンを寛大に扱うだろう。そのことは、日蓮宗にとって、一段と厳しい状況が生まれることでもある。

「信長様は、神も仏もお信じにならないお方ですから……」

日海は、四年前に見た高槻城でのキリシタンのミサを思い出しながら、やんわりとしたいい方で師の期待を抑えようとした。

だが、日淵は、

「存じておる」

と、不愉快そうに吐き出した。五十歳の日淵は、二十歳の法弟の知った顔が腹立たしかったようだ。

「論を以《もっ》て宗門は救えぬのか」

日海は心の中でそう呟《つぶや》き、冷えた風に白い溜《た》め息をついた。希望的観測に凝《こ》り固まった師を口論で説得するのは難しい。ましてや、日蓮宗という組織全体を変えることは不可能だ。天文法華《てんぶんほっけ》の乱以来、諸大名と結託《けったく》した一向宗や天台宗《てんだい》（比叡山《し》）にしばしば弾圧されてきた日蓮宗徒の間には、他宗と敵対する織田信長に対する過大な期待が染み込んでいるのである。

二

同じ日の夕方、織田信長とその軍団は山崎に陣を敷いた。明智光秀、丹羽長秀《にわながひで》、蜂屋頼隆《はちやよりたか》らの軍が来たのは翌日、長男の信忠《のぶただ》や次男の信雄《のぶかつ》、前田利家《としいえ》らの越前勢などが到着したのはさらにその翌日である。信長がこの出陣をいかに急いだかが分かる。

大軍が集結すると信長は、陣を高槻の山手に進め、荒木村重の組下大名である高山右近の高槻城を取り巻くように付け城を造り、その上で、

「彼《か》のバテレンを連れて来い」

と命じた。「彼のバテレン」とは、三年前に京都で南蛮寺院の建立を許したオルガンチーノのことだ。この時期オルガンチーノは、ルイス・フロイスの後任として「中部日本布教長」の要職にあったから、高山右近はその信徒ということになる。

「右近に忠節をつくすよう、お前たちの才覚で取り計らえ。さすれば、キリシタンの教会を全国どこに建てようとも差し許すであろう。受けられぬというのなら、宗門を断絶させるであろう」

「神も仏も信じない」信長は、そんな言葉でオルガンチーノを脅《おど》し上げた、と『信長公記《しんちょうこうき》』は記している。

オルガンチーノを迎えて、高山右近は大いに迷った。右近にとって苦しかったのは、父親の飛騨《ひだの》守友照《かみともてる》が投降に断固反対したことだ。

飛騨守は、信仰一途《いちず》に生きるために城主の地位を若い息子に譲ったほどの純情なキリシタンだが、天正元年（一五七三）に高山父子が高槻城を得たのは、荒木村重の援助によるものであった。その後も地位と領地を守るために、再三村重の助力を得たことがある。そんな経緯を連ねて、断《だん》固《こ》、村重に与《くみ》することを主張、「信長様に降《くだ》るぐらいなら、キリシタンが禁じる自殺も辞さない」とすらいい張った。高山友照には殉教《じゅんきょう》願望のような自虐性があったのかも知れない。

右近は苦悩した。比叡山を焼き、長島一向一揆を皆殺しにした信長の言葉は、ただの脅しではな

い。敬虔《けいけん》なキリシタンとしては、何万もの信者を道連れにするのは忍びないし、この国でキリシタンの布教が禁じられるのはそれ以上に無念だ。さりとて父の意向も無視できない。オルガンチーノに口説《くど》き抜かれた右近は、迷いに迷った挙句《あげく》、城を捨てることにした。

「荒木村重殿を見捨てて信長様に走るのではない。城も民《たみ》も捨てて、信仰一途に生きる道を選ぶのだ。捨てた城であれば、信長様がお拾いになるのは止《や》むを得ない」

右近はそんな理屈を付けて、粗衣素足《そいすあし》で城を出た。戦略的効果としては降服と同じだが、とにかく荒木攻めの先頭に立つことだけは避けたのである。

オルガンチーノもほっとしたし、高槻領民数千のキリシタンも安堵《あんど》したが、織田信長の喜びもそれに劣らず大きかった。摂津東北端の高槻城を手中にしたことで、山手回りながらも西摂津への通路が開け、有岡城への攻撃路と播磨の羽柴軍団への補給線が維持できたからだ。

もし、ここで高山右近が三カ月でも籠城《ろうじょう》していたなら、播磨の羽柴軍団は、毛利と別所と荒木の三方挟撃《きょうげき》に曝《さら》されて壊滅していたかも知れない。

「バテレンも役に立つ」

そんな言葉を残して陣を摂津郡山《こおりやま》に移した織田信長の下《もと》に、十一月十六日、高山右近が出仕した。信長はこれを歓待、自ら着ていた小袖を脱いで与えると共に、改めて摂津芥川《あくたがわ》郡を所領として与えた。反抗者には徹底した弾圧を、投降者には過分な優遇を与えることを見せつけたのだ。

その効果はすぐに現れた。翌々十八日、信長が本陣を茨木の南の総持寺《そうじじ》に移して茨木城を包囲すると、六日後の十一月二十四日には、茨木城の守将の一人、中川清秀《きよひで》が織田方に通じて他の二人の守将を追い出して城を開いた。これによって信長は、摂津の東半分を回復することができた。

京都出陣以来半月でのこの成果は、織田信長にとっても予想以上であったろう。喜んだ信長は、中川清秀に黄金三十枚を、その下働きをした家老三人には各六枚を与えた。またこの日、高山右近にも黄金二十枚を、その家老二人には各四枚を与えた。織田信長は、投降城主に対する領地の支給ばかりか、家老級の者にも金銭による買収を行ったのだ。

叛将《はんしょう》・荒木村重との戦いでの決定的な事件は、十一月二十八日に起こった。武庫川《むこがわ》河口に近い大和田《おおわだ》の城主、安部二右衛門《にえもん》が、芝山源内《げんない》と申し合わせて投降してきたのだ。大和田は、西の尼崎にも南の石山本願寺にも通じる要衝《ようしょう》だけに、この占拠は織田方の補給路を完全にすると同時に、荒木側の諸城を引き裂く効果も大きい。狂喜した織田信長は、何と二百枚もの黄金を安部二右衛門に与えて、その「忠勤」を賞した。高山右近や中川清秀に対する報酬《ほうしゅう》に比べて、その金額は如何《いか》にも多い。それほどこの城の価値は高かったのだ。

『信長公記』は、これに関して面白い話を付け加えている。

安部二右衛門が信長に降ったのを知った父と伯父《おじ》は、

「荒木様にも本願寺の門跡《もんぜき》様にも、このような不義はよろしくない」

と怒って大和田城の天守に閉じ籠もってしまった。困り果てた二右衛門は、芝山源内を使者として黄金二百枚を信長に返済、「再び敵になり申す」と宣言して、足軽を出して織田方の陣に鉄砲などを撃ち込み、伯父を本願寺と荒木方に使いにやった。これに安心して父親が天守から下りて来たところを捕らえ、人質として京都に送った。その上で十二月三日の夜、再び信長の陣屋に来て、以上の苦労話を語って投降したというのである。

これに対して信長は、

「先の（投降した）忠勤よりも、このたびの行為は一層殊勝《しゅしょう》である。感じ入った」

といって、黄金二百枚に秘蔵の脇差《わきざし》を添えて与え、摂津川辺《かわべ》郡一切の支配を申しつけたという。

先の高山父子の話と合わせて、当時の武士の心理が、信仰と権力、過去の報恩と将来の実利との間で激しく揺れ動いていたことが分かるだろう。

摂津の武将の中には、織田信長に反逆した荒木村重に加担しようとする者も多かった。だが、結局は多くの城主が織田方に帰順、村重は孤立してしまった。木津川口の海戦で織田方の鉄貼り巨船が毛利水軍を破ったことと、信長がバテレンを使って高山右近の誘降に成功したことによって、荒木村重の叛乱も不成功に終わると見られるようになっていたからだ。残忍にして果敢《かかん》な織田信長の作戦勝ちといわざるを得ない。

実際、大和田城を手に入れたのを境に、織田信長は残忍性と積極性を一段と増した。

加賀《かが》や能登から尾張《おわり》、伊勢《いせ》までの兵を動員して、有岡城をはじめとする荒木方の諸城の周囲に多数の付け城を築かせる傍《かたわ》ら、六甲《ろっこう》の麓《ふもと》の甲山《かぶとやま》に避難していた近在の農民たちを斬り捨て、兵糧の略奪をも許した。同時に、羽柴秀吉に佐久間信盛《さくまのぶもり》や筒井順慶《つついじゅんけい》らの兵を添えて、播磨三木城の別所長治を攻めさせ、明智光秀には、丹波の波多野秀治《ひではる》の館を三里《り》（約十二キロ）四方の柵と堀で囲う大作戦を展開させた。荒木村重の叛乱にもかかわらず、織田信長の四隣掃討《そうとう》作戦は、約二カ月で旧に復したのだ。

この間、信長の敵は、何一つ有効な手を打たなかった。最大勢力の毛利は、水軍敗退のショックから立ち直れず、尼子《あまご》の遺臣たちが籠もっていた上月《こうづき》城を落としたあとは積極的には動いていない。石山本願寺も、補給を断たれたために、撃って出るほどの気力と戦力がなかった。播磨の別所、丹波の波多野、紀伊の雑賀《さいか》なども、自領から攻め出る余力を欠いていた。去年までは織田家の脅威《きょうい》だった越後《えちご》の上杉家では、謙信死後の跡目を巡る内戦が起こり、他国に干渉《かんしょう》するどころではなかったのである。

三

天正七年（一五七九）は、厳しい寒さと戦乱のうちに明けた。前年の正月には、五畿内《ごきない》はもとより越前から伊勢までの諸将が安土城の年賀に集まり、盛大な茶会が開かれた。だが、一年後の今は、その茶会の出席者の一人、荒木村重が叛乱を起こしたため、ほとんどの将兵は摂津に出陣、それぞれの持場を離れることができない。

織田信長は、前年十二月二十五日に安土城に帰っていたが、年賀の客もなく、派手な茶会なども開かなかった。だが、例外が二組あった。正月五日、堺の港から挨拶《あいさつ》に来た九鬼嘉隆《くきよしたか》と、京都から新寺開基の報告に来た日淵、日海の師弟である。

織田信長は、前年十一月の木津川口海戦で大勝した功労者の九鬼嘉隆には、

「本願寺が鳴りを静めている今のうちに故郷の伊勢に帰り、妻子にも会い、その上でまた登城するがよかろう」

と丁重《ていちょう》に応対、短い休養を与えた。海の荒れる冬場とあっては、先の海戦で大打撃を受けた毛利水軍が出没する恐れもなかったからだ。

一方、日淵に対しては、奏者《そうじゃ》を通じて新寺開基の報告を受けただけで会おうともしなかった。当時の信長と日淵との地位からすれば当然のことだが、信長の好意を信じていた日淵は、この「当たり前」の処遇にもいささか失望した体《てい》だった。

日淵は、京都近衛町に開いた新寺・久遠院に信長を招く期待を捨てていなかった。むしろ、キリシタンのバテレンが、高山右近の誘降《ゆうこう》に成功し、全国どこにでも教会を建てる特許を得たことに焦りさえも感じていたのだ。

そのせいか、かねて親しい茶坊主の針阿弥《しんあみ》が日海を接待し、

「しばらく城下に留まれば、上様《うえさま》にお目通りする機会もございましょう」

というと、日淵はすぐそれに従うよう日海に命じた。信長の近くに人を置けば、宗門にとっても大事な情報源となったからである。

三日後の正月八日、突如、信長は小姓《こしょう》や馬廻《うままわ》り役などを動員して、近江八幡《おうみはちまん》の馬淵《まぶち》から切り石三百五十個を運ばせた。安土城の石垣を飾るためだが、その中には墓石や仏像も多数含まれていた。

また、翌日には、信長自ら大規模な鷹狩を行い、その夜には側近たちを集めて、獲物の鶴などを大いに振る舞った。日海も、囲碁を以て仕えるお側衆《そばしゅう》の一人として、この御馳走《ごちそう》に与《あずか》ることができた。その席で信長は、日海を認めて、

「よう来た、新発意。そのうちに天下の囲碁の上手《じょうず》を集めて手合いなどもいたそう」

と声を掛けたが、叔父の日淵のことにも、その新寺のことにも触れなかった。

「あり難《がた》きお言葉」

日海は、深々と頭を下げた。本当にそんな大碁会を催したかった。だが、その間にも日海は、信長の異常な昂《たかぶ》りを感じとっていた。石を運ばせた時も、鷹狩の際も、この夜の宴《うたげ》でも、信長は落ち着くことなく動き回り、声高《こわだか》に喋《しゃべ》った。そしてその後ろには、これまで見なかった美貌の小姓がぴったりと付いていた。その小姓を見る信長の表情は、主従の親愛というよりも男女の情愛に近い。

「あれはどちらのお方でしょうか」

宴が果てた後で日海は、針阿弥にそっと訊《たず》ねた。

「森蘭丸《らんまる》殿ですよ。美濃金山《かなやま》の森長可《ながよし》様の弟君の」

針阿弥は、吐き捨てるように答えた。自身もかつては信長の寵童《ちょうどう》だった針阿弥が、その地位に付いた少年に好感を持てないのはよく分かる。だが、人前でも特殊な感情を隠さない蘭丸の態度には、日海自身も嫌悪を感じざるを得ない。

この時代には、「野郎好み」といわれた寵童趣味が珍しくない。織田信長の寵童趣味も今にはじまったことではないが、これまではあまり露骨《ろこつ》に見せることはなかった。それが今は、人前でも隠そうともしない。単に新しいお気に入りができただけではなく、信長の気儘《きまま》な理想への接近が、また一段と進んだことを示すものだ。

「危うし」

日海は、心の中でそう呟いた。神も仏も信じない信長が、その信念を剝《む》き出しにするのも、遠いことではないように思えたからだ。

日海の観察は当たっていた。春の兆《きざ》しが現れた二月十八日、織田信長は上洛したが、その後の行動も異常な昂りの連続だった。それを示すのは、まず度重なる鷹狩だ。上京早々の二月二十一日、早くも東山《ひがしやま》で鷹狩を行ったのをはじめ、二十八日にも再び東山で、三月二日には賀茂山《かもやま》でと放鷹《ほうよう》を繰り返した。

織田信長ほどの者が鷹狩を行うとなれば、家臣も地場《じば》の者も、その準備と警護に走り回らねばならない。上京から十日の間の三度の鷹狩には、周囲の者が疲れ果てた。だが、信長だけは疲れも見せず、この間にも様々な文書を出し、畿内の寺社や武士領の仕置きをし、各地の軍勢に出陣を促《うなが》した。

「佐助《さすけ》さんや。しばらく信長様の様子を見ていてくれませんか」

三月四日、信長と共に安土から叔父の新寺・久遠院に戻った日海は、供の武芸者・佐助にそう頼んだ。五年前、「戦車」で黄金を運んだ時からの同志だ。

「そういわはるやろと思てました。針阿弥様に頼んで、信長様の御本陣に加えてもらいまひょ」

佐助は気軽に引き受けてくれた。この日、信長の三人の子息、信忠、信雄、信孝《のぶたか》がそれぞれの兵を率いて京に来た。これを待っていた信長は、すぐ明日にも摂津に出陣するだろう。その様子を早く詳しく知るには、気の利いた者を陣中に入れて置くのが最良だ。

果たして、信長は翌五日に京を発って摂津に出た。そしてその行軍の途中でも再三鷹狩を繰り返した。これには家来の将兵ばかりか、使われる鷹も疲れ果てたと見え、十三羽が足を痛めてしまったほどである。『信長公記』の作者、太田牛一《ぎゅういち》も、

「毎日の鷹狩に信長様の御苦労は並大抵《なみたいてい》のものではないのに、お疲れもお見せにならず、気力盛ん

なお姿に大勢の者が感じいって、口々に賞賛したことであった」

と、皮肉のようなことを書いている。

信長の昂りは四月になっても収まらない。四月八日には、有岡城攻撃の陣を見回りながら鷹狩を行う傍ら、近習《きんじゅう》や馬廻りの者たちを徒歩《かち》と騎馬とに分けて合戦演習をさせ、自らは徒歩の部隊長役を務めて、はしゃぎ回るようなことまでした。数え年四十六歳の織田信長は、全身に滾《たぎ》る精力を持て余しているかに見えた。

この勢いは、戦《いくさ》にも現れた。まず、次々と大軍を播磨に送った。合戦演習が終わった四月八日夕方には、越前衆の前田利家、佐々成政《さっさなりまさ》らを、十日には丹羽長秀や筒井順慶らを、十二日には三人の息子たちとその軍勢を、といった具合だ。一方、丹波の明智光秀には、献上してきた馬をそのまま光秀に与えて、波多野攻めの催促にした。

もちろん、荒木村重の有岡城に対する攻撃も続いた。有岡城の周辺には十二カ所の付け城を造らせ、手柄のあった塩河伯耆守《しおかわほうきのかみ》には森蘭丸を遣わして銀百枚を与えた。また、名馬を送って来た常陸《ひたち》の多賀谷朝宗《たがやともむね》には小袖《こそで》や縮みを大量に与えた。その間に京都四条《しじょう》で娘が母親を殺害するという事件があったと聞けば、裁判官役を買って出て、奉行の村井貞勝《さだかつ》に命じてその娘を処刑している。

四月二十六日には、有岡城に近い古池田《ふるいけだ》で再び合戦演習を行い、前関白《さきの》・近衛前久《このえさきひさ》まで馬に乗せ、近習や足軽の駆け引きをやらせた。翌日、播磨御着《ごちゃく》城に攻め込んだ長男の信忠が戻って来ると、二十八日からは能勢《のせ》方面を攻めさせた。

これでは、信長周囲の者はもちろん、播磨攻めを担当する羽柴秀吉も、丹波攻めを受け持つ明智光秀も、じっとして居られない。羽柴秀吉のごときは、自ら敵方の海蔵寺砦《かいぞうじとりで》に忍び込んで攻略するような冒険まで仕出かしたほどである。荒木村重が嫌い恐れた状況が、現実のものになっていた、といえるだろう。

京都の久遠院にいた日海は、そんな信長の様子を佐助から逐一《ちくいち》報告されていたが、五月一日には、その信長も京に戻って来た。

織田方の猛攻で、播磨でも摂津でも丹波でも、敵は鳴りを潜《ひそ》めて籠城している。こうなると、どの城も簡単には落ちない。約二カ月間、存分に動き回った信長は、ようやく気が済んだのか、しばらく安土に帰ることにしたのだ。

「気を付けた方がよいな」

信長と共に京に戻った佐助に対して、日海はそういった。あの信長が、安土に戻ったからといっておとなしくしているはずがない。あらゆる面で積極的に動くだろう。それを思えば、今は何事につけ面倒を起こすべきではない。

だが、そんな日海の気づかいも虚《むな》しかった。織田信長が京を経て安土城に戻ったのは五月三日、そしてその直後に日海が恐れていたことが現実になった。五月六日、関東から来て安土で法談をしていた浄土宗の霊誉《れいよ》という長老に、日蓮宗の信者の建部《たけべ》紹智《しょうち》と垣谷《かきや》伝介《でんすけ》が問答を仕掛けるという事件が起こったのである。

四

「何、安土で浄土の輩《やから》と宗論を戦わすというのか」

五月八日、頂妙寺《ちょうみょうじ》から来た使者の差し出した書面を見て、叔父の日淵が、驚きの表情で低く叫んだ。

「いかにも」

頂妙寺の使僧は、膝《ひざ》に置いた拳《こぶし》を震わせて頷《うなず》くと、書面を補う説明をした。

「一昨日、安土で法談を行っていた浄土の霊誉長老に、わが信徒の建部紹智殿と垣谷伝介殿が問答を仕掛けられましたるところ、霊誉長老には、お二人とも若くて仏法の極致《きょくち》までは分からぬであろう、お二人の信じる日蓮宗の僧侶を出せば返答いたそう、などと申された由《よし》にございます。問答に応じぬばかりか、日蓮信徒を侮《あなど》る口上《こうじょう》、見逃すわけには参りますまい」

「ふーん、それは……」

日淵は呟いた。

「ここは、詫《わ》びを入れてもお断りなさいませ」

脇に控えた日海は心の中でそういい、そのように叔父が答えてくれることを祈った。宗祖日蓮以来、法華経を唯一無二と主張する日蓮宗にとって宗論を避けるのは辛《つら》いが、今度ばかりは時期も場所も相手も悪い。

織田信長の立場からすれば、荒木村重の叛乱で畿内が荒れている時に、宗派同士の争いなどして欲しくないはずだ。特に急膨張《きゅうぼうちょう》する安土の城下には、各宗各派が入り乱れて縄張りを競っているだけに、それがもたらす混乱は大きい。その上、相手の浄土宗は信長のお気に入り、金勝山《きんしょうざん》の応《おう》誉《よ》が安土に浄厳院《じょうごんいん》を特許されたばかりだ。この時期に安土で浄土宗とことを構えるのは、どうみても得策ではない。

だが、ことは宗門の大事、使者を寄越した頂妙寺日珖《にっこう》は大幹部、日海ごとき若僧が意見を述べることではない。ただ、叔父がそのことを考慮してくれるのを望むばかりだ。

「垣谷伝介殿と建部紹智殿か」

長い沈黙の末に、日淵はそう呟いた。いずれも堺の豪商、垣谷伝介の実家は塩問屋として有名であり、建部紹智の家は大手の油屋、しかもその叔父は日蓮宗の幹部でもある。堺の妙国寺《みょうこくじ》の住持をも兼ねる頂妙寺日珖には、見捨てられない信徒なのだ。

「まずい方をお考えらしい」

と日海は思った。頂妙寺日珖はもちろん、その使者を受けた叔父の日淵も、日蓮宗内部の事情の方を重視している。やがて日淵は、使者の僧に訊ねた。

「して、日珖殿は覚悟を決められたのか」

「申すまでもございません。他宗の侮りを受けては、見逃せぬ道理でございましょう。日珖様ばかりか、常楽院日経《じょうらくいんにっきょう》様、仏性院日奥《ぶっしょういんにちおう》様らはもとより、妙顕寺《みょうけんじ》の大蔵坊《だいぞうぼう》や常光院日諦《じょうこういんにってい》様も御同意にございます」

使者の僧は、じれったそうに肩を震わせた。

「ほう、日諦様もか」

日淵は諦めたように頷いた。

常楽院の日経や仏性院の日奥は過激な原理主義者、妙顕寺の大蔵坊は宗門事務局長のような立場だから、そういうのは当然だが、宗門の大長老である常光院日諦までが覚悟しているとなれば宗論は避け難い。ここで自分一人が断れば宗門の分裂に繋がり、追放処分ということにも成り兼ねない。それに比べて、自分が加わって宗論を有利に導くことができたなら、大きな手柄になる。仏法に関する知識と織田信長の好意を信じていた日淵は、そう考えた。

「ならば、止むを得まい」

日淵はそういってから、はじめて日海の方を見た。二十一歳の若僧とはいえ、囲碁を以て信長に近しい日海の様子も気になったのだ。

「これは、一大事でございます……」

日海は深く俯《うつむ》いたまま、囁いた。最早止める言葉もない。せいぜい萎《しお》れた態度で師の用心を喚起《かんき》するのが精一杯だ。幸いそれを、叔父の日淵も見過ごしはしなかった。

「日海、その方も付いて参れ」

日淵はそういったので、日海は、

「あまり人数が多くとも」

と低く呻《うめ》くようにいった。ようやく自分の意見を出したのだが、その意味もまた、日淵は間違わなかった。

「そう、あまり人数が多くとも恰好が付かぬでな、日諦様、日珖殿、それに拙僧と二、三のお付きぐらいにされてはどうかと、みなみな様に申して頂きたい」

と日淵はいった。「不受不施主義」の過激派、日経や日奥は除けということである。

それを聞いて、日海は少しだけ安心をした。過激な人々が参加しなければ、まだ止める機会があるかも知れない。たとえ止められなくて宗論に敗れても、宗門と参加する人々の命を救うことぐらいはできる、と思ったからである。

天正七年五月二十五日夕方、日淵の供として日海が安土に着いた時、既に日諦、日珖は来ていたし、妙顕寺の大蔵坊や建部紹智の叔父（堺の弟坊主）もいた。いずれも闘志溢《あふ》れる表情だ。

「よう来られた、日淵殿。この度は堂々の宗論を行いたいものじゃ」

最長老の日諦が、強張《こわば》った表情でまずいった。既に七十を越した老僧である。これに対して四十八歳の日珖は、鋭い顔で、

「御苦労をおかけします」

といって、合掌《がっしょう》して頭を下げた。それに合わせて、大蔵坊と堺の弟坊主も頭を下げた。そんな儀式が終わるのを待っていたように、見知らぬ初老の僧が陽気な笑顔でいい出した。

「いやいや日淵殿、御心配は御無用ですたい。浄土宗の方は、早や負けを覚悟してか、関東から下って参った玉念霊誉殿《ぎょくねんれいよ》と当地西光寺《さいこうじ》の聖誉貞安殿《しょうよていあん》の二人しか来ぬそうな。知恩院《ちおんいん》はじめ名のある寺はみな関わりを恐れて見て見ぬ振りをしとりますわい」

「妙国寺《みょうこくじ》におられる不伝殿《ふでん》です」

日珖が慌《あわ》ててその僧を紹介した。

「何故《なにゆえ》……」

日淵は、怪訝《けげん》な表情で日珖を見返した。それもそのはず、不伝は日蓮宗の僧ではない。昨年秋、近衛前久が九州に下向した折りに知り合い、その供として上京して日蓮宗の妙国寺に寄宿している者だ。八宗兼学《はっしゅうけんがく》を自称し、どの経典のどこにどんな文字があるかをすべて諳《そら》んじているほどの物知りともいわれているが、紅梅小袖《こうばい》で町を徘徊《はいかい》するような奇行も多い。だが、日珖が答えるよりも

先に、また不伝が軽い調子で喋り出した。

「拙僧、八宗を修め経典を諳んじて、日蓮宗の教えこそ正しいと分かり申した。よってこの度は、日蓮宗の一員として宗論に臨《のぞ》み、多年研鑽《けんさん》を積みましたる知識を御宗門のためにお役に立てたく、かく参上致した次第でござる。浄土の輩が一字一句なりとも間違えれば、拙僧がすぐ様申し上げるでありましょう」

日淵は、日海を振り返って渋い表情をした。安土の城下に波瀾《はらん》を起こす宗論を行うだけでも信長には迷惑のはずなのに、門外の者まで助っ人に入れるのは一層拙《つたな》い。日淵の顔にはそう書いてあった。だが、続いて追い討ちを掛けるような言葉が大蔵坊から出た。

「先程、信長様のお使いの方が参られ、宗論を思い留まってはと申されたが、ここまで来て止めるわけには参らぬとお答えいたしました」

「そ、それは……」

思わず日海は、血の気《け》が引くのを感じて叫んだ。どうやら、ここに集まった日蓮宗の僧侶たちも、信長に劣らず昂っているようだ。

「信長様の方では、ならば審判を立て、警護の者も配する故《ゆえ》、勝敗のほどは書面で報せよとのお達しがございました」

大蔵坊が多少心配そうにいったが、また不伝が喋り出した。

「いやいや、それも浄土の方が人も準備も整わぬ故、信長様に頼みこみおったことですよ。信長様は御祖父以来の日蓮贔屓《びいき》、御家来衆にも日蓮信徒が一番多い。好んでわが方を不利にはなさりますまい」

「それで、その審判役とは」

日淵は、不伝の饒舌《じょうぜつ》を無視して日珖に訊ねた。

「南禅寺《なんぜんじ》の景秀《けいしゅう》老師にお迎えが出たとか」

日淵は一段と暗い表情になった。南禅寺の景秀といえば京都五山を代表する善知識には違いないが、既に八十五歳の高齢、最近は耳も遠いと聞いている。到底、この宗論を裁くほどの気力と体力があるとは思えない。

「して、場所は」

「城下の浄土宗浄厳院仏殿」

「何と」

流石《さすが》に日淵も脅《おび》えた表情になった。浄厳院といえば信長の気に入りの浄土僧・応誉の寺だ。決して中立的な場所とはいえない。それでもなお、妙国寺不伝は、歯の抜けた口を開いて笑った。

「審判も場所もどうでもよろしい。誰の目にも明らかなほどに言い負かせばよろしい」

どうやら日蓮宗側は、優勢を信じる楽観と不伝の軽はずみな煽《おだ》てに乗せられ、日蓮宗を叩こうという織田信長の策略にはまり込んでしまったらしい。

「やはりそうであったか」

日海は、自らの「未来記憶」の正しかったことを忌《い》ま忌《い》ましく思った。だが、それで思考を止めるわけにはいかない。囲碁を以て信長に仕える特異な立場の僧として、宗門の将来と師の身を守る手立てだけはしなければならない。

「勝てぬ宗論なら、上手に負けることだ」

日海はそう考え出していた。

五

五月二十七日、日諦、日淵、日珖、堺の弟坊主、不伝、それに記録係の大蔵坊の六人は日の出と共に宗論会場の浄厳院仏殿に向かった。何《いず》れも緋《ひ》の衣に金襴《きんらん》の袈裟《けさ》という豪華な衣装をまとい、法華経八巻の軸も用意していた。この時点でもまだ、日蓮宗側は必勝の自信を持っていたのだ。

日淵につき従う日海は、主役の六人よりも十歩ほど遅れて、他の供の僧たちと一緒に歩んだ。その後ろには小者《こもの》役の佐助もいた。叔父の身に危険があればと、日海がこの武芸者を荷物運びに選んだのだ。

「これは……」

浄厳院に着いた時、叔父の日淵が驚きの声を上げた。会場の浄厳院は織田の兵に囲まれているのに、仏殿には聴衆が充満している。

しかもそれが、日蓮宗の僧たちが入ると一斉に笑い出した。既に着席している浄土側は、噂の通り関東の長老の玉念霊誉と安土城下の西光寺の聖誉貞安の二人で、何《いず》れも墨染《すみぞめ》の衣に紙筆を持っているだけだ。聴衆が笑ったのは、これに比べて日蓮側の装束《しょうぞく》があまりにも大袈裟《おおげさ》ということらしい。

「何たること」

長老の日諦も流石に呆《あき》れた。敵の寺で議論を戦わす以上は、敵意のある視線に囲まれることは覚悟していたが、はじまる前に笑われるとは思っていなかった。予《あらかじ》め相手の戦意を挫《くじ》く作戦、恐らくはこの寺の住持、応誉の策だろう。これでは日蓮宗側が負けた時には恥の上塗《うわぬ》りになる。日諦以下の日蓮僧は一段と昂り、平常心を失った。中でも妙国寺不伝の慌てようは見苦しく、身を震わせて俯いてしまった。

「いよいよ困ったことになった」

日海はそう思ったが、すぐに奉行の津田《つだ》（織田）信澄《のぶずみ》や菅屋《すがや》九右衛門《きゅうえもん》が現れ、日海たち供の僧の退席を求めた。供の僧のためには、庫裡《くり》に控えの間が用意されているのだ。

日海たちが案内された庫裡では、仏殿での議論は聞こえない。何れにしても宗論は長々と続くはずだ。ここで日海は、後のことをじっくり考えるつもりでいた。この男の「未来記憶」の中にも、今後の詳細は刻まれていない。

ところが、僅か半刻余り経った時、突然、仏殿の方で「ワーッ」という怒号《どごう》とも喊声《かんせい》ともつかぬ声が湧き起こり、大勢の人の蠢《うごめ》く音がした。

日海は驚き慌てて仏殿に走ろうとしたが、その手前で立ち竦《すく》んだ。仏殿の中の聴衆が暴徒の群れと化し、そこここで緋の衣を押し倒し踏み付けているではないか。壁に掛けた法華経八巻の軸も散り散りに破られている。そんな中から、玉念霊誉が扇子《せんす》を手に「勝った、勝った」と踊《おど》りながら出て来るのが見えた。

「危ない」

日海がそう叫んだのは、叔父の身のことだったか、宗門のことだったか、自分でも分からない。その脇から佐助が飛び出し、群がる暴徒を押し退《の》け蹴散らして日淵を助け出して来た。衣も袈裟も破れ、額から大量の血を流している。

「他の方々は」

日海がそう思った時、ようやく警護の兵たちが動き、暴徒と化した聴衆を抑えて日蓮僧たちを引き出した。みな衣が破れ身も傷つき、何人もの小者たちに手を取られている。助け出すというよりは「逮捕《たいほ》」したのである。

日蓮宗の一同は、先刻まで日海たちの控室になっていた庫裡の一室に閉じ込められた。誰もが茫《ぼう》然自失《ぜんじしつ》、何がどうなったのか、正しく語れる者さえいない。その間にも、周囲の襖《ふすま》に板が打たれ、縁側には矢来《やらい》が組まれた。急造の獄舎にしているのだ。やがて、宗論奉行役の津田信澄が、何人かの武士を連れて現れ、

「その方ども、宗論に負け申した上は、約束の通り、その旨《むね》を書面にいたせ」

と申し付けたが、応じる僧はいなかった。

「強情を張らぬ方がよい。打首《うちくび》になりたいのか」

津田信澄はそう脅したが、顔には困った表情が漂っていた。

「なるほど、そういうことか」

日淵の後ろにうずくまった日海は、ことの次第がよく分かった。織田信長にしたところで、日蓮宗の幹部たちを打首にはしたくないはずだ。これまで信長は、天台宗本山の比叡山を焼き払い、各地の一向一揆を殲滅《せんめつ》するなど、多くの宗派に乱暴な弾圧を加えて来たが、それはみな、寺院が俗界の権力を求め、「天下布武」の理想に逆らった場合に限られている。だから信長は、比叡山を焼いても天台宗を禁じることはなかったし、本願寺や長島一揆と戦っても、一向宗すべてを否定するこ

とはなかった。

だが、今度のことは単なる宗論であって、日蓮宗が俗権に干渉し武力闘争を試みたわけではない。これを理由に日蓮宗を武力弾圧すれば、信長自身が宗教に干渉することになり、世俗の政治権力と個人の信仰とを分けようという信長の理想にも反することになる。

その上、織田家臣の中にも、堺や京の商人の中にも、日蓮宗徒は多い。全国に散在する日蓮寺院の勢力も侮《あなど》れない。天下の七分《しちぶ》を手中にした信長といえども、まだまだ周囲に敵の多い今、日蓮宗を敵にする不利は重々分かっている。天下に新しい秩序を作りたい織田信長にとっては、宗教宗派の対立で天下に摩擦《まさつ》が起こることだけが迷惑なのだ。そのことを熟知している津田信澄は、ここで敢《あ》えてごり押しをせず、

「よく考えて置け」

とだけいい残してその場を去った。

「いかが致すべきや」

信澄が去ると、日蓮僧たちは、殴打《おうだ》されて腫《は》れたり出血したりした顔を寄せて相談した。誰もが興奮さめやらぬ状態だけに、「死しても止まず」の強硬論が優勢だ。これこそ日海が恐れていたことだ。

そんな時、寺の周囲が俄《にわか》に騒々しくなった。織田信長自身が来たのである。

宗論が終わってから約四時間を経た正午頃、織田信長は浄厳院に来た。山上の城から城下の寺まで移動する時間を考えれば、信長の行動は実に迅速だ。かねてこのことを予想して待機していたの

に違いない。当然、後をどう裁くかも既に考えていたはずだ。

まず信長は、垣谷伝介を引き出し、

「塩屋のくせに無用の宗論を企て、今回の騒動を起こしたのは許し難い」

などと叱《しか》った上で、日蓮僧たちの面前で首を刎《は》ねさせた。もう一人の原因者の建部紹智はいち早く姿を晦《くら》ませていたが、草の根分けても捜し出して処刑せよとの判決を申しつけると、次に妙国寺不伝を引き出させた。

「その方は日蓮宗の僧でもないのに、勝ちそうだと思って加担して騒動を拡げ、ここに来て不利と見ると口を噤《つぐ》んでおった由、その卑怯《ひきよう》卑劣《ひれつ》は見逃せない」

信長はそんな言葉に続いて、かねての不伝の不行跡《ふぎようせき》を長々と並べ立てた上で、これまた首を刎ねさせた。一見、怒りに任せて残虐な処刑を行っているようだが、その実、処刑の対象と理由を宗論騒動のみに絞っていることが分かる。

その後で信長は、残った日蓮宗の僧たちの方に来て、まず、

「あの老僧は誰か」

と日諦を指して問うた。

「常光院日諦様」

項妙寺の日珖が恐れることなく答え、

「妙覚寺《みようかくじ》の学頭でもございます」

と付け加えた。信長が去年の春まで、しばしば妙覚寺を宿舎としていたからだ。

信長は「うん」と頷いただけで、すぐ続いて、訊ねた。

「新発意か坊主かあるは何《いず》れぞ」

「成り立ての小僧がいる寺の者はどこにいるか」という意味だ。信長ほどの天下人がわざわざ「成り立ての小僧」と指定したのは他でもない、五年前から囲碁を以て信長に仕え、「新発意」と呼びならわされていた日海のことだ。

「これに……」

日海は、部屋の隅から膝をにじって平伏した。同時に、織田家の小者に両手を取られていた日淵も頭を下げげた。信長は、まず日海を、続いて血の流れる日淵の顔をまじまじと見た。そして、

「ふーん、まだ年も若い。そんなに血が出るほどにすることはなかった。手を放してやれ」

といった。垣谷伝介や不伝に対する態度とは、明らかに違っている。「血が出るほどにすることはなかった」などというのは、処刑の意志がない証拠だ。信長は、そこまでの示唆《しさ》を与えた上で、

日諦、日淵、日珖の三人に対して、

「宗旨を変えるか、一筋に命を思い切るか、返答せよ」

などと脅したが、すぐまた、

「直《ただ》ちに返答するのは難しかろうて、よく思案せよ」

というと、あとは奉行たちに任せて立ち去った。

織田信長の側から妥協《だきょう》の余地があることを匂わせたといってよい。信長は、日蓮宗から「事後、宗論によって世間を騒がすようなことはしない」という一札《いっさつ》を取りたかっただけなのだ。そのために策を弄《ろう》し時を選んで宗論を開かせ、日蓮宗の負けを作り上げた。そう覚《さと》った日海は、叔父の日淵に擦《す》り寄って囁いた。

「お師匠様。今日のことはみな知っております。何と書こうが、それでわれらの宗義が間違っていたことにはなりますまい。ただ一枚だけ、信長様にだけ詫状《わびじょう》を書きましょう」

「うん」

日淵は悲痛な表情ながらも頷いた。もちろん、ただ一枚といっても詫状を書くのは、日蓮宗には大きな屈辱《くつじょく》である。日経や日奥などの原理主義者の過激派が、その故を以てここにいる三人の幹部を糾弾《きゅうだん》するに違いない。

だが、それだけのことで宗門が救われるのなら、敢えて拒むべきではない。全山放火と殺戮《さつりく》に曝《さら》された比叡山や、各地で何万もの死者を出した一向宗に比べれば、かなり「上手な負け方」といえるだろう。

やがて、奉行の津田信澄と日淵の間で、詫状の文案協議がはじまった。それを見ながら日海は、哀しい思いに沈んだ。

「いずれこうなることは知っていたのに、論を以ては宗門を救うことができなかった。これが時の勢いというものであり、組織というものなのか」

日海は、何度も何度もそのことを繰り返して考えた。

実録・本因坊算砂

「安土宗論《あづちしゅうろん》の場に本因坊算砂《ほんいんぼうさんさ》（本編の日海《にっかい》）がいた可能性が強い」――これはあまり知られていない事実だ。

本因坊算砂が本能寺の変の直前まで信長の面前で碁《ご》を打っていたことは、歴史家の間でも囲碁《いご》ジャーナリストにもよく知られているが、安土宗論の現場にも当時数え年二十一歳の本因坊はいた可能性が強い。日蓮宗《にちれんしゅう》史の研究家である立正《りっしょう》大学名誉教授・宮崎英修《えいしゅう》氏は、日淵自身が口《こう》述《じゅつ》した『安土問答実録』に次のようにあると指摘している。宗論が終わって日蓮宗の僧たちが捕らわれていたところに信長が来て、垣谷伝介《かきやでんすけ》や不伝《ふでん》を処刑したあとの記述だ。

「さて次にわれら三人の者にあの老僧はとありし時、日珖《にっこう》申さく、妙覚寺《みょうかくじ》の学頭と。又仰《おお》せらるるようは、汝《なんじ》は堺《さかい》の油屋浄祐《じょうゆう》が弟ならん、疑いもなくよく似たり、又仰せらるるようは新発《しんぼ》意《ち》か坊主かあるは何《いず》れぞとありし時日淵《にちえん》（ソレガシ）手をとられながら少し俯向《ふこう》す。その時仰せらる、年まだ若し、面《おもて》の血の流れたるをご覧あってあのようにすまじきものを、とあって、その手をはなせ、いらぬことよ、とありし時三人共に手を放って六人の小人（コモノ）共も（の）きぬ」

信長はまず老僧・日諦《にってい》のことを訊ね、次いで『信長公記《しんちょうこうき》』などが「堺の弟坊主」と書いている人物に触れた。そして次には「成り立ての小坊主か坊主かがいる寺の住持《じゅうじ》はどこにいるか」と訊《たず》ねたので、日淵が少し頭を下げた。それに対して信長は、「まだ年も若い」といい、顔に血が流れているのを見て「あんなにしてはならないのに。その手を放せ、手を押さえている必要などない」といったので、三人とも手を放された、というのである。当時、日淵は五十二歳だったから、「年まだ若し」というのは当たらないが、部屋の暗さと流血のせいでそう見えたのだろう。

それにしても、信長ほどの者がわざわざ「成り立ての小坊主」と指定したのだから、余程、よく知られた小坊主でなければならない。その当時の日蓮宗、それも日淵の周辺となれば日海、のちの本因坊算砂以外には該当者《がいとうしゃ》はいない。宮崎氏は、「新発意」の傍書《そばがき》に「碁打ち本因坊の事也《なり》」と明記してある、とも書いている。

恐らく、信長自身も興奮していたであろうあの混乱の中で、信長がわざわざ当時二十一歳の本因坊を指定したのは、そこに彼がいたからだ、という憶測《おくそく》もなり立つ。

さて、天正《てんしょう》七年（一五七九）五月二十七日に行われた安土宗論に関する記録は多いが、その内容は筆者によって著しく違っている。『信長公記』など織田側の記録によれば、まず信長は宗論を止めさせようとして双方に和解を求めたが、長老多数が結集して優勢を信じる日蓮宗側が応じなかったため、信長は、

「それなら審判役をつけ、勝敗のほどは書面によって見せよ」

と命じ、京都五山の善知識である南禅寺《なんぜんじ》の景秀《けいしゅう》と、たまたま安土にいた八宗兼学の学僧の因《いん》果居士《がこじ》を審判にしたといい、公正を装っている。

日蓮宗側の記録は、当然のことながらこの宗論の不公正を詰《なじ》っており、警護役も見物の衆もみな浄土宗側で、日蓮宗の僧たちは「籠《かご》の鳥」のようであった、と書いている。また、審判役の景秀は八十四、五歳の高齢で耳も遠かった上、浄土宗に有利に取り計らうよう信長から指示されていたともいう。

肝心《かんじん》の宗論がどのように進んだかは、『信長公記』など信長側の記録と、日淵自身が書いた『安土問答実録』など日蓮宗側のものとではまったく違う。

前者は、貞安《ていあん》が出した「妙」の字に対する質問に、日蓮宗側が答えられずに沈黙したため満座の者が笑い出し、関東の長老・霊誉《れいよ》が「勝った、勝った」と踊《おど》り出したとしているが、後者は逆に、問答の途中で浄土側が答えに窮《きゅう》したのに、いきなり「勝った、勝った」と踊り出したとして

いる。共通しているところは、議論の途中で浄土宗側が「勝った、勝った」と踊り出したことだけだ。

要するに、まともな議論で勝敗が決したわけではないらしい。織田信長の作為《さくい》が加わっていたことは明らかだろう。

問題は、どうしてそんな場に日蓮宗が出ていったかだ。長篠《ながしの》の合戦で敢《あ》えて織田鉄砲隊の前に突撃した武田軍と同様、かなりの「勝手読み」があったに違いない。宗論自体の勝ち負けはともかく、日蓮宗側の見通しが甘かったことだけは確かだろう。

第十三章　敵を活かす

一

「日海《にっかい》、旅の支度かな」

叔父の久遠院日淵《くおんいんにちえん》が、額の傷跡を歪《ゆが》めて訊《たず》ねた。天正《てんしょう》七年（一五七九）七月十六日、盂蘭盆会《うらぼんえ》が終わった翌日の夜明けである。

「はい」

日海は、慌てて跪《ひざまず》くと短く答えて頭を下げた。これまで以上に慇懃《いんぎん》に振る舞うのは、叔父であり仏法《ぶっぽう》の師でもある日淵の苦しい心中を察してのことだ。

去る五月二十七日、安土《あづち》城下で行われた宗論《しゅうろん》で、「負け」と判定された日蓮宗《にちれんしゅう》の代表の一人であった日淵は、顔にも心にも日蓮僧侶としての地位にも深い傷を負った。

宗論が行われた安土浄厳院《じょうごんいん》に詰め掛けていた浄土宗《じょうどしゅう》贔屓《びいき》の群衆に殴打《おうだ》された額の傷はようやく癒《い》えたが、肉の盛り上がった傷跡は、五十二歳の日淵の風貌《ふうぼう》を陰惨なものにした。

日淵が負った心の傷ははるかに深い。甥《おい》の日海が囲碁《いご》をもって織田信長に仕えたのを契機に、織田家中にも近づいていた日淵は、宗俗両面に通じる幹部として日蓮宗門の中でも勢力を伸ばして来た。去年の十一月、ここ京都近衛町《このえちょう》の久遠院を開基するに際しては、織田信長の来訪を期待したほど、その好意を信じていたものだ。

それだけに、日淵の心中には「裏切られた」という思いが深い。宗論がはじまってすぐ、ほんの一瞬、日蓮宗側が言葉に詰まった瞬間を捉《とら》えて、浄土宗の長老が「勝った、勝った」と踊《おど》り出し、判定者が頷《うなず》き、群衆が襲い掛かって来たのだから、日淵らにとっては「不満な結果」どころではない。

それ以上に日淵を滅入《めい》らせたのは、日蓮宗内部からの厳しい批判だった。流石《さすが》に日蓮宗の中には、日淵らが宗論で浄土宗の僧に言い負かされたと信じる者はいないが、理由はともあれ、「安土での宗論に負け申した故《ゆえ》、今後、他宗に宗論を仕掛けたりはしない」という主旨の証文《しょうもん》を取られたことに対する非難は激しい。群衆の狼藉《ろうぜき》と武装兵士の監視の中で、垣谷伝介《かきやでんすけ》や妙国寺不伝《みょうこくじふでん》が首を刎《は》ねられた、その時その場の雰囲気《ふんいき》を知らぬ者からは、

「信長様の策略に引っ掛かったとはいえ、何も『負けた』とまで書かなくとも凌《しの》ぎようがあったものを」

という声が多い。信長宛《あて》と浄土宗宛との二通を書けと迫る奉行たちに対して、

「信長様に結果を御報告するとは申したが、浄土宗の連中にまで書き物を渡すつもりはない」

と命懸けで抗弁して押し通した日淵には、腹立たしい限りだ。

しかし、今はそれも大きな声ではいえない。信長の不公平な判定と強圧的な証文取りを騒ぎ立て

れば、日蓮宗徒の間に反信長の気分が高まり、仏性院日奥《ぶっしょういんにちおう》や常楽院日経《じょうらくいんにっきょう》など、「不受不施主義《ふじゅふせ》」の過激派を勢いづけることになる。そしてそれは、比叡山《ひえいざん》や一向一揆《いっこういっき》に向けられたような、「無神論者」織田信長の武力弾圧を誘うことにもなるだろう。日蓮の宗門と大勢の生命を守るためには、日淵ら安土宗論に加わった者にも「非があった」ことを認めて、宗徒の信長に対する嫌悪と憤怒《ふんぬ》を和《やわ》らげなければならない。

「いずれ分かる時が来る」

安土から帰って以来五十日、日淵は自分にそういい聞かせながら久遠院に閉じ籠《こ》もり、内部の非難と世間の冷笑に耐えて来た。日淵にとって、長老への飛躍台になるはずだったこの寺が、今は自ら造った軟禁の檻《おり》と化しているのだ。

安土宗論の現場にもいた日海には、失望と屈辱に耐える師の気持ちが痛いほどよく分かる。だが、日海の未来記憶に従えば、それすらも「甘い態度」に見える。織田信長の気性《きしょう》と天下の流れから見れば、ただ耐えるだけでは収まらない。ここは気を強くして積極的に信長に近づき、信長の面目《めんぼく》の立つ妥協《だきょう》と融和の機会を作り出さねばならない。いわば「叱《しか》られ上手《じょうず》」になることだ。

善知識《ぜんちしき》の誉《ほま》れ高い五十二歳の叔父にはそれができない。いや、そんなことをすれば宗門での立場を失い、日奥ら過激派を抑えることさえできなくなってしまう。

そう考えた日海は、自分にできる方法でその目的を達する道を模索《もさく》した。宗論で「負けた」という不公平な判定を受けた日蓮僧侶が信長に近づき、妥協と融和を求める道、それは宗派宗論を抜きにした分野で信長に接近する以外にない。二十一歳の日海は今、そのために安土に旅立とうとしている。

「急ぐのか」

日淵は、不安気に訊ねた。額に生々しい傷跡を刻んだ日淵の顔には、今は出したくないと書いてある。盂蘭盆会が終わればまた、宗門内部の面倒な議論と世間の冷笑が降りかかって来る。安土宗論の敗北で多くの弟子と信徒を失った日淵は、甥の日海にしばらく身近にいて欲しいのだ。だが、日海は、

「今日でなければ……」

と申し訳なさそうに呟《つぶや》いた。安土宗論で「負け」と判定されたことで、日蓮宗は織田政権と対立する立場となった。妥協の糸口を摑《つか》むには、時期と口実が大切だ。それには盂蘭盆会が明けた今日しかない。僧侶にとって盂蘭盆までは忙しいのは当たり前、それが済んだので直《ただ》ちに来た、というのなら切りがよい。これを逃すと、次の機会はますます摑み難《がた》くなる。

「そうであろうな」

日淵も、その意味を承知して頷いたが、すぐまた、

「会《お》うて下さるかな」

と呟いた。囲碁をもって仕える身とはいえ、今や敵対関係になった日蓮宗の僧侶である日海を、織田信長がどのように遇《ぐう》するか、日淵は心配したのだ。

「奥平信昌《おくだいらのぶまさ》様も、今日中に安土にお着きになるはずでございますれば」

日海は視線を床に落としたまま、今日のために用意した仕掛けの一つを披露《ひろう》した。

奥平信昌と日海との縁は深い。五年前の天正二年（一五七四）夏、武田に服属していた奥平父子

が徳川に誼《よしみ》を通じた時、それを察知した武田勝頼《かつより》は従兄弟《いとこ》の武田信豊《のぶとよ》を派遣して糾問《きゅうもん》させた。この時、信豊の囲碁好きに目をつけた奥平信昌の父貞能《さだよし》は、武田の陣屋に赴《おもむ》いて囲碁を打ち、その手の乱れのなさで信豊を信用させてことなきを得た。

奥平貞能がそれほど冷静に碁が打てたのは、事前に作手《つくで》城を訪れた日海の指導の結果だった。囲碁は心技五分五分《しんぎごぶごぶ》、日海の指導で技量を上げていた貞能は、心の動揺を抑えて打つことができたのだ。

同時に、奥平信昌は織田信長の覚えめでたい人物でもある。翌天正三年（一五七五）五月、織田・徳川の連合軍が武田勝頼の主力を設楽ケ原《したらがはら》で撃破できたのは、長篠《ながしの》城主の奥平信昌が長期籠《ろう》城《じょう》に耐えて奮戦、武田の軍勢を奥三河《おくみかわ》の一角に引きつけていたからだ。信長はその功績の賞として、徳川家康の家来であるこの男に「信」の一字を与えて、「貞昌《さだまさ》」から「信昌」に改名させたほどである。

奥平信昌こそは、信長と日海の、ひいては織田軍事政権と日蓮宗との妥協の糸口を取り持つには最良の人物だろう。その奥平信昌が、日海の頼みを入れて、盂蘭盆会の明けた今日、徳川家康から献上する馬を引いて安土に来る。それに合わせて日海もまた、安土に着かねばならない。

「ほう、奥平の御子息《ごしそく》がのう」

日淵は、日海の手回しの良さに半ば感心するように、半ば寂しそうに頷いた。そして続けて、

「あの二人もか」

と下《しも》の間《ま》に控えた俗装の男たちを顎《あご》で指して訊ねた。近頃、日海が見出した林賢吉《けんきち》と大橋慶之助《けいのすけ》である。

「はい、この度は、囲碁だけではなく、将棋《しょうぎ》も信長様に見て頂きたく存じております」

日海は小声で答えた。この頃日海は、囲碁と共に将棋の方も研鑽《けんさん》を積んでいる。だが、それを聞いた日淵は、

「何、将棋とな」

と呟いて下の間の大橋慶之助の頑丈《がんじょう》な顔を見ると、ちょっと不機嫌な顔をした。当時の将棋は、筋を引いた板の盤《ばん》に手作りの丸型や方形の駒《こま》を動かす簡素なもので、武将の陣中遊戯《ゆうぎ》や行商の道中娯楽としては普及していたが、座敷の正技にはなっていない。特に仏僧の間では、敵将を追い詰めて討ち取る殺伐《さつばつ》の感を嫌う傾向があった。

「囲碁には『創《そう》』がございまするが、将棋には『理《り》』がございます」

日海はそういって日淵の顔を見、ちょっと間を置いて続けた。

「近頃、拙僧と慶之助で考案致しました取り駒使いの手法を、信長様のお目にかけとうございます」

「取り駒使い」とは、敵の駒を取ると自分の駒として使える日本将棋独特のルール、日海と慶之助が考え出した新案である。

「ふーん、取り駒使いか……」

日淵は、そんな自分の言葉を噛《か》み締《し》めるようにゆっくりと頷いた。敵対関係にあった者も降《くだ》って来れば上手に使うことの重要さを、将棋を通じて信長に知らしめようとしている日海の心中を、ようやく察したのである。

二

　この頃、日海の名は、囲碁の上手として天下に知られるようになっている。当然、囲碁の指導を求める武将や公家《くげ》、高僧、富豪に呼ばれることも多いが、わが子の才能を見込んで弟子入りを望む人々もいる。織田信長の強権政治で畿内《きない》一円は安定、日海の名声が広まったこともあって、囲碁の上手が職業として成り立つようになったからだ。

　林賢吉、のちに本因坊家に並ぶ囲碁の家元・林家の始祖となる林利玄《りげん》も、そのようにして連れて来られた少年の一人だ。賢吉はこの時十五歳、体格は小柄で痩《や》せ型、容貌《ようぼう》は色白で鋭利、気性《きしょう》は温厚ながらも負けず嫌い、勉学は熱心で記憶力が抜群、昼夜を分かたず碁石を並べる努力型の少年である。

　それだけに上達が早く、この寺に住んで数カ月で日海に四目《もく》の腕前になった。この度の安土行きに、まだ僧籍にも入っていない賢吉少年を加えたのは、信長好みの利発な風貌の少年に場数《ばかず》を踏ませて、いずれは一流の碁打ちにしたい思いがあったからだ。

　だが、今回の主役は慶之助だ。年は日海よりも四歳年長の二十五歳、医師の大橋家に出入りする町人ながら、近年京でも流行《はや》り出した将棋が達者な青年だ。のちに初代将棋名人となり大橋宗桂《そうけい》を名乗る人物である。

　この青年を日海が知ったのは、先月（六月）はじめ、安土宗論で傷付いた日淵の治療に来た医師の供として、慶之助が久遠院に来てからだ。医師が日淵を治療する間に、慶之助が供待ちの間で寺僧や寺男を相手に将棋を指すのを見て、日海は興味を覚えた。日海にも思いつかない鬼手妙手《きしゅみょうしゅ》を連発、瞬《また》くうちに寺の腕自慢を負かしてしまうのである。

「拙僧がお相手いたそうか」

日海がそういった時、慶之助は黄色い歯を見せてにやりとし、

「将棋でよろしおすのか……」

といったものだ。天下の囲碁の名人を「将棋で負かしてよいのか」と念を押したのである。日海は、そのふてぶてしい自信が気に入った。頑丈《がんじょう》な体軀《たいく》、向こう気の強そうな顔、人を射るような眼光、すべてがその言葉通りの気迫に満ちていた。

日海は黙って頷き、小型の板盤に二十枚の駒《こま》を並べた。近頃、流行り出した九路《ろ》九経《けい》の小将棋だ。慶之助はそれが不満なのか、ちょっとためらってから二十枚の駒を並べた。

この時代には、まだ将棋の型が確定しておらず、今日見られるような九路九経の盤に敵味方各二十枚の駒を並べる小将棋の他に、十三路十三経の盤で双方三十四枚の駒を用いる鎌倉大将棋《だいしょうぎ》や、十二路十二経の盤に各四十六枚の駒を置く中将棋《ちゅうしょうぎ》なども指されていた。腕に自信のある慶之助は、天下の日海が選んだのが最も単純な小将棋だったことに失望したらしい。

慶之助の予感は当たった。双方が相手の駒を取り合ううちに、盤上の駒が減り、どちらの側も詰ませられない引分《ひきわけ》に終わってしまった。この頃の将棋は、西洋のチェスや中国の象棋《シャンチー》などと同じく、取った敵の駒を使用することができなかったから、局面が進むにつれて盤面の駒が減り、引分に終わることも珍しくなかったのだ。

「ならば中将棋で」

慶之助はそういって、脇の大きな盤を引き寄せた。取った駒を使えないとあれば、勝負を複雑にするには駒の数と種類を増やすしかない。日海を好敵手と見た慶之助は、より複雑で勝負の付きやすい中将棋で挑戦したのだ。

だが、この中将棋もまた引分に終わった。慶之助は残念そうに盤面を睨《にら》み、ついで日海の顔を睨んだ。天下の日海に勝つ機会を逸《いっ》したのが無念だったのだ。囲碁では負けたことがない日海も、連続の引分では愉快ではない。

「大将棋ならば……」

と慶之助がいったが、そこには大将棋の盤も駒も用意してなかった。その時、日海の脳裏に奥平貞能《さだよし》、信昌父子の顔が閃《ひらめ》いた。かつて武田方に属した奥平父子が、信玄の死後は徳川方に寝返り、その活躍で織田・徳川連合軍が武田勝頼の軍勢を撃破できた。

「取り込んだ敵を使う」

戦国乱世の今、実際の政治戦略においては、そんなことも当たり前になっている。いや、それどころか、敵方から取り込んで味方にした者をこそ、次の合戦では先陣に立てるのが慣例になっている。

「合戦に似た陣形からはじめる将棋には、そんな手法があってもいいのではないか」

そう考えた時、日海は未来記憶の中でそんな将棋を見たような気がした。

「慶之助さん。敵の駒を取れば、自分の駒にしてどこにでも打てることにしてはどうでしょうな」

日海がそういうと、慶之助も、

「確かに」

と叫んで膝《ひざ》を叩いた。

「流石《さすが》は囲碁の名人。石と同じように駒も宙を舞わせて打つわけですな」

日本将棋独特の「取り駒使い」のルールが発明された瞬間である。

その日から、日海と慶之助の共同作業がはじまった。「取り駒使い」を取り入れた将棋の規定を作ることである。

二人は勝負を度外視《どがいし》して何局も指し、新規定の策定に励んだ。「取り駒使い」を認めるとなれば様々な細則《さいそく》も作らなければならない。歩《ふ》や桂馬《けいま》のように後ろに下がれない駒は、行き先のない盤の向こう端《はし》には打てない、打った瞬間は成れず一度動かした後に敵陣にいれば成れる、敵陣に打った駒は引いても成れる等々が、二人の会話と対局の中で決まった。

これには日海の囲碁の知識と未来記憶も役立ったが、慶之助が町中《まちなか》で指してくる腕自慢との実戦経験が大きく貢献した。指すたびに思わぬ局面に遭遇、それをどう解決するかの問題が生じたからだ。

それだけに、知的興味は何倍にもなり、たちまちのうちに京の町でも流行した。慶之助は、ルール作りと共に「取り駒使い」の布教者にもなっていたのである。

その日、賢吉と慶之助を伴った日海は、用心棒の武芸者佐助《さすけ》を供に、この新しい規定の将棋を持って安土への道を急いだ。献上の品には、九路九経の将棋盤と敵味方合計四十枚の小将棋駒一式を用意した。これにも日海は、様々な工夫を凝《こ》らした。

それまでの将棋盤は簡易な板、駒は丸か四角で敵味方を色分けしたものも多かった。だが、敵の駒を取って味方に使うとなれば、色分けや書き文字を変えるわけにはいかない。長時間の考慮に堪《た》える見やすい盤と、置き方によって敵味方がはっきりする形の駒が必要である。

日海は、榧《かや》六寸板の碁盤を改造して、脚付《あしつ》きで立派な将棋盤を作らせた。駒は卒塔婆《そとば》の板碑《いたび》に似た上尖下方《じょうせんかほう》にした。今日《こんにち》「駒型」といわれる、上部が尖《とが》った三角で下方が平の方形になったものだ。材料には良質の黄楊《つげ》を選び、文字は名筆の誉《ほま》れ高い公家の水無瀬兼成《みなせかねなり》に頼んで、漆《うるし》で書いてもらった。水無瀬家が代々駒の銘《めい》を書くようになったのも、これが切っ掛けである。

こうしてでき上がった将棋の盤と駒とは、囲碁に劣らぬ風格と、鋭敏な信長の美意識にも合う様式美を備えていた。榧の盤面と黄楊の駒の配色も、黒漆で書いた文字の収まりも、手にした感触や重量も、打ち下ろした時の音も、実に見事に決まっていた。

日海は、取り駒使いのソフト開発に続いて、視覚、触覚、聴覚の三つを満足させるハードウェアの開発にも努力したわけだ。ゲームを普及するためには、まずソフトを、次いでハードを開発、硬軟相まった緊張空間をつくらなければならない。

「必ずこれが織田家の武将たちの間で流行し、信長様の興味を引くに違いない」

でき上がった盤と駒を見て、日海はそんな自信を得た。そしてそれが信長に、敵を活《い》かす発想を与えるはずである。

三

「なるほど、ごっついもんでんなあ」

その日の夕方、安土に着いた時、安土山にそそり立つ天主《てんしゅ》を見上げて、大橋慶之助がまず驚きの声を上げた。林賢吉の方は、子供っぽい好奇心で辺りを見回すばかりだ。

この時十五歳の林賢吉は勿論《もちろん》、二十五歳になる大橋慶之助も、安土を見るのはこれがはじめてだ。共に京都育ち、巨大な仏閣《ぶつかく》には慣れてはいても、六層七階の天主の偉容には度胆《どぎも》を抜かれたらしい。

実際、夕日に映《は》える安土城の天主は見事だ。八角朱塗《しゅぬ》りの五層目の上に黒塗り四角の六層目を載せた高楼《こうろう》は、いかにも不安定で緊張感に満ちており、はじめて見る者なら誰もが驚かざるを得ない。日本各地から来た者も南蛮《なんばん》のバテレンも、等しく驚嘆の字句を書き連ねている。

この天主に向かって城下を貫く幅広い道が一直線に通っているのも、城普請《しろぶしん》の常識を超えている。織田信長は、この城に軍事施設としての防御力を期待せず、もっぱら政治的宣伝効果を求めたのだ。

その効果か、安土の町は、また一段と賑《にぎ》やかになっていた。信長の町造りは、城造り同様に強引だ。町を栄えさせるには女子供も住まわさねばならぬと考えた信長は、尾張《おわり》や美濃《みの》の本領《ほんりょう》に家族を留《とど》めて単身赴任《ふにん》をしていた武士たちを罰して、本領の家を焼き払わせたほどである。東山道《とうさんどう》や北国《ほっこく》街道を行き交う旅人には、必ず安土に立ち寄るように厳命、多くの人と物を集めた。城下を楽市《らくいち》楽座《らくざ》にして、ここに来る商人には様々な恩典を与えた。

その上、この町で数々の興行《こうぎょう》を催《もよお》し、人々を楽しませることも忘れなかった。日海たちが着く十日ほど前にも、安土城で大規模な相撲を興行し、優秀な成績を上げた何人かを召し抱《かか》えた。これを伝え聞いた力自慢が城下に集まり、あちこちで相撲の自主興行なども行われている。

相撲だけではない。曲芸や武芸の見世物も、歌舞音曲《かぶおんぎょく》も盛んだ。珍し物好きの信長の目に止まろうとする者が全国各地から集まり、それぞれにデモンストレーションを行っているのだ。織田信長がここに巨城を築き出してまだ四年だが、城下の賑わいは既に岐阜を凌《しの》ぎ、京や堺《さかい》にも匹敵《ひってき》するほどになっている。それだけに、なおのこと、町人も宗派もこの町での売り込みを強化している。

「やはり信長様と争うようなことをしてはならない。今日ここに来てよかった」

そうした安土の様子を見るにつけても、日海はその思いを新たにした。だが、宗論で不興《ふきょう》を買った日蓮宗の僧侶としては、迂闊《うかつ》に顔を出すわけにはいかない。まずは仲介者を立てて信長の意向を打診《だしん》するのが筋だ。信長は敵に厳しいだけではなく、見え透《す》いた追従《ついしょう》を喜ぶほど単純でもない。豪快な行動の裏には猜疑《さいぎ》の深い繊細さをも秘めていることは、囲碁の打ち方からもよく分かる。


やがて、安土城下の夕日の中に、日海が待っていたものが現れた。徳川家康から献上される馬を引いた奥平九八郎《くはちろう》信昌の一行だ。

「おう、日海殿か」

かねて連絡を受けていた奥平信昌は、三人の供と共に跪《ひざまず》いた日海を認めると、すぐ馬から下り、日海の手を取って立たせた。

「信長様に献上いたしたき品、是非ともお取り次ぎ頂きたく存じます」

日海はそういって、佐助に持たせた小将棋の盤と駒を信昌に差し出した。

「これは……」

信昌はちょっと怪訝《けげん》な顔をした。囲碁の上手《じょうず》で知られる日海が将棋の盤と駒を出したのが不可解だったのだ。

「小将棋にございます。この程、拙僧らが囲碁に劣らぬ面白き遊び方を考え出してござります」

「ほう、囲碁に劣らぬとな」

碁好きの信昌は、その言葉に小首《こくび》をかしげた。もちろん、奥平信昌も将棋の存在は知っている。だがそれは駒を取り合う単純なもので、日海ほどの囲碁の上手が打ち込む競技とは思っていなかった。

「敵の駒もわが手に入れればわが駒として使える、この世の習わしに合わせてそのようにしたのでございます」

日海は、さらに懐《ふところ》から「取り駒使い」の規定を書いた冊子を取り出した。

「なるほど、敵の駒もわが手に入れればわが駒として使える、それが世の習わしと申されるか」

信昌は片頬を歪《ゆが》めて苦笑いをした。武田から徳川に鞍替《くらが》えして、長篠の城と三万石の領地と家康の娘婿《むすめむこ》の地位を得た奥平信昌には、心当たりのないことではない。

「さすれば、もともとのわが方の駒よりも力強く働き、よき味方になります。敵を活かすのも武略の一つかと……」

「ふん、そうであろうな」

信昌は満足気に頷いて、錦の袋から駒を取り出して玩《もてあそ》んだ。上尖下方の黄楊の駒には、これまで信昌が見た丸型や長方形の駒にはない心地《ここち》好い手触りがした。信長好みの緊張感のある造形だった。

四

日海は、しばらく安土に留まり、織田信長からのお召しを待った。将棋の駒の取り次ぎを頼んだ奥平信昌からは、

「信長様は御《ご》笑納《しようのう》下された」

という返事があったが、その後の音沙汰《おとさた》はない。僅《わず》かに茶坊主の針阿弥《しんあみ》が日海の宿坊《しゆくぼう》を訪れ、新しい将棋のルールを学んで帰ったのが唯一の反応だ。その針阿弥も、この頃は小姓《こしよう》の森蘭丸《らんまる》に寵《ちよう》を奪われ、信長に近づく機会が少ないらしい。二十九歳になった坊主頭よりも、十五歳の前髪姿が可愛《かわい》く見えるのは、寵童《ちようどう》趣味としては当然だろう。

日海にとっては不安な日々だ。京の日淵からは首尾《しゆび》を問う使者が三日と空けずに来た。これに対して日海は、

「信長様はお忙しく、今は囲碁将棋を楽しむ間《ま》がないようにございます」

とだけ答えた。

確かにこの時期の信長は忙しい。昨年秋に叛乱《はんらん》を起こした荒木村重《むらしげ》の諸城に対する攻撃をはじ

め、石山本願寺《ほんがんじ》の包囲、播磨《はりま》における毛利《もうり》や別所《べっしょ》に対する作戦、丹波《たんば》での波多野《はたの》一族との戦い、加《か》

賀越中《がえっちゅう》への進攻と、信長が指揮する戦《いくさ》が四方で展開されている。これらに指示を与え、兵糧《ひょうろう》と軍

資金を送り、重点攻撃の援軍や万一のための予備軍を整えるだけでも、並の武将にできることでは

ない。

　諸国から来る使節も多い。七月十六日の徳川家康の使節に続いて、十八日には出羽《でわ》の大宝寺《だいほうじ》から

駿馬《しゅんめ》五頭、鷹《たか》十一連《れん》が贈られて来たし、二十五日には陸奥《むつ》の遠野孫次郎《とおのまごじろう》から白い鷹が献上され

た。安土に各地から贈答品《ぞうとうひん》が集まったことは、信長の声望が天下を覆っていることを示している。

　その間を縫《ぬ》って、信長は日蓮宗の神経を逆撫《さかな》でするようなこともした。八月二日に信長は、安土

宗論に「勝った」浄土宗側の当事者たちに、褒美《ほうび》として金銀を下賜《かし》したのだ。

一、銀子《ぎんす》五十枚、貞安《ていあん》に下さる。

一、銀子三十枚、浄厳院《じょうごんいん》長老へ。

一、銀子十枚、日野秀《ひののしゅう》長老（南禅寺《なんぜんじ》の景秀《けいしゅう》）へ。

一、銀子十枚、関東の霊誉《れいよ》長老へ。

　そんな書付《かきつけ》が日海の手元にも届けられた。京の日淵からは、怒りと苛立《いらだ》ちを露《あらわ》にした手紙と共

に、日海に帰京を促《うなが》す使者が来た。日蓮宗徒の中では、信長の仕打ちに対する反発が改めて高まっ

ているというのだ。

　しかし、日海は怒りも焦りもしなかった。信長は宗論に関係した者だけを表彰し、浄土宗という

宗派には何の優遇も与えていない。信長は安土宗論をその時その場の個人競技と見なし、宗派の争

いとは考えていないことを明らかにしたのだ。浄土宗側の関係者を賞したのは、むしろこれ以上日

蓮宗側を罰することなく収めるための手続きといえるだろう。日海は、そんな主旨《しゆし》のことを手紙に書いた。

「信長様は、一度の敵は許される。だが、二度の敵は決してお許しにならない。足利将軍義昭《よしあき》様も、近江六角《おうみろつかく》の御一族も、松永弾正久秀《まつながだんじようひさひで》様も、比叡山も一向一揆も、一度は許されたが、二度敵対した者はお許しにならない」

日海は、手紙を持って京に走る佐助に、そのことを必ず伝えるようにと言《こと》づけた。わが日蓮宗も今が潮時、ここで拗《す》ねると取り返しのつかない大事になるという意味だ。

その間にも、日海は遊んでいたわけではない。安土城下の各所で囲碁や将棋の指導をした。特に慶之助には、城下の目立つところで将棋を指させ、取り駒使いの新規則の普及に努めさせた。その甲斐《かい》あって、この規定の小将棋がたちまち安土城下で評判になり、織田家中の中堅下層の武士にも広まった。

「必ずや信長様の興味を引くに違いない。間もなくお呼びがかかるだろう」

日海はそう信じていた。果たして、その直後に針阿弥が信長からの伝言を持ってきた。

「明八月六日に安土城で行う相撲興行の見物を許す」

というものである。

織田信長の相撲興行は派手なものだ。城内二の丸の広場に試合場を作り、周囲には紅白の幔幕《まんまく》を張り巡らせ、家中の武士や出入りの者だけではなく、城下の町人たちにも見物を許すのだ。安土の町を賑やかな首都にしたい信長は、家中の者だけではなく、城下の町人の楽しみをも大切に考えたわけだ。

興行は夜明けと共にはじまり、安土城下に集まった力自慢のほか、配下の大名や各地の商人が連れて来た猛者《もさ》が次々に試合場に上がり、勝ち抜き予選が行われる。半裸《はんら》の巨人が取っ組み合う大相撲の他に、丸太を持って押し合う小相撲もあった。

試合場の正面には、南蛮人《なんばんじん》が献上した緋毛氈《ひもうせん》を敷いた主座があり、向こう正面には奉行役の津田《つだ》（織田）信澄《のぶずみ》が床几《しょうぎ》に掛けていた。試合場の周囲には筵《むしろ》を敷いた桟敷《さじき》がある。警護の足軽たちの後ろには、早朝から筵や床几を持った城下の者が何千と押し掛けていた。

正面の主座に、織田信長が森蘭丸らの小姓と共に現れたのは辰《たつ》の刻（午前八時）、何度かの取組が終わって三十二人が勝ち残った頃だ。見物客はますます増え、幔幕の向こうから顔を出す者も樹木や塀に登る者もいたが、信長は気にもせず、むしろそれを眺めて嬉《うれ》しそうに微笑《ほほえ》んだ。

「新発意《しんぼち》、来たか」

主座についた信長は背後の日海にも、そんな声を掛けた。新発意とは成り立ての小坊主の意味だが、日海が二十一歳になった今も信長はその呼び方を変えようとしない。

日海の左隣には堺の魚問屋、千利休《せんのりきゅう》こと田中与四郎《よしろう》の席がある。天正《てんしょう》二年、日海がはじめて信長の目に止まったのと同じ年に茶頭《さどう》に取り立てられた利休の今日の役目は、随時茶菓《さか》を出すことだが、普段の役割は茶道に限られていない。むしろ諸大名や京、堺の豪商を回り、茶室での会話を通じて信長の意図を伝える口コミ宣伝が大切な仕事だ。

それにもう一つ、この男には茶器を鑑定して箔《はく》を付け、功労ある者に与える褒美《ほうび》の品を作り出す仕事もある。さほど領地は増やさずとも、能ある者には与力《よりき》大名の兵を指揮する権限を与えて大軍を動かさせる与力大名制度を作った信長は、金のかからぬ褒美作りをもはじめているのだ。

日海の右側は、南蛮人のキリシタン・バテレンの席だ。この南蛮人オルガンチーノは、去年の十一月に高山右近《うこん》の誘降に成功、その功によって「領国内どこでもキリシタン寺を建てることを許す」という言質《げんち》を得た。巷《ちまた》の噂によれば、オルガンチーノは近く安土にキリシタン教会セミナリオの建立《こんりゅう》の許可を得ようとしているという。

信長が意図したのか、単なる偶然か、ここには禅宗の利休と日蓮宗の日海とキリシタンのオルガンチーノが顔を並べる恰好《かっこう》だ。それだけに、各宗各派の競争意識が一段と強まるのも避けがたい。

中でも禅僧の装いをした千利休の気配りは凄《すさ》まじい。茶、菓子の差し出しはもとより、毛氈の塵《ちり》払《ばら》いから力士の衣装の記録まで、瞬時として気を緩《ゆる》めることがない。この時五十八歳の利休が必死に権力に取り入ろうとする姿に、日海は危ういものを感じた。

キリシタンの方も、海の彼方《かなた》の珍奇な品物と話題を提供することに余念がない。ここでの取り仕切りは、オルガンチーノの脇に控えた堺の薬屋、魚屋弥五郎《ととやごろう》ことジョアチン小西隆佐《りゅうさ》だ。聞けばこの男、備前《びぜん》の宇喜多直家《うきたなおいえ》に出入りしているが、この頃は、織田家の中国攻め総大将の羽柴筑前守《はしばちくぜんのかみ》秀吉に息子の弥九郎行長《やくろうゆきなが》を仕えさせ、織田家に取り入ろうとしているという。六十歳の高齢ながら、勝ち馬に乗り換えようという野心家なのだ。

その間にも、相撲の取組は進み、三十二人が十六人に、十六人が八人にと勝ち残りが絞《しぼ》られて来た。ここで試合場の手入れや次の取組の打合せのために暫時《ざんじ》休憩に入ると、すぐ利休が信長とその側近たちに弁当を差し出した。黒塗りの膳《ぜん》に握り飯と鮎《あゆ》の塩焼きを並べ、早取りの枝豆や銀杏《ぎんなん》を添えた凝《こ》ったものだ。

信長は満足気にそれを食いながら、オルガンチーノに対して、

「南蛮にも相撲はあるか」

と訊ねた。

「ありますが、やり様《よう》は違います」

オルガンチーノが短く答えると、その後を継いで小西隆佐が南蛮、朝鮮、明国《みんこく》の相撲を長々と解説した。好奇心の強い信長は、それを興味深く聞いた後で、

「いずれ見たい」

とだけいった。

「なれば早速に手配いたします。わが国に来る南蛮船乗りの中にも、彼《か》の国の相撲に通じる者もおりますれば」

小西隆佐が、そう答えた時、勝ち残った八人の力士が土俵に並び、紹介されていた。

「誰が最後まで勝つと思うか」

信長は勝負の予想を周囲に訊ねた。だが、誰も確答する者はいない。この独裁者の前では、みな失敗を恐れ、意見の分かれるのを避けている。

「あははは、では新発意、その方は勝負に強い。誰が勝ち残るか当ててみい」

信長が互いに顔を見合わせて言葉を濁《にご》す周囲の者を笑うと、日海に質問の矢を向けた。

「多分、あの左から二番目、甲賀《こうか》の伴正林《ばんしょうりん》と申す者でございましょう」

日海は、比較的小柄だが筋骨逞《きんこつたくま》しい若者を指した。

「ほう、あの小さいのがのう」

信長は、やや不満そうに呟いた。何事にも強者の論理を貫く織田信長には、「小《しょう》よく大《だい》を制す」を愛《め》でる感覚などない。信長が求めているのは「不倒の巨人」、今日の取組でいえば中央右寄りに立った長身肥満の大男、丹波の大木《おおき》が優勝することだ。

だが、結果としては日海の予想が当たった。まず準々決勝では、伴正林は素早い変わり身で相手を叩き込んだし、丹波の大木も豪快に相手を突き出した。準決勝でも、伴正林はうっちゃりで勝ち、大木は長い勝負の末に寄り倒しで勝った。

最後の決勝戦に臨《のぞ》んだ時、大木は汗を垂らして息を弾《はず》ませていたのに対して、正林には疲れも見えない。大木は早い勝負を狙って突《つ》き捲《まく》ったが、正林はそれをかい潜《くぐ》って帯を取り、相手の胸に頭をつけて粘った。この体勢で百を数えるほどの時が経つと、大木は苦しげに喘《あえ》ぎ出し、最後は正林の出し投げで倒された。

観衆は小柄な伴正林の勝利に歓喜し、信長も立ち上がって拍手をした。その上、奉行役の津田信澄に連れて来られた正林に、熨斗《のし》つきの太刀を与え知行《ちぎょう》百石で召し抱えると宣言した。相撲で優勝しただけの百姓男には過ぎた恩賞だ。織田信長の異能を愛する性格、いわば個性重視を示す逸話《いつわ》でもある。

「新発意、その方《ほう》、なぜあの者が勝ち残ると思うたのじゃ」

恩賞の儀が終わって席を立った信長は、改めて日海に訊ねた。

「相手の力を利用するのが巧《たく》みでございますれば……」

日海がそう答えると、信長は、

「なるほど、相手の力を利用する者が最後には勝つか……」

といって頷き、ちょっと間を置いてから、

「それがいいたきことであろう、新発意」

と高笑いして歩き出した。だが、日海はその後ろ姿に向かって、

「いえ、までございます」

と叫んだ。

「何、まだだと」

信長は不快気に振り返った。凄味《すごみ》のある切れ長の目が射竦《いすく》めるように光っていた。

「までございます。相撲は一人一人の勝負なれば、相手の力を利用すればたりまする。だが、天下御政道ともなれば、敵を活かすことが肝要《かんよう》かと……」

日海は必死の思いで信長を見返していった。信長は、一段と表情を強張《こわば》らせて日海を睨んでいたが、やがて日海の前にしゃがみ込むと、低く力の籠もった声でいった。

「新発意、その方、俺に天下政道に関して説教するつもりか」

「滅相《めっそう》もございません。上様《うえさま》に説教するなどとは……」

一瞬、日海はそういおうとしたが、次の瞬間にはまったく逆の決意をした。

「御意《ぎょい》」

日海はただ一言、そういって平伏したのだ。地面に敷かれた筵に伏した顔に、信長の萌葱《もえぎ》の足袋《たび》が擦《す》り寄って来るのが見えた。怒鳴《どな》られるか、殴《なぐ》られるか、はたまたこの場で斬られるか、日海は

身を強張らせて時を待った。だが、次に聞こえたのは、
「よういうた、新発意。その方の将棋とやらを見せて貰《もら》おう」
という信長の満足そうな声だった。

五

だが、日海が取り駒使いの小将棋を織田信長に披露《ひろう》する機会は、なかなか来なかった。何しろ信長は多忙だ。各地に広がる織田軍の方面軍司令官たちが、戦争に外交に競い合うように働いていたからだ。

相撲興行を行った三日後には、北国方面を担当する柴田勝家《かついえ》が、加賀国《かがのくに》の阿多賀《あたか》、小松あたりまで攻め込み、民家を焼き払い田の稲を刈るという作戦を行った。収穫前の八月に敵領の民家を焼き、田を刈り取るのは、敵を干乾《ひぼ》しにする効果的な軍事作戦行動なのだ。

明智光秀は、丹波で波多野一族を追い詰める一方、四国の長宗我部元親《ちょうそかべもとちか》と誼を通じ、これに瀬戸内の海賊たちを牽制《けんせい》させることで、毛利水軍の再起を阻《はば》む成果を上げた。さらに、家老の斎藤利三《さいとうとしみつ》の姪《めい》を養女として、長宗我部元親の息子に嫁《とつ》がせることにしていた。

東国を担当する滝川一益《たきがわかずます》も、関東に勢力を張る小田原《おだわら》の北条氏政《ほうじょううじまさ》に働きかけ、織田家との同盟を結ばせることに成功していた。これは甲斐《かい》の武田や越後《えちご》の上杉の勢力を削《そ》ぐ点でも重大な意味がある。織田信長は、大軍を用いて力攻めに押し捲《まく》るだけではなく、各方面の敵を無力化する外交戦略も多用し、そのために毎日何通もの書面を認《したた》めて、早馬を各地に送り出しているのだ。

しかし、この時期に信長が最も急いでいたのは西部戦線、特に昨年秋に叛乱を起こした荒木摂津《せっつの》守《かみ》村重に対する攻撃だ。この月の十日、信長は岐阜の長男信忠《のぶただ》に多額の銭と兵糧を与えて摂津表《おもて》への出陣を命じている。信忠が一万二千の兵を率いて安土に着いたのは八月二十一日、翌二十二日には早くも堀秀政《ひでまさ》の三千人を摂津に出陣させた。十重《とえ》二十重《はたえ》に取り囲んだ荒木勢を一段と絶望的にさせる位攻《くらいぜ》めである。

実際、この頃には、荒木村重は惨《みじ》めな状況に陥《おちい》っていた。この男が叛乱に踏み切った際に当てにした毛利の援軍は一向に来ない。毛利からは、何度も、

「近く大軍をもって救援する」

という報せだけは来たが、現実には一人の兵も一粒の兵糧も届かない。それもそのはず、頼りの水軍は織田方の鉄貼《てつば》り船に破れたばかりか、伊予《いよ》を占拠した長宗我部に牽制されて再起できずにいる。陸上軍の方も、播磨から但馬《たじま》に進出した羽柴秀吉の弟秀長《ひでなが》の軍に妨《さまた》げられて動けない。その上、この頃は毛利配下の大名の動きも鈍く、離反《りはん》の噂《うわさ》も洩《も》れ聞こえる。

八月も末になると、信忠配下の大軍が追加され、荒木方は反撃の術《すべ》さえ失った。何よりも十分と見ていた兵糧備蓄が永い籠城で食い尽くされ、荒木村重の籠もる有岡城(旧・伊丹《いたみ》城)でさえも心細くなっている。城の中は無力感と絶望で士気が停滞、何時《いつ》誰が織田方に寝返って城門を開くか分からぬ雰囲気さえ漂《ただよ》いはじめた。

堪まり兼ねた村重は、自ら有岡城を脱出、毛利の援軍を促す使者になることにした。九月二日の夜、近臣数人だけを連れた荒木村重は、密《ひそ》かに有岡城を抜け出し、海に近い尼崎《あまがさき》城に移ったのだ。

だが、ここでも村重を待っていたのは、より絶望的な報せだった。毛利配下では最大の大名、備前の宇喜多直家の動向が怪しい、というのである。

「宇喜多殿が寝返るようでは毛利の援軍など夢のまた夢、何と運のないことよ」

荒木村重は、思いも寄らぬ出来事の連続に、武運の尽きたのを感じて嘆息《たんそく》した。


「宇喜多直家、寝返り」

この報せが安土の信長に届いたのは、荒木村重が有岡城を捨てた二日後の九月四日夜。播磨の戦線から急行した羽柴秀吉自身によってである。

「何、宇喜多がわが方に寝返ったとな」

床《とこ》に就《つ》いたばかりで呼び起こされた信長は、不審な表情で秀吉を見た。宇喜多といえば毛利配下の大大名、その領地は備前美作《みまさか》五十七万石。配下の兵は一万五千人にも及ぶ。つい去年は、毛利と共に上月城《こうづきじょう》に攻め寄せ、山中鹿之介《しかのすけ》らを破った頑強な敵だ。それが毛利を捨てて織田に寝返るとは、にわかに信じ難いことだ。

「如何《いか》にも。それがし、様々に骨を折り、あれこれと説得致しましたるところ、直家、上様の御威光に屈伏《くつぷく》、本領安堵《ほんりようあんど》いただければお味方すると申しております」

播磨から百里《り》の道を駆けて来たという羽柴秀吉は、貧弱な胸を反らして大声でいったが、そのしたり顔が信長の癇《かん》に触った。だが、五十七万石、一万五千の敵を寝返らせた功にのぼせ上がってか、この夜の秀吉にはそれが分からなかったらしく、ますます大声を張り上げた。

「これについては、堺の薬屋、小西隆佐の功が一番にござります」

と背後に控えた男を指差した。先月六日の相撲興行の折りに、南蛮バテレンの横にいた初老の男だ。

「その男ならよう知っておる。俺に取り入ろうと必死だった」

そう思った瞬間、信長は無性《むしょう》に腹が立った。宇喜多直家に本領安堵を約束した秀吉も、自分にいわずに工作していた小西隆佐も、許しがたい勝手な振る舞いに思えた。

「ならん、ならんわ」

信長は、叫んだ。

「その方には、毛利を攻め滅ぼせと命じた。毛利に与《くみ》した宇喜多も同罪、これまで散々てこずらせおって、事態が悪いと知れば降参、本領安堵とは厚かましいにもほどがある。それをぬけぬけと伝えに来たその方もその方、早々に立ち帰り、宇喜多諸共《もろとも》毛利を攻め滅ぼせ」

信長はそう叫ぶと、寝所《しんじょ》に入って板戸をバシッと閉めた。

「上様……」

ようやく事態の深刻さに気がついた羽柴秀吉は悲痛な叫びを上げたが、信長は戻って来なかった。

「羽柴様、お静かにお願い致します。お言葉通り、早々に播磨に戻られての御忠勤が第一でございましょう」

後に残った森蘭丸が、妙に大人びた口調でそういったのには、秀吉も唖然《あぜん》とした。それでもこの男の鋭敏な感覚は、

「このチビ、なかなかにやり難い。ここで逆らえば俺の地位も危ない」

けて播磨に向かっていたのである。

と教えていた。

「ははー、左様《さよう》に致しまする。何とぞ良しなに良しなにお取り次ぎ願い奉《たてまつ》ります」

秀吉は、頭を床に叩きつけて森蘭丸にそういうと、もう一度、信長の寝所の方にも頭を叩きつけて城を出た。だが、この利口な男は、帰り道を急がなかった。できるだけゆっくりと、日にちを掛けて播磨に向かっていたのである。

日海と大橋慶之助が、取り駒使いの新規定による小将棋を、織田信長に披露したのは、羽柴秀吉が播磨に追い帰された翌日、九月五日のことだ。

この日、信長は安土城天主の書院に、森蘭丸らの小姓や針阿弥らの茶坊主だけではなく、菅屋《すがや》九《きゅう》右衛門《えもん》、福富平左衛門《ふくとみへいざえもん》らの側近奉行衆まではべらせていた。流石《さすが》の信長も、「宇喜多直家調《ちょう》略《りゃく》」という大成果を持って来た羽柴秀吉を追い帰したことには迷いを感じ、「敵を活かす」といった日海の言葉が気になったのだ。

だが、そのことをまだ日海は知らない。ただ突然のお声掛《こえがか》りに喜び勇《いさ》んで登城し、思いもしなかった大袈裟《おおげさ》な観戦者に驚いただけである。

日海と慶之助は型通りに平伏してから将棋盤に向かい、慶之助の先番《せんばん》で指しはじめた。囲碁ならかなりの腕前の信長も、はじめて見る取り駒使いの将棋はなじめないのか、当初は退屈そうな顔だったが、双方の駒が接触、歩《ふ》を取り合い桂馬《けいま》を交換する頃からは熱心に見るようになった。

やがて日海の打った歩と桂馬が慶之助の陣に成り込んで敵の金将を奪うと、慶之助の香車《きょうしゃ》も日海の角《かく》を取って成り込んだ。全体には日海の駒が伸びているが、慶之助の端攻《はしぜ》めは日海の王将に近い。局面は終盤になっても大接戦だ。それに釣られるように、信長も身を乗り出して来た。だが、ここで慶之助が大悪手《だいあくしゅ》を指してしまった。取ったばかりの角を敵陣深く打ち込んだのだが、それを抑えた日海の金打ちで、その角が動けなくなってしまったのだ。高位顕官《けんかん》の前に出るのがはじめての慶之助は、流石に上がっていた。

その瞬間、信長が大きく息を吐いて身を乗り出した。取られた角を封じ込めた日海の指し手に、毛利に通じて叛乱を起こした荒木村重を封じ込んでいる、わが策を映し見ているようにも思えたからだ。

失敗に動揺したのか、信長の眼光に焦ったのか、慶之助の指し手はますます乱れた。それに乗じて、日海は成り歩で敵の飛車《ひしゃ》を取り、それを敵陣の端に打って横から敵の玉《ぎょく》を攻め立てた。

取り駒使いの将棋では、敵陣に打ち込んだ飛車の威力は絶大だ。慶之助は金銀の堅陣《けんじん》で防ごうとしたが、竜王《りゅうおう》（成り飛車）と成り歩の連携《れんけい》で、じりじりと攻める日海の寄せを防ぐことができない。終局は百二十四手目、日海が自陣に抑え込んだ敵の角を取った時に、慶之助が投げて終わった。日海と慶之助は、念のために最後の詰め上がりまで駒を動かして見せてから平伏、勝負の結果を信長に報告した。

「よう分かった」

信長は満足そうにいったが、すぐ、

「新発意に聞きたい」

と甲高《かんだか》い声を発した。

「囲碁では敵の石を取っても使えぬ。ただ取った分だけ敵の地を減らすだけだ。それをその方は、兵を損ずるは領地を減らすに通じる故と説いた。それなのに、何故に将棋では敵の駒を取れば使えるのか」

信長は、かつて日海が味方の兵の損失を抑えることの大事さを説いた言葉を持ち出して、取り駒使いの将棋のルールの合理的根拠を訊ねたのだ。

「それは、囲碁と将棋とでは用いる知恵が異なるからです」

日海は両手を床についたままで答えた。

「囲碁は無《む》の盤に互いの構図を描く創造の技、将棋は互いに陣形を並べてはじめる理詰めの技にございます」

日海は、自分でも驚くほどにすらすらと答えが出た。

「なるほど。創を異《こと》にする敵は取っても使えぬが、理で張り合う敵は、取れば諭《さと》し用いることができる、と申すのか」

信長は、鋭くその意味を解して応じた。

「御意」

日海がそう答えると、信長は満足気に頷き、

「荒木村重は創を異にする者。宇喜多は理で張り合ったまでか……」

と呟いた。そしてちょっと間を置いて菅屋九右衛門にいった。

「秀吉に伝えよ。宇喜多は許すとな。あの利口者《りこうもの》はまだそこいらにおるであろう」

そして続けて、

「新発意、今年中にまた日蓮宗の寺に泊まらせて貰うぞ」

といって微笑んだ。信長側から日蓮宗に対する和解の印を出すとすれば、日蓮寺院を再び京の宿舎にするのが最も分かり易《やす》く、双方共に傷付かない方法だ。この時、織田信長は、潰すものと使うものとを明確に分けたのである。

第十四章　「鬼」の役割

一

「天下人《てんかびと》」織田信長の権威を象徴するような、きらびやかな行事だった。

深い軒《のき》に守られた広い縁側には、着飾った殿上人《てんじょうびと》がずらりと並んだ。前の庭は掃《は》き清められ、程よく踏み固められていた。中央に座った織田信長は、満足気な笑《え》みを浮かべていたし、その背後に控える森蘭丸《らんまる》ら小姓《こしょう》たちも晴れやかな表情だった。

やがて十二人の華やかな衣装を纏《まと》った集団が現れ、長く丁重《ていちょう》な儀式ののちに円形の輪を作って鹿革《しかがわ》の鞠《まり》を蹴《け》り出した。通常の蹴鞠《けまり》よりも人数が多い分だけ人の輪は大きく、蹴り上げられる鞠の飛ぶ距離も長い。天正《てんしょう》七年（一五七九）九月十八日、二条第《にじょうてい》で催された蹴鞠の会は、信長の趣向に合わせた活発なものだった。

「蘭丸、なかなかの出来じゃ」

織田信長が背後の森蘭丸を顧《かえり》みてそういったのは、この催しを取り仕切ったのが、信長お気に入りの寵児《ちょうじ》、十五歳の小姓頭《こしょうがしら》だったからだ。

「上様《うえさま》の御威光をもちまして」

坊丸《ぼうまる》と力丸《りきまる》の二人の弟を引き連れた森蘭丸は、大人びた仕種《しぐさ》でそつのない返事をした。だが、そこから二列後ろに控えた日海《にっかい》は、この主従の姿に何か危ういものを感じていた。彼らの間には、他人の介入《かいにゅう》を許さぬ、ねばっこい雰囲気《ふんいき》が漂《ただよ》っている。これまでの信長にはない不合理な感情が漂い出しているのだ。

やがてひとわたり蹴鞠が終わり、汗ばんだ十二人の選手たちが退場すると、入れ替わりに八人が登場した。この間に、僧体《そうたい》の男が茶菓《さか》を調《ととの》えて信長たちに出した。先月の相撲興行《すもうこうぎょう》の折りにも同じことをしていた堺《さかい》の魚問屋の田中与四郎《よしろう》。今井宗久《そうきゅう》、津田宗及《つだそうぎゅう》に続いて三人目の茶頭《さどう》に就任した千利休《せんのりきゅう》、法名《ほうみょう》は宗易《そうえき》で知られた禅僧《ぜんそう》だ。

茶碗は華やかな赤天目《あかてんもく》、菓子皿は変形の四角、盆は黒漆《くろうるし》に千鳥《ちどり》の蒔絵《まきえ》だ。いずれも信長の好みに合わせた華やいだ意匠《いしょう》である。長年の運動が功を奏して茶頭に加わった利休は、信長の美意識の代理人として、その好みに迎合《げいごう》するのに懸命なのだ。

続いて利休は、小姓の森三兄弟らにも茶菓を出したが、こちらは小振りの今焼茶碗に唐様《からよう》の絵皿、金箔《きんぱく》をちりばめた赤漆の盆だ。美の代理人は、蘭丸らの幼さの残る美貌を引き立てることにもそつがない。この時期、利休もまだ侘茶《わびちゃ》の精神を見出してはいない。

前の庭では、蹴鞠の第二の演技がはじまった。今度は人数が少ない分、各選手の動きが激しく、個人技の妙味が味わえた。中でも萌葱《もえぎ》の装束《しょうぞく》の男の動きは素早く、空中に蹴り上げた鞠を自在に操《あやつ》っている。

「今川氏真《うじざね》が妙技、まことに見事であろう」

茶を飲み干した信長は、左右の公家《くげ》たちに誇らし気に語りかけた。

「いかにも、神技《しんぎ》と申してもよろしいかと」

と答えたのは、右隣の前関白近衛前久《さきのかんぱくこのえさきひさ》だ。かつては天下第一の実力を誇った今川家も、十九年前に先代義元《よしもと》が、この信長に桶狭間で討ち取られてからは衰退の一途を辿《たど》って滅亡、跡取りの氏真は父を殺した信長の前で蹴鞠の技を演じる芸人になり果てた。四年前、氏真がはじめて信長の前で蹴鞠を演じた時には、乱世の哀れを囁《ささや》く声も出たが、今ではそれさえもない。あの時、金三枚を褒《ほう》美《び》に与えた信長の、

「その方は幸せな奴よ。蹴鞠ができるだけで食うには困るまい」

という言葉が、現実となっているのだ。

やがて今川氏真たちの演技が終わると、信長は扇子《せんす》で一同を招き寄せ、蘭丸に命じてそれぞれに時服《じふく》と金一枚ずつを与えたが、汗に汚れた顔で庭先に平伏する氏真には見向きもせず、背後に控えた初老の男に「隆佐《りゅうさ》」と声をかけた。

「隆佐、南蛮《なんばん》にも蹴鞠があるか」

「はい、ございます。このように互いに蹴り合うのではなく、二組に分かれて相手の陣に蹴り込む勝負と聞いております」

そう答えたのは、胸に銀の十字を垂らした小西隆佐、キリシタンで知られた堺の薬種《やくしゅ》業者である。先月の相撲興行ではバテレンの付人《つきびと》だった男だが、この月のはじめに備前《びぜん》の宇喜多直家《うきたなおいえ》を毛利《もうり》方から織田方に寝返らせることに成功、その功によって信長身辺にはべる地位を得た。中国攻めの

総大将、羽柴筑前守《はしばちくぜんのかみ》秀吉に仕える息子の小西行長《ゆきなが》も、羽振りのよい立場になっている。安土宗論《あづちしゅうろん》によって後退した日蓮宗《にちれんしゅう》に代わって、茶の湯を通じて禅宗《ぜんしゅう》が、南蛮話によってキリシタンが、信長の近辺ににじり寄っているのが分かる。

「ほう、二組に分かれて互いに相手の陣に蹴り込む勝負をするというのか」

信長はそう呟《つぶや》くと、想像力を働かせるように宙を見つめて、

「それも見たい。この前申した南蛮相撲ともども用意せい」

といった。

「は、はい。もっとも南蛮と申しても、その途中にある大食《タージー》（アラブ）のものとか」

隆佐は、困ったようにうなだれた。相撲は個人競技だから二、三のレスラーを南蛮船で連れてくるのも可能だが、団体競技ではそうもいかない。

「ふーん、まずは南蛮相撲か」

小西隆佐の心中を察した信長は、にやりとしていうと立ち上がって座敷に向かった。茶の湯や勝負の明確な相撲ほど、蹴鞠は信長の興味をそそらなかったようだ。

「おっ、新発意《しんぼち》。また、世話になるぞ」

蹴鞠見物の縁側から座敷に向かう途中で、平伏する日海を認めた信長は、立ち止まって一言、そんな声をかけた。近くまた日蓮宗の寺院を京の宿舎にするという意味だ。

織田信長は、足利義昭《よしあき》を担《かつ》いで上洛《じょうらく》した永禄《えいろく》十一年（一五六八）以来、本圀寺《ほんこくじ》や妙覚寺《みょうかくじ》など日蓮宗の寺院を京の宿舎として多用して来た。それが天正五年（一五七七）三月に妙覚寺に泊まった

のを最後に、日蓮寺院を避けている。表向きの理由は、足利義昭を追放して空き家になった二条新第の改修が完成して利用できるからというものだが、本当は信長の好意に甘える日蓮宗への警告だった。

ところが、日蓮宗には、この信長の意を悟《さと》る者が少なく、他宗批判の度を強めたため、安土宗論で「負け」を仕組まれる結果になった。日海の叔父・日淵《にちえん》など安土宗論に加わった日蓮僧は、「宗論に負けもうした」という詫証文《わびしょうもん》を取られ、「今後は他宗を誹謗《ひぼう》しない」と約束させられた。

宗祖日蓮以来、「不受不施主義《ふじゅふせ》」を掲《かか》げて戦闘的な宗論を繰り返して来た日蓮宗には、屈辱《くつじょく》といわざるを得ないが、信長はこれを日淵ら、安土宗論参加者個人の醜態《しゅうたい》と見なすことで収めようとしている。信長自身が日蓮宗の寺を再び宿舎とすれば、それに勝《まさ》る和解の証拠はない。いつ誰に寝首を掻《か》かれるか分からぬ乱世に、天下を目前にした信長ともあろう者が、信頼できない寺に泊まるはずがないからである。

「あり難《がた》きお言葉」

日海は一段と身を沈めて礼をいった。

「わが石を取られればわが地に埋めねばならぬ、敵の駒もわが手に入れれば活《い》かして使える。そうであったな、日海」

信長は、日海が説いた囲碁《いご》と将棋《しょうぎ》の原理を繰り返すと、高い笑い声を残して奥座敷へと立ち去った。羽柴秀吉の誘降《ゆうこう》に応じて来た、備前の宇喜多直家を活かして使うのは、後者の実行、日蓮宗との争いを避けるのは前者の教訓ということであろう。

織田信長の言葉に嘘はなかった。その日のうちに、二条第を誠仁親王《さねひと》に献上する手続きをはじめるよう、京都奉行の村井貞勝《さだかつ》に内命するとともに、それにふさわしい改修工事なども指示した。

これに応《こた》えて日海は、信長に金二百枚を献上することを提案、京の日蓮寺院を回って了解を取りつけた。和解を確実にするためには、これぐらいのことはしておかなければならない。織田信長を取り巻く、各教各宗の競い合いを目の当《ま》たりにした日海は、ここで間《ま》をおけば、またどのような邪魔が入るか分からないことを危惧《きぐ》していたのだ。

織田政権による畿内《きない》の安定と楽市楽座の自由化政策で、日蓮宗徒の多い京や堺の豪商たちは大いに潤《うるお》った。彼らの商いは五年前に比べれば桁違《けたちが》いに拡大、今では金二百枚もさほどの負担でなくなっている。お蔭で日海の提案はすぐ了解され、たちまちのうちに二百枚の金が集まった。金銭感覚の鋭い信長は大いに喜び、この資金で、

「平等院の前の宇治川《うじがわ》に、末代《まつだい》までも使える丈夫な橋をかけるように」

と、松井友閑《ゆうかん》と山口甚介《じんすけ》に命じた。日蓮寺院から献上された金を、日蓮宗徒の多い商人たちの便《べん》宜《ぎ》に還元したわけだ。

このことを聞いて日淵も喜び、甥《おい》の日海に対して、

「よかった、ようやってくれた」

と頭を下げ、

「この寺の住持《じゆうじ》もその方に譲りたい」

といい出した。「この寺」とは、去年日淵が開基した久遠院《くおんいん》のことである。

「滅相《めつそう》もございません。私はまだ若輩《じやくはい》、とても住持などは務まりません」

日海が身を伏して断ったのは、この寺の建設に心血《しんけつ》を注いだ叔父の心中を慮《おもんぱか》ったというよりは、信長の目を意識してのことだ。ここで日淵が隠居したのでは、織田信長の措置《そち》に対する不満の表現と受け止められなくもない。

「嫌なのか……」

安土宗論によってめっきりと老け込んだ日淵は、哀しそうに額に残る傷跡を歪《ゆが》めた。信長に近づく日海が、この寺を出ていくのを恐れるような表情だ。それを感じた日海は、

「もし、お許しいただけるのなら、私奴《め》は片隅に塔頭《たっちゅう》を造りとうございます」

と申し出た。大橋慶之助《けいのすけ》や林賢吉《けんきち》など囲碁将棋の弟子を養うためにも、塔頭があれば便利だ。

「なるほど、それは妙案」

日淵は安堵《あんど》したように微笑み、

「して、その塔頭は何と名づけるかな」

と訊《たず》ねた。

「急には思いつきませぬが……」

日海は剃《そ》り上げた頭を撫《な》でて微笑んでから、「例えば、本因坊《ほんいんぼう》とでも」と答えた。日海が「本因坊」と呼ばれるようになったのは、この頃からである。ただし「算砂《さんさ》」と号したのは、徳川家康から碁所《ごどころ》を仰せつかり、久遠院住持を法弟日栄《ほうていにちえい》に譲った慶長《けいちょう》八年(一六〇三)のことと思われる。従って、この小説も、ここからは「本因坊日海」の名で呼ぶこととしたい。

二

蹴鞠の興行から三日経った九月二十一日、織田信長は摂津《せっつ》出陣のため京を発《た》った。荒木村重《むらしげ》が抜け出した有岡《ありおか》城を落とし、残る荒木方の拠点の尼崎《あまがさき》と花隈《はなくま》の城への攻撃を強化するためだ。それを待っていたかのように、久遠院に一人の使者が来た。

「ひさびさに一局御指南《ごしなん》いただきたい。また、この頃お創りになったと聞く、取り駒使いの小将棋《しょうしょうぎ》も拝見したい」

という主旨の、明智日向守《ひゅうがのかみ》光秀の手紙を持った丹波《たんば》亀山からの使者だ。去る八月に波多野《はたの》氏の主城・八上《やかみ》城を落としたことで、丹波、丹後《たんご》の平定はほぼ完了。謹厳実直《きんげんじっちょく》な光秀も、いささかの余暇を得たらしい。

「この頃、拙僧は出稽古《でげいこ》は辞退申し上げておりますが、日向守様のお召しとあらば参らねばなりますまい」

本因坊日海はそう答え、将棋指しの大橋慶之助と、囲碁の弟子の林賢吉を連れて亀山に赴《おもむ》いた。手土産《てみやげ》には、織田信長に贈ったのと同じ榧《かや》の小将棋盤と、水無瀬兼成《みなせかねなり》の書いた黄楊《つげ》の将棋駒を用意した。色と形と音と手触りを考えた上尖下方《じょうせんかほう》の駒である。

京から丹波亀山までの道は遠くない。西北に道を取り、老《おい》ノ坂《さか》を越えれば半日余りで到着する。京の東側の近江《おうみ》坂本城と併《あわ》せて西北の亀山城をも預かる明智光秀は、織田家中でも最も京に近い場所に大領を持つ大名だ。これだけでも、信長の光秀に対する信頼の厚さと、重宝《ちょうほう》がる気持ちがよく分かる。日海としても日蓮宗としても、疎《おろそ》かにできない相手だ。

「よう来られた、日海殿」

二日続いた豪雨が止んだ九月二十四日、丹波亀山城に出向いた日海の一行を、明智光秀は城門まで出迎えてくれた。

「かたじけのうございます。殿様御自《おんみずか》らお出迎えいただくとは痛みいりまする」

日海は驚き慌てて路上に跪《ひざまず》いた。

「いやいや、出稽古をなさらぬ日海殿が、この亀山までお出《い》で下されたとあっては当然でござるよ」

光秀は実直な顔に精一杯の笑みを浮かべて応じ、先に立って本丸へと案内した。丹波平定の大仕事をなし遂げたとあって表情は晴れやかだが、後ろ姿はどこか寂しい。

「日向守もお年を召されたな」

日海はそう思った。光秀も今年は五十二歳、この時代なら老境に入る年頃なのだ。

「今日はまずゆるりと休まれ、明朝、囲碁の指南と合わせて、取り駒使いの小将棋を御披露《ごひろう》いただきたい」

茶菓の接待が終わると、光秀はそういった。時刻は未《ひつじ》の下刻《げこく》（午後三時過ぎ）、当時としては当然のことだ。

「左様《さよう》にさせていただきます」

日海もそう応じて二の丸の宿舎に入ったが、すぐまた本丸から使いが来た。

「申し訳ないが、今夜のうちに取り駒使いの小将棋を御披露願いたい」

というのである。万事に緻密《ちみつ》な光秀らしくない心境の揺れである。

「なるほど、それが取り駒使いの小将棋か。なかなか面白い」

一刻余りを要した日海と慶之助の一局が終わるのを待って、明智光秀は尖《とが》った顎《あご》を上下させた。

丹波亀山城の本丸書院には五本の蠟燭《ろうそく》が灯《とも》され、日海と慶之助に挟まれた将棋盤を照らした。榧の盤と黒漆の文字の付いた黄楊の駒は、蠟燭の光の中では一段と幽玄味《ゆうげんみ》のある美的効果を発揮している。

「あり難きお言葉」

日海はそういって平伏、左右から行灯《あんどん》の鈍い光に照らされた光秀の顔を仰《あお》ぎ見た。

「その方ら、この取り駒使いの将棋を上様にも御披露したそうな……」

そういった光秀の顔には、昼間とは違った暗い陰が揺れている。

「御意《ぎょい》」

日海は短く答えて、光秀の次の言葉を待った。

「それはいつであったか」

「九月五日の昼前にございます」

日海は正確に答えた。

「九月五日、宇喜多が降《くだ》ったことを伝えるために、羽柴殿が安土に上られた翌日だな」

光秀は恨めしそうに呟き、指し終えた将棋盤を睨《にら》んでいたが、やがて低く語り出した。

「羽柴殿が取り次がれた宇喜多家は許されたが、わしが取り次いだ波多野の御兄弟は許されず磔《はりつけ》になった。ために、わしが人質《ひとじち》として出した母者《ははじや》は、波多野の家来どもに殺されてしもうた。八月二十七日のことだ」

明智光秀は、感情を抑えた低い声で、一言一言区切っていった。たった数日の差で、自分と秀吉との間に大きな違いが生じたことを訝《いぶか》るいい方だ。

実際、この時期の明智光秀は、赫々《かくかく》たる武勲《ぶくん》の裏で微妙な心理の動揺に悩んでいた。もともと明智光秀は若狭《わかさ》や越前《えちぜん》を渡り歩く武芸者だったが、永禄九年（一五六六）十一月に越前朝倉家に亡命して来た足利義昭《よしあき》を知り、細川藤孝《ふじたか》を通じてその臣下に加わった。そしてその足利義昭の将軍位回復を援助してくれるよう、織田信長に依頼する使者となってから、信長にも臣従するようになった。明智光秀は、足利将軍直参《じきさん》の家臣であると同時に、織田信長から領地をいただく家来という二重帰属の状態だったわけだ。

領地も権力もない足利義昭が、織田信長だけを頼りに上洛したその頃は、細川藤孝なども同様の立場だったし、足利義昭に仕えたことで信長から領地を安堵《あんど》された摂津有岡城主の荒木村重も、同類に数えられていた。

しかし、間もなく足利義昭と織田信長が不和になると、明智光秀はいち早く義昭を見捨てて信長に臣従する。その頃（元亀《げんき》二年〈一五七一〉末）の光秀の手紙には、「見苦しく候《そうろう》て、憚《はばか》り入《い》り候《そうら》えども、御志ばかりに候」などと書き連ねて、足利義昭の下《もと》から離脱したい旨《むね》を述べている。いわば恥も外聞もなく信長に走ったのだ。

それればかりか、光秀は多くの幕臣たちにも、足利義昭を見捨てて織田信長に臣従するよう説得し、細川藤孝や荒木村重らの有力武将を信長の配下に加えることにも成功した。織田信長は、学識も豊かな京の人脈にも通じる彼らを厚遇《こうぐう》したので、やがて「旧幕臣衆」と呼ばれる一派ができ上がった。いち早く信長に走った明智光秀はその中心的な存在だ。光秀の長女は荒木村重の息子の、次女は筒井順慶《つついじゅんけい》の、三女は細川藤孝の長子忠興《ただおき》の、そして五女は信長の甥の津田《つだ》（織田）信澄《のぶずみ》の嫁となっている。

それだけに荒木村重の叛乱《はんらん》は、明智光秀にとっては心苦しいことだった。昨年十月、荒木摂津守叛乱の報を聞いた光秀は、自ら有岡城を訪れて村重に翻意《ほんい》を促《うなが》したが、成功しなかった。それでも村重は、息子の嫁になっていた光秀の長女を離縁させて返して来た。父親としては嬉《うれ》しい限りだが、織田家臣としては去就《きよしゅう》を疑われ兼ねないことでもある。

このため光秀は、信長に対してより一層の忠勤を示さなければならなかった。今年になってからの光秀の活躍ぶりは、そのためでもある。

光秀は、この年二月、まず氷上《ひかみ》郡の八幡《はちまん》城を落としたのを手始めに、氷上城、沓掛《くつかけ》城、本目《もとめ》城などを次々に落とし、五月には福住《ふくすみ》城を攻めて敵将を自刃《じじん》させた。六月からは自ら本目城に詰めっ切りで波多野氏の本拠八上城を猛攻、その糧道《りようどう》を完全に断《た》ったが、八上城はなお落ちなかった。この時までに兵も銭も使い切っていた光秀は焦りを感じ、母親を人質に八上城へ預けて波多野秀治《ひではる》を誘い出し、安土まで連れていった。

だが、織田信長は、波多野秀治の降服を認めず、磔にして首を曝《さら》した。

「五年余にわたって抵抗を続けた波多野秀治の一命を助けたのでは、これからの敵はみな、負けたら降ればよいとばかりに戦えるだけ戦うであろう」

というのが信長の論理だ。

明智光秀は、これに反論できなかった。このため、人質に出した母親が違約に怒った波多野の家来たちに殺された。これに対して光秀も八上城の将兵を皆殺しにしたが、母を殺された悲しみが消えるどころか、虚《むな》しい悔《く》いが増すばかりだった。その直後に、羽柴秀吉が取り次いだ宇喜多直家の降服が認められたとあれば、なおさらである。


「それは……宇喜多という駒は取って使えまするが、波多野は使えぬからでございましょう」

日海は、自分と羽柴秀吉との差を悔やむ光秀を慰めるために、慎重に言葉を選んだ。

「何故《なにゆえ》に……」

光秀は、上目使《うわめづか》いに日海を見て問い返した。

「宇喜多は大といえども家来の駒。いわば飛車にございます。波多野は小なりといえども王将、勝負を決める駒にございました」

日海はそう説明した。宇喜多直家は備前美作《みまさか》五十七万石の大大名だが、長く毛利に属していただけに、これからの毛利攻めに使える。波多野秀治は丹波二十九万石の旗頭《はたがしら》ともいうべき土豪だが、これを使って攻めるべき敵はもういない。つまり羽柴秀吉が宇喜多を寝返らせたのは毛利攻めという大勝負の中の一手だが、明智光秀が波多野秀治を攻略したのは丹波平定の最終的な勝利、いわば王将を取ったようなものだ。取り駒使いの将棋でも、敵の王将だけは再利用するわけにはいかない。

「なるほど。宇喜多は飛車、波多野は王将か……」

光秀は視線を膝に落として呟いた。

「羽柴殿の毛利攻めはまだまだ続く対局、殿様の丹波攻めは既に終局、殿様の勝ちにございます」

日海がこういうと、光秀は、

「そうか、わしは勝ち切ったのよな」

といったあとで、はじめて微笑んだ。その顔にはなお暗い陰が漂っている。勝負を決める最後の一手に、母親を犠牲にした自己の不明を悔いるかのように見えた。

「それにしても、羽柴秀吉殿は御運がよい。毛利攻めの大勝負を任せられておられる」

しばらくの間、盤上の日海の成り歩《ふ》を睨んでいた光秀が、そんなことをいった。真っ先に敵陣に成り込んで取った、敵の飛車を駆使して敵の玉《ぎょく》を詰ませるのに役立った駒だ。光秀は、この成り歩に、足軽にもなれない小者《こもの》の身から、毛利攻めの総大将に成り上がったライバルの姿を重ね合わせているかのようだった。

「御意」

日海は、逆らえぬ事実を認めて低く頷いたが、その時、日海は不吉な思いに取りつかれた。指し終えた将棋盤の中で、勝ったはずの日海側の角行《かくぎょう》が、突然向きを変えて自分の王将に襲いかかりそうに思えたのだ。中盤では大いに活躍したが、終盤では敵陣の中に取り残されて動かなかった駒である。

三

「急な事態が出来《しゅったい》して出陣することになった。囲碁の御指南はまた後日お願いしたい」

翌朝亀山城の二の丸で目覚めた日海に、明智光秀のそんな伝言が届けられた。「急な事態」とは、丹波に残った唯一の敵城、鬼ケ城《おにがじょう》の城将赤井景遠《かげとお》が病死したことだ。

この六月、波多野秀治を誘殺《ゆうさつ》したことで丹波の敵は浮き足立ち、宇津《うつ》城や黒井城も陥落したが、鬼ケ城だけは、幼少の城主赤井忠家《ただいえ》に代わって指揮する叔父の景遠がなかなかの剛《ごう》の者で、勢いに乗る明智勢も撃退された。

ところが、その赤井景遠が病死したという報せが昨夜遅く入った。それを知ると、光秀は丹後にいる細川藤孝に早馬を出し、すぐ出陣することにした。敵の不幸に付け込み、新たな守備態勢ができない前に攻めるのは、戦国武将の常道《じょうどう》である。

「いかにも光秀様らしい」

またたくうちに二の丸広場を埋める兵馬を見ながら、そんな感想をもらした日海は、その日の昼前に亀山城を出た。日海の関心は、戦いの勝敗よりも丹波丹後を平定したあと、明智光秀がどこに新たな働き場所を探すかに向けられていた。丸四年にわたる丹波丹後の戦いのうちに、旧幕臣衆や地侍《じざむらい》を多数加えた明智軍団は、新たな働き場所を得なければ、家臣団を養い兼ねるほどに膨《ふく》れ上がっているのだ。

日海の読みは、ここでも当たっていた。この度の明智光秀の行動は、戦《いくさ》というよりは残敵掃討《そうとう》に近く、たちまちのうちに鬼ケ城を落とし、進んで丹後に残る一色義道《いっしきよしみち》の田辺《たなべ》城をも降服させた。

だが、織田信長の軍列に付いていた武芸者の佐助《さすけ》は、

「この度の日向守のお働きも、信長様はさほどにもお思いになりまへんやろなあ」

という感想を述べた。七日のうちに摂津の陣を一巡した織田信長は異常なまでの張り切りようだ

ったし、各方面の織田諸将も期待通りの戦果を上げていたからだ。この時期の信長は、戦に勝つのは当然、問題はその速度と費用だというほどの気持ちだという。

京に戻ってからの信長の仕事ぶりもまた猛烈、僅《わず》かな帰還中に様々な政治向きの指示を下し、幾つかの訴訟や外交を手早くすませると、十月八日の夜、亥《い》の刻（午後十時）に二条新第を発ち、翌日の日の出前に安土に着くという夜間行軍の実演までやってのけた。この時代の「天下人《てんかびと》」としては、異常としかいいようのない行為である。

「信長様が今のように張り切っておられれば、周囲の方々は御苦労でしょうな。殊《こと》に真面目《まじめ》な日向守様などは……」

日海はそういって、両者の行動を注意深く見守るように、佐助に依頼した。


出陣から一カ月後の十月二十四日、明智光秀は安土に凱旋《がいせん》、丹波丹後平定のことを織田信長に報告した。この際光秀は、高価なしじら織り百反《たん》を信長に献上した。堅実《けんじつ》好みの光秀としては、思い切って豪華な献上品を揃《そろ》えたのである。

流石《さすが》にこの日は織田信長も機嫌がよく、丹波の八上城を光秀に、丹後の宮津《みやづ》城を細川藤孝に与え、光秀には丹波の、藤孝には丹後の統治と年貢徴収《ねんぐちょうしゅう》を許した。天正三年（一五七五）以来、丸四年の労苦が報いられ、明智光秀は大いに面目を施《ほどこ》したといえるだろう。だが、そのあとですぐ、信長は他将の評判に話題を転じた。

「日向、その方の働きは抜群だが、羽柴筑前もやりおる。俺が宇喜多の降参を受け入れてやったのに喜び、去る九月十日には、御着《ごちゃく》や衣笠《きぬがさ》の敵が三木《みき》城の別所《べっしょ》に兵糧を運び込もうとしたのを察して反撃、奴らを撃退しただけではなく、出迎えに出た別所甚太夫《じんだゆう》ら百人ほどを討ち取った。以来、別所長治《ながはる》は手も足も出せぬ有り様じゃ。これにて別所はもとより、尼崎に逃げ込んだ荒木村重奴《め》も観念致したことであろう」

「いかにも」

明智光秀はそう答えながらも、背を鞭打《むちう》たれるような気分になっていた。それを知ってか知らずか、信長は、

「うん、滝川一益《たきがわかずます》もなかなかの者よ。この夏には東で小田原の北条氏政《ほうじょううじまさ》をわが方に靡《なび》かせおったが、今は摂津の有岡攻めによう働いておる。一益はな、この十月十五日に敵方の中西新八郎《しんぱちろう》なる者を手懐《てなず》けて上臈塚《じょうろうづか》の砦《とりで》を落とし、有岡城を裸城《はだかじろ》にしてしもうた。岸《きし》の砦にいた荒木方の渡辺勘大夫《かんだゆう》のごときは慌《あわ》てて降参しようとしたが、前もって報せがなかった故《ゆえ》に斬り捨てたそうな。ひより塚の野村丹後守《たんごのかみ》も散々に詫《わ》び言《ごと》をいうて来おったが、一益は降参を許さず、首にして送ってきた。あの首、まだそこらにあろうで、よければ見物して行け」

「それはまた、滝川殿のお見事な働き」

そういった光秀の声は、焦りに上擦《うわず》っていた。羽柴秀吉と滝川一益は、明智光秀と同じく牢人《ろうにん》からの出世者、いわば中途採用ながら抜群の実績で重役にまで昇ったライバルだ。その二人の働きを、主君の信長から長々と聞かされたのでは、光秀も丹波丹後の平定ぐらいでは足りないという気分にならざるを得ない。

「そうよ、秀吉といい、一益といい、戦も上手だが調略《ちょうりゃく》も巧《たく》みじゃ」

信長はそういって高笑いすると、後ろの森蘭丸を手招いて用意してあった太刀《たち》を明智光秀に、脇《わき》

差《ざし》を細川藤孝に与えた。光秀が藤孝よりも上位にあることを再確認したわけだ。

光秀は深々と頭を下げながらも、今の信長の言葉を反芻《はんすう》していた、光秀にはそれが、

「もともと藤孝の下であったお前をここまで取り立ててやったのだから、調略の面でももっと働け」

とせっつかれているように思えた。そしてそこから一つの案をひねり出した。荒木一族の助命と引換えに、荒木方がなお維持している有岡、尼崎、花隈の三城を差し出させるというものだ。

明智光秀が平定した丹波丹後の北は海、東は既に丹羽長秀《にわながひで》の領地になっている若狭《わかさ》や、柴田勝家《かついえ》の越前だ。西の方は羽柴秀吉が主将となって攻めている播磨と但馬《たじま》、東西ともに光秀が出る隙間もない。残されているのは南、叛乱を起こした荒木村重の領地からは四国へも繋《つな》がっている。

「今一度、荒木殿に城を明け渡すように説いてみとうぞんじまするが」

光秀は、恐る恐るそういった。光秀には、瞬間的に閃《ひらめ》いたこの案が、織田家のためにも自分の働き場所を得るためにも、ひどく名案に思えた。

「ははは、荒木の城などもうじき落ちるがな、日向がそうしたいのならやってみよ」

織田信長は、遊戯《ゆうぎ》を楽しむように軽く答えた。それでも、必死の思いでこの策を提案した光秀には、大事な了解を得たように思えて嬉しかった。

すぐ次の日から、明智光秀を焦らせるような報せが相次いだ。まず、翌日の十月二十五日、滝川一益が工作していた関東の北条家が、織田方に味方することを鮮明にするために、「軍勢六万ばかりを引き連れて甲斐《かい》を目指し、黄瀬川《きせがわ》を隔《へだ》てて三島《みしま》に陣を敷いた」という報せが届いた。これに対

して武田勝頼《かつより》も富士の裾野《すその》の三枚橋《さんまいばし》に陣を造って対抗したが、背後からは徳川家康が駿河《するが》に攻め込み、村々を焼き払った。長篠《ながしの》の戦勝以来五年、様々な形で重圧を加えて来た織田方の政略が功を奏《そう》し、武田を挟撃《きようげき》する態勢ができたのだ。

腹背《ふくはい》に敵を受けた武田勝頼は、精鋭をすぐって北条勢を猛攻、大きな損害を出しながらも六分《ぶ》の勝利を得るとすぐに休戦、一夜のうちに伊豆半島を駆け抜けて徳川の軍勢を追い払う離れ業《わざ》を演じた。世間ではこれを「武田の強兵ならではの働き」と賞賛する声もあったが、信長の評価は違った。

「勝頼奴、将を失い兵を疲れさせ、銭をかけた挙句《あげく》に何物も得ることなく甲斐に引き揚げおった。二度三度このようなことがあれば、甲斐の民《たみ》は干上がってしまうわ」

といい、その仕掛けを作った滝川一益の功労を評したのだ。

続いて十月二十九日、富山の神保安芸守氏張《じんぼうあきのかみうじはる》が黒毛の馬を信長に献上してきた。北陸を担当する柴田勝家も、着々と占領地を拡げている。信長は大いに喜び、神保氏張に妹の一人を嫁《とつ》がせる約束をし、柴田勝家の功に報いた。

そしてその翌日、今度は摂津古屋野《こやの》の織田信忠の陣に、宇喜多直家《なおいえ》の名代《みようだい》として宇喜多与太郎《よたろう》基家《もといえ》が参上した、という報せが入った。いうまでもなく羽柴秀吉の取り次ぎだが、宇喜多家が献上した織物は数百反、明智光秀が差し出した百反のしじら織りの効果を打ち消すに十分な量だった。織田諸将の手柄競争はますます苛烈《かれつ》になっていたのである。

「御家来衆だけではおまへん。禅宗もキリシタンも、信長様に付きまとっておりま」

安土から帰って来た武芸者の佐助は、それに付け加えた。近く上京する信長のために、千利休が瀬田《せた》まで出掛けて茶室を造り、道中接待の用意をしているというのだ。

だが、この度《たび》に関する限り、最大の勝利者は日海の方だった。十一月三日に上京した織田信長は、直《ただ》ちに二条新第を誠仁《さねひと》親王に献上する手続きをはじめ、十一月十六日の亥《い》の刻（午後十時）に日蓮寺院の妙覚寺に移動したからだ。これによって織田信長政権と日蓮宗との和解は、誰の目にも疑いないものになったのである。


その間、明智光秀は、荒木村重を降す工作に綿密な思案を巡らせた。まず光秀が考えたのは、有岡、尼崎、花隈と分かれた戦線で同時に停戦を実現させることだ。一カ所でも休戦に応じない者が出れば、それを理由に信長は、村重以下を磔にするかも知れない。それを避けるためには、村重だけではなく、各城の城将からも了解を取る必要がある。

第二は、信長の長男信忠をはじめ、織田家の有力武将がこぞって力戦している荒木攻めに、光秀が割り込んで城明渡しと荒木一族の助命の取引をまとめたのでは、みなの恨《うら》みを買いはせぬかという心配だ。このため光秀は、信長の甥であり自分の女婿《むすめむこ》でもある津田（織田）信澄を、有岡戦線での仲介役にすることにした。信澄なれば織田一族だから、諸将の恨みを買うこともあるまい。

第三は、荒木を平定したあとで、摂津の諸城を手にして、瀬戸内対岸の四国に働き場所を得る下《した》地《じ》を造る方策だ。播磨と備前を制した羽柴秀吉は、既に阿波《あわ》の三好康長《みよしやすなが》を手懐《てなず》ける策謀をはじめている。これに対抗するためには、土佐《とさ》の長宗我部元親《ちょうそかべもとちか》と深く繋がるに限る。そのために光秀は、自分の忠臣・斎藤利三《さいとうとしみつ》の姪《めい》を養女として、長宗我部元親の息子に嫁がせることにしていた。

「荒木村重殿を誘降する功を立て、摂津に足掛かりを造って四国を配下に加える。そうでなければ、中国攻めの羽柴秀吉や東国攻めを担当する滝川一益に対抗できない」

明智光秀は、何時《いつ》しかそんな考えに取りつかれていたのだ。

十一月はじめ、光秀はまず土佐の長宗我部元親に縁談の使者を派遣すると同時に、密かに津田信澄の陣に赴《おもむ》き、村重が抜け出したあとの有岡城を守る荒木久左衛門《きゅうざえもん》に、助命と開城の取引を打診《だしん》してみた。そしてそれがほどよい手応《てごた》えを得たのを知ったあとで、尼崎城にいる荒木村重に手紙を書くつもりでいた。かつては足利義昭に仕えた同僚であり、息子に長女を嫁がせた親類でもあった立場を強調した、心の籠《こ》もった文面も考えた。

だが、この時の光秀の思考には大きな空洞があった。ことを綿密にすれば時間と手間がかかり、係わる人も増え秘密を保ち難くなることを考えなかったのだ。信長の了解を得ずに母親を人質にして波多野秀治を誘降した結果、母親が殺される羽目《はめ》になったことが、この男の思考をかたくなにしていたのかも知れない。

四

「奥方様。荒木久左衛門様のところに明智日向守様からお使いが参ったというのは、まことでございますか」

十一月十八日の昼前、摂津有岡城の本丸櫓《やぐら》、下層奥座敷に駆け込んで来た若い女が、声高《こわだか》に問いかけた。声の主《ぬし》は荒木村重の妹の「みき」、去る十月十五日に織田方に降参したが、許されずに斬首された野村丹後守の未亡人だ。

「私は存じません。多分、嘘でございましょう」

「奥方様」と呼ばれた女性は、若いながらも落ち着いた表情で諭《さと》すようにいった。才色兼備の誉《ほま》れ高い荒木村重の正室たし二十一歳である。もっとも村重には、明智光秀の長女と結婚していた息子の村安《むらやす》のほか、十五歳と十三歳の娘がいたから、たしは何人目かの後妻だろう。

「左様でございましょうか。うちの人も織田方に騙《だま》されて首を斬られたのに、この城を預かる久左衛門様までが織田方の謀略に騙されてはと、みきは心配でございます」

みきは髪を振り乱してまた泣き出した。兄の村重が尼崎に去り、夫の野村丹後守が死んだとあっては、十七歳のみきが気弱になるのも無理はない。そうでなくともこの頃の有岡城は、「悲惨」としかいいようのない有り様になっている。

籠城は既に一年を越え、周囲の出城《でじろ》や砦はことごとく陥落、城下の町も焼き払われた。荒木方に残る本丸と二の丸も、隅櫓《すみやぐら》や城門は大筒《おおづつ》の射撃で壁が落ち、屋根が傾いている。今や織田方の鉄砲から安全なのは、この本丸櫓ぐらいしかない。

その上、長引く籠城で兵糧は窮乏《きゅうぼう》し、寒さを迎えて衣服や燃料にも事欠いた。それにも優《まさ》るこの城の「悲惨」は、主将の村重が抜け出したために士気が低下、先に中西新八郎らの寝返りで多くの砦と兵が失われてからは、誰もが疑心暗鬼《ぎしんあんき》になっていることだ。村重の妹のみきが人前も憚《はばか》らず、小耳に挟《はさ》んだ噂《うわさ》を口にしたのもその現れだろう。

「気になるのなら、友恵《ともえ》にでも確かめさせましょうか」

たしはそういった。友恵というのは、籠城に入った頃より見掛けるようになった下女中《しもじょちゅう》だが、何かの心得《こころえ》でもあるのか、しばしば米一升《しょう》麦五合《ごう》ほどを懐《ふところ》や脚絆《きゃはん》に隠して持ち込んでくる。ほとんどの女中が逃げ散った今では、貴重な存在なのだ。

「おお、友恵ならば知っているやも知れぬな」

みきが友恵を呼び寄せ噂の真偽《しんぎ》を訊ねると、友恵は哀しげに頷いただけだった。

「やはりそうか」

たしは諦《あきら》め顔で呟いたが、みきの方は、

「私は嫌でございます」

とヒステリックな声を上げた。夫の野村丹後守が投降して首斬られた時に、荒木久左衛門が口汚く罵《ののし》ったのを恨みに思っているのだ。

籠城の中では、噂が広がるのも早い。それから一刻もすると、この話は有岡城内に知れわたり、蜂《はち》の巣を突ついたような騒ぎになった。様々な噂が飛び交《か》い、色々の議論が吹き出した。早々と逃げ出す支度をする者もいれば、久左衛門を斬ってでも徹底抗戦すべしという者もいた。

夜になると、城内の不安と混乱は一段とひどくなり、荒木久左衛門らの首脳部も掌握《しょうあく》不能の状態になり出した。将兵の暴動を恐れた久左衛門は、白旗を掲げて津田信澄の陣屋に赴き、尼崎と花隈の城の明渡しと引換えに、荒木村重以下城兵一同の助命を願い出た。その間に、津田信澄や滝川一益の兵がどっと城門に殺到、難無くこれを占領した。このため、本丸に籠もる荒木勢は、周囲から鉄砲を突きつけられて人質同然になってしまった。

荒木久左衛門らは、予想外の事態に驚き慌てるだけで、これを尼崎の村重に知らせることもできなかった。このことを最初に尼崎に伝えたのは、たしの願いで有岡城を抜け出した下女中の友恵だった。

「気休めはもう結構じゃと、小早川《こばやかわ》殿にもお伝えくだされ」

有岡城が大混乱に陥《おちい》っていた十一月十八日の夜半、南におよそ二里《り》下った尼崎城の本丸櫓では、荒木村重が膝の上の書状を睨んで呻《うめ》いていた。書状は毛利家で山陽道の軍政を預かる小早川隆《たか》景《かげ》のもの、話し相手はしばしばこの城に忍び込んで来る、灰色胴着の六角《ろっかく》次郎義定《よしさだ》だ。

「小早川殿は、去年の秋には年明け早々に援軍を出すと申された。今年の二月には花の咲く頃には大軍を催すに変わった。四月になると七月になり、八月に催促《さいそく》すると国内に小乱が生じたのでしばらく待たれよになった。それが今は小乱どころか、備前美作五十七万石の宇喜多直家殿までが離反《りはん》した。そんな時に、来年早々に援軍を出すと申されても信じられぬわ」

村重は、小早川隆景の再三にわたる違約を詰《なじ》った。この男が、本願寺《ほんがんじ》に兵糧を横流しした嫌疑《けんぎ》を恐れて織田信長に叛乱を起こしたのは、去年十月十八日。それからちょうど一年とひと月が過ぎたが、確約されていた毛利の援軍は一向に来ない。その直後に毛利自慢の水軍が、織田信長の鉄貼《てつば》り船に敗れたのが主な原因だが、他にも様々な期待外れが重なった。

頼りにした組下大名の高山右近《うこん》や中川清秀《きよひで》は織田方に走ったし、大坂の本願寺や播磨の別所も思ったようには動かなかった。一時は天文法華《てんぶんほっけ》の乱を再現するかと期待した、織田信長と日蓮宗の対立も難無く収まったし、波多野秀治の八上城も陥落して、丹波丹後の反信長の勢力が撃滅されたことを知らされた。

何よりも悔《くや》しいのは、自ら毛利の援軍を請《こ》う使者になろうとして、有岡城から尼崎に移った直後に、毛利方の宇喜多直家が織田方に寝返ったことだ。これでは毛利の援軍を引き出すどころか、

「城を捨ててわが身一つで逃げ出した」という汚名《おめい》まで着せられる。その上、村重が出たあとの有岡城では物資が欠乏し士気が衰え、悲惨な情況になっている。どこから見ても、村重に有利な材料はない。

「こんなことなら、たしと共に有岡城に留《とど》まっていればよかった」

という悔いが、荒木村重の心に淀《よど》んでいる。それだけになおのこと、「毛利に裏切られた」という恨みが深い。

「毛利の方々の言葉など、最早《もはや》信じられぬわ」

村重は、小早川隆景の書状を腹立たしく握り潰《つぶ》した。

「ならば摂津守様、織田信長様の言葉をお信じなさるか」

次郎義定は、角張った顔を押し出すようにして訊ねた。

「信長様の言葉。それは何のことじゃ、何も聞いてはおらぬが」

荒木村重は訝《いぶか》るように眉間《みけん》に縦皺《たてじわ》を寄せた。

「いや、荒木久左衛門様のところには参っております。久左衛門様は今、津田信澄様の陣屋に出掛けておられまするぞ」

荒木摂津守村重は驚きに喉《のど》を詰《つ》まらせたが、義定はそれを無視して続けた。

「有岡、尼崎、花隈の三城を明け渡すならば、摂津守以下御一族御家来衆のお命は助けるという申し出が、明智日向守様を通じてなされた由《よし》にございます。信長様のこの御言葉、摂津守様はお信じなさるか」

「信じるも信じないもないわ。久左衛門は、そのような大事なことを何故俺に知らせず進めておるのだ」

組織の秩序を重んじる権力志向の人間は、結果の現実よりも交渉の手続きにこだわる。この時の荒木村重も、城と命の取引という内容よりも、久左衛門の越権《えっけん》行為に腹を立てた。

「その方、そのようなことを、いつどこで誰から聞いた。聞き捨てならぬ話じゃ」

村重は、せめても次郎義定の言葉を疑うことで、自らを慰《なぐさ》めようとした。

「あれなる友恵が知らせて参りました」

義定は後ろを振り返って、行灯の光が途切れた部屋の隅を顎で指した。そこには、いつの間にか赤い忍び袴《ばかま》の女が跪いていた。ここ二カ月間に三度ほど、有岡城の様子を知らせに来た女だ。

「何か、証拠があるのか、そのようなことを示す証拠が」

村重はうろたえた声を出した。

「友恵が目と耳で確かめたこと。証拠といわれても困るが……」

義定はそんなことを呟きながら、友恵が懐から出した書状を村重の方に差し出した。

「これはたしの和歌ではないか」

村重はそう叫んで、書状を行灯に翳《かざ》した。

「霜枯《しもが》れに　残りて我は八重《やえ》むぐら　難波《なにわ》の浦の底の水屑《みくず》に」

（霜枯れの季節にあなたに取り残された私は、八重むぐらのように荒れ果てた有岡城にあって、いっそうのこと、難波の海の水屑になってしまいたい思いです）

たしの和歌を声に出して読んだ村重は、天井を仰《あお》いで嘆息《たんそく》した。愛する若妻の悲惨な情況と絶望的な心境に、胸を掻《か》きむしられる思いだ。そしてそれが、わが妻子を預かりながら、敵方と勝手なき刺さった。
驚きと怒りと悔悟《かいご》と無念に混乱した荒木村重の耳に、六角次郎義定の低いが力の籠もった声が突
「諦めなさるな。摂津守様」
交渉をはじめている久左衛門への怒りを一段と掻き立てた。

「それがしは今夜も小船を操り、米十俵と玉薬《たまぐすり》二樽《たる》をこの城に持ち込んで参りました。まだまだ手はあるはずでござります」

「ふん、最早この戦《いくさ》、多少の米や玉薬でどうなるものでもあるまい」

村重は、虚《うつ》ろな表情で呟いた。

「拙者《せっしゃ》の申しておるのは、織田方にも飽きと疲れが出ているということにござります。中でも佐久《さく》間信盛《まのぶもり》様の陣など、のんべんだらりと滞陣するだけ、本願寺攻めでもこの尼崎でも、何の働きも致しませぬ」

次郎義定は、村重とは対照的に闘志で目を光らせていた。この男が再三敵の重囲を潜《くぐ》り抜けて兵糧などを持って来るのは、その辺りに織田方の弱点がある証拠ともいえる。

「うーん、佐久間殿がのう」

と村重は頷いた。佐久間信盛は織田家累代《るいだい》の重臣、今も大坂本願寺攻めの総大将として、七カ国の大名や地侍を与力にする高い地位にいる。だが、羽柴秀吉や滝川一益、明智光秀など、中途採用の出世組が華々しい戦果を上げているのに比べて、佐久間信盛にはこれといった功績がない。織田家累代の重臣という安心感か、信長の激し過ぎる督戦《とくせん》に疲れたのか、ここ数年の動きは鈍い。それは信長の勘気《かんき》に触れる十分な条件であることは、同じ立場を経験した村重にはよく分かる。

「その方、佐久間殿に織田家を裏切らせる手があるとでもいうのか」

村重は、疑い深そうな視線を、次郎義定の角張った顔に浴びせながら訊ねた。

「そうは申しておりませぬ。確かなことは、織田の御家来衆にも、信長様の勢いについて行けぬ者が次々と出ることでございます」

次郎義定は、そういうと膝をにじらせて近づき、村重の痩《や》せこけた顔に囁いた。

「摂津守様、三年のうちには、必ずや鬼が倒れるのを見ることができましょう」

「三年のうちにか」

村重はそう呟いて唇を嚙《か》んだ。何としても信長が倒れるのをこの目で見る、という生きる望みが湧《わ》いて来るような気がしたのだ。

五

「三城明渡しと交換に荒木一族を助命するという明智日向守様の御提案を、荒木摂津守様はお断りになったらしおす」

十一月も末に近い朝、京の久遠院に戻って来た佐助が、そんな報告をした。

「日向守は、御母堂《ごぼどう》まで人質にして波多野秀治殿の助命を約束されたのに果たせなかった。この度は人質さえもないとあっては、日向守のお言葉を信じることなどでき兼ねる。荒木摂津守様はそう申されたそうです」

「ほう、それはまた、きつい言いようですな」

本因坊日海は顔を顰《しか》めた。言葉は丁重《ていちょう》だが、その意味は、明智日向守光秀の織田家における地位と影響力を疑うものだ。誇り高い光秀には、最大の屈辱に違いない。

「それで、光秀様は何とされた」

「はい、光秀様はなおしばらく荒木一族の妻子を有岡城に留めて翻意《ほんい》を促したいと、信長様に懇願なされている由にございます」

「ほう、流石に明智光秀様、御辛抱《ごしんぼう》がよい」

日海はそういったが、光秀の辛抱の裏には、何とかして摂津に足掛かりを作りたいという焦りを感じずにはいられなかった。

「それで信長様は何となされたかな、佐助さん」

日海はさらに訊ねると、佐助は苦笑いを浮かべて「それがですねん」と、いい出した。

「信長様はいつになく御機嫌で、日向がそうしたいのならそうするがよいと申されて、津田信澄様に有岡の本丸櫓に追い込んだ荒木勢を監視させ、しばらくの猶予《ゆうよ》をお与えになっております」

「ふーん、信長様としては珍しい御辛抱やな。余程、光秀様の才覚に御期待と見える」

日海はそう呟きながらも眉《まゆ》を曇《くも》らせた。常に即断即決を好む信長が、今回に限って長々と明智光秀の交渉を待っているのは、単に荒木村重を降したいだけではなく、そのあとでの光秀の使い方まで考えてのことだろう。それだけに、この交渉をしくじった場合の光秀の立場は、大きく損なわれるに違いない。日海にはそれが心配だった。

「日海はんは心配性《しんぱいしょう》でんな、いつでも先々を心配しやはる」

佐助が若い武芸者らしい陽気な口調でいったのに、日海もつい声を合わせて笑った。

だが、事実は日海が心配した以上に悪い方向へと進んでいった。有岡城に残る荒木一族の警護役に付けられていた荒木方の三人の武将の一人、池田和泉守《いずみのかみ》なる者が前途を悲観して鉄砲自殺してしまったのだ。

このことは、織田方、荒木方の双方を硬化させた。織田方は、本丸を警護させている荒木の将兵が、絶望的な突撃に出るのではないかという不安に駆られて彼らの武装解除を強行、一族の妻子を完全な人質にしてしまった。村重説得のために尼崎に来ていた荒木久左衛門も、これによって面目を失い、村重ともども徹底抗戦の姿勢を明らかにした。何のことはない。明智光秀の交渉は、荒木久左衛門ら百余の敵兵を、尼崎の敵城に逃げ込ませる結果になったのである。

十二月三日、尼崎城の荒木村重らが徹底抗戦の姿勢を明らかにしたことを知った織田信長は、京都妙覚寺で反物《たんもの》千反以上を積み上げ、家中の武士から奉公人まで上下の隔《へだ》てなくわけ与えた。本因坊日海も、囲碁をもって仕える者としてこの席に呼ばれ、しじら織り一反を賜《たまわ》ったが、その光景の異様さには驚いた。

「おい、そこの女中、これを持って行け」

「その小僧、これが似合うぞ」

「お前、台所の灰捨て爺《じい》だな。これを銭に替えて酒でも食らえ」

信長はそんなことを叫びながら自ら反物を摑《つか》んで投げ与えた。生涯、絹物など着ることもない百姓娘や寺男は、ただただ感激、それを拾って争うように頭を地面に擦《す》りつけた。彼らには信長の姿が神にも仏にも見えただろうが、日海の目には怒りに震える鬼に見えた。果たして信長は、一刻ほ

どかけて反物を投げ終わると、日海らを側《そば》に招いて、

「これで日向も納得するであろう」

と呟いた。信長は、明智光秀が苦労して集めたしじら織り百反など、ものの数ではないことを示すことで、荒木村重との交渉を試みた光秀の愚かさを示したのだ。

「確かに日向守様も御覚悟なさるでございましょうが……」

日海はそこまでいって、そのあとに続く「納得はなさりますまい」という言葉を飲み込んだ。村重に対する怒りと光秀に対する失望に興奮している信長には、何をいっても無駄に思えたからだ。

「ふん、分かりさえすればそれでよい」

信長は残虐な笑いを浮かべてそういうと、

「荒木の者どもは斬らねばならぬ。一族重臣の妻子はもちろん、その乳母《うば》、女中、若党、付人《つきびと》に至るまで、ことごとく殺す。俺に付き従った者には、上下の分け隔てなく反物を与えた。荒木に付き従った者には分け隔てなく罰を与える」

といって高笑いをした。頭の天辺から絞《しぼ》り出すような、長く尾を引く笑い声だった。

荒木一族の成敗《せいばい》は二つに分けて行われた。まず十二月十三日、中堅武士の妻子や奥女中たち百二十二人が、尼崎の七松《ななまつ》というところで磔にされた。ずらりと並ぶ柱に女たちを縛りつけ、幼児は母親に抱かせたまま引き上げて鉄砲で次々と撃ち殺し、槍で止《とど》めをさした。彼女たちは大抵覚悟を決めて美々《びび》しく着飾っていたが、流石に百二十二人がいっせいに苦しみわめく姿は凄《すさ》まじいものだった。

だが、そのあとには、それにも勝る惨劇が続いた。荒木一族やその家中に奉公した女中や乳母、

若党、雑用掛りの下男や付人など、女が三百八十八人、男が百二十四人の処刑である。織田信長は、矢部善七郎《やべぜんしちろう》に命じて、これらの人々を四つの家の中に押し込め、周囲に枯れ草を積んで焼き殺したのだ。

男女合わせて五百人を越える人間が、火の回るに従って魚がのけ反《ぞ》るように上を下へと悶《もだ》え苦しむさまは、まさしく灼熱《しゃくねつ》地獄の責め苦のようで、見る者はみな肝《きも》を潰して目を覆い、二度と見ようとはしなかったという。

一方、村重の妻のたしや妹のみきら、名のある武士の女房や兄弟は、十二月十六日、二人ずつ車に乗せられ京の町中引回しの上、六条河原で斬られた。彼女たちはみな経帷子《きょうかたびら》の上に色のよい小《こ》袖《そで》を重ね、顔には化粧を施し、取り騒ぐこともなかった。中でも評判の美人だったたしは、車から下りる時に帯を締め直し、髪を高々と結《ゆ》い直して小袖の衿《えり》を後ろに引き明けるほど、落ち着いた態度だったという。

荒木一族の女性たちだけではなく、罪もない女中や下男の類《たぐい》までもろともに惨殺《ざんさつ》したこの大量処刑は、比叡山の焼討や、のちの甲斐恵林寺《えりんじ》の焼滅と並ぶ織田信長の残虐行為として、きわめて評判が悪い。信長の忠実な弓衆だった太田牛一《ぎゅういち》でさえも、『信長公記《しんちょうこうき》』の中で、「このような数多い御《ご》成敗《せいばい》は上古《じょうこ》以来はじめてのことである」という主旨のことを書いている。

しかもこの虐殺は、戦の上でも効果をあげなかった。尼崎城の前で大勢が銃火や業火《ごうか》で殺されるのを見ても、妻や娘や妹が処刑されたと聞いても、荒木摂津守村重は城を開こうとはしなかった。

実録・本因坊算砂

「本因坊戦《ほんいんぼうせん》」というのがある。現在は数あるタイトル戦の一つだが、もともとその名は囲碁《いご》の家元・本因坊家の総領を意味した。このお蔭で、初代本因坊算砂《さんさ》（法名日海《にっかい》）の名は、碁好きの間ではよく知られている。だが、その本因坊算砂が、将棋《しょうぎ》の名人でもあり、初代碁所《ごどころ》（碁打ちを統括《とうかつ》する名人）とともに、初代の将棋所《しょうぎどころ》を兼ねていたことはあまり知られていない。

現実の本因坊は、将棋の名人であっただけではなく、日本将棋独特の「取り駒使い」のルールの発明者、少なくともその完成と普及に最大の功労があった。

将棋の起源は古く、パキスタンのモヘンジョ＝ダロの遺跡からは、紀元前二五〇〇年頃のものと思われる将棋の駒が出土している。通説では、このインド将棋が東西に伝播《でんぱ》、西洋のチェスや中国の象棋《シャンチー》などになったという。今日《こんにち》でもインドには、「チャトランガ」といわれる二人制と四人制の将棋がある。この他にもギリシャ起源説やエジプト起源説もあるが、それほどに将棋に類する遊戯《ゆうぎ》は世界中に多い。

日本に将棋を伝えたのは天平《てんぴょう》時代に唐《とう》に学んだ吉備真備《きびのまきび》（六九五〜七七五）だという説が、徳川時代の書物には再三出て来るが、もとより確証はない。はっきりと将棋に関する記述があるのは、平安時代の書の「三蹟《さんせき》」に数えられる藤原行成《ゆきなり》（九七二〜一〇二七）が書いた『麒麟抄《きりんしょう》』だ。ただし、これは将棋の駒の字の書き方に関するもので、どんな指し方だったかは分からない。だが、一二一〇年代の書とされている『二中歴《にちゅうれき》』には、将棋の駒の配置や動きまで解説した文章があり、そのかなりの部分は今日の将棋に類似している。ただし、「相手を王将だけにすれば勝ち」とあり、相手の駒を取っても自分の駒として使えなかったことが分かる。

恐らく将棋は、平安時代の前半に中国から日本に入り、王朝文化の中で洗練されたものになったのであろう。その後、室町時代にも将棋に関する記述があるが、その頃は、今日の日本将棋に似た小将棋《しょうしょうぎ》の他、駒数の多い様々な将棋があった。元禄《げんろく》七年（一六九四）版の『諸象戯図式《しょしょうぎずしき》』にも、小象戯、和象戯、中《ちゅう》象戯、天竺《てんじく》象戯、大《だい》象戯など八種類の象戯（将棋）が列挙されている。将棋が普及し上手《じょうず》が現れるに従って、勝負を複雑にするために多様な種類の駒を増やしたわけである。

実際、現在の日本将棋のように、相手の駒を取って打ち込み利用できる「取り駒使い」のルールがなければ、互いに駒を取り合ううちに局面は単純化し、最後は引分に終わることになり易《やす》い。西洋のチェスの場合、世界チャンピオンを決める「名人戦」は、通常三十試合で勝敗を争うが、二勝一敗二十七分といった結果になることもある。

しかし、やがて「取り駒使い」のルールが発明されると、変化と手法が多様化し、九路《ろ》九経《けい》の盤上で双方合計四十枚の駒を使う小将棋が一般化した。今でも世界に将棋の種類は多いが、「取り駒使い」のルールがあるのは日本将棋だけ、これが発明された時こそ日本将棋の誕生といってもよいだろう。

では、きわめて独創的な「取り駒使い」のルールは、いつ誰によって発明されたのか、実はよく分からない。だが、ある程度の推測はできる。

昭和四十八年（一九七三）、福井市城戸《きど》ノ内町《うちちょう》（旧一乗谷村《いちじょうだに》）から九十枚の将棋の駒が発見された。同じ場所から出た「永禄《えいろく》四年（一五六一）五月吉日」と書いた付け札も発見された。今日、これが現存する日本最古の将棋の駒とされている。だが、この将棋の駒には、現在の日本将棋（小将棋）にはない種類の駒も含まれているし、敵味方を色分けしていたと思われるものもある。当時はまだ「取り駒使い」が一般的でなかったことが推測されるものだ。

ところが、徳川家康に仕えた松平家忠《まつだいらいえただ》が書いた絵入り日記の、天正《てんしょう》十五年（一五八七）二月の項に挿入《そうにゅう》されている将棋の局面は、間違いなく今日と同じ九路九経の盤と四十枚の駒の小将棋だ。その後現れる豊臣秀吉の「太閤《たいこう》将棋」の話や、摂津《せっつ》の水無瀬《みなせ》神社に奉納されている豊臣秀《ひで》次《つぐ》所蔵と伝えられる将棋駒などは、いずれも小将棋である。

従って、永禄四年から天正十五年までの間に、「取り駒使い」のルールが発明され普及した結果、九路九経の盤に四十枚の駒を使う小将棋で、十分に複雑多様な指し手ができるようになり、大将棋や中将棋は急速に衰退したと見られる。将棋に関する記述が天正末期から急増することから見ると、上流階級に知られるようになったのは、この間の後半、天正六、七年頃以降であろう。

一方、将棋の家元大橋家のまとめた初代大橋宗桂《そうけい》（一五五五〜一六三四）の伝記によれば、宗桂は京都の町人（医家の出というのは誤解）だったが、将棋の上手《じょうず》として本因坊日海に見出され、その口利きで織田信長に仕え、桂馬《けいま》使いの巧《たく》みなため信長から「宗桂」の名をいただいたという。信長ほど緻密《ちみつ》な頭脳の持主が将棋に強い関心を示したとすれば、既に「取り駒使い」のルールができていたのだろう。

そうだとすれば、この時期に活躍した本因坊算砂と、のちに本因坊から将棋所の地位を譲られる大橋宗桂が、これに深く関係していたはずである。

今に残る最古の将棋の棋譜《きふ》は、慶長《けいちょう》十三年（一六〇八）正月二十八日の大坂城における本因坊算砂と大橋宗桂の対局で、これは八十手で本因坊が勝っている。この両者は終始平手番《ひらてばん》で指しており、将棋の実力は伯仲《はくちゅう》していたようだ。現在残る両者の対戦棋譜は八番あり、その結果は大橋宗桂の七勝一敗となっているが、将棋の家元になった大橋家が管理していたものだから、最初の一番を除き、開祖の勝ち棋譜のみを大切にしたとも考えられる。

本因坊算砂が、将棋所の地位を大橋宗桂に譲ったのは慶長十七年（一六一二）、本因坊五十四歳、大橋宗桂五十八歳の時だ。また本因坊が務めた寂光寺《じゃっこうじ》（旧久遠院《くおんいん》）住持《じゅうじ》の職と日蓮宗《にちれんしゅう》権大僧都《ごんのだいそうず》の地位は、法弟の日栄《にちえい》に譲っている。本因坊日海は、囲碁も将棋も強かっただけではなく、日蓮宗の僧侶としても高位に達したのである。本因坊日海が、信長や秀吉を取り巻く「文化人」の中で、千利休《せんのりきゅう》や狩野永徳《かのうえいとく》よりも上位に遇されたのは、そうした背景があったからかも知れない。

第十五章　「陽志」対「陰念」

一

潮が満ちていたが、波はなかった。風は生温かかったが、月は出ていない。夜の海は黒く、天は暗い。天正《てんしょう》八年（一五八〇）七月朔日《さくじつ》の亥《い》の刻（午後十時頃）、荒木摂津守村重《せっつのかみむらしげ》を乗せた小船は、花隈《はなくま》城の石積みと葦原《あしはら》の間を通り抜けて、そんな海に滑《すべ》り出した。

同行者は息子の村次《むらつぐ》（村安《むらやす》）と村基《むらもと》、艫《とも》で櫓《ろ》を漕《こ》ぐ灰色胴着の男・六角《ろっかく》次郎義定《よしさだ》、そして舳先《へさき》で水先を見つめる赤い括《くく》り袴《ばかま》の女・友恵《ともえ》。積荷は金十七枚と銀三貫、それに一人当たり四つの握り飯と二本の水入りの竹筒、自らの首に下げた自慢の茶筒。摂津一国六十万石の旗頭《はたがしら》として華やいだ地位にいた荒木村重が、花隈城を脱出する時に持ち出せたのはこれだけだった。

荒木摂津守村重が、織田信長に対して反旗を翻《ひるがえ》したのは一昨年の十月十八日、既に一年九カ月近くが経《た》った。この間に、荒木村重が当てにした「味方」は、次々と消えた。昨年八月には、丹波《たんば》の波多野《はたの》一族が明智光秀の軍勢に攻め滅ぼされた。その直後に、毛利《もうり》方の先鋒《せんぽう》役を務めていた備前《びぜん》の宇喜多直家《うきたなおいえ》が織田方に寝返った。今年正月には、播磨《はりま》の三木《みき》城が羽柴《はしば》秀吉の手に落ちて別所長治《べっしょながはる》らが自殺、六月には西播磨の宇野《うの》一族も潰《つぶ》された。五年にわたって抵抗してきた本願寺《ほんがんじ》さえもが、勅使《ちょくし》の仲介《ちゅうかい》で和睦《わぼく》という形で信長に降《くだ》り、間もなく大坂から紀伊に退去することが決まっている。

残る「味方」も防戦一方だ。毛利ははるか西に追いやられたし、上杉は越中《えっちゅう》を守るのさえも難しくなっている。武田も、織田に与《くみ》する徳川と北条《ほうじょう》の挟撃《きょうげき》にあって身動きできない。

援軍は期待できず、攻め寄せる敵兵は増え続ける。かつては村重の組下大名だった高山右近《うこん》や中川清秀《きよひで》も、部下だった中西新八郎《しんぱちろう》や星野左衛門《さえもん》らも、寄手《よせて》に加わった。荒木方最後の砦《とりで》の花隈城も、外堀は埋まり櫓《やぐら》はあらかた壊された。兵糧《ひょうろう》は尽き、将兵の死傷や逃亡も増えた。こうなっては、流石《さすが》の荒木村重も観念するしかない。

それでも、この男は、討ち死によりも逃亡を選んだ。月のない暗夜《あんや》を待って、まず重臣の荒木志《し》摩守元清《まのかみもときよ》や同久左衛門《きゅうざえもん》らを海岸伝いに逃がし、自らは六角次郎義定の勧める小船に乗った。長い籠城《ろうじょう》に疲れ果てた身には、船の方が楽に思えたからだ。

小船が岩間を通り抜ける時、舳先に立ち上がった友恵が、慣れた手付きで太い綱をそっと持ち上げた。外海との連絡を断つために織田方が張り巡らせた鳴子《なるこ》の付いた警報網だ。五人を乗せた小船がその下を潜《くぐ》り終えた時、荒木村重はもう摂津の国には戻れないことを実感して、大きく溜《た》め息をついた。

戦国乱世のこの時代、領地、居城《きょじょう》を失った大名は多いが、村重ほど各地を逃げ回った者は珍しい。一年九カ月の間に、村重は三度居所《いどころ》を変えた。最初の十カ月は主城の摂津有岡《ありおか》城にいた。昨年九月に妻子を置き去りにして尼崎《あまがさき》城に移り、そこに五カ月いた。今年の正月にはこの花隈城に逃れ、さらに六カ月を過した。愛妻のたしが打首になったと聞いても、一族の子女が磔《はりつけ》になっても、村重は死を考えなかった。この男にとっては、死は最大の敗北であり屈辱《くつじょく》だった。

今の荒木村重には、生きることそれ自体が戦いなのだ。有岡城から尼崎城に移った時には、毛利の援軍を催促するという思惑があった。尼崎から花隈に変わったのは、より強硬に抵抗するための戦術だった。どちらの結果も期待外れだったが、軍議に諮《はか》り、部下の了解を得た上でのことだった。だが、今度は城を捨て、兵を欺《あざむ》いての敵前逃亡だ。城と兵を捨てるだけではなく、武士としての誇りも将来に対する夢も、すべてを捨てての逃避行《とうひこう》だ。

「とうとう終わったか」

離れて行く花隈城の黒い影を見ながら、そう呟《つぶや》いた荒木村重の脳裏には、過ぎし四十余年の人生が、ばらばらになった絵本のように思い出されていた。

荒木村重は摂津の土豪《どごう》に生まれ、幼い頃から剛力無双《ごうりきむそう》、闘志満々の子供だった。長じては主筋の池田家の内紛に乗じて伊丹《いたみ》城（のち有岡城）を乗っ取り、摂津第一の勢力になった。複雑な京の政治には関与しなかったが、摂津の地域紛争では勇敢に戦い、多くの味方を作った。和歌を学び故実《こじつ》を習い、この時代で最も教養ある武将の一人とまでいわれるようになった。

そんな荒木村重が、織田信長に担《かつ》がれて上洛《じょうらく》した足利義昭《よしあき》にいち早く帰参、足利将軍直参《じきさん》の大名として摂津守の称号と摂津守護の役職を得たのは、当然だっただろう。名門の幕臣にも劣らぬ教養を身につけた村重は、伝統的な格式の世界に憧《あこが》れていたのだ。

だが、元亀《げんき》四年（天正元年／一五七三）、足利義昭が織田信長に敵対した時、村重は足利将軍を捨てて織田信長に走った。格式への憧れよりも、信長の実力への恐れが強かったからだ。この男が細川藤孝《ふじたか》と共に逢坂峠《おうさか》で織田の軍勢を迎えた時、信長は、喜びのあまりか、悪ふざけだったのか、目の前にあった焼餅《やきもち》を刀の先に刺して村重に差し出した。それを村重は、ためらうこともなく口にくわえて飲み込んだ。それには信長さえも驚き、村重の剛毅《ごうき》を左右に褒《ほ》め讃《たた》えたものだ。

「あの時、わしも怖《こわ》かった。信長はわしの怖がるのを面白がっておった」

荒木村重は、その後の出世の糸口になった場面を思い出した。そして、

「あいつは、信長は、いじめっこだ。わしが和歌を詠《よ》み、茶の湯を極《きわ》め、若くて美しい女房を持っていたから、あいつはいじめたくなったのだ。わしを身近に寄せ付け、出世させたのも、いじめ甲《が》斐《い》のある者にしたかったからだ」

と考えていた。

実際、織田信長は、荒木村重を異常なほどに重用《ちょうよう》した。信長が担いだ足利義昭に仕えて五年、義昭を捨てて信長に仕えて三年、都合八年で荒木村重を摂津の旗頭《はたがしら》に引き上げ、多数の与力《よりき》大名を付けた。何度も茶会に招き、何度も相撲《すもう》見物に誘った。織田家累代《るいだい》の重臣よりも先に国持ち大名にし、かつて京の政権を握った松永久秀《まつながひさひで》よりも高い地位につけた。一国一城の主で信長の傘下《さんか》に加わった者は多いが、荒木村重ほど優遇された者はいない。

もちろん、村重は嬉《うれ》しかった。野心家の村重にとっても、摂津一国の旗頭は夢のような地位だった。しかし、それを以《もっ》てしても、織田信長の下手物《げてもの》趣味と加虐《かぎゃく》的な性格には耐えられなかった。地位が高まり、周囲の人と物が高級になればなるほど、村重の心の中には、信長に対する嫌悪と恐

怖が強まっていった。一昨年十月、今、小船の櫓を漕ぐ六角次郎義定が、兵糧横流しの嫌疑《けんぎ》を理由に叛乱《はんらん》を唆《そそのか》した時、易々《やすやす》とそれに乗ったのも、かねがね信長を嫌悪し恐怖していたからだ。

それだけに、一族の女性や子供が磔にされ、その従女《まかたち》や小者《こもの》たちが小屋の中で焼き殺された時も、村重には悔悟《かいご》の念も反省の気持ちも起こらなかった。そこにあったのは、信長の残虐趣味を確認した絶望的な満足感だけだった。

「わしは負けた。だが、信長を見る目は間違っていなかった」

荒木村重は、遠ざかる花隈城を見ながらそう思った。この男が呪《のろ》うのは、今日の破滅に至る叛乱を唆した次郎義定でも、時の流れを読み違った自分でもない。そんな信長が戦《いくさ》に勝ち、天下を取ろうとしている現実の方だ。

「思いきや　天《あま》の懸け橋踏み鳴らし　難波《なにわ》の花も夢ならんとは」

（思ったこともあっただろうか、天の懸け橋を踏み轟《とどろ》かすように誇ったこともあった難波の栄華も、今は夢になってしまった）

村重は、暗い海に向かってそんな和歌を口ずさんだ。去年の十月、有岡城に幽閉《ゆうへい》されていた妻のたしに返した和歌である。

「毛利の大軍を得て播磨の羽柴秀吉軍を殲滅《せんめつ》、本願寺の門徒衆をも率《ひき》いて京に攻め上り、足利義昭様を再び将軍に据《す》えて天下の政治に参画《さんかく》する」

一昨年十月、織田信長に反逆した時に胸に描いた構想を、荒木村重は遠い昔のように思い出していたのだ。

二

「はて、この船はどこに向かっておる。紀州《きしゅう》に行くのではないのか」

荒木村重が、櫓を漕ぐ六角次郎義定にそう訊《たず》ねたのは、花隈城を出て一刻半（約三時間）、六甲《ろっこう》の黒い山影が右後方に消え去った頃だ。

「いや、備後《びんご》に参る」

義定は漕ぐ手を休めずに、短く応えた。

「備後に……、志摩守や久左衛門には高野《こうや》に登ると申したはずだが……」

「左様、志摩守らには高野に登っていただく。だが、摂津守には備後に行っていただく」

義定ははっきりと、命令口調でいった。

「何故《なにゆえ》に、わしらと志摩守らを分ける」

荒木村重は苛立《いらだ》った声を上げた。

「信長様を潰すためでござる、鬼を倒すためよ」

次郎義定は、ぞんざいな言葉で応《こた》えると、闇の中で白い歯を見せて笑った。

「今更《いまさら》、わしと志摩守を分けたとて、何の役に立つ」

村重は腹立たし気《げ》に叫んだが、村重も二人の息子たちもこの船を操《あやつ》れないのだから、義定に逆らうことはできない。それを見越したように次郎義定はいった。

「信長様は戦に勝ち、天下を変えられた。あの利発《りはつ》、あの気迫、あの熱意に、敵《かな》う者はおらぬ。かつての入道相国《にゅうどうしょうこく》平清盛にも勝る勢いじゃ」

永禄《えいろく》末から今日まで十年、散々信長と戦い、敗北を重ねて来た六角次郎義定の言葉には、実感が籠《こ》もっていた。だが、それに続く言葉は意外だった。

「しかし、信長様は止《とど》まるところがない。勝てば勝つほどもっと勝ちたくなり、天下を変えれば変えるほど、もっと変えたくなる御仁《ごじん》じゃ。信長様は、今日の味方を明日は敵になさるお方じゃからな」

革命に成功したあとも、地域実力者や内部穏健《おんけん》派の粛清《しゅくせい》を繰り返した独裁者は、世界の歴史に多い。六角次郎義定の見方では、織田信長もそんな一人、いわば理想主義の永久革命論者だ。従って、今日の味方の中から明日の敵を作る、というわけである。

「なるほどのう」

荒木村重は、かねがね感じていたことをいい当てられた気がした。この男が織田信長に感じていた嫌悪と恐怖も、正《まさ》にそこにあった。織田信長は個人的ないじめっこというだけではなく、旧体制の徹底的な破壊者であり、自らの理想の完全な実行者でもある。信長にとっては、古い教養や仕来《しきた》りそのものが破壊すべき対象でしかない。同じく戦国乱世にのし上がった同士とはいえ、和歌を学び故実を習って旧体制の文化人に加わろうとした村重とは、絶対に相《あい》いれない男である。

「なるほど、そうであったか。わしと信長の違いは、運と大きさの違い目《め》だけではなかったのか。わしは足利将軍の機能を疑いながらも、権威には憧れた。だが、信長奴は将軍の機能を利用しながら権威を憎んでおった。信長奴には、空々《そらぞら》しい権威に憧れるわしが阿呆《あほう》に見えたことであろうな」

荒木村重は、そんな思いでしみじみと頷いていた。それを待って義定が低くいった。

「それ故《ゆえ》、信長様は倒れる、いや、倒さねばならぬ。そのために、摂津守には備後に、志摩守には高野に行ってもらわねばならぬ」

「その方、信長と高野山とを戦わせるつもりか」

荒木村重は、しばらく考えたあとで、次郎義定の顔を上目遣《うわめづか》いに見上げて訊ねた。

「ふん、拙者がするのではない。信長様がなさることよ」

義定は面倒臭そうに答えた。

実際、この頃、織田信長と高野山との間には、一触即発の緊張が生まれている。織田信長の進める楽市楽座《らくいちらくざ》が広まるにつれ、布などを行商する高野聖《こうやひじり》の特権的な商売が崩れ出したからだ。信長の下《もと》には、高野聖の営業妨害《ぼうがい》を訴える者が相次ぎ、高野山には、信長の政策を楯《たて》に高野聖の商権を荒らす新興商人の横行《おうこう》に対する苦情が集まった。

それでも昨年までは、両者は互いに相手を刺激しないように用心していた。信長は、本願寺をはじめとする一向宗《いっこうしゅう》（浄土真宗《じょうどしんしゅう》）との戦いに加えて、安土宗論《あづちしゅうろん》で発火した日蓮宗《にちれんしゅう》との問題もあったため、真言宗《しんごんしゅう》の高野山まで敵にしたくなかった。高野山も、比叡山《ひえいざん》や一向一揆《いっき》に対する信長の過酷な制裁を見るにつけ、事を荒立てないように努力していた。

しかし、この春からは様相が変わり出した。日蓮宗との間には妥協《だきょう》が成立したし、本願寺の大坂退去も決まった。ここまでくれば、高野聖にだけ商業上の特権を許すのは不公平だ。宗教を個人の内面に止《とど》め、世俗の政治や商業に関与させないという、「天下布武」の理想が崩れてしまう。そのため信長は、高野聖の商圏でも、新興商人や個人行商の横行を積極的に支持する姿勢を示し出している。

高野山にとって、これは深刻な問題だ。信長の領地が広がり楽市楽座が進むにつれて、高野聖の営業は困難になり、数千人の聖たちが困窮《こんきゅう》し出した。彼らからの上納金の減少で本山も困るし、彼らの宿泊や座銭《ざせん》に頼る数百の末寺《まつじ》も困る。もちろん、聖本来の務めである真言密教の遊行勧進《ゆぎょうかんじん》にも差し支える。新興商人や個人行商を排除しようとした高野聖の集団が、織田家の奉行に罰せられた、という報せが増えるに従って、高野山の反信長感情が高まった。

「高野山は、志摩守殿や久左衛門殿を必ず匿《かくま》うでしょう」

次郎義定は、暗い海を睨《にら》んでそういった。家系、宗派にかかわらず、身の置き所を失った敗者に安住の場を与えるのは、開祖弘法大師《こうぼうだいし》以来の高野山の伝統だ。平安の昔から、これを侵《おか》して高野山に攻め込んだ武将はいない。僧兵三千人といわれる高野山の武力と、山深い地形を敬遠しただけではない。この国に敗残の将が生きられる場が一つぐらい必要だ、という暗黙の了解が武士の間にできていたのだ。

「しかし、信長様は……」

と次郎義定は呟いた。誰も侵さなかった比叡山を焼き、みなが恐れた一向一揆を攻め潰した信長が、高野山に限って治外法権を認めるとも思えない。必ずや荒木志摩守や久左衛門の引渡しを要求するだろう。特に、総大将の荒木村重自身が備後にあって反信長の政治活動を続けるとなれば、なおさらのことだ。

「その方は、わしをそのようなことに利用するために備後に連れて行くのか」

荒木村重は、喘《あえ》ぎながら訊ねた。

「いやいや、高野のことは信長様のお気性《きしょう》を知らしめる手掛《てが》かり、いわば織田家の御家来衆への警告にござるよ」

次郎義定は、生温かい風に向けた顔を振った。

「ほう、それなら、わしが備後に行く本当の理由は」

村重は、櫓を漕ぐ素牢人《すろうにん》が考えている大戦略に脅《おび》えるように、膝《ひざ》をにじらせた。

「備後の鞆《とも》には足利義昭様がおられる。摂津守が備後に入ったと聞けば、あのお方を思い出す武将も織田家には少なくありますまい」

次郎義定は、それだけいうと櫓を漕ぐ手を一段と速めた。七月はじめの夜は短い。夜明けまでに明石《あかし》の海峡を抜けなければ、須磨《すま》、明石の海賊に襲われる危険がある。

「ふーん、足利義昭様を思い出す織田家の武将のう」

そう呟いた荒木村重の脳裏には、二つの顔が浮かんでいた。一つは、共に逢坂峠で信長を出迎えた細川藤孝、もう一つは、すぐ後ろにいる息子・村次の嫁の父であった明智光秀である。

三

「摂津花隈の城を逃れた荒木の御一族、摂津守村重様父子は備後に、同志摩守様らは高野山に入られた由《よし》にございます」

山科言経《やましなときつね》邸から戻った大橋慶之助《けいのすけ》（のちの大橋宗桂《そうけい》）が、そんな話を本因坊日海《ほんいんぼうにっかい》に伝えたのは、七月も末に近い頃だ。

この時期、京の公家《くげ》は貧しい。従三位《じゅさんみ》級の中堅公家・山科家も例外ではない。地方の荘園《しょうえん》はとうの昔に在地の武士に横領《おうりよう》され、僅《わず》かに蠟燭座《ろうそくざ》からの上納金が月々銭十貫《かん》ほど入るだけだ。山科言経は、父の言継《ときつぐ》同様、京の町衆に薬を施《ほどこ》す礼金で暮らしを立て、自分の邸でしばしば囲碁《いご》将棋《しょうぎ》の会を開いている。日海も山科邸に囲碁に招かれたことがあるが、その実態はほとんど賭場《とば》といってよい。山科言経は趣味だけではなく、寺銭稼《てらせん》ぎのためにも囲碁将棋の会を開いているのだ。

それだけに、ここには様々な人種が集まり、各地の噂《うわさ》が豊富だ。叔父日淵《にちえん》の開いた久遠院《くおんいん》に塔頭《たっちゅう》の本因坊を建て、囲碁将棋の弟子十人余を抱《かか》えるようになった日海は、弟子たちに道場指南をさせて情報集めをした。

戦国の世では、僧侶も商人も、茶坊主も連歌師《れんがし》も、それぞれ贔屓《ひいき》の大名のために大なり小なり諜者《ちょうじゃ》の役目を兼ねたが、日海が作った碁打ち将棋指しの集団は、情報収集能力が最も高かった。日海は、宮中から田舎の破れ寺《やでら》までを歩く弟子たちが持ち帰る噂や評判を聞き、天下の動きを敏感に知ることができた。本因坊日海が、織田信長を取り巻く文化人の中で特に優遇されたのも、この機能があったからだ。

「ほう、荒木の御一族は、備後と高野に分かれられたか」

日海は、取り駒使いの小将棋《しょうしょうぎ》教授に熱心な大橋慶之助の報告に、ちょっと小首《こくび》をかしげたが、すぐ、

「それは、危うい」

と呻《うめ》いた。

今、織田信長が最も憎む相手は荒木の一族、異例の優遇を裏切りで返した悪逆ばかりか、摂津の諸城を逃げ回った醜態《しゅうたい》にも、信長は許し難《がた》い嫌悪を感じている。その荒木一族の主要な者が、信

長の最強の敵ともいうべき毛利と、高野山に分かれて入った。しかもそれを、世間に知られるようにいい触らしている者がいる。この話を大橋慶之助に語った者も、山科邸の囲碁将棋の会が情報交換の場でもあることを知らぬはずがない。

「これは、信長様に過激な行動を取らしめるための罠《わな》ではないか」

日海はそう思ったのだ。

「信長様を止めねばならない。七分《しちぶ》がた天下を取られた信長様に、十分《じゅうぶ》の天下を取っていただき、強くて栄えた国を作って貰《もら》うためには、信長様に許すということを覚《さと》っていただかなければならぬ」

織田政権と日蓮宗との妥協《だきょう》工作に成功して以来、日海はそう考えるようになっていた。信長は過激で苛烈《かれつ》な独裁者だが、それに代わる実力と展望を持った武将は見当たらない。信長が戦で流した血の量は多いが、全国各地で紛争が続き、野盗乱輩《やとうらっぱ》の類《たぐい》が横行する世の中が長く続くよりは、ずっと少ない犠牲で済む。ここで信長の敵が増え、永禄・元亀の戦乱が繰り返されれば、どれほどの犠牲が出るだろうか。日蓮宗の中では、よくいえば柔軟思考の現実派、悪くいえばだらしのない幹部だった日海は、そんな考えに取り憑《つ》かれていた。

だが、日海の身分では、織田信長に面会を求めて説教するわけには行かない。言葉で信長を変えるほどの能力もない。信長は他人の意見を聞かぬ男だ。日海にできるのは、囲碁将棋を以《もっ》て語ることだけである。

「よう新発意《しんぼち》、来ておったか」

本能寺の庫裡《くり》を通り掛かった織田信長が、部屋の隅《すみ》で平伏する日海に気軽な声を掛けたのは、日海が本能寺に詰めるようになって三日目、八月二日の午後のことだ。

この日、信長は上機嫌だった。朝のうちには明智光秀に丹波一国を、細川藤孝には丹後の国を与える指示を出し、同時に「国中諸城の破却《はきやく》」をも命じた。荒木村重の叛乱に手を焼いた経験から、一大名一城に限ることにしたのである。これが完成すれば、安土城を頂点とし、各国国持ち大名を中間に、与力大名がその下に続く階段状の統治体系ができ上がる。織田信長の目指す「天下布武」は、物理的な施設の面でも前進するわけだ。

また昼過ぎには、長年敵対して来た本願寺の新門跡教如《しんもんぜききようにょ》一行が、今日にも大坂を退去するという報せを受けた。約束の期限の八月十日よりも繰り上げての退去。しかも、検使役の矢部善七郎《やべぜんしちろう》によれば、教如らは堂塔《どうとう》内外を掃《は》き清め、書籍や茶道具から什器《じゅうき》や衣類まで、信仰に関係ないものは所定の場所に置き並べているという。本願寺には、信長も一度は見たいというほどの名物茶器も沢山《たくさん》ある。それを惜しみなく置き並べて去るというのだから予想以上の恭順《きょうじゅん》さ、信長がことのほか上機嫌だったのも、当然だろう。

「新発意も、供の小僧など連れ歩くようになったか」

信長は、日海の後ろで畏《かしこ》まっている林賢吉《けんきち》を見ておかしそうに笑った。賢吉は、つい最近剃髪《ていはつ》して林利玄《りげん》と改名したばかりだ。

「いえ、この者は囲碁の上手、拙僧が出会いましたる者の中では、最強の相手にござりまする」

日海が最大限の言葉を使って十五歳の林利玄を持ち上げたのは、信長の興味を引くためだ。果して信長は、

「鹿塩利斎《かしおりさい》を越えるか」

と訊ねた。執念深い信長はいまなお、足利将軍義昭に「天下第一の碁打ち」と讃《たた》えられた鹿塩利斎の無能を暴露《ばくろ》するのに、喜びを感じているらしい。

「恐らくは」

日海は含みを持たせて短く答えた。何事も自分の目で確かめたがる信長には、それが効果的だ。

「よし、打て」

信長は即座に命じると、そのままその場に胡座《あぐら》をかいた。慌《あわ》てて茶坊主の針阿弥《しんあみ》が碁盤を用意し、日海と林利玄が向かいあった。

碁は日海発案の星外《ほしはず》しの布石《ふせき》からはじまり、地取《じと》りの争いになった。こうなれば経験豊かな日海に有利、六十手を越える辺りでは、日海の白が中央から上辺《じょうへん》に大模様を張る展開になった。乱戦を好む信長は退屈そうな表情だったが、すぐまた目を輝かせた。利玄が上辺に打ち込んだからだ。

だが、日海はそれを最小限に活かして、さらに地を稼いだ。今度は利玄が右上隅の「三三」に打ち込んだが、これも日海は活かした。それでも地合いは十分に勝っている。次に利玄は中央を侵食、白の二目《もく》をもぎ取った。ここは、左辺との繋《つな》がりを切れば、黒の目を潰して殺すこともできそうな形だ。しかし、日海は敢《あ》えてそうせず、黒石を活かして白地を纏《まと》めた。

一刻ほどで打ち上がった局面を見ると、黒は数カ所に分かれて小さく活きていたが、あまり地が付いていない。これに対して白は、中央の勢力を活かして全局面の石が一つに繋がる形になっている。盤面で十目以上の差がある上に、まったく危な気のない勝ち方だ。

「ふーん、まるで天下布武じゃのう」

しばらく局面を睨んでいた信長が、低くそう呟くのを日海は聞いた。たとえ異物《いぶつ》でも小さく活かして天下を纏める、このことの効率と現実性に信長も同意しつつあるように思えた。だが、次の瞬間には、そんな穏やかな雰囲気《ふんいき》も吹き飛んでしまった。廊下を駆《か》けてきた奏者が、

「本願寺で出火、全山が燃え上がっている由《よし》にございます」

という急報がもたらされたからだ。

それを聞いた時、織田信長の端整な細面《ほそおもて》がきりりと締まり、眉《まゆ》と目が吊《つ》り上がった。

「うーん、やはり坊主共、どこまでも意地を張りおるか」

三つ数えるほどの間を置いてそう呻いた信長は、拳《こぶし》を固めて立ち上がると、荒々しい足音を立てて表座敷へと出ていった。八月の陽が西に傾き座敷の中まで照りつける頃、高血圧症の信長が情《じょう》緒《ちょ》不安定になり易い時刻だ。

天正八年八月二日、大坂石山の本願寺は、新門跡の教如光寿《こうじゅ》が紀伊の雑賀《さいか》を目指して寺を出た直後に出火、三日三晩燃え続けた。火災が収まったのは、八世蓮如《れんにょ》以来八十五年にわたって栄華と堅固を誇った大伽藍《だいがらん》が、一宇《いちう》も残さず燃え尽きたあとである。

この火災が単なる過失か偶然による失火であったか、何者かの放火によるものだったかは、未《いま》だに分からない。前夜の松明《たいまつ》の残り火から出火したという者もいたし、飯炊き女の倒した行灯《あんどん》が強風に煽《あお》られたという者もいた。居残っていた一揆の残党や乱輩が火を放ったと噂する者もいた。ただ確かなことは、これが織田信長の猜疑心《さいぎしん》を刺激し、火災を防げなかった家臣への不満を募《つの》らせたことだ。

四

八月十二日未明、織田信長は京を発《た》って大坂に向かった。この旅に二十二歳の日蓮僧日海が同道を命じられたのは、日海の奔走《ほんそう》で日蓮宗徒から集めた金二百枚で造った宇治《うじ》の橋を、視察する仕事も入っていたからだろう。幸い宇治の橋は出来がよく、信長も上機嫌で船に乗った。だが、その船が大坂に近づく頃には機嫌が悪くなった。上町《うえまち》台地に見えた本願寺の伽藍があまりにも変わり果てた姿を曝《さら》していたからだ。

「たったこれだけか」

夕陽の中で本願寺の焼け跡に立った織田信長が、最初に発した言葉はこれだった。確かに、炭《すみ》と化した木と焼け爛《ただ》れた石が散乱する廃墟《はいきょ》は、思いのほか狭かった。大体、土地は建物が建てば広く見えるが、空き地になれば小さく感じる。特に台地の焼け跡はそうだ。

だが、信長を失望させたのは広さだけではない。崩れた石垣は貧弱な小石積みだし、峻厳《しゅんげん》に見えた台地はゆるやかな丘に過ぎない。火で溶《と》けたのか、混乱に乗じて盗まれたのか、四つあったはずの万貫釣鐘《まんがんつりがね》も、三つあったはずの大仏像も、跡形《あとかた》もなく消えていた。信長が期待した茶道具どころか、銭に鋳直《いなお》すつもりだった鐘や像も失われたのだ。

「本願寺は天下の大勢力、諸国に根を張る巨木のような存在などと申したが、化けの皮を剝《は》がせばこのようなものよ」

最初のうち、織田信長は努めて感情を押し殺して、そんなことを語っていたが、思いのほかに貧弱な焼け跡を見るうちに「騙《だま》されていた」という気になった。

「坊主どもは、木や金で作った仏像を尊き魂のようにいうが、この寺も実際以上に大きく堅固《けんご》に見せておったのだ」

という思いが込み上げ、それに五年も振り回されていたことが腹立たしくなった。それがやがて、この寺を攻めた主将の佐久間右衛門尉信盛《さくまうえもんのじょうのぶもり》に対する怒りに変わった。

「この寺が焼けた時、右衛門尉は何をしておったか」

信長は、難波《なにわ》の海に沈む真っ赤な夕日を睨みながら、そう訊ねた。

「さて、その日、佐久間様がどうしておられたか、存じませぬが……、多分」

信長の不機嫌を感じ取った検使役の矢部善七郎は、脅えて暗い声になった。それがまた、信長を刺激した。暗い声で曖昧《あいまい》な返事をされるのは、信長の好むところではない。

「多分、多分どうしておった」

といった信長の額には、既《すで》に青筋が浮かんでいた。

「多分、本願寺教如様らをお送りに出ておられたものと……」

矢部善七郎は、焼け跡の黒い土に向かって呟いた。

「何だと。教如などを送りおって、俺のものになったこの寺を見ておらなんだのか」

信長は、そう叫んだ自分の声で一段と昂《たかぶ》った。万余の兵を持つ佐久間信盛が、消火はおろか、茶道具も釣鐘も持ち出そうとしなかったのがひどい怠慢《たいまん》に思えた。いや、何よりも、今、この場に佐久間信盛がいないことが怒りを募らせた。

「佐久間は今、どこで何をしておる、右衛門尉信盛はどこじゃ」

「多分、天王寺《てんのうじ》の砦《とりで》をお片づけでおられるのではないかと」

矢部善七郎は、当たり障《さわ》りのない返事をしたつもりだった。「国中諸城の破却」は今月はじめに信長が出した命令、それに従って用済みの天王寺砦を壊すのは、織田家の武将の当然の務めと思えたからだ。だが、信長はそうは取らなかった。

「何、自分の持物を片づけるのに忙しくて、俺のところへ来れんのか」

信長はそういうと、

「来い、蘭丸《らんまる》」

と叫んで、本願寺の焼け跡から駆け下りた。怠慢で強欲《ごうよく》な家来、佐久間信盛に対する折檻状《せっかんじょう》を書くためである。


天正八年八月十二日、織田信長が大坂本願寺の焼け跡を視察したその日に書いた、自筆の佐久間信盛に対する折檻状は、当時の書状としては驚くほど長く、内容もまた多岐《たき》詳細にわたっている。その主旨《しゅし》は次の通りだ。
一、汝《なんじ》ら父子（佐久間信盛、信栄《のぶひで》）は、天王寺の砦に五年もいたのに、よい武勲《ぶくん》が一つもない。
一、汝らは、本願寺を大敵と見て攻撃もしなければ謀略も用いず、ひたすら持久戦に固執《こしつ》した。早く決着をつければ信長のためにもお前たちのためにもなったし、兵士も苦労しなくて済んだのに、その無能ぶりは怪《け》しからんことだ。
一、丹波における明智光秀、羽柴秀吉の数カ国での活躍は素晴らしかった。池田恒興《つねおき》は小身《しょうしん》なのにたちまち花隈城を落とした。それでもお前たちは発憤《はっぷん》しなかった。

一、柴田勝家《しばたかついえ》も銘々《めいめい》の活躍を聞いて、越前《えちぜん》に閉じ籠《こ》もっていては世間の評判もよくないと思い、この春には加賀《かが》に進軍して占領した。
一、武事に未熟なら、他の者と相談して謀略を巡らせばよい。それもうまく行かなければ信長に相談に来るべきなのに、五年もの間、一度もそれをしていないのは怠慢である。
一、汝の与力の保田知宗《やすだともむね》が突然書状を寄越《よこ》して、本願寺さえ落とせば他の小さい一揆などすぐに崩れるといってきたが、これも従来の怠慢を隠すためだろう。
一、汝は信長の家中でも特別の待遇を受けていた。三河《みかわ》、尾張《おわり》、近江《おうみ》、大和《やまと》、河内《かわち》、和泉《いずみ》の六カ国に、紀伊の根来《ねごろ》の僧兵を加えれば、七カ国から与力を付けてやったことになる。これに自分の部下を併《あわ》せて戦えば、どんなに下手でもこれほどの失敗をするはずがない。
一、刈谷《かりや》の水野信元《のぶもと》の後任にもしてやったから家来も増えていると思ったのに、かえって水野の旧臣を追い出し、その代わりも雇わず、収入を自分の懐《ふところ》に入れていたのは言語道断《ごんごどうだん》である。
一、山崎《やまざき》（京都府と大阪府の間の商業都市）を治めさせたのに、信長が声をかけておいた者を追い出したのは、前項同様である。
一、せめて以前からいた者にでも加増《かぞう》していれば、それなりに人数も増え、これほどの失敗はしなかったのに、それもせず、けち臭く溜《た》め込むことばかり考えているからこんな羽目《はめ》になるのだ。このことは唐土《もろこし》、高麗《こうらい》、南蛮《なんばん》まで知れわたっているだろう。
一、先年（天正元年〈一五七三〉）、朝倉勢を打ち破った時、戦場に来るのが遅れたので注意すると、かえって口答えして自分の正当性を吹聴《ふいちょう》、座敷を蹴《け》って出ていった。その口ほどにない今度の卑怯《ひきょう》な行為は前代未聞である。

一、息子の甚九郎《じんくろう》（信栄）の心掛けの悪いことは、一々いい尽くせぬほどだ。

一、おおよそを挙げるならば、第一に欲が深い、第二に気難しい、第三に良い人材を召し抱えない、その上、ものの処理がいい加減だ。父子共に武士の道に欠けている。

一、攻撃も防御も与力にさせ、自分の部下は増やさないのは卑怯である。

一、信盛には家来も遠慮してものがいえないのは、自分が物知り顔をしているからだ。表面は優しそうにしながら、真綿《まわた》に針を隠して立てるような残酷なことをするからだ。

一、信長の代になって三十年、信盛が比類ない働きをしたことは一度もない。

一、信長は負けたことがないが、先年の合戦（元亀三年〈一五七二〉の三方ケ原《みかたがはら》の合戦）は勝てなかった。その時、徳川家康の求めで汝を救援に派遣したのに、おくれをとったとしても身内の者でも戦死したのならともかく、誰一人死ぬこともなく逃げ帰り、同僚の平手汎秀《ひらてひろひで》を見捨てて討ち死にさせて平気な顔をしている。どれをとっても筋の通らぬことばかりだ。

一、この上は、どこかの敵に勝って会稽《かいけい》の恥を雪《すす》いで帰参するか、敵と戦って討ち死にするしかあるまい。

一、父子共に髪を剃《そ》り、高野山に登ってずっと許しを請《こ》うのが当然であろう。

右の如《ごと》く数年に及んで武勲が一つもなく、未練の子細は今回の保田のことでよく分かった。そもそも天下を支配している信長に対して口答えをする者は、天正元年の信盛からはじまったのだから、その償《つぐな》いのために、終わりの二カ条を実行してみよ。承知しなければ二度と天下が許さないだろう。

一読して織田信長の興奮状態が分かる文面だ。論旨《ろんし》は滅裂《めつれつ》、順序はばらばら、表現は大袈裟《おおげさ》だ。信長はこれを書きながらますます腹を立て、次々と不快な出来事を思い出して追加したのに違いない。だが、それだけに信長の性格と織田軍団の情況がよく分かる。

天正五年（一五七七）頃から、織田信長は世界最初の方面軍組織ともいうべきものを作っていた。毛利攻めを担当する羽柴秀吉の西部方面軍、丹波丹後を攻略する明智光秀の西北方面軍、上杉に対抗する柴田勝家の北陸方面軍、本願寺攻めを受け持った佐久間信盛の大坂方面軍、そしてこの書状には出てこないが、滝川一益《かずます》を長とする東山道《とうさんどう》方面軍と徳川家康が担当する東海方面軍、それに主として安土築城に当たっていた丹羽長秀《にわながひで》の総予備軍団である。

その中で信長は、西北方面軍団長明智光秀の丹波平定と、西部方面軍団長羽柴秀吉の中国数カ国での活躍を特に褒《ほ》め、軍団長ではない独立部隊長の池田恒興が花隈城を落としたことを讃えている。また、北陸方面軍団長の柴田勝家も発憤して加賀に攻め込んだと述べ、それに比べて大坂方面軍の司令官佐久間信盛の功績が少ない、と怒ったのだ。

加えて信長は、過去に遡《さかのぼ》って佐久間信盛の行いを叱責《しっせき》しているが、その内容は信長に口答えしたというのと、部下を増やさず軍備を疎《おろそ》かにしたという点に尽きる。要するに、信長の命令には絶対に服従し、信長から与えられたものはすべて、織田政権の軍事行政に使わなければならない、というわけだ。

この佐久間信盛父子に対する折檻状は、多数の写しが作られ、各地の武将や寺社にも送られた。当然、信長の供に加わって大坂にいた本因坊日海の手にも届いた。これを一読した時、日海は、正直いってぞっとした。その気持ちをただ一言、

「流石に信長様です」

といい表した。ここではっきりしたことは、「天下布武」を理想とする信長が、部下の大名たちを封建領主としてではなく、政府権限を代行する派遣軍司令官と見なしていることだ。実に近代的な組織思想であり、部下の競争を煽る仕組みでもある。

日海の持つ「未来記憶」によれば、二十世紀といわれる遠い未来には、こんな組織が一般化し、軍司令官も行政長官も政府に任命された権限代行者になり切っているはずだ。その意味では信長の組織思想は、恐ろしく未来的である。だが、そのことを理解できる武将は、今、この十六世紀の戦国時代にはいないだろう。

それにもう一つ、軍司令官や行政長官が政府任命の権限代行者になる二十世紀には、少々の怠慢はおろか相当の失敗をしても、討ち死にしろの、剃髪《ていはつ》して高野に籠もれのというような処罰を受けることはない。せいぜい勇退勧告を受けて年金生活に入るのが関の山だ。この点信長は、部下に与える利益や権力を二十世紀の官僚並みに落としながら、罰則だけは戦国武将のままに留めたことになる。

「信長様は、小さな利益と大きな恐怖で人をお使いになろうとしているのか」

日海は、やがてそれに思い当たった。織田信長という超近代的な思考の持ち主に対する、最初の疑問だった。

だが、織田信長の高揚《こうよう》した精神は、なお止《とど》まることがなかった。その二日後、信長は荒木村重の一族、志摩守元清と同久左衛門が高野山に入ったという報せを聞くと、

「あのような卑怯未練な奴らを受け入れるとは、高野山も怪しからん」
と怒り、佐久間信盛父子の高野入山をも禁止した。いかなる敗者にも安全な隠棲《いんせい》の場を与えるという高野山の伝統を、真向《まつこう》から否定したといってよい。そこには、かねてからの高野聖の特権商法と、信長の進める楽市楽座の自由化政策との対立が絡《から》んでいた。

さらにその三日後の八月十七日、大坂から京都に戻った信長は、織田家重代《じゆうだい》の家老《かろう》である林佐《はやしさ》渡守通勝《どのかみみちかつ》、安藤伊賀守守就《あんどういがのかみもりなり》、丹羽右近《うこん》の三人をも遠国《おんごく》追放の処分にした。

林佐渡守の罪状は、弘治《こうじ》二年（一五五六）、信長が弟の信行《のぶゆき》と対立した時、柴田勝家らと共に信行を支持して信長と対戦したことだが、何と二十五年近くも前の話である。丹羽右近の場合は、数年前に工事中の右近とその部下が、狩りに来た信長の馬前に巨石を落としたことにあったらしい。暗殺未遂とも取れなくはないが、恐らくは単純な不注意だったろう。

いずれにしろ信長は、古い問題を持ち出して気にいらない家来を追放したのだ。先祖伝来の所領で安閑《あんかん》と暮らす封建領主の否定、部下の所領を働きに応じた俸給《ほうきゆう》と見なす近代組織思想の現れといってよい。十六世紀にこれを実現するとすれば、正《まさ》しく「永久革命」が必要だろう。

この一連の粛清旋風《しゆくせいせんぷう》は、織田家中を震え上がらせた。大抵《たいてい》の者は、信長の期待通り、一段と戦に励み治安に気づかい行政に骨を折った。羽柴秀吉は播磨の検地を済ませ但馬《たじま》の一揆を討伐して、伯耆《ほうき》の鳥取城へと軍を進めた。柴田勝家はこの年十一月に、様々に策略を弄《ろう》して加賀一揆の首謀者多数を討ち取り、その中の主要な者十九人の首を安土に送った。前年、信長の猜疑《さいぎ》を受けたわが子と妻を誅殺《ちゆうさつ》した徳川家康は、六年前に武田に奪われた高天神《たかてんじん》城を奪回すべく駿河《するが》境《ざかい》に出陣をした。

だが、同じ頃、丹波亀山城では、明智光秀がむっつりと考え込んでいた。佐久間信盛に対する折《せつ》檻状《かん》でも功第一と褒められたこの男には、目下《もっか》のところ、華々しい手柄を立てる場がなかったからである。

五

「一年半になるかな、日海殿」

天正九年（一五八一）正月二十五日、丹波亀山城に招かれた本因坊日海は、明智日向守《ひゅうがのかみ》光秀のそんな声で迎えられた。一年半前とは、日海が前にこの城を訪れた天正七年九月から数えてのことだ。あの時、光秀は、日海と大橋慶之助が指す取り駒使いの将棋を見学、

「明日は囲碁を習いたい」

といったが、翌朝には鬼ケ城《おにが》の赤井景遠《かげとお》病死の報せで急遽《きゅうきょ》出陣、囲碁は打てなかった。この日、光秀が日海を招いた表向きの理由は、以前の約束を果たすというものだが、もちろん本当の目的は別にあった。この正月十五日に安土で行われた、信長主催の左義長《さぎちょう》（どんど焼）の様子を聞き出すことだ。

明智光秀は、この二日前、「来月、京都で行う馬揃《うまぞろ》えを用意せよ」との命令を受けていたが、その構想を考えるのにも、信長自身が主催した早馬を使った左義長のことを知って置きたかった。それには自身がその場にいただけではなく、碁打ちや将棋指しの集団で準備の仕方や世間の評判までを探る日海が最適だ。

とはいえ、明智光秀は、それをいきなり持ち出すような不作法な男ではない。日海とて手順を踏

んで相手の気持ちを探らねばならない。

「日向守様には、丹波一国を賜《たまわ》られた上、摂津、大和、山城《やましろ》の方々を与力にしてお指図なさることにもなりましたる由、祝着至極《しゅうちゃくしごく》に存じまする」

まず、日海はこの一年半の光秀の出世に対して型通りの祝辞《しゅくじ》を述べた。

実際、この一年半の明智光秀の所領の増加と地位の向上は凄《すさ》まじい。昨年八月には正式に丹波一国二十九万石と亀山の城を与えられ、近江坂本《さかもと》と併《あわ》せて三十四万石の大大名になった。続いて秋には、荒木村重に付き従っていた摂津の東半分の大名、高山右近、中川清秀らを組下にしたし、佐久間信盛の与力だった大和の筒井順慶《つついじゅんけい》や山城の革嶋一宣《かわしまかずのり》らも指揮することになった。従来からの組下、丹後の細川藤孝や旧幕臣衆に加えてこれだけの与力を得たのだから、「北近畿方面軍」ともいうべき明智軍団は強大な戦力になる。この頃の光秀の躍進ぶりは、播磨を領地に加え、備前と美作《みまさか》と但馬を組下にした羽柴秀吉に勝るとも劣らない。

「いやいや、これにてわれらの多年の骨折りも報われたというもの。亡き母はじめ、家来衆にも喜んで貰えると嬉しゅう思うておる」

明智光秀は笑顔で応えたが、その中には「上様《うえさま》の御恩」という言葉がないのが、日海には気になった。

もっとも、それにはそれなりの理由がある。丹波は京に近い要地だが、山並みが複雑に入《い》り組み、盆地や川沿いにそれぞれ中小の城持ちや土豪がいる。城一つ大名一人を攻め潰せば一気に広い領地が平定できるというわけではない。織田信長が得意とした、大軍を動員して大規模な野戦で勝負をつけるのには不向きな土地柄だ。

それ故、織田信長は、五年前に丹波攻略を明智光秀に命じた時、「丹波一国切取り次第」という口約束をした。攻めるに難しく功を遂《と》げるに手間《てま》の掛かる丹波は、光秀一人の才覚で気長に平定せよ。その代わり、攻め取った土地は光秀自身の領地にしてよい、というのである。

事実、五年に及んだ丹波平定戦の間、織田信長はかなりの軍資金と何人かの与力大名を光秀に与えはしたが、織田軍団の主力をこの地に差し向けたことは一度もない。羽柴秀吉の担当する毛利攻めや、柴田勝家が大将の上杉戦線とは大違いだ。

いやそれどころか、京に近い丹波の平定に当たる明智光秀の軍は、毛利攻めや本願寺攻め、時には紀伊平定や叛乱した荒木村重の鎮圧などにも便利使いにされた。このため光秀は、「あと一歩」まで追い込んだ敵をみすみす見逃して、他方面に出陣しなければならないことが何度もあった。

流石の光秀も、そんな中での丹波平定には、銭と兵と自らの気力を擦《す》り減らし、遂には母親まで人質に出して波多野秀治を誘降《ゆうこう》せざるをえなかった。それなのに信長は、波多野秀治を処刑し、波多野の兵が光秀の母を殺すのも止めなかった。明智光秀が、二十九万石でも多い褒美《ほうび》と思わなかったのも不思議ではあるまい。

「しかし、信長様はそう思っておられないだろう」

と日海は考えた。

人間は自分のしたことは大きく思い、他人がしてくれたことは小さく感じるものだ。自分が十をしてやったと思った時には、相手はせいぜい三の恩しか感じない。次に相手が「ちょうど同じ」と思って三を返すと、自分は一しか返って来なかった気になる。「ため（お返し）一割で良しとすべし」というのはこのことだ。

　この時の織田信長と明智光秀の関係もそうだ。光秀は、苦心惨憺《くしんさんたん》の末に自力で丹波を平定した気になっている。信長から授けられた軍資金や与力の分は、この間に四方の援軍に走ったことでお返しをしたつもりだ。だが、信長にしてみれば、そもそも近江坂本五万石の大名にしてやったのだから、丹波一国ぐらいを平定するのは当然、それをそっくりやったのは過分《かぶん》な恩賞と思っている。

　東摂津や山城の大名たちを組下にしたのも、信長は大きな権限を与えたつもりだろうが、光秀は負担と責任が増加したと思っている。そのことを光秀は、

「去年の秋は大和で忙しかったもんでな。日海殿に御教授頂くのも遅うなった」

と表現した。去年の秋、明智光秀は、滝川一益と共に大和の指出《さしだし》検地に駆り出され、長期滞在を余儀《よぎ》無《な》くされた。手にしたばかりの丹波の仕置きが気掛かりな光秀には、他人の領地の指出検地のような事務は嬉しい仕事ではなかったのだ。

「それも信長様が、日向守様のお力を抜群とご覧になった印にござりましょう」

日海はそういってみたが、光秀は碁盤の前に座りながら首をかしげて、

「お馬揃えのこともそうであろうかな」

　と呟いた。

「いかにも。余人を以て替えがたいとの、信長様の思《おぼ》し召しでございましょう」

日海は真剣な表情で応えると、光秀は、碁盤に黒石を五つ置きながら、

「信長様のなさった左義長はどうであったか」

と切り出した。これが今日の本題であることは、日海の言葉を書き取る右筆《ゆうひつ》まで控えていること

でも分かる。

「実に大きく勇ましいものでございました。見物の衆は群れをなし、信長様の催《もよお》された左義長の大きさ、勇ましさを褒め讃えぬ者はございません」

日海はまずそう答え、続いてその日の様子を語った。

「小姓《こしょう》衆を先頭に、信長様、近衛《このえ》様、伊勢兵庫頭《ひょうごのかみ》様並びに織田家御一族の方々が、それぞれ頭巾《ずきん》の盛装《せいそう》にてお出ましになりました」

「何、頭巾の盛装」

光秀は碁盤から目を上げて問い返した。頭巾が盛装というのが不思議だったのだ。

「はい、それぞれ頭巾にお飾りを付けられ、思い思いに凝《こ》った服装をなされておりました。その方々が、それぞれ十騎二十騎の早馬を引きつれ、その尾に爆竹《ばくちく》を取付けて馬場を駆け抜け、町中を縦横に駆け巡られてござります」

「馬の尻尾《しっぽ》に爆竹をか」

光秀は念を押した。

「左様にございます。それも、近江衆が総出で東と南に分かれて用意したほどでございますから、大変な量にございました。何より目立ちましたのは、信長様御自身の出《い》で立《た》ち。黒の南蛮笠をお冠《かむ》りになり、眉を剃り、朱《しゅ》の頬当《ほおあ》てをつけ、唐織《からお》りの袖無し陣羽織を召して、虎の皮のむかばきをぶら下げられるというお姿。お乗りの馬は葦毛《あしげ》の駿馬《しゅんめ》、飛ぶ鳥のような早さでございました」

明智光秀は唖然《あぜん》として、碁石を置くのも忘れた。室町礼法を学び、有職故実《ゆうそくこじつ》に詳しいこの男には、想像を絶する乱暴狼藉《ろうぜき》としか思えない。光秀は、二息三息喘いだあとで、

「来月のお馬揃えもそうであろうか」

と恐れるように訊ねた。もしそうなら、この用意には自分ほど不向きな者はいない。到底、信長の気にいるようなことはできないと恐れたのだ。

「いや、この度《たび》は京の都。天覧《てんらん》にも供《きょう》せられること故、別でございましょう」

日海がそういうと、光秀はようやく安堵《あんど》したように次の石を打った。だが、その手には心の焦りが現れていた。この時光秀は、何故に自分がそんな道楽仕事に使われるのかを疑っていた。真面目過ぎるこの男には、世の中を楽しくすることの効用が分からなかった。そのため光秀は、自分がますます便利使いに擦り減らされ、出世の場から遠のくのを恐れていた。そしてそれは、自分の組下に入った多くの大名たちにも、申し訳ないことのような気がしたのである。

「先の左義長が将棋とすれば、この度のお馬揃えは囲碁にござりましょう」

光秀の苦悩の様子に同情した日海は、そんな示唆《しさ》を与えた。

「なるほど、早さではなく数の多さと申すか」

光秀は素早く日海の言葉を咀嚼《そしゃく》して頷いたが、その表情は依然として暗く、光秀の打つ手はますます強引になっていった。それを見るにつけ、日海は「しまった」と思った。

「遊びの心の分からぬ日向守に、遊びの企画の示唆などするのではなかった。心のない成功になってしまうのではないか」

と後悔したのだ。

不幸にして、日海の予感は当たった。天正九年二月二十八日、織田信長が京で開いたお馬揃えは大成功を収めた。参加した馬の数は天下を驚かせ、そのきらびやかさは歴史に語り継がれるほどである。このことから信長は、明智光秀のイベント企画力を高く評価するようになり、光秀が望んだ戦場よりも、光秀の恐れた座敷で使うことにした。翌年、この両者が激突する遠因がそこに芽生えていたのである。

実録・本因坊算砂

戦国時代、囲碁《いご》や将棋《しょうぎ》がどの程度行われていたか。それを知る記録は幾つかある。例えば『言継卿記《ときつぐきょうき》』として知られる公家《くげ》山科《やましな》言継の日記には、大永《たいえい》七年（一五二七）二十一歳の時から永禄《えいろく》八年（一五六五）五十九歳の年までの間に、約二百回の囲碁、将棋（時には双六《すごろく》も）が記録されている。その中には自宅や知人邸で打ったのも多いが、寺社や公家邸における大人数の会合も沢山《たくさん》あり、酒肴《しゅこう》の出ることが多かった。「夜明けて帰る」という徹夜勝負も珍しくない。

参加者として記録されている名も、公家、僧侶、武士など二百人を越える。会合の回数でも、参加者の数と種類でも、茶会や連歌《れんが》の会よりも桁違《けたちが》いに多い。当時の上層階級の間で囲碁将棋は最も盛んな遊戯《ゆうぎ》であり社交だったのだ。もっとも、言継の時代の将棋は、大部分が中将棋《ちゅうしょうぎ》であり、今日の将棋と同じ駒数の小将棋《しょう》は、初期を除いてごく少ない。まだ取り駒使いのルールが出来ていなかったので単純過ぎ、上達《てんしょう》してからは興味を呼ばなかったのだろう。

残念ながら、その後の記録は天正《てんしょう》四年（一五七六）の一部しか残っていない。言継の子の言経《ときつね》も、『言経卿記』として知られる日記を残しているが、これにも囲碁将棋の記録が実に多い。もっとも、山科言経は天正十三年（一五八五）から十九年（一五九一）まで勅《ちょっ》勘《かん》に触れて京を追われていたので、この間の記録は、同十五年（一五八七）に豊臣秀次《ひでつぐ》に招かれている他は町人相手のものばかりだ。

しかし、天正十九年、京に帰還が許されてからの囲碁将棋の記録は華やかで、多くの公家、僧侶、武将などが碁会、将棋会を催《もよお》した様子がよく分かる。中でも目立つのは徳川家康、秀忠《ひでただ》の父子で、言経も年に数回呼ばれている。そこには宇喜多忠家《うきたただいえ》、浅野長政《ながまさ》、金森長近《かなもりながちか》、中村一氏《かずうじ》等々の武将が参集していた。また、細川藤孝《ふじたか》、豊臣秀次などもしばしば囲碁将棋の会を催している。

これらの会には、本因坊日海《ほんいんぼうにっかい》をはじめ、利玄《りげん》、鹿塩《かしお》、仙也《せんや》、大橋宗桂《そうけい》などの「碁打衆、将棋指し衆」が「数人」または「七、八人」呼ばれていた、という記録が多い。天正も末になると、本因坊日海を中心に、上層階級に招かれるようなプロ棋士集団が出来ていたのである。

もう一つ、囲碁将棋の普及と愛好者名を知らせる記録として、昭和五十三年（一九七八）に発見された水無瀬家《みなせけ》『将棊馬日記《しょうぎうまにっき》』がある。これには、将棋の駒の字体家元の水無瀬家（恐らくは水無瀬兼成《かねなり》）が、天正十八年から慶長《けいちょう》七年（一六〇二）までに受注生産した、七百三十五組の将棋の駒の発注者氏名が記載されている。

水無瀬家が作る駒は超高級品だったから、その発注者も公家、高級僧侶、上級の武士、裕福な商人や建設業者に限られている。その中には、徳川家康をはじめとして約三十人の大名が含まれている。また、連歌師《れんがし》の里村昌叱《しょうしつ》、著述家の大村由己《ゆうこ》、医師の曲直瀬正琳《まなせしょうりん》などの文化人もいるし、本因坊日海の囲碁の師匠とされている堺《さかい》の碁打ち仙也の名も見えるが、本因坊自身は記録にない。

要するに、囲碁将棋は、戦国時代の武士や公家の間でも大いに愛好され、プロ棋士を招く囲碁将棋の会は実に多かった。それだけに、プロ棋士集団のトップだった本因坊日海は顔も広かったし、情報の収集、宣伝能力でも優れていたに違いない。本因坊日海が、織田信長を取り巻く文化人の中でも、相当に高い地位を与えられていたのはこのためであろう。

文禄《ぶんろく》、慶長の頃に、京都や伏見《ふしみ》で徳川家康や細川幽斎《ゆうさい》（藤孝）らが盛んに囲碁将棋の会を催したのも、単なる遊びではなかったはずである。

また、本因坊日海には、逆の効用もあった。最初は信長に、次いで秀吉、家康に仕えて隠れもない日海を、囲碁将棋の教授として招くことは、一種の情報公開の意味があった。天正十五年に徳川家康が、元和《げんな》元年（一六一五）に前田利常《としつね》が、それぞれ長期にわたって日海を滞在させたのは、叛乱《はんらん》準備の疑いを避けるための監視役導入だったであろう。

第十六章　熱狂の日々

一

「変わった……」

本因坊日海《ほんいんぼうにっかい》は、そう思った。安土《あづち》の雰囲気《ふんいき》がである。

天正《てんしょう》九年（一五八一）三月十日、京都から安土に戻る織田信長に同道した日海は、城下の賑《にぎ》わいにも城郭《じょうかく》の絢爛《けんらん》にも、また驚いた。この前、日海がここを訪れたのは今年の正月、それからたった二カ月なのに、町も城も大きく変わっている。春の陽気と信長の富強に町全体が沸《わ》き立っている感じだ。

それを生み出したのは、昨年八月の佐久間信盛《さくまのぶもり》らの追放と、今年正月の左義長《さぎちょう》、そして二月に京都で行われた馬揃《うまぞろ》えだ。

昨年八月、織田信長は、宿敵本願寺《ほんがんじ》を大坂から退去させたあと、この寺の包囲攻撃の総大将を務めた佐久間信盛を、怠惰《たいだ》と無能を理由に追放した。これによって信長は、自己の人間評価と人事方針を鮮明にしたのだ。

佐久間信盛は織田家累代《るいだい》の重臣で、ここ二十年来は家老《かろう》筆頭ともいうべき座にいた。それを信長が、過失や敗戦の故《ゆえ》ではなく、長期包囲の消極性の故に追放したのだから、徹底した実力主義による人間評価と、減点よりも得点を重視する人事方針が明確になった。

組織化した織田家中では、誰もが一番気にするのは人事考課だ。信長が鮮明にした人事方針は、家中全員に失敗を恐れぬ突進を煽《あお》ったことはいうまでもない。織田信長のお膝元《ひざもと》の安土の城下には、野心と才能と個性の持主がどっと集まったのも当然だろう。

だが、それでも多くの人々は、独裁者信長の心中になお懐疑《かいぎ》的だった。佐久間信盛とそれに続く一連の重臣の追放劇を、信長の冷酷非情と受け取る者もいた。だが、今年正月十五日行われた左義長の大騒ぎは、この独裁者の乱暴な陽気さを示す効果があった。

この日信長は、近臣近習《きんじゅう》と共に仮装して町をねり歩いたあと、大量の爆竹《ばくちく》を馬の尻尾《しっぽ》に付けて駆《か》け回らせた。それも近江《おうみ》衆数千人が用意した山のような爆竹を使い果たしたのだから、並みの騒々しさではない。何百もの馬が飛ぶように走り、何万もの爆竹で硝煙《しょうえん》が空を覆った。足を折った馬、転げ落ちた人も少なくない。『信長公記《しんちょうこうき》』の著者太田牛一《ぎゅういち》でさえも「狂いたもう」と表現したほどの狂騒《きょうそう》だった。

これを契機に安土の町は変わった。あらゆる既成《きせい》の概念が吹き飛び、自由と活気が溢《あふ》れた。これまでも信長は、安土の町を楽市楽座《らくいちらくざ》にし、商人の往来を盛んにすると共に相撲《すもう》や祭の催しを薦《すす》めていたが、城内の侍たちには統制と秩序の感覚が強かったし、城下の人々には遠慮と自制の気分があった。天下人のお膝元ともなれば、京の都のような取り澄ました上品さと安全第一の秩序が大事と思われていたのだ。それを信長自身が、「狂いたもう」ことでぶち壊し、活気と猥雑《わいざつ》に変えたのである。

それに輪を掛けたのが、去る二月二十八日の京都御所横で行われた馬揃《うまぞろ》えだ。信長の一族近臣や五畿内《ごきない》の部将だけではなく、尾張《おわり》、美濃《みの》、伊勢《いせ》、近江、紀伊、丹波《たんば》、丹後《たんご》、若狭《わかさ》、越前《えちぜん》、加賀《かが》まで十五カ国から数千騎が集まり、それぞれに金紗《きんしゃ》や唐錦《からにしき》を着飾って馬を進めた。公家衆も異風に装って登場したし、正親町《おおぎまち》天皇も美々《びび》しく着飾った廷臣《ていしん》女御《にょうご》らを連れて観覧された。馬の裾《すそ》を覆う泥除《どろよ》けにまで金襴《きんらん》を用いたというから、その豪華さは恐ろしいばかりだ。出場した馬も、奥州《おうしゅう》津軽《がる》から献上された「鬼葦毛《おにあしげ》」をはじめ、全国から送られてきた名馬が揃っていた。

これほど大袈裟《おおげさ》な馬揃えは前代未聞。織田信長は、そんな途方もない行事を催すことで既成の概念を打破すると共に、天下布武の現実と財政、兵力の余裕を見せびらかしたのだ。

戦国乱世が長く続いたこの時期に、数千人の部隊長が国元を留守にして京に集まり、巨額の費用をかけてイベントを行ったのだから、宣伝効果は満点だ。この成果はたちまち安土に反映、概念破りの陽気さと信長の富強を目指す商人、職人が集まって来た。商いは盛んになり、普請《ふしん》は到る所で行われ、見せ物、遊女の類《たぐい》は量質ともに増大した。馬揃えの需要誘発効果は、実施された京都よりも、財源を押さえる安土に現れたわけだ。

三月十日、京から安土までおよそ十二里《り》（約四十七キロ）を一気に駆け抜けた織田信長が、大いに活気づいた安土の町に着いたのは、未《ひつじ》の下刻《げこく》（午後三時過ぎ）、西に傾いた陽が湖面を金色に染めはじめた頃だ。そこには、約十六丈《じょう》三尺《しゃく》（約四十九メートル）の大天主《だいてんしゅ》を持つ巨城に向かって一直線に、幅およそ五間《けん》（約九メートル）の通りが作られている。城といえば軍事防衛を重視した入り難《がた》い陰気な固まりと思っていた当時の人々には、信じられないような光景である。

安土の城内の緊張は凄《すさ》まじい。信長が入城しただけで城全体が張り詰めた空気になる。それも単に信長を恐れて緊張するだけではなく、誰もが何かをしなければと身構える。一年前までの気さくな陽気さが消え、恐怖と慌ただしさが城内を支配している。

そんな中でも、変わらないのは信長自身だ。安土城に入るとすぐ下階の居室でジャージャーと水を被《かぶ》り、無造作《むぞうさ》な着流しのまま、

「新発意《しんぼち》、天主で一局指南《しなん》せよ」

と本因坊日海に命じた。七年前に十六歳の日海を見出した信長は、二十三歳になった今も日海を「新発意」、成り立ての小坊主と呼ぶ。

「あり難き幸せ」

本因坊日海は、旅の疲れを隠して深々と頭を下げた。人間はみな栄光と楽しみを求めるものと信じる信長には、「疲れた」とか「眠い」とかいうのは禁物《きんもつ》だ。自らも活気に溢れるこの独裁者は、武将にも商人にも、絵描《えか》きや茶坊主、碁打《ご》ち、相撲取りの類にも、疲れを知らぬ活力を期待した。この男にとっては、怠惰は犯罪であり、遠慮は無能でしかない。

「来い」

信長は短くいうと、黒人の彌助《やすけ》に碁盤《ごばん》を、茶坊主の針阿弥《しんあみ》に碁石を持たせて天主の急な梯子段《はしごだん》を上り出した。去る二月二十三日、バテレンのヴァリニャーノが連れて来た黒人が気に入った信長は、それを貰《もら》い受けて「彌助」と名付け、小姓《こしょう》のように使っている。黒光りする肌と逞《たくま》しい筋肉

が信長の好みに合っているのだろう。彌助もまた、信長の期待通りの陽気さと体力の持主らしく、厚い碁盤を軽々と担いで梯子段を上り出した。

「ほう、ここも見事に出来上がったな……」

日海は、天主の梯子段を上りながら絢爛豪華な内部に驚嘆した。

安土城の天主は、この当時の城郭《じょうかく》では日本唯一の高層建築だ。しかもこの天主は中央が四層分の吹き抜けで、その真ん中には能舞台が設《しつら》えてある。階を上るごとに黒漆《くろうるし》の木組みと金色燦然《こんじきさんぜん》たる襖絵《ふすまえ》が、角度を変えて展望できる仕掛けだ。

高い建物なら寺の塔にも登ったことのある日海も、この構造と内装には驚かざるを得ない。五年前に着工されたこの天主は、僅《わず》か二年で外形が完成したが、今年になってようやく内部の装飾も整った。中でも素晴らしいのは狩野永徳《かのうえいとく》一門が描いた襖絵で、各層が趣向を凝《こ》らした濃絵《だみえ》や墨絵で飾られている。

画家として「天下一」の称号を受けた狩野永徳は、一門十人と共に、五年足らずの間に表裏二千枚を越える襖絵を描き上げた。今日の絵画でいえば二百号に相当する大絵画を門人一人当たり二百枚も描いたのだから、戦国の世は絵描きのバイタリティーも凄まじい。狩野永徳は、技量ばかりでなく勤勉と気迫の点でも、信長好みの芸術家なのだ。

だが、その吹き抜けの上に置かれた五層目、朱塗《しゅぬ》り八角の部屋に入った時、日海は本当に度胆《どぎも》を抜かれた。床も柱も長押《なげし》も朱、周囲の襖絵はすべて金泥《きんでい》、しかもその襖一杯に描かれているのは釈《しゃ》迦《か》と十大弟子だ。八角形の朱塗りの床の中央に胡座《あぐら》をかいた織田信長を、釈迦とその弟子たちが八方から見つめる恰好《かっこう》になっている。

仏は正面にあって大勢の人が仰ぎ拝むものと思っていた日海は、この異形《いぎょう》の空間に息を呑《の》んだ。それを見咎《みとが》めて、信長は笑った。

「新発意、その方は法華坊主だからこうした仏どもにうろたえたのかも知れぬが、恐れることなどないわ。つい数カ月前に永徳が描いたものよ。何ならその方の塔頭《たっちゅう》にも描かしてやろうか」

「ただただ、永徳様の気迫の籠《こ》もった筆捌《ふでさば》きに感じ入っております」

日海は、仏としてではなく芸術として評価することに努めた。織田信長は無神論者、仏の絵を下手にあり難がったりしない方が無難だ。

「さもあろう。武士は弓矢に、絵描きは筆に命を賭けるものよ」

信長は満足そうにいったが、朱塗りの床と金泥の襖から反射する春の夕日を映した顔は、鬼神《きじん》のようにも見えた。それほどにこの空間は心を囃《はや》し、気分を昂《たかぶ》らせる効果がある。

「これは、いかがなものか……」

と日海は思った。ただでさえ最近の信長は気分が高揚《こうよう》している。戦争でも行事でも、町造りや鷹狩でも、止《とど》まることを知らない興奮状態が続いている。そんな人物が、この刺激的な空間で思考し決断するとなれば、一段と凄まじい極限に走るに違いない。それは信長の征服事業には有利だとしても、世の静謐《せいひつ》を作り出すのには不適当ではあるまいか。そんなことを本因坊日海は心配した。この男の持つ未来記憶の中では、織田信長という希代《きたい》の英雄は、過剰な激越さ故に倒れることになっているのである。

日海の想像は当たっていた。ここで打った碁は、いつもよりも過激な乱戦となり、読みよりも勢いの戦いになった。信長ばかりか、日海までもが荒々しい切りや押さえを多用してしまう。こうなると、五目置《もく》いても技量の差は歴然と出る。結果としては、信長の黒石はズタズタに切られて目のない死に石が続出した。

それでも信長は陽気に笑い、金一枚を褒美《ほうび》にくれた上、バテレンから貰った遠眼鏡《とおめがね》まで覗《のぞ》かせてくれた。湖北《こほく》の山々まではっきり見える、伸縮型の遠眼鏡だ。

「この礼に、安土の町を描いた屛風《びょうぶ》をバテレンに遣《や》るつもりだ。ローマとやらにいるキリシタンの大坊主に見せてやるのよ。今、永徳にそれを描かしておる。弟子どもが信濃《しなの》、越中《えっちゅう》、備中《びっちゅう》、阿《あ》波《わ》の絵図を描きに出ておるうちにな」

信長は、そんなことを無造作《むぞうさ》にいった。

この時代、絵描きの重要な仕事の一つは予定戦場の絵図造り、信長が狩野永徳一門を殊更《ことさら》に重《ちょう》用《よう》したのもこのためだ。この永徳一門の弟子たちが信濃、越中、備中、阿波の各地に絵図を描きに出ているということは、信長がこの四方面を間近な予定戦場と考えていることを示している。相手の武将の名でいえば、武田勝頼《かつより》、上杉景勝《かげかつ》、毛利輝元《もうりてるもと》、長宗我部元親《ちょうそかべもとちか》だ。織田信長は、四隣《しりん》の敵を一挙に撃滅する大作戦を思考し出しているらしい。

「急ぎ過ぎておられる」

と日海は思わざるを得ない。

「今、信長様に必要なのは、興奮よりも安静、天下布武を急ぐことより臣下を安《やす》んじることではないだろうか」

日海はそう思ったが、流石《さすが》にそのまま口にすることはできない。ただその意味を言外《げんがい》にこめて、

「この次には、静かな茶室などで一局賜《たまわ》りとうございます」

といってみた。だが、その意味も通じなかったらしく、信長は、

「何を新発意が、余計な気を遣わんでもよい。碁打ちは碁に勝つのが務めじゃ」

と叫んで、弾《はじ》けるように笑った。日海が勝ち過ぎを気にしていると取ったのである。

二

天正九年を四十八歳の織田信長は興奮の極《きわ》みのうちに過ごした。信長のこの一年は、天下布武への戦勝と独創的なイベントと残虐な処刑とが交差する日々であった。

まず、信長が京から安土に帰った直後、馬揃えのために柴田勝家《かついえ》以下の織田北国勢が京に参集した隙を突いて、上杉景勝が越中に出陣、織田方の小井手《こいで》城を取り巻いた。信長がすぐ佐々成政《さっさなりまさ》や不破光治《わみつはる》らを駆けつけさせたので、上杉方は為《な》すこともなく引き揚げた。佐々らはそれを追って神通川《じんづうがわ》を越えて攻め込み、加賀や伊勢長島の一向一揆《いっこういっき》の残党多数を討ち取った。信長の馬揃えには、各地の反抗者を炙《あぶ》り出す策略も仕込まれていたのだ。

続いて三月二十五日、かねて徳川家康が包囲していた高天神《たかてんじん》城が陥落した。この城は徳川・武田の争奪の地で、天正二年六月には武田勝頼が長期の包囲攻撃で陥落させた。だが、長篠《ながしの》の敗戦で織田、徳川、北条《ほうじょう》の三方から攻められるようになった武田にとっては、その防衛がかえって重荷になった。

徳川家康は、前年十月からこの城を包囲、城内を飢餓《きが》に陥《おとしい》れた。城兵の大半は餓死し、三月二

十五日に最後の突撃に出た武田勢もみな、栄養不良でまともに戦うこともできずに討ち取られたという。この間《かん》、武田勝頼は兵糧《ひょうろう》も入れられず援軍も送れず、その衰退ぶりを天下に曝《さら》す結果となった。信濃《しなの》や駿河《するが》はもちろん、本領の甲斐《かい》でさえも、度重《たびかさ》なる出陣令に農民たちは疲れ果て、容易に応じようとしなくなっていたのである。

織田信長は、こうした戦勝報告を至極《しごく》当然のことのように聞いた。この時期になると、織田方の一方面軍でも、上杉や武田に勝る力を持っていたのだ。この頃、信長が褒《ほ》め称《たた》えた部下の行為といえば、丹後一国を与えられた御礼に、先祖伝来の山城勝龍寺城《やましろしょうりゅうじ》を周辺一万石の領地と共に返上した細川藤孝《ふじたか》の謙虚さぐらいだ。京と大坂の中間に位置するこの城を、かねがね信長が欲しがっていたのである。

だが、その次には、本因坊日海が心配したことが現実になった。織田信長の高揚が残虐に繋《つな》がる事件が発生したのだ。

四月十日、織田信長は羽柴《はしば》秀吉の長浜《ながはま》城に行き、そこから船で琵琶湖の竹生島《ちくぶしま》まで参詣《さんけい》するといい出した。供は森蘭丸《らんまる》ら小姓五、六人だけという軽装だったが、距離にすれば水陸合わせて十五里（約五十九キロ）、往復すれば三十里にもなる。当時としては早くて一泊二日、普通なら二泊三日の旅程だ。気迫に満ちた信長の存在に緊張し切っていた城内の小者《こもの》や女房たちが、「鬼の居ぬ間の命の洗濯」とばかり、城下での遊興《ゆうきょう》や近隣の寺参りに出掛けたのも不思議ではあるまい。

ところが、未明に安土を出た信長は、馬を煽り船頭《せんどう》を励まして、その日のうちに三十里を往復して安土城に帰って来た。驚いたのは城内の小者や女房、二の丸などに散っていた者は慌《あわ》てふためいて戻ったが、

「この様は何事ぞ」
と信長は怒り、持場を離れていた者はことごとく縛《しば》り上げて怒鳴《どな》りつけた。哀れを留めたのは、近くの桑実寺《くわのみでら》まで出ていた女たち十人。信長の怒りを聞いては恐ろしくて帰るに帰れず、寺に籠もって長老に縋《すが》った。止《や》むなく長老が許しを求めて来たが、信長は、
「寺僧《じそう》の身でありながら、勤務怠慢《たいまん》の女を庇《かば》い、嘘偽りの言訳《いいわけ》をするとは許し難い」
とばかり、長老諸共、女たちも成敗《せいばい》してしまった。城内家中の者が震え上がったのはいうまでもない。本因坊日海自身も、信長の身辺にはべることに危惧《きぐ》を感じ、理由を作って京都久遠院《くおんいん》に戻ったほどである。

勤務規定に反して遊び惚《ほう》けていた女十人と桑実寺の長老を成敗したのは、織田信長の激越な生涯の中では、ごく小さな出来事に過ぎない。しかし、その影響は比叡山《ひえいざん》の焼討や長島一向一揆の大虐殺にも勝る大きさだった。これまでの大量殺害は敵対者に対する制裁であり、過酷ではあっても理由が明確だったが、今度は非力《ひりき》な家臣に対する残虐であり、一晩の勤務不良で死刑というのは量刑としても前例がない。

何より、さほどの地位も給与も受けていない下働きの女たちが処刑の対象だけに、城内の小者や女房は脅《おび》え切り、退職、宿下がりを申し出る者が続出した。勝手元の老女たちは、その補充に安土にいた近来の者を多く雇い入れたが、これがまた第二の問題を生んだ。その中に、「友恵《ともえ》」という名の醜《みにく》からざる女も混じっていたからだ。

年の頃は二十二、三。小柄細身ながらもしっかりした足腰と機敏な動きは、この際役立ちそうに

思えた。普段は無口だが、京や堺《さかい》にもいたことがあるというだけになかなかの物知り、下働きの女たちに適当な話題を提供するのも、緊張した職場ではあり難い。友恵がぽつりと一言洩《も》らすと、噂好きの女たちが五倍十倍の尾鰭《おひれ》をつけて吹聴《ふいちょう》する。

そんな噂の一つが、この女がつい最近までいたという和泉国槙尾寺《まきのおでら》の富強と殷賑《いんしん》だ。和泉の槙尾寺は、真言宗《しんごんしゅう》の開祖・弘法大師空海《こうぼうだいしくうかい》が石渕僧正勤操《いわぶちそうじょうごんそう》を戒師《かいし》として出家した寺といわれ、真言宗では高野山《こうやさん》と並ぶ大寺院だ。織田信長の頃は真言霊場として繁栄し、幾重《いくえ》もの大伽藍《だいがらん》ができていた。安土城内の女たちがその様子を知りたがったのも当然だろう。

「槙尾寺の御領地は十万石、僧侶五千人、武具甲冑《かっちゅう》は一万以上。門前は大いに賑わい、御坊たちはこっそりと女も魚鳥《ぎょちょう》も入れている」

そんなことを、友恵は言葉短く声を低めて囁いた。目と鼻の先の桑実寺にさえ行けない安土城の女たちは友恵の話に夢中になり、三日も経たないうちに、「槙尾寺の富強と殷賑」は安土城内の「常識」となった。

悪いことに、ちょうどこの時期、織田信長が和泉・河内《かわち》の指出《さしだし》検地を進めていた。指出検地とは、各村や領主に田畑の広さや年貢高を書き出させて、土地台帳を作るものだ。実測するわけではないから、正確さは劣るが仕事は早い。日本最初の大規模検地を行った織田信長は、まずこの指出検地で土地の実態を把握《はあく》しようとしたのである。

ところが、この時、和泉の検地奉行、堀秀政《ひでまさ》からもたらされた槙尾寺の指出はたったの一万二千石、安土城内で「常識」となっていた十万石とは掛け離れている。信長は再調査を命じ、寺領立入りも辞さないと通告した。

これに対して槇尾寺では、これが寺領没収の口実になるのではないかと恐れて、一切の立入りを拒否、かえって軍備を整えるという愚挙《ぐきょ》に出た。その背景には、高野聖《ひじり》の特権商法を守ろうとする真言宗と、楽市楽座の自由化政策を進める織田信長との反目《はんもく》、反感があったことはいうまでもない。

これには織田信長が激怒した。直《ただ》ちに安土から和泉に早馬が飛び、堀秀政に、

「聖俗男女老若の別を問わず、寺にいる者すべてを斬り捨て、堂塔伽藍を焼却《しょうきゃく》すべし」

との命令が下ると共に、和泉、河内、摂津、大和の大名たちにも動員令が出た。

槇尾寺側は仰天《ぎょうてん》した。四月十九日、寺院の周辺が堀秀政の軍勢に包囲されていることを知った寺僧たちの多くは、驚き慌てて逃げ散ったが、衣の下に鎧《よろい》を着込み、弓矢や薙刀《なぎなた》を手にした僧俗八百人余りが観音堂《かんのうどう》に立て籠もって戦う意志を示した。だが、槇尾寺の空元気《からげんき》もそこまでで、翌日になるとその数も半減、結局全員が逃げ出してしまった。比叡山や本願寺の例を知る寺僧には、敢《あ》えて戦うほどの気力も勝算もなかったし、攻める側の堀秀政も逃げるを追わず、持物も調べなかったからだ。

天正九年四月二十二日、弘法大師の出家以来、七百八十八年の歴史を誇った槇尾寺は空き家となり、五月十日には堀秀政や丹羽長秀《にわながひで》らが検分したのち焼却されてしまった。これによって和泉の指出検地は終了したが、織田政権と真言宗との対立が決定的になったことは見逃せない。真言宗徒の間では、

「いずれ高野山も、槇尾寺と同じ運命を辿るであろう」

という話が、確実なことのように語られた。一方、安土の城内では、

「高野山に匿《かくま》われた荒木村重の残党、荒木志摩守《しまのかみ》や同久左衛門《きゅうざえもん》らが多額の軍資金を持って高野山に上り、密《ひそ》かに反信長の策略を練っている」

という噂が広まっていた。物知りの友恵が、堺で聞いた噂として流したものだ。

不幸にして、この噂の前半は本当だった。去年の七月、摂津花隈《はなくま》の城が落ちたあと、荒木志摩守や同久左衛門らは高野山に亡命していた。しかも彼ら荒木残党の下《もと》には、高野聖に身をやつした武《ぶ》骨《こつ》の者が何度か出入りしていた。

何事にも積極性を評価する織田信長の意に沿おうとする側近の中には、

「高野の行い、よろしからず。直ちに兵を出して成敗すべし」

などという者もいたが、この時の信長は冷静で、

「よく見張れ」

と命じただけだった。この時期、織田信長は、二つの戦《いくさ》と一つの行事企画に熱中していたからだ。

この結果、織田政権と真言宗高野山との対立は、長期にわたる神経戦の様相を呈《てい》することになった。公家朝廷への人脈を誇る天台宗《てんだいしゅう》比叡山とも、諸国に広がる一向一揆の結束に頼る浄土真宗《じょうどしんしゅう》本願寺とも違って、真言宗高野山には弘法大師以来の宣伝力が備わっていたのである。

三

織田信長が熱中していた戦とは、北の越中攻めと西の因幡《いなば》攻めだ。

この年五月二十四日、越中松倉城に立て籠もって頑強に抵抗していた河田豊前守長親《かわだぶぜんのかみながちか》が病死した。これを契機に柴田勝家配下の諸将が越中や能登を攻略、密かに上杉と誼《よしみ》を通じて反逆を企《くわだ》てていた七尾《ななお》城の家老遊佐続光《ゆさつぐみつ》らを自害させたし、越中国木舟《きふね》城の城主石黒左近《いしぐろさこん》らも呼び出し、安土に来る途上で殺害した。この方面での戦いでは、信長は旗幟《きし》不鮮明な者を葬り、諸城を破却《はきやく》する作戦を採《と》った。来《きた》るべき上杉との決戦に備えて後顧《こうこ》の憂《うれ》いをなくすためだ。

一方、因幡での主戦場は、羽柴秀吉を主将とする鳥取城である。鳥取城は、もともと因幡の守護《しゅご》山名宗全《やまなそうぜん》の子孫山名豊国《とよくに》のものだったが、秀吉の反間苦肉《はんかんくにく》の策が功を奏して、豊国自身が家臣団によって追放されてしまった。残った山名家の家臣たちは毛利家から吉川経家《きつかわつねいえ》を守将として迎え、羽柴秀吉に対抗することにした。鳥取城に残った山名家の家臣は千人、吉川経家が自分の配下四百人を連れて入城したのは天正九年二月のことだ。

このことを知った秀吉は、綿密な計画を立てた。敵状の複雑さに付け込み、兵糧をなくす作戦だ。早くからこの策を練っていた秀吉は、前年の秋、

「若狭《わかさ》が不作で米の値が上がった」

と称して多数の商人を因幡に送り、大量の米を高値で買いつけさせた。山名豊国を追放して城を乗っ取った家臣たちには、戦に備える計画性がなかったらしく、高値に釣《つ》られて城内の兵糧までもどんどん売ってしまった。

春二月に入城した吉川経家は、城内の兵糧の少なさに驚き、その補充に努めた。毛利の山陰方面総司令官、吉川元春《もとはる》も銀百枚を与えて米買いを援けたが、近隣には米がない。出雲《いずも》や安芸《あき》からの輸送も、丹後や但馬《たじま》の海賊たちに阻《はば》まれて思ったほどには捗《はかど》らなかった。

六月二十五日、秀吉は二万の大軍を率いて因幡に入り、周辺の百姓たちを虐待《ぎやくたい》して、多くが城内に逃げ込むように仕向けた。少しでも早く城内の兵糧を尽きさせようという冷酷な戦法である。

鳥取城を包囲した秀吉の戦法は、かつて信長が伊勢長島で用いた封じ込めを、より大規摸にしたものだ。久松山《きゆうしようざん》の山頂に立つ鳥取城ばかりか、その出城《でじろ》の雁金山《かりがねやま》や丸山《まるやま》まで十把一《じつぱひと》からげに三里四方を柵で封じ、袋川《ふくろがわ》には乱杭《らんぐい》や逆茂木《さかもぎ》を植え、随所に櫓《やぐら》を立てて、かがり火を万と焚《た》かせるというものだ。これまた「金にあかした城攻め」である。

こんなことが秀吉にできたのは、その前年、秀吉の弟の秀長《ひでなが》が落とした生野《いくの》銀山から上がる歳入を、信長が秀吉に使わせたからだ。毛利方の失敗は、貨幣経済に対する認識が欠けていたことにある。

織田信長は、この秀吉の大規模包囲作戦を助けるために、明智光秀や細川藤孝に命じて多数の船を出させ、丹波、丹後から兵糧、資材を運ばせた。金銭の上でも、兵站《へいたん》の点でも、この時の秀吉は非常な優遇を受けたことになる。

この作戦は大いに成功し、鳥取城はたちまち飢餓に陥《おちい》り、勇将経家もなす術《すべ》もなく降参することになるのだが、織田家の武将の中には大きな不満を残すことにもなった。中でも、秀吉の兵糧運びだけをやらされた明智光秀の不満は大きかった。自らの領地で上げた米をただで送り、輸送の手間まで自分持ち、それでいて鳥取戦勝の手柄は羽柴秀吉ただ一人のものになるとあっては、光秀の心中穏やかではない。この男は、丹波、丹後の征服に成功して以来、丸二年近く自らが指揮する戦場に出ていない。

そんな明智光秀に、もう一つ、「つまらぬ」仕事が下命された。

「来る七月十五日の盂蘭盆《うらぼん》に当たり、安土一帯を火と光で飾る故、兵五千に松明《たいまつ》一万本を持たせて参集せよ」

というのだ。この時期、織田信長が没頭《ぼっとう》していたもう一つの仕事、前代未聞の行事の手伝いである。

天正九年七月十五日に行われた安土の盂蘭盆会《え》の見事さには、南蛮《なんばん》のバテレンたちも驚きを隠さず記録している。

安土城の天主と城下の摠見寺《そうけんじ》に数千の提灯《ちょうちん》を吊るし、馬廻《うままわ》りの人々には、新道《しんどう》から江堀《えほり》にかけて船を浮かべさせ、手に手に松明を持たせて火を灯《とも》させた。天主は夜空に輝き、寺は町中に光り、川も湖も灯火《ともしび》をうつして明るく映《は》えた。船を出した武将たちは、それぞれの船印《ふなじるし》を大きく飾り、そこここからは笛や太鼓《たいこ》の囃子《はやし》が響いた。正《まさ》しく史上前例のない光の一大ページェントである。

イベント企画の天才、織田信長が行った数々の大行事の中でも、これが最高傑作だったといえる。今日《こんにち》、どこかの城がこれを再現したとすれば、名物行事になるに違いない。

だが、真面目な明智光秀は、春の馬揃えに続いて、またしてもこんな遊び仕事に駆り出されたことが不満だった。羽柴秀吉の大袈裟《おおげさ》な包囲作戦に米と資材を送らされただけでも、明智家としては大変な負担なのに、たかが一晩のイルミネーションのために五千の兵を動員し、一万本の松明を集めさせられたのは腹立たしい。

そんな思いの光秀に、またしても悔しい命令が下った。八月十三日、

「因幡の鳥取方面に、安芸国から毛利、吉川、小早川《こばやかわ》らが救援に来ると見られる。ついては、先陣

として詰める在国の諸将は、一度命令が下れば昼も夜も休みなく急いで参陣できるよう、少しの油断もあってはならない」

というのである。この時「在国の諸将」に指定されたのは、丹後の細川藤孝、摂津の池田恒興《つねおき》、中川清秀《きよひで》、高山右近、安部二右衛門《にえもん》、そして丹波の明智光秀である。池田恒興を除いては、すべて光秀の組下大名だ。特に高山右近には、

「信長秘蔵の馬三頭を引いて秀吉に与え、鳥取方面の情況を詳しく報告するように」

という別命も出された。

領地の位置から見ても、因幡の後詰《ごづ》めに明智軍団が当てられたのは当然だが、光秀が秀吉助勢に扱《こ》き使われるという印象を持ったのも、また不思議ではあるまい。この時光秀は、信長の命令通りに「油断なく準備」し、「明智軍法」なるものまで定めている。

だが、その翌日に届いた命令はまた違っていた。

「明智光秀、細川藤孝は、大船に兵糧を満載して鳥取沖に待機し、毛利方の水軍来襲に備えよ」

というものだ。海に面した丹後を領する細川藤孝は、直ちに松井甚介《じんすけ》を大将にした船団を出したが、内陸の丹波と近江を領地にする明智光秀はそうもいかない。慌てて若狭や越前に人を遣って、船と水夫《かこ》を探して丹後の宮津《みやづ》に回航、丹波の米と兵を乗せたが、海に慣れない将兵は船酔いに参ってしまった。陸戦を予想して立てた「明智軍法」が無駄になったばかりか、二重の手間と不慣れな航海に家中の不平が高まった。しかもその最中《さなか》の八月十七日、明智光秀を脅えさせるもう一つの命令が来た。

「高野山の無法許し難きにつき、分国《ぶんこく》中の高野聖を捕縛《ほばく》し、安土に連行せよ」

というのである。日本列島の中央部を覆うに至った織田信長の所領の中でも、高野聖が最も多く出入りしていたのは、真言宗徒の明智光秀の領国・丹波である。

この時、織田信長が高野聖を捕縛し処刑した経緯は、こうである。

高野山には、荒木志摩守や同久左衛門ら荒木村重の旧臣多数が亡命していた。信長は盂蘭盆過ぎから密かに調査し、その事実を確かめると共に、彼らの下に遠くは備後や甲斐、近くは伊賀《いが》や甲賀《こうか》から頻繁《ひんぱん》に使者の往来のあることを確認した。

中でも信長を怒らせたのは、その中の一人、灰色胴着を着た武芸者風の男が、織田方の監視をくぐり抜けて逃亡する際、備後の鞆《とも》に亡命している足利義昭《よしあき》の書状らしきものを焼却した形跡があったことだ。これが事実だとすれば、彼ら荒木の残党は世を捨てた謹慎者《きんしんしゃ》ではなく、足利義昭の名によって毛利や武田を糾合《きゅうごう》しようとする政治運動家、反織田同盟の一味だ。高野山がそんな連中を匿《かくま》い、その運動を黙認しているとあれば、もはや中立無害な存在とはいえない。

「荒木志摩守、同久左衛門らに糾弾《きゅうだん》したきことあるにつき、直ちに引き渡せ」

信長は、十人の使者を送って高野山にそう命じた。だが、高野山側では、

「当山は弘法大師以来、世俗の政争には関与せず、武器を捨て権力を失して出家した者には、何人《なんぴと》たりとも生きる場を与えるのを伝統としてまいった。現に織田信長様との戦いに敗れた美濃の旧主・斎藤龍興《たつおき》殿らも、長く当山に寄食しておられたが、織田様には何の不都合もなかったはずである」

と抗弁、荒木志摩守らを引き渡そうとはしなかった。布や針を商う高野聖の特権を無視して楽市楽座を進める織田信長に対する反感に加えて、最近の槇尾寺焼却の恐怖がつきまとっていたからだ

ろう。

信長の使者と高野山の寺僧の押し問答は、丸二日も続いた。信長の高揚した情況を知る使者たちは、容易に引き下がらない。ここで譲れば、次々と無理難題が出ると恐れる寺僧の側も譲らない。高野山側は独自の調査で備後や甲斐の忍びが来た事実を否定したが、信長の使者は、それなら恐れることなく引き渡せと叫んだ。議論は激高し、互いに過激な言葉を投げつけ合い、揚げ句の果てには、高野山の過激派が信長の使者十人を殺害してしまったのである。

これを聞いて信長は、すぐ報復に立ち上がった。領国中の高野聖数百人を逮捕し、安土に送らせて処刑する、というのである。

明智光秀は驚き、脅えた。もともと古い秩序と伝統の常識を尊ぶこの男は、市場の秩序を破壊し、各地の物産流通を変革する楽市楽座には懐疑《かいぎ》的だった。加えて明智の領地となった近江坂本や丹波は、都に近いだけに小規模な商業や手工業が発達、それを商う高野聖や「座の商人」の動きが多い。そこに楽市楽座で京や堺の大商人が入り込んだことで、地場《じば》の商工業は衰退、領民の中にも不満があった。明智光秀が、努めて古い商人座や高野聖の特権を擁護《ようご》したのは、個人的な政策思想からも、領主としての利害からも、当然のことだった。

「高野聖をすべて召し捕らえて処刑したのでは、当国での布や針の商いが途絶える。機《はた》を織る民百姓も困ってしまう」

明智光秀は、そんな心配をした。そこに伝わって来たのは、織田信長の次男、三介信雄《さんすけのぶかつ》を大将とする丹羽長秀や滝川一益《かずます》らの大軍が伊賀一国を攻め落とした、という報せだった。これには光秀の娘の嫁《とつ》ぎ先である大和の筒井《つつい》順慶《じゅんけい》も参加、名張《なばり》の山で一揆の者多数を討ち取る手柄を立てた。

明智光秀には、またしてもお声がかからなかった。それでいてこの男が苦心の末に出した水軍も、ありあまるほどの兵糧を運んだほかは何の働きもしなかった。羽柴筑前守《ちくぜんのかみ》秀吉の大袈裟な警告は間違いで、毛利の水軍は現れなかったのだ。

四

「明智日向守《ひゅうがのかみ》光秀様に、是非ともお取次ぎ願いとうございます。われらは讃岐《さぬき》より参った真言宗徒の代表、彼《か》の地の様子などをお話しし、日向守様に頼りたく参上致しました」

総髪《そうはつ》に灰色胴着という武骨な中年男が、丹波亀山城の門前に現れたのは、この年の十月末、長かった因幡鳥取城の包囲攻撃戦が、吉川経家の切腹で羽柴秀吉の勝利に帰した直後のことだ。

「何、讃岐から来た真言宗徒。左様な者を日向守様にお目通りさせるわけには参らぬ」

門番の武士が型通りに答えながらも捕縛しようとしなかったのは、丹波に高野贔屓《びいき》の空気があったからだ。讃岐は弘法大師の生まれ故郷、真言宗の盛んな土地柄である。

「仰《おお》せ御尤《ごもっと》も。実は土佐《とさ》の長宗我部《ちょうそかべ》様から御家老の斎藤利三《としみつ》様への御書状を頂いております」

灰色胴着の男は、それらしき物をちらりと見せて、斎藤利三への取次ぎをせっついた。斎藤利三は、美濃稲葉《いなば》家を出奔《しゅっぽん》して明智光秀に仕えた重臣で、その姪《めい》を明智光秀の養女として土佐の長宗我部元親《もとちか》の息子に嫁がせている。灰色胴着の男は、その辺の事情にも通じているらしい。

門番の武士はこの旨《むね》を本丸に取り次いだが、生憎《あいにく》、斎藤利三は年貢徴収《ねんぐちょうしゅう》に出掛けて留守、話を聞いた明智光秀が直接会うことになった。「次の働き場所は四国」と考えていた光秀にとって、讃岐は興味深いところだ。

「讃岐におきましては三好《みよし》一党の暴虐《ぼうぎゃく》、目に余るものがございます」

亀山城の白木造りの書院で明智光秀と対面した灰色胴着の男は、丁重《ていちょう》な挨拶《あいさつ》のあとでそう切り出した。

「何でも三好家は、織田の御家中第一の実力者、羽柴筑前守秀吉様と御姻戚《ごいんせき》とか。羽柴様を後楯《うしろだて》にすれば何も恐れることはない。年が明ければ羽柴様の大軍が来て四国を一気に征服、信長様の怒りに触れた真言宗徒は皆殺しにと申しております。われら真言宗徒と致しましては、世の仕来《しきた》りに詳しい日向守様に来て頂きたく、かく参上致しました」

「ほう、羽柴殿が織田家第一の実力者と申しておるのか」

明智光秀は、心中のざわめきを隠して苦笑した。

「はい。田舎の地侍《じざむらい》や坊主の申すこと故、お気になさらずに頂きとうございます」

灰色胴着の男は、総髪の頭を深々と下げた。落ち着いた物腰と丁寧《ていねい》な言葉は、かなりの身分と相当の教養を感じさせる。山伏《やまぶし》の恰好をすれば、高野聖の先達《せんだつ》にも見える面《つら》だ。

「何しろ羽柴様は播磨や但馬ばかりか、讃岐の対岸、備前《びぜん》、美作《みまさか》もお手に入れられ、この度《たび》はまた、日向守様をはじめとする有力な武将を与力として、鳥取城をも落とされてございます。讃岐の者には、羽柴様こそ織田信長様第一の御家来、と見えるのも無理はございますまい。われらの方でも滝川左近将監《さこんしょうげん》一益様の東国攻めでのお働きなど、詳しく知る者も少のうございますでな」

角張った顔に似合わぬゆっくりとした言葉遣いの中にも、光秀を刺激する文言《もんごん》が溢れている。ライバルの秀吉を持ち上げ、光秀をその与力と呼び、もう一人のライバル滝川一益の働きを讃《たた》える。

それがその通りなだけに、光秀としても心の焦りを押さえ切れない。

「羽柴様は今、伯耆《ほうき》の羽衣石《うえし》で吉川元春様と御対陣、恐らくは来年早々には伯耆を落とし、備中にも進まれることでございましょう。滝川様もどうやら木曾義昌《きそよしまさ》様の調略《ちょうりゃく》に御成功、来年早々にも武田攻めで大手柄をお立てになることでございましょう。何しろ武田四郎勝頼様は高天神《たかてんじん》城の後詰めさえなさらず、忠義の御家来衆を見殺しになされましたほどに、もはや付き従う者も少のうございます。織田家のみな様は、いずれも凄まじいばかりのお働きにございまするな」

灰色胴着の男は、世間話のように来年の戦況予想までしてみせた。中でも武田勝頼の妹婿《いもとむこ》の木曾義昌が、滝川一益の調略で織田方に寝返ろうとしているなどというのは、光秀も知らないことだ。それが事実とすれば、滝川一益の手柄は羽柴秀吉にも勝り、光秀の地位はますます低下してしまう。

「いい加減なことを申すな」

光秀はそう一喝《いっかつ》したかったが、声にはならなかった。その隙をつくように、灰色胴着の男は続けた。

「恐ろしきは羽柴秀吉様のお金とお知恵、堺の商人とも手を結び、われら真言宗徒を追って畿内西国の商いを一人占めにしようとなさる。高野におられる荒木家旧臣方が信長様を倒す策を練っているなどとは、根も葉もない偽り、要は堺の大商人と結んでの銭儲《ぜにもう》けにございます」

「ふーん、なるほど」

明智光秀は、思わず呻《うめ》いた。先の鳥取城攻めで見せた羽柴秀吉の財力を不審に思っていた光秀は、高野聖の逮捕の裏にそんな策略があったのか、と信じてしまった。

「そういえば、この秋からは丹波にも堺の商人が入り込んでおるわな」

明智光秀は不快気に呟いた。競争相手の猿面冠者《さるめんかんじゃ》が、自分の領地からも金銀銭を掠《かす》め取っていると思うと、全身に虫酸《むしず》が走った。

「信長様はそれを許し、それを煽って、わが身の栄華をお楽しみでございまするが、四国までそうなりましては、われら真言宗徒は立つ瀬もございません。いや、われらばかりか京の公家様、諸国の寺社、各地の小さき商人たちも立ち行かなくなりましょう。みなみなそのことを心配しておりまする」

「ほう、京の御公家も諸国の寺社もか」

光秀は、ほっとしたように問い返した。嫌な思いをしているのが自分だけでないのが、救いのように思えた。

「いかにも」

灰色胴着の男は、余裕を持って応じた。

「信長様のお陰で世の中が治まり出した。これに優《すぐ》るあり難さはない、されどこの先はどのようにして頂けるのか、みな心配しております」

灰色胴着の男は用心深く言葉を選んだが、その後には恐ろしい言葉を口にした。

「只今《ただいま》の信長様のなさりようなら、東は滝川様、北は柴田様、そして西には羽柴様、この御三人があられればよろしかろう、佐久間様や安藤様を追われたのも御尤《ごもっと》も……」

灰色胴着の男はすらっといったあとで、慌てたように顔を赤らめて付け加えた。

「有職《ゆうそく》智謀の日向守様がお側にあればこそのことでございまするが……」

最後の言葉は、目の前の光秀を意識しての付け足しだと分かるいい方だ。

「どうせよと申すのじゃ」

光秀は思わず、素性《すじょう》も分からぬ灰色胴着に訊《たず》ねた。

「さらば……、淡路にございます」

灰色胴着は、落ち着いた声で答えた。

「四国に渡るにはまず淡路。阿波への路を押さえることにござります。幸い、日向守様は、この度の因幡攻めの与力のために船手《ふなて》の者をお育てとか。これを瀬戸内に回して淡路攻めをなさいませ。信長様も来年は四国とお考えのはず。きっとお喜びになられましょう」

「なるほど」

明智光秀は頷いた。摂津の東半分を組下にした光秀には、船手さえあれば淡路を攻略することも難しくはない。そしてそれが、四国への路に繋がるのも確かだ。この時、光秀は、それを教えてくれた灰色胴着の男、「讃岐の真言宗徒の代表」に感謝した。だが、それがまた、光秀に一段と大きな失望と屈辱を与えることになった。

北の丹後の港にいる船手の者を瀬戸内に回すのは、光秀が考えたほど容易なことではなかった。まず大和田《おおわだ》の安部二右衛門を口説《くど》いて、兵站《へいたん》基地を借りる必要がある。兵士と兵糧を、北から南に移さねばならない。何より船を造り、港を築かなければならない。

明智光秀が大急ぎでそんな苦労をしている最中の十一月十七日、播磨と備前の水軍を持つ羽柴秀吉が、花隈城主池田恒興を誘ってさっさと淡路に上陸、瞬《また》く間《ま》に岩屋《いわや》城を落としてしまった。鳥取の戦いで、船手を細川藤孝と明智光秀に任せた秀吉は、瀬戸内に水軍を留めていたのだ。

鳥取城を落としてからたった二十日で、淡路一国を平定した羽柴秀吉の見事さに比べると、苦労ばかりで手柄のない自分が、光秀は阿呆《あほ》らしくなった。それは同時に、秀吉にだけ自在な戦をさせている織田信長への不満ともなっていった。

そんな光秀の耳に、

「木曾義昌殿がお味方されるそうな」

という噂が、安土城内の信長側近からも伝えられて来た。あの灰色胴着の男の話は嘘ではなかったのだ。

「そうだとすれば、京の公家衆や各地の寺社が、信長様のなされようを心配しているというのも真《まこと》であろうな」

と光秀は考えた。この男自身が、織田信長の「なされよう」を心配していたからである。

実録・本因坊算砂

織田信長、豊臣秀吉、徳川家康の三人の覇者に仕え、常に側近として優遇された文化人は珍しい。その珍しい一人が本因坊日海《ほんいんぼうにっかい》である。本因坊日海の生涯には、この三人の覇者の文化政策が大きく影響している。特に重要なのは、織田信長の文化政策と芸術感覚だろう。

織田信長の文化政策は、単純明快、それぞれの分野の第一人者、つまり「天下一」を決めることであった。茶道では今井宗久《そうきゅう》、津田宗及《つだそうぎゅう》、千宗易《せんそうえき》（利休《りきゅう》）の三人を「茶頭《さどう》」、つまり「天下一」にした。絵画では狩野永徳《かのうえいとく》を、彫金《ちょうきん》では後藤光乗《こうじょう》、大工では岡部又右衛門《おかべまたえもん》、能では観世《かんぜ》など四座《よざ》の頭《かしら》を、舞は幸若八郎九郎《こうわかはちろうくろう》を「天下一」とした。いずれも信長個人の審美眼《しんびがん》による選定である。

独裁者信長は、家系や伝統にも世間の評判にもとらわれることなく、自らの主観によって「文化」を定め、これに膨大《ぼうだい》な金銭を与えて巨大な流派に育てさせた。天正《てんしょう》十年（一五八二）五月、徳川家康と穴山梅雪《ばいせつ》がお礼言上《ごんじょう》に安土《あづち》に上った時には、その接待のために幸若八郎九郎に舞を、丹波猿楽《たんばさるがく》の梅若大夫《うめわかだゆう》に能を演じさせたが、それぞれに金十枚を与えている。当時の物価では米百石、足軽なら十人分の年間報酬《ほうしゅう》にも当たる大金を、たった一日の演技で与えたのだから、「天下一」になった芸術家が多くの門弟を養い、一派を拡げたのも当然だろう。

その代わり、織田信長は文化人、芸術家にも創造性と冒険心と競争原理を求めた。前述の家康らを接待した場でも、幸若八郎九郎の舞は上手だと褒《ほ》めたが、梅若大夫の能が下手だったといってその場で叱《しか》りつけている（金銭を惜しんだように思われてはいかんというので、それでも金十枚は与えた）。

能や舞でもこうだから、大工や画家、彫金ともなれば量質ともに強烈なバイタリティーを求められた。それを集大成したのが安土城である。

安土城は、天正四年（一五七六）二月、長篠《ながしの》の合戦で武田勝頼《かつより》に勝利した織田信長が、全国統一のシンボルとして着工した、政治的宣伝を兼ねた行政府であった。従って「城」という語感から受ける軍事防衛的要素はあまりなく、フランスのルイ十四世が建てたヴェルサイユ宮殿に近い、機能と効用を求めたものといえる。

それだけに、この城には宣伝効果を重視した派手な形や色が用いられ、町の入口から大手門に真っ直ぐに「畳五、六枚の幅を持つ平坦な路」が付いていた。天主《てんしゅ》は標高一九九メートル（琵琶湖の湖面からは百十メートル）の安土山頂にあり、外見は五層、内部は石垣内の一階を含めて七階になっていた。地上からの高さは約四十九メートル、東西南北がことごとく非対称というダイナミックな造形である。

何よりも驚かされるのは、朱塗《しゅぬ》り八角形の五階（地下から数えると六階目）の上に、黒塗り四角の六階（最上階）を乗せた構造だろう。こんな形の高層建築は空前絶後、今日《こんにち》の建築技術を以《もっ》てしても木造で造るのはかなり難しく、耐震耐風性はよいとはいえない。もし、伝えられるように、四階までが吹き抜けになっていたとすれば、なおさらである。

こんな難しい構造は、信長自身がいい出さなければ誰も造らなかっただろう。コンピューターや計算尺はもちろん、算用数字さえなかった時代に、信長が注文したこの構造を造り上げた、岡部又右衛門以下の大工の構造計算能力は驚嘆に値する。この天主は、着工後約三年で完工したらしい。信長は、どんな困難でもやってのける人材を重用《ちょうよう》したのだ。

内部はほとんどが黒漆《くろうるし》塗りであり、四階を除いてはすべて襖絵《ふすまえ》が描かれていたというから、その数は千枚以上にも上ったはずだ。表裏合せて二千枚の絵画があったわけだ。これが出来上がったのは、恐らく天正九年（一五八一）夏頃だったと思われる。同年九月八日に、狩野永徳や岡部又右衛門らの職人衆に小袖《こそで》などが与えられたのは、完成祝いだったと思われるからだ。狩野一門は、約十人で五年間に二千枚の襖絵を描き上げたわけである。この間に、後藤光乗一門の彫金師が飾り金物を造り上げていたことであろう。

内部装飾で特に注目されるのは、五階の朱塗り八角という唐風《からふう》の空間に釈迦《しゃか》と十大弟子の仏画を、最上階の黒塗り四角の日本的空間に孔子十哲や竹林《ちくりん》の七賢人など、中国の画題を選んだ信長の感覚だ。

実は、この二層分だけは、一九九二年のセビリア万国博に出展するために実物大で復元され、今は滋賀県近江八幡市安土町の「安土城天主・信長の館《やかた》」に再建されているので、是非ともご覧頂きたい。ここに足を踏み入れれば、織田信長という独裁者が如何《いか》に高揚《こうよう》した心理状態にいたかを実感できるだろう。

平成の安土城天主上部二層の復元に当たって、平山郁夫《いくお》、福井爽人《さわと》、上村淳之《うえむらあつし》、岩井弘らの著名画家によって再現された襖絵は二十数枚だが、それでも若手を含めた二十人余が一年数カ月かかった。これからみても、五年間で二千枚を描いた狩野一門のバイタリティーは凄《すさ》まじい。

本因坊日海は、そんな信長に仕えて囲碁《いご》の名人となり、将棋《しょうぎ》の名人をも兼ねた。しかもこの男は、千宗易が失脚切腹し、狩野永徳が過労死する中でも平然と生き延び、徳川の時代になって囲碁将棋所となり、日蓮宗 権大僧都《にちれんしゅうごんのだいそうず》を務め、寂光寺《じゃっこうじ》（旧久遠院《くおんいん》）二世としてこの寺を巨大に造り上げたのである。

第十七章　本能寺

一

天正《てんしょう》十年（一五八二）の正月、安土《あづち》城は賑《にぎ》やかだった。

元旦には、織田一門の人々をはじめ、大きく広がった織田領の諸将や公家《くげ》、各地の寺社の代表、京や堺《さかい》の大商人、それに城下の町衆までが、参賀のために安土城にどっと詰め掛けた。予《あらかじ》め、「大名、小名《しょうみょう》、僧侶、町衆、誰によらず、参賀入城の際には銭百文《もん》を持参するように」というお触れがあったからだ。これは「銭百文さえ払えば、誰でも城に入って信長様にお祝い言《ごん》上《じょう》できる」という意味でもある。「城」は軍事施設であり、その縄張り（配置や構造）は機密とされていたこの時代としては「大事件」だ。

京都久遠院《くおんいん》に塔頭《たっちゅう》を持つ本因坊日海《ほんいんぼうにっかい》も、囲碁《いご》を以《もっ》て仕える者として参賀の群れに加わった。日海が安土山の麓《ふもと》についた日の出の頃には、すでに道は膨大《ぼうだい》な数の人々で埋まり、ひと足ごとに立ち止まらねばならない有り様で、百々橋《どどばし》から摠見寺《そうけんじ》に登る道では、人の重みで高い石垣が崩れて死者さえ出た。この騒動の中で、主君の太刀《たち》を失った小姓《こしょう》もいたという。

日の出前にはじまった御一門衆の参賀の間は、甲賀《こうか》衆らが天主《てんしゅ》前の白洲《しらす》で警護に当たっていたので順序正しく入城できたが、そのあと信長自身が、

「甲賀の衆も白洲では寒かろう。南殿《なんでん》に上がって江雲寺《こううんじ》御殿でも拝見せい」

といって引き上げさせたものだから、一気に大勢の町衆が押し掛け、大名も公家も町衆に揉《も》まれながら参賀する羽目《はめ》になったのだ。石垣が崩れて死傷者が出たのは誤算だが、身分の差なく身を揉み合わせながら参賀をさせるのが、信長の狙いだったに違いない。安土城では相当な混雑を予想して、参賀の道順掲示や見物方法の注意が十分に用意してあった。

まず摠見寺毘沙門堂《びしゃもんどう》で舞台を見物、三重の城門を潜《くぐ》って本丸に至り、天主の中へ導かれる。流石《さすが》に狭い梯子段《はしごだん》は上らせないが、信長が常用しているお座敷を覗《のぞ》き、天皇をお迎えする予定で造られた「御幸之御間《みゆきのおんま》」まで拝見できる。お座敷や御幸之御間では金色燦然《こんじきさんぜん》たる狩野永徳《かのうえいとく》筆の襖絵《ふすまえ》を眺められたし、その間を繋《つな》ぐ廊下には数々の宝物《ほうもつ》が並べられていた。何より驚いたのは、天主の御台所口から出た厩《うまや》の前に、織田信長自身がいたことだ。

「銭百文を忘れるな」

信長はそう叫んで、手ずから百文の銭を受け取っては、後ろの巨大な賽銭箱《さいせんばこ》に投げ込んでいた。天下人《てんかびと》自身が木戸《きど》銭《せん》取りをしながら展示物にもなっているのだ。

大名、小名、裕福な寺社や商人は、銭百文の他に金銀、唐物《とうぶつ》、その他の珍品を持参したが、それもすぐ厩の前に並べて展示された。今日流にいえば宝物展示会、いや安土城全体を会場にした博覧会といってもよい。

実は、これが世界最初の定額有料興行《こうぎょう》だったといってもよい。この時期までの興行は、芝居も音楽会や展覧会も、権力者が開く無料のものか、思い思いの金額を出す投げ銭で、定額入場料制は世界中になかった。ヨーロッパにおいて定額有料制が普及するのは、これより二十年ほどあとのシェイクスピアの時代からである。

この日、安土城に入った者は三万人ともいわれ、収入は銭だけでも三千貫《がん》、大小名や寺社、商人が持参した金額を加えると銭六千貫相当にもなったという。一日の興行としては大変な利益だ。

「信長様の鬼才《きさい》と自信、いやはや何とも凄《すさ》まじい」

日海は安土城の豪華さや宝物の多さよりも、こんな行事を思い付く織田信長の創造力と大胆さに感心した。

一方、お城になど一生入れないと思っていた城下の町衆も大喜び。城を出たあとでは、興奮気味に大声で語りあう者も多い。

「流石は信長様よ。あの豪華、あの大きさ、それに敵の間者《かんじゃ》が入り込むことなど恐れもなさらぬ大胆さ。どれをとっても前代未聞よのう」

といった声だ。

そんな中に一つ、むっつりとした顔があった。数人の家来を連れた明智日向守《ひゅうがのかみ》光秀である。

「日向守様、新年おめでとうございまする」

日海がそう声を掛けると、光秀は、

「おお、本因坊殿か」

と応じて禿《は》げ上がった顔を綻《ほころ》ばしたが、その途端に下り坂に足を滑《すべ》らせてよろめいた。すぐ左右の家来たちが支えたので無様《ぶざま》な恰好《かっこう》にはならなかったが、不機嫌な顔が一段と渋い表情になった。見栄《みえ》を尊ぶ光秀は、僅《わず》かな無様でも知人に見られたことを恥じたのだ。いや、その前に、こんな人込みの中にいる自分が嫌だったのに違いない。

秩序と常識を重んじる明智光秀には、織田信長の自由自在が無秩序に見える。銭百文を取って誰彼なく城に入れる信長の下劣《げれつ》な感覚自体が、我慢できない。真面目《まじめ》な武将であり有識《ゆうしき》の行政官でもあった光秀には、こんなイベントにうつつを抜かしている信長が馬鹿馬鹿しく思える。安土に近い近江《おうみ》坂本と丹波《たんば》を所領とする明智光秀は、去年の盂蘭盆《うらぼん》にも部下将兵五千人を駆り出された。合戦や領地経営に骨を折るのなら厭《いと》わぬが、これからもしばしばお祭騒ぎに駆り出されるかと思うと、つい暗い表情になってしまうのだ。

そんな内心を隠そうとしてか、光秀は家来たちを急《せ》き立てるようにして人込みに消えてしまった。このため、本因坊日海が明智光秀と話す機会は失われた。もしその機会があれば、日海には一言いっておきたいことがあった。

「信長様は人を道具のように公平に見られる故《ゆえ》、あえてお近づきになられぬ方がよろしいかと」

ということをである。高揚《こうよう》した気分の信長には、光秀のような生真面目《きまじめ》な男は苛立《いらだ》ちを与えるだけだ。光秀の方も、はしゃぎ過ぎの信長に失望と腹立ちを感じるに違いない。

「これも運だな」

日海は一瞬の偶然で失われた機会をそう考えて一人、山を下りた。そんな光秀の姿をもう一つの目が追っていた。この日ばかりは灰色胴着に羽織袴を重ねた「讃岐《さぬき》の真言宗徒《しんごんしゅうと》」、六角《ろっかく》次郎義定《よしさだ》である。

光秀主従が不機嫌に山を下るのを見定めた次郎義定は、足早に人込みを掻《か》き分けて道筋を離れると、安土山の茂みを横切り百々橋からもう一度お城への道を駆け上がり、石垣の崩れた場所に来た。死傷者の救出はずっと前に終わっていたが、崩れた石と溢《あふ》れた土は縄張りの中に残されている。次郎義定は、その脇の茂みの中で夜を待った。そこには、先刻の騒ぎで太刀持ちの小姓が取り落とした、光秀の脇差《わきざし》がまだ埋もれているはずだ。

二

織田信長は、このあとも次々とイベントを行った。正月十五日には、前年を上回る派手さの左義長《さぎちょう》（どんど焼き）を行い、大規模な馬揃《うまぞろ》えも行った。これには、畿内《きない》の大名たちも、思い思いに装いを凝《こ》らして参加した。信長は、こうした行事を恒例《こうれい》化し、安土城下の名物にするつもりだった。

しかし、駆り出された明智光秀には迷惑以外の何物でもない。それだけに、織田信長が金襴《きんらん》のむかばきを付け、白熊《はぐま》を腰蓑《こしみの》にし、猩々緋《しょうじょうひ》の沓《くつ》という目立った装束《しょうぞく》だったのに比べ、明智光秀のそれは面白みを欠いた。その上、この日は雪が降り風も強くてひどく寒かった。お祭騒ぎの嫌いな光秀には、心身共に苦しい一日だったわけだ。

「疲れた、それに寒気がする」

そんな苦情を洩《も》らしながら屋敷に急ぐ明智光秀を、途上で待ち受けていた者がいた。雪避《ゆきよ》けの蓑《みの》の下は灰色胴着、去年の秋からしばしば丹波亀山城に現れるようになった「讃岐の真言宗徒」だ。

「日向守様には、寒さの中、御苦労様にございます。折り目正しき日向守様が、このようなお馬揃えに励まれる御忠勤《ごちゅうきん》、公家衆も大寺の僧も古きお家柄の方々も、痛く感じいっておられます」

「讃岐の真言宗徒」は丁重《ていちょう》に雪の中に膝《ひざ》を付くと、毒々しいほど鮮やかな赤い包みを差し出した。

「この寒さ、万一お風邪《かぜ》でも召されれば、これをお飲み下さいませ。弘法大師《こうぼうだいし》様から伝わるという讃岐の薬にございます」

誰もが出世の糸口を摑《つか》もうとしていた戦国の世では、有力武将の行列に見知らぬ者が飛び出して来て従軍を願い出たり、金品《きんぴん》や情報を提供することは珍しくない。ましてや、相手が顔見知りとあっては、薬を出すなど怪しむに足りない。この時の光秀も、何の気なしに頷《うなず》き、灰色胴着が差し出した薬包みを小姓頭《こしょうがしら》の比田帯刀《ひだたてわき》に受け取らせた。

ところが、その晩から光秀は妙に身体《からだ》が熱っぽくなり鼻汁が垂れた。光秀は「讃岐の真言宗徒」の薬を使う気になり、まず犬に、次に毒味の茶坊主に飲ませて安全を確かめてから、自らも試してみた。光秀も五十四歳、健康には気を使わねばならない年頃なのだ。

その夜光秀は、熱のせいか薬のためか、ひどくうなされた。次々と夢を見、妙に昔を思い出した。その中には、細川藤孝《ふじたか》や筒井順慶《つついじゅんけい》らと共に、荒木村重《むらしげ》の顔も出て来た。比叡山《ひえいざん》の焼討らしい場面もあったし、越前一向一揆《えちぜんいっこういっき》大虐殺の場面もあった。特に印象に残ったのは、元の主君の足利将軍義昭《よしあき》と八上《やかみ》城で殺された母親の姿だった。

翌朝、夜明け前に目を覚ました明智光秀は、びっしょりと汗をかいていたが、気分は爽快《そうかい》で体温は下がっていた。

「妙な夢を見たが、この薬は効いたらしい」

明智光秀は、枕元に置かれた赤い薬袋を見ながら呟《つぶや》いた。そしてその脇に残された飲み終えた薬包みの内側に、「備後国鞆御所御用《びんごのくにともごしよ》」と記されているのに気が付いた。それは夢に出て来た旧主、織田信長に追放された前《さきの》将軍足利義昭の亡命先である。

明智光秀は、身体《からだ》を労《いたわ》ってなお数日安土に留《とど》まり、丹波亀山に向かうのは正月二十二日と決めた。だが、その前日の二十一日、またしても光秀の不満と不安を煽《あお》る出来事があった。因幡《いなば》と淡路を平定した羽柴《はしば》秀吉が安土に来て、備前《びぜん》の宇喜多直家《うきたなおいえ》の死を報告、その子秀家《ひでいえ》に所領相続の許しを得たのである。

「まさか……」

側近《そつきん》の溝尾庄兵衛《みぞおしようべえ》からこの話を聞いた時、明智光秀はまずそういった。宇喜多秀家はこの時十一歳、何の功績も能力もない少年である。それに備前美作《みまさか》五十七万石の大領を与えるのは、信長が採《と》ってきた能力主義の人事方針に反する。これが本当とすれば、備前美作を羽柴秀吉自身に与えるに等しい。

すでに近江長浜《ながはま》五万石に播磨《はりま》と但馬《たじま》四十七万石を得ている羽柴秀吉は、光秀の三十四万石を上回る領地と兵力を擁《よう》している。これに、年少の宇喜多秀家を名前ばかりの大名にして備前美作五十七万石まで加えたとなれば、光秀との差は余りにも大きくなる。何よりも心配なのは、これによって秀吉が備前の水軍を手に入れ、四国への道を確実にすることだ。

「何でも、宇喜多家が献じた黄金百枚と秀吉様の周到な側近工作が、功を奏したとか申します」

溝尾庄兵衛は武骨《ぶこつ》な身体に似合わぬ裏話まででした。

光秀は精一杯冷静を装っていたが、また気分が悪くなり、その夜も「讃岐の真言宗徒」がくれた薬を飲み、足利義昭と死んだ母親の夢を見た。足利義昭は光秀を憐《あわ》れむような表情で笑っていたが、母親の方は地獄の亡者《もうじゃ》のように恨《うら》めしそうに光秀を睨《にら》んでいた。織田信長は、宇喜多直家の降服を許す直前、光秀が誘降《ゆうこう》した波多野秀治《はたのひではる》を許さずに処刑した。このため、人質《ひとじち》として八上城に預けられていた母親は、波多野の家臣たちに殺された。夢に出て来た母親の恨めしそうな表情は、信長の不公平な扱いを責めているように思えた。


「いかがでございましたでしょうや、あの薬」

翌正月二十二日、屋敷の玄関に出た明智日向守光秀は、土間に平伏した灰色胴着の男からそう訊《たず》ねられた。

「うん、効いたような気がする」

光秀は短く応《こた》えた。昨夜も妙な夢を見たが、今朝は健《すこ》やかな気分だ。

「あり難《がた》きお言葉、これを常備くださいませ。日向守様のお身体を気遣《きづか》う者は、讃岐ばかりか、京や畿内にも、東国西国にも、大勢おりますれば」

灰色胴着は、そういってまた赤い袋を差し出した。「東国西国」という言葉は、織田領以外を指している。先の「古きお家柄の方々」よりも一歩踏み込んだ表現だ。

「うん、殊勝《しゆしよう》なことよ」

明智光秀は何気なく自身で薬を受け取り、ことの序《ついで》に訊ねてみた。

「その方、なかなかの物知りだが、秀吉殿はえらく気配りをなさったそうじゃな」

「まことに。森蘭丸《らんまる》様はじめ御小姓衆にはもちろん、そのまたお気に入りの女房方にも、大変なお振る舞いだったそうにございます」

「ふん、将を射んとする者はまず馬を射よか」

光秀が不快な表情で呟いた。森蘭丸は人も知る信長の寵童《ちょうどう》、それが女色《にょしょく》に耽《ふけ》っているというだけでも気色《きしょく》が悪いのに、その女たちにまで贈物をして機嫌を取る秀吉の誇りのなさが、光秀には堪《たま》らない。だが、これにさえも灰色胴着は「いえ」と首を振った。

「いえ、秀吉様は、将を射んとする者は馬を射よ。馬を射んとする者は馬の糞《ふん》を探せ、と仰《おお》せとか」

「ははは、その方、どうしてそんなことを知っておる」

光秀は、用心深く情報源を探った。戦国の世には、敵方主従の分裂を図る讒言《ざんげん》や中傷《ちゅうしょう》が飛び交うのが常だ。あらゆる情報には「裏」を取る必要がある。

「はい、同信《どうしん》の者が安土のお城にも羽柴様の陣にも多くおりますれば……」

灰色胴着はすらりと答えた。真言宗徒が安土城内や羽柴の陣にいるのは当然だ。恐らくはただの信徒ではなく、高野聖《こうやひじり》としての修行と武芸を学んだ間者《かんじゃ》であろう。だが、それに続けて灰色胴着がいった言葉は刺激的だった。

「秀吉様の評判もさることながら、これからのお手柄は滝川様《たきがわ》というのが専《もっぱ》らの評判。秀吉様も柴田勝家《かついえ》様も、これからの滝川一益《かずます》様のお働きを見れば、お焦《あせ》りになるに違いないと、安土城内の事情を知った者は申しておりますそうで」

「何、一益殿の働きを見れば、秀吉も柴田も焦るとな」

思わず光秀はそんな乱暴な言葉を洩らした。武功並びなき秀吉が焦るほどの殊勲《しゅくん》を滝川一益が立てるとすれば、秀吉に後《おく》れを取る光秀はもっと焦らねばならないだろう。

「はい、もう来月にも武田家を討ち滅ぼして東国の半分をいただかれた上、関東管領《かんれい》にも御成りになるだろうとか」

「まさか」

光秀の頰《ほお》が強張《こわば》った。滝川一益は長年武田攻めを担当しているから、それが成功すれば武田領の半分を領地として与えられることもあり得るとは、光秀も考えていた。それだけでも滝川一益の領地は六十万石を越え、光秀とは大きな差が付く。だが、関東管領にまでとは思いもしなかった。室町幕府の東国における体制では関東管領は鎌倉公方《くぼう》に次ぐ地位、いわば東国の副総理兼東部方面軍総司令官だ。

「して、残りの半分はどうする」

「それは、徳川様と森様の御兄弟とにございましょう」

灰色胴着が何気なくいった言葉に光秀は「アッ」と驚いた。「森様の御兄弟」とは森勝蔵長可《かつぞうながよし》とその弟、蘭丸、坊丸《ぼうまる》らの小姓たちのことだ。多年武田と相対して来た徳川家康が駿河《するが》一国ぐらい領地を増やすのはともかく、さして功のない森兄弟が大領を得るとなれば、信長の人事はきわめて恣《し》意《い》的、好き嫌いで左右されることになる。

「羽柴秀吉が蘭丸の周辺にまで金品を贈って小姓たちの機嫌を取ろうとすれば、滝川一益は手柄を分けて蘭丸兄弟の気を引こうとしている」

そう思うと光秀は、自分の居るところが嫌らしい野心と追随《ついずい》の場のように思えた。それを見てか、灰色胴着は一段と挑発的なことを吹き込んだ。

「なればこそ、天下の目のある方々はみな、日向守様に縋《すが》りたいのでございます」

三

「やはりそうであったか」

天正十年二月九日の夕暮れ時、明智光秀はむっつりと呟いて、届けられたばかりの書状を長く伸ばし、両端を垂らしたまま膝の上に置いた。いよいよ始まる武田攻めの陣割を書いた、織田信長署名入りの書状である。

滝川一益の調略《ちょうりゃく》によって木曾義昌《きそよしまさ》が織田方に寝返ったという報せがあったのは、六日前の二月三日。木曾家は信州《しんしゅう》木曾谷《きそだに》に盤踞《ばんきょ》する木曾義仲《よしなか》以来の名門、当主の義昌は武田信玄の娘婿《むすめむこ》、勝頼《かつより》から見れば妹の夫ということになる。それほどの近親者が、勝頼を見捨てて織田方に寝返ったというのだから、武田家も末期症状だ。

信長がそれを隠すことなく内外の諸将に知らせたのは、武田勝頼を木曾討伐におびき出し一挙に攻め潰す手筈《てはず》ができていたからだ。すでに信長は、織田軍主力が伊那《いな》口から攻め込むのと機を合わせて、徳川家康には駿河口から、北条《ほうじょう》勢には関東口から、飛騨《ひだ》を領する金森長近《かなもりながちか》には飛騨口から、武田領に攻め込むように命じている。いかにも信長らしい大包囲網だ。

今、光秀の膝の上にある書状は、伊那口から攻め込む織田勢主力の陣容を書いたものだが、その内容は嬉《うれ》しいものではない。

まず、先行する一手は、信長の長男信忠《のぶただ》を大将にして尾張《おわり》と美濃《みの》の諸将が従軍、森長可と団平八《だんへいはち》を先鋒《せんぽう》とする。信長自身が率いる部隊は、滝川一益と河尻秀隆《かわじりひでたか》を先鋒に、信長の旗本が続く。これに従う者として指名されたのは大和《やまと》の筒井順慶、摂津《せっつ》茨木《いばらき》の中川清秀《きよひで》と高槻《たかつき》の高山右近《うこん》および上《かみ》山城《やましろ》衆で、丹後《たんご》の細川藤孝には子の忠興《ただおき》を、摂津花隈《はなくま》の池田恒興《つねおき》にも子の輝政《てるまさ》を出陣させよと命じている。

そして最後に明智光秀には、「いつでも出陣できるように油断なく用意しておけ」とある。信長に従う者のほとんどは光秀の組下大名なのに、光秀自身の立場はまだはっきりしていないのだ。

その上、明智光秀にとって面白くないことが、ほかにも三つあった。その第一は河内《かわち》、和泉《いずみ》、紀伊および大和の筒井順慶麾下《きか》の一部を以《もっ》て、高野山《こうやさん》を包囲しておくようにという命令であり、第二は、羽柴秀吉は中国全域の経営に当たるよう特記されていたことであり、第三は、三好康長《みよしやすなが》は四国へ出陣せよとの命令が付いていたことだ。三好康長は羽柴秀吉の甥秀次《ひでつぐ》を養子にしているから、四国攻めでの秀吉の優位を暗示しているように見える。

そうだとすると、今度の武田攻めで滝川一益が手柄を立て、中国経営で秀吉が成功すれば、この二人が織田家中で突出した形になることは明らかだ。これに続くのは、駿河口から攻め込む徳川家康と、北陸で上杉景勝《かげかつ》を崩壊寸前に追い詰めている柴田勝家《かついえ》だろう。つい一年半前、明智光秀が丹波一国を領地に加え、大和、摂津、丹波の諸将を組下にした時には、織田家中第一の実力者と見られたものだが、今や五番目か六番目、ひょっとしたらそれ以下に下がっているのだ。

「村重殿もこのような気分になられたのだろうか」

明智光秀は、ふとそんなことを思った。「讃岐の真言宗徒」が持って来た薬を飲むたびに、足利義昭や母親と共に荒木村重の顔が夢に出る。一旦《いったん》は摂津の旗頭《はたがしら》に任じられながら、本願寺攻めでは佐久間信盛《のぶもり》の指揮下に置かれたことを悲観して叛乱《はんらん》に走った男である。

「いかんいかん、そんなことを考えてはならぬ」

自分にそういい聞かせた光秀は、斎藤利三《としみつ》と溝尾庄兵衛を呼んでいい付けた。

「いよいよ武田攻めじゃ。明智秀満《ひでみつ》を坂本に、この城には並河《なびか》掃部《かもん》と松田太郎左衛門《たろうざえもん》を残す。他はみな油断なく用意せよ。兵は合計三千、それぞれ精鋭をすぐって置け」

「兵三千をみなの中から選ぶのでございますか」

斎藤利三が小首《こくび》をかしげて訊ねた。明智家の兵は総計一万五千、光秀が名指しにした三人の武将の兵を除いても一万以上はいる。たった三千人を連れて行くのに、それほどの指揮官を動員することもあるまい、と斎藤は疑ったのだ。

「そうよ、木曾義昌殿が寝返ったといえども武田は大敵、駿河口からの徳川殿、関東口からの北条殿に後《おく》れを取らぬためにも、精鋭をすぐって参るべきだ。信長様の御布令にも、この度は遠陣《とおじん》故、人数は少なめに兵糧《ひょうろう》は十分にと書いてあるわ」

光秀は、答えにならない答えをした。働き場所とてないであろう後備《こうび》の長陣に耐えるためにも、信頼できる重臣たちに取り巻かれていたかったのだ。

武田攻めは、明智光秀の予想をはるかに上回る速度で進んだ。織田の大軍迫ると聞くと、各地の城主が次々と織田方に降《くだ》って来たからだ。まず二月十二日に織田信忠が信濃《しなの》に出陣すると、すぐ十四日には信州松尾《まつお》の小笠原信嶺《おがさわらのぶみね》が投降して来た。駿河口でも武田信玄の娘婿《むすめむこ》の穴山梅雪《ばいせつ》が徳川家康に降参した。武田方で華々しい抵抗をしたのは、勝頼の弟、信州高遠《たかとお》城主仁科盛信《にしなもりのぶ》ぐらいだ。

織田信長とそれに従う明智光秀が安土を出たのは三月五日だが、武田勝頼はこの日に、昨年完成したばかりの新府《しんぷ》城を焼き払い、小山田信茂《おやまだのぶしげ》の岩殿山《いわどのやま》城に立て籠《こ》もろうとして落ちていった。しかも、その途中で小山田信茂も織田方に寝返ったことを知り、行き場を失って天目山《てんもくざん》をさまよった。この時まで勝頼に従った者は、男女各数十人に過ぎなかった。「人は石垣、人は城」といわれた武田軍団も、潰れる時には無様なまでに人が離れていったのである。

滝川一益の手の者が武田勝頼の一行を追い詰めて自刃《じじん》させたのは、三月十一日のことだ。部下の諸将に裏切られた精神的衝撃と逃亡の肉体的疲労で、勝頼は鎧櫃《よろいびつ》から立ち上がることもできなかったという。勝頼の子の信勝《のぶかつ》と夫人(北条氏康《うじやす》の娘)もこれに殉《じゅん》じ、甲斐《かい》武田家は完全に滅亡した。

その頃、織田信長はまだ美濃の岩村におり、十三日になってようやく信濃の禰羽根《ねばね》に進んで武田勝頼らの首を検し、十五日には飯田《いいだ》、十七日には飯島《いいじま》、十八日に高遠の戦場跡を視察、十九日になってやっと上諏訪《かみすわ》に着き、四月二日までここに留まった。最早《もはや》、進軍というよりは占領地巡りの視察旅行というべきであろう。

しかし、戦争が簡単に済んだからといって、占領地巡りの旅行も楽だったわけではない。戦《いくさ》がないだけに高揚した信長の気迫は出所を失い、かえって周囲は気を遣った。信長の行く先々には、地元の城主、地侍《じざむらい》、寺社の代表や村の長《おさ》が先を争って駆けつけ、金品酒肴《きんぴんしゅこう》を贈って信長の徳を讃《たた》え、武田への恨みを語った。

お世辞《せじ》の嫌いな信長は長々とした口上《こうじょう》に飽き、時には席を立って遠乗りに出て、時には銭金勘《かん》定《じょう》を細かく訊ねた。夜は諸将を集めて酒宴を張り、世間話や余興《よきょう》に戯《たわむ》れた。三月とはいえ山国の信濃は寒い。特にこの年は雨が多かったことも、信長の情緒《じょうちょ》を不安定にしていた。それだけに周囲の者の気遣いは相当なもので、明智光秀などは、腫物《はれもの》の隣に住むような緊張を感じ続けていた。

光秀が、これほど長く、これほど身近に信長と接したことはこれまでにない。特に諏訪法華寺《ほっけじ》では、連日のように夜の宴《うたげ》が開かれたのが光秀には辛《つら》かった。従軍諸将の中では、丹羽長秀と並んで光秀の地位が最も高い。当然、あらゆる場で光秀の席は信長に近かった。

そんな途中の三月二十三日、信長は諸将の論功行賞を示した。滝川一益は上野《こうずけ》一国と信濃の二郡を与えられて関東管領に就《つ》いた。甲斐一国は織田家の老将河尻秀隆に、駿河一国は徳川家康に与えられた。信濃の内の西の二郡は木曾義昌への加増《かぞう》に充《あ》てられたが、残りの四郡は森勝蔵長可《ながよし》に与えられた。何より光秀を驚かしたのは、河尻秀隆が甲斐に転出した後の美濃岩村が団平八と森蘭丸に与えられたことだ。

「やっぱり、あの男のいった通りだ……」

これを知った時、明智光秀は腹立たしく呻《うめ》いた。これまで信じてきた、信長の機能主義の政治と実績重視の人事が信じられないものになり、あの男、灰色胴着だけが信用できるような気になった。個人の感情として、信長に好かれてはいないと感じ出していた明智光秀は、自分の将来を深く危惧《きぐ》するようになったのである。

あの男、「讃岐の真言宗徒」と称する灰色胴着の男は、信濃の陣屋にも現れた。今や真言宗も必死、聖地・高野山が河内、和泉、紀伊、大和の兵に包囲されている。早くとも数カ月、普通ならまだ何年もかかるといわれた武田攻めが、たったひと月で終わったのだから真言宗が慌てたのも無理はない。

「武田の次は高野山。このままでは元亀《げんき》の比叡山焼討が高野で再現する」

というのが、世間の常識になっているのだから、真言宗徒も必死だ。

「日向守様に、またしてもお願いでございます」

僧二人を連れて来た灰色胴着の男は、戦旅の仮陣屋でも室町礼法にのっとった丁重《ていちょう》な挨拶を忘れない。

「甲斐の名刹《めいさつ》、恵林寺《えりんじ》とそこにおわす快川国師《かいせんこくし》をお救い願いとうございます。快川国師は武田信玄様、勝頼様二代にわたる心の師ではありまするが、朝廷からも国師の尊称を頂かれたほどの長老にございますれば、何とぞお救い頂きますように……」

「うん、快川国師なら私も名は聞いている。武田家の信心《しんじん》を得たとはいえ、信長様に直接歯向かったわけではない。まず以て滅多なことはあるまい」

光秀は、軽い気分でそう応じた。

「あり難きお言葉、日向守様のお口添えで恵林寺と快川国師が救われますれば、われらも高野の者を口説《くど》き易くなりまする。天下の人士《じんし》みな、日向守様の御仁徳《ごじんとく》を崇《あが》めることでございましょう」

灰色胴着と二人の僧は、口々にそんなことをいった。真面目な野心家だった光秀は、この言葉に釘を刺されたような気がして、何かの機会には、恵林寺と快川国師のことを信長に訴えなければならない、と思うようになった。

幸いにも、その機会はすぐに来た。三月二十八日、先行軍を率いて信濃や甲斐を征服した長男の信忠が、戦勝報告のために諏訪の本陣にやってきたのだ。

戦は楽勝、息子は大手柄、敵の本拠の甲斐でさえも村人たちが挙《こぞ》って織田軍を歓迎、武田の一族残党を進んで捕らえて来ると聞いては、信長の頰も自《おの》ずと緩《ゆる》んだ。これを好機と判断した光秀は、恵林寺と快川国師の名を二度ずつ出したが、信長も信忠もほとんど興味を示さなかった。信長の関心は、武田信玄の豊富な軍資金の源泉《げんせん》といわれた甲斐の金山や、新府城に数多く使われていたといわれる金銀装飾の方に集中していた。

しかし、信忠はすぐにはこれに答えられなかった。脇の団平八や鎌田《かまた》新介から耳打ちを受けてようやく、甲斐の金山は濫掘《らんくつ》で資源が枯渇《こかつ》し操業停止になっていることや、新府城の焼け跡からはさしたる金銀装飾は見つかっていないことなどを答えただけだった。

信長には、そんな長男が苦労知らずの甘えん坊に見えて苛立《いらだ》たしかった。

「金銀こそ力ぞ。それが豊富にあればこそ、わが家は勝てたのよ」

信長はそういって不機嫌に信忠を睨んだ。貨幣こそ財政経済の基本と考える織田信長は、金銀に対する関心がきわめて強い。恐らく同時代の武将で、信長に太刀打ちできる者はいなかっただろう。

それ故、居並ぶ諸将はなるべく話題が金銀問題から離れるように気を配り、早々と酒肴《しゆこう》を並べさせた。やがて信長も機嫌を直し、信忠の先手《さきて》を務めた団平八に杯《さかずき》を与えたりし出した。話は弾《はず》み座は乱れ、武功自慢の話に宴は賑わった。安土の城では毎日のように行われている、信長の陽気なサロンが戻ってきたように見えた。そんな中では明智光秀も気が緩み、つい迂闊《うかつ》な発言をしてしまった。茶坊主に注《つ》がれた酒を呷《あお》りながら、

「信濃も甲斐もみなお味方、こんなめでたいことはない。これでこそ、われらが骨折りの甲斐があったというもの」

と声高《こわだか》にいったのだ。

その瞬間、座は凍り付いたように静まった。だが、光秀だけは三つ数える間ほど、それに気が付かなかった。空《から》にした杯を膳に戻していたのだ。

「光秀……」

絹を裂くような甲高《かんだか》い声が響いた。

「今、何というた。もう一遍《いっぺん》いうてみい。この度《たび》の合戦で、いつどこでお前が骨を折った。いうてみい」

そんな声が、光秀の膳の前に立った信長の口から、激しい勢いで飛び出して来た。

「光秀、その方はただ、俺から与えられた兵と銭を動かしていただけではないか。そんなことが骨折りだとでも思うておるのか。本当の骨折りとは、命を的《まと》に曝《さら》して仕組みを変え、恥を忍んで銭を集め、憎まれ嫌われるのを承知で兵を雇うことぞ。そんな骨折りを、その方はしたことがあるか、いうてみい」

信長は全身を震わせて繰り返した。はじめは、光秀を叱《しか》ることで信忠を戒《いまし》めたい意味もあったが、怒鳴《どな》り続けるうちにわが声に興奮、止めどなく罵声《ばせい》が飛び出した。これに対して光秀は、頭に触れる膳を避けて身を後ろに引いた上で、ゆっくりと平伏した。その冷静そうな態度が信長には憎々しかった。

「ええい、蘭丸。光秀の頭を三つ四つ叩いてやれ。そうでもせぬと目が覚めぬわ」

収めようがないわが言葉と応答しない光秀とに、収拾の方法を失った信長は、そう叫ぶしかなかった。流石に森蘭丸も一瞬ためらったが、信長の再度の命令に立ち上がり、扇子《せんす》を抜いて三度、光秀の額を叩いた。勤務規定に違反した下女たちを死刑にした信長から見れば、頭を三つ叩くぐらいはごく緩い罰だったが、見栄《みえ》と形式にこだわる光秀にとっては堪《こら》え難い屈辱《くつじょく》だった。この時光秀の脳裏に浮かんだのは、夢に見た前将軍足利義昭の顔だった。それは、光秀を蔑《さげす》むように憐れむように笑っていた。

四

「それはえらいことやったなあ……」

本因坊日海は、そう呟いて唇を嚙《か》んだ。天正十年四月二十二日、織田信長の本陣に加わって信濃、甲斐、駿河を巡って来た武芸者の佐助《さすけ》が、戦旅の報告に来た時である。

日海が「えらいこと」といったのは、楽勝に終わった戦のことでも、武田の残党数千人を処刑した占領地行政のことでもない。織田信長が満座の中で明智光秀を殴打《おうだ》させた事件のことだ。

「安土城では、信長様をあれほどまでに激怒させたのは、日向守が甲斐の恵林寺と快川国師のことを申されたためともいわれてますけど」

佐助はそんな解説も付け加えた。

日海と同年の佐助は、今や堂々たる武芸者。明国《みんこく》仕込みの拳法に甲賀《こうか》の忍び術を加えた俊敏さは、「猿飛《さるとび》」の異名《いみょう》を得るほどになっている。そんな佐助が未《いま》だに大名に仕えようとしないのは、組織の中の地位や禄《ろく》よりも、個性と特技を尊ぶ武芸者の魂だろうか。この男が二十世紀に生きたなら、さしずめ芸能志向のフリーターといったところだろう。

日海は、碁打《ごう》ちや将棋指《しょうぎさ》しが武家屋敷や町角の会所を回って集めて来る膨大な情報に、佐助らが持ち込む諜報《ちょうほう》を加えて、独自の未来記憶を磨き上げている。そうした情報から見ても、恵林寺問題が織田家中と信長の心理に複雑な影を落としていることは推測できる。

明智光秀が、灰色胴着の男に頼まれたままに、恵林寺と快川国師の救済を口にしたのは三月二十八日だが、その前後にこの寺が六角承禎義賢《しょうていよしかた》を匿《かくま》っていることが判明した。南近江の領主だった六角承禎は、織田信長に三度楯突《たてつ》き三度降服した、狡猾《こうかつ》かつ臆病《おくびょう》な人物だ。織田信長が性格的にも政治戦略の上からも、最も嫌った敵の一人だ。

しかも快川国師ら恵林寺の長老たちは、信長の甲斐進駐の直前に、六角承禎とその長男義治《よしはる》を逃亡させた。あの灰色胴着の男・六角次郎義定が、父と兄をはるか西の備後《びんご》に連れ去ったのだ。

これに対する信長の怒りは激しかった。甲斐に入ってこのことを知った信長は、長男信忠に命じて恵林寺を焼討にし、快川国師以下、老若男女の別なく山門に追い上げて焼き殺させた。快川国師が「心頭滅却《しんとうめっきゃく》すれば火もおのずから涼し」と叫んだのは、この際である。

もし明智光秀の進言を聞いた時点で、織田信長が恵林寺に六角承禎父子が匿われていることを知っていたとすれば、光秀が軽い気持ちでいった人助けを、重大な政治問題に対する干渉《かんしょう》として怒ったのも不思議ではない。

「なるほど、それは上手《うま》い噂《うわさ》やな」

日海がそういったのは、この噂の背後には、信長の激高を合理化しようとする努力が見られるからだ。これを流したのは織田信長に好意的な側近、いやひょっとすると信長自身だったかも知れない、と日海は思ったほどだ。

「それで光秀様の方はどうしておられるかな」

日海は、しばらく間を置いてからそれを訊ねた。

「それが、あの日以来深く身を慎《つつし》み、酒色《しゆしよく》はもちろん魚鳥《ぎよちよう》の類《たぐい》までを断《た》って、ひたすら読書に努めておられまする」

佐助は陣中での明智光秀の様子を、そう語った。あの事件の後も甲斐から駿河、そして徳川家康領の遠江《とおとうみ》や三河《みかわ》を回る間、光秀の陣はつねに信長のすぐ後ろになる。この頃には、信長直属の部隊も従軍諸家の部隊も兵員の八割は帰郷させたから、両者の陣屋はますます近い。そんな中で信長の勘気《かんき》を被《こうむ》った光秀は、ひたすら身を慎んで読書に励んでいた。

いかにも真面目な光秀らしい態度だが、これでは信長も許す機会が摑めない。これが羽柴秀吉か滝川一益なら、すぐ翌日にも信長の本陣にお詫《わ》び言上に行き、信長も説教の一つも垂れて新しい仕事を与え、金品褒美《ほうび》を授けることで終わる。だが光秀は、家門の誇りと知識の重みに妨《さまた》げられてそれができない。

「それにしても、読書とは当てつけがましいのでは」

日海はそう思った。この時代、読書といえば儒書《じゆしよ》か史書、聖人君子《くんし》の思想や事績を伝えるものだ。敢《あ》えて光秀が戦旅の陣でそんな書物を持ち出すのは、「俺は間違っていない」という気負いがあるからだろう。

「して、信長様の方はどのようにお考えだろうな」

日海は、ついそんなことを訊ねた。独裁者の心中を諜報機関に訊ねると推測が入る危険があるが、この時ばかりは日海もそうしたくなった。これに対して佐助は、「蘭丸様に近いお女中衆から伝わったところでは」と前置きして、自分の得た噂話を語ってくれた。

「信長様は、戦での後《おく》れは戦場でしか取り戻せぬ。宴席でのしくじりは宴席でこそ償《つぐな》えると申されたそうです」

「ほう、それはまた……」

日海はまず笑顔でそういったが、次第に真面目な顔になり、やがては深刻な表情になった。この言葉の前半、「戦での後れは戦場でしか取り戻せない」というのは、誰もが認めるところだ。戦国真っ最中のこの時代、武士が何より大切にしたのは武功であり勇気である。戦場で後れをとって逃げ出した者は、どれほど内治や銭勘定で功績を上げても、合戦で勇気を示し武功を上げない限り、武士としては尊敬されることがない。それ故、戦で後れを取った者を次の合戦で先頭に立たせるのは、名誉挽回《ばんかい》の機会を与える恩情ある措置《そち》とされている。

しかし、織田信長の言葉の後半、「宴席でのしくじりは宴席でこそ償える」というのは、一般の武士に通用することではない。いかにもイベント重視の信長らしい発想ではあるが、受ける側が素直に喜ぶ話とは限らない。

「ということは、信長様は日向守光秀様を、今一度宴席にお招きになるということか」

日海はごく自然にそう考えたが、佐助は「いやいや」というふうに首を振った。

「その程度のことでは、先のしくじりを償うことにはなりません。恐らくは信長様、次の大宴を光秀様に奉行《ぶぎょう》させるおつもりでしょうな」

「なるほど、その考え、信長様の天下の理《ことわり》にも適《かな》っておるわ」

本因坊日海は、吐き捨てるように呟いた。佐助の示唆《しさ》はきわめて的確、そして確実な破局を予言しているように思えたからだ。

五

十日と経《た》たぬ内にこの噂が正しかったことが判明した。織田信長は、五月十五日に安土に到着予定の徳川家康と穴山梅雪の接待奉行を、明智光秀に命じた。そしてその同じ日、光秀が強く望んでいた四国攻めの司令官の地位は、信長の三男信孝《のぶたか》と丹羽長秀に与えられていた。信長としては、長く安土城の築城奉行を務め、総予備軍的な存在として地味な活動を続けて来た丹羽長秀の軍団にも、一度は華やかな戦場を与える必要があったのだ。

明智光秀は、この人事に失望以上の落胆《らくたん》と不安を感じていた。それは、ほとんど信長の悪意と思えるほどのものだった。だが、それとて単なる偶然ではない。日本史上最高の独裁者・織田信長と、有能有識ではあっても時代の常識を超えられなかった明智光秀の間に存在した、矛盾《むじゅん》から生じた避けがたい結果の一つなのだ。

織田信長が理想としたのは「天下布武」、つまり軍事政権による絶対王制である。

そこでは、朝廷は国家儀礼を執《と》り行う機関に過ぎない。それ故に信長は、朝廷が与えようとした太政大臣《だいじょうだいじん》も摂政関白《せっしょうかんぱく》も断り、この五月には長く務めていた右大臣《うだいじん》さえ返上してしまった。二十世紀になって出て来る「天皇機関説」を、革命児信長は四百年も前に先取りしていたのだ。

「天下布武」の国では、世俗の権限は武士が司《つかさど》る政府に一元化され、宗教は個人の内面だけに止《とど》まるべきものだ。それ故に信長は世俗の争いにかかわった比叡山を焼討にし、一向一揆とも長年にわたって戦った。だが、個人の信仰としての天台宗《てんだいしゅう》や浄土真宗《じょうどしんしゅう》を弾圧したことはない。今、問題になっている高野山についても同様である。三百年のちには世界の主流となる政教分離の体制を、無神論者の信長は十六世紀に創造していたのだ。

そして何よりも大切なことは、信長が理想とする国家体制では、大名や城持ちの武将も国家政権の雇われ人、つまり官僚に過ぎないという点である。それ故信長は、部下の武将を適材適所に使うのを理想とした。戦の上手な羽柴秀吉や滝川一益には大敵と対峙《たいじ》する戦場を与え、側近として役に立つ菅屋九右衛門《すがやきゅうえもん》や堀秀政《ほりひでまさ》には官房的な仕事をさせた。

ここで部下に与える領地は、それぞれの役職を果たす必要経費を賄《まかな》う収入（年貢）を得るためのものだ。この時期、菅屋九右衛門は信長側近第一の実力者として天下に恐れられていたが、その役職がさして多くの家来を要しない事務や検使だったから、信長は五万石以上に加増しなかった。信長が佐久間信盛を追放した時、罪状の一つに「領地を増やしたにもかかわらず家来を増やさず、持場の戦場でも華々しく銭を使わなかった」ことを加えたのも、そうした体制を前提としてのことだ。

また、最近、細川藤孝に丹後を与えた代わりに、細川家先祖伝来の勝龍寺《しょうりゅうじ》城とその一帯の所領を返上させたのも、甲斐を与えた河尻秀隆から岩村一帯五万石を取り上げたのも、同様の主旨だ。武将の領地は、国家と政権から与えられた役職を果たすための収入さえあればよく、先祖伝来も個人的感傷も入る余地がない。信長的国家体制においては、金銀や銭と同様、領地も十万石は十万石、どこであってもさして変わるものではないはずなのだ。

要するに、織田信長が目指していたのは近代的な絶対王制国家、それも強烈な官僚主導体制と重商主義政策を持った軍事政権であった。この男が「命を的《まと》に仕組みを変えた」のは、そんな国家を目指してのことだ。「恥を忍んで銭を集めた」のは重商主義、「憎まれるのを承知で兵を雇った」のは官僚主導の軍事政権を創るためだ。そしてその理想は、今一歩で実現するところまで来ている。信長ならずとも、気分が高揚し実行を焦るのは当然だろう。


「信長様のお考えは一々もっとも。三百年後であれば誰もが納得するだろうが……」

日海はそう思う。信長の世界がいかに合理的だろうが、三百年の差を飛び越えられる頭脳の持主は少ない。

部下を近代国家の官僚と見なす信長の目には、戦場働きも行事の奉行も優劣がない。むしろ天下統一が終われば働き場所がなくなる戦場働きよりも、これからの経済、文化の振興に大事なイベント制作を学んでおく方が有利だ。だから信長は、戦での後れは戦場でしか取り戻せないのなら、宴での失態は宴でこそ償える、という。

「しかし、日向守光秀様は、この世の仕来《しきた》りを知り過ぎておられるからなあ」

と日海は思う。現在の仕来りを知り過ぎた者は、新しい考えを理解することが難しい。たとえ理解できたとしても、その実現を信じない。恐らく明智光秀は二重の障壁《しょうへき》に妨げられて、信長の思考領域には入れないだろう。だから光秀は、自分に与えられた仕事が、華々しい戦場働きを約束された四国攻めではなく、気苦労の多い宴会裏方の接待役であったことに痛く失望し、前途を悲観しているのだ。

「日向守様に信長様の真意を伝えることは難しくとも、そのための努力はすべきだ」

本因坊日海は、そんな思いで最後の努力を試みた。丹波亀山城に帰った明智光秀に使いを出して、

「接待役御拝命の祝いに、一局お相手させて頂きたい」

と伝えさせたのだ。二十四歳の若僧が、五十四歳の大大名に正面から政治向きの話をすることはできない。日海にできるのは、囲碁を通じて感じ取らせることだけである。だが、光秀は日海の申し入れを、この男らしく丁重《ていちょう》に断って来た。

「目下《もっか》、徳川家康公らの接待準備で忙しく、囲碁を学ぶ暇とてない。いずれお役目を果たしたあとで、ゆっくりと御指南願いたい」

というのだ。日海の意図自体が伝わらなかったわけだ。

それでも日海は諦《あきら》めなかった。もう一方の当事者、織田信長を説く手が残されている。だが、それは至って難しい。

「信長様に訴えるとなれば、説くよりも告げることになってしまう」

そう考えた時、日海はやっぱりためらった。

「明智光秀様には用心なさいませ」

と告げるのは、事の真偽にかかわらず讒言として受け取られる。もし信長が日海の忠告を用いて光秀を処刑か追放にすればもちろん、用いることなく放置したとしても、両者の仲を割《さ》くように讒言をした事実だけが残る。この種の忠告の正しさが証明されるのは、信長と光秀が最も不幸な情況

になった時、つまり光秀が叛乱を起こした時だけである。そしてその叛乱が成功したとすれば、日海の身は著しく危険になるだろう。

「先が見え過ぎるのは辛いものよ」

日海はそう思った。それでも日海は、敢えて信長に忠告を試みた。光秀にしたのと同じように使いを出して、

「信濃、甲斐の御戦勝を祝して一局賜《たまわ》りたい」

と申し入れてみた。これに対する信長の返答は、

「六月朔《ついたち》、碁打ち衆共々、京都本能寺に来られたい」

というものだった。

「六月朔、本能寺か……」

本因坊日海は、安土城からの書面を眺めて呟いた。この男の未来記憶によれば、それは余りにも切迫した時期だ。恐らくその頃には、もう事態の進行を止められなくなっているだろう。

「やっぱり歴史は変わらないらしい」

日海はそう呟きながら、その日を待った。まだ一つだけ可能性がある。当日、日海の打つ囲碁を見れば、差し迫った危険を感じられるように作ることだ。

幸い、囲碁の世界には「大凶」といわれる形がある。百万分の一ほどの確率でしか現れない「三コウ」による無勝負である。日海は、そんな形を敢えて作り出すことで、織田信長に対する「最後の忠告」をしておきたかった。

実録・本因坊算砂

織田信長最後の夜、つまり天正《てんしょう》十年（一五八二）六月朔《ついたち》から二日にかけての夜、本因坊日海《ほんいんぼうにっかい》が夜半まで本能寺にいたことはよく知られている。このことは多くの史書や記録に明記されている他、この日、本能寺で打たれた棋譜《きふ》も残っている。

一般的な話としては、この夜の囲碁で「大凶」とされる「三コウ」が発生したといわれているが、今日残されている棋譜は一二八手までで、「三コウ」ができるような形ではない。あるいは、この夜打たれた別の囲碁で「三コウ」ができたのかも知れない。参考までに、この日の棋譜を掲載しておく。

なお対戦相手に「鹿塩利玄《かしおりげん》」とあるのは間違いで、正しくは林《はやし》利玄である。後に豊臣秀吉の前で行った勝ち抜き戦の記録者が、「鹿塩」と「利玄」という二つの名をくっつけたため、「鹿塩利玄」という一人の架空《かくう》の人物ができ上がったが、他の記録から見ても「鹿塩」と「利玄」は別人で、前者は「鹿塩利賢《りけん》」、後者は「林利玄」である。

天正十年（一五八二）六月一日・信長公御前
中押勝　本因坊算砂（二十四歳）
先　鹿塩　利玄（十八歳）
参考譜（1～128）

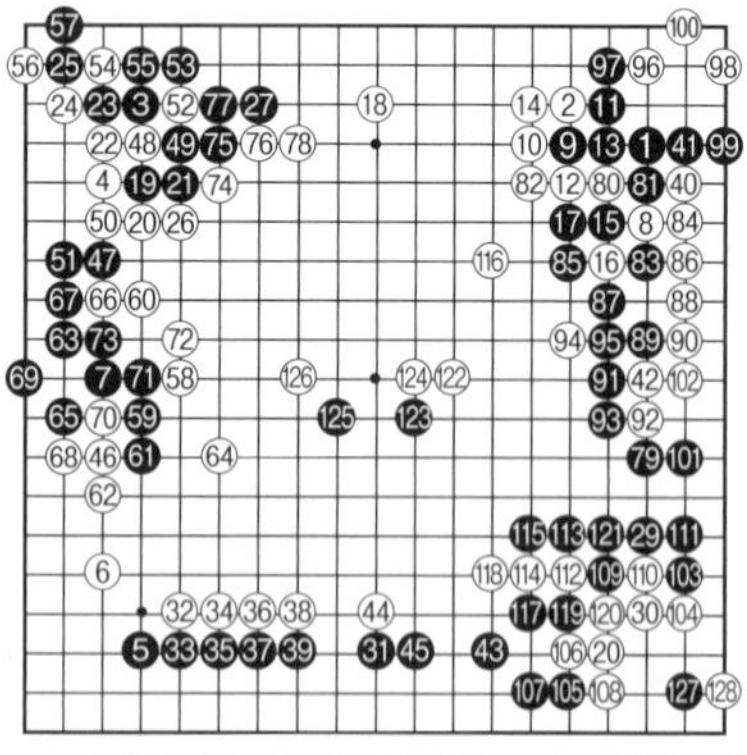

最終章　事変

一

天正《てんしょう》十年（一五八二）五月十七日。京都久遠院《くおんいん》の塔頭本因坊《たっちゅうほんいんぼう》で、日海《にっかい》は黙々と碁石《ごいし》を並べていた。

庭には細い雨が滴《したた》り、部屋の空気はじっとりと淀《よど》んでいる。そんな中で、ただ一人、ゆっくりと碁石を打つ青年僧の姿は、世俗を離れた静寂そのものに見える。だが、この時の日海の顔は、憤怒《ふんぬ》と苦渋《くじゅう》に満ちていた。

今、日海が碁盤に描き出しているのは、天下の情勢、そこには「最早《もはや》、織田様の天下は定まった」という大方の見方とは逆の、阿鼻叫喚《あびきょうかん》の戦乱予想図ができていた。

実際、この日の日本列島の政治情況を宇宙の高みから概観《がいかん》できた者がいたとすれば、手に汗握るような緊張を禁じ得なかっただろう。

日本列島の中央、琵琶湖畔の安土《あづち》では、一昨日から派手な宴会が行われている。先月、武田勝頼《かつより》を滅ぼして安土に戻った織田信長が、長年の同盟者・徳川家康と、いち早く織田方に降《くだ》った武田の一族・穴山梅雪《あなやまばいせつ》とを迎えて、連夜のもてなしをしているのだ。接待役は明智光秀、有職《ゆうそく》と実直さと、去年の馬揃《うまぞろ》えでも今年の左義長《さぎちょう》（どんど焼き）でも、卒《そつ》なく準備を整えた実績を評価して選ばれたのだ。お座敷芸を軽蔑《けいべつ》し、戦場での手柄こそ武士の面目《めんぼく》と信じる光秀には、皮肉な結果である。

この時、織田信長は得意の絶頂だった。東の宿敵《しゆくてき》武田を滅ぼしただけではない。西の強敵毛利《もうり》も崖《がけ》っ縁《ぷち》まで追い詰めた。中国方面軍司令官の羽柴《はしば》秀吉は、備前《びぜん》、美作《みまさか》、伯耆《ほうき》を制して、いよいよ備中《びっちゅう》に進攻、毛利方の重要拠点高松城を水攻めにしている。

毛利方は、毛利輝元《てるもと》、吉川元春《きっかわもとはる》、小早川隆景《こばやかわたかかげ》の三首脳が揃って出陣してきたが、敢《あ》えて決戦を挑もうとはしない。このところジリ貧状態に陥《おちい》った毛利方では、将兵の出陣手当ても死傷者に対する救済措置《そち》もできなくなった。このため、出陣要請にも応じない者が増え、戦力が激減している。さしもの毛利家も、今や末期的症状に陥っているのだ。

北方の上杉攻めの進捗《しんちょく》も、これに劣らない。加賀《かが》と能登を平定した北国方面軍司令官の柴田勝《かつ》家《いえ》は、越中《えっちゅう》における上杉方最後の城塞魚津《うおづ》城を落城寸前まで攻め立てている。

武田攻めの間に、信長が流した「織田方大敗」の虚報に釣《つ》られて、越中地侍《じざむらい》の不満分子や一向《いっこう》一揆《いっき》の残党どもが蜂起《ほうき》し、富山城を乗っ取った。これを待ち構えていた柴田勝家は大軍を以《もっ》て富山城を包囲、人質《ひとじち》となった織田方の城主神保長住《じんぼうながずみ》諸共に、反織田勢力を一挙に平らげてしまった。織田信長の謀略が見事なまでに的中したのだ。

これで後方が安定した柴田勝家は、全力を挙げて魚津城に押し掛けた。敵将上杉景勝《かげかつ》は、魚津城救援に駆けつけたものの、背後からは武田の旧領上野《こうずけ》に入った滝川一益《たきがわかずます》が三国《みくに》峠越しに越後《えちご》を窺う情勢となり、慌《あわ》てて春日山《かすがやま》城に逃げ戻った。救援はおろか滞陣さえままならぬ苦境に陥ったのだから、上杉もまた余命幾許《いくばく》もあるまい。

もう一つ、和泉《いずみ》の諏訪《すわ》ノ森《もり》にも数万の大軍が結集している。今月末からはじまる四国攻めに当たる織田信孝《のぶたか》と丹羽長秀《にわながひで》の軍だ。すでに讃岐《さぬき》には織田方の先鋒《せんぽう》、三好康長《みよしやすなが》の兵が入っており、信孝と丹羽長秀の大軍が阿波《あわ》に渡れば、一気に長宗我部元親《ちょうそかべもとちか》らを平らげることだろう。兵力においても装備においても、織田軍は圧倒的だ。

その上、織田方は長期継続的な兵站《へいたん》ができている。丹波《たんば》の明智光秀、播磨《はりま》の羽柴秀吉、摂津《せっつ》の池田恒興《つねおき》らに命じて三百の船を揃えさせ、信長自身が十万石の米を与えた。地の利が頼りの長宗我部も、この物量と補給能力を見れば、たちまち戦意を失うに違いない。

本因坊日海が碁盤に並べた碁石は、こうした情況を見事に描いていた。中央から張り出した黒石の圧倒的な厚みで、右辺《うへん》の白はすでに取り上げられて広大な黒地に変じた。左辺《さへん》の白の大石も、上辺《じょうへん》の一団ももう生きる手がなさそうだ。左下の離れ石も目ができる形ではない。これらの白石が、それぞれ武田、毛利、上杉、長宗我部を意味している。

だが、日海の作った盤面には、もう一つ、緊迫した情況が生まれている。中央に打ち込まれた白石と、それを取り巻く黒石とのせめぎ合いだ。ここでも一見、黒が圧倒的に有利に見える。あと一つ、黒を置けばたちまち白石はばらばらに崩れそうだ。

だが、日海はそこで盤面を睨《にら》んだまま手を止めた。迂闊《うかつ》に打てば黒の数目《すうもく》が「打って返し」で取られ、全局面が繋《つな》がる黒の包囲網が瓦解《がかい》してしまうのに気が付いた。驚いたことに、中央の小さな戦いが、はるかに離れた左辺の白とも呼応する形になっているのだ。終盤近くでこんな局面ができたのは、日海の記憶にもない珍事だ。

「高野《こうや》がなあ」

長い間、碁盤を睨んでいた日海が、ぽつりと呟《つぶや》いた。この時期、毛利攻めや上杉攻めほど華やかではないが、織田信長は真言宗《しんごんしゅう》の霊場・高野山をも包囲していた。

大和《やまと》、河内《かわち》、和泉、紀伊の四カ国に摂津と伊勢《いせ》からの与力《よりき》を加えた総勢四万人が、方二十里《り》（約七十八キロ）の規模で高野山を取り囲んでいる。「天下布武《ふぶ》」の絶対王制と「楽市楽座《らくいちらくざ》」の自由経済を目指す織田信長にとっては、政治亡命者を受け入れる治外法権と高野聖《ひじり》の商権に固執《こしつ》する高野山は、今や見逃し得ない敵なのだ。

「信長様が進軍命令を下されたなら、元亀《げんき》二年（一五七一）に比叡山《ひえいざん》を襲った悲劇が、弘法大師《こうぼうだいし》空海《くうかい》以来の伝統を誇る真言宗の霊場でも起こるだろう」

と日海は思う。だが、そうなることを恐れる勢力がいろいろなところにある。その一つは意外にも宮中《きゅうちゅう》だ。天正に入ってから十年、朝廷と織田信長とはきわめて親密な関係にあったが、ここに来て気まずい空気が漂《ただよ》い出した。少なくとも宮中の側は、信長を警戒し出している。

かつて織田信長が「国家鎮護《ちんご》の霊場」といわれた比叡山を焼討した時には、宮中やそれを取り巻く公家《くげ》たちの間には、

「仏法《ぶっぽう》滅す、王法また如何《いかん》」

などと、信長の過激な性格を危ぶむ声が出た。しかし、その後の信長は、足利将軍義昭《よしあき》と対立し

たこともあって、朝廷の権威を引き立て経済的にも優遇した。この御蔭で御所は見事に修復され、三位《さんみ》以上の堂上《どうじょう》貴族は昔の装飾を取り戻した。乱世の中で地方の荘園を失った公家衆にとっては、百年振りの春が来たような気分だったろう。

信長はことある毎《ごと》に朝廷を丁重《ていちょう》に持ち上げ、しばしば宮中に参内《さんだい》した。鯨肉《くじらにく》が手に入ったというだけで参内して献上したこともあれば、珍奇な鷹狩《たかがり》の服装を見せに行ったこともある。去年の馬揃えには天皇はじめ公家女官を招いたし、安土城には天皇をお招きする「御幸之御間《みゆきのおんま》」まで用意している。

朝廷の方もそんな信長を優遇し、天正二年（一五七四）には蘭奢待《らんじゃたい》という正倉院《しょうそういん》秘蔵の香木《こうぼく》を一寸八分《ぶ》（約五・五センチ）だけ切り取らせた。階位も上らせて右大臣兼右大将《うだいしょう》にも就《つ》けた。恐らく織田信長は、足利義満《よしみつ》以来、最も朝廷と親しんだ為政者《いせいしゃ》であったろう。

ところが、その信長が、去年の秋に突如《とつじょ》右大臣を返上してしまった。これは信長が、朝廷から階位をいただく立場にはない、つまり「天皇の家来ではない」といい出したと解されている。

慌てた朝廷は、信長が武田攻めから凱旋《がいせん》するのを待ち兼ねるようにして、四月二十五日には太政大臣《だいじょうだいじん》か、関白《かんぱく》か、征夷大将軍かのいずれかに推挙することを決議、勅使《ちょくし》を安土に下向させた。

この勅使は五月四日に安土に到着、織田信長に対して、

「征夷大将軍となって幕府を開くように」

と薦《すす》めたが、信長は返事をしなかった。

織田信長の態度を、朝廷は憂慮《ゆうりょ》した。これには悪《あ》しき前例がある。十五年前、織田信長に担《かつ》がれて将軍職に就いた足利義昭が、信長に対して、まず管領《かんれい》に、次には副将軍に就任するよう薦《すす》めた

が、信長は返答しなかった。信長には足利義昭の家来になる気がなかった、いずれ対立した時に「主君殺し」の汚名《おめい》を着ないためにも、将軍に任命されるような地位には就かなかったのだ。

「この度《たび》の信長様のなさりようは、あの例を思い出させる。あれより義昭様と信長様との仲違《なかたが》いがはじまったのよ」

そんな声が公家屋敷で囁《ささや》かれていることを、日海はそこに出入りする配下《はいか》の碁打ちたちから聞いている。この時代には、『言経卿記《ときつねきょうき》』を残した山科《やましな》言経はじめ、自宅で碁会所を開設していた公家も多く、絶好の情報収集場所でもあった。

織田信長の「高野山弾圧」を恐れる第二の勢力は、京を中心とする昔ながらの「座の商人」だ。

織田信長と京の商人職人らとの関係も、つい最近までは良好だった。信長の強烈な治安維持力によって商業路が安全になり、織田領の拡大によって市場が膨張《ぼうちょう》することは、京の町衆にも大きな利益をもたらした。三年前の安土宗論《しゅうろん》の後で、日海が京の商人を中心とする日蓮宗徒《にちれんしゅうと》に信長へ献金する寄附を求めた際、またたく間に金二百枚が集まったのも、こうしたことがあったからだ。

天才的な革命児であると同時に辛抱《しんぼう》強い現実主義者でもあった織田信長は、楽市楽座の自由化政策を進める一方、京七口の関所を残して、都の市場における「座の商人」の利権をも守ってやった。目先の利益だけを追う「座の商人」たちは、これに満足して信長支持になった。

だが、京都以外の全国の市場では、関税のかかった原材料を使わざるを得ない分だけ、堺《さかい》や安土のそれに比べて京の商人職人は不利になった。それでも二年ほど前までは「京」という名が多少の割高を埋めてくれた。二十世紀風にいえば、保護政策による高コスト体質を地域ブランドの効果でカバーすることで、全国的な競争力を維持していた、というわけだ。

ところが、この二年間で織田領が広がり商売が拡大した結果、様相《ようそう》が変わった。新興の堺商人や安土に集まった近江《おうみ》の商人が、自由競争で鍛《きた》えた安さを武器に大量販売をはじめ、大量に売ることでまた値を下げた。おまけに、最近は京の職人の中にも堺や安土に移住する者も増え、加工の技でも「京の品」と見分けがつかないほどになっている。楽市楽座に徹する堺や安土では、自由競争によるコスト削減が売上増をもたらし、それが規模の利益を生み、技術導入をも可能にしたわけだ。

このことに、京をはじめとする「座の商人」は危機感を募《つの》らせている。とくにこの春、武田を滅ぼしたことで、織田領が信濃《しなの》や甲斐《かい》から関東にまで抜けた効果は大きい。これまで上方《かみがた》商品を関東に運ぶのは、高野聖のような武装した隊商だけが行う費用のかかる仕事だったが、これからは織田家が造る大道を馬の背で運ぶ楽な仕事になるだろう。

日海が配下の碁打ちや将棋指《しょうぎさ》しから聞いたところでは、すでに堺や安土からは大勢の商人が東国に入り込んでいるし、東国からもかなりの数が来ているという。織田領の拡大で規模の利益が一段と膨《ふく》らみ、東国市場でも価格破壊が起きそうな雲行きなのだ。

伝統と特権に安住していたい京の商人たちも、ようやく慌て出した。彼らはみな、信長が楽市楽座を徹底させ、いずれは特権全廃に向かうだろうと脅《おび》えている。古い商業特権を持つ高野聖の扱いは、その試金石《しきんせき》だと見られていた。信長が高野山を包囲したことで、京の「座の商人」たちが急激に反信長に傾斜したのも不思議ではあるまい。

もう一つ、織田信長の高野山弾圧を恐れる第三の勢力があった。織田家中の「常識派武将」とでもいうべき人々だ。

政治結社であれ、宗教団体であれ、企業や商店のような営利法人であれ、およそ組織というものには、その時その場での常識的な概念がある。組織に加わる人々は、これから自分が入る組織も、世間の常識の範囲内での気質や体質だと想定している。それだけに、自分の入った会社や教団が常識の範囲を越えていた時には驚き戸惑《とまど》い、大抵《たいてい》の者は「辞《や》めたい」と思うだろう。いわば「えらい会社に入ってしまった」というわけだ。

しかし、実際にはそうそう簡単には辞められない。とくにその組織が強くて成長している場合には辞め難《にく》い。その組織に属することで、自分の権限や収入が向上するという現実的な利益のためだけではなく、現に成長しているという事実が、組織のやり方を肯定する気分を醸《かも》すからだ。前者の気持ちが強い者を「常識派」、または「仕方がない派」、後者の気分に浸《ひた》る者を「信念派」、または「これが良い派」と呼ぶことができるだろう。

織田信長の指揮する政治軍事組織は、当時の大名家の常識を越えた存在だった。織田家累代《るいだい》の家臣たちさえ、信長の常識を越えた発想と行動を恐れ、一度は弟の信行《のぶゆき》を織田家の総領に担ごうとしたことがある。弘治《こうじ》二年（一五五六）夏、信長二十三歳の時だった。

この動きは、信長の果敢《かかん》な行動によって叩《たた》き潰《つぶ》され、ほとんどの者は信長の指揮に服した。だが、その中にも現実的な利益のために離れなかった「仕方がない派」と、大敵を破った信長のやり方に心酔《しんすい》した「これが良い派」がいた。先年、追放された佐久間信盛《さくまのぶもり》や林通勝《みちかつ》は前者、今も北陸で活躍する柴田勝家や佐々成政《さっさなりまさ》は後者だ。

この違いは、途中入社組にもある。他の大名家のことなどまったく知らず、織田家の中だけで出世してきた羽柴秀吉や滝川一益は完全な「これが良い派」だが、この時代の大名家の常識を知っていた松永久秀《まつながひさひで》や荒木村重《むらしげ》は、信長のやり方と織田家の実態を知るにつれて驚き戸惑った組だ。

彼らは、「仕方がない」と自分にいい聞かせて堪《た》えつつ、やがては信長が世の常識と妥協《だきょう》することを願って来た。だが、織田信長は世間の常識と妥協するどころか、時とともに個性を強め、独自の政治理念「天下布武」の実現へと走り出した。松永久秀や荒木村重が次々と叛乱《はんらん》に踏み切ったのは、これに堪え難《がた》くなったからだ。

今も織田家中の「常識派」、または「仕方がない派」はいる。今日までは何とか信長に付き従い、やがて信長と世間の常識との妥協が成り立つことを期待している人々だ。彼らは、信長が独自の政治理念の追求に、一段と過激な行動に走り出すことを恐れている。自らの利益や栄達のためだけではなく、「信長様のためにも天下万民のためにも」自分たちさえ付いて行けなくなるほど、信長が突飛な行動に突進しないことを願う心境なのだ。

そんな「常識派」の武将たちが恐れる過激な行動の象徴が、高野山殲滅《せんめつ》である。比叡山や一向一揆のように軍事的に信長に逆らったわけでもない寺院を焼き払い、僧たちを斬り殺すのは、彼らの「常識」では堪え難いことだ。

「もし、信長様が高野を殲滅なさるとなれば、また多くの敵が現れるだろうな」

本因坊日海はそう呟いて、中央の白を取る手を止めた。高野山攻撃に反対する諸勢力はばらばらだが、深いところで相互に繋がり、巨大な織田家の組織を崩すように見えたからだ。

「ならば……」

日海は、代わりに左辺を固める手を打とうとした。だが、石が盤に触れる直前に、ここでもはたと動きを止めた。安全に見えたこの手にも、重大な見落としがあることに気が付いたのだ。

ごく普通の継《つ》ぎが、右辺に捨てられた白の一石との複雑な絡《から》みで中央の黒石をダメ詰まりにしてしまう。つまり、投入する兵力が多すぎるために、同士討ちが起こるような情況になっている。

「危うし」

日海はそういって目を閉じた。中央の敵を強襲するのも危なければ、左辺の味方を補強するのも危ない。いずれの戦いも、戦闘においては確実に勝ち、戦略においても優れているが、その間にまったく別の不幸不運が生じるのだ。

「ここは敢えて手を抜き、敵の自滅を待つべき時らしい」

日海はそう結論し、そのような道を織田信長が選ぶことを祈った……。

だが、著しく高揚《こうよう》した今の信長の心理を思えば、ここで「一回休み」のような手を打つことも難しそうに思えた。活力と勇気は信長の優れた性格だが、それも過ぎれば大きな欠点になってしまう。

二

同じ時、つまり天正十年五月十七日の午前、十二里（約四十七キロ）離れた安土城天主《てんしゅ》の五層目、金泥眩い釈迦十大弟子《きんでいまばゆいしゃか》の襖絵《ふすまえ》で飾られた朱塗《しゅぬ》り八角形の部屋で、織田信長も梅雨空《つゆぞら》を見ていた。

一昨日、昨日と二日続けて、徳川家康と穴山梅雪を招いて宴会を行った。今日は趣向を変えてこの天主で茶会を開くつもりだったが、生憎《あいにく》の雨で琵琶湖の眺望を楽しむことができない。

「まあ、それは明日でもよいか」

信長はそういって、八角の部屋の中央に胡座《あぐら》をかいた。朱塗りの床が目に映《は》え、周囲の襖から仏たちに見つめられる恰好《かっこう》になる。ここで信長は重大な決断を下した。目下《もっか》展開している四つの作戦の中で、どれを優先するかだ。

信長は今の今まで、高野山に対する殲滅作戦をまずやるつもりでいた。楽市楽座に逆らい、政治亡命者に対して保護を与える治外法権を主張する高野山は、許し難い存在。これに制裁を加え、中世的な例外や特権を無くすことは、「天下布武」の実現に不可欠な仕事だ。

これまで信長は、世俗の政治に関与してきた宗教をことごとく排除して来た。比叡山を焼き、一向一揆と戦い、日蓮宗を安土宗論で貶《おとし》めたのは、すべてそのためだ。ここで高野山だけを例外にするわけにはいかない。

軍事的に見れば、高野山など楽な相手だ。場所は織田領の中にあり、兵の数は少ない。

「寺院一千、僧兵一万」といっても、織田の大軍から見れば恐れるほどのものではない。現在、高野包囲網を敷いている四万の兵だけでも、七日か十日で殲滅することができるだろう。その後で、中国の毛利や北国の上杉、四国の長宗我部《ちようそかべ》など外周の敵に向かうのが順序というものだ。

織田信長は、この一カ月ほどの間、そう考えそのように準備してきた。だが、今は考えが変わった。全国各地から集まる情報を総合すれば、迂闊《うかつ》に高野山に手を付けると意外な反響を呼びそうだ。宮中の様子も、商人たちの動きも、家中の評判からも、それが察せられる。

織田信長は一見強引そうに見えるが、その実、きわめて繊細な情報分析家でもある。この時も信長は、丹念に情報を分析し、四囲《しい》に強敵を残したまま高野山を攻撃することの危険を感じ取った。だが、そうはいってもただ座って待っておれる心境でもない。朱塗りの床と金泥の襖絵が作り出す雰囲気《ふんいき》も、気分を昂《たかぶ》らせた。

「柴田修理《しゅり》はよくやっておるのう……」

織田信長は、先刻着いた柴田修理亮《しゅりのすけ》勝家の使者の話を思い出して呟いた。柴田勝家は越中魚津城を今や落城寸前まで追い詰めている。ここに大軍を率いて信長自身が出陣すれば、一気に上杉を叩き潰すことも可能だろう。柴田勝家の使者は、それを求めて来たのだ。

だが、信長はもう一つ気乗りがしない。肝心《かんじん》の敵将・上杉景勝が、背後に迫る滝川勢に戦《おのの》き春日山城に逃げ帰ってしまった。そこを攻めるとなれば群小の城を一つ一つ落とす戦い、いわば先の武田攻めと同じような形になる。常に独創と新味を求める信長は、同じ手法を二度繰り返すのが気に入らない。

「まだ、四国はな」

次に信長はそれを思った。三男の信孝や丹羽長秀が行う四国攻めに、自らが乗り出して一気に進めることも不可能ではないが、長宗我部如《ごと》きを相手に信長自身が出ることもあるまい。ここは三男の信孝に花を持たせ、丹羽長秀に手柄を立てさせてやるべきだろう。

「となれば、やっぱり筑前《ちくぜん》めか」

と信長は呟いてにやりとした。羽柴筑前守秀吉は、毛利の備中における重要拠点高松城を水攻めにして、毛利輝元ら敵主力を引き出すのにも成功している。大敵毛利との決戦となれば、信長自身の出番にふさわしい華々しい舞台だ。ここで毛利を叩き潰せば、群小の敵はみな戦意を失うだろう。

「よし、筑前に伝えよ。毛利の主力が出て来たとあれば、俺自身が出陣して一挙に決着をつけるな」

信長は、そういうと立ち上がり、階下に繋がる梯子段《はしごだん》を降り出した。そうと決めれば、中国出陣の陣触れを急がなければならない。秀吉の使者の口上《こうじょう》によれば、高松城は櫓《やぐら》の二層以下が水没、四千の城兵が僅《わず》かな場所に鈴なりにしがみ付いているという。寝る場所はもちろん、飯を炊《た》く薪柴《しんさい》もないだろう。城将の清水宗治《むねはる》は備中切っての勇将と聞くが、これでは一カ月とは耐えられまい。

「水攻めには費用がかかったが、それだけの効果があった」

信長は、四層から三層へと豪華な吹き抜けの中を降りながら、そんなことを思い返した。長さ四十丁《ちょう》（約四・四キロ）高さ五間《けん》（約九メートル）の堤《つつみ》を作るのには、銭六十三万五千四十貫と米六万三千五百石を要した、と羽柴秀吉は報告して来た。銭にも米にも細かい端数《はすう》が付いているところが信長の好みを知る秀吉らしい。

「急がねばならぬ。俺が出る前に城が落ちては、毛利の奴等《やつら》が逃げてしまう」

信長はそんな計算をして上機嫌だった。だが、それも一階に降り、台所の横を通って書院に行こうとした時に中断した。腐敗した魚の臭いを嗅《か》ぎ取ったからだ。

「何だ、この臭いは……」

と信長は叫んだ。厳しい美意識を持つ信長には、堪え難い臭いだ。

人間の運命は、測り知れない。交通事故や災害の場合には、一瞬の差、一尺の違いが生死を分かつ。これが独裁者の生死にかかわることであれば、歴史をも変えることになり兼ねない。

極端ないい方をすれば、もしこの日、天正十年五月十七日に織田信長が魚の腐敗臭を嗅がなければ、彼の運命と日本の歴史は違っていたかも知れない。だが実際には、ちょうど腐敗しかけた魚が並べられていた時に、織田信長は、安土城の台所脇を通り、その臭いを嗅いでしまった。

その時々の行事を大切に考える織田信長には、徳川家康らを迎えた宴会に腐りかけた魚が出されることなど許せなかった。いや、その前に、自らが設計を指揮して施工《せこう》を監督し、襖絵から釘隠しまで選んだこの城に、このような臭いが漂うだけでもひどく腹立たしかった。あたかも、自分の惚《ほ》れ抜いた女性の顔に汚物《おぶつ》を浴びせられたような気分だ。

「光秀！」

信長は、台所に入りながら甲高《かんだか》い声で接待役の名を呼んだ。それに応えて明智光秀はすぐにやって来た。だが、常識人の光秀には、信長の鋭敏な鼻と美意識が分からない。

「畏《かしこ》まってございます。直《ただ》ちに調べ、腐った魚があれば取り除きまする」

光秀は当然のように答えた。だが、そんな光秀の常識的な態度が信長を一段と苛立《いらだ》たせた。

「それにはおよばぬ。その方の接待役を解き、中国表出陣を命じる」

織田信長は甲高い声で光秀を怒鳴《どな》りつけた。南蛮《なんばん》宣教師のルイス・フロイスによれば、この時信長は、人前も憚《はばか》らず光秀を足蹴《あしげ》にしたという。とにかく、常軌《じょうき》を逸《いっ》したほどに怒り、光秀を解任したわけだ。先の武田攻めの旅の宴《うたげ》での失言事件に続いて、明智光秀はまたしても「宴」でしくじった。信長には、その不器用さが腹立たしかった。

だが、信長が光秀を戦場に出したのは、決して悪意や懲罰《ちょうばつ》のためではない。むしろ、重ねて座敷でしくじった光秀に、名誉回復の好機を与えてやるぐらいにしか思っていなかった。だからこそ信長は、屋敷に戻った光秀に使者を送り、

「今の領地、丹波と近江坂本の一郡に代えて、出雲《いずも》、石見《いわみ》の二カ国を与える」

と告げさせた。一国一郡を二カ国に増やしたのだから、激励《げきれい》のつもりだった。

この頃、家臣に与える領地というものに関する織田信長の考え方は、はっきりと打ち出されている。先には、丹後一国を与えた細川藤孝から、細川家先祖伝来の山城勝 龍 寺城《やましろしょうりゅうじ》を返上させた。武田攻めの功績で甲斐を与えた河尻秀隆《かわじりひでたか》からは、美濃《みの》岩村を取り返している。こうした前例から見ても、出雲と石見の二カ国を与えた光秀から、丹波と近江坂本を取り戻すのも当然のことだ。

「天下布武」の絶対王制を実現しようとする織田信長は、「領地は兵を養い仕事に励むための収入源」としか考えていない。だから、これを分け与えられる家臣にとっては、「量」は問題だが場所にこだわることもない。敢えていえば仕事場の近くの領地は、兵を養い城を守るのにも便利だろう。

これまで信長は、有職の明智光秀を京の奉行や安土での祭などに多用して来た。だからこそ京に近い丹波と近江坂本を与えていた。しかし、これからはもう祭や宴には使わない。光秀の希望通り西方での合戦に使うとすれば、出雲と石見の二国を与えるのが適切な処遇である。

出雲と石見はまだ毛利の領地だが、信長自身が出て行くからにはすぐさま決着が付く。信長はそう考え、この領地替えに関して光秀がいささかでも不満を持つなどとは、予想だにしなかったのである。

しかし、明智光秀の考えはまるで違った。常識人の光秀は、この時代の大名家の常の通り、役職は身分であり、領地は大名の家屋と思っていた。

従って、光秀は、接待役を解任されたことで恥をかかされたと怒り、それに要した費用と苦労が無駄になったと恨《うら》んだ。その上、またしても羽柴秀吉の援助に駆り出されたことが悔《くや》しかった。何よりも、領地を「わが王国」と考えていた光秀は、丹波と近江坂本を取り上げられたことを怒った。坂本にも亀山にも凝《こ》った城を造り、領民とも親しみ、村々の商人を保護して来た明智光秀にとっては、領地は「量」よりも「縁」が重要だったのだ。

その上、新たに与えられた出雲と石見が、まだ敵の支配する土地だったことも腹立たしかった。伝統の力を信じる光秀は、毛利との戦いを信長ほどには楽観していなかった。今年の収穫期までに出雲と石見を占領するのは容易ではないと考え、明智家主従が領地を失い、信長の蔵米で食う集団に落ちぶれることを恐れた。そしてそれは、常識的な人々の集まりである明智家臣団の思いでもあった。

翌五月十八日、安土を発《た》って近江坂本に向かう明智光秀主従の一行は、不満と憤怒《ふんぬ》の固まりと化していた。誰もが主君信長への不信と将来への不安に脅《おび》えていた。

そんな光秀一行が安土の城下を通り抜けた時、すうっと近づいて来た影がある。「讃岐の真言宗徒」と称して光秀の前に通い出した灰色胴着の男と、安土の城に勤める下女中《しもじょちゅう》の友恵《ともえ》だった。

「日向守《ひゅうがのかみ》様、御用心下さいませ。殿様のお顔に御不満の表情があったと噂《うわさ》する者が、安土のお城にはおりまする」

灰色胴着の男が哀《かな》しげに目を伏せて囁いたのに、明智光秀はギョッとした。不満を抱《いだ》いているのは事実、顔に表情が出易《でやす》いのは性分《しょうぶん》だ。

「そのようなことを、誰が申しておるのやら」

光秀はそういって笑おうとしたが、

「蘭丸様《らんまる》らが……」

という連れの女中の一言に全身が強張《こわば》った。

森蘭丸は好きな相手ではないが、信長のお気に入り、その影響力は小さくない。もし、それが本当なら、いやたとえ嘘でもそんな噂が流れているとすれば、光秀の立場は危うい。

「俺は、追い詰められた」

と、光秀は思った。これを見透《みす》かしたように、灰色胴着の男が顔を寄せて囁いた。

「日向守様の御忠心《ごちゅうしん》は、今も変わらぬこと、みなよう知っておりまするぞ」

当たり障《さわ》りのない当たり前の言葉だが、それをこうも思わせ振りに囁かれると、かえって疑いが湧く。この時光秀は「今も変わらぬ」という言葉の裏に、かつての主君・足利義昭の顔が思い浮かぶのを禁じ得なかった。

「足利将軍を担いで、天下の秩序を回復するのが夢であったが……」

明智光秀は、ふとそんなことを呟き、わが周囲を見回した。接待役を務めるために連れて来た家臣約百人の、半数以上は旧幕臣衆だった。

三

「こんなはずはない」

明智光秀は、思わず声を出して呟いた。天正十年五月二十八日深夜、京都盆地と丹波高原とを隔《へだ》てる愛宕山《あたごやま》に鎮座する愛宕権現《ごんげん》の社殿で、光秀が引いた御籤《みくじ》には「凶」の字が記されていた。この日光秀は、出陣前の慰めとして里村紹巴《じょうは》らを招いて連歌《れんが》の会を催したのだが、流石《さすが》に眠れない。すでに心中には叛逆《はんぎゃく》決起の構図ができている。十日前に安土を出て坂本城に戻り、あらゆる方面から情報を集めた。「讃岐の真言宗徒」は高野聖や京の町衆の話を集めて来たし、その連れの女中は安土城内の噂を教えてくれた。

「おかしい、俺の読みに狂いはないはずだが……」

光秀は、何度となく繰り返した想定をもう一度なぞった。丸めて捨てた備忘録《びぼうろく》を拾い出して皺《しわ》を伸ばすような作業を、頭の中で行った。

まず、頭の中に日本列島の絵図を拡《ひろ》げた。その中央部、京都盆地の周辺には今、軍事的空白ができている。二十万人を数える織田家の軍勢が、すべて外側に出払ってここにはほとんどいないのだ。

羽柴秀吉の三万五千は高松城を囲んで備中にいる。柴田勝家の三万は越中魚津城を攻め立てている。常には近江に配置されている丹羽長秀の部隊も、今は四国攻めのために和泉の諏訪ノ森に出向き、その大半はすでに阿波に渡ってしまった。その南、高野山の和泉口を封じていた堀秀政《ひでまさ》らの組も、数日前に備中に向けて出陣、今日あたりは備前に入るはずだ。

武田攻めに参加した滝川一益の兵はそのまま上野の厩橋《まやはし》に駐して北条《ほうじょう》の大軍と対峙《たいじ》している。河尻秀隆《かわじりひでたか》の兵は甲斐の治安維持に忙しい。徳川家康の精鋭も、新たに得た駿河《するが》の領地を固めるために半分は東に出張《でば》っている。何より家康自身、僅か三十人の供回《ともまわ》りで、堺見物の最中だ。

畿内《きない》を領地とする明智の組下大名たちも、それぞれの城で出陣の準備をしている。細川藤孝は丹後の宮津《みやづ》城で、中川清秀《きよひで》は摂津の茨木《いばらき》で、高山右近《うこん》は同じく高槻《たかつき》で、兵馬《へいば》を整えている。明智光秀自身も明日には丹波の亀山城に戻り、一万五千の兵を率いて備中に出陣する。予定通り細川、中川、高山らを指揮下に入れれば、光秀が指揮する兵は、総計二万五千にもなるはずである。

「信長様は明日の申《さる》の刻に本能寺に入られる。付き従う者は近臣小姓《きんしんこしょう》ら約三百、戦力としては無きに等しい。御長男の信忠《のぶただ》様もそれに先立って二条城に入られる。こちらは三千の兵を連れておられるが、大半は東寺《とうじ》の南に置かれるはず。二条城におわす誠仁《さねひと》親王を憚《はばか》り、城に連れて入られるのは着飾った五百ほどであろう」

明智光秀は、明日の情況を暗唱した。毛利との決戦を求めて十万余の大軍を動員する織田信長が、儀式用の兵だけを連れて京都にいるというのは、何とも奇妙な事実だ。そしてその京都と自分の居城《きょじょう》亀山との間に、遮《さえぎ》るものが何もないのが、ひどく運命的な情況に思える。

明智光秀の脳裏には、鬼のような巨人のいる本能寺に通じる老《おい》ノ坂《さか》の道が、仮想《かそう》映像のように浮かんだ。この三日間、讃岐の真言宗徒がくれた眠り薬を飲んだせいか、そんな場面を何度も夢に見た。

「そうよ、まっすぐに本能寺に向かえばよいのだ。まず、斎藤利三《としみつ》の兵を出して東寺の南にいる信忠様の兵を抑《おさ》える。同時に明智秀満《ひでみつ》に京の周囲を見張らせる。そして俺が指揮する一万が本能寺と二条城を取り囲んで突入する。信長様を取り逃がすことは万に一つもあるまい」

光秀は心の中でそう呟き、続いて、

「この読み、どこが狂うているというのか」

と声に出していうと、今一度御籤を引いた。だが、出た札《ふだ》はやっぱり「凶」であった。

「何と」

光秀は呻《うめ》き声を上げ、周囲の闇を見回した。どこかから信長に睨まれているような気がして、背筋が冷たくなった。

「止《や》めよう、信長様を殺して天下を取るなど、やはり凶事じゃ」

明智光秀は、一瞬、そう思った。だが、次の瞬間には、

「信長様の下では、俺の将来はない。信長様さえ倒せば、必ずうまく行く。足利義昭様や松永久秀殿が失敗したのも、荒木村重殿が敗れたのも、まず信長様を殺さなかったからだ」

という思いがよぎった。とその時、

「今一度、今一度、籤をお引きなされ。『時は今』と申されたではないか」

という声が背後の闇からした。それは、あの灰色胴着を着た「讃岐の真言宗徒」のようでもあり、昔仕えた足利将軍義昭のようでもあった。「時は今」というのは、この日の午後、この愛宕権現で行った連歌百韻興行《ひゃくいんこうぎょう》で光秀が出した発句《ほっく》、

「時は今　天《あめ》が下《した》しる　五月哉《さつきかな》」

のことだ。「時」を明智家の本家筋の「土岐《とき》」氏に当てれば、

「土岐一族の光秀が天下を治める好機が来た」

と読めなくもない。

「うん」

光秀は何者かに操《あやつ》られるように頷《うなず》き、激しく御籤の箱を揺すって札を出した。それには「大吉」の字が付いていた。

「これが正しい。三度目の正直じゃ」

明智光秀は、そんな呻きを発して立ち上がり、よろけるように社殿を出た。すでに東の方が少し明るく、五月二十九日の朝がはじまろうとしている。


明けて天正十年五月二十九日、当時の暦《こよみ》ではこの日が晦日《みそか》、五月最後の日である。明智光秀は、昨日に続いて愛宕権現で連歌の会を続け、昼前に百韻満座《まんざ》した。『林鐘談《りんしょうだん》』という本には、このあと一同に寺僧《じそう》から名物の粽《ちまき》が配られたが、光秀はそれを笹《ささ》も剝《む》かずに口に入れたという。大事を起こそうとする真面目《まじめ》な男の心境が、よく現れた話だ。

「信長様と信忠様、この親子さえ討ち取れば、織田の天下は確実に崩れる」

明智光秀は何度も何度もそれだけを考えた。その都度《つど》この男の脳裏には、本能寺の赤い山門に立つ赤鬼のような信長の姿が浮かんでいた。

「信長様さえ倒せば、あの鬼さえ倒せば、鬼の怖《こわ》さに抑えられていたあらゆる勢力が立ち上がり、天下は騒然となる。一向一揆の残党、高野聖の武闘派、信長様に追われた古い大名の旧臣、ただの牢人や野盗《やとう》など、信長様の死と共に立ち上がる者は多い」

光秀はそんなことを指折り数えるように考えた。奇妙なことに、この時点でもまだ光秀は、信長を殺せば織田の支配が崩れるという予想だけで満足し、そのあとをどうするかは考えていなかった。

「そうなれば、畿内各地の留守居役《るすいやく》や小城の城主たちは身動きもつかず、挙《こぞ》ってわが明智軍団に助けを求めて来るに違いない」

とも思っていたし、

「今も古い秩序を懐《なつ》かしむ者が多い。信長様が亡くなれば、旧《もと》の秩序が回復する。足利義昭様を奉《ほう》じて守護《しゅご》や地頭《じとう》を任命すれば、やがてうまく各地を治めるだろう」

という漠然《ばくぜん》とした幻想も抱いていた。光秀がこの時考えていたのは、

「とにかく信長様を倒し、安土城を押さえて金銀を奪えば牢人を雇う銭にも困らず、京都を占《し》めて宮中の支持を得、足利将軍の名を借りれば天下に正統と認められる」

というようなことだけだった。この時点での光秀の思考では、信長が支配する恐ろしい現実がなくなれば、自動的に古い秩序が再現されることになっていたのだ。

このため光秀は、信長を殺した後で織田家の諸将と戦う予定もなかったし、織田に敵対する毛利や上杉にも協力を求める手を打たなかった。

畿内各地の小領主に呼びかける用意さえしていなかった。

愛宕山を下りた光秀は、この日の申の刻に予定通り織田信長が、近習《きんじゅう》だけを連れて本能寺に入ったという事実が確認できたことで、決起の成功を信じることにしたのである。

四

翌六月朔《ついたち》。明智光秀の居城《きょじょう》亀山は、異常な緊張に包まれた。昨夜の日暮れ時に愛宕山から戻ってきた光秀は、型通りに主な家臣を集めて軍議を凝《こ》らし、備中表に出陣する日取りや陣立てを定めた。だが、その後もごく身近な側近数人だけを集めて、夜更《よふ》けまで相談を繰り返していた。さらに光秀は、家族とも長い時を過ごした。

だが、この城では、それを奇異《きい》に思う者は少なかった。今回はただの出陣ではなく、この城と丹波の領地を明け渡しての出陣だ。兵の大半がこの土地で生まれ育った者だけに、このことの意味は大きい。今年の秋までには出雲と石見という見知らぬ土地を占領できればあり難い。家族ともども移住するという者もいれば、丹波に戻って次の領主に仕えるという者も多い。光秀はじめ首脳部の慎重で複雑な動きも、そのせいだろうと思われていた。だが、やがて昼過ぎになると、

「家財《かざい》や家族は心配するに及ばぬ。いずれまた迎えに戻り、それぞれの新領に案内する」

という触れが出た。将兵は一様にほっとしたが、逆に幹部たちは一段と緊張し出した。知ったかぶりをしたがる組頭《くみがしら》の中には、

「どうやら足早に出雲と石見を切り取ることになったようじゃ。足手まといの荷駄《にだ》を減らして一気に攻め込む手筈《てはず》が整ったのよ」

などという者もいた。彼らは出雲や石見がどれほど遠いところかも知らない。もちろん、総大将の光秀がどんな意図を抱いているかも知らされていない。この時点でも、それを知る者は、まだ十

人に満たなかったのだ。

明智光秀にとっては、信長を殺すことだけがあまりにも重く大きな仕事であったため、そのあとを考える気にもなれなかったのだ。


同じ六月朔の午後、京都では武芸者の佐助《さすけ》や将棋指しの大橋宗桂《そうけい》を連れた本因坊日海の一行が、本能寺の山門を潜《くぐ》ろうとしていた。

「今夜の座興《ざきょう》に囲碁を打って信長様にお見せするように」

というお達しがあったからだ。

昨日の申の刻（午後四時頃）に本能寺に入った信長は、早速に荒っぽい遊興《ゆうきょう》をはじめた。まず、今日は昼過ぎから近衛前久《このえさきひさ》らを招いて茶会を開き、料理を振る舞い、幸若舞《こうわかまい》などを催すことになっている。「天下一の碁打ち」本因坊日海の囲碁を見るのも、大事な要素だ。

日海は、この日の相手に、自分の弟子でもある十八歳の天才青年・林利玄《りげん》を選んだ。技芸も気心も知れた利玄となら、信長にある種の信号が送れるかも知れない。

未来記憶を頼りに独り碁を繰り返した日海は、今、天下が定まりそうに見えるこの瞬間こそ、織田信長の身辺《しんぺん》にきわめて大きな危険が迫っていることを感じていた。だが、それを信長に知らせるのは難しい。ただ単に口頭で危険を警告するだけでは、常識外れの予測が聞き入れられるはずもない。いや、下手《へた》をすれば虚説讒言《きょせつざんげん》の罪にもなり兼ねない。戦国の時代には常に、君臣《くんしん》の分裂反間《はんかん》を狙う策謀妖言《ようげん》が渦巻《うずま》いているものだ。

「わが囲碁によってこの情況が伝わるか否《いな》か、それは信長様の運であろう」

日海はそう思いつつ本能寺に入った。そしてその場の奇妙な賑わいに戸惑った。広大な本能寺の境内全体がお祭気分、座敷には何百もの茶道具が並べられ、広間からはすでに笛や太鼓《たいこ》の音がする。前庭には土俵《どひょう》が作られている。その横には大きな帆布《はんぷ》を敷いた場所もある。茶道具が並んでいるのは、博多の豪商・島井宗室《そうしつ》に見せるため、庭の土俵は明日の相撲興行のため、隣の帆布は堺の商人が連れて来る南蛮相撲の用意だという。

「へえ、信長様は南蛮の相撲までご覧になるのですか」

日海がそう訊《たず》ねると、

「はい、明日の催しを大変お楽しみで。何でも、ペルシャの相撲取りや明国の拳法遣《けんぽうつか》いも出るそうで」

と案内の茶坊主が浮き浮きした声を出した。キリシタンの堺商人・小西隆佐《りゅうさ》が用意したものだろう。

「信長様は、いつ頃、囲碁をご覧になりますかな」

日海はそう聞いたが、案内の茶坊主はにやりとして首を振って、

「今日明日は、上様《うえさま》は勝手に振る舞われるとのこと、いつ、どこに立ち寄られるか、分かりかねます。とにかく、みながそれぞれの芸をなされてくだされればよろしいとのことでございます」

と答えた。本能寺の各部屋で能も舞も茶も囲碁も、それぞれに行い、その間を信長が気儘《きまま》に渡り歩くということらしい。

「何と。みなが芸をですか」

日海はいささか尖《とが》った声を出した。これでは信長に危機を伝えることができない。この日の信長

は、二つの特色の中で、精神の高揚の方だけが突出し、繊細な美意識と鋭敏な情報感覚が薄れているように思えた。

実際、この日の織田信長は、いつもの敏感さを欠いていた。島井宗室という博多の豪商を招いたことに対して堺の商人が抱いた危惧《きぐ》にも、気が付いていなかった。二条城から来た長男の信忠や前関白《さきのかんぱく》の近衛前久と席を連ねて茶会が行われたが、何とその主客がこの遠国《おんごく》の商人なのだ。朝鮮貿易に詳しい博多商人を起用しようという貿易政策は間違いではなかったが、あまりにも視線が先に飛んでいた。

信長としては珍しいことに、配下の諸軍の位置も聞いていなかったし、持参した軍資金も正確には知らなかった。

もちろん、明智光秀の心中や叛逆の意図など思い測る様子もない。流石の織田信長も、今年に入ってからの急速な戦況の好転に、気が緩《ゆる》み自己評価が甘くなっているらしい。

そんな信長が、日海と林利玄の打つ囲碁を見に来たのは、夜も更《ふ》けた亥《い》の刻（午後十時頃）、日海と利玄の碁が終盤に入ろうとするところだった。

「ほほう、流石に圧勝じゃな、新発意《しんぼち》」

信長は、碁盤の脇に座るや、日海をいつものように呼んでそういった。かなり酔いが回っているのか、軽はずみな論評である。

「いえ」

日海は短く答えて石を置いた。兼ねて考えていた凶兆《きょうちょう》「三コウ」を作る手だ。林利玄も間違いなく応じて来る。日海の打ち手に利玄が最善の応手《おうしゅ》をつづければ、「三コウ」になるはずだ。この日の日海はそうするためにだけ、打ち手を考えて来たのだ。

果して、二十手ほど進んだところで複雑な形ができた。

「これは、どうなる。どっちも勝てぬし、どっちも負けぬ。これは何物か」

信長ははじめて真剣な表情になった。

「はい。これなるは三コウと呼ばれる珍形、万に一つもできない形にござります。御意《ぎょい》の如《ごと》くどちらも勝てずどちらも負けず、無勝負引分にするしかございません」

「何、無勝負」

信長はそういうと、眉間《みけん》に縦皺《たてじわ》を刻んでさらに顔を碁盤に近づけた。明快な決着を好む信長には、無勝負というのが不愉快らしい。

日海は胸が高鳴るのを覚えた。織田信長の機嫌はともかく、その興味を囲碁に引きつけ、珍しい形を解く立場に立てた。要するに、独裁者信長に警告を与え得る機会を摑《つか》んだのだ。

だが、それを実行するのは危険な仕事だ。出陣の前に縁起の悪い凶兆が出たなどというと、この残虐な独裁者の怒りを買い、首を斬られないとも限らない。今夜の高揚振りから見て、その恐れは十分にある。

「いうべきか、隠すべきか」

日海は迷った。だが、敢えていうことにした。信長を救うよりも自分の良心を納得させるためだ。

「囲碁で決着が付かずに引分けるのには二つの形がございます。一つは長生《ちょうせい》『天下治まりて争えず』という形にござります。もう一つはこの三コウ、『天下の乱れ永劫《えいごう》に続く』という凶兆にございます」

「何。天下の乱れ永劫に続く凶の兆《きざ》しというか」

信長は、碁盤から顔を上げて日海を睨んだ。恐ろしい顔だった。日海は、冷汗が背を流れ落ちるのを感じた。だが、次の瞬間、織田信長の弾《はじ》けるような甲高い笑い声が響いた。

「わははは、天下の乱れ永劫に続くとは、面白い。あるいは俺は生涯戦い続けねばならぬ運命かも知れぬ。本当の布武が実現するのはいつのことか。それを思うて生涯を終わるのもまた面白かろうて」

織田信長はそういったあとで、ちょっと間を置いてしんみりと語った。

「日海、よういうた、礼をいうぞ。昨日、南蛮坊主も空の星に悪い兆しがあるとか申した。しかし、俺は信じはせん。縁起《えんぎ》も呪《のろ》いも、神も仏も、俺は信じない。俺は俺の信念を貫くためにこそ生きておるのじゃ。人間五十年、いずれにしても長《なご》うはない」

「承りましてございます」

日海は改めて平伏した。もういうべきことはなかった。織田信長は、自ら過激な人生を貫くことを宣言したのだ。

「そうだとすれば、天下のためにも過激すぎる人生、もうこの辺で終わるべきなのかも知れない」

本因坊日海は思った。

実録・本因坊算砂

天正十年（一五八二）六月朔《ついたち》、本因坊日海《ほんいんぼうにっかい》ら碁打ち衆は、「夜半」に本能寺を出た。正確にいうと、近衛前久《このえさきひさ》や織田信忠《のぶただ》よりも半刻《はんとき》ほどあとの丑《うし》の刻（翌二日の午前二時頃）だったと思われる。夜に入って亀山城を出た明智光秀の軍が老ノ坂《おいのさか》を下って桂川《かつらがわ》を渡りかけた頃だ。本因坊家の記録によれば、この夜、日海らは本能寺を出てしばらく歩いたところで軍馬の音を聞いたという。偶然だとすれば、危機一髪で難を逃れたことになる。

革命児・織田信長によって見出され引き立てられると同時に、安土宗論《あづちしゅうろん》では酷《ひど》い屈辱《くつじょく》をも味わわされた日海が、信長の死をどのように感じたかを伝える文書はない。だが特筆すべきことは、事変の直後、まだ明智光秀の京都支配が続いているうちに、日海が織田信長の法要を営んでいることだ。信長の死に場所が日蓮宗《にちれんしゅう》の本能寺であったから、同宗の久遠院《くおんいん》二世（日淵《にちえん》はすでに隠居していた）が法要を行ったのは不思議ではないが、当時の政治情況を考えると大胆な行為だったであろう。あるいは、この天才は、光秀の天下が長く続かないことを予測していたのかも知れない。

そのせいか、日海は秀吉に重用《ちょうよう》され、翌天正十一年（一五八三）八月には早くも秀吉の引見《いんけん》を得ている。秀吉が柴田勝家《かついえ》に勝ってからたった四カ月だから、かなりの優遇といえるだろう。

秀吉に仕えた日海には、四年前の安土宗論で「負け」と判定された日蓮宗の名誉回復という仕事もあった。高野山《こうやさん》や多武峰《とうのみね》などの武装解除（寺社刀狩り）を目指していた秀吉は、日蓮宗を敵にしたくなかったためか、同十三年には日淵らが差し出した「負け証文《じょうもん》」を取消し、日蓮宗の名誉を回復した。本因坊日海が秀吉の前で碁打ち衆を集めて御前試合を行い、優勝したのはこの年の十一月、久遠院に禄米《ろくまい》四石《こく》を与えるという同月二十日付けの朱印状《しゆいんじよう》が今も残っている。僅《わず》か四石のことに朱印状まで書いたのは、囲碁《いご》優勝の褒美《ほうび》だったからだろう。

日海の人生で重要な出来事の一つは、天正十五年（一五八七）十一月からの駿府《すんぷ》滞在だ。この年の夏、徳川家康の重臣・奥平信昌《おくだいらのぶまさ》が京都に日海を訪ねて弟子入りし、十一月十三日にはまず自分の三河新城《みかわしんしろ》の城に日海を招き、続いて駿河に下って徳川家康に囲碁を教授するように依頼した。日海の駿府滞在は、この時から翌年の春まで約四カ月に及ぶが、この頃の徳川家康の手紙には、「囲碁が面白くて日夜習っている」などと書いてある。

当時の政治情勢を考えると、このことの意味も分かり易《やす》い。この前年十月、秀吉は母親の大政所《おおまんどころ》を人質《ひとじち》にしてようやく徳川家康を上洛《じようらく》させ、臣下《しんか》の礼を取らせることに成功した。だが、それで両者の緊張関係が消えたわけではない。小牧《こまき》・長久手《ながくて》の戦いでも負けなかったと自負する徳川方には、「秀吉なにするものぞ」の感情が残っていた。

しかし、天正十五年になると情勢が変わる。この年の前半に秀吉は九州の島津《しまづ》を降服させ、西方の不安を解消した。こうなると徳川も、秀吉が攻め寄せるのが怖《こわ》い。それを未然に防ぐためには、豊臣秀吉に反抗の疑惑を与えぬよう、秀吉側近の者を駿府に招いて、城内外の動きを日夜監視してもらうに限る。いわば反抗疑惑査察官《ささつかん》だ。これに最適と見なされたのが、本因坊日海だった。

この時期の本因坊日海は、北野の大茶会をプロデュースした千宗易《せんそうえき》（利休《りきゆう》）と並んで、秀吉を取り巻く代表的な文化人となっていた。この男が秀吉の前で二度目の大規模な囲碁大会を開いて優勝、「天下一」のお墨付きと二十石二十人扶持《ぶち》の褒美を得たのは、三河から帰った直後、天正十六年（一五八八）閏《うるう》五月のことである。

秀吉は配下の諸将を集めて日海の講演を聞かせたこともあるし、自ら日海に付いて囲碁将棋を習ったこともある。また、甥《おい》の秀次《ひでつぐ》と人間将棋を楽しんだこともある。それらしい衣装を纏《まと》った人間を駒に見立てて将棋を指す行事だ。

これくらいだから、徳川家康はじめ、自邸に日海らを招いて囲碁将棋の会を催す武将も多かった。だが、日海は千利休ほど権力と金銭を欲しがらなかった。そしてそのことが、日海の地位と生命を長く保たしめることにもなったのである。


天正十八年（一五九〇）は、戦国時代の転機ともいうべき年だ。この年、豊臣秀吉は小田原《おだわら》城を落として北条《ほうじょう》氏を滅ぼし、天下統一を果たした。最も警戒すべき相手の徳川家康を北条の旧領関東に追いやり、自らの家臣多数を大名にした。秀吉自慢の巨城が大坂にほぼ完成していたし、刀狩りや検地も進んでいた。

だが、天下を統一したことは、最早《もはや》戦う相手もなければ、領地を拡《ひろ》げる余地もなくなったことを意味している。高度成長を続けて来た豊臣家もようやく限界に突き当たり、武士の世界はゼロサム社会に陥《おちい》ったのだ。

そんな中で、長年秀吉を支えて来た補佐役の弟秀長《ひでなが》が病《やまい》に倒れ、翌天正十九年（一五九一）正月に死んだ。そうなると、秀長の支持を得てブランド商品を売りまくっていた千利休の立場は急速に悪化、切腹をさせられる。権力と商売に関わり過ぎた文化人の悲劇というべきだろう。

これに対して日海は、徐々に政治から離れた独自の世界を作り出した。まず天正十八年の二月には、秀吉の京都都市計画によって近衛町《このえちょう》の久遠院は立ち退《の》きになり、新たに寺町竹屋町《てらまちたけやまち》に替え地が与えられた。日海はここに旧に倍する大寺を建設した。このことも関連してか、翌々年の文禄《ぶんろく》元年（一五九二）には日蓮宗の権大僧都《ごんのだいそうず》に任じられ、宮中昇殿《きゅうちゅうしょうでん》を許された。碁技《ごぎ》を後陽成《ようぜい》天皇の天覧に供したのも、この年のことである。

この頃から日海は、より広く天下の人士《じんし》と交わることに努めていた。囲碁将棋の会も増え、徳川家康をはじめ多くの武将や公家《くげ》の屋敷に出入りした。

慶長《けいちょう》元年（一五九六）に細川藤孝《ふじたか》が催した碁会には、日海はもちろん、日海の師匠でもあった堺《さかい》の仙也《せんや》ら洛中《らくちゅう》の碁打ちが集まった。すでに日海は、豊臣政権の将来に疑問を感じていたのだろう。

果して、慶長三年（一五九八）に秀吉が死去すると、豊臣政権は分裂、これを巧《たく》みに利用した徳川家康が、翌々年の同五年に関ケ原の合戦に勝利する。翌慶長六年には、榊原康政《さかきばらやすまさ》の斡旋《あっせん》で河内《かわち》生まれの十一歳の天才児・安井六蔵《やすいろくぞう》（のちの初代安井算哲《さんてつ》）を、伏見《ふしみ》城にいた家康に会わせたりしているところを見ると、日海と徳川家とは相当に親密だったのだ。

慶長八年（一六〇三）二月十二日に徳川家康へ征夷大将軍が宣下《せんげ》されると、日海はその日の内に祝賀のために伏見城に伺候《しこう》した。家康は大いに喜び、五目《もく》で対局をしたという。またこの年、日海は寂光寺《じゃっこうじ》（旧久遠院）を法弟の日栄《にちえい》に譲り、本因坊算砂《さんさ》と号してはじめて江戸に下ってもいる。いよいよ囲碁名人に専念する気になったのだ。本因坊、数えで四十五歳の時である。

もっとも、本因坊は変わり身が早いだけの男ではない。豊臣秀頼《ひでより》との付き合いも途切れず、慶長十二年（一六〇七）には伏見の秀頼邸で、十三人の碁打ち衆を引き連れて華やかな碁会を開いたし、翌十三年には大坂城で大橋宗桂《そうけい》と対局している。

明智光秀が支配していた変後の京都で信長の法要を営んだこととも併《あわ》せて、義理と人情には厚かったようだ。

本因坊算砂となった日海が、正式に徳川幕府から禄《ろく》を受けたのは慶長十七年（一六一二）、碁打ち衆七人と将棋の大橋宗桂に幕府から禄が与えられた時からだ。

日海と林利玄、大橋宗桂の三人にはそれぞれ五十石五人扶持、他の碁打ちには三十石から二十石に五人扶持が付いている。これだけならば、下級武士並みの収入だが、もとより本業の囲碁将棋の指導料などがあったから、当時としてはかなり豊かな情況だっただろう。その上、日海自身は日蓮宗の法印《ほういん》として、別に三百石の終身俸禄《ほうろく》もあったから、旗本並みの扱いといってよい。

なお、それまでは日海が碁所《ごどころ》と将棋所《しょうぎどころ》を兼ねていたが、これを機会に将棋所を宗桂に譲り渡している。

本因坊算砂、法名《ほうみよう》日海が死んだのは、元和《げんな》九年（一六二三）五月十六日、徳川家康の子の秀《ひで》忠《ただ》が将軍職を家光に譲る二カ月ほど前だ。清僧《せいそう》の本因坊日海には、もちろん妻も子もない。囲碁の家元としての家督《かとく》は高弟の道碩《どうせき》に譲ったが、二代目本因坊の名跡《みようせき》は若き杉村算悦《さんえつ》を育てて継がすようにと遺言した。享年《きようねん》六十五、織田信長の周辺にはべった「文化人」の中では、最も後まで生きた一人である。

本因坊日海の生涯は、「戦国」という危険な地域を、絶対に安全な乗物で行くような生き方だった。信長、秀吉、家康と権力者が入れ代わり、多くの文化人が権力に近づき過ぎて命を失ったり、激しい競争に疲れて若死にする中で、日海だけは一度も危険に曝《さら》されることなく、時の権力者の脇に座り続けて天寿《てんじゅ》を全《まっと》うした。

この男が得た最終的な地位は、徳川幕府の碁所、囲碁家元《いえもと》本因坊家の創始者、取り駒使いの日本将棋の発明者、禄は三百五十石五人扶持、位は法印権大僧都というものだ。戦国武将の華やかな出世物語に比べれば大したことがないともいえるが、囲碁将棋という趣味に類する分野に生きて、これほどの高みに上がれた者は史上に珍しい。

〈完〉

装丁――芦澤泰偉
装画――大竹彩奈

本書は、月刊『小説歴史街道』一九九四年一月号〜一九九五年六月号の連載「戦国千手読み——小説・本因坊算砂」に、加筆・修正したものです。

本文中、現在は不適切と思われる表現がありますが、差別的な意図を持って書かれたものではないこと、また作品が歴史的時代を舞台としていることなどを鑑み、そのまま掲載したことをお断りいたします。

〈著者略歴〉
堺屋太一（さかいや　たいち）
1935年、大阪府生まれ。東京大学経済学部卒。60年、通商産業省（現経済産業省）入省。70年、日本で初となる万国博覧会開催を成功させる。75年、『油断！』で作家デビューを果たし、翌年、『団塊の世代』を発表。78年、通産省を退官し、執筆活動に専念。98年7月より経済企画庁長官、2000年12月より内閣特別顧問を務める。東京大学先端科学技術研究センター客員教授、早稲田大学大学院ファイナンス研究科教授などを歴任。10年、上海万国博覧会日本産業館代表兼総合プロデューサーとして大成功を収める。13年8月、内閣官房参与に就任。19年、逝去。主な著書に、『全一冊 豊臣秀長』『鬼と人と』『秀吉』『峠の群像』『日本を創った12人』などがある。

戦国千手読み
小説・本因坊算砂《ほんいんぼうさんさ》

2025年2月12日　第1版第1刷発行

著　者　堺　屋　太　一
発行者　永　田　貴　之
発行所　株式会社ＰＨＰ研究所
東京本部　〒135-8137　江東区豊洲5-6-52
文化事業部　☎03-3520-9620（編集）
普及部　☎03-3520-9630（販売）
京都本部　〒601-8411　京都市南区西九条北ノ内町11
PHP INTERFACE　https://www.php.co.jp/
組　版　朝日メディアインターナショナル株式会社
印刷所
製本所　大日本印刷株式会社

ISBN978-4-569-85855-5

パシヨン

川越宗一　著

人はなぜ争うのか——禁教下での最後の日本人司祭・小西マンショを軸に、迫害する側、される側、双方について描いた圧巻の歴史小説。中央公論文芸賞受賞。

PHPの本

戦国武将伝　東日本編

今村翔吾　著

四十七都道府県×戦国武将！　東日本各県ゆかりの戦国武将の逸話を元に、直木賞作家が挑む〝前代未聞〟の傑作ショートストーリー集。

PHP文庫

全一冊 豊臣秀長

ある補佐役の生涯

堺屋太一 著

豊臣秀吉のかげに小一郎秀長あり！——卓越した実務能力と調整力で日本史上屈指の補佐役といわれた人物の生涯を描いた歴史巨編。